古代文学理论研究

阐释的历史花样

第五十六辑

胡晓明　主编

华东师范大学出版社·上海

图书在版编目（CIP）数据

阐释的历史花样/胡晓明主编. —上海：华东师范大学出版社，2023
（古代文学理论研究；第五十六辑）
ISBN 978-7-5760-3832-3

Ⅰ.①阐… Ⅱ.①胡… Ⅲ.①中国文学—古典文学研究—文集 Ⅳ.①I206.2-53

中国版本图书馆 CIP 数据核字（2023）第 072564 号

阐释的历史花样
——古代文学理论研究第五十六辑

主　　编　胡晓明
责任编辑　时润民
责任校对　庞　坚
封面设计　刘怡霖

出版发行　华东师范大学出版社
社　　址　上海市中山北路 3663 号　邮编 200062
网　　址　www.ecnupress.com.cn
电　　话　021-60821666　行政传真 021-62572105
客服电话　021-62865537　门市（邮购）电话 021-62869887
地　　址　上海市中山北路 3663 号华东师范大学校内先锋路口
网　　店　http://hdsdcbs.tmall.com

印　　刷　上海新华印刷有限公司
开　　本　890 毫米×1240 毫米　1/32
印　　张　20.375
字　　数　564 千字
版　　次　2023 年 6 月第 1 版
印　　次　2023 年 6 月第 1 次
书　　号　ISBN 978-7-5760-3832-3
定　　价　98.00 元

出 版 人　王　焰

（如发现本版图书有印订质量问题，请寄回本社客服中心调换或电话 021-62865537 联系）

目　　录

◆诗　文◆

◆学术史◆

编辑部报告

现代阐释学认为，文本的意义总是在理解者视域和文本视域融合中不断生成的。正如韦勒克所说："一件艺术品的全部意义，是不能仅仅以其作者和作者的同时代人的看法来界定的。它是一个累积过程的结果，亦即历代的无数读者对此作品批评过程的结果。"（勒内·韦勒克、奥斯汀·沃伦《文学理论》，刘象愚等译，生活·读书·新知三联书店，1984 年，第 35 页）中国的古典文学拥有悠久的文本阐释传统和丰厚的阐释学思想遗产，《孟子·万章上》："故说诗者不以文害辞，不以辞害志，以意逆志，是为得之。"董仲舒云："《诗》无达诂，《易》无达占，《春秋》无达辞。"刘勰《文心雕龙·知音》曰："夫缀文者情动而辞发，观文者披文以入情，沿波讨源，虽幽必显。"《周易·系辞上》曰："仁者见之谓之仁，知者见之谓之知。"清人沈德潜曰："读诗者心平气和，涵泳浸渍，则意味自出；不宜自立意见，勉强求和也。况古人之言，包含无尽，后人读之，随其性情浅深高下，各有会心，如好《晨风》而慈父感悟，讲《鹿鸣》而兄弟同食，斯为得之。"（《唐诗别裁集·凡例》）"以意逆志""披文入情"等传统阐释方法在强调对作品原意的探究的同时，也肯定了接受者和阐释者参与作品意义重构的权力。"诗无达诂""见仁见智"等说法则是承认了作品结构的开放性及读者对作品意义的创造作用。清人方玉润说："读书贵有特识，说《诗》务持正论，然非荟萃诸家，辨其得失，不足以折衷一是。"（《诗经原始·凡例》）以阐释史研究的眼光对历代阐释史料进行重新分析和现代思考，可以为现有的研究提供新的思路。

本辑中，多篇佳作在深入耙梳文献的基础上，比勘前人精见，排除曲解误解，为传统学术命题提供了诸多新见。许结先生是赋体文学研究的专家，本辑特稿《徐庾体与南朝赋论》深入考察“徐庾体”作为文学史上的创作现象由诗文而入赋域的过程，对照徐庾体赋的创作与对徐庾体的批评，讨论了其间存在的三重误读及其在赋论史上由误读而认同的批评问题。王飞阳《赋体“尚气”论》聚焦于文学史上“以气论赋”的传统，梳理了魏晋六朝至清代“尚气”论由赋家回归赋体的认识转向，文章本诸语用考量，详细阐述了“尚气”之风在各类赋体中的具体表现。程维《论“骂詈为诗”》关注严羽、元好问提出的“骂詈为诗”这一传统诗学话题，聚焦于二者在批评对象和批评内涵上的争议，回归文本语境进行细致的辨析，认为争议的产生是儒家诗学内在矛盾的必然结果。舒乙《孔颖达“诗缘政”说发微》聚焦于“诗缘政”这一诗学理论，从训诂和阐释语境的角度辨析“缘政”的本义，由微而著，考察这一理论的历史生成过程和时代因缘，肯定了“诗缘政”说对初唐诗学变革的重要意义。

从阐释史的系统整理和研究入手，能够使新见的提出更为扎实可靠，也为传统学术命题的研究提供了新视角。张思桥《疆域巨变与唐宋诗风——以“边塞”为中心的考察》基于对诗学意义上“边塞”内涵的考察，探讨了唐代中期、宋代中期诗学地理上的两次重要转向，及由此引发的诗学传统之嬗变，打开了唐宋诗学比较的新思路。郭培培、曹旭《“欢”是“情人”指代词新证》沿着“欢”“侬”对举的思路，以吴方言“侬”字的释义为切入点，提出“欢”可指代男女，即“欢乃情人”的新证。冯春祥《〈沧浪诗话〉“本色”涵义考辨》对《沧浪诗话》“本色”这一命题的语源进行溯源考辨，认为这一概念的提出受到了魏晋南北朝时期汉译佛经的影响，并进一步从“本色”与“悟”及“妙悟”的关系、“本色”与“当行”的关系两个角度把握其涵义。徐艳丽、查洪德《元代“乐府”相关概念的衍变与辨析》对元代文献中“乐府”及相关概念在不同时期的含义作了具体辨析，有效避免了因文献误读出现的概念性问题。《诗经》的阐释问题是文学史上又一重要命题，本辑中不乏从接受阐释角度打开这一命题的佳作。易卫华、李占涛《〈诗经〉及其阐释对宋诗话的影响》从文学阐释的维度考见《诗经》的阐释对宋人诗学观的影响，认为宋诗话论《诗》在评价标准和解读方法上均有革新之处。李金钉《金代〈诗经〉学中的诗学思想》则从诗歌创作和“风雅”精神继承的角度探究了《诗经》对金人诗学思想的影响。

历代的阐释史料是研究的客观基础和前提，本辑不少文章对诗话、诗歌评注本等重要文献予以重视。耿建龙《黄文焕〈杜诗掣碧〉考论》对近年杜诗文献的重要发现——黄氏家藏清抄本《杜诗掣碧》进行了系统的整理研究，对其体例设置、解诗方式、诗学趣味等方面多有关注。郭前孔《朱庭珍〈筱园诗话〉唐宋兼融诗论》讨论了晚清诗话作品《筱园诗话》通达的诗史观及兼容唐宋的诗法论，对其诗论价值予以肯定。梁梅《梁章钜〈试律丛话〉的试律诗学理论》讨论了梁章钜编纂的《试律丛话》及其试律诗学理论的价值及局限性，颇为详尽。在文献方面，李清华辑录了稀见梁章钜所撰《退庵诗话》，程希考释了著名学者、教育家任中敏先生与友人往来信札十通，为相关研究提供了全新的资料。

在个案研究方面，本辑文章也多有创见。冯小禄、张欢《欲戒反劝：〈金瓶梅〉情欲铺写的接受效应和艺术难题》从明清时期的读者接受、创作接受的角度出发，讨论了《金瓶梅》情欲写作造成的读者分层效应及其续书的应对策略，联系汉赋“劝百讽一”之论进一步探讨了中国古典文化语境下的情欲书写难题。陈晓红《文学批评史家视野中的〈文心雕龙〉性质论析》梳理了文学批评史著作对《文心雕龙》的评价史，探讨了文学批评史家视野下《文心雕龙》的性质与定位问题。林雅馨《论熊谷立闲对〈三体诗〉的传播与接受》、郁婷婷《跨文化交流下唐诗的图像阐释——以〈唐诗选画本〉为中心》分别围绕宋人周弼所编《三体诗》、日本出版的《唐诗选画本》在日本的传播与接受展开跨文化讨论，是针对日本唐诗接受史上的典型个案展开的研究。傅宇斌《“意格”论：龙榆生〈近三百年名家词选〉的词史建构与词学批评史意义》关注龙榆生“意格”论的提出与选本实践，详细探讨了《近三百年名家词选》之于清词史的构建与现代词学批评学发展的特殊意义。

除了传统诗文领域的研究，本辑还涉及小说、戏曲等不同文体重要论题的讨论，各有建树。阐释是连接过去和现在的手段，立足于具体作品或创作现象的阐释史梳理，对历代阐释进行现代思考和再分析，或剔除旧说、纠正误解，或提出新见、解决学术疑难，于古代文学理论研究的创新和发展而言，都是有益的。

《古代文学理论研究》编辑部

徐庾体与南朝赋论*

许　结

内容摘要：“徐庾体”作为文学史上的一个创作现象，由诗文而入赋域，肇始于唐初史臣的历史记录与赋论表述。考文学思想史上，齐梁宫廷文学特征、兼及诗文的广义性与强烈的政教意识，宜为该体成立的指向。具体而论，“徐庾体”以绮艳巧密、竞美宫奁为基本特征，以排调典型与丽词规范为写作风格，尤其是以“隔句作对”之法开启唐人应制律赋的创作，构成了赋史的三大误读。如果对照南朝赋论的基本情况，以及所倡导之“今体”的声律与俪词，“徐庾体”作为一个理论符号，在赋论史上又存在由误读而认同的批评问题。

关键词：徐庾体；辞赋创作；声律与俪词；误读与认同；南朝赋论

* 本文系国家社会科学基金重大项目“辞赋艺术文献整理与研究”(17ZDA249)阶段性成果。

"Xu & Yu-Genre" and Fu Theory in Southern Dynasty

Xu Jie

Abstract: "Xu & Yu-Genre", as a creative phenomenon, begins with poetry and gradually embeds the literary area of Fu. It stems from historical records and Fu theories in early Tang Dynasty. Within the history of literary thought, the feature of court literature in Qi and Liang Dynasties, containing the poetic generalization as well as obvious consciousness in politics and religion, should be the origin of this genre. Specifically, "Xu & Yu-Genre" is characterized by its exquisite writing with typical rhyming patterns and normative words. In particular, its method of "alternate couplets" originates the creation of examination-oriented Lv-Fu in Tang Dynasty, leading to three major misinterpretations in the history of Fu. Compared with the basic situation of Fu theory in Southern Dynasty, and the rhymes and words of "modern genre" advocated by relevant theory, "Xu & Yu-Genre", as a theoretical symbol, also indicates criticism issues of identification through misinterpretation in the history of Fu theory.

Keywords: Xu & Yu-Genre; Cifu writing; rhymes and words; misinterpretation and identification; Fu theory in Southern Dynasty

"徐庾体"作为文学史的概念,源于唐人的历史反省勘进于文学的批评,至于进入文学分支的赋体,并成为赋史上的创作范畴,其间又不乏误读与偏见。自唐人合称"徐庾"并作为文"体"的思考,实兼有史说与赋述,但回到徐陵、庾信的赋创作本身,包括徐陵赋作仅存一篇,庾信赋创作由南而北的变迁,赋域的"徐庾体"存在写作的不典型性。然而后世对其创作的骈四俪六之词,隔句作对之法,以及声律之学与绮靡之风的褒贬,又是赋学批评史上有迹可寻的现象。因此,考论赋史的“徐庾体”，应该是有一定的模糊特征，如果将其视为南朝赋论的一个符号，则不乏在误读中又有认同的合理性。

一、徐庾体：史说与赋述

辞赋创作经汉魏至六朝发生了较大的变化，例如以谢灵运为代表的山水赋的兴起，南齐永明前后诸多赋家如王融、谢朓、沈约诸家赋对声律与俪词的追求，为整个南朝赋风奠定了基础。相较于创作，南朝赋论的变化除了齐梁声律学的影响，其重镇在兰陵萧氏的赋学批评。萧氏作为梁朝皇族，于赋论建树颇多的有武帝萧衍、简文帝萧纲、元帝萧绎、昭明太子萧统以及萧子显等。而被称为“徐庾体”的徐陵与庾信，正是孕成于萧氏皇室的襁褓中，而被唐代史臣以特定涵义着重提出的。如李延寿的《北史·庾信传》记载：

> 信幼而俊迈，聪敏绝伦，博览群书，尤善《春秋左氏传》。……父子在东宫，出入禁闼，恩礼莫与比隆。既文并绮艳，故世号为徐、庾体焉。[①]

李延寿的《南史·徐陵传》记载：

> 陵字孝穆。……八岁属文，十三通《庄》《老》义。及长，博涉史籍，纵横有口辩。父摛为晋安王咨议，王又引陵参宁蛮府军事。王立为皇太子，东宫置学士，陵充其选。[②]

又令狐德棻等撰《周书·王褒庾信传》记载：

> 父子在东宫，出入禁闼，恩礼莫与比隆。既有盛才，文并绮艳，故世号为“徐、庾体”焉。[③]

而在《周书·王褒庾信传论》中，初唐史臣又针对包括“徐庾体”在内的南朝文风进行了系统评述与反思：

> (屈平)作《离骚》以叙志，宏才艳发，有恻隐之美。宋玉，南国词人，追逸辔而亚其迹。……孝武之后，雅尚斯文，

---

① 李延寿《北史》，中华书局，1974年，第2793页。

② 李延寿《南史》，中华书局，1975年，第1522页。

③ 令狐德棻等《周书》，中华书局，1971年，第743页。

扬葩振藻者如林，而二马、王、扬为之杰；东京之朝，兹道愈扇，咀徵含商者成市，而班、傅、张、蔡为之雄。……曹、王、陈、阮，负宏衍之思，挺栋干于邓林；潘、陆、张、左，擅侈丽之才，饰羽仪于凤穴。……然则子山之文，发源于宋末，盛行于梁季，其体以淫放为本，其词以轻险为宗，故能夸目侈于红紫，荡心逾于郑卫。昔杨子云有言："诗人之赋丽以则，词人之赋丽以淫。"若以庾氏方之，斯又词赋之罪人也。[①]

从唐初史臣几则记载和评述中，可知提出"徐庾体"是合指徐摛、徐陵与庾肩吾、庾信两对父子的，只是在文学史上徐陵、庾信成就较大，此体又成为针对二人创作的批评。如果综考其义，"徐庾体"的提出又有若干指向。

首先，"徐庾体"属于齐梁宫廷文学的范畴。同于《周书》庾氏"父子在东宫"，姚思廉《梁书·庾於陵传》附庾肩吾传有类似记述：

初，太宗在藩，雅好文章士，时肩吾与东海徐摛，吴郡陆杲，彭城刘遵、刘孝仪，仪弟孝威，同被赏接。及居东宫，又开文德省，置学士，肩吾子信、摛子陵、吴郡张长公、北地傅弘、东海鲍至等充其选。[②]

考庾信生平，年十五即充昭明太子萧统的东宫讲读，十九岁时，简文帝（太宗）萧纲开文德省置学士，又与其父及徐氏父子充其选。这首当其冲的是对当时"京师文体"的态度，如萧纲《与湘东王书》寄当朝文章厚望于湘东王萧绎，并针对汉晋以来文风进行反思。如其云"比见京师文体，儒钝殊常，竞学浮疏，争为阐缓"，以反对时文出现的"浮疏""阐缓"之弊；复云"以当世之作，历方古之才人，远则扬、马、曹、王，近则潘、陆、颜、谢，而观其遣辞用心，了不相似。若以今文为是，则古文为非；若昔贤可称，则今体宜弃"，推尊汉晋诸贤，提出"古文"与"今体"的思考；又云"近世谢朓、沈约之诗，任昉、陆倕之笔，斯实文

---

① 令狐德棻等《周书》，中华书局，1971年，第743—744页。

② 姚思廉《梁书》，中华书局，1973年，第690页。

章之冠冕，述作之楷模。张士简之赋，周升逸之辩，亦成佳手”，对“今体”有所肯定。[①] 如果再以所谓“今体”衡量“徐庾体”，似可证以《陈书·徐陵传》所称“其文颇变旧体，缉裁巧密，多有新意”[②]。然而徐陵由梁入陈，虽仍属南方文学高手，然其如《陈书》本传所述“自有陈创业，文檄军书及禅授诏策，皆陵所制，而《九锡》尤美”，清人李兆洛评《与王僧辩书》以为“孝穆文惊采奇藻，摇笔波涌，生气远出”[③]，正指此类文字。同样，庾信由南梁入北以后，出仕魏、周，文风大变，沈德潜《古诗源·例言》所谓“悲感之篇，常见风骨”[④]。可以说，徐、庾晚岁虽未脱离宫廷文学的身份，但其作品完全不同于齐梁宫廷旧文，与习惯称谓的“徐庾体”已不相同，尤其是庾信的后期作品，似有脱胎换骨之象。

其二，“徐庾体”是兼及诗文的广义的文学取向。具体而言，其文指当时流行的“骈体”，其诗则为萧纲倡导的梁廷盛行的“宫体”。如周滕王逌序《庾开府集》所云：“子山妙擅文词，尤工诗赋。诔潘安而碑蔡邕。箴扬雄而书阮籍。”[⑤]是综括诗赋诔箴诸体而言。而宋人叶适《习学纪言序目》卷三十三评“徐庾体”云“自唐及本朝庆历以前，皆用其体，变灭不尽者，犹为四六，朝廷制命既遵行之，不复可改”[⑥]；清人许梿《六朝文絜》云“骈语至徐、庾，五色相宣，八音迭奏，可谓六朝之渤澥，唐代之津梁”[⑦]，又是专指骈体文而言。文津阁《四库全书提要》评徐、庾文谓“陵为文绮丽，与庾信齐名，世称‘徐庾体’”，“绮丽”二字极具概括性。他如明人胡震亨《唐音癸签》谓：“自古诗渐作偶对，音节亦渐叶而谐。宫体而降，其风弥盛。徐、庾、阴、何，以及张正见、江总持之流，或数联独调，或全篇通稳，虽未有律之名，已寖具律

---

① 严可均辑《全上古三代秦汉三国六朝文》，中华书局，1958年，第3011页。
② 姚思廉《陈书》，中华书局，1972年，第335页。
③ 李兆洛选辑《骈体文钞》，上海书店，1988年，第343页。
④ 沈德潜编《古诗源》，中华书局，1963年，第3页。
⑤ 庾信撰，倪璠注，许逸民校点《庾子山集注》，中华书局，1980年，第1页。
⑥ 叶适《习学记言》，上海古籍出版社，1992年，第304页。
⑦ 许梿编，黎经诰注《六朝文絜注》，上海古籍出版社，2002年，第219页。

之体。”[①]清人钱木庵《唐音审体》谓：“张、陆学子建者也，颜、谢学张陆者也，徐、庾学颜、谢者也。其先本无排偶，晋，排偶之始也，齐、梁，排偶之盛也，陈、隋，排偶之极也。齐永明中，沈约、谢朓、王融创为声病……谓之齐梁体。”[②]并其说可知“徐庾体”于诗歌创作，绮丽法“宫体”，声律法“齐梁体”，具有特定的时代特征。

其三，唐代史臣提出“徐庾体”，具有强烈的政教意识。《隋书·文学传序》史臣的记述是：“梁自大同之后，雅道沦缺，渐乖典则，争驰新巧。简文、湘东，启其淫放；徐陵、庾信，分路扬镳。其意浅而繁，其文匿而彩，词尚轻险，情多哀思。格以延陵之听，盖亦亡国之音乎！”[③]这一思想秉承自孔子以来诗教传统对《诗》之“郑卫之声”的态度，继《礼记·乐记》“桑间濮上之音，亡国之音也”，班固《汉书·地理志下》以为“卫地有桑间濮上之阻，男女亦亟聚会，声色生焉”[④]，徐、庾文章也被视为“淫声”而受到唐初史臣的排斥。这一观念在当时的文士笔下，有着同样的书写，如王勃《上吏部裴侍郎启》云：“屈、宋导浇源于前，枚、马张淫风于后，谈人主者，以宫室苑囿为雄；叙名流者，以沉酗骄奢为达。故魏文用之而中国衰，宋武贵之而江东乱。虽沈、谢争骛，适先兆齐、梁之危；徐、庾并驰，不能止周、陈之祸。”[⑤]所谓“徐、庾并驰”，统归于“亡国”之途。如果结合前引《周书·王褒庾信传论》中批评庾信之语，即“子山之文，发源于宋末，盛行于梁季，其体以淫放为本，其词以轻险为宗，故能夸目侈于红紫，荡心逾于郑卫”，“以庾氏方之，斯又词赋之罪人”的说法，又可见唐初对“徐庾体”作政教批判时，已有了从广义的诗文集中于辞赋的指涉，这也影响到后世赋域中狭义“徐庾体”的形成及批评。

较早专以辞赋视域讨论“徐庾体”的，是倡导“祖骚宗汉”祝尧的

---

① 胡震亨《唐音癸签》，上海古籍出版社，1981 年，第 3 页。

② 王夫之等《清诗话》，上海古籍出版社，1999 年，第 780—781 页。

③ 魏征等《隋书》，中华书局，1973 年，第 1730 页。

④ 班固《汉书》，中华书局，1962 年，第 1665 页。

⑤ 王勃著，蒋清翊注《王子安集注》，上海古籍出版社，1995 年，第 130 页。

《古赋辩体》。他与唐初史臣涉及赋域批评徐、庾有所不同，是将“徐庾体”纳入赋史的演进过程去体认。如其书卷六《三国六朝下》评论庾信赋作云：

> 子山与父肩吾及东海徐摛、摛子陵，并仕于梁、陈，出入禁闼，文并绮艳，世号“徐庾体”。盖自沈休文以平上去入为四声，至子山尤以音韵为事，后遂流于声律焉。晋、宋间赋虽辞胜体卑，然犹句精字选。徐、庾以后精工既不及，而卑弱则过之。就六朝之赋而言，梁、陈之于晋、宋，又天渊之隔矣。①

其间论及音韵声律，以及对“句精字选”的赞述，是具有肯定意义的。清人纳兰性德的《赋论》却承袭前人的政教观念看待“徐庾体”，认为：“黄初以还，及乎晋、宋之初，潘、陆、孙、许以隽雅为宗；南北朝以降，颜、鲍、三谢以繁丽为主；萧氏之君臣，争工月露；徐、庾之排调，竞美宫奁。至唐，例用试士，而骈四俪六之习，风雅之道于斯尽丧。”②所谓“徐、庾之排调，竞美宫奁”，也是借用广义的诗文评论，纳入赋域的认知。当然，存在于赋域的“徐庾体”之批评能否成立，还有待于对徐、庾辞赋创作的检省。

二、误读：徐庾赋创作及批评

在赋史上用“徐庾体”衡量徐、庾赋，没有充分的印证，一则是徐陵今存赋作仅“鸳鸯”一篇，很难说明问题；一则是庾信今存赋作（或较有影响的）多为入北后的感伤家国的作品，又与“徐庾体”产生于南朝宫廷的风格、意趣似扞格难入。然而，后世以“徐庾体”概述其批评意向者，必以徐、庾赋创作为前提。清人徐文驹《松阴堂赋集序》云：“骈枝斗叶，取给俄顷，求其磨礲工致，步骤于徐陵、庾信之作已不可

① 祝尧《古赋辩体》，王冠辑《赋话广聚》第二册影文渊阁《四库全书》本，北京图书馆出版社，2006 年，第 347 页。

② 纳兰性德《通志堂集》，影康熙刻本，上海古籍出版社，1979 年，第 556、557 页。

得，而况能原原本本兼六义而时出之，如诗人之赋丽以则者乎？”[1]正因如此，对照徐、庾赋的创作与“徐庾体”的批评，存在诸多误读，又造成赋史认知的龃龉。

误读之一，以绮艳巧密、竞美宫奁为“徐庾体”的基本特征，实际上这是受齐梁时期萧纲等倡导的“宫体诗”的影响，为南朝宫廷赋的共性。试以“鸳鸯”赋题为例，据《艺文类聚》卷九二《鸟部·鸳鸯》载赋四篇，依次为梁简文帝萧纲、梁元帝萧绎、庾信、徐陵。该赋是萧纲在东宫时首唱，另三人属奉和之作。试举同题赋作大略如次：

> 朝飞绿岸，夕归丹屿。顾落日而俱吟，追清风而双举。……亦有佳丽自如神，宜羞宜笑复宜嚬。既是金闺新入宠，复是兰房得意人。（萧纲）
>
> 青田之鹤，昼夜俱飞，日南之雁，从来共归。……胜林鸟之同心，迈池鱼之比目。朝浮兮浪华，夜集兮江沙。……金鸡玉鹊不成群，紫鹤红雉一生分。愿学鸳鸯鸟，连翩恒逐君。（萧绎）
>
> 卢姬小来事魏王，自有歌声足绕梁，何曾织锦，未肯挑桑，终归薄命，著罢空床。见鸳鸯之相学，还欹眠而泪落。（庾信）
>
> 特讶鸳鸯鸟，长情真可念，许处胜人多，何时肯相厌。闻道鸳鸯一鸟名，教人如有逐春情。不见临邛卓家女，只为琴中作许声。（徐陵）[2]

该赋题取词《诗·小雅·鸳鸯》“鸳鸯于飞，毕之罗之”，取义《毛传》“鸳鸯，匹鸟”及郑笺“匹鸟，言其止则相耦，飞则为双，性驯耦也”。[3] 考察取资经词与经义，是汉赋创作以来的传统，然比较而言，汉人赋中用“经”，皆以讽与颂寄托作者的现实意图颇有思想深意，而

---

① 徐文驹《师经堂集》，《四存全书存目丛书》影清康熙五十一年（1712）刻本。

② 欧阳询撰，汪绍楹校《艺文类聚》，上海古籍出版社，1965年，第1604、1605页。

③ 马瑞辰撰，陈金生点校《毛诗传笺通释》，中华书局，1989年，第735页。

南朝赋如“鸳鸯”题，无非是借经义而骋绮词，是没有什么深意可言的。尽管钱锺书《管锥编》比较《全梁文》中萧绎赋中如“雄飞入玄兔，雌去往朱鸾，岂如鸳鸯相逐，俱栖俱宿……愿学鸳鸯鸟，连翩恒逐君”等语，认为“徐(陵)赋结处以卓文君之孀居呼应山鸡、孤鸾之顾影无偶”，较“直言‘愿学’，更为婉约”[1]，也仅是注重技巧，于同题赋限于宫廷酬和的思想贫乏并无裨益。同样，由于这类赋重在绮词丽语，且兼及声律，二萧与徐陵赋中大量五、七言诗句入赋，庾信则在其他赋作又多此创作现象，且成为南朝赋受后世指斥的一个重要现象。如清人王芑孙《读赋卮言・审体》认为“汉魏风骨，一坏于五七言之诗句，再坏于四六格之文辞”[2]，其中内含对齐梁宫廷赋的批评，是不限于“徐庾体”的。

误读之二，视“徐庾体”为排调的典型，丽词之典范，尤其是“隔句作对”之法，后世评述一则以骈而入律，褒贬有殊；一则以为远离古风而本体尽失。如明人吴讷《文章辨体序说》于“三国六朝赋”全引祝尧《古赋辨体》语：

> 至三国六朝之赋，一代工于一代。辞愈工，则情愈短而味愈浅；味愈浅则体愈下。建安七子，独王仲宣辞赋有古风。至晋陆士衡辈《文赋》等作，已用俳体。流至潘岳，首尾绝俳。迨沈休文等出，四声八病起，而俳体又入于律矣。徐、庾继出，又复隔句对联，以为骈四俪六；簇事对偶，以为博物洽闻；有辞无情，义亡体失。[3]

此论魏晋以降迄于唐代，赋体由俳入律的过程，徐、庾有着推波助澜并达极致的作用。其中“有辞无情”的批评，于徐、庾赋则并不全面，徐陵赋存一篇，难概其义，至于庾信赋作如入北后所作之《枯树赋》《哀江南赋》，岂能“无情”，所以特指现象涵盖其全部，也具非典型性。

---

① 钱锺书《管锥编》，中华书局，1986年，第1470页。

② 王芑孙《读赋卮言》，王冠辑《赋话广聚》第三册影《国朝名人著述丛编》本，北京图书馆出版社，2006年，第310页。

③ 吴讷撰，于北山校点《文章辨体序说》，人民文学出版社，1962年，第22页。

除此之外，上引文字尚有两大视点，关乎赋体技艺：

一是“骈四偶六”，即用“俳体”至徐、庾尤盛。针对这一现象，历代尊古体的批评家皆多微词，例如明代姚旅《露书》引录莆田姚园客语云：

> 庾信《华林园马射赋》曰：“千乘雷动，万骑云屯”；曰“选朱汗之马，开黄金之埒”；曰“鸣鞭则汗赭，入埒则尘红”；曰“马似浮云向埒”。一事屡见，不免重叠。然犹意异，古或不忌。至如“驺虞九节”；后曰“诗歌九节”；如“吟猿落雁”，后曰：“雁失群而行断，猿求林而路绝”；如“彩则锦市俱移，钱则铜山合徙”，后曰：“水衡之钱山积，织室之锦霞开”，则不胜重犯矣。盖子山只务琢句，不计文理故耳。[①]

这段话主要批评庾信赋多用排比偶对，务“琢句”而意“重犯”。然而细察其论，其中又有两点龃龉：其一，所引庾赋皆为入北后之作，与习惯所称的“徐庾体”无关；其二，因“骈四俪六”而注重“琢句”技艺是魏晋以来整体创作趋势，虽涵盖赋体而非赋体独有，涵盖“徐、庾”而绝非其专擅。相较而言，论声律俪对，徐、庾赋远不及沈约、江淹赋的表现典型。沈约《宋书·谢灵运传论》对包括诗赋的声律界说是：“宫羽相变，低昂舛节；若前有浮声，则后须切响。一简之内，音韵尽殊；两句之中，轻重悉异。”[②]其于骈赋而言，要求颇为严格。若衡以此法，江淹赋运用最为频繁，如其《别赋》计 132 句，其偶句以“浮声”“切响”相协者，多达 96 句。如：“一赴绝国，讵相见期。视乔木兮故里，决北梁兮永辞。”“君居淄右，妾家河梁。同琼珮之晨照，共金炉之夕香。”等等。又如《恨赋》计 90 句，其中“一句之内，平仄协调”的达 75 处。如“试望平原”“我生到此”“心惊不已”“雄图既溢”，等等。[③] 相比而

① 李调元《赋话》，王冠辑《赋话广聚》第三册影《函海》本，北京图书馆出版社，2006 年，第 197 页。

② 沈约《宋书》，中华书局，1974 年，第 1779 页。

③ 详见韦金满《略论江淹恨别二赋之声律》，《新亚学术集刊》第十三期《赋学专辑》，香港中文大学新亚书院，1994 年，第 115—144 页。

言，徐、庾赋并无此严格规范，甚至可以说并非俳赋“骈四俪六”的典型创作。

二是“隔句对联”，为后世律体赋所取法。所谓“隔句对联”，也是标准的骈四俪六之法运用于赋体，这由骈赋肇始，而在唐宋律赋中尤为常态。如钱起的《尺波赋》中句式有“圆规可验，疑沉璧之旧痕；前后相伴，若浮书而竞起”，“流脉中移，类蠖影求伸之际；浮光上透，若雪华呈瑞之初”。浦铣《复小斋赋话》评曰“数联皆藏尺字在内，不尔何以切题”[①]，以为巧妙，功夫就在“联对”。这影响到清代馆阁赋写作，又衍伸为长股韵对和“隔股对”，如王祖庚《大阅南苑赋》“期门羽林，靡桡旃，曳珠旗，既星罗而棋布；材官技士，带干将，秉玉戚，亦岳立而山横”，即长股韵对例[②]。如果对照徐、庾赋作，其“隔句对联”并不多见，比较而言，则在其书、序、表、启类的骈体文中常有。如徐陵《玉台新咏序》开篇云“凌云概日，由余之所未窥；千门万户，张衡之所曾赋”；又如《与齐尚书仆射杨遵彦书》开篇云“一言所感，凝晖照于鲁阳；一志冥通，飞泉涌于疏勒”[③]，均联对工整。同样，庾信的《谢滕王集序启》之“有节有度，即是能平八风；愈唱愈高，殆欲去天三尺”，《谢赵王赉马并繖启》之“在命之轻，鸿毛浮于弱水；知恩之重，鳌背负于灵山”等[④]，此类联对句式不胜枚举。由此可见，后世批评家追述“徐庾体”的“隔句作对”，是南朝骈体文常见句法，在其赋作中并不典型，堪称某种移植批评，所以也难为信谳。

误读之三，“徐庾体”开启唐人应制律赋的创作。明人徐师曾《文体明辨序说》继祝尧《古赋辩体》尊古体而轻律体，并为史述云：

> 三国、两晋以及六朝，再变而为俳，唐人又再变而为

---

① 浦铣著，何新文、路成文校证《历代赋话校证·复小斋赋话》，上海古籍出版社，2007年，第380页。

② 参见铃木虎雄撰，殷石臞译《赋史大要》，正中书局，1942年，第302页。

③ 徐陵撰，许逸民校笺《徐陵集校笺》，中华书局，2008年，第223、407页。

④ 庾信撰，倪璠注，许逸民校点《庾子山集注》，中华书局，1980年，第553、587页。

律……至于律赋，其变愈下，始于沈约“四声八病”之拘，中于徐、庾“隔句作对”之陋，终于隋、唐、宋“取士限韵”之制，但以音律谐协对偶精切为工，而情与辞皆置弗论。[①]

其说由赋之“声律”到“限韵”，仍以徐、庾赋创作为重要的阶段，且持批判的态度。如果对应前述徐、庾赋创作鲜有“隔句作对”之例，这也是以“徐庾体”概念笼套赋体的误区。考律赋之名，当源律诗，如元稹《叙词寄乐天书》云：“声势沿顺，属对稳切者为律诗。”[②]而律赋先谓甲赋、今赋，至五代及宋，始有律赋之称。所谓甲赋，正说明律赋形成除前述赋体声律词藻之发展，更重要的是唐人进士科试赋制度之实行，清初孙梅《四六丛话》卷四云：“自唐迄宋，以赋造士，创为律赋，用便程式。新巧以制题，险难以立韵，课以四声之切，幅以八韵之凡，栫以重棘之围，刻以三条之烛。然后铢量寸度，与帖括同科。”[③]徐、庾赋于中的作用，也是很微弱的。至于以庾信赋为主对唐人律赋的影响，如李元春《古律赋要》评庾信的《马射赋》谓“层次分明，词章工丽，已是律赋之体”[④]，其单篇例举，语焉未详。相较而言，清人汤稼堂说法较为详细，其《历朝赋衡裁·凡例》云：

扬、马之赋，语皆单行，班张则兼有俪句。……下逮魏晋，不失厥初。鲍照、江淹，权舆已肇；永明、天监之际，吴均、沈约诸人，音节谐和，属对密切，而古意渐远。庾子山沿其习尚，引而申之，无语不工，无句不偶，激齐梁之余波，开隋唐之先躅，古变为律，子山其枢纽也。[⑤]

论者在该书卷二尾评中复谓：“古变为律，兆于吴均、沈约诸人，子山衍为长篇，益加工整，特录《马射》《小园》两篇，以志律赋之所自

---

① 徐师曾撰，罗根泽校点《文体明辨序说》，人民文学出版社，1962年，第101页。

② 元稹著，冀勤点校《元稹集》，中华书局，1982年，第353页。

③ 孙梅著，李金松校点《四六丛话》，人民文学出版社，2010年，第69页。

④ 李元春《古律赋要》，清道光三十年庚戌(1850)刻本。

⑤ 汤聘(稼堂)评骘，周嘉猷、周鈖蒐辑《历朝赋衡裁》，清乾隆二十五年(1760)瀛经堂藏板。

出。”[1]很显然，汤氏之论主要在以偶对为律赋先声，此绝非庾赋之专擅，且其所举赋例，亦皆庾信入北后的作品，同样与产生于萧梁宫廷的“徐庾体”没有直接的关系。况且后世律赋评论家言说庾信赋，赞美者也以其入北后作品为佳构。例如李调元《赋话》卷八引《朝野佥载》云：

梁庾信初至北周，文士多轻之。信将《枯树赋》以示之，于后无言者。[2]

顾莼《律赋必以集·凡例》亦云：

六朝诸家，当以庾子山为大宗，其《哀江南赋》序事详尽，运典该洽，实为空前绝后之作……《春赋》《镜赋》诸作，词极工妙，然不免丽而淫矣。[3]

称颂的是庾信的入北后的作品，贬抑的才是居南朝宫廷时的旧作，这恰与以“徐庾体”为推动律赋之成立的观点相左。

从唐初史臣提出“徐庾体”并用于赋域，到后世赋论家以之衡赋，虽有尊古赋者贬其“体”，或有重时赋者褒其“技”，其于赋史中的作用，又在误读过程中得到了普遍的认同。

三、认同：南朝赋论的一个符号

在赋论史上，“徐庾体”的提出源于唐初史臣，其内涵非常贫乏，例举作品亦仅徐陵于东宫所作《鸳鸯赋》与庾信居南朝所存赋作，至于庾信入北后之作，显然与前期作品不侔。对此，钱锺书《谈艺录》有段论述：

子山词赋，体物浏亮，缘情绮靡之作，若《春赋》《七夕赋》《灯赋》《对烛赋》《镜赋》《鸳鸯赋》，皆居南朝所为。及夫

---

① 汤聘(稼堂)评骘，周嘉猷、周鈖蒐辑《历朝赋衡裁》，清乾隆二十五年(1760)瀛经堂藏板。

② 李调元《赋话》，王冠辑《赋话广聚》第三册影《函海》本，北京图书馆出版社，2006年，第196页。

③ 顾莼评选《律赋必以集》卷首，清光绪十五年(1889)尊经书院本。

屈体魏、周，赋境大变，惟《象赋》《马射》两篇，尚仍旧贯。他如《小园》《竹杖》《邛竹杖》《枯树》《伤心》诸赋，无不托物抒情，寄慨遥深，为屈子旁通之流，非复荀卿直指之遗，而穷态尽妍于《哀江南赋》。早作多事白描，晚制善运故实，明丽中出苍浑，绮缛中有流转；穷然后工，老而更成，洵非虚说。[①]

对庾信入北后赋作，明人张溥《庾开府集题辞》引周滕王逌序语“子山妙擅文词，尤工诗赋”，又衍伸其义评述庾信文章云：

文与孝穆敌体，辞生于情，气余于彩，乃其独优。令狐撰史，诋为“淫放”“轻险”，“词赋罪人”。夫唐人文章去徐、庾最近，穷形尽态，模范是出，而敢于毁侮，殆将讳所自来，先纵寻斧欤？[②]

其并美徐、庾，且以唐人取效其文最近，反诋其“词赋罪人”等，而予以反驳，此说涵盖面较广，也有溢出前人所称“徐庾体”之嫌。同样，后人评论徐、庾，往往也是综会而言，如清人余丙照《赋学指南·原叙》有云“刊陈落腐，含英咀华，以登徐、庾之堂，而树骚坛之帜”，且于书中《论炼局》列举庾赋四篇，分别是《华林园马射赋》《小园赋》《枯树赋》《春赋》，并加评骘，是兼容其南、北赋作的[③]。林联桂《见星庐赋话》卷一论骈体赋，既谓“浸淫至于六朝，绚爛极矣”，又列举庾信《小园》《枯树》《灯》诸作为典型例证，署作者为“北周”[④]，显然不拘于南朝宫廷赋作的绮靡之风。正因如此，前人无论是对徐、庾赋作的褒与贬，抑或是涵盖不甚分明的赋阈之“徐庾体”，其实都是与南朝赋论密切联系的认知，抑或是其被后人认同的一个符号。

① 钱锺书《谈艺录(补订本)》，中华书局，1984 年，第 300 页。

② 张溥著，殷孟伦注《汉魏六朝百三家集题辞注》，人民文学出版社，1960 年，第 290 页。

③ 余丙照《增注赋学指南》，王冠辑《赋话广聚》第五册影清光绪刻本，北京图书馆出版社，2006 年，第 10,399—419 页。

④ 林联桂撰，何新文等校证《见星庐赋话校证》，上海古籍出版社，2013 年，第 3 页。

考察南朝赋论，实以齐梁时期兰陵萧氏居皇族之尊，引领文治，而为之中心。有关萧氏赋论，主要在“五萧”，分别是萧衍、萧子良、萧统、萧纲与萧绎。这期间又以两个阶段最为突出：一是齐竟陵王萧子良西邸文学集团，即在金陵鸡笼山西邸时邀众宾客于府第，以文学著称者有“竟陵八友”。据《梁书·武帝本纪》载：“竟陵王子良开西邸，招文学，高祖（萧纲）与沈约、谢朓、王融、萧琛、范云、任昉、陆倕等并游焉，号曰‘八友’。”[①]其中除了萧衍以帝王之尊编有《历代赋》，影响了昭明太子萧统编《文选》的赋论，沈约、王融等以声律论著称者也皆参与其间，影响颇钜。二是萧纲居东宫时开文德省置学士，徐氏父子皆充其选，所谓“徐庾体”正产生于此间。而萧纲既是梁朝“宫体诗”的倡导者，且于文章（含辞赋）尤重“放荡”，即《诫当阳公大心书》所言：“立身之道与文章异。立身先须谨重，文章且须放荡。”[②]被视为文学“新变”的代表。而在此文学新变中，赋体的俪词偶句诚为典型的表征。

如果综会南朝赋论，又有一个突出的现象，就是“古体”与“今体”区分，其论初见晋人皇甫谧《三都赋序》“赋者，敷陈之称，古诗之流也”与挚虞《文章流别论》“若马融《广成》《上林》之属，纯为今赋之体”的说法。这一论述到萧纲的《与湘东王书》“若以今文为是，则古文为非；若昔贤可称，则今体宜弃”，呈现于赋域，又影响到后世“古赋”（骚汉赋体）与“时赋”（如唐律体与清馆阁体）理论的形成。与之相应，刘勰《文心雕龙·诠赋》又从另一视角区分赋体以“鸿裁”与“小制”。如其论“鸿裁”云：

> 夫京殿苑猎，述行序志，并体国经野，义尚光大，既履端于倡序，亦归余于总乱。……斯并鸿裁之寰域，雅文之枢辖也。

指的是“兴楚而盛汉”的骋词大篇。而复论其“小制”云：

---

① 姚思廉《梁书》，中华书局，1973年，第2页。

② 严可均辑《全上古三代秦汉三国六朝文》，中华书局，1958年，第3010页。

至于草区禽族，庶品杂类，则触兴致情，因变取会，拟诸形容，则言务纤密；象其物宜，则理贵侧附；斯又小制之区畛，奇巧之机要也。[①]

其所指向当时大量出现的抒情、咏物与述理小赋，也有着当时体的性质。这种古、今体的意识，在萧统编纂《文选》的思想中亦有体现。就古体而言，萧统《文选》选录文体在“首赋”的前提下，又首选汉代的“京都”大赋，树立的正是以汉代描写皇都的“体国经野”大赋为正宗的批评观，而这一点正出于宫廷王政思考，从某种意义上可谓立足南朝偏安小朝廷而对大汉帝国雄张气象的摹写，即对王言传统的理论复归。就今体而言，萧氏赋目另辟“志”“哀伤”“情”三类，则与魏晋以降言志赋的兴盛与伤逝情绪的普泛关联，具有因时而变的“新体”意义。这种兼容古、今体义的态度，在萧氏《文选序》一则强调“《诗》有六义焉……古诗之体，今则全取赋名”来追踪赋体“诗源”以原古，一则又倡导为文之道乃“事出于沈思，义归乎翰藻”[②]，其于赋似内含对“踵事增华”之今体的容受。

这种包括对大汉盛世赋章追慕的古体观与以俪词翰藻为征象的今体文，在徐、庾文章中均有体现，前者或被奉为“大手笔”，后者或被贬曰“淫放”。庾信入北朝后的文章，受到重视已有共识，如清代馆臣在《四库全书总目》庾集“提要”中认为：“至信北迁后。阅历既久，学问弥深，所作皆华实相符，情文兼至。抽黄对白之中，浩气舒卷，变化自如，则非陵之所能及矣。”[③]这诚如唐代诗人杜甫所言“庾信文章老更成，凌云健笔意纵横”（《戏为六绝句》）；“庾信平生最萧瑟，暮年诗赋动江关”（《咏怀古迹五首》）。[④] 然其中所谓“则非陵之所能及矣”，或有不同意见。庾氏入北，徐氏留南且由梁入陈，后人评述亦不限于华词，如《陈书・徐陵传》的史臣评价“自有陈创

① 刘勰著，范文澜注《文心雕龙注》，人民文学出版社，1958年，第135页。
② 萧统编，李善注《文选》，中华书局，1977年，第1—2页。
③ 永瑢等《四库全书总目》，中华书局，1965年，第1276页。
④ 杜甫著，仇兆鳌注《杜诗详注》，中华书局，1979年，第898、1499页。

业，文檄军书及禅授诏策，皆陵所制”，乃至“世祖、高宗之世，国家有大手笔，皆陵草之”[①]。清人蒋士铨论徐陵《册陈王九锡文》云：“如此大篇，妙在气体渊雅，语议匀称，既无逗凑粗砺之患，复绝驽骖骥服之嫌。遒劲式让子山，而雍容揖让气象，可与接踵。”[②]其中并美徐、庾，均在“大手笔”。然而这种创作现象，几乎为唐初史家提出“徐庾体”时集体忽略，而更多地关注于词章淫哇，甚或视为“词赋之罪人”。究其原因，则在于唐朝是经魏晋南北朝政权分裂后再次兴起一统文化的时代，其追附的是汉代帝国的统一文化，并由此再附着于周朝礼德文化的经典，而于南北朝偏安朝廷的“盛世情怀”予以剔除，这也造就了唐人诗文词法前朝而恶诋其体的历史原因。可以说，唐人极为重视《文选》的选文价值，但却忽略其首选汉“京都”大赋的当朝胸襟，其于徐、庾之“大手笔”的蔑视，也同此心态。与之相关，尚有唐人追慕《周书》与汉赋的王朝“元会礼”以及后世图像化的文化事件，值得一述。“元会礼”初见于《周书》中有关周成王朝会诸侯的记载，继后汉代京都赋中颇多同类描述，如班固在《东都赋》中称颂“春王三朝，会同汉京。是日也，天子受四海之图籍，膺万国之贡珍，内抚诸夏，外绥百蛮”，写的就是汉代“元会礼”，何焯批点云：“盛称王会之礼，包举四海万国，是何等气象。”[③]继此，晋人又有“王会”(元会礼)的专题赋，更有梁元帝萧绎绘制的《职贡图》，使这一盛典得以图像化。据萧氏《职贡图序》称“晋帝君临，……夷歌成章，胡人遥集，款开蹶角，沿泝荆门，瞻其容貌，诉其风俗。如有来朝京辇，不涉汉南，别加访采，以广闻见，名为贡职图”[④]，以及《梁书·诸夷传》记载，乃为其任职荆州时据亲见与转述绘成。萧氏原图亡佚，据后世三种摹本，即传为唐阎立本摹本《王会图》、南唐顾德谦摹本《梁元帝番客入朝图》、北

---

① 姚思廉《陈书》，中华书局，1972年，第335页。

② 蒋士铨《评选四六法海》卷一，民国上海文瑞楼石印本，第7页。

③ 于光华辑《重订文选集评》，影印清乾隆四十三年(1778)锡山启秀堂重刻本，国家图书馆出版社，2012年，第177页。

④ 欧阳询撰，汪绍楹校《艺文类聚》，上海古籍出版社，1965年，第996—997页。

宋摹本《职贡图》[1]，虽有24国使者与33国使者的不同，但其图像大略可见。然而唐人以及后世则选择了对萧绎“职贡图”的忽略，而更关注的是唐初阎立德、阎立本兄弟同制《王会图》之举。据《旧唐书·南蛮西南蛮·东谢蛮》：

> 贞观三年，元深入朝，冠乌熊皮冠，若今之髦头，以金银络额，身披毛帔，韦皮行縢而著履。中书侍郎颜师古奏言：“昔周武王时，天下太平，远国归款，周史乃书其事为《王会篇》。今万国来朝，至于此辈章服，实可图写，今请撰为《王会图》。”从之。[2]

颜师古的奏言得到回应，有了二阎的图画。据朱景玄《唐朝名画录》记载：“阎立德《职贡》图异方人物诡怪之质，自梁、魏以来名手，不可过也。……惟《职贡》《卤簿》等图，（立本）与立德皆同制之。”[3]又《谭宾录》载颜师古奏言后，即谓“乃命立德等图画之”[4]。虽然人们熟知阎绘摹仿萧图[5]，可当世并无人关注，却更多赞颂其创造之意。于是到元朝始有《王会图赋》，相依传承，无不关注唐人继周、汉的气象。如元人罗庆源《王会图赋》云：“繄有唐之盛治，抚景运而益隆。览舆图之混一，奄万国兮来同。……于是颜生朝奏，阎公暮召。抽毫素而授简，传深宫之有诏。彰粉绘之淋漓，渥丹青之炫耀。”[6]以有唐“盛治”为着眼点，以万国“来同”为旨归，基本奠定了同类赋的书写模式。对萧绎“职贡图”盛典书写的忽略，亦如对徐、庾“大手笔”的忽略，是

---

① 传说的三种摹本，前两种今存台北“故宫博物院”，后一种今存南京博物院。有关“职贡图”的绘制，详见金维诺《〈职贡图〉的时代与作者》，《文物》1960年第7期。

② 刘昫等《旧唐书》，中华书局，1975年，第5274页。

③ 朱景玄撰，温肇桐注《唐朝名画录》，四川美术出版社，1985年，第8—9页。

④ 周勋初主编《唐人轶事汇编》，上海古籍出版社，2015年，第283页。

⑤ 宋李廌《德隅斋画品》“番客入朝图”条：“梁元帝为荆州刺史日所画粉本。鲁国而上，三十有五国，皆写其使者，欲见胡越一家，要荒种落，共来王之职。其状貌各不同，然皆野怪寝陋，无华人气韵。……阎立本所作《职贡图》亦相若，得非立本摹元帝旧本乎？或以为元帝所作，传至贞观，后人因事记于题下，亦未可知。”（引自俞剑华编著《中国历代画论大观·第二编 宋代画论》，江苏凤凰美术出版社，2017年，第283—285页。）

⑥ 李修生主编《全元文》第56册，江苏古籍出版社，1999年，第157—158页。

唐人自膺周、汉盛世襟抱的选择，这也决定了“徐庾体”的历史命运。

于是由唐人首造的“徐庾体”以及在赋域的呈现，也仅对应前述两阶段有关南朝“今体”的构建，即萧子良西邸文学集团与萧纲东宫文德省学士集团，其所创造的辞赋体义就在声律与丽词。尽管后世赋论家对庾信赋居南与入北作品有所区分，尤其对后期赋作颇多赞美，如清人李元度《赋学正鹄》于“高古类”录庾赋四篇，如评作于北周时期的《三月三日华林园马射赋》云：“变汉魏瑰奇奥衍之气，而出以绮丽清新，台阁体非此不称。”又评《哀江南赋》云：“杜工部云：‘清新庾开府。’又云：‘庾信平生最萧瑟。’又云：‘庾信文章老更成。’合此三语，可以尽此赋之妙矣。”[①]如果我们对照庾信早期居南赋作如《春赋》《鸳鸯》与后期入北赋作如《马射赋》《小园赋》等，其对声律与俪词的运用，又颇类同。如“皇帝以上圣之姿，膺下武之运，通乾象之灵，启神明之德。……雕题凿齿，识海水而来王；乌弋黄支，验东风而受吏”（《马射赋》）；“一寸二寸之鱼，三竿两竿之竹。云气荫于丛蓍，金精养于秋菊”（《小园赋》）等[②]，其偶对之法正是赋风由南入北的影响。缘此，人们对“徐庾体”赋义的批评因之而衍溢，而变得笼统，如谓“至萧氏兄弟，徐、庾父子，而斯道始盛”[③]，“至于徐、庾，天之将丧斯文也”[④]，“六朝颜、鲍、徐、庾，唐李义山、国朝黄鲁直，乃邪思之尤者”[⑤]，“扬、墨、佛、老虚无报应之事，沈、谢、徐、庾妖艳邪侈之言”[⑥]，等等。这种以泛“论”取代专“体”，自然反转为专“体”成于泛论，对南朝赋论“今体”之声律与丽辞的认同，成就了“徐庾体”这一创作与批评的符号。

（三江学院文学与新闻学院，南京大学文学院）

---

① 李元度《赋学正鹄》，清光绪十一年（1885）文昌书局本。

② 庾信撰，倪璠注，许逸民校点《庾子山集注》，中华书局，1980 年，第 3、25 页。

③ 王志坚编选《四六法海》，影印文渊阁《四库全书》本，上海古籍书店，1987 年。

④ 董诰编《全唐文》，中华书局，1983 年，第 2402 页。

⑤ 张戒《岁寒堂诗话》，引自丁福保辑《历代诗话续编》上册，中华书局，1983 年，第 465 页。

⑥ 黄宗羲著，陈金生、梁运华点校《宋元学案》，中华书局，1986 年，第 99 页。

论“骂詈为诗”*

程　维

内容摘要：“骂詈为诗”是宋、金时严羽、元好问所提出来的诗学话题。严羽是站在“深远蕴藉”这一艺术坐标上来批评骂詈为诗的，元好问则是站在“诚”这一坐标上来批评骂詈为诗的；严、元二人批评内涵虽然不相一致，但二人都认为“骂詈为诗”是不合于古人的雅言传统的。然而这个“拒绝骂詈”的雅言诗歌传统，是被严羽、元好问建构出来的，并不符合诗歌史事实。对于“骂詈为诗”的争议，实质上是儒家诗学内在矛盾的必然结果，是“志”与“持”（真与善）、“志”与“诗”（真与美）的诗学观念冲突的集中展现。元好问、严羽对于骂詈为诗的批评，正是在此角度上展开的。

关键词：骂詈为诗；元好问；严羽；儒家诗学

---

* 本文系安徽省哲学社会科学规划后期资助项目“先唐诗歌的议论研究”（AHSKHQ2020D09）阶段性成果、国家社科基金社科学术社团主题学术活动“中国特色文论体系研究”（编号 20STA027）成果之一。

On "Make Poetry out of Snaring Insults"

Cheng Wei

Abstract: "Make Poetry out of Snaring Insults" is a poetical topic raised by Yan Yu and Yuan Haowen. Yan Yu criticizes scolding and insulting as poetry from the artistic coordinate of "profoundness and implication", Yuan Haowen criticizes scolding and insulting as poetry from the coordinate of "sincerity". Although the connotations of Yan and Yuan's criticism do not coincide, they both believe that "scolding and insulting as poetry" is inappropriate. Both of them believe that "scolding and insulting as poetry" is incompatible with the ancient tradition of elegant speech. However, this tradition of poetry in elegant language, which "rejects scolding and insults", was constructed by Yan Yu and Yuan Haowen and does not correspond to the facts of poetry history. The controversy over "Make Poetry out of Snaring Insults" is essentially the inevitable result of the contradictions inherent in Confucian poetics, between will and holding (truth and goodness), and between will and poetry. It is a concentrated demonstration of the conflict between the poetic concepts of Zhi and Chi(truth and goodness) and Zhi and Shi(truth and beauty). It is in this light that Yuan Haowen and Yan Yu's criticism of scolding and insulting as poetry is developed.

Keywords: Make Poetry out of Snaring Insults; Yuan Haowen; Yan Yu; Confucian poetics

当代一些诗人的作品因涉及鄙俗之辞或骂詈之语而引起广泛讨论,这些讨论大多不脱离当代文学的视角。若我们把这一问题放置在更为宏大的文学史视野中,可能会有不同的启发。

继孔子提出诗可以兴、观、群、怨的命题之后,宋、金文人严羽、元好问提出了"诗可不可以詈"这一重要的诗学话题。元好问《论诗三十首》其二十三云:“曲学虚荒小说欺,俳谐怒骂岂诗宜?今人合笑古人拙,除却雅言都不知。”[①]严羽《沧浪诗话》云:“其末流甚者,叫噪怒张,殊乖忠厚之风,殆以骂詈为诗。”[②]这一话题引起了后代不少诗评家的讨论。当代学者郭绍虞的《沧浪诗话校释》、张健的《沧浪诗话校笺》对于严羽“骂詈为诗”的针对对象作出了精辟的讨论[③],给我们很多的启发。但限于注释体例,他们对于“骂詈为诗”这一话题没有作出整体性的探讨。本文试从元好问、严羽的诗论出发,集中讨论这一问题。

一、元好问、严羽“骂詈为诗”发微

元好问(1190—1257)与严羽(约1192—1245)年岁相仿,都对“骂詈为诗”有所批评。他们的批评对象是否是同一个,批评的内涵是否一致呢?

首先,就批评对象来说。严羽和元好问的这两则批评,都被认为是针对苏轼诗而发的。郭绍虞《沧浪诗话校释》注曰:“案山谷《书王知载朐山杂录后》云:‘诗者人之情性也,非强谏争于廷,怨忿诟于道,怒邻骂座之谓也。’则山谷亦反对以骂詈为诗者。惟东坡好以时事为讥诮,故《后山诗话》称:‘苏诗始学刘禹锡,故多怨刺。’《石林诗话》亦称东坡出为杭州通判时,文同送行诗有‘北客若来休问事,西湖虽好莫吟诗’之句,沧浪所言当指此。”[④]日本学者荒井健认为“近代诸公”即“宋朝的诸诗人”,而“末流”指苏轼,因而批评严羽称苏轼为末流“太过分”。[⑤] 而元好问“俳谐怒骂岂诗宜”之论,宗廷辅《古今论诗绝句》认为:“此首专诋东坡。或疑其议东坡不应重叠如此,不知此乃先

① 胡传志《金代诗论辑存校注》,人民文学出版社,2018年,第424页。

② 郭绍虞《沧浪诗话校释》,人民文学出版社,1961年,第26页。

③ 参见郭绍虞《沧浪诗话校释》,第29页;张健《沧浪诗话校笺》,上海古籍出版社,2012年,第177—179页。

④ 郭绍虞《沧浪诗话校释》,人民文学出版社,1961年,第29页。

⑤ 荒井健日译《沧浪诗话》,参见张健《沧浪诗话校笺》,上海古籍出版社,2012年,第178页。

生宗旨所在，射人射马，擒贼擒王，所见既真，故不惮一再弹击也。”[①]钱锺书《谈艺录》亦持此观点：“此绝亦必为东坡发。‘俳谐怒骂’即东坡之‘嘻笑怒骂皆成文章’；山谷《答洪驹父》第二书所谓：‘东坡文章短处在好骂’，杨中立《龟山集》卷十《语录》所谓：‘子瞻诗多于讥玩’；戴石屏《论诗》十二绝第二首所谓：‘时把文章供戏谑，不知此体误人多。’”[②]

元好问“俳谐怒骂”句是议论东坡，似无多少异议。唯一争议在于是否专议东坡。黄山谷《东坡先生真赞》“虽嬉笑怒骂之词，皆可书而诵之”，元好问“俳谐怒骂”数语应是从此处来。郭绍虞《元好问论诗绝句小笺》对宗廷辅《古今论诗绝句》“专诋苏轼”之说提出怀疑：“苏轼诗文短处在好骂，黄庭坚《答洪驹父书》已言之。宗氏谓‘此首专诋东坡’，固无不可。然杜甫、李商隐，俱有俳谐体诗，晚唐诗人，此体尤多，似亦不必专指苏轼。”[③]此论甚安。

然而严羽骂詈为诗的批评对象，学界有完全不同的说法。朱东润先生认为严羽“骂詈为诗”批评的对象不是苏轼，而是刘克庄。理由有四：一是刘克庄的时代与严羽相当，而刘克庄也曾指出在那时代里存在着唐诗和江西诗派两条不同的道路；二是刘克庄在《刘圻父诗序》里虽然对于这两家同样地有褒有贬，但是他自己却是走的江西派的道路；三是刘克庄正面提出对于以禅喻诗的反对；四是刘克庄正面提出对于李贾论诗的争论，而李贾和严羽是同调。[④] 关于这一点，我们首先应当结合这两个文本的前后语境进行分析。严羽《沧浪诗话·诗辨》云：

> 诗者，吟咏情性也。盛唐诸人惟在兴趣，羚羊挂角，无迹可求。故其妙处透彻玲珑，不可凑泊，如空中之音，相中之色，水中之月，镜中之象，言有尽而意无穷。近代诸公乃

---

① 郭绍虞主编《中国历代文论选》第二册，上海古籍出版社，2001 年，第 457 页。

② 钱锺书《谈艺录》，生活·读书·新知三联书店，2001 年，第 471—472 页。

③ 郭绍虞《元好问论诗三十首小笺》，人民文学出版社，1978 年，第 75 页。

④ 见《朱东润文存》，上海古籍出版社，2014 年，第 63—68 页。

作奇特解会，遂以文字为诗，以才学为诗，以议论为诗。夫岂不工，终非古人之诗也。盖于一唱三叹之音，有所歉焉。且其作多务使事，不问兴致；用字必有来历，押韵必有出处，读之反覆终篇，不知着到何在。其末流甚者，叫噪怒张，殊乖忠厚之风，殆以骂詈为诗。诗而至此，可谓一厄也。[1]

"末流甚者"云云，是指诗作还是诗人呢？[2] 前人指认苏轼、刘克庄等，都认为是诗人。其实依前后文，应指的是诗作。严羽称近代诸公以文字、才学、议论为诗，诗非不工，"终非古人之诗也"；又称"其作"如何如何，"读之反覆终篇"不知着落何处；句句落在诗作上。继而言"其末流甚者"，显然是指近代诸公诗作的末流；而近代诸公的特色是"以文字为诗，以才学为诗，以议论为诗"，所以此末流亦是以文字、才学、议论为诗的末流。这其中又有两种可能，即"以文字为诗，以才学为诗，以议论为诗"三者合一的末流，或其中之一的末流。"多务使事，不问兴致"盖指"以才学为诗"，"用字必有来历，押韵必有出处"盖指"以文字为诗"，而"叫噪怒张"云云偏指"以议论为诗"的末流。《诗辨》后文又云：

然则近代之诗无取乎？曰：有之，吾取其合于古人者而已。国初之诗尚沿袭唐人，王黄州学白乐天，杨文公、刘中山学李商隐，盛文肃学韦苏州，欧阳公学韩退之古诗，梅圣俞学唐人平澹处。至东坡、山谷始自出己意以为诗，唐人之风变矣。山谷用工尤为深刻，其后法席盛行，海内称为江西宗派。近世赵紫芝、翁灵舒辈，独喜贾岛、姚合之诗，稍稍复就清苦之风；江湖诗人多效其体，一时自谓之唐宗；不知

① 郭绍虞《沧浪诗话校释》，人民文学出版社，1961 年，第 26 页。

② 严羽并非把诗人和诗作完全看成一体。《沧浪诗话・诗体》云"王荆公体(公绝句最高，其得意处高出苏黄陈之上，而与唐人尚隔一关)"，"杨诚斋体(其初学半山后山，最后亦学绝句于唐人，已而尽弃诸家之体而别出机杼，盖其自序如此也)"，《沧浪诗话・诗评》云"大历后刘梦得之绝句，张藉、王建之乐府，吾所深取耳"，"韩退之琴操极高古，正是本色，非唐贤所及"，"集句唯荆公最长"。诗人有专长于某体某类，自然有不擅长的体类。

止入声闻辟支之果，岂盛唐诸公大乘正法眼者哉！[1]

“近代之诗”包涵他前文所批评的“近代诸公”之诗，以及后文所表扬的“沿袭唐人”之作；后者是“合于古人者”，前者是“未合古人者”。依照严羽对于宋代诗史的梳理，则宋初王黄州、杨文公、刘中山、盛文肃、欧阳公、梅圣俞之诗是合于古人者；而苏东坡、黄山谷、江西派之诗则是未合古人者。是以“近代诸公”即苏东坡、黄山谷、江西派等自出己意为诗者。由以上分析可知，《沧浪诗话》所谓的末流甚者，是苏、黄、江西派中以议论为诗的末流诗作。议论为诗容易陷入争胜的境地，导致逞才使气，以至于怨毒入诗。尤其是怨刺类诗歌，“自道理之说起，人各扶其是非以逞其血气”，“至于倾轧不已，而忿毒之相寻”（焦循）。当然，依照严羽的标准，这一类诗歌有不少是苏轼的诗歌；然而也不止于苏轼的诗歌，朱东润便曾举过刘克庄《防江卒》《苦寒行》《军中乐》数诗作为骂詈为诗的例证。

其次，批评内涵方面。关于严羽的“骂詈为诗”，路易斯·辛普森《严羽》一诗云：

> “The worst of them”, said Yen Yu.
> “even scream and growl,
> and besides, they use abusive language.”[2]

辛普森把“骂詈”理解为谩骂的言语、侮辱性的语言。实际上，“骂詈为诗”是严羽对于议论为诗的延伸性批评，“叫噪怒张，殊失忠厚之风”，也是形容怨刺而失去限度的状态；而不单纯是语言上的不收敛。宇文所安将其翻译为“make poetry out of snaring insults”[3]，便相对准确一些。此外，“abusive”与“insult”具有私人性，而宋代的骂詈诗主要是政治怨刺诗。如苏轼的骂詈诗，陈师道谓“苏诗始学刘禹锡，

---

① 郭绍虞《沧浪诗话校释》，人民文学出版社，1961 年，第 26—27 页。

② Louis Simpson. *Colleced Poems*. New York: Paragon House, 1988. p. 221.

③ 宇文所安《中国文学思想读本：原典·英译·解说》，生活·读书·新知三联书店，2019 年，第 525 页。

故多怨刺，学不可不慎也”[①]。《诗人玉屑》引《龟山语录》之言：“诗尚谲谏，唯言之者无罪，闻之者足以戒，乃为有补；而涉于毁谤，闻者怒之，何补之有！观东坡诗只是讥诮朝廷，殊无温柔崇厚之气，以此人故得而罪之。”[②]怨刺诗多是针对政事，公共性大于个人性，以至于舒亶弹劾苏轼逢政必谤：“至于包藏祸心，怨望其上，讪讟谩骂，而无复人臣之节者，未有如轼也。盖陛下发钱以本业贫民，则曰‘赢得儿童语音好，一年强半在城中’；陛下明法以课试郡吏，则曰‘读书万卷不读律，致君尧舜知无术’；陛下兴水利，则曰‘东海若知明主意，应教斥卤变桑田’；陛下谨盐禁，则曰‘岂是闻韶解忘味，迩来三月食无盐’；其他触物即事，应口所言，无一不以讥谤为主。”[③]他如骂政客“聒耳如蜩蝉”（《送曾子固倅越得燕字》），骂朝廷“荒林蜩蚻乱，废沼蛙蝈淫”（《张安道见示》）等，也都是如此。

《四库提要》评严羽说：“羽则专主于妙远。故其所自为诗，独任性灵，扫除美刺；清音独远，切响遂稀。”[④]严羽扫除美刺，并非是内容上不喜美刺，而是在形式上对于直接怨刺的诗歌不太欣赏，因其缺乏含蓄蕴藉妙远的美感。他谈乐府诗说“大历后，刘梦得之绝句，张籍、王建之乐府，吾所深取耳”[⑤]，而对于以新乐府著名的元稹、白居易却不提及，又说“大历以后，吾所深取者，李长吉、柳子厚、刘言史、权德舆、李涉、李益耳”[⑥]，也未提到元白。元白张王都是怨刺类的乐府诗，但他反对元白，而赞赏张王，是因为元白清浅显露，而张王乐府凝炼含蓄。严羽《诗法》说：“学诗先除五俗：一曰俗体，二曰俗意，三曰俗句，四曰俗字，五曰俗韵。”[⑦]陶明濬《诗说杂记》对此曾作了明白的解

---

① 陈师道《后山诗话》，何文焕辑《历代诗话》，中华书局，1981年，第306页。

② 魏庆之编《诗人玉屑》，上海古籍出版社，2007年，第282页。

③ 朋九万《乌台诗案》，《丛书集成初编》本，第1—2页。

④ 《四库全书总目》第163卷集部别集类十六，上海大东书局，1926年，第18页。

⑤ 郭绍虞《沧浪诗话校释》，人民文学出版社，1961年，第165页。

⑥ 郭绍虞《沧浪诗话校释》，人民文学出版社，1961年，第163页。

⑦ 郭绍虞《沧浪诗话校释》，人民文学出版社，1961年，第108页。

释:“俗体者何？当是所盛行如应酬诸诗，毫无意味，腴词靡靡，若试帖等类，今亦不成问题矣。”“俗意者何？善颂善祷，能谀能谐，毫无超逸之志是也。”“俗句者何？沿袭剽窃，生吞活剥，似是而非，腐气满纸者是也。”“何谓俗字？风云月露，连类而及，毫无新意者是也。”“何谓俗韵？过于奇险，困而贪多，过于率易，虽二韵亦俗者是也。”[①]严羽又说“语忌直，意忌浅，脉忌露，味忌短”[②]，他反对俗，是因为它导致了意味、超逸之志、新意的流失和表意的直露、浅短。可见严羽是站在“深远蕴藉”这一艺术坐标上来批评骂詈为诗的。

元好问则是站在“诚”这一坐标来批评骂詈为诗。所谓“诚”，即从“本心”发出。“曲学虚荒小说欺，俳谐怒骂岂诗宜？今人合笑古人拙，除却雅言都不知。”“俳谐怒骂”是与曲学的“虚荒”、小说的“欺”相并列的。元好问《陶然集序》曰：

> 自“匪我愆期，子无良媒”“自伯之东，首如飞蓬”“爱而不见，搔首踟蹰”“既见复关，载笑载言”之什观之，皆以小夫贱妇，满心而发，肆口而成，见取于采诗之官，而圣人删诗亦不敢尽废，后世虽传之师，本之经，真积力久，而不能至焉者，何古今难易不相侔之如是邪？盖秦以前民俗醇厚，去先王之泽未远，质胜则野，故肆口成文，不害为合理，使今世小夫贱妇，满心而发，肆口而成，适足以污简牍，尚可辱采诗官之求取耶？[③]

同样是小夫贱妇满心而发、肆口而成的诗歌，在先秦则合理，在今世则污简牍。同样真情实感，何以如此不同呢？是因为先秦时期民俗淳厚，尚存“本心”，脱口而出即为诚；而今世则虚矫盛行、淳风不再，本心上已蒙尘垢，“夫惟不诚，故言无所主，心口别为二物”[④]。元好问

---

① 郭绍虞《沧浪诗话校释》，人民文学出版社，1961年，第108—109页。

② 郭绍虞《沧浪诗话校释》，人民文学出版社，1961年，第122页。

③ 胡传志《金代诗论辑存校注》，人民文学出版社，2018年，第514页。

④ 元好问《杨叔能小亨集引》，胡传志《金代诗论辑存校注》，人民文学出版社，2018年，第497页。

这种“诚”的观念，应该来自宋儒“天命之性”“气质之性”的分别论。好的诗歌是“由心而诚，由诚而言，由言而诗也”[1]，“诚”不是天然而成的，天然而成的是“气质之性”而非“天命之性”。欲诚其意者，先致其知，不了解真实本心的人，是不足以谈“诚”的。又谓：“唐人之诗，其知本乎！何温柔敦厚、蔼然仁义之言之多也！……至于伤谗疾恶不平之气，不能自掩，责之愈深，其旨愈婉；怨之愈深，其辞愈缓。”[2]唐人之诗，因为知本由诚，所以温柔敦厚，即便心中不平，也不会疾言厉色。相反，今世“俳谐怒骂”之诗，则是失去了天命之本性，不足以言“诚”。元好问《杨叔能小亨集引》又言其学诗自警语曰“无怨怼，无谑浪，无骜狠，无崖异”，“无为贤圣癫”，“无为天地一我、古今一我”。[3]怨怼谑浪同贤圣癫、天地一我一样，都是未能知本由诚所导致的；而实际上，以俳谐怒骂为诗的作者，常常是自比圣贤、以为自合天地的人。在元好问看来，“俳谐怒骂”并非源自本心。

二、骂詈为诗的《诗》学传统

《沧浪诗话·诗辨》在批评“以骂詈为诗”的末流甚者后，又称“然则近代之诗无取乎？曰：有之，吾取其合于古人者而已。”[4]元好问也说“今人合笑古人拙，除却雅言都不知。”依照前后文的逻辑推断，则在严羽、元好问看来，“骂詈为诗”是不合于古人的雅言传统的。然而这个“拒绝骂詈”的雅言诗歌传统，是符合诗歌史事实，还是被严羽建构出来的呢？我们以中国诗歌的源头《诗经》为例，来讨论这个问题。

南宋学者黄彻《䂬溪诗话》云：

> 山谷云：“诗者，人之性情也，非强谏争于庭，怨詈于道，怒邻骂坐之所为也。”余谓怒邻骂坐，固非诗本指，若《小弁》

---

① 元好问《杨叔能小亨集引》，胡传志《金代诗论辑存校注》，人民文学出版社，2018年，第497页。

②③ 元好问《杨叔能小亨集引》，胡传志《金代诗论辑存校注》，人民文学出版社，2018年，第498页。

④ 郭绍虞《沧浪诗话校释》，人民文学出版社，1961年，第26页。

亲亲，未尝无怨。《何人斯》“取彼谮人，投畀豺虎”，未尝不愤。谓不可谏争，则又甚矣，箴规刺诲，何为而作！古者帝王尚许百工各执艺事以谏，诗独不得与工技等哉！故谲谏而不斥者，惟《风》为然。如《雅》云：“匪面命之，言提其耳。”“彼童而角，实讧小子。”“忧心惨惨，念国之为虐。”“乱匪降自天，生自妇人。”忠臣义士，欲正君定国，惟恐所陈不激切，岂尽优柔婉晦乎？”[①]

黄彻举出《诗经》中雅诗的例子，证明怨詈为诗古已有之。朱东润也说：“是不是诗人不能叫嚎怒张呢？《鄘・相鼠》《魏・硕鼠》还不是叫嚎吗？《小雅・巷伯》喊出：‘彼谮人者，谁适与谋？取彼谮人，投畀豺虎，豺虎不食，投畀有北；有北不受，投彼有昊！’这不是詈骂是什么？”[②]诗是人情志的外放形式，而人禀七情，喜怒哀乐都在其中。喜有乐辞，哀有泣音，怒有詈语，本是当然之事。所以《诗大序》称“治世之音安以乐”，“乱世之音怨以怒”，“亡国之音哀以思”。骂詈语同其他类型的话语一样，都是情感表达的一种形式。西方也有“愤怒出诗人”的说法。

骂詈的构成有两个基本要素：詈意和詈语。詈意即体现骂詈者的情绪和情感，詈语是用于骂詈的语言材料。中国早期的诗歌对詈意和詈语都并不排斥。首先，从情绪的传达方式上看，不忌粗豪与激烈，即不排斥詈意。被情人背叛，就大喊“之子无良，二三其德”（《小雅・白华》）；为谗言所构，就疾呼“谗人罔极，交乱四国”（《小雅・青蝇》）；听不惯的，直叫“言之丑也”（《鄘风・墙有茨》）；看不惯的，敢说“颜之厚矣”（《小雅・巧言》）。乐府诗“感于哀乐，缘事而发”，也保留了《诗经》中粗豪的表达风格。如《陈留章武歌》：“陈留章武，伤腰折股。贪人败类，秽我明主。”直骂因贪财货而伤腰折股的陈留公李崇、章武王拓跋融，是贪婪无餍、败秽同类声名之人。而“贪人败类”一

① 黄彻《碧溪诗话》，丁福保辑《历代诗话续编》，中华书局，1983年，第395页。

② 朱东润《朱东润文存》，上海古籍出版社，2014年，第68页。

词，来自《大雅·桑柔》。

其次，从修辞上，也不排斥詈语。骂人野蛮，如《小雅·采芑》"蠢尔蛮荆"；以禽兽骂人，如《鄘风·相鼠》《魏风·硕鼠》《小雅·青蝇》等。又如《邶风·新台》"得此戚施"句，所谓"戚施"即蟾蜍，俗称癞蛤蟆，杨慎《升庵经说》卷四释此句云："蟾蜍形大，背上多痱磊，行极迟缓，不能跳跃，亦不解鸣，多在湿处，故诗人以况卫宣公之老而无耻之状，盖丑诋之辞也。"可见亦是詈骂之辞。又如乐府诗《狐非狐》："狐非狐，貉非貉，焦梨狗子啮断索。"《北史》谓："识者以为索谓本索发，焦梨狗子指宇文泰，俗谓之黑獭也。"宇文泰小名"黑獭"，索发是鲜卑旧俗，指北魏拓跋氏。本诗用非狐非貉的焦梨狗子讥骂宇文泰篡夺政权的野蛮无良行径。

不但如此，《诗经》中更有咒詈式的语辞，更是在辞与意上双重的激烈。例如，《大雅·桑柔》"民之贪乱，宁为荼毒"之句，于鬯《香草校书》认为其与《尚书·汤誓》中民众咒詈夏桀之语相似："案：'荼毒'谓苦也。《易·师卦》：'以此毒天下。'李鼎祚《集解》引干宝曰：'毒，荼苦也。'是'荼苦'谓之毒。单言曰'毒'，累言曰'荼毒'，'荼毒'即'荼苦'耳。盖国至乱亡，民必受其苦。此言民之怨上，欲国之乱亡，而宁为其所荼毒，故曰：'民之贪乱，宁为荼毒'。是怨甚之辞也。……《书·汤誓》云：'予及女偕亡！'《孟子·梁惠王》篇释之曰：'民欲与之偕亡。'《西伯戡黎》篇云：'今我民罔弗欲丧，曰天曷不降威？'并与'宁为荼毒'同一怨恨之意。"[①]又如《鄘风·相鼠》一诗：

> 相鼠有皮，人而无仪！人而无仪，不死何为？
> 相鼠有齿，人而无止！人而无止，不死何俟？
> 相鼠有体，人而无礼，人而无礼！胡不遄死？

作者几乎全篇以骂詈为诗。"无仪""无止""无礼"数句，从外在礼仪、内在品质和立身根本上，对对方作出激烈而彻底的指斥。后面的"不死何为""不死何俟""胡不遄死"，清邹汉勋《读书偶识》云："《白虎通

---

① 见刘毓庆《诗义稽考》第9册，学苑出版社，2006年，第3387页。

义》:‘《相鼠》,妻谏夫之诗也。’谏虽切,直欲其夫死,非温厚之旨。”[①]陈子展说“恶之欲其死,反复言之,见其恶之深”[②],一句比一句激切,一句比一句愤慨,一句比一句热辣,无怪乎王世贞批评它“太粗”。又如《邶风·新台》:

新台有泚,河水弥弥。燕婉之求,籧篨不鲜。

新台有洒,河水浼浼。燕婉之求,籧篨不殄。

鱼网之设,鸿则离之。燕婉之求,得此戚施。

按照一些学者的解释,所谓“籧篨不鲜”“籧篨不殄”,即相当于《相鼠》的“不死何俟”“胡不遄死”之义。夏辛铭《读毛诗日记》曰:“毛于下章《传》云:‘殄,绝也。’《瞻卬》传又云:‘殄,尽也。’均本《尔雅》绝尽义,同鲍照诗‘绝目尽平原’注:‘绝犹尽也。’《易·系辞》:‘君子之道鲜矣。’《释文》引师说亦云:‘鲜,尽也。’是‘鲜’与‘殄’同义。《论衡》:‘殄者,死之比也。’《左氏昭五年传》:‘葬鲜者自西门。’注:‘不以寿终为鲜。’张湛《列子注》亦云:‘人不以寿死曰鲜。’然则‘不殄’‘不鲜’犹云宜死而不死,即《相鼠》‘胡不遄死’之意。盖深恶之辞也。”[③]因而明沈守正《诗经说通》称“《新台》骂詈太甚”。[④] 类似《相鼠》《新台》这种重复式的骂詈,是上古巫祝诅咒驱灾的遗留。[⑤]

孔子云“诗可以观”,诗作为统治阶层获取民众信息的重要渠道,自然不应当摒除骂詈之语;又云“可以怨”,诗作为发泄民众怨愤的一

---

① 邹汉勋《读书偶识·四》,清光绪左宗棠刻本。

② 陈子展《诗经直解》,复旦大学出版社,2015年,第115页。

③ 见刘毓庆《诗义稽考》第2册,学苑出版社,2006年,第590页。

④ 明顾梦麟《诗经说约》,明崇祯织帘居刻本。

⑤ 例如弗雷泽《金枝》载:“如果一次干旱时间持续过长,人们就愤怒地放弃所有常用的顺势巫术,不再费力地念咒语,而是采用恐吓、咒骂甚至暴力的方式强行向苍天,向他们所谓的切断‘总水管’的水神索要雨水。在日本,如果村庄的守护神一直不理会农民们的求雨祝祷,人们便推倒它的塑像,高声咒骂着,并把它的头朝下扔进发臭的稻田。他们骂道:‘不让你在这儿待上一阵子是不行了。阳光已经把我们的庄稼烤焦,把我们的田地烤裂。我们也要炙烤你几天,让你尝尝这种滋味!’在塞内冈比亚,菲洛普人面对这一情况,通常会拽倒他们的崇拜物,并拖着它一边咒骂,一边在田地周围走,直到大雨落下。”(赵阳译,安徽人民出版社,2012年,第92页)

种出口，也不应过分约束。《左传·襄公三十年》载孔子赞美子产不毁乡校之事。郑国的臣民在乡校中议论政事，时有怨刺语，有人建议子产取缔乡校，而子产说："何为？夫人朝夕退而游焉，以议执政之善否。其所善者，吾则行之；其所恶者，吾则改之。是吾师也，若之何毁之？我闻忠善以损怨，不闻作威以防怨。岂不遽止，然犹防川，大决所犯，伤人必多，吾不克救也。不如小决使道，不如吾闻而药之也。"[①]子产认为民众之愤怨，不能堵，而应当使其发泄出来；行政者应当利用这些怨辞以观察并改善自己的治理。孔子由是赞美子产"人谓子产不仁，吾不信也"[②]。子产这段话与孔子"诗可以观""可以怨"的逻辑是相近的，诗"可以怨"是"可以观"的前提，何休《春秋公羊传解诂·宣公十五年》曰："从十月尽，正月止，男女有所怨恨，相从而歌，饥者歌其食，劳者歌其事。男年六十、女年五十无子者，官衣食之，使之民间求诗，乡移于邑，邑移于国，国以闻于天子。"[③]《汉书·艺文志》则说："哀乐之心感，而歌咏之声发。诵其言谓之诗，咏其声谓之歌。故古有采诗之官，王者所以观风俗，知得失，自考正也。"[④]这两则文献明确告诉我们，正是由于"哀乐之心感""男女有所怨恨"而形之于诗歌，采诗以观才有了行政的意义。南宋朱熹以《国语》"怨而不怒"之语说"诗以怨"，然而诗若"怨而不怒"，将何以"观"？

正因为《诗经》中多怨怒骂詈之诗，所以《沧浪诗话》谈"古人之诗"时，多不言《诗经》。《诗辨》云："工夫须从上做下，不可从下做上。先须熟读《楚词》，朝夕讽咏以为之本；及读古诗十九首，乐府四篇。"[⑤]是由楚辞及汉魏盛唐诗，不包含《诗经》。郭绍虞《沧浪诗话校释》云："沧浪只言熟读《楚词》，不及《三百篇》，足知其论诗宗旨。"[⑥]

---

① 《左传·襄公三十一年》，阮元《十三经注疏》，中华书局，1980年，第2016页。

② 《左传·襄公三十一年》，阮元《十三经注疏》，中华书局，1980年，第2016页。

③ 《春秋公羊传注疏·宣公十五年》，阮元《十三经注疏》，中华书局，1980年，第2287页。

④ 班固《汉书》卷三十，中华书局，1962年，第1708页。

⑤⑥ 郭绍虞《沧浪诗话校释》，人民文学出版社，1961年，第4—6页。

三、儒家的诗歌语言传统建构及其约束与冲突

黄庭坚、元好问、严羽等人对“骂詈为诗”的批评，看起来各有因由，但都有一个共同的底座，即儒家所建构的诗学传统。孔子“文质彬彬”的观念，进入诗学领域，实际上成为了“意”与“辞”的双重要求。扬雄《法言·吾子》中说：“事胜辞则伉，辞胜事则赋，事、辞称则经。足言足容，德之藻矣。”[①]《文心雕龙·宗经》：“故文能宗经，体有六义：一则情深而不诡，二则风清而不杂，三则事信而不诞，四则义直而不回，五则体约而不芜，六则文丽而不淫。”[②]前四点论“意”，后两点论“辞”。而“骂詈”在这两点上都不符合儒家的规范。

从“辞”上讲，儒家诗学整体崇正尚雅，而“骂詈”之辞多属于俗语，不合于雅的标准。从“意”上讲，儒家诗学要求对情志的表达有所控制，所谓“乐而不淫，哀而不伤”，“温柔敦厚，诗教也。”是以虽然诗可以怨，但怨的程度应有所节制。屈原由于露才扬己、怨刺其上，受到了班固等人的批评。欧阳修《论尹师鲁墓志》中云：“《春秋》之义，痛之益至则其辞益深，‘子般卒’是也。诗人之意，责之愈切则其言愈缓，‘君子偕老’是也。不必号天叫屈，然后为师鲁称冤也。”[③]宋代朱熹注“诗可以怨”曰“怨而不怒”。在儒家学者看来，诗虽是言志缘情之作，但此情志，应是符合常道的，内依于仁而外合于礼；而不应是极端的、放纵的情绪。因而，“奔放的情欲、本能的冲动、强烈的激情、怨而怒、哀而伤、狂暴的欢乐、绝望的痛苦、能洗涤人心的苦难、虐杀、毁灭、悲剧，给人以丑、怪、恶等等难以接受的情感形式（艺术）便统统被排除了。情感被牢笼在、满足在、锤炼在、建造在相对的平宁和谐的形式中”[④]。

然而，儒家诗学这种节制的、“诗者，持也”的要求，本质上是与其

---

① 引自汪荣宝撰，陈仲夫点校《法言义疏》，中华书局，1987 年，第 60 页。

② 刘勰著，范文澜注《文心雕龙注》，人民文学出版社，1958 年，第 23 页。

③ 《欧阳修全集》，中华书局，2001 年，第 1046 页。

④ 李泽厚《美学三书》，安徽文艺出版社，1999 年，第 241 页。

"诗言志"的观念相龃龉的。"如中国之诗，舜云言志；而后贤立说，乃云持人性情，《三百》之旨，无邪所蔽。夫既言志矣，何持之云？强以无邪，即非人志。"①中国的诗学史，常常就是在"志"与"持"("真"与"正")之间徘徊、平衡的历史。

而骂詈为诗是"言志"的标出性形态。一些不愿为礼法所限制的、重"性情"的作者，常常愿意以骂詈为诗的创作形态，来展现其自由言志的欲望，以及对"温柔敦厚"诗学的超越。韩愈有"大凡物不得其平则鸣"(《送孟东野序》)之说，苏轼自称"某平生无快意事，惟作文章，意之所到，则笔力曲折，无不尽意"(何薳《春渚纪闻》卷六《东坡事实·文章快意》)，又称"余性不慎言语，与人无亲疏，辄输写腑脏。有所不尽，如茹物不下，必吐出乃已"(《密州通判厅题名记》)，"言发于心而冲于口，吐之则逆人"(《录陶渊明诗》)。明代李贽有"怒骂成诗"之说，又谓"古之贤圣，不愤则不作"，"且夫世之真能文者，比其初皆非有意于为文也。其胸中有如许无状可怪之事，其喉间有如许欲吐而不敢吐之物，其口头又时时有许多欲语而莫可所以告语之处，蓄极积久，势不能遏。一旦见景生情，触目兴叹；夺他人之酒杯，浇自己之垒块；诉心中之不平，感数奇于千载。既已喷玉唾珠，昭回云汉，为章于天矣，遂亦自负，发狂大叫，流涕恸哭，不能自止"。② 袁宏道称："大概情至之语，自能感人，是谓真诗，可传也。而或者犹以太露病之，曾不知情随境变，字逐情生，但恐不达，何露之有？且《离骚》一经，忿怼之极，党人偷乐，众女谣诼，不揆中情，信谗齌怒，皆明示唾骂，安在所谓怨而不伤者乎？穷愁之时，痛哭流涕，颠倒反覆，不暇择音，怨矣，宁有不伤者？"③这些不避骂詈为诗者，都是重"性灵"者，他们更在乎诗歌抒情言志的特性，同时对于儒家"哀而不伤""怨而不怒"的观念提出了挑战。

---

① 鲁迅《摩罗诗力说》，《鲁迅全集》第 1 卷，人民文学出版社，2005 年，第 70 页。

② 郭绍虞主编《中国历代文论选》第三册，上海古籍出版社，1980 年，第 121 页。

③ 袁宏道《叙小修诗》，钱伯城《袁宏道集笺校》，上海古籍出版社，2018 年，第 188—189 页。

相反，骂詈为诗的批判者，往往是更重视诗歌的正向作用，相对轻视诗歌的真实表达。清代纪昀甚至以此标准，否定韩愈的“不平则鸣”之说：“斯真穷而后工，又能不累于穷，不以酸恻激烈为工者。温柔敦厚之教，其是之谓乎？三古以来，放逐之臣，黄馘牖下之士，不知其凡几；其托诗以抒哀怨者，亦不知其凡几。平心而论，要当以不涉怨尤之怀，不伤忠孝之旨，为诗之正轨。昌黎《送孟东野序》称：‘不得其平则鸣’，乃一时有激之言，非笃论也。”[①]王夫之认为杜甫“朱门酒肉臭，路有冻死骨”是“宋人漫骂之祖，定是风雅一厄”[②]，批评白居易“长庆人徒用谩骂”，“诗教无存”[③]，论陆厥《中山孺子妾歌》说：“可以群者，非狎笑也。可以怨者，非诅咒也。不知此者，直不可以语诗。上下四旁，古今人物，饶有动情之处，鄙躁者非笑不欢、非哭不戚耳。自梁、陈、隋、唐、宋、元以来，所以亡诗者在此。”[④]这些儒家学者都从“诗教”导向出发，否定以骂詈为代表的负面情绪表达。

可见，这些对于“骂詈为诗”的争议，实质上是儒家诗学内在矛盾的必然结果，是“志”与“持”（“真”与“善”）的诗学观念冲突的集中展现。元好问对于骂詈为诗的批评，正是在此角度上展开的。

其次，“真”与“美”的观念冲突。“温柔敦厚”、持守节制的诗风，被后世学者理解为“诗味”。这在某种意义上说，就摒弃了直露性、豪宕的美感。北宋司马光《温公续诗话》云：“《诗》云：‘牂羊坟首，三星在罶。’言不可久。古人为诗，贵于意在言外，使人思而得之，故言之者无罪，闻之者足以戒也。”[⑤]又魏泰《临汉隐居诗话》言：“诗者述事以寄情，事贵详，情贵隐，及乎感会于心，则情见于词，此所以入人深也。

---

① 纪昀《月山诗集序》，纪昀著，孙致中等校点《纪晓岚文集》，河北教育出版社，1995年，第195—196页。

② 王夫之《唐诗评选》卷二《后出塞》，《船山全书》第14册，岳麓书社，1996年，第958页。

③ 王夫之《唐诗评选》卷二《和谢豫章从宋公戏马台送孔令谢病》，《船山全书》第14册，岳麓书社，1996年，第976页。

④ 王夫之《古诗评选》卷一，《船山全书》第14册，岳麓书社，1996年，第540页。

⑤ 司马光《温公续诗话》，何文焕辑《历代诗话》，中华书局，1981年，第277页。

如将盛气直述，更无余味，则感人也浅，乌能使其不知手舞足蹈；又况厚人伦，美教化，动天地，感鬼神乎？”又云：“至于魏、晋、南北朝乐府，虽未极淳，而亦能隐约意思，有足吟味之者。唐人亦多为乐府，若张籍、王建、元稹、白居易以此得名。其述情叙怨，委曲周详，言尽意尽，更无余味。及其末也，或是诙谐，便使人发笑，此曾不足以宣讽。愬之情况，欲使闻者感动而自戒乎？甚者或谲怪，或俚俗，所谓恶诗也，亦何足道哉！”[①]他们都认为余味曲包的“美”的表达才能有效参与诗教；魏泰还批评张籍、王建、元稹、白居易等人所作的新乐府盛气直述，言尽意尽，因而不堪吟味。这些议论都是严羽《沧浪诗话》的滥觞。此外，比严羽早六十年的朱熹曾批评苏轼云：“苏才豪，然一滚说尽，无余意。”[②]比严羽早四十年的叶适在其《习学记言》中批评韩愈诗中怒骂之态：“张衡《四愁》，虽在苏、李后，得古人意则过之。建安至晋高远，宋、齐丽密，梁、陈放靡，大抵辞意终未尽。唐变为近体，虽白居易、元稹以多为能，观其自论叙，亦未失诗意，而韩愈尽废之，至有乱杂蝉噪之讥。此语未经昔人评量，或以为是，而叫呼怒骂之态，滥溢而不可御，所以后世诗去古益远，虽如愈所谓乱杂蝉噪者尚不能到，况欲求风雅之万一乎！孟郊谓‘诗骨耸东野，诗涛汹退之’，而愈亦自谓‘还当三千秋，更起鸣相酬。’呜呼！以豪气言诗，凭陵古今，与孔子之论何异指哉？”[③]叶适认为骂詈为诗，是直露豪放、过分追求自我表达的结果，与儒家诗歌美学是相背离的。诗言志的同时，要保持诗歌独特的美感。严羽的批评，正是在这条线路上发展出来的。

再次，禅宗文化对于儒家诗学的影响。禅宗呵佛骂祖、泼辣粗鄙的语言风格，也在一定程度上消解了文人对于雅正的崇尚。《五灯会元》载德山语曰：“我先祖见处即不然，这里无佛无祖，达摩是老臊胡，释迦老子是干屎橛，文殊、普贤是担屎汉。等觉妙觉是破执凡夫，菩

---

① 魏泰《临汉隐居诗话》，何文焕辑《历代诗话》，中华书局，1981年，第322页。

② 黎靖德《朱子语类》卷一四〇，中华书局，1986年，第3324页。

③ 叶适撰《习学记言序目》卷四七，程毅中主编《宋人诗话外编》，国际文化出版公司，1996年，第1047页。

提涅槃是系驴橛，十二分教是鬼神簿、拭疮疣纸。四果三贤、初心十地是守古冢鬼，自救不了。”[①]“呵祖骂佛”是对经教名相的超越和对自证自悟精神的强调，而骂詈对于儒家诗学，也是一种批判式的、革命式的、颠覆式的表达。它颠覆了儒家文、道两截的诗学传统，而将“体用不二”的观念渗透到文道关系中。道与文是一非二，是不趋美避丑的。道不避污浊，文亦不避骂詈。德洪觉范诗云：“种性能文章，怒骂成诗什。”[②]欧阳修称“道胜者文不难而自至也”，“若道之充焉，虽行乎天地，入于渊泉，无不之也”。[③] 苏轼《南行前集叙》：“夫昔之为文者，非能为之为工，乃不能不为之为工也。山川之有云雾，草木之有华实，充满勃郁，而见于外，夫虽欲无有，其可得耶！”[④]在欧阳修、苏东坡看来，文是道的自然实现，因而不必另外追求“文”。苏轼又说：“吾文如万斛泉源，不择地皆可出，在平地滔滔汩汩，虽一日千里无难。及其与山石曲折，随物赋形，而不可知也。”[⑤]是以出为议论语，出为骂詈语，出为俳谐语，皆是自然而成，亦是合于“道”的。

（安徽师范大学文学院）

① 普济编《五灯会元》卷七，中华书局，1984 年，第 374 页。

② 德洪觉范《彦周见和复答》，惠洪《石门文字禅》卷六，明径山寺本。

③ 欧阳修《答吴充秀才书》，李逸安点校《欧阳修全集》，中华书局，2001 年，第 664 页。

④ 孔凡礼点校《苏轼文集》，中华书局，1986 年，第 323 页。

⑤ 孔凡礼点校《苏轼文集》，中华书局，1986 年，第 2069 页。

赋体"尚气"论*

王飞阳

内容摘要：赋体"尚气"，源自"文气论"。魏晋六朝论赋着眼赋家才性，唐宋金元注重赋家修养，此皆赋体"尚气"的外在观照。明人多言声律，触及赋体本身，清人本诸创作，进而细化完善，实现"以气论赋"由赋家回归赋体。而认识转变的主因，在于辨体、尊体意识的兴起。赋体"尚气"不惟铺陈大赋，抒情骚赋、四六骈赋、说理文赋乃至科举律赋，皆主"尚气"。赋中之"气"落实具体创作，本诸语用考量，虽体制不同，然大体不离散语表达、句式调整、虚词运用、声韵联绵。而"气"之微妙，则须吟咏诵读，方可体味。诵赋不惟提升气度学养，亦为成名手段、传播媒介。赋之创作，才学、气韵兼备，方为佳构，为人传诵，遂成名篇。这是赋体"尚气"的内在逻辑，也是后人学赋的案前宝鉴。

关键词：赋；尚气；诵赋；语用；传播

* 基金项目：国家社会科学基金重大项目"历代赋论整理研究"(19ZDA249)。

The "Shang Qi" Theory of Fu Style

Wang Fei-yang

Abstract: The "Shang Qi" theory of Fu style derived from the "Wen Qi" theory. Wei, Jin and Six Dynasties paid attention to the talent of Fu while Tang, Song, Jin and Yuan Dynasties paid attention to the cultivation of author, which is the external care of Fu style. The people of the Ming Dynasty spoke many words and rhythms, touching on the body itself, and the people of the Qing Dynasty made various creations, and then refined and perfected them, so as to realize the return of the Fu from the author to the body itself. The main reason for the change in cognition lies in the rise of the awareness of distinguishing and respecting the body. The "Shang Qi" theory of Fu style not only lays out great fu, but also lyric and Sao Fu, four or six parallel fu, reasoning and literary fu, and even imperial examination law fu. The "Qi" in Fu's implementation of specific creations is based on various pragmatic considerations. Although the systems are different, they generally do not discrete language expression, sentence adjustment, use of function words, and rhythm. And the subtlety of "Qi" must be recited and read before one can appreciate it. Reciting Fu is not only to enhance the bearing and academic cultivation, but also to become a means of fame and a medium of communication. The creation of Fu has both talent and rhythm, and it is a good composition. This is the inner logic of the "Shang Qi" theory of Fu style, and it is also a treasure before the case for future generations to learn Fu.

Keywords: Fu; Shang Qi; recite Fu; pragmatics; propagate

赋体要在铺陈，广取名物，凭虚构象，最资学问，洵须才气。而赋中之气，贯注一篇，读后"飘飘然有凌云之气"，最见赋家本领。汉赋为"一代之胜"，气盛凌人，实难项背，所谓"汉人赋气骨雄健，自不可及”[1]。气盛不惟鸿篇大赋，亦见骈赋、骚赋，而后世文赋、律赋虽气不可及，然皆主“尚气”。“尚气”关乎才学，也是一种雄健有力的风格追求。只是学者于赋中之“气”习以为常，故罕有论述。其实古人早已“以气论赋”，尤以明清为甚。细读赋作，“气”并非虚无飘渺，而是切实落在用字。中国文学成于汉字的运用，辞藻乃是其根基。[2] 赋体辞藻特丽，最见“字本位”创作的语用考量。而赋中“气”之微妙，惟吟咏诵读，方能体味。诵赋不惟提升气度学养，亦为成名手段和传播媒介。

一、“以气论赋”的源流追叙

“以气论赋”源自曹丕“文气论”，虽在之前，已有孟子“养气”之说，但孟子所言“养气”，旨在提升个人修养和精神气度，用意显然不在行文。曹丕云：“文以气为主，气之清浊有体，不可力强而致。譬诸音乐，曲度虽均，节奏同检，至于引气不齐，巧拙有素，虽在父兄，不能以移子弟。”[3]此中之“气”侧重文人之气，特指才性，因才性不同而致文气、文风不同，建安七子行文之貌因之相异。将“才性论”移诸评文，曹丕可谓第一人，开创中国古代文论中“气”的学说[4]。但其所谓“文”泛指“文章”，统摄诗、文、赋，绝非专以论赋，且所言过简，不足深论，然留以丰富的阐释空间，给予久远的影响。稍后刘勰立足才性，评论赋家，将赋之风格相殊归之情性不同，“是以贾生俊发，故文洁而体清；长卿傲诞，故理侈而辞溢”[5]。而其盛赞相如“蔚为辞宗，乃其风力遒也”[6]，风力源自才性，而才性肇自血气，将赋之风格与赋家才性相系，虽仍本诸才性，却已专用论赋，“以气论赋”在刘勰手中得以初

① 铺铣著，何新文校证《历代赋话校证·复小斋赋话》，上海古籍出版社，2007年，第394页。

② 易闻晓《汉赋为“学”论》，《中山大学学报(社会科学版)》2018年第6期。

③ 魏宏灿校注《曹丕集校注》，安徽大学出版社，2009年，第313页。

④ 马芹芬《曹丕“文气论”在后世的发展》，《浙江社会科学》2006年第2期。

⑤ 刘勰著，范文澜注《文心雕龙注·体性篇》，人民文学出版社，1962年，第506页。

⑥ 刘勰著，范文澜注《文心雕龙注·风骨篇》，人民文学出版社，1962年，第513页。

成。而且刘勰将“气”纳入创作论，将“风”“气”并举，其云“意气骏爽，则文风生焉”[1]，“风”由“气”生，惟“守气”才能“生风”，但如何守气、行气，刘勰并未深论。魏晋南北朝时期“以气论赋”并不常见，只因这一阶段辞赋理论“仍以‘楚辞’与‘汉赋’为批评中心”，着眼于赋体之源流、功用、风格，虽然“由‘赋用’思想派生出‘征实’之论、由‘赋艺’探讨派生出‘体物’之说、由‘诗源’思想派生出‘古今’之辨”[2]，呈现明显的“明体”意识，但对赋体的认识仍止于“体物浏亮”“铺采摛文”，对赋中之气所论不多，而所论之“气”侧重赋家之“气”，囿于才性。

这种倾向一直持续到唐初，直至古文家论文主气，兼及论赋，遂使“以气论赋”愈发活跃。同时执着“明道”，视角由“才性”转为“修养”，遂使“以气论赋”发生变化。如杨时认为“相如、扬雄之徒，继武而出，雄文大笔，驰骋古今，沛然如决江汉，浩无津涯”[3]，虽气盛难及，但只有扬雄“庶几于道”，可见所重在道。无论是注重才性，还是强调修养，所论之“气”仍是赋家之气。而赋家之气关乎才学，故赋可抡才，所谓“惟诗赋之制，非学优才高，不能当也。……观其命句，可以见学殖之深浅；赜其构思，可以观器业之小大”[4]。赋家“气”之大小，取决才学，而“气”又反以彰显才学，论赋强调赋家之“气”，原由系此。虽“以气论赋”之风因古文家大畅，然古文家以论文为主，兼及于赋，遂使论文、论赋纠缠。且旨在“明道”，论赋多不客观，于赋体特性所见不多，论赋中之“气”并无本质的突破。金元虽有“辨体”之说，然所论立足试赋政策，有极强的功利意识，故“以气论赋”并不多见。而论赋中之“气”，如王若虚所言“适当其心，故自有凌云之气，而学者多以

---

① 刘勰著，范文澜注《文心雕龙注·风骨篇》，人民文学出版社，1962年，第513页。

② 许结《中国辞赋理论通史》上册，凤凰出版社，2016年，第263页。

③ 杨时《龟山集·送吴子正序》，《景印文渊阁四库全书》第1125册，台湾商务印书馆，2008年，第343—344页。

④ 沈作喆《寓简》，《景印文渊阁四库全书》第864册，台湾商务印书馆，2008年，第131—132页。

为文辞可以凌云，何也”[1]，仍是注目赋家之“气”，不及文辞。可见由唐宋至金元，“以气论赋”多为外在观照，本于赋家的才气或修养。逮至明代，辨体之风兴起，跳脱科举视野，判别骚、赋，一洗胡元陋习，深入思考赋体本色，而明人选赋，则彰显由“辨体”而“尊体”的特征[2]，“以气论赋”才真正触及赋体本身。

明人论赋中之“气”，聚焦“不歌而诵”，多言声律。宋濂云：“古之赋学，专尚音律，必使宫商相宣，徵羽迭变。自宋玉而下，唯司马相如、扬雄、柳宗元能调协之。”[3]宋氏所言“宫商相宣，徵羽迭变”若从音乐着眼，其实不确，因赋体不歌而诵[4]，赋不可唱，故不主音律。但赋须诵，而吟诵必然讲求声调协畅、利于唇吻、气合吐纳。古之赋学，应尚声律，而气游离于字里行间，以便吟诵。谢榛评《子虚》《上林》云“可诵不可歌……二赋情词悲壮，韵调铿锵，与歌诗何异”[5]，“韵调铿锵”，则是声律协畅之效果。司马相如曾供职乐府，深谙音律，作赋自然追求声律，以求诵后“飘飘有凌云之气”。若将四声比之五音，同是讲求声调和谐，则赋确与歌诗无异，但“不歌而诵谓之赋”，这是赋体的特性。惟有从声律入手，赋中之气才会落到实处。而声律谐畅与否，全在于字词组合、句式搭配，而不在别处。赋家才气之高、气养之厚，当然利于赋之创作。然“赋家不患无意，患在无蓄；不患无蓄，患在无以运之”[6]，纵使才气纵横、学养渊深，作赋仍落在用字。跳脱才气禀赋、道德修养的外在观照，“以气论赋”方可落到赋体本身。

明末陈山毓论赋中之“气”，十分精到。首先强调“作者之气”，气

---

① 王若虚《滹南集》，《景印文渊阁四库全书》第1190册，台湾商务印书馆，2008年，第438页。

② 参看许结《元明辨体思潮与赋学批评》，《社会科学战线》2012年第7期；许结《明代的选学与赋论》，《南京师大学报(社会科学版)》2013年第3期。

③ 宋濂《潜溪后集·渊颖先生碑》，《宋濂全集》第2册，浙江古籍出版社，2014年，第374页。

④ 按：关于赋“不歌而诵”，后文详论。

⑤ 谢榛《四溟诗话》，丁福保辑《历代诗话续编》，中华书局，1983年，第1142页。

⑥ 王世贞著，陆洁栋批注《艺苑卮言》，凤凰出版社，2009年，第13页。

若不至，纵使词章粲烂，亦不足赏。气厚不匮、气伸不住、气旺不衰、气贯无迹，惟此气势才能一贯到底。然后提出“读者之气”，赋中之气，只有读之，方可不歇，而能行挟风云，字洒珠玉。最后将赋中之“气”落实声韵字句，气一不至，则读之索然，声不能高，气不能扬。若气由胸臆，则篇或一韵，固是昌达；句或改韵，亦复汪溁。[①] 陈氏以气论赋，可谓全面确切，在此前诚为罕见。但所论仍显过略，至于如何字词组合、句式搭配，才使赋中之气畅行无迹，陈氏并未深论。这是明人以气论赋的局限，虽知赋中之“气”体现在声律音韵，然没有落实到具体创作之中。清人本于创作，则给出更为细致的论述。如汪庭珍《作赋例言》专示作赋之法，以授律赋津梁。其中“以气论赋”，具体到创作诸多方面。其中首重认题，若题旨偏离，则信手乱填，气局已散，断不成文。次在布势，题有层次，既无层次，气则不清。最后告诫勿率意文章，要有真气，最忌填砌雕琢。汪氏从认题、布势、段落、字句、对仗多个方面指导律赋创作，而目标在于“气贯一篇”，不然精神一衰，通篇减色。[②] 较之前人，清人本诸创作，故“以气论赋”最为探本，最能落到实处，而论赋重气是清代赋论的显著特色，兼顾古、律两体，绝非汪氏一家之见。所谓“立夫之赋，则深知之。其不同乎人，可一望而得者，气也”[③]，论赋主气，是清人的共识。

清人本诸创作，以气论赋得以进一步深化，根本在于清人具有强烈的尊体意识。清代复以律赋取士，但清人对律赋的态度不同唐宋士人。唐宋文人多将律赋视为仕进之具，用过即弃，毫不推尊。强至《送邵秀才序》云：“予之于赋，岂好为而求其能且工哉，偶作而偶能尔。始用此进取，既得之，方舍而专六经之微，钩圣言之深，发而为文章，行而为事业，所谓赋者，乌复置吾齿牙哉？”[④]这句话最见士人对于

---

① 陈山毓《赋略》，踪凡、郭英德主编《历代赋学文献辑刊》第 17 册，国家图书馆出版社，2017 年，第 9—11 页。为免繁冗，下引辑刊中文献，仅注文献名称、辑刊册数与页码。

② 汪庭珍《作赋例言》，《历代赋学文献辑刊》第 189 册，第 177—180 页。

③ 梅曾亮《柏枧山房集・陆立夫赋存序》，上海古籍出版社，2012 年，第 140 页。

④ 强至《祠部集》，《丛书集成初编》第 1898 册，中华书局，1985 年，第 509 页。

律赋的态度，仅为利禄津梁而已，一旦进取，则弃如敝履。但清人对待律赋的态度甚为客观，绝不仅仅视之为进身之阶，而是予以肯定。所谓“此人之为，非赋之咎也”[①]，最能体现论赋的客观态度，一扫前人“雕虫篆刻，壮夫不为”之见。同时将律赋视为古文，从而消解赋体的古律之别，其尊赋体并非独尊古赋，而是古律并尊。这种态度，是清人的普遍认识。孙濩孙云“后人妄分古赋律赋，不知异流同源，其揆则一”[②]，并尊古律，其实就是对赋体价值的肯定。由于尊体，清人在大量创作的同时，思考赋体本身的特质，从而将赋中之“气”落实到具体创作中，不似明人仅点到为止，也不再反复论说“才性”“修养”，从而使“以气论赋”落到实处。如李元度《赋学正鹄》单列“气机类”，其云“赋非第板分层次而已，必以行气运机为要。能行气则空灵，否则堆砌……本此意以为赋，则能以排山倒海之气，运水流花放之机”[③]，本诸创作，方能探本。回溯“以气论赋”的源流，可知论赋中之“气”由赋家回归赋体，由外在观照落到赋体本身，而主因在于辨体、尊体意识的兴起。当然赋家的才性、修养，也是赋体“尚气”论中的要素，然惟有回归赋体，才能切实感受赋体“尚气”之风。

二、各类赋体的“尚气”之风

关于赋体分类，聚讼纷纭。徐师曾将赋分为古赋、俳赋、律赋、文赋四类[④]，较为通行。若从体制出发，则赋可分五类：骚赋、大赋、骈赋、律赋、文赋。骚赋以“兮”字拉长语气，连接名物，抒情为主；大赋鸿篇巨制，去情主物，多用四言一顺散语句式，铺陈名物；骈赋拘束四六，讲究声律；律赋限以八韵，隔对愈密，皆囿于描写一事一物，追求物我相融，与诗为近；文赋复归散语，然非四言一顺，而是援取唐宋古

① 陆棻《历朝赋格》，《历代赋学文献辑刊》第25册，第47—48页。

② 孙濩孙《华国编赋选》，《历代赋学文献辑刊》第29册，第5页。

③ 李元度《赋学正鹄》，《历代赋学文献辑刊》第128册，第11页。

④ 吴讷，徐师曾《文章辨体序说　文体明辨序说》，人民文学出版社，1981年，第101页。

文笔法，句式长短不一，执持议论，突显主体意识。本诸体制，赋体分类最得圆通。于此，易闻晓早有明断。[①] 体制虽不同，然“尚气”则为一致，因“赋以体格高迈、气力雄厚为宗”[②]。“尚气”，不止关乎才学，也是一种雄健有力的风格追求，在于慷慨多气、磊落风骨。

就骚赋而言，起于楚辞，多用“兮”字，拉长语气、增强感叹，以抒怨怼激发之情。怨怼激发，也是“气足”的表现。宋玉可谓赋之鼻祖，明人陆时庸将宋玉与屈原相比，认为“所及者亦三：气清、骨峻、语浑。清则寒潭千尺，峻则华岳削成，浑则和璧在函”[③]，宋赋气骨雄厚，故可接屈子衣钵。“汉代骚体赋继承屈、宋等楚辞之制，最为根本的特点就是抒情，与汉大赋叙物判然为二。”[④]陆棻评《长门赋》“词浅而意深，情迫而调缓。不假修饰，丰态绰有余妍，后人所以不能及”[⑤]，便是对骚赋主情、尚气的体认。骚赋主情，情动于中，发而为言，言之成声，皆假于气。惟气顺畅，情感才得以抒发，也因气一贯到底，故赋诵起来才显动听。马融《长笛赋》“振弱起衰，疏窒流滞”[⑥]，实因“气足”。而王褒《洞箫赋》宛如音乐，故太子闻后病愈，此因赋中气胜韵美，声调协畅，所谓“苍郁宏肆，自飞沙走石之势。然锻炼之工未至，惟以气胜”[⑦]，惟以气胜，故不需锤炼，如空谷天籁。后人虽精于刻画，然不再主情，不顾气顺，反落下乘，遂有“骚”意的消解[⑧]。“骚”意消解，只因转而说理，情感淡化，气少而薄，虽仍为骚赋，然名存实亡矣。朱熹作《楚辞集注》，删掉诸多汉人拟骚作品，认为“虽为骚体，然其词气平

---

① 易闻晓《赋体演变的句式考察》，《湖南大学学报(社会科学版)》2021年第1期。

② 邱先德选，邱士超笺《唐人赋钞》，《历代赋学文献辑刊》第58册，第29页。

③ 陆时雍《楚辞疏·读楚辞语》，台北新文丰出版公司，1986年，第93页。

④ 易闻晓《楚辞与汉代骚体赋流变》，《武汉大学学报(哲学社会科学版)》2020年第2期。

⑤ 陆棻《历朝赋格》，《历代赋学文献辑刊》第26册，第593页。

⑥ 洪若皋《梁昭明文选越裁》，《四库全书存目丛书》第287册，齐鲁书社，1996年，第784页。

⑦ 于光华《重订文选集评》，国家图书馆出版社，2012年，第582页。

⑧ 参看叶露《“骚”意的消解——北宋骚体赋的变轨之途》，《贵州师范大学学报(社会科学版)》2021年第6期。

缓，意不深切”[1]，足见骚赋必然“尚气”，若气短情匮，洵难以动容。明人虽高喊“祖骚宗汉”，论赋主气，然明人骚赋却渐与“尚气”背离，所谓“永、宣以还，作者递兴，皆冲融演迤，不事钩棘，而气体渐弱”[2]，而所作骚赋或沦为歌功颂德之具，或成说理叙事之文，既无情感，又无气象，实在乏善可陈。骚赋若不“尚气”“主情”，惟至衰落。

就大赋而言，虽去情主物，然非“尚气”不可尽其势。大赋空间博大、包括宇宙、总览人物，旨在夸扬盛世、歌颂雄主。而赋家铺陈名物、用字僻难，则为炫耀博识、耸动人主。大赋最资学问，亦最须才气，惟气盛才可“凌人”，方能见赏。相如献《子虚》而武帝叹不能同时，只因赋中之气太盛，彰显炎汉之势，迎合武帝雄心。张廉卿评《子虚赋》曰：“骚赋胜处，最在瑰玮闳奇、倜傥骏迈、峭逸嫖姚、不可为状，而司马长卿尤以气盛，其空中设景布阵，最虚眇阔达，前后一气嘘吸，回薄鼓荡，如大海回风，洪涛隐起，万里俱动，使人目眩而神傥。”[3]在张氏看来，相如赋之“气”较骚赋愈盛，“前后一气嘘吸”，遂使“气贯一篇”[4]，令人叹为观止。骚赋之气由长情驱使，为吟吁长叹；而大赋之气则由才志促发，似高声呐喊，气胜骚赋，良有以也。而《上林》较《子虚》有过之而无不及，无怪乎胡韫玉感叹：“余谓二赋浩气内转，精光外溢，譬之长江巨河，大波堆银，细浪喷雪，心骇目惊，莫可名状，千里一曲，自成波澜，特人不见耳。”[5]相如被推为“赋圣”，诚然时势造之，而其策士之风、纵横之气，亦为促成之力。后世大赋虽不及汉，然无不夸扬盛世、以逞气雄。杜甫献《三大礼赋》，“帝奇之，使待制集贤院，命宰相试文章”[6]，玄宗奇之，必因赋中气盛，如仇兆鳌所评“只作

---

① 朱熹撰，黄灵庚点校《楚辞集注・楚辞辨证上目录》，上海古籍出版社，2015年，第224页。

② 张廷玉《明史》，中华书局，1974年，第7307页。

③ 徐树铮《诸家批点古文辞类纂・辞赋类》第5册，国家图书馆出版社，2012年，第279页。

④ 谢榛《四溟诗话》，丁福保辑《历代诗话续编》，中华书局，2006年，第1175页。

⑤ 陈去病《辞赋学纲要》，《百尺楼丛书》本，1927年，第78页。

⑥ 欧阳修、宋祁《新唐书》，中华书局，1975年，第5736页。

一气旋转……得长句以疏其气，参逸语以韵其神”[1]，少陵疏狂，自诩“扬雄、枚皋可企及也”[2]，故将雄心学识、一生志气倾注赋中，气焉不盛！周邦彦献《汴都赋》，“赋奏，天子嗟异之……声名一日震海内”[3]；明人周启所作《大明一统赋》，“廷试，擢为第一”[4]。无论一日成名，还是荣登状元，原因不惟歌功颂德，更在于才气超绝，非他人所能及。凡此，皆可证大赋必然“尚气”，气若羸弱，何称大赋！

就骈赋而言，因拘于四六，囿于对仗，往往气阻不畅，而有板滞之诮。然其中佳构，亦被视为“尚气”典范。庾信多五、七言诗体赋，是南朝“赋体诗化”的缩影[5]，遂有“最坏赋体……南北之际，子山启其弊”[6]之讥。然其《哀江南赋》“其词密丽典雅，而精思足以纬之，灏气足以驱之。上结六代，下开三唐，不止为子山集中压卷”[7]，誉为压卷之作，不惟词藻典雅、黍离之悲，更在于灏气驱之，遂为骈赋之高标。梁夔谱编《古赋首选》，而将《哀江南赋》与《离骚》并列，视为古赋之祖，最见推尊。其引千惺介云“俱千古绝调，讲声韵之学者宜首读焉”[8]，足证《哀江南赋》声调必协，气韵必畅。骈赋多气拘势弱，故“尚气”以救其弊，而以气盛衡为高标。至于律赋，衍自骈赋，所谓“魏晋以后，渐趋流逸，嗣是颜、谢并雕镂之习，徐、庾倡俳偶之风，格又数变。至唐以之取士，而由律赋，固场屋之程式”[9]，因场屋程式，“士子奉之，遂如金科玉律之不可变矣”[10]，固守四六隔对，囿于八段限韵，如身被镣铐作赋，较之骈赋，气顺尤难。故律赋更为“尚气”，而其中杰

---

① 杜甫著，仇兆鳌注《杜诗详注》，中华书局，1979 年，第 2136 页。

② 欧阳修、宋祁《新唐书》，第 5737 页。

③ 楼钥《清真先生文集序》，顾大朋点校《楼钥集》，浙江古籍出版社，2010 年，第 907 页。

④ 钱谦益《列朝诗集小传》，上海古籍出版社，2008 年，第 238 页。

⑤ 参看郭建勋《论庾信辞赋》，《文学评论》2011 年第 6 期。

⑥ 王芑孙《读赋卮言・审体》，《历代赋学文献辑刊》第 189 册，第 138—139 页。

⑦ 鲍桂星《赋则》，《历代赋学文献辑刊》第 69 册，第 132—133 页。

⑧ 梁夔谱《古赋首选》，《历代赋学文献辑刊》第 123 册，第 3 页。

⑨ 叶抱崧、程琰《本朝馆阁赋前集》，《历代赋学文献辑刊》第 37 册，第 359 页。

⑩ 钱陆灿、刘士弘《文苑英华律赋选》，《历代赋学文献辑刊》第 22 册，第 3 页。

构，必然气盛凌人。如邱氏父子所言：“李程《日五色赋》所以见重古今者，其起结固属冠场，而端凝典重、浑穆清高，律赋之中推为极则。陆宣公、裴中令风骨凝重，如夏鼎商彝；韩昌黎、柳柳州如天马行空，不可方物；白乐天、元微之顿挫驰骤，力洗肤庸。”[①]浑穆清高、风骨凝重、天马行空、顿挫驰骤，皆是形容气盛。而惟有气盛，方可脱颖而出。律赋高手“屈其高迈之才，以俯就绳尺，要其寓驰骤于绳检之中，复骚汉于排律之外，纵横变化”[②]，只为追求气盛而声之高下皆宜。律赋若不“尚气”，徒为应试之具，焉能凭此抡才！

就文赋而言，以散行之气入赋，是为跳脱律赋之弊。“朱子尝言之，其试赋多沿唐体，然气味愈薄”[③]，宋沿唐制，以赋取士，律赋习之太久，气愈不振。而文赋“不徂词而尚意，清新流动，又成一体”[④]，“尚气”最为明显。陆棻评文赋曰“其体宏衍纡徐，极诸讽颂，虽句栉字比，依音声、餙藻绘，而疏古之气一往而深，近乎文矣”[⑤]，文赋因近文，而有“一片之文押几个韵耳”之讽，但其中“疏古之气”自难掩饰。杜牧《阿房》尝被视为文赋之祖，祝尧云“前半篇造句犹是赋，后半篇议论俊发……自宋朝诸家之赋，大抵皆用此格”[⑥]，因执于说理，议论过多，而视《阿房》不为赋，但其中气盛则无法掩饰。铺铣云“牧之笔最健，诸赋中以《阿房宫》为第一，句调自己出，不肯剽贼前人一字”[⑦]，笔力最健，句调自出，乃气盛使然。杜牧云文章之道“以意为主，气为辅，以辞采章句为之兵卫”[⑧]，意主气辅，若无气运之，其赋中之意又如

① 邱先德选，邱士超笺《唐人赋钞 · 总论》，《历代赋学文献辑刊》第58册，第29—30页。

② 邱先德选，邱士超笺《唐人赋钞》，《历代赋学文献辑刊》第58册，第29页。

③ 鲍桂星《赋则》，《历代赋学文献辑刊》第69册，第6页。

④ 宗金树等编《东皋四杰赋集》，《历代赋学文献辑刊》第98册，第4页。

⑤ 陆棻《历朝赋格》，《历代赋学文献辑刊》第25册，第29页。

⑥ 祝尧《古赋辩体》，王冠辑《赋话广聚》第二册影文渊阁《四库全书》本，北京图书馆出版社，2006年，第411—412页。

⑦ 何新文校证《历代赋话校证 · 复小斋赋话》，上海古籍出版社，2007年，第394页。

⑧ 吴在庆《杜牧集系年校注》第三册，中华书局，2008年，第884页。

何表露，又何以见赏？“进士杜牧《阿房宫赋》，若其人，真王佐才也”①，赋观才具，只因赋中之“气”关乎才学。而苏轼《赤壁赋》之所以“一洗万古，欲仿佛其一语，毕世不可得也”②，实因赋中之气太盛。宋人车若水云：“两《赤壁赋》见得东坡浩然之气，是他胸中无累，吐出这般语言……东坡是庄子来人，学不得，无门路，无阶梯，成者自成，擷者自擷。”③苏轼浩然之气，乃出入儒、佛、道所成，不同孟子本于儒家修养，是为坡仙。如过珙之语所云“前赋已入悟界，犹未仙也，此则翩翩乎仙矣”④，赋中之气，实有庄子之化，或云东坡“赋祖庄子”⑤，故为赋如风行水上、气若太虚，不可企及。诚然，《赤壁》二赋洵为千古佳篇，充分展现文赋“尚气”之风。“作赋之妙，不外气机”⑥，无论骚赋、大赋、文赋，还是骈、律之赋，皆主“尚气”。而赋中之气，必然落在用字，惟本诸“字本位”的语用考量，论“气”才不致虚无飘渺。

三、赋体“尚气”的语用考量

赋体“尚气”，由赋家之“气”回归赋中之“气”，但赋家如何将“气”落实到作品中，这必然牵涉创作学的语用考量。其中“字”是最根本的，所谓“积字成句，积句成章，积章成篇，合而读之，音节见矣，歌而咏之，神气出矣”⑦。中国文学创作，必然以汉字为本位，汉字独体单音，且字形灵活、四声抑扬，从而字字组合才有无限可能，具有西方字母完全没有的优势。而赋体创作，字类之富、僻字之多，名物之众，甚

---

① 王定保《唐摭言》，上海古籍出版社，1978年，第63页。

② 强幼安《唐子西文录》，何文焕辑《历代诗话》，中华书局，1981年，第445—446页。

③ 车若水《脚气集》，《景印文渊阁四库全书》第865册，台湾商务印书馆，2008年，第531—532页。

④ 高海夫主编《唐宋八大家文钞校注集评 · 东坡文钞》下册，三秦出版社，1998年，第5811页。

⑤ 吴氏《林下偶谈》，《丛书集成初编》第324册，中华书局，1985年，第14页。

⑥ 江含春《楞园赋说》，孙福轩编《历代赋论汇编》，人民文学出版社，2014年，第440页。

⑦ 范先澜校点《论文偶记　初月楼古文绪论　春觉斋论文》，人民文学出版社，1959年，第6页。

而鱼贯联边、联绵叠出、四六隔对，都本汉字而成。而各类赋体，体制不同，故具体创作亦殊。赋家临文创作，将一己之“气”化为赋中之“气”，必然本诸体制，施以变化，大体不离散语表达、句式调整、虚词运用、声韵联绵。因体制不同，故侧重亦殊。

骚赋之“气”得以贯注，首先在于散语表达。“散语”与《诗》体整饬四言相对，长短参差。骚赋没有句式的强制限定，故句法自由，散语表达顺畅。如王褒《洞箫赋》“徒观其旁山侧兮，则岖嵚岿崎，倚巇迤𡾰，诚可悲乎其不安也”[①]，全然散语，毫无句法的限制。但赋须诵，故以散语入韵，若不顾押韵，则骚赋全是散语，与《诗》语迥然不侔。《诗》语全篇均为“二二”节奏，过于整饬，加上入乐可歌、一唱三叹，情韵悠扬婉转，但显然气势不足。惟有多用散语，声气、节奏才有变化，气势方可显露。散语表达的同时，多用虚词，其中“兮”字是骚体赋的本质特征，拉成声气、抒发情感。除“兮”字外，“原夫”“于是”“若乃”“故”用于每段起首，“之”“其”“也”用于句中或句尾，从而使气一贯到底，毫无滞碍，虚词可谓是“气”之贯通的落脚点[②]。而在词藻上，联绵字亦为多见，如“澜漫”“蝇蝇”“栩栩”，多用联绵字，声韵则更为协畅。而在句式上，《洞箫赋》句式多变，有三字句、四字句、五字句、六字句、七字句、八字句、九字句、十字句，而且组合多样，有“上七下六”“上九下八”“上八下六”“上四下四”“上七下四”“上四下三”“上六下六”，种种变化，诸多调整，故下笔自由，节奏多变，“在句式结构上，则以上句句尾“兮”字拉长声气，使一篇整体上带上浓重的抒情氛围”[③]，故气得以行之。“乱曰”则几为四言，宛然诗语，犹似徒歌，将全篇之“气”完美收结，余音袅袅，不绝如缕。骚赋主情，《洞箫赋》透着一股散不开的悲凉之音，“故知音者乐而悲之，不知音者怪而伟之。故闻其悲声，

---

① 萧统编，李善注《文选》，中华书局，1977 年，第 244 页。

② 参看常方舟《传统文话的虚词批评与近代文章学的新诠》，《文艺理论研究》2019 年第 5 期。

③ 易闻晓《赋体演变的句式考察》，《湖南大学学报(社会科学版)》2021 年第 1 期。

则莫不怆然累欷，撇涕抆泪"[1]，王褒以悲音为美[2]，因悲音联系人生，故其赋似无情却有情，故能动人。而情之表达，全靠"兮"字拉长声气，反复咏叹。惟多用散语，气得以顺；而多用"兮"字，使气愈盛。《洞箫赋》"惟以气盛"，原因系此。

大赋去情主物，"兮"字少见，"气盛"由来，主要在于多用一顺到底的散语句式，或四言，或三言，或三言、四言交叉使用。《上林赋》中描写水势这段，"沸乎暴怒、汹涌彭湃、滭弗宓汩、逼侧泌瀄、横流逆折、转腾潎洌、滂濞沆溉……然后灏溔潢漾、安翔徐回、翯乎滈滈、东注太湖、衍溢陂池"[3]，全用四字，字数逾百，只为形容水势。语意如水直下，一泄到底。气顺，在于意脉不断。大赋铺陈，四言一顺，极致排比，最能贯穿笔势。[4] 至于名物铺陈，四字堆垛，亦是如此。如《子虚赋》所写"其土则丹青赭垩、雌黄白坿、锡碧金银……其石则赤玉玫瑰、琳珉昆吾、瑊玏玄厉、碝石碔砆"[5]，名物类聚，不惟是学问的展示，亦能彰显气势。至于三言一顺，亦为可见，如《子虚赋》写到"揜翡翠、射鵕鸃、微矰出、孅缴施、弋白鹄、连駕鹅、双鸧下、玄鹤加……浮文鹢、扬旌栧、张翠帷、建羽盖、罔瑇瑁、钩紫贝、摐金鼓、吹鸣籁、榜人歌、声流喝、水虫骇、波鸿沸、涌泉起、奔扬会"[6]，几乎全是三字句，句式节奏在"一二"和"二一"之间来回切换，且关键字都落在动作上，读起来真是一顺而下，气势奔腾。另外，也有四言句和三言句组合使用，如《上林赋》"于是乎卢橘夏熟、黄甘橙楱、枇杷橪柿……罗乎后宫、列乎北园。貤丘陵、下平原、扬翠叶、扤紫茎、发红华、垂朱荣、煌煌扈扈、照曜钜野"[7]，由"于是乎"开端，语气直下，刻不容缓，然后用

---

① 萧统编，李善注《文选》，中华书局，1977 年，第 246 页。

② 参看李丹博《附声测貌，泠然可观——论王褒〈洞箫赋〉的艺术成就》，《山西师大学报(社会科学版)》2003 年第 2 期。

③ 萧统编，李善注《文选》，中华书局，1977 年，第 123—124 页。

④ 易闻晓《大赋铺陈用字考论》，《复旦学报(社会科学版)》2017 年第 1 期。

⑤ 萧统编，李善注《文选》，中华书局，1977 年，第 119—120 页。

⑥ 萧统编，李善注《文选》，中华书局，1977 年，第 121 页。

⑦ 萧统编，李善注《文选》，中华书局，1977 年，第 126 页。

以三言一顺，接续意脉，直至完结，气势不断。大赋气盛，还在于大量使用联绵字。其中尤以司马相如为最，简宗梧先生认为："司马相如是汉赋玮字的始作俑者……联绵词发展到这个阶段，也可以说是登峰造极了。"[①]赋家临文用字，煞费苦心，多用联绵字。或以重言拟声仍用、声韵简明不变，或本于音义形变，或本于声韵形义之变，或转音以变形义[②]，皆为声调讲求。而讲究声调，是因赋"不歌而诵"，吟诵动听，惟有气顺、声调抑扬。正因为此，前人论相如才会感慨："意高而刻深，材富而博诞，笔奇而峭古，精神流动而声光郁勃，屈宋以后，一人而已。"[③]以相如为代表的大赋气盛难及，主要在于散语排比句式和琳琅满目的联绵字。

骈、律之赋，散语极少，拘于四六隔对的联对结构，六朝尚显宽松，及唐则为程式，加以平仄，限以八韵，是谓"骈四俪六"。若通篇均为四六，联对到底，气必阻滞，无法顺畅。故骈、律之赋若想"气"足，必然予以句式调整，加以散语。《哀江南赋》虽多为六四、四六，但仍穿插四言散语句式，如："护军慷慨、忠能死节、三世为将、终于此灭。济阳忠壮、身参末将、兄弟三人、义声俱唱。主辱臣死、名存身丧、敌人归元、三军凄怆。尚书多算、守备是长、云梯可拒、地道能防。"[④]虽不同大赋描写、名物铺陈，但仍多是散语，故气脉得顺，不显板滞。且亦偶见七言，如"横琱戈而对霸主，执金鼓而问贼臣"，"李陵之双凫永去，苏武之一雁空飞"，虽为对仗，但在四六句式中突见七言，节奏立马发生变化，由六言"二四""四二""三三"与四言"二二"，变为七言"三四""二五"，遂使气得以顺。除外庾信多用虚词于段首，如"尔乃""于是""若乃"，衔接段落自然，从而使节奏、句意、情感、气势贯通全

① 简宗梧《汉赋源流与价值之商榷》，文史哲出版社，1980 年，第 80—83 页。

② 易闻晓《辞赋联绵字语用考述》，《南京大学学报（哲学·人文科学·社会科学）》2016 年第 1 期。

③ 洪若皋《梁昭明文选越裁》，《四库全书存目丛书》第 287 册，齐鲁书社，1996 年，第 745 页。

④ 庾信撰，倪璠注，许逸民校点《庾子山集注》，中华书局，1980 年，第 104—106 页。

篇，所谓“灏气足以驱之”，绝非虚夸。李程《日五色赋》[1]为律赋典范，不惟“德动天鉴，祥开日华”之发端警策，更在于气势十足，洵为罕见之作。而气得以盛，在于句式调整。其开篇四四、六六、四六、六四，来回变化，突然杂以“仰瑞景兮灿中天，和德辉兮光万有”，声气骤然提振。然后接以“舒明耀，符君道之克明；丽九华，当帝业之嗣九”，句式变为三六。又接以“泛草际而瑞露相鲜，动川上而荣光乱出”八字句，又接以“五彩彰施于黄道，万姓瞻仰于康衢”七字句，节奏不断变化。而结尾处又见“兮”字句，“名翬矫翼，如威凤兮鸣朝阳；时藿倾心，状灵芝兮耀中圃”，声气如风吹海水，浪花叠涌。马上又接以三言排比句式，“斯乃天有命、日跻圣、太阶平、王道正”，气势一顺到底，故浑穆清高、推为极则。骈、律之赋，因限制太多，虽主“尚气”，然落实创作实难。若想气足，则句式调整、加以散语是唯一法则。舍此，别无它途。

文赋援以唐宋古文，本诸散语，不同于骚赋“兮”字用以全篇，也殊于大赋一顺到底的散语句式，迥异于骈、律赋之四六联对结构，更讲究长短句搭配、抑扬顿挫和一贯之气。但文赋之气，“不是汉大赋的铺陈之势，也不是楚辞和骚体怨怼激怒的奔涌，而是本于理势，咄咄逼人”[2]。苏轼《前赤壁赋》虽开篇描写月色之美，凭虚御风、羽化登仙，诚然极美。但赋中主体则是主客问难，议论说理。其中，客曰：“此非曹孟德之诗乎？西望夏口，东望武昌，山川相缪，郁乎苍苍，此非孟德之困于周郎者乎？方其破荆州，下江陵，顺流而东也，舳舻千里，旌旗蔽空，酾酒临江，横槊赋诗，固一世之雄也，而今安在哉？”[3]连续三个反问句，显然出自主观评断，表达清晰的说理，彰显强烈的主体意识，一气贯注，流畅不滞，灵动自如。而苏子回答亦然，“客亦知夫水与月乎？逝者如斯，而未尝往也；盈虚者如彼，而卒莫消长

① 李程《日五色赋》，詹杭伦等校注《历代律赋校注》，武汉大学出版社，2009年，第51—52页。按：后面所引赋文，不再标注。

② 易闻晓《赋体演变的句式考察》，《湖南大学学报(社会科学版)》2021年第1期。

③ 孔凡礼点校《苏轼文集》，中华书局，1986年，第6页。

也。……是造物者之无尽藏也，而吾与子之所共适”[1]，这一段毫无破绽的说理，令人无法反驳，故客“喜而笑”，虽然东坡达观，但其议论如孟子善辩，实为咄咄逼人。这种逼人的气势，不容辩驳的语气，得力于长短参差的散语表达。《后赤壁赋》虽不再说理，而其中之势并未衰弱，其云“予乃摄衣而上，履巉岩、披蒙茸、踞虎豹、登虬龙、攀栖鹘之危巢，俯冯夷之幽宫。盖二客不能从焉。划然长啸，草木震动，山鸣谷应，风起水涌”[2]，三字句、四字句散语铺排，一顺到底，诚有大赋遗风。前后《赤壁赋》联绵字虽不多，然虚词却比比皆是，“之”“也”“乎”频见叠出，古文气息太浓，而虚词则为文气的重要表征。《赤壁》二赋，最见东坡“浩然之气”。而赋中之气，则藏于流畅的散语表达和频繁的虚词运用。赋体的体制虽殊，但赋中之“气”的强弱、多寡、厚薄，皆须考量散语表达、句式调整、虚词运用和声韵联绵。本于创作的语用考量，可知“气”从何来。然赋中之“气”如何体味，则惟在于吟咏诵读。

四、赋体“尚气”与吟诵传播

本诸创作语用考量，作者可以“行气”。然赋中之“气”过于虚飘，其中之“气”如何感知体味，则惟有吟咏诵读。“不歌而诵谓之赋”，此中“赋”乃指“赋诗”，而非赋体。故赋体是否“不歌而诵”，是值得商榷的[3]。南宋之时，前后《赤壁赋》就已配乐歌唱。“世尝以陶靖节之《归去来》、杜工部之《醉时歌》、李谪仙之《将进酒》、苏长公之《赤壁赋》、欧阳公之《醉翁记》类凡十数，被之声歌，按合宫羽，尊俎之间，一洗淫

① 孔凡礼点校《苏轼文集》，中华书局，1986年，第6页。

② 孔凡礼点校《苏轼文集》，中华书局，1986年，第8页。

③ 关于“不歌而诵谓之赋”，可参看骆玉明《论“不歌而诵谓之赋”》，《文学遗产》1983年第2期；张宇恕《“不歌而诵谓之赋”质疑》，《管子学刊》1991年第4期；万光治《从民歌的赋体因素看诵、赋关系的构建——再析“不歌而诵谓之赋”》，《中国诗学研究》2017年第2期；吴承学《中国早期文体观念的发生》释“升高能赋”，生活·读书·新知三联书店，2019年，第209—213页。

哇之习，使人心开神怡”[1]，可见赋亦可入乐。但赋体之初，是否可歌，便值怀疑。武帝时“以李延年为协律督尉，多举司马相如等数十人，造为诗赋，略论律吕，以合八音之调，作十九章之歌”[2]，可知相如必通音律，但其《大人赋》只言“奏”，而非歌。而汉人从未言“歌”赋，只说“颂”或“诵”，可见赋体之初非用乐，而主吟诵。后世用乐唱赋，并不足以推翻赋体本初只诵不歌的事实。因赋须诵，故赋家临文用字，除炫博物、学问外，还讲求声调协畅，正所谓“汉魏文人，有两端最不可及，一曰训诂精确，二曰声调铿锵”[3]，赋中之气，不止关乎才学，还在于声韵和谐，以求朗朗上口、气势一顺、抑扬动听、便于记诵。不然汉武帝闻《大人赋》何以“飘飘然有凌云之气”，而太子又岂会闻《洞箫赋》而病愈？此皆因诵赋铿锵协畅，宛如音乐，方可令人陶醉。因诵赋有美妙效果，而能诵赋之人往往被视为天才，如庾质“八岁诵梁元帝《玄览》《言志》等十赋，拜童子郎”[4]，因诵赋见赏，可见诵赋足以悦人。同时，诵赋也有益修身养气，故后世论赋每每主张吟咏诵读。

缪润祓云：“文顺气而后有挥洒之致，赋顺气而后有洋溢之机。作赋而不能行气，则板滞平庸，与泥车瓦狗何异？……若读赋时不能极高下抑扬之致，则气无由积，到作赋时，又乌能有气？欲行气者，亦还于吟讽诵习间求之可也。”[5]缪氏所论，将诵赋视为养气必经之途，平日若诵赋不多，则气不足；气若不足，临时作赋，气必匮乏。而曾国藩则在家训、日记中反复强调诵赋，以兹养气修身，告诫后辈。其云：“夜温《长杨赋》，于古人行文之气似有所得。……舆中读《上林赋》千余言，略能成诵，少时所深以为难者，老年乃颇能之，非聪明进于昔

① 林正大《风雅遗音》，《四库全书存目丛书》集部第 422 册，齐鲁书社，1997 年，第 12 页。

② 班固《汉书》，中华书局，1962 年，第 1045 页。

③ 曾国藩《曾国藩家训》，岳麓书社，1999 年，第 47 页。

④ 李延寿《北史・列传第七十七・艺术上》，中华书局，1978 年，第 2949 页。

⑤ 缪润祓《律赋准绳》，孙福轩编《历代赋论汇编》，人民文学出版社，2014 年，第 763—764 页。

时，乃由稍知其节奏气势与用意之所在，故略记之。……余近年最好扬、马、班、张之赋，未能回环朗诵，偶一诵读，如逢故人，易于熟洽。”[①]汉大赋夸扬颂美，劝百讽一，其用意所在或不难晓。然其“节奏气势”之妙，惟在熟读之后，才能感受。古赋不刻意追求声律，而声调节奏宛若天籁，此种三昧非熟读后岂能体味？曾国藩能如此，只因百般苦读。《绵绵穆穆之室日记》所载“读书功程”中，曾国藩每日分早起、饭后、傍夕、灯后等时段载录阅、诵、批、圈等读书行为，其中诵读分为有“默诵”“循诵”“讽诵”“温诵”“背诵”“高吟”“朗吟”“微吟”“恬吟”“讽咏”“密咏”“涵泳”等，足见其于诵读所下功夫之深。惟此，曾国藩方能构建声调之学，才能体味大赋之气。其云“仿效汉人赋颂，繁声僻字，号为复古，曾无才力气势以驱使之，有若附赘悬疣、施胶漆于深衣之上，但觉其不类耳”[②]，可见作赋若只搜肠刮肚、堆砌僻字，而无才气运之，则甚不足观。论赋主气，是为强调养气修身，“曾国藩乃儒家修身、齐家之说最虔诚之践行者之一，故注重家风、家教，注重子弟言语、容貌、礼仪规范之养成”[③]，惟修身养气，方可笃实为人，才能“齐家治国平天下”。而诵赋是养气的绝佳方式，故其在家训中反复告诫子弟熟读大赋，此可谓以身作则、树立读书修身之典范。[④]

可见，诵赋有诸多裨益。既可悦人，也可修身，而“气”则为媒介。赋中之“气”关乎才学，凭此可以观才，故因赋见赏，历代不乏其人。而通过诵赋，赋者才华之高、学养之深，便可感知，引以自鉴，见贤思齐，故能修身。而赋中之“气”化为声音，则抑扬动听，声韵铿锵，足以振奋人心，亦可陶冶心志，实为一种高雅的休闲娱乐方式。帝王以赋取乐，凭赋抡才，而下层百姓诵赋自愉，或有求名之心，竟凭此闻名；

---

① 曾国藩《曾文正公全集·求阙斋日记类钞》，同心出版社，2014年，第302页。

② 曾国藩《重刻茗柯文编序》，《曾国藩全集·文集》上卷，河北人民出版社，2016年，第72页。

③ 彭林《曾国藩〈圣哲画像记〉的经学底色与礼治指归》，《湖南大学学报（社会科学版）》2019年第4期。

④ 王飞阳《小学为本，经世为用：曾国藩的赋论思想》，《船山学刊》2022年第6期。

或出自对偶像的推崇，间接促进了赋作的传播。以《赤壁赋》为例，《东坡志林》载：

朱氏子出家，小名照僧，少丧父，与其母尹皆愿出家。照僧师守素，乃参寥子弟子也。照僧九岁，举止如成人，诵《赤壁赋》，铿然鸾鹤声也，不出十年，名闻四方。此参寥子之法孙，东坡之门僧也。[①]

照僧九岁，然早慧异常，其诵《赤壁赋》铿然动听，犹如鹤鸣，故不出十年，名闻天下。苏轼特将其记于《志林》，许之为"东坡之门僧"，足见对其喜爱。而儿童诵读，似有别样趣味，令人沉醉难已。所谓"儿童诵东坡前后《赤壁赋》，但觉其有荡心悦目之趣，而不能自已"[②]，可见童声诵赋，实有不同的动听效果。而照僧的成名，无疑推广了《赤壁赋》的传播。至于文士沉迷吟诵《赤壁赋》，更屡见不鲜。傅自得《游金溪记》载绍兴二十六年八月，傅与朱熹同游九日山，朱熹兴致盎然，击楫而歌屈原《九章》，声调响壮，傅自得则"诵东坡先生《赤壁》前后赋和之，每至会心处则迭起酬劝"[③]，迭起酬劝，足见傅氏对《赤壁赋》深爱至深，以致欲罢不能。南宋时，则有专业的歌伎吟诵《赤壁赋》，谢伋《曾使君新词序》载"曾侯知我不能度曲，尝觞我，顾其侍儿诵苏东坡前后《赤壁》二赋"[④]，曾侯即曾惇，时任黄州知府，每于家宴时尝让歌伎吟诵《赤壁赋》，传为一时佳话。其侄王明清于此事言之更详：

舅氏曾宏父，生长绮纨，而风流酝藉，闻于荐绅。长于歌诗，脍炙人口。绍兴中守黄州，有双鬟小颦者，颇慧黠，宏父令诵东坡先生《赤壁》前后二赋，客至代讴，人多称之。见

---

① 苏轼《东坡志林》，中华书局，1981年，第38页。

② 熊禾《跋文公再游九日山诗卷》，李修生主编《全元文》第18册，江苏古籍出版社，1988年，第540页。

③ 傅自得《游金溪记》，曾枣庄主编《全宋文》第211册，上海辞书出版社，2006年，第34页。

④ 林表民《赤城集》，《景印文渊阁四库全书》第1356册，台湾商务印书馆，2008年，第770页。

于谢景思所叙刊行词策。[1]

人多称之，可知佳人吟诵，定为动听。《赤壁赋》风行海内，东坡固然声名远播，但儿童、文士、歌伎等人群的吟诵传播，无疑加速了《赤壁赋》的流传。可见诵赋之好处，不惟自愉、悦人，亦可成为推广媒介。[2] 当然由诵赋传播赋作，远不止《赤壁赋》一例，如赵邻几“尝作《禹别九州赋》，凡万余言，人多传诵”[3]，万言大赋，若非人多诵读，又岂能扬名？至于左思《三都赋》一时洛阳纸贵，除却名人推介，也在于人人传诵。口头传诵往往比纸媒更有广泛性，尤其是在以纸为贵的时代，诵读实为更有效的推广方式。而《哀江南赋》流传朝鲜半岛，甚至为蒙诵课子的教材，这必然离不开妇孺记诵。[4] 而名赋能被争相传诵，气韵协畅、声调铿锵，则是必不可少的要素。反过来说，诵读名赋，也间接反映赋体的“尚气”之风。赋中之“气”关乎才学，可观修养，故可抡才，这是“尚气”的主因。而“气”又是一种雄力之风，是为审美风格。而将“气”落到实处，则系于声韵、字句，则必然根于创作，本诸语用考量。反复吟咏，方知“气”之所在，可以提升气度学养。赋之创作，才学、气韵兼备，方可成为佳构，为人传诵，遂成千古名篇。这是赋体“尚气”的内在逻辑，也是后人学赋的案前宝鉴。

（贵州师范大学文学院）

---

① 王明清《挥麈录·后录》，中华书局，1964 年，第 216 页。

② 参看王兆鹏《宋代〈赤壁赋〉的“多媒体”传播》，《文学遗产》2017 年第 6 期。

③ 脱脱等《宋史·列传第一百九十八·文苑一》，中华书局，1977 年，第 13009 页。

④ 参看漆永祥《朝鲜朝使臣金堉〈哀江南赋〉探析》，《东疆学刊》2020 年第 4 期。

孔颖达“诗缘政”说发微

舒　乙

内容摘要：“诗缘政”说是继先秦“诗言志”、西晋“诗缘情”之后，由孔颖达编撰《毛诗正义》时提出的一个新的诗学理论，诞生于文学与经学、文学与时代的逻辑互动之下。“诗缘政”之“政”，首要之义非“政事”“政治”之“政”，而是其本义“正”，表匡正之意。面对初唐前期诗歌所处的“六朝的尾”这样一个粗糙的过渡期，孔颖达为“诗缘政”文学理想的实现找到了两条思维路径：一是复古正变，一是“诗述民志”。“复古正变”思想至少在理论认识层面开唐代诗歌以复古为革新之先。“诗述民志”强调诗人作诗是“从生活中来，到生活中去”，赋予诗歌强烈的现实主义精神。可以说，初唐诗学变革由此肇启，唐诗的健康发展由此开端。

关键词：孔颖达；诗缘政；复古正变；诗述民志

On Kong Yingda's Poetry Guides Politics

Shu Yi

Abstract: The theory of "Poetry Guides Politics" is a new poetic theory put forward by Kong Yingda when he compiled the *Mao Shi Zheng Yi*, following the Pre-Qin Dynasty "Poetry Expressing Aspiration" and the Western Jin Dynasty "Poetry Orginating from Affection", and it was born out of the logical interaction between literature and scripture, literature and the times. The primary meaning of the word "politics" is not that of "political affairs" or "politics", but its original meaning of "correctness", which means to rectify. Faced with the rough transition period in which the poetry of the early Tang Dynasty was situated at the "end of the Six Dynasties period", Kong Yingda found two paths of thought for the realisation of the literary ideal of "Poetry Guides Politics", one was to restore the ancient and correct the changes and the other was "Poetry describes the people's aspirations". The idea of "restoring the ancient and correct the changing", at least at the level of theoretical understanding, pioneered the idea of restoring the ancient as an innovation in Tang poetry. The ideal "Poetry describes the people's aspirations" emphasizes that poets write poetry "from life and to life", giving it a strong sense of realism. It can be said that this was the beginning of the transformation of poetics in the early Tang Dynasty and the beginning of the healthy development of Tang poetry.

Keywords: Kong Yingda; Poetry Guides Politics; to restore the ancient and correct the changes; Poetry describes the people's aspirations

文学理论批评家在探讨中国古代诗学理论时主要围绕着两种比较流行的诗学观念进行。一是源出《尚书·尧典》、作为中国诗学领域"开山的纲领"的"诗言志"论[①]，一是源自陆机《文赋》、作为"诗言志"的对立面出现的"诗缘情"说。然而，在"诗言志"与"诗缘情"的理论之争外，还有一种长期被摈斥于文学理论研究范畴之外的诗学理论，即产生于唐代的"诗缘政"说。而这恰是唐代及其以降诗歌发展的一条重要线索，值得深入探讨与研究。

一、"缘政"本义与"诗缘政"的历史生成

"诗缘政"说是继先秦"诗言志"、西晋"诗缘情"之后，由孔颖达编撰《毛诗正义》时提出的一个新的诗论概念。要想审视"诗缘政"这一新命题的内涵，必须首先检理判断关于它的产生问题。

先从"缘政"说起。何谓缘？《说文解字》云："缘，衣纯也。从糸，彖声。"段玉裁注："缘者，沿其边而饰之也。"[②]段玉裁释动词义。《礼记·玉藻》："缘广寸半。"郑玄注："缘，饰边也。"孔颖达疏："谓深衣边以缘饰之广寸半也。"即此知"缘"的本义为衣服饰边。后来引申为"围绕""依循""依据""因缘"等义，"缘政"之"缘"即"因缘"之义。那么，"缘政"之"政"作何解？看"政"在先秦两汉典籍中的用例。

《论语·颜渊》云："季康子问政于孔子。孔子曰：'政者，正也。子帅以正，孰敢不正？'"皇侃《论语集解义疏》解释为："政训中正之正也。"《论语·子路》云："子曰：'何晏也？'对曰：'有政。'"《集解》引马融注曰："政者，有所改更匡正。"《左传·桓公二年》云："政以正民。"《尸子·神明》云："政也者，正人者也，身不正则人不从。"《大戴礼记·哀公问》云："公曰：'敢问何谓为政？'孔子对曰：'政者，正也。君为正则百姓从政矣。'"可见，"政"在上古语境中的本义并非"政事"之"政"，而是"匡正"之"正"。"正"是"政"的通用字。《汉书·陆贾传》云："夫秦失其正，诸侯豪杰并起。"颜师古注："正，亦政也。"许慎《说文解字》训"政"字本义为"正也。从攴，从正，正亦声。"段玉裁注"《论

---

① 朱自清著，邬国平讲评《诗言志辨》，凤凰出版社，2008年，第4页。

② 许慎撰，段玉裁注《说文解字注》(第2版)，上海古籍出版社，1988年，第654页。

语》孔子曰:‘政者,正也。’”由此看来,孔子对“政”的解说是后世以“正”释“政”的源头。

在对“缘政”进行训诂式考察之后,再从孔颖达撰《毛诗正义》的阐释语境来看“缘政”本义。皮锡瑞《经学历史》云:“‘正义’者,就传注而为之疏解者。”[①]刘师培《国学发微》云:“‘正义’者,即以所用之注为正。”[②]此二说都言明“正义”作为一种阐释方法,内涵指疏解本来之意。而孔颖达撰《毛诗正义》,也说坚守“疏不破注”的文献阐释原则,遵循原注的思想本义。经此还原可以裁断,孔颖达诗学理论体系中的“缘政”之“政”,本义指匡正错误,使之走上正确轨道。这是最符合《毛诗正义》文本原义的解释。不过,须说明一点,“缘政”一说非孔颖达首创。《后汉书》中“灾异之降,缘政而见”,“瑞应依德而至,灾异缘政而生”等说法已经显示,认为天变是由于人君失政。孔颖达针对诗歌创作而提出的“诗缘政”之“政”的首要之义,非“政事”“政治”之“政”,而是其本义“正”,匡正之意。他在《诗大序》疏文中提出“诗体不同,或陈古政治,或指世淫荒”[③]之后,紧接着强调“虽复属意不同,俱怀匡救之意”[④],即最终着眼于“匡救之意”。显然,孔颖达的阐释,自觉表现出以民间立场补官方立场的意识。

立足于此可知,将“政”置于“诗缘政”的结构当中,强调以“缘政”说诗,就语境而论,其本义并非指向后世有些论家所指责的诗歌纯然服务于君王、服务于官方政治,而是指诗歌创作以揭露时政、反映现实、匡时济世为旨归。这与后来杜甫之“致君尧舜上,再使风俗淳”、元结之“救时劝俗”、白居易之“惟歌生民病”等诗歌创作思想可谓一脉相承。

“诗缘政”理论并非在唐代横空出世,而是有一个由微而著的历史生成过程。孔颖达之前,“诗缘政”观念在先唐时期就初见端倪。《诗经》是“诗缘政”观念得以萌生的原发性传统。《小雅·节南山》:

---

① 皮锡瑞《经学历史》,中华书局,2008年,第28页。

② 刘师培《刘申叔遗书》,江苏古籍出版社,1997年,第495页。

③④ 阮元校刻《十三经注疏(清嘉庆刊本)》,中华书局,2009年,第567页。

"家父作诵,以究王讻,式讹尔心,以畜万邦。"《小雅·何人斯》:"作此好歌,以极反侧。"《小雅·四月》:"君子作歌,维以告哀。"《大雅·桑柔》:"虽曰匪予,既作尔歌。"《魏风·葛屦》:"维是褊心,是以为刺。"以上《诗经》诸例,都表现出较为明显的以诗缘政倾向。《毛诗序》对《诗经》中关于"诗缘政"的认识进行了理论阐释,曰:"故正得失,动天地,感鬼神,莫近于诗。"郑玄《诗谱序》进一步阐明此旨曰"论功颂德,所以将顺其美;刺过讥失,所以匡救其恶",意味着"诗缘政"观念的初步形成。《诗推度灾》解说《周南·关雎》,曰:"《关雎》知原,冀得贤妃,正八嫔。"东汉王充论文学,提出"益化补正"观点,主张文学创作要匡济薄俗,有补于正道。《论衡·佚文》曰:"文人之笔,劝善惩恶也",《论衡·对作》曰:"作有益于化,化有补于正"。南朝刘勰《文心雕龙·明诗》曰:"顺美匡恶,其来久矣。"至此,"诗缘政"命题呼之欲出,上述诗论和文论皆为孔颖达"诗缘政"说的提出奠定了理论基础。

尽管"诗缘政"说的思想发端较早,但直至唐初,孔颖达编撰《毛诗正义》,才终于将"缘政"词组引入诗歌批评领域:

> 风、雅之诗,缘政而作,政既不同,诗亦异体。[①]
>
> 诗者缘政而作,风、雅系政广狭,故王爵虽尊,犹以政狭入风。[②]
>
> 秦仲国大将兴,……而大于郝、莒者,诗者缘政而作,故附庸而得有诗也。[③]
>
> 小雅之为天子之政,所以诸侯得用之者,以诗本缘政而作,臣无庆赏威刑之政,故不得言诗。[④]

上引四疏中,孔颖达将诗与缘政并提,"诗→缘政"图式建立,"诗缘政"的命题正式确立。

"诗→缘政"图式是诗用论的图式,与孔颖达在《毛诗正义》中所

---

① 阮元校刻《十三经注疏(清嘉庆刊本)》,中华书局,2009年,第566页。

② 阮元校刻《十三经注疏(清嘉庆刊本)》,中华书局,2009年,第697页。

③ 阮元校刻《十三经注疏(清嘉庆刊本)》,中华书局,2009年,第782页。

④ 阮元校刻《十三经注疏(清嘉庆刊本)》,中华书局,2009年,第859页。

阐述的“诗本论”和“诗人论”相呼应。《诗大序》正义云“诗述民志，乐歌民诗，故时政善恶，见于音也”[①]，回答了“诗何为”的问题。又云“诗人陈得失之事以为劝戒，令人行善不行恶，使失者皆得是诗，能正得失也。普正人之得失，非独正人君也”[②]，回答了“诗人何为”的问题。“缘政而作”则回答了“诗用何为”的问题。“作品如果不从‘过程’的角度来考察，或者说作品不进入“过程”的领域，它就将是‘一种无活力的、黑暗的存在：一张白纸上写的字和符号，他们的意义在意识还没有使之现实化以前，仍然停留在潜在状态’。”[③]诗学理论亦可作如是观。孔颖达在对《毛诗正义》进行疏解的过程中建构起“诗本论”“诗人论”“诗用论”理论体系，正体现出“诗”作为一个艺术过程的完整性、系统性。

二、文化转型与诗风之变："诗缘政"提出的时代因缘

上文考察了“诗缘政”的本义和历史生成过程。那么，孔颖达“诗缘政”说是在何种背景之下出场的？首先自然要上溯至被奉为诗家之圭臬的“温柔敦厚”诗教传统。其次，它出现于唐初中近古之交文化转型与诗风之变的时代因缘下。以前者为视角，前贤已作深入研究。这里主要讨论后者，时代因缘。

首先，“诗缘政”说的提出，是历史赋予孔颖达的时代课题。

隋代统一中国，结束了魏晋南北朝长达几百年的分裂局面，南北文化现融合之势。但唐初武德时期，高祖在文化上坚持推行“关中文化本位政策”[④]，对山东文化与江左文化持遏制态度。至唐太宗即位后，经历了大变后的贞观君臣，面临新的历史条件。一则隋唐之际“氏族门阀”间的关系，如陈寅恪先生所言，是宇文泰“关中本位政策”

---

①② 阮元校刻《十三经注疏(清嘉庆刊本)》，中华书局，2009年，第564页。

③ 杜夫海纳(Dufrenne，M.)著，孙非译《美学与哲学》，中国社会科学出版社，1985年，第158页。

④ 杜晓勤《初盛唐诗歌的文化阐释》，东方出版社，1997年，第41页。

所鸠合集团之兴衰及其分化结果。[①] 李唐王朝建国之初的政坛以关陇豪族为骨干，依靠山东旧族和江南士族两大力量。地域、族群身份的自我认同使得三股力量合而未融，各自有着明确的文化取向。二则大乱之后，人心思定。如何定？贞观君臣对此有清醒的认识。唐太宗胸怀以史为鉴的警畏之心，“鉴前代成败，以为元龟”[②]，在对历史的反思中深感尧舜周孔之道犹如鸟之有翼、鱼之有水，失之则死，因而力主恢复。魏征“若圣哲施化，上下同心，人应如响，不疾而速”[③]，马周“凡修政教，当修于可修之时”等谏，皆为太宗所吸纳，进而提出“以文德绥海内”的“修政教”要求[④]，实施崇儒、尊经、修史等一系列文治措施，以彰显统一帝国的恢宏气象。

因之而言，孔颖达撰《五经正义》的出发点正是统治者对历史经验的总结和思想文化的统合。《旧唐书·儒学传》载：

> 太宗又以经籍去圣久远，文字多讹谬，诏前中书侍郎颜师古考定五经，颁行天下，命学者习焉。又以儒学多门，章句繁杂，诏国子祭酒孔颖达与诸儒撰定《五经》义疏，凡一百七十卷，名曰《五经正义》，令天下传习。

作为《五经正义》之一的《毛诗正义》，是孔颖达奉敕从统一经学的立场上解释《诗经》。在历史的特殊时期，统治者试图建立一种“正统”的知识范型，以话语模式与学术知识谱系的规范来凝聚人民的情感和力量，深化社会各阶层对于时代的感受与想象，重建认同，进而消除地域、族群、思想文化方面的冲突，实现“大一统”理想。每个时代不同阶层的人接受什么、排斥什么，尽管也受传统的约束，但在更大程度上是由当时的政治、伦理观念、生活态度和心理状态以及审美趣味等因素决定的。[⑤]《毛诗正义》的编撰正是在政治变局之下、在唐太

① 陈寅恪《唐代政治史述论稿》，上海古籍出版社，1982 年，第 48 页。
② 欧阳修、宋祁《新唐书》，中华书局，1975 年，第 4025 页。
③ 吴兢《贞观政要》卷一“政体”，上海古籍出版社，1978 年，第 24 页。
④ 刘昫等《旧唐书》卷二十八，中华书局，1975 年，第 1045 页。
⑤ 蒋寅《大历诗风》，凤凰出版社，第 33 页。

宗治国思想和孔颖达经学阐释思想二者交集之下完成的，贯穿始终的是初唐君臣经世致用之文化理念。“诗缘政”说正是孔颖达围绕着这一理念而建构起的诗学理论。

其次，“诗缘政”说的提出，处于诗歌“作风将变，明而未融”[①]时期。

《毛诗正义》的编撰纯出政治因素，意味着“诗缘政”说诞生于官方话语之下，代表官方意识形态。但这不代表孔颖达完全配合官方行为而丢掉私人理解，摒弃其在文学上的传统立场。刘勰《文心雕龙·时序》将文学与时代之关系概括“时运交移，质文代变”。明胡应麟总结由汉至唐“质文”之势云：“两汉以质胜，六朝以文胜。魏稍文，所以逊两汉也；唐稍质，所以过六朝也。”[②]自文学的立场而言，孔颖达所处的文学时代，是一个“质文代变”循环规律下的过渡性时代。这种过渡性表现在，诗歌正处于由文趋质的诗风转变期。

贞观初年，文人所面临的文学形势是如何扫除齐梁绮靡余风而进行推陈出新的变革。唐太宗在思想上认识到了这一点，批评《汉史》所录扬雄《甘泉》《羽猎》，司马相如《子虚》《上林》，班固《两都》等赋皆是浮华文体，无益劝诫，不该书之史策。他认为“若事不师古，乱政害物，虽有词藻，终贻后代笑”[③]，于是在《帝京篇序》中高呼“以尧舜之风，荡秦汉之弊，用咸英之曲，变烂漫之音”[④]，提出师古文而黜浮词、恢复风雅的改革意见。这是唐太宗站在政治家立场上的言论。然而，唐太宗作为政治家的要求和作为文学家的方向并未完全契合，其创作实践与文学理想之间一直存在着差距，甚至表现出文学观念与行为的分裂，在理论上鞭挞齐梁诗风，在实践上却追慕之。如《新唐书·文艺传》所云：“高祖、太宗，大难始夷，沿江左余风。”证据主要有：一，文学馆十八学士中，虞世南、姚思廉、蔡允恭、陆德明、许敬

① 郭绍虞《中国文学批评史》，百花文艺出版社，2008年，第113页。
② 胡应麟《诗薮》，上海古籍出版社，1958年，第3页。
③ 吴兢《贞观政要》卷七“文史”，上海古籍出版社，1978年，第222页。
④ 吴云、冀宇校注《唐太宗全集校注》，天津古籍出版社，2004年，第42页。

宗、褚亮、颜相时七人都出自江左，其诗风皆承袭梁陈宫体而来。二，唐太宗曾作宫体诗，令虞世南赓和。三，唐太宗创作了大量诸如《秋日效庾信体》《月晦》《咏桃》之类的雕饰藻丽、寄托单薄的咏物诗。四，唐太宗在《晋书·陆机陆云传论》中对二陆的文采表示欣赏，赞曰“文藻宏丽，独步当时”。

与此同时，魏征等贞观史臣们亦对准南朝诗赋发出议论，在八史之文学传、文苑传及其序、论中对绮丽轻艳诗风进行严厉批评，树起矫正诗风之旗帜。魏征《隋书》卷三五《经籍志·集部序》云：

> 永嘉以后，玄风既扇，辞多平淡，文寡风力。降及江东，不胜其弊。……梁简文之在东宫，亦好篇什，清辞巧制，止乎衽席之间；雕琢蔓藻，思极闺闱之内。①

其卷七六《文学传》又云：

> 梁自大同之后，雅道沦缺，渐乖典则，争驰新巧。简文、湘东，启其淫放，徐陵、庾信，分路扬镳。其意浅而繁，其文匿而彩，词尚轻险，情多哀思。格以延陵之听，盖亦亡国之音乎！②

姚思廉《陈书》卷六《后主本纪》云：

> 古人有言，“亡国之主多有才艺”，考之梁陈及隋，信非虚论。然则不崇教义之本，偏尚淫丽之文，徒长浇伪之风，无救乱亡之祸矣。③

李百药《北齐书》卷四十五《文苑传序》云：

> 原夫两朝叔世，俱肆淫声，而齐氏变风，属诸弦管，梁时变雅，在夫篇什。莫非移俗所致，并为亡国之音。④

综合上引资料可以看出，贞观史臣深恐唐太宗醉心于齐梁体诗歌创作而引起诗歌绮靡之风复荡于初唐文坛，斥齐梁诗为“亡国之音”，其

---

① 魏征《隋书·经籍志》，中华书局，1973 年，第 1090 页。

② 魏征《隋书·文学传》，中华书局，1973 年，第 1730 页。

③ 姚思廉《陈书·后主本纪》，中华书局，1972 年，第 119 页。

④ 李百药《北齐书·文苑传序》，中华书局，1972 年，第 602 页。

意在“变作风”。而孔颖达在《毛诗正义》中阐述的“情志合一”之尚质文质观，恰与贞观史臣力主扭转南朝“文”盛而“质”衰之流弊的文学主张遥相呼应。孔氏深慨于齐梁诗风之绮靡浮诞，高倡“承”“志”“持”等新儒家诗学理念。[①] 其主张以“情志”为内容、以“缘政”救世为旨归的诗学理论，是为唐初诗歌创作开出的一剂药方。

概而言之，孔颖达“诗缘政”说是在文学与经学、文学与时代的逻辑互动之下提出的。至此可以看到，官方话语孕育了“诗缘政”，“诗缘政”却又具备作用于官方意识的目的，阻遏以唐太宗为代表的贞观诗人追摹齐梁诗风，从理论上开启了初唐前期诗风变革的思潮。接下来无可回避的一个问题是，诗人如何以诗“缘政”？即，“诗缘政”的路径是什么？

三、复古正变与“诗述民志”：“诗缘政”的路径

文学发展进程中，继承与革新是辩证统一的关系，没有继承，也就很难创新。[②] 孔颖达《诗》学体系和诗歌理论的建构，是通过将诗歌放在自身的历史运动中来进行考察而完成的。面对初唐前期诗歌所处的“六朝的尾”[③]这样一个粗糙的过渡期，孔颖达试图改革旧习、开启新局，为“诗缘政”文学理想的实现找到了两条思维路径。

一是复古正变。

正变是诗歌批评的传统话语。许学夷《诗源辩体》云：“诗自《三百篇》以迄于唐，其源流可寻而正变可考也。学者审其源流，识其正变，始可与言诗矣。”[④]须作说明的是，后世学者们大抵都以“正变”论诗体。如元代杨士弘《唐音》选录唐诗，以“审其音律之正变，而择其精粹”为原则，将唐诗分为“始音”“正音”“遗响”。但孔颖达“诗缘政”

---

① 乔东义《论孔颖达对儒家诗学的演绎》，《安徽师范大学学报（人文社会科学版）》2010年第5期。

② 詹福瑞《中古文学理论范畴》，中华书局，2005年，第221页。

③ 闻一多《唐诗杂论》，生活·读书·新知三联书店，1999年，第3页。

④ 许学夷《诗源辩体》，人民文学出版社，1987年，第1页。

理论范畴下的“正变论”并非基于诗歌文体而建立，是围绕诗歌内容而言。

以“正变”论诗，源自毛郑之学。《毛诗序》云：“至于王道衰，礼义废，政教失，国异政，家殊俗，而变风变雅作矣。”郑玄在此基础之上提出与“变风变雅”相对的“诗之正经”，即“风雅正经”概念。孔颖达承之而来，《诗大序疏》论“正变”云：

《诗》之风雅，有正有变，故又言变之意。

又云：

变风、变雅之作，皆王道始衰，政教初失，尚可匡而革之，追而复之；故执彼旧章，绳此新失，觊望自悔其心，更遵正道，所以变诗作也。以其变改正法，故谓之变焉。[①]

由此可清晰看出以下几点。其一，孔颖达将“正”“变”联言。其二，风雅之诗，为矫正偏失、复归正道而作，即“诗缘政”。其三，“旧章”为正，“新失”为变；诗之“正”则追复，诗之“变”则匡革。其四，如何看待“变诗”？应观之而“自悔其心，更遵正道”。其五，孔氏确定“变”的概念为“变改正法”。如此，孔颖达以复古正变为“诗缘政”之路径的原因明了。齐梁诗歌正是因“变改正法”而“雅道沦缺”，“彩丽竞繁，兴寄都绝”。[②] 那么，到了贞观初唐，到了孔颖达这里，诗歌在由先秦两汉而魏晋而初唐的历史进程中的发展模式，便不是循环论式的“正”——“变”——“正”，而是“正”——“变”——“正变”。值得一提的是，不独孔颖达，贞观史臣的文学批评也蕴含诗歌“正变”思维。如魏征《隋书·经籍志四》云：

梁简文之在东宫，亦好篇什，清辞巧制，止乎衽席之间；雕琢蔓藻，思极闺闱之内。后生好事，递相放习，朝野纷纷，号为宫体。流宕不已，讫于丧亡。陈氏因之，未能全变。

《隋书·文学传序》云：

---

① 阮元校刻《十三经注疏（清嘉庆刊本）》，中华书局，2009年，第567页。

② 陈子昂撰，徐鹏校点《陈子昂集》，上海古籍出版社，2013年，第16页。

炀帝初习艺文，有非轻侧之论，暨乎即位，一变其风。其《与越公书》《建东都诏》《冬至受朝诗》及《拟饮马长城窟》，并存雅体，归于典制。虽意在骄淫，而词无浮荡，故当时缀文之士，遂得依而取正焉。

李百药《北齐书·文苑传序》云：

江左梁末，弥尚轻险。始自储宫，刑乎流俗，杂沾濡以成音，故虽悲而不雅。爰逮武平，政乖时蠹，唯藻思之美，雅道犹存，履柔顺以成文，蒙大难而能正。原夫两朝叔世，俱肆淫声，而齐氏变风，属诸弦管，梁时变雅，在夫篇什。

魏征、李百药等人与孔颖达异口同声发表关于"正变"的论断，说明贞观文人诗歌革新意识的自觉。他们已认识到，要想扫荡齐梁诗风，开创唐诗新局，就必须变"清辞巧制""雕琢蔓藻"，使诗歌"归于正"。尽管这是出于政教目的。

"执彼旧章，绳此新失"一句已然说明，复古是"正变"的要义。唐人的复古，诚如陈伯海《释"诗体正变"》所言，不同于六朝的复古，不是要恢复古文学的体貌，而是要发扬传统的精神。[①] 孔颖达所倡复古，是对"风雅"传统美学精神的召唤，借后来杜甫之语即"别裁伪体亲风雅"。从《毛诗正义》中可以看到这种复古主张。举二例说明。

孔颖达疏《小雅·车攻》云："若宣王复古，始广三千，则厉王之末，当城坏压境，以文逆意，理在不然，故知复古，复成、康之时。"又疏《鲁颂·泮水》云："僖公志复古制，未必不四代之学皆修之也。"在孔颖达看来，宣王复古则复"成康之治"，僖公复古则修"四代之学"。钱穆先生《读诗经》论诗之正变，指出"西周成康以前之诗皆正"。西周在成、康统治期间达到鼎盛时期，《史记·周本纪》云："成、康之际，天下安宁，刑措四十余年不用。"这一时期，《风》《雅》《颂》应运而生。成康之后，礼崩乐坏，正道寝衰。班固《两都赋序》称："昔成、康没而颂

① 陈伯海《中国诗学之现代观》，上海古籍出版社，2019年，第331页。

声寝，王泽竭而《诗》不作。”《礼记·祭义》云“天子设四学”，孔颖达疏云：“‘天子设四学’，谓设四代之学。周学也，殷学也，夏学也，虞学也。”西周官学，诸侯国一般都只设“周学”，唯有鲁国因周公而世代传有周天子所赐礼乐，设“四代之学”，以虞舜、夏禹、周公、商汤为先圣。即此而论，孔颖达所重视的文学传统正是《诗经》的优良传统，所号召的复古以标举“风雅”、复兴尧舜精神文明为务。这也是其心中理想的诗歌“正变”路线，初唐诗歌革新的方向。

二是“诗述民志”。

对于此问题，必须先从孔颖达对“诗”的阐释谈起。他在《诗谱序》疏文中总述诗的本质与功用，曰：

> 诗有三训，承也，志也，持也。作者承君政之善恶，述己志而作诗，为诗所以持人之行，使不失队，故一名而三训也。①

又在《诗大序》疏文中论“诗”“志”“诗言志”之定义，曰：

> 诗者，人志意之所之适也；虽有所适，犹未发口，蕴藏在心，谓之为志；发见于言，乃名为诗。言作诗者，所以舒心志愤懑，而卒成于歌咏，故《虞书》谓之“诗言志”也。包管万虑，其名曰心；感物而动，乃呼为志。志之所适，外物感焉。②

由以上两则论述见出，孔颖达对“诗”的定义为：“志”“有所适”→“发见于言”→“名为诗”。这里他所强调的“志”，是主观性的、个性的“己志”。但他又说“诗述民志，乐歌民诗。故时政善恶，见于音也”，强调的是客观性的、社会性的“民志”。那么，“诗”究竟是“述己志”还是“述民志”？又指向哪里？

“己志”，由表面看，所述者为一已之志，其实还是说“民志”。《毛诗序》云：“是以一国之事，系一人之本，谓之风。言天下之事，形四方

---

① 阮元校刻《十三经注疏（清嘉庆刊本）》，中华书局，2009年，第554页。

② 阮元校刻《十三经注疏（清嘉庆刊本）》，中华书局，2009年，第563页。

之风，谓之雅。”孔颖达解释“一人”：

“一人”者，作诗之人。其作诗者，道己一人之心耳。要所言一人心，乃是一国之心。诗人览一国之意，以为己心，故一国之事系此一人，使言之也。①

在他看来，诗人所言“一人心”，代表了“一国心”。览一国之意为诗人的“己心”。这里的“己心”，即“己志”。又解释“诗人”：

诗人总天下之心，四方风俗，以为己意，而咏歌王政，故作诗道说天下之事，发见四方之风。②

这里说明了诗人的“己意”是总天下之心、四方风俗。“己意”，也即“己志”。所谓“天下之心”，即民心；“四方风俗”，即民情。接着进一步说“诗人所言”：

所言者，乃是天子之政，施齐正于天下，故谓之雅，以其广故也。风之与雅，各是一人所为，风言一国之事系一人，雅亦天下之事系一人。雅言天下之事，谓一人言天下之事。风亦一人言一国之事。③

这里说明，“风”“雅”之事皆系诗人一人所为，诗人一人之言关乎一国之事、天下之事。由此见出，孔颖达最终将主观的、个性的“己志”引向了客观的、社会性的“民志”，强调推己及人、升华人性。当然，这并不是说他主张诗人全然舍弃主观的、个性的一己之私志、私情。其“情志一也”论说明了这一点。

就以上梳理可以得出这样的结论：孔颖达认为，诗人作诗虽是“述己志”，“道己一人之心”，但“己志”必须与更广泛的家国、社会、民众相联系，“一人之心”必须包容天下万民之心，传递万民心声。要之，“己志”与“民志”是“名”与“实”的关系，诗之“实”是“述民志”。“诗言志”是“述己志”与“述民志”之“名”与“实”的统一，是主观性与客观性的统一，是个性与社会性的统一。

综上，“诗述民志”最终指向了“诗缘政”。如下所示：

---

①②③ 阮元校刻《十三经注疏(清嘉庆刊本)》，中华书局，2009年，第568页。

述己志(名)
述民志(实)} →诗言志→时政善恶,见于音也{风 雅}→诗缘政

政遇醇和
欢娱被於朝野

时当惨黩
怨刺形于咏歌

孔颖达论乐认为“礼乐本出于民,还以教民”,又有“诗是乐之心,乐为诗之声,故诗乐同其功也”之说。既然诗乐同功,则可说,孔颖达以“诗述民志”为“诗缘政”之路径,意在“还教以民”,即诗人要为民众发言,诗歌创作要反映出民众心声、代表时代声音。

从“诗缘政”的旨归出发,孔颖达不满于六朝文学“变改正法”的“新变”而倡言“正变”,主张诗歌创作通过回归“风雅”精神以革除顽固存在于唐初诗坛的齐梁旧体。同时提出诗歌以“述民志”为基点,增质去华,并最终达到“还教于民”的高度,反映出诗歌创作倾向开始由形式主义向现实主义转变,诗歌功用由“以政教为中心”逐渐向“以现实为中心”转移。

综上所述,孔颖达的“诗缘政”说生根于传统儒家诗学观,成长于时代的转折点与诗歌革新之契机下,代表了初唐贞观君臣的文学理想。后世论者大都高扬“诗言志”说与“诗缘情”说,而对“诗缘政”说持以批评态度,认为其将文学与政治、道统捆绑,有悖文学之纯粹性。这样的批评,显然是抛开了孔颖达所处的唐代封建社会特殊的时代特征及问题意识,立论失之偏颇。尽管《毛诗正义》是孔颖达奉敕编定,以经学面目出现,“诗缘政”说难以摆脱统治阶级思想的影响,有其政治立场和阶级烙印在。但将其置于唐代的文化语境和诗歌发展之历史进程中便可发现,它对唐诗的发展产生了积极而深远的影响。

一方面,较之传统儒家诗教观,“诗缘政”说以“诗述民志”为基点,强调诗人作诗是“从生活中来,到生活中去”,赋予诗歌强烈的现实主义精神,启发杜甫、白居易、元结等诗人的现实主义诗歌创作和理论。另一方面,“诗缘政”价值旨归下的“复古正变”思想,至少在理

论认识层面开唐代诗歌以复古为革新之先。诗至唐,古调亡矣。[①] 古今诗论家一致的观念是唐代诗坛以复古为革新的主张始于陈子昂。事实上,孔颖达已开端绪。

“成熟的文学观念,产生于不成熟的幼稚的甚或非文学的观念之后。幼稚的不成熟的文学观念,在文学实践的历程中,经过认识的不断深化而趋于成熟。”[②]孔颖达及其“诗缘政”说对唐诗的沾溉之功不容忽视。初唐诗学变革由此肇启,唐诗的健康发展由此开端,一个诗歌新时代由此孕育。“孔颖达重塑‘以道自任’的士人文化传统,除了明确地标示‘中间人’的话语立场,就是这里所极力伸张的伏死切谏的殉道精神。这样的精神与唐太宗虚怀纳谏的胸襟相遇合,遂有贞观一朝的谏诤风尚,遂有洪迈所向往的‘唐诗无避讳’的气概。”[③]

(贵州财经大学文学院)

① 李梦阳《缶音序》,蔡景康编选《明代论文选》,人民文学出版社,1993 年,第 106 页。

② 詹福瑞《中古文学理论范畴》,中华书局,2005 年,第 35 页。

③ 郑伟《〈毛诗大序〉接受史研究——儒学文论进程与士大夫心灵变迁》,人民出版社,2015 年,第 183 页。

经世思潮视域下梅曾亮对桐城文论的改造

孙车龙

内容摘要：嘉道以降经世思潮坌涌并以雷霆万钧之势冲涤社会各层面，在此紧要转捩关头，桐城派积极应对。而其中居京师日久，对桐城派传衍贡献颇大的梅曾亮顺时应变以改造桐城文论的举动最为瞩目。在承袭桐城文论堂庑之前提下，梅曾亮对桐城文论作了一番扬弃、创新：摒弃门户观念，不涉学术争端；顺应汉宋调和之势，倡行论事之文，骈散兼得；融合文史，"通时合变"，以重史理念补完桐城文论；以学力融小说之"俗"入古文之"雅"，在雅俗文学交融共赏中推动桐城古文近代转换。梅曾亮对桐城文论的改造既推动桐城派顺应时代潮流而传衍全国，也直接启发曾国藩等人的文学观念，最终以间接的方式促成了桐城派最后的辉煌。

关键词：梅曾亮；桐城派；经世思潮；文论

Mei Zengliang's Transformation of Tongcheng's Literary Theory from the Perspective of the Trend of Statecraft Thought

Sun Chelong

Abstract: The deterioration of the internal and external environment during the Jiaqing and Daoguang periods prompted the surge of the trend of statecraft thought, which transformed all levels of society with a thunderous momentum. At this critical juncture, Tongcheng faction responded positively. Mei Zengliang, who has lived in Beijing for a long time and made great contributions to the inheritance of Tongcheng school, has attracted the most attention in his action of transforming the theory of Tongcheng school. On the premise of inheriting the literary theory of Tongcheng school, Mei Zengliang made some sublation and innovation on the theory of Tongcheng school which. He abandoned the concept of sect restriction and did not get involved in the academic disputes, followed the trend of harmony between Han and Song studies and advocated practical articles and pursued the compatibility of parallel prose and prose, integrated literature and history and supplemented the theory of Tongcheng school with the concept of paying attention to history, incorporated the "vulgarity" of novels into the "elegance" of prose, and promoted the modern transformation of Tongcheng prose in the blending and appreciation of elegant and popular literature. Mei Zengliang's theory of transforming Tongcheng school was successful. He not only promoted Tongcheng school to adapt to the changes of the times and spread to the whole country, but also directly inspired Zeng Guofan's literary concept, and finally contributed to the final glory of Tongcheng School in an indirect way.

Keywords: Mei Zengliang; statecraft thought; Tongcheng School;

梅曾亮作为桐城派发展中期当之无愧的旗手，在承袭桐城文论堂庑的前提下，对桐城文论作了一番扬弃、创新，并以此理论构建和文学创作实践而使姚鼐之后面临发展危机的桐城派再次焕发蓬勃生机，最终传衍全国。“我朝之文得方而正，得姚而精，得先生而大”[①]，若把“我朝之文”换作桐城文，则其评确为的论。那么，梅曾亮对桐城文论的改造举措是在什么样的背景下进行的？他又是作了一番怎样的扬弃、创新？这对桐城派的后续发展产生了哪些影响？解决上述问题，我们或可更深入地探知梅曾亮其人及桐城派发展情况[②]。

一、经世思潮涌动下桐城派的应对

作为中国传统思想中的一种价值取向，所谓“经世”，即是指治世济民、有益国是。表现在“文”之一途，它要求文章学术钩联实际，要产生有益社会民生的实践价值。经世在每个时代表现不一，低沉高昂，起伏不定。通常动荡时期，经世观念往往会汇聚成一股思潮，以横扫千军态势冲激社会各个层面。目之嘉道以来学术风貌，其面目发生显著变化，风靡已久的考据之学趋于偃息，学界迎来新的学术时代：今文经学复兴；汉宋学由纷争走向调和；史学渐由学术边缘走向中心；经世之策、济世文章层出及对边防夷情愈发重视等等，这些新变的背后皆

---

① 朱庆元《梅伯言全集跋》，梅曾亮著，彭国忠、胡晓明校点《柏枧山房诗文集》“附录二”，上海古籍出版社，2020年，第697页。

② 近来学人非未讨论梅曾亮文论，如：韩国学者金庆国《论梅曾亮的文学思想》，《古籍研究》1997年第1期；关爱和《古典主义的终结：桐城派与“五四”新文学》，上海文艺出版社，1998年；陈美秀《梅曾亮文论及其在桐城派之地位》，彰化师范大学硕士学位论文，2004年；彭国忠《“真”：梅曾亮文学思想的核心——兼论嘉道之际桐城文论的发展》，《文艺理论研究》2007年第2期；柳春蕊《晚清古文研究：以陈用光、梅曾亮、曾国藩、吴汝纶四大古文圈子为中心》，百花洲文艺出版杜，2007年；邓心强、史修永《桐城派文体学研究》，安徽大学出版社，2012年；萧晓阳《近代桐城文派研究》，中国社会科学出版社，2016年。但尚未在经世思潮背景下考察梅曾亮如何顺时应变以改造桐城文论，并揭橥这番重构对桐城派演进的意义，此为本文写作的又一价值所在。

指向经世思潮的涌动。其涌动昭示士人群体忧患意识和淑世观念的强化，而形成的原因与内外环境的恶化又有着根本性的关联。

在面临经世思潮冲激的紧要关头，桐城派又是如何应对的呢？该派一直有经世致用传统。康熙时，方苞之所以大倡程朱"义理"，一是为满足康熙的统治需要，另则是顺从士林崇实黜虚的趋向，替代被逐渐摒弃的王学末流。"所以备天下国家之用者，皆吾性命之理，而不可以苟遗也。"[①]方氏努力发扬程朱学派"事功"之义，以彰其经济现世的价值。与之呼应，针砭时弊成了方苞作文的重要归旨，吴常焘便曾言："方苞之论经制，论地丁银两，论常平仓谷、漕运、荒政，皆有关财赋也；……议开海口，论治浑河，议黄淮，议圩田，论禁烟酒，皆吏事也。"[②]刘大櫆游学方苞之门，继承其淑世观，首次将"经济"纳入桐城派文论范畴。"盖人不穷理读书，则出词鄙倍空疏。人无经济，则言虽累牍，不适于用。故义理、书卷、经济者，行文之实，……文人者，大匠也；义理、书卷、经济者，匠人之材料也。"[③]又说："作文本以明义理，适世用，而明义理，适世用，必有待于文人之能事。"[④]刘氏虽意欲凸显"文人之能事"的重要，但亦是阐扬了"义理书卷经济"之义。其后，姚鼐进一步注解方苞"义法"，推重"义理、考据、文章"三者不可偏废，引汉学实证之长以补理学之短，认为诗文应凸显"忠义之气，高亮之节，道德之养，经济天下之才"[⑤]。可以看到，桐城立派人物虽关注点仍集中在世道人心且认识较浅近，但他们在文论的构建中皆强调文章经世致用的重要，只是三人用力各有轻重。方苞努力昭显理学"事功"，文章亦多弹射臧否，奠定了桐城为文关注现实之基础。刘大櫆终生以教书为业，游历不多，反而有"经济"之论，对桐城派理论贡献颇大。

---

① 方苞《与某公书》，《方望溪遗集》，黄山书社，1990年，第55—56页。

② 吴孟复《方望溪先生遗集序》，《方望溪遗集》，第1—2页。

③ 刘大櫆著，舒芜校点《论文偶记》，人民文学出版社，1959年，第3页。

④ 刘大櫆著，舒芜校点《论文偶记》，第4页。

⑤ 姚鼐《荷塘诗集序》，刘季高标校《惜抱轩诗文集》文集卷四，上海古籍出版社，1992年，第50页。

姚鼐活动于乾嘉时期，虽然已经体察风雨之欲来，然而囿于门户之见，执于汉宋之争，于经世致用上着力最少，殊为可惜。若由此脉络演进，继续固持门户观念而忽视时代潮流，则姚鼐之后桐城派发展早晚会陷于停滞，直至消亡。因此，继承姚鼐遗志的姚门弟子该如何顺时应变，以消弭传衍危机是迫切需要解决的紧要问题。

面对经世思潮涌动，继续沉溺门户之争无异自绝于世。所幸桐城派人对时代的风云变幻足够敏感。姚莹、梅曾亮、方东树、管同、刘开等桐城派主流人物对时局抱有清醒认识，于文章、实务多指经世致用。姚莹是姚门中最重视经世实务也是最具经世之才的人物。“自束发读书，则有志慕古，以为人生天地间，当图尺寸之益于斯人斯世，乃为此生不虚。”[①]其夙有济世之志，而文笔多慷慨深切，指陈时弊。“其读书者，将以正其身心、济其伦品而已。身心之正明其体，伦品之济达其用。总之，要端有四，曰义理也，经济也，文章也，多闻也。四者明贯谓之通儒，其次则择一而执之，可以自立矣。”[②]姚莹于桐城文论的贡献在于提出“义理、经济、文章、多闻”之说，很明显，他兼容了刘大櫆、姚鼐观点，强调文章的淑世价值。实务中，姚莹出任台湾道时与总兵达洪阿护台抗英，立下守边之功，又著《康輶纪行》记西康、西藏实情，警醒世人关注边疆所面临的威胁。“姚门四杰”中的管同虽久困科场，然而淑世之志不改，其撰《拟言风俗书》《拟筹积贮书》等文指斥弊端，足发人深省。方濬师赞其：“管异之孝廉（同）有《代人拟筹积贮书》，是一篇绝大经世文字，非寻常纸上空谈者也。”[③]姚门高足中方东树终生卫道，虽执着汉宋争端，但仍时常忧念国事，所撰《治河水》《化民正俗对》《劝戒食鸦片文》《病榻罪言》等文颇体现其救世理念。更曾言：“要之文不能经世者，皆无用之言，大雅君子所弗为。”[④]可见淑世之心。刘开惜于早逝，但经世言论不少，如批驳学术

---

① 姚莹《复李按察书》，《东溟文集》卷三，清同治六年(1867)姚濬昌安福县署刻本。

② 姚莹《与吴岳卿书》，《东溟外集》卷二，清同治六年(1867)姚濬昌安福县署刻本。

③ 方濬师《蕉轩随录续录》，中华书局，1995年，第204页。

④ 方东树《复罗月川太守书》，《仪卫轩文集》卷七，清同治七年(1868)刊本。

文章与经世大略的分离："高者狂而不知所裁，卑者靡而不克振立。治义理则近于鄙俚，而不免语录之习；治考证则邻于琐碎，而不权是非之宜；治文章则各执一偏，非囿于形模，即裂乎规矩。凡所谓经世之略，可以备天下之用者，皆置而不讲。"[①]可以看出，姚莹、管同、方东树、刘开四人在国家交困之际积极应变求真，有力发出了桐城派的声音。然而姚、管、方、刘虽久赍经世之志，于文章、实务上亦有所建树，但放置到推动桐城派发展上来看，其四人成就皆不及梅曾亮，梅曾亮居京师日久，兢兢业业为文，"所为古文诗篇，一时推为祭酒"[②]，对桐城派传衍贡献颇大，其改造桐城文论以顺应淑世时潮的举措应是最值得探究的。

二、梅曾亮对桐城文论的改造

观梅曾亮对桐城文论的改造，其既未彻底摒弃桐城家法而别立门户，也并非固守桐城堂庑而不敢越雷池一步，而是在桐城派原有文论的基础上顺应时代潮流以适当扬弃、创新。

首先，他的这种改造是摒弃门户观念，不涉入学术争端，肆力推动桐城派传衍。桐城派恪守"学行继程朱之后，文章介韩欧之间"准则，其立派正统地位的实现与理学有莫大关系。清代学术变更反复，理学并非一直占据主导位置，但作为约束人性道德、维持社会运转以从根本上巩固"治统"的理论工具，始终是清王朝认定的官方学术。方苞提倡义法以推重程朱，即是在一定程度上迎合康熙帝的统治需求，他对理学的选择在刘大櫆、姚鼐那里得到巩固，使得桐城派与理学紧密捆绑。虽然，随着理学在清代学术中兴衰起落，桐城派发展也因此跌宕起伏，但这种紧密结合给桐城派所蒙上的维护人心道德的浓厚正道色彩，也使该派在立派时便树立起了不可冒犯的正统性。而伴生的副作用也很明显：强烈的卫道意识和门派观念催使桐城派

---

① 刘开《上汪瑟庵宗伯书》，《刘孟涂集》卷四，清道光六年(1826)姚氏檗山草堂刻本。

② 曾国藩《曾国藩全集·诗文》，岳麓书社，1986年，第360页。

人经常与其它学说学派互相攻讦，争夺主导，从而损耗了时间精力。沉溺汉宋之争便是显例。甚至可以说，持道统论的桐城派在开派之初便无可避免地陷入到汉宋学互争的漩涡。桐城立派人物对汉学十分敌对甚至仇视。方苞便激言訾謷朱子之人“其为天之所不佑决矣”，“凡极诋朱子者，多绝世不祀”。[①] 在任三礼馆总裁之时他自负其学，曾就质汉学家江永，为其所讪，遂与江永交恶。姚鼐与汉学矛盾更是蓄积已久，认为“今世学者，乃思一切矫之，以专宗汉学为至，以攻驳程、朱为能，倡于一二专己好名之人，而相率而效者，因大为学术之害”[②]。为此，在四库馆内他深陷与汉学家斗争场域，以有因力小孤助而最终退居林下的局面。而后姚鼐高足方东树更是掀起汉宋之争的高潮，以《汉学商兑》“遍诋阎、胡、惠、戴所学，不遗余力”[③]。

身为桐城派人，与异学争夺正统固为桐城派维护地位、抢夺发展空间的适宜举动，但嘉道以降，形势已明显变化，大变局下经世思潮有万夫莫当之势，再固守门户之见，沉迷学术之争，不顺时求变，无疑会渐入末途。“时规难合重低首，古学争鸣亦藏舌”[④]，不同于桐城诸老，梅曾亮“向于性理微妙未尝窥涉”[⑤]，未曾倾力研磨。其思想通达，不执着学术争端，而独嗜文字。他能够以独立客观的态度看待汉宋学，对其优弊有着清晰的认知。他在《〈春秋溯志〉序》中言道：“当康熙时，公卿多崇尚理学者。进取之士，摹时好以成，俗儒先语录之书遍天下矣，而士或空疏弇陋，立词不根，视经传如异物。有志之士慨然思变之，义理、考证之学，遂判然不可复合。今天下考证之风，如昔之言义理者矣。其设心注意专以为吾学，而不因习尚者，固亦有之，而不可数数靓。然则当昔时而能言考证者，真考证也；当今之世而能

① 方苞《与李刚主书》，《方苞集》卷六，上海古籍出版社，2008 年，第 140 页。

② 姚鼐著，刘季高标校《惜抱轩诗文集》文集卷六《复蒋松如书》，第 95—96 页。

③ 梁启超《清代学术概论》，《梁启超全集》第 5 册，北京出版社，1999 年，第 3093 页。

④ 梅曾亮著，彭国忠、胡晓明校点《柏枧山房诗文集》诗集卷八，第 604 页。

⑤ 梅曾亮著，彭国忠、胡晓明校点《柏枧山房诗文集》文集卷二，第 41 页。

言义理者，真义理也，可谓雄俊特出、不惑于流俗之君子矣。”[①]继之他先批汉学，《复姚春木书》云：“说经者自周秦以来，更历二三千岁，其考证性命之学，类不能别出汉唐宋儒之外，率皆予夺前人，迭为奴主，缴绕其异，引伸其同，屈世就人，越今即古，多言于易辨，抵巇于小疵。其疏引鸿博，动摇人心，使学者日靡刃于离析破碎之域，而忘其为兴亡治乱之要最、尊主庇民之成法也，岂不悖哉！”[②]又批宋学，《答吴子叙书》云：“方其得一说焉，皆自以为维世道、防人心也，然人心世道久存而不毁者，自有在焉。虽朱陆之是非，良知格物之同异，犹未足为其轻重也。况所辨有下于此者！”[③]指出了宋学空谈性理的舛误。这种不偏汉宋的学术理念落实到推动桐城派传播的具体措施上便显得意义非凡。冯志沂自述可作明证：

> 道光中上元梅先生伯言以古文词提倡后学，一时京朝官如诸暨余小颇、桂林朱伯韩、新城陈懿叔、马平王定甫诸子，时时载酒从先生游，余亦厕其末，执后进礼。……先生不喜汉学，石州（张穆）亦不喜八家文。先生闻余交石州，第默默不置可否；石州闻余从先生治古文，辄不乐，或怒加诮让。[④]

“先生（梅曾亮）虽承姚氏之绪，又岂肯持门户派别之说哉！”[⑤]梅氏不固守门户之见，传播古文之手段非大张旗鼓，意气叫嚣，而是放以平等姿态与他人共研文章，“迹虽友而心师之”[⑥]是从游者的心声。从道光十二年（1832）再次进京，梅氏居此政治文化中心近二十载，期间教授文艺，奖掖后进，以其古文造诣和润物无声的巧妙授学光大桐城声

---

① 梅曾亮著，彭国忠、胡晓明校点《柏枧山房诗文集》文集卷四，第95页。

② 梅曾亮著，彭国忠、胡晓明校点《柏枧山房诗文集》文集卷二，第22页。

③ 梅曾亮著，彭国忠、胡晓明校点《柏枧山房诗文集》文集卷二，第42页。

④ 冯志沂《授经台记》，《适适斋文集》卷二，清同治九年（1870）刻本。

⑤ 蒋国榜《柏枧山房全集跋》，梅曾亮著，彭国忠、胡晓明校点《柏枧山房诗文集》“附录二”，第698页。

⑥ 朱琦《怡志堂文初编》卷六，清同治四年（1865）运甓轩刻本。

势，影响并培养了一批为国有益的治士俊杰。故陈宝箴论之曰："上元梅曾亮氏最称高足弟子，复守姚氏之绪，讲艺京师，四方魁桀笃敏之士萃焉。当是时，梅先生之学大昌，颇踵迹姚氏。"[①]刘声木亦言道："（梅曾亮）师事姚鼐，受古文法，裒然居'姚门四杰'之首，居京师二十余年，四方人士以文字从其讲授及求碑版者，至无虚日。"[②]刘声木在《桐城文学渊源撰述考》中罗列附从梅曾亮学古文者达七十余人，其中直接承学者三十余人，遍布全国。足见梅曾亮对桐城派的发展功不可没。

其次，顺应汉宋调和之势，倡行实用文章，骈散兼得。嘉道之际，汉宋调和之势愈发明显，此为经世思潮作用于学术的一大显征。这一时期汉宋学争端虽仍激烈，甚至有方东树集矢于汉学流弊，大加鞭挞汉学这类高潮性的论争，但在经世思潮的催发下，汉宋学调和趋势加快。方氏借《汉学商兑》如此攻讦汉学，但他在书中驳斥汉学家言论时常采用考据论证之法，这反过来暴露了自己深厚的考据学功底。"不论汉学或宋学，所面临的问题是'应变'，是'救时'，不可能也不允许继续争长短、立门户。"[③]时局恶化迫使汉宋学内部自省调整，渐生出汉学义理化及理学吸纳汉学等互容现象。"汉学派的精神在通经致用，宋学派的精神在明体达用，两派学者均注重在'用'字。"[④]正因它们蕴涵的这种学术实用性，才得以被经世思潮催发，逐渐走向缓和互鉴。

汉宋调和所直指的学术实用与梅曾亮的为学为文观念不谋而合。他倡行言用论事之文，抑低无质辨理之文。"文贵者，辞达耳。苟叙事明，述意畅，则单行与排偶一也。"[⑤]简言之，文章无论骈散，只

① 陈宝箴《龙壁山房文集叙》，王拯《龙壁山房文集》卷首，《清代诗文集汇编》第659册，上海古籍出版社，2010年，第476页。

② 刘声木著，徐天祥点校《桐城文学渊源考撰述考》，黄山书社，1989年，第243页。

③ 龚书铎《中国近代文化概论》，中华书局，1997年，第125页。

④ 钱穆《汉学与宋学》，《磐石杂志》1934年第2卷第7期。

⑤ 梅曾亮著，彭国忠、胡晓明校点《柏枧山房诗文集》文集卷五，第110页。

要达到经世致用的目的便可采纳研习。其《与姚柏山书》云:“文章至极之境,非可骤喻;以言有用,则论事者为要耳。”[①]论事之文具有强烈的现实针对性,自然有补于世。类似地,他推崇豪杰之文,贬抑世禄之文。其在《送陈作甫叙》中认为豪杰之文“指陈要最”,“言当乎时论”,并以“文章家,未有不豪杰而能成大文者”[②]之论激励陈作甫。这些论断是梅氏文学创作的理论依据,也足见经世致用理念在其思想上的厚重烙印。

汉宋调和虽然是集中于经义阐释上的互容,但影响方面诸多,表现在文章上,即骈散之争稍熄以至互相借法交融。骈文、散文孰应占据正统,信奉宋学的桐城派与汉学家理念相差万里,积不相能。桐城文人崇尚程朱,文章慕学唐宋八家,肆力宣扬古文,看不上汉学家推举的汉魏六朝骈文。而汉学家反之,斥责桐城古文为谬,视骈文为正宗。乾嘉时汉学势大,考据之风炽盛。相应地,骈文被大力推扬以压倒古文,因而此时桐城派的发展多被掣肘。而随着经世思潮冲刷,汉宋调和显化,骈散文的界线也逐渐模糊重叠,援骈入散、援散入骈的文学现象时有发生,以至成为常态。梅曾亮亦是如此,因应汉宋调和而展现出对骈散较为融通的学术主张。

梅曾亮少好骈文,后转入姚门,看似一心用力古文,但一生从未放弃骈文写作。有骈文两卷,计 39 篇。作品可考其年的,以 30 岁为界,其前有 11 篇,其后有 12 篇。创作时间自 19 岁至 70 岁,贯穿一生,可见他未曾废弃骈文。梅氏骈文的一大显征是援散入骈,彭国忠曾总结这种艺术创作特色为“以疏宕萧散之气驰行于骈句中”,“增加散句数量”,“大量使用虚词斡旋”[③]。实际上,梅氏不只是援散入骈,他在古文书写上也兼采了骈文,形成援骈入散的艺术风貌。这类作品很多,碍于篇幅之束,仅举《李芝龄先生诗集后跋》一例:

---

① 梅曾亮著,彭国忠、胡晓明校点《柏枧山房诗文集》文集卷二,第 32 页。

② 梅曾亮著,彭国忠、胡晓明校点《柏枧山房诗文集》文集卷三,第 52 页。

③ 彭国忠《从重古轻骈到援散入骈——古文大家梅曾亮的骈文创作》,《文学遗产》2012 年第 2 期。

诗至今日，难言工矣。言唐者容，言宋者肆，汉魏者木，齐梁者绮。矜其所尚，毁所不见，舌未干而名磨灭者不可胜数也。然则孰探其所从生？曰：空而善积者，人之情也；习而善变者，物之态也。积者日故，变者日新。新故环生，不得须臾。平而激而成声，动而成文。故无我不足以见诗，无物亦不足以见诗。物与我相遭，而诗出于其间也。今以吾一人之身，俄而廊庙，俄而山水，俄而斋居，俄而觞咏，将拘拘然类以居之，派以别之，取古人之所长而分拟之，是知有物而不知有我也。若昧昧焉不揣其色，不别其声，而好为大，曰：不则，其境隘；好为庄，不则，其体俳；好为悲，不则，其情荡。是知有我而不知有物也。知有物而不知有我，则前乎吾、后乎吾者，皆可以为吾之诗，而吾如未尝有一诗。知有我而不知有物，则道不肖乎形，机不应乎心，日与万物游而未尝识其情状焉，谓千万诗如一诗可也。[①]

诗如何得工？梅曾亮给出的答案是“肖乎吾之性情而已矣；当乎物之情状而已矣”，所论精辟。此段骈散兼行，长句短句逐步推进，分置得当。而句尾多押韵，如“日”“矣”“肆”“绮”，如“隘”“俳”，又句末反复出现的“之”“诗”等诸多遣词安排，使文章兼得声韵之美，于对句、平仄中生气流动，尽显骈散兼济的艺术感染力量。

当然，梅曾亮身为桐城派人，自以古文为本，但他有熔铸百家、取法多端的自觉意识。其古文兼容骈文，本意在于借骈文的句式安排和韵律铿锵之美来救补桐城古文的气弱之弊。在梅曾亮观念中，他认为古文成章者自有一气：“古文与他体异者，以首尾气不可断耳。……夫气者，吾身之至精者也。以吾身之至精，御古人之至精，是故浑合而无有间也。”[②]古文成章者虽有一气，但气有强弱，而桐城诸老文章多少有气弱冗长之病，故姚鼐另一高足刘开也说道：“夫文

① 梅曾亮著，彭国忠、胡晓明校点《柏枧山房诗文集》文集卷五，第122—123页。
② 梅曾亮著，彭国忠、胡晓明校点《柏枧山房诗文集》文集卷二，第43页。

辞一术，体虽百变，道本同源。经纬错以成文，玄黄合而为采。故骈之与散并派而争流，殊途而合辙。千枝竞秀乃独木之荣，九子异形本一龙之产。故骈中无散则气壅而难疏，散中无骈则辞孤而易瘠，两者但可相成，不能偏废。”[①]这无疑是对梅曾亮骈散兼得举动的一个强有力的声援。

再次，关注社会现实，融合文史，“通时合变”，以重史理念补完桐城文论。在此之前，桐城诸老非不关注现实，认识到史的重要性。桐城三祖有部分文章揭露抨击社会问题，他们对史也很重视，且史学成就不低，校勘评点了不少史典。如方苞有《左传义法举要》《史记注补正》《史记评点》等著作，姚鼐有《笔记》八卷，分别对《国语》《史记》《汉书》《宋史》等史籍进行考据。但如前文所揭，桐城三祖关注点还是在世道人心，认识也较浮浅，他们借鉴史家笔法甚至以史解经，最终指向也还是为桐城义理服务，未能将重史意识纳入到桐城文论的构建中来。梅曾亮则不然，他重视文章经世的意义，把是否裨益于世作为判定学术优良的标准。由此出发，他认为“史”重于“经”：“托之至尊者，莫若经史。然说经者自周秦以来，更历二三千岁，其考证性命之学，类不能别出汉唐宋儒之外，率皆予夺前人，迭为奴主，缴绕其异，引伸其同，屈世就人，越今即古，多言于易辨，抵巇于小疵。其疏引鸿博，动摇人心，使学者日靡刃于离析破碎之域，而忘其为兴亡治乱之要最、尊主庇民之成法也，岂不悖哉！惟史之作，其载于书者，非言行之得失，即政治之是非，其精微者易知，而其详明者无不可法戒也。故托之尊而传之远者莫如史宜。”[②]“经”“史”虽同居尊位，但因说经者无法摆脱汉唐宋儒言论之束，而陷于“抵巇于小疵”，“靡刃于离析破碎之域”，无法自拔，以致“忘其为兴亡治乱之要最、尊主庇民之成法”，于世无所补益，不若史典足可法戒。

梅曾亮能够阐扬史的意义，得益于对史典的用力研磨，他青年时

---

① 《刘孟涂集》卷二《与王子卿太守论骈体书》，清道光六年(1826)姚氏檗山草堂刻本。

② 梅曾亮著，彭国忠、胡晓明校点《柏枧山房诗文集》文集卷二，第22页。

受王渭点拨，“稍取《史记》，点定两三次；继以《汉书》及先秦子书，渐及诸史”[1]。他的重史倾向无疑是符合当时的时代潮流。“立时代之潮头，通古今之变化，发思想之先声”，是融入史家血脉中的立身立学之基。晚清大变革下，官方史学因紧靠政治中心而渐处“衰而不废的状态”[2]，私家史学继之勃发，承担起秉笔历史和经世致用的责任，进而带动整个晚清史学走出考证，转入时代变革的汹涌洪潮中。嘉庆后，“白莲教痈溃于腹地，张格尔变乱于西北，英吉利凭陵于东南，……而史学兴焉，而经世之音振焉。喁喁相望，遂与明末遗老相桴鼓矣”[3]。在经世思潮的催发下，各类史地著作雨后春笋般出现，汪廷楷、祁韵士、何秋涛、林则徐、魏源、梁廷枏、龚自珍等代表人物著述一时引领潮流，沛然有不可遏之势，故梁启超呼为“兹学遂成道光间显学”[4]。桐城派人也尝以史学经世的方式跻身其间，如姚莹，相继推出《识小录》《东槎纪略》《康輶纪行》等著作，成就了他在晚清史学经世中的重要地位。梅曾亮这方面具体性的作品虽不如姚莹，但对于桐城派的整体发展而言，其以重史理念补完桐城文论之功却又在姚莹之上。

梅氏的具体举措是提出“因时”之论。其在《覆上汪尚书书》中说道：“夫君子在上位，受言为难；在下位，则立言为难。立者非他，通时合变、不随俗为陈言者是已。”[5]他认为文人文章垂范后世之难在于要如何做到“通时合变、不随俗为陈言”，这明显承袭韩愈“陈言务去”的理念，但极大增强了文章联系实际的时代性。其《答朱丹木书》更进一步指出：

惟窃以为文章之事，莫大乎因时。立吾言于此，虽其事之微，物之甚小，而一时朝野之风俗好尚，皆可因吾言而见

① 梅曾亮著，彭国忠、胡晓明校点《柏枧山房诗文集》文集卷二，第27页。

② 乔治忠《中国史学史》，中国人民大学出版社，2011年，第283页。

③ 陆宝千《清代思想史》，台北广文书局，1978年，第321页。

④ 梁启超《中国近三百年学术史》，山西古籍出版社，2001年，第306页。

⑤ 梅曾亮著，彭国忠、胡晓明校点《柏枧山房诗文集》文集卷二，第30页。

之。使为文于唐贞元、元和时，读者不知为贞元、元和人，不可也；为文于宋嘉祐、元祐时，读者不知为嘉祐、元祐人，不可也。韩子曰"惟陈言之务去"，岂独其词之不可袭哉！夫古今之理势，固有大同者矣，其为运会所移，人事所推，演而变异日新者不可穷极也。执古今之同而概其异，虽于词无所假者，其言亦已陈矣。①

"因时"之论充分体现了梅氏的文史融合观念，道出了文学代变是为必然。它要求文学创作在思想、手段上要有所创新，要抱有"通时合变"、不"执古今之同而概其异"的求实求新意识，要有语辞更新、"词无所假"的手段。"朝野正殷乐，报国惟文章。"②梅氏的文学创作也的确多紧密联系社会现实，反映嘉道以来的风云变幻局势。《士说》《民论》《刑论》《臣事论》诸篇揭露时弊；《上方尚书书》《上汪尚书书》《覆上汪尚书书》等忧心民瘼；《记日本国事》《与陆立夫书》《上某公书》等关注边疆夷务。可以说，梅氏继承了桐城派经世传统，但较其师辈更为注重史学，他的这番理论重构催使桐城派快速融入到了经世致用的时代潮流中，故有桐城派后来者称许云："梅曾亮在'桐城派'中的地位是仅次于方苞、姚鼐。这不仅因为他起了传播作用，还因为：他在文学理论上与创作实践上都对方、姚有所发展。其原因是他处在近代史开端的时期，由于时代变化，'桐城派'也不能不有所发展变化，而他正是主张'通时合变'的人。"③

最后，梅曾亮以学力融小说之"俗"入古文之"雅"，在雅俗文学的交融共赏中推动桐城古文向近代转换。虽然，戊戌政变后小说方有质与量的激变，方有"欲新一国之民，不可不先新一国之小说"④等口号的鼓吹。但在鸦片战争前后，小说就已被视为启民智、扶风俗的工具。如，在四库馆臣看来，小说地位如此低卑，却仍有经世致用的价

① 梅曾亮著，彭国忠、胡晓明校点《柏枧山房诗文集》文集卷二，第38页。
② 梅曾亮著，彭国忠、胡晓明校点《柏枧山房诗文集》文集卷八，第605页。
③ 吴孟复《桐城文派述论》，安徽教育出版社，2001年，第120页。
④ 梁启超《论小说与群治之关系》，《梁启超全集》第2册，第884页。

值："中间诬谩失真、妖妄荧听者固为不少，然寓劝戒、广见闻、资考证者亦错出其中。"[①]而随着民族危机的逐步加深，小说从"娱心遣目"转向匡时扶弊的速度明显加快，大有超越诗文而成文学主流之势。受此时代潮流和学术风气感染，梅曾亮也积极应变，在桐城文论的重构过程中汲取小说为文精粹，以促进桐城古文的近代转型。

作为骈散皆擅场的文章大家，梅曾亮深得文章三昧。曾言："文气贵直，而其体贵屈。不直，则无以达其机；不屈，则无以达其情。为文词者，主乎达而已矣。"[②]梅氏认为，作文时要求得"文气直"，文章气脉如鱼贯通畅，直攫机妙。且要兼得"文体屈"，叙述描写要波澜起伏，跌宕中见生意，曲折中尽己情。故言"文体贵屈"是梅氏的为文宗尚，这在古文，尤其是记叙文中，它要求叙述细腻而有波澜起伏貌，借细节的精微勾画达乎己情，以使览者共鸣。此外，梅曾亮以"真"为文章至境，而何以得"真"？求"真"者，要有真情实感，而平易细节处是最易显"真"，其《徐廉峰尺牍遗稿序》云："吾以为：观人于微而得其真者，莫是若也。"[③]梅氏认为"真"藏于细节之中，应细心摹画，哪怕是赋以"物色慢戏绮丽"之笔，只要不至于淫放，"放乎其真适足而止"[④]，便可造至"真"境。综上可见，无论是"文体贵屈"，还是"观微得真"，梅氏对文章层递书写需曲折的设定和对细节摹画的重视，已反映出他的文学观念与小说创作存在明显的衔联，甚至可以说，这是桐城派人首次在理论上建立了古文与小说的贯通。而具体到创作层面，梅氏也积极攫取小说为文技法施于古文，在虚构、铺饰、细节刻画处用力很多，这使得他的一些作品也展现出了不同于以往传统古文的另一番"小说风味"。如其名篇《书杨氏婢事》：

杨氏之寡妾，以贫故，不安于室，嫁有日矣。未嫁前一夕，呼其婢，不应者三，怒曰："汝，我婢也，何敢如是！"婢叱

① 永瑢等《四库全书总目》，中华书局，1965年，第1182页。
② 梅曾亮著，彭国忠、胡晓明校点《柏枧山房诗文集》文续集，第371页。
③ 梅曾亮著，彭国忠、胡晓明校点《柏枧山房诗文集》文集卷七，第152页。
④ 梅曾亮著，彭国忠、胡晓明校点《柏枧山房诗文集》文集卷五，第116页。

> 曰："我杨氏婢耳！汝今谁家妇者，曰'我婢''我婢'？"妾方持剪刀，落于地，起环走房中。至天曙，呼其婢曰："汝今竟何如？吾复为尔主矣。"婢叩头，泣。妾亦泣。竟谢其媒妁，不行。后将嫁其婢，婢曰："人以我一言故，忍死至今，我亦终不去杨氏门，亦不嫁。"①

全文盈溢传奇韵味，字数虽不多却情节细微曲折，刻画人物鲜活生动。全篇几乎以问答推进行文，主婢两人话语贴切身份，即使是布设不多的动作、环境描写以及背景设置也颇有真实生活气息，足令人身临其境。但这看似真实，却明显并非"实录"，主婢间的私密对话如何能被梅曾亮分毫不差地获知？这实属虚构问答以结撰文章之手段，目的是凸显婢女的高洁品性。另像《送韩珠船序》为突出韩珠船此去南海的重要性而于文章起首大力铺饰，《书二孝女事》细节刻画精彩细腻，画面感分外强烈。这些带有"小说味"的作品在梅曾亮文集中委实不少。

当然，梅氏这类作品虽有"小说味"，但不能视它们是文言小说。梅氏借鉴小说，把虚构、铺饰和细节刻画等因素融入古文，说到底还是为文章主旨服务。他吸纳的是小说技法，而非"小说语"，小说语言多俚俗，这自与奉"雅洁"为家法的桐城派所讳忌，梅曾亮亦是如此。

三、梅曾亮改造桐城文论之意义

梅曾亮对桐城文论的改造促进了桐城派的发展，其举措亦具鲜明的继往开来的过渡意义。

首先，梅曾亮不涉学术争端、一心为文的理念和创作实践成功顺应了晚清经世致用的时代潮流，直接促使桐城派免于沉溺学术争端的漩涡，而轻身减负地顺势快速发展。如摆脱汉宋争端，汉学、宋学说到底皆是由经学衍化而来，皆奉孔子为圣师，以经世致

---

① 梅曾亮著，彭国忠、胡晓明校点《柏枧山房诗文集》文集卷八，第169页。

用、滋养社会民生为归旨。晚清局势骤变之下，汉宋学激发致用体性以趋向偃息调和乃是历史大势，而桐城派在这一时期趁其势得到迅速发展，形成传衍全国的局面，这与梅曾亮通达开明举措有莫大关系。“桐城古文学派的开拓者虽是姚鼐，如果没有梅曾亮的继长增高，恐怕它的势力至多也出不了江南、江西。”[①]魏际昌所言用意即是在此。

其次，长久以来，古文、骈文势同水火，争端不息，然两体各有优长，自是通论。信奉程朱学派的桐城派若因恪守义法而抵触汉学家所提倡之骈文，无视骈文长处而不取法以资古文，抱残守缺之下难免会有作茧自缚的困境。梅曾亮肆力古文的同时不废骈文创作，为文兼采骈散，既做到援散入骈，又成功吸纳骈文句式、韵律以补古文辞之弱端，对桐城古文演化贡献尤大。故王镇远认为梅氏“逐步摆脱了桐城方、姚文简严雅驯的束缚，为文讲究气势雄峻，趋于纵横明快一路”[②]，为桐城文风之变。梅氏之举措既缘他喜好骈文，终身笔耕不辍，也因他受时代风尚之感染。他折中骈散，讲究字句琢炼，追求音韵之美，形成自我独特的风格，遂于桐城派文章中独树一帜，这直接启发了曾国藩的为文理念。梅氏滞留京师近二十载，抗颜居先为大师传授文法，曾国藩“起而应之”[③]，“与梅君过从，凡四年”[④]，问道于梅。后曾氏创立“湘乡派”，主张骈散贯通，“古文之道与骈体相通。由徐、庾而进于任、沈，由任、沈而进于潘、陆，由潘、陆而进于左思，由左思而进于班、张，由班、张而进于卿云，韩退之之文比卿云更高一格”[⑤]。又进一步提出古文辞要接纳骈文：“骈体文为大雅所羞称，以其不能发挥精义，并恐以芜累而伤气也。……吾辈学之，亦须略用对

① 魏际昌《桐城古文学派小史》，河北教育出版社，1988 年，第 148 页。

② 王镇远《论桐城派与时代风尚——兼论桐城派之变》，《文学遗产》1986 年第 4 期。

③ 《清史稿》卷二七三，中华书局，1977 年，第 13426 页。

④ 曾国藩《柏枧山房集跋》，梅曾亮著，彭国忠、胡晓明校点《柏枧山房诗文集》“附录二”，第 696 页。

⑤ 曾国藩《曾国藩全集 · 日记》(一)，岳麓书社，1995 年，第 474—475 页。

句，稍调平仄，庶笔仗整齐，令人刮目耳。”[1]其观念很难说未受梅氏影响。

再次，梅曾亮重视史学，提出因时之论，增强了桐城文章联系社会现实的时代性，补完了桐城义法。前文已示，桐城三祖非不关注现实，重视史学，但他们未曾以理论构建确立家法规范，其作品虽也是顺应时代潮流以著作，但对于真正体现文学的时代性来说仍是隔靴搔痒。方苞之“义法”接替王学末流，但理论仍归属儒家正统纲常伦理；刘大櫆以“经济”汇入桐城文论，然“经济”之论仍未跳出传统“言志”的窠臼；姚鼐“义理、考据、辞章”借法汉学，固然是折射出汉宋调和的时代光像，但与文学反映时代的理念仍是相差较远。梅曾亮“重史轻经”看似与桐城家法不伦，却因其掺入史学因素而使桐城文论确立了文学紧密结合时代的规范，这对桐城三祖的文论义法不啻为一种补完。再看曾国藩，他在继承“义理、考据、辞章”的基础上，添以“经济”之说：“为学之术有四：曰义理，曰考据，曰辞章，曰经济。义理者，在孔门为德行之科，今世目为宋学者也。考据者，在孔门为文学之科，今世目为汉学者也。辞章者，在孔门为言语之科，从古艺文及今世制义诗赋皆是也。经济者，在孔门为政事之科，前代典礼、政书，及当世掌故皆是也。”[2]曾氏“经济”有类于刘大櫆之说，然其内涵中的时代性和社会现实性皆超过刘氏，且曾氏甚至在《欧阳生文集序》勾画桐城派传承脉络时更直白道“文章与世变相因”[3]，结合他问道梅氏的经历，可以确定他这一观念深受梅氏沾溉。这样看来，梅曾亮改造桐城文论所标举的骈散兼得、“因时”之论皆为曾国藩所继承发扬，其举措承上启下的过渡意义显豁开来。

最后，梅曾亮攫取小说为文要诀，于古文中施以“小说笔法”，在不悖“雅洁”家法的前提下，拓深了桐城派文章承载内容的体量，

---

① 曾国藩《鸣原堂论文》，《曾国藩全集·诗文》，岳麓书社，1986年，第516页。

② 曾国藩《劝学篇示直隶士子》，《曾国藩全集·诗文》，第442页。

③ 曾国藩《欧阳生文集序》，《曾国藩全集·诗文》，第247页。

桐城古文由此加速转型，顺应时代以生出新变。正如吴孟复所言："（梅曾亮）不仅传播桐城派，而且扩大了桐城派的文境，丰富了桐城派的语言。"[①]桐城派人作文讲求"雅洁"，故对小说多否定排斥，然而在创作实践中，又有不少人文章染有"小说气"。沈廷芳曾记方苞言论："南宋、元、明以来，古文义法久不讲。吴、越间遗老尤放恣，或杂小说家，或沿翰林旧体，无一雅洁者。"[②]方苞维护古文正统，反对小说掺入，但他的古文作品却时常显露小说痕迹。如《左忠毅公逸事》一文，情节曲折而刻画精细，是典型的小说笔法篇章。姚鼐嫌归有光《项脊轩志》辞费，有小说家气息。如评"吾儿久不见"句云"小说家"[③]，又总评此文云："此太仆最胜之文，然亦苦太多。"[④]《项脊轩志》之所以成功，原因之一便是细节处理精细，然而姚氏却加以贬抑。矛盾的是，姚氏古文也不免吸纳小说元素。其《赠文林郎镇安县知县婺源黄君墓志铭并序》《朝议大夫临安府知府江君墓志铭并序》等文写得颇显神秘色彩，很有志怪风格。之后，热心小说翻译创作的林纾对小说的态度也是矛盾，一方面对小说语言拒之千里，另一方面却十分偏爱吸纳小说叙事描写技法。对比观之，梅曾亮对小说的接纳恰到好处，既不像方苞、姚鼐那样拒绝态度强烈，也不似林纾吸收小说元素过度，他在理论、创作实践上成功拉近了古文与小说的距离，为后来桐城派人树立了标杆，从而推动桐城文章向近代转型。"在林纾看来，用小说笔法操练古文可以救桐城之弊，可以继往开来，开辟古文新境界。"[⑤]而这正是梅曾亮在理论和创作实践上早已做到过的。

要而论之，梅曾亮对桐城文论的改造无疑是颇有收效，既推动桐

① 吴孟复《略论梅曾亮与"桐城派"》，《阜阳师范学院学报（社会科学版）》1982年第3期。

② 沈廷芳《方望溪先生传书后》，《隐拙斋集》卷四一，《四库全书存目丛书补编》第100册，齐鲁书社，1997年，第517页。

③ 徐树铮辑《诸家评点古文辞类纂》（五），国家图书馆出版社，2012年，第26页。

④ 徐树铮辑《诸家评点古文辞类纂》（五），第28页。

⑤ 吴微《圆融与逸出——林纾与"小说笔法"》，《淮南师范学院学报》2001年第4期。

城派顺应经世思潮而传播全国,也直接启发了曾国藩等人的文学观念,而以间接的方式促进了桐城派最后的辉煌,据此以发覆梅氏改造桐城文论的价值意义可谓宜矣。

(复旦大学中文系)

疆域巨变与唐宋诗风

——以“边塞”为中心的考察*

张思桥

内容摘要：对于唐宋诗学之比较，除借鉴于“唐宋变革论”的成说之外，“诗学传统”亦是一个极为重要的考察维度。在唐宋之际，“诗学传统”常依托于文学外部之疆域空间。而诗学地理的转向，却并非出现于政治史意义上的唐末宋初，而是分别出现于中唐与两宋之际。中唐之际，由于地缘上的收缩，边塞诗与边塞之间的关系出现了一种全新的变化：一是表现于“塞外”的隐匿，二是表现于诗风从开放转为闭合。北宋绍承中晚唐之旧，在诗学上更多表现出了“诗学传统”的继承性。而自北宋末至南宋以还，由于诗学地理空间又从隋唐以来的广大中原退缩至江南半壁，一种新的“诗学传统”旋复建立。而这种新的“诗学传统”，实则又更多受影响于“天下观”这一大的文化传统。同时，在此基础上形成了两个重要转化：一方面是爱国主义对边塞诗的改造；另一方面则形成

* 本文系国家社科基金社科学术社团主题学术活动“中国特色文论体系研究”（编号20STA027）成果之一。

了一种二柄诗学，即和、战诗学思想的矛盾统一。
关键词：唐宋诗；诗学地理；边塞诗；爱国诗

Great Changes in Territory and Poetry Style in Tang and Song Dynasties — Investigation Centered on the Frontier

Zhang Siqiao

Abstract: For the comparison of the poetics of the Tang and Song Dynasties, the academic circles are often based on the theory of Tang and Song. However, as far as the reform level is concerned, in addition to the premise of "theory of Modern transformation", the "poetic tradition" is also an extremely important inspection dimension. On the occasion of the Tang and Song, the change of "poetic tradition" is often relies on the territory space. The turning of poetic geography does not appear in the late Tang and early Song in the political history, but appeared in the medium term of Tang and the medium term of Song respectively. At the time of the middle of the Tang, due to the shrinkage of the geographical, a new change occurred between the frontier poem and the frontier. First, it was manifested in the hiding of "outside", and the other was that the poetic style changed from open to closed. The Northern Song Dynasty inherited the old tradition of the Emperor Tang Dynasty and showed more inheritance in poetry. From the end of the Northern Song to the Southern Song Dynasty, the geographical space of poetics has retreated from the vast number of Central Plains since the Sui and Tang Dynasties to the south of the river. A new "poetic tradition" have been established. And this new "poetic tradition" is actually more affected by the major cultural tradition of "the view of the world". At the same time, two important transformations were formed on this basis, on the one hand patriotism transformed the frontier fortress poetry and on the other hand it formed a kind of two handle poetics, that is the contradiction and unity of peace and war poetics.

Keywords: Tang and Song poetry; poetic geography; frontier poem; patriotic poems

唐宋诗风及诗学精神之变化,不唯与文学内部诸因素相关联,同时所受文学外部之地理空间影响甚为显著。以往对唐宋边塞诗的研究,多依赖于王朝之断限,而这种附丽于政治史的划分,虽然能够呈现出一个较为清晰的时间框架,但在这一历史时期所存在的空间渐变性则往往容易被忽视。唐宋虽为两朝,其间国家形态及疆域地理之变化,却并非全然随政治王朝之更迭而转移。换言之,在唐宋所覆盖的六百余年间,唐宋边域所发生的两次巨变,并非亦步亦趋的出现在唐宋立国之际,而是分别产生于唐代中期与宋代中期。随着这种地理的变化,不仅在华夷关系、社会风貌、文化特征等方面体现出了一种历史转折,同时在诗学传统上亦存在着相应之嬗变。

一、中唐地缘之收缩与边塞诗之转型

就唐朝而言,其疆域大致发生过三次重要变化。在谭其骧的《中国历史地图集》中,分别选取了总章二年(669)、开元二十九年(741)、元和十五年(820)的疆域图作为唐朝不同历史时期的重要表现。[①] 而如果从一种历史视野来考察,这三个时期的疆域又分别对应着初唐、盛唐与中唐。不同于初唐到盛唐的局部疆域变化,自安史之乱以后,唐朝的实际疆域范围出现了显著的质变——版图几近收缩于中原一带,出现了一种历史地理的“断裂”。此际除北方诸镇之外,其疆域已大致与北宋疆域侔等。而自安史之乱以后,唐朝一方面对边疆采取被动的防御政策,另一方面则抽取主要精力对付内部的藩镇之乱。因此,虽然唐朝在安史之乱中取得了最终胜利,但同时也出现了一系

① 详见谭其骧主编《中国历史地图集》第五册,中国地图出版社,1982年,第32—37页。

列不可逆转的消极影响。[①] 这种来自于国家内部分裂的消极影响，在疆域及对外关系的变化上同样体现的尤为明显。而这一边防得失之变化，对诗歌创作所造成的一个最大影响无疑是改变了边塞诗的书写方式。据《说文解字》"边，行垂崖也"[②]，"塞，隔也"[③]，由此可知"边塞"本意为边界之阻隔。而诗学意义上的"边塞"，则并非仅指狭义上的军事要塞，而是泛指边疆地区的军事、生活与自然风光。至于"边塞"在地理上的界定，学界一向存在争议，而其中谭优学的论述则更贴合诗学中"边塞"之内涵。据谭优学所言："（边塞诗）以地域而言，主要指沿长城一线及河西陇右的边塞之地。以作者而言，要有边塞生活的亲身体验。"[④]在对"边塞诗"的讨论中，谭优学的定义算是相对具体的，但他的这一概括，却仍然只是从一个总体的结论出发，而对历史地理的渐变性着眼不足。

顾初盛唐虽承六朝诗学之传统，而能自铸一代风神气象者，又多倚赖边塞之功焉。[⑤] 正如冯天瑜诸人所论："诚然，边塞诗非自盛唐开始，也非以盛唐终，但是，盛唐边塞诗所具有的奔腾情怀与阳刚之美，却前所不及，后所未有，这种'生气和灵魂'，铸定了盛唐边塞诗在中

---

① 陈寅恪曾一针见血的指出："盖安史之霸业虽俱失败，而其部将及所统之民众依旧保持其势力，与中央政府相抗，以迄于唐氏之灭亡，约经一百五十年之久，虽号称一朝，实成为二国。"（陈寅恪《唐代政治史述论稿》，上海古籍出版社，2020 年，第 21 页）

② 许慎撰，段玉裁注《说文解字注》，上海古籍出版社，1981 年，第 154 页。

③ 许慎撰，段玉裁注《说文解字注》，上海古籍出版社，1981 年，第 1208 页。

④ 《唐代边塞诗研究论文选粹》，甘肃教育出版社，1988 年，第 2 页。

⑤ 王文进曾突破旧有观点，认为边塞诗乃形成于南朝，这原是有一定依据的，同时亦说明初盛唐诗仍未完全脱离六朝诗学传统。但是正如王文进本人所分析："南朝边塞诗在本质上是一种贵游性质的唱和之作，在文学的意义上，此一令人讶异的现象，亦可以证明诗人的心灵自由是一切创作力量的泉源……"（王文进《南朝边塞诗新论》，河南人民出版社，2018 年，第 33 页）而自盛唐起，则开始出现了一个分水岭：一方面仍接续南朝诗学传统进行"想象写作"，另一方面则通过一系列"实地写作"，开辟了一个新的诗学文化空间。从这个角度来说，南朝集中于乐府古题的边塞诗写作，尚缺少一种"时代性"与"地域性"的对应；而唐代的边塞诗，乃是更多附着于"时代性"与"地域性"的历史书写。故笔者认为，严格意义上的"边塞诗"，仍当自唐代始。

国文学史乃至中国文化史上的不朽地位。”[①]在初盛唐诗中，边塞视野的空前扩大，不仅是在诗歌题材上的一个杰出开拓，同时也对唐诗精神的形成起到了至关重要的作用。[②] 此一时期，诗人大抵推寻“外王”之道，在对外战争的绝对优势上，表现出了强烈的狂热性与高度的自信心，这亦导致其建功立业之渴望与国家自豪感尤为凸显。视陈子昂之“勿使燕然上，惟留汉将功”（《送魏大从军》），骆宾王之“不求生入塞，唯当死报君”（《从军行》），杨炯之“宁为百夫长，胜作一书生”（《从军行》），刘希夷之“丈夫清万里，谁能扫一室”（《从军行》）等，莫不洋溢着建功之激情与理想之热忱。而这种激情的空前昂扬和理想的诗意表达，正是初唐国力在对外关系上的一个重要诗学映射。随着玄宗前期国力的空前富强，复开始在边疆地区打开武周以来被动之局面，不仅收复辽西、巩固东北，并且牢牢掌控住了河西廊道和西域地区的主动权。此一阶段，边塞诗大盛，文学史上所谓“边塞诗派”亦形成于这一时期。不唯以高、岑为代表的边塞诗人大量书写边关塞外，李白、杜甫、王维等一众盛唐诗人亦不乏此类诗作。除为人熟知的《燕歌行》《走马川行奉送封大夫出师西征》等，再有如王维的《从军行》、王昌龄的《从军行》组诗、李白的《从军行》等，皆指涉边塞。

当然，这些诗歌虽同写边塞，但复有其不同之处。其中，《从军行》属乐府旧题，诗中之“叙事”容易真伪混淆，故如杨炯、刘希夷乃至李白等人，本无边塞之经历，乃借想象而写边塞，尚存在着对前朝诗学传统的继承[③]；但高、岑一类诗人的边塞诗则不同，他们多是依托于边塞之现实经验，故描写、刻画多显细致，属于唐人的自我开创。与

---

① 冯天瑜、何晓明、周积明《中华文化史》，上海人民出版社，2005年，第479页。

② 如刘经庵云：“古无所谓边塞诗，到了盛唐，岑、高辈大概受了北朝民歌的影响，乃用北地的风物，边塞的情况，咏为边塞诗，给诗坛开了一条新路。”（刘经庵《中国纯文学史纲》，东方出版社，1996年，第78页）

③ 如王文进曾说道：“南朝的诗人除了庾信、王褒晚年羁旅北周之外，并没有任何一位诗人有实地凭吊长城，西出阳关的经验。……可见南朝边塞诗本质上就是一种文学想象的典型代表。”（王文进《南朝边塞诗新论》，河南人民出版社，2018年，第23页）

此同时，这一时期的诗人不仅延续了初唐诗人建功之激情，同时还将塞外、尤其是西域的边地风光及生活场面以一种地域书写的纪实方式表现了出来。视有唐一代，虽较早旅居过塞外的著名诗人当为初唐骆宾王[①]，但由于种种历史原因，骆宾王边塞之作流传甚少，故真正使塞外风光大放异彩的诗人，正是以高适、岑参、王昌龄等为代表的盛唐诗人。除上述所列举诗作，再有如岑参的《白雪歌送武判官归京》、王维的《使至塞上》等，皆广泛涉及边塞风光的叙写。似以上二首诗歌，即略不同于传统意义上的“立功诗”，不再是一味的抒发尚武立功之豪情，而是真实的记录塞外之场景，为诗坛带来了一种更为开阔的视野与更加包容的格局。虽然在数量众多的盛唐诗中，不乏“白日依山尽，黄河入海流”与“气蒸云梦泽，波撼岳阳城”之类的阔大气象，但如“北风卷地白草折，胡天八月即飞雪”与“大漠孤烟直，长河落日圆”之类的塞外奇丽风光却要属盛唐边塞诗所独有。

而终唐一世，边塞诗虽方兴未艾，但自中唐以后却出现了一个新的导向——理性与反思。提到诗歌中的理性反思，人们往往会将其视为两宋诗风，但其实自中唐开始，则已然如是。可以说，早在盛唐诗中，就开始出现了一些关于“开边政策”与“征戍之苦”的批评，如高适《蓟门行》五首中的“羌胡无尽日，征战几时归”与“戍卒厌糠核，降胡饱衣食”，《答侯少府》中的“边兵如刍狗，战骨成埃尘。行矣勿复言，归欤伤我神”，李颀《古从军行》中的“年年战骨埋荒外，空见蒲桃入汉家”等，但这种批评，尚只是心理优势上的一种自我批评而已，并未成为一种深刻的、带有悲剧色彩的自省精神。而安史之乱及其衍生的对外关系的易位，则瞬间让夷夏关系发生了翻转，也让唐代诗人的心理优势渐趋崩塌。从中唐起，我们在诗歌中能够看到一种明显

① 对此，刘艺《唐代最早从军西域的著名诗人——骆宾王》一文已详做考证。如其中所举陈熙晋《续补唐书骆侍御传》曰：“咸亨元年，吐蕃入寇，罢安西四镇。以薛仁贵为逻娑大总管。适宾王以事见谪，从军西域。会仁贵兵败大非川，宾王久戍未归，作《荡子从军赋》以见意。”（详见刘艺《唐代最早从军西域的著名诗人——骆宾王》，《西域文学论集》，新疆大学出版社，1998 年）

的语风变化，如常建的“城下有寡妻，哀哀哭枯骨”（《塞上曲》）、“天涯静处无征战，兵气销为日月光”（《塞下曲》其一），李益的“不知何处吹芦管，一夜征人尽望乡”（《夜上受降城闻笛》），令狐楚的“未收天子河湟地，不拟回头望故乡”（《少年行》其三），均与初盛唐诗迥异。可以看出，无论是“不知何处吹芦管，一夜征人尽望乡”一类的反战思想，还是“未收天子河湟地，不拟回头望故乡”一类的战斗思想，都带有一种极为浓厚的悲壮色彩。故有学者曾言：“中唐边塞诗的主导风格是苍凉。安史乱后，唐王朝从繁盛的顶峰上跌落下来，对外战争的优势随之丧失。……在整个创作中，理想的光辉逐渐淡弱，现实的色彩愈益加浓。”[①]在中唐的边塞诗中，没有了狂热性与理想化，随着文人身份之自觉与尊儒之上位，代之而出现了理性和反思。[②] 故有人说道：“尚武精神的张扬于其时遭到了不少文人的质疑和批判。正统儒学并不好战，……而唐帝国的一个文化特质便是尚武精神的张扬，这显然与孔孟的主张相悖，因此在儒学复兴的苗头初露之时，尚武精神便成为诗人婉转讽喻的对象。”[③]需要指出的是，投身边疆的热情其实在有唐一代并不曾消亡，但中唐以后的从军报国之热忱，却已不再是一种扩张的、骄傲的，而是内敛的、理性的。关于中唐以来的边塞诗的具体变化，我们不妨从诗人与作品两个维度着眼。

（一）“塞外”的隐匿：边塞诗人与“边塞”关系之变化

首先，从诗人主体来看，因地缘所限，复加以河北三镇为地方军阀所掌控[④]，故中唐以来的边塞诗人，极少有边塞之经历，大多数诗人

---

① 葛培岭《雄奇壮美的唐代边塞诗》，《文史知识》1988年第10期。

② 龚鹏程认为中唐以来的“知识分子”转型开始将初盛唐时期的生命昂扬之美转变为知性反省的凝练沉潜之美，云：“这与安史之乱以后，人们渴望重建社会秩序并贞定人事意义的需求，也正相契合。诚笃潜虑，在知性的思省中，体现生命的意义。”（龚鹏程《中国诗歌史论》，北京大学出版社，2008年，第120页）而这一转向，在边塞诗中同样也有相关体现。

③ 何蕾《中唐“夷夏”观念之转严与边塞诗创作的衰落》，《内蒙古社会科学（汉文版）》2017年第2期。

④ 如钱穆在论及河北三镇（成德、卢龙、魏博）时说道：“彼辈皆拥劲卒，自署吏，不贡赋，结婚姻，相联结。”（钱穆《国史大纲》，商务印书馆，2010年，第460页）

更多是通过一种“符号化的想象”来书写边塞诗。在我们所熟知的初盛唐诗人中，有边塞入幕或从军经历者比比皆是。如高适[①]、岑参[②]、王昌龄[③]，皆有塞外之经历；再如王维、王翰，皆曾出使或从军至边塞。但至中唐以后，不仅有入塞经历的诗人凤毛麟角，“边塞”自身的外延也发生了变化。从前的“阳关”“玉门关”不再大量出现于诗中，而是代之以“受降城”[④]“渭州”[⑤]“上郡”[⑥]“云中”[⑦]等。

以此时边塞诗创作成就较高的诗人李益为例。在中唐以后，李益可以说是为数不多的有过从军经历的诗人[⑧]，有学者即论道：“中唐诗人李益诗名早著，尤以擅长边塞诗著称。就边塞诗的成就而言，在整个中晚唐时代，是没有人能同李益相匹敌的，这与他曾多次进入边地幕府，在那里生活了近二十年，边塞生活的直接体验很丰富和充实，有着极为密切的关系。”[⑨]但在李益诗中，却再也看不到来自塞外的奇丽风光和景象，而是代之以塞北的地理意象。除上述所举的《夜上受降城闻笛》之外，再有如“边霜昨夜堕关榆”（《听晓角》）、“鹛鹈泉上战初归”（《度破讷沙》）、“未知朔方道，何年罢兵赋”（《五城道中》）

---

① 据《新唐书·卷七十八》载：“（高适）客河西，河西节度使哥舒翰表为左骁卫兵曹参军，掌书记。”

② 据唐人杜确《岑嘉州集序》载：“天宝三载，进士高第，解褐右内率府兵曹参军。转右威卫录事参军，又迁大理评事，兼监察御史，充安西节度判官。”

③ 据陈才智《王昌龄年表》：“开元十二年甲子（724），二十七岁。约在是年前后，赴河陇，出玉门。其著名之边塞诗，大约作于此时。”（见中国社会科学院文学研究所主办“中国文学网”）

④ 如李益《夜上受降城闻笛》云：“回乐烽前沙似雪，受降城外月如霜。”

⑤ 如李频《赠李将军》云：“走马辞中禁，屯军向渭州。”

⑥ 如于鹄《塞上曲》云：“军书发上郡，春色度河阳。”

⑦ 如常建《塞上曲》云：“翩翩云中使，来问太原卒。”

⑧ 如卞孝萱《李益年谱稿》中认为，建中元年（780），李益入朔方节度使崔宁幕；建中三年，入幽州节度使朱滔幕；贞元二年（786），入鄜坊节度使论惟明幕；贞元四年，入邠宁节度使张献甫幕；贞元十三年（797），入幽州节度使刘济幕。而谭优学《李益行年考》认为，大历九年（774），李益入渭北节度使臧希让幕；建中二年，入朔方节度使李怀光幕；贞元元年，入朔方节度使杜希全幕；贞元六年（790），入邠宁节度使张献甫幕；贞元十三年，入幽州节度使刘济幕。

⑨ 陈铁民《李益五入边地幕府新考》，《文学遗产》2021年第1期。

等诗句，都涉及这一方面的转化。在《听晓角》中，榆乃指“榆树”，“关榆”即为关旁榆树，因古代北方边关城塞常植榆树之故。故当时作为河朔边塞重镇之一的上郡，今又被称为榆林。在《度破讷沙》二首中，“塞北”一词直接言明了其时所处之地理，而“鸊鹈泉”则是在当时的丰州西受降城（今内蒙古西部。从地图上可以看出，这已达到了中唐时期的北部边境）。至于《五城道中》一诗，其中“朔方道”，乃是指唐朝当时的西北边塞朔方镇（今银川附近）。总而言之，从这些诗中能够看出，中唐以来的“边塞”书写特色已发生了由西向北的变化，“边塞”一词虽名同而质不同。而与此同时，这一现象也带来了诗歌内容上的一些嬗变。

（二）由开及阖：中唐以来边塞诗风之变化

从中唐以来边塞诗的内容表现来看，可以发现，其思想取向上已渐从“攻势”转为“守势”、从主动转为被动、从理想化转为理性化。因此，中唐以来诗歌虽仍有“尚武”之因子，但这种“尚武”已不同于初盛唐的张扬与自豪，而是立足于现实空间的跼蹐，饱含着家国情怀与忧患意识。

故从一方面来看，自中唐以来，初盛唐诗中的自我膨胀与乐观精神基本已不复存在，虽不至于完全的悲观，但悲观的、积郁的意绪显然多于建功的豪情，至晚唐而愈甚。对比张籍《出塞》中的“征人皆白首，谁见灭胡时”与王昌龄《从军行》中的“黄沙百战穿金甲，不破楼兰终不还”，再对比刘得仁《塞上行作》中的“乡井从离别，穷边触目愁”与高适《燕歌行》中的“男儿本自重横行，天子非常赐颜色”，可以看出，盛唐诗人笔下的乐观好战精神在中晚唐诗人笔下已不复存在，而是代之为一种悲哀的陈诉。不再是热烈的豪情，而是冷静的反思。虽然中唐以后、尤其是中唐前期亦偶有“主战”之作，如武元衡“要须洒扫龙沙净，归谒明光一报恩”（《出塞作》），戴叔伦“愿得此身长报国，何须生入玉门关”（《塞上曲》），但其既非主流基调，诗人之立意亦迥然不同于初盛唐——如果说初盛唐诗中的“主战”是建立在一种“以高视卑”的扩张心态，则中唐以来更多是冀求一种军事劣势上的逆转，一如令狐楚诗中的“未收天子河湟地，不拟回头望故乡”（《少年行》）、李频诗中的“却得河源水，方应洗国雠”（《赠李将军》）、高骈诗中的“三边犹未静，何敢便休官”（《言怀》）等书写，均反映了这样一种民族自尊心的诉求。

从另一方面来看，“胡”意象在诗中的渐趋消亡亦是中唐以来边塞诗的一大转关。在初盛唐诗中，似胡人、胡姬、胡马、胡鹰、胡衣、胡床、胡兵、胡天、胡塞、胡沙、胡霜、胡月等与“胡”有关的作品可谓比比皆是。如刘希夷诗中的“代马流血死，胡人抱鞍泣”（《将军行》），李白诗中的“细雨春风花落时，挥鞭且就胡姬饮”（《白鼻騧》），高适诗中的“胡人山下哭，胡马海边死”（《宋中送族侄式颜》），崔颢诗中的“解放胡鹰逐塞鸟，能将代马猎秋田”（《雁门胡人歌》）等，俱包含不同的“胡”意象。可以说在初盛唐、尤其是盛唐诗中，“胡风”几乎席卷了半壁诗坛。但是自安史之乱以后，这种“胡”元素却逐渐隐匿了，我们极少能从中晚唐的边塞诗中读到“异域元素”（此处指有别于中原文化）的书写。有学者即曾说道：“唐代最能‘感动激发人意’的边塞诗多是诗人亲历边塞所作，因此其中的胡文化意象格外真实而贴切。而在边塞诗人的实际创作中，作品创新和富有生命力的刺激因素之一即来自胡文化。”[①]并认为自安史之乱以后的唐代后半期，“将太宗皇帝树立的中华、夷狄‘一家’的价值观念无情地打破，……‘夷夏’之别的延伸导致的一个重要后果是外来文化越来越难以进入、融入中原文明，中唐文人对“夷狄”的排斥导致一切胡文化受到冷落，胡乐和胡舞失去了创新的源泉，无法在固有的基础上进行更新，自然也逐渐失去了活力，受到胡文化刺激和影响的边塞诗创作也就失去了重要创作依托和推动力”[②]。从思想文化之转向上来看待“胡风”之隐现，固然是值得肯定的，但对于诗学而言，“尊儒”却并不能完全决定诗歌自身的“排外”倾向，如白居易虽和元稹一道鼓吹儒家讽喻的诗教观，但在

---

①② 何蕾《中唐“夷夏”观念之转严与边塞诗创作的衰落》，《内蒙古社会科学(汉文版)》2017 年第 2 期。

其诗中却并未排斥对外来的佛教思想的吸纳。不妨说，对于这种现象，彼时历史地理的客观所限方为主要诱因。[①] 申而论之，虽然唐人好以“胡”来泛指四方夷狄，但其实在盛唐的“胡风”书写中，“胡”所涉及的人物和意象却主要来自于“丝绸之路”交通线上的河西廊道、西域、中亚等地。而中唐以后，整个河西廊道俱为吐蕃所蚕食，北方疆域也为回鹘所压制，故中晚唐边塞诗，不仅不再拥有“胡风”融入的条件，同时“胡文化”的张扬与恣肆也渐消失于中原地区内敛的“礼文化”之中。

二、空间与意象的抉择——北宋边塞诗与中唐以来边塞传统

以南渡为标志，宋代分为北宋和南宋两个时期。在谭其骧的《中国历史地图集》中，分别选取了北宋政和元年(1111)、南宋绍兴十二年(1142)及南宋嘉定元年(1208)来反映三个不同时期的疆域状貌。[②] 但须特别强调的是，谭其骧原是立足于今日的中国版图来反映当时各民族之间的地理关系，抑或称之为一种“以今述古”的方式。而实际上，就南宋绍兴十二年与南宋嘉定元年而言，宋朝自身的疆域基本上并无变化，只是在蒙古与金国的疆域空间上出现了此消彼长的趋势。因此可以说，北宋、南宋在各自的历史时期均保持了相对稳定的地理空间。在一般的历史观中，唐、宋往往分别被视为两个独立的政治王朝，故近人之论唐宋，多以日本学者内藤湖南的“唐宋变革论”为正法眼。诚然，内藤以及后来的宫崎市定、宫泽知之等学者从

---

① 冯天瑜等人曾说道：“魏晋南北朝文化的一大特征，在于胡汉文化发生持久、反复的冲突。诚然，胡汉文化在相互冲突中，也自有融合的一面，然而，在战乱、地理隔绝等多种因素的制约下，其文化融合的效应远未释放出来。”(冯天瑜、何晓明、周积明《中华文化史》，上海人民出版社，2005年，第456页)有鉴于此，我们认为：(1) 真正突破地理约束的边塞诗，实自唐人开启；(2) 中唐以后随着战乱和地理隔绝诸因素，已然融合的胡汉文化旋复分解，并影响到了边塞诗的创作。

② 详见谭其骧主编《中国历史地图集》第六册，中国地图出版社，1982年，第3—4，42—43，44—45页。

多个维度论述了唐宋之际产生的历史变革，于中国历史之学术发展而言可谓功莫大焉。但需要指出，“唐宋变革论”本身即是先入为主的从唐、宋二元的政治结构中概括出相关结论，故虽不乏历史创见，但同时无疑也使后人对唐、宋的历史观产生了认知固化。其实，就宏观方面而言，唐宋地理在一个整体的历史阶段中确实出现了两次重要变化：其一，从外向的汉胡融合圈收缩到内向的中原汉文化圈，此一变化出现于安史之乱以后；其二，从南北交融的中原文化圈收缩到南北断裂的江南文化圈，此一变化则出现于两宋之际。

反观北宋之疆域，实际上原是对中唐以来的中原大部分地带的继承，故《宋史・地理志序》曰：“（雍熙元年）天下既一，疆理几复汉、唐之旧，其未入职方氏者，唯燕、云十六州而已。”[①]因此北宋之“边塞”，较之中唐以来实无巨变。与唐代中后期情况类似，北宋在对外军事关系中亦处于一种相对的劣势。自太宗时期对辽夏作战始，即出现了败多胜少的局面。故中唐的忧患意识、理性反思，同样成为北宋边塞诗之基调。在相同的华夷环境下，和中晚唐的边塞诗人相比，北宋的边塞诗人也分为“实写”和“虚写”两种：一种有亲至边塞的现实经历，一种则依凭想象进行创作。与唐人一样，亲至边塞的诗人往往对边塞的描写较为具体，征实性较强；而依凭想象的作品则更多是夹杂着书生意气的批评和议论，更侧重于艺术性。在边塞诗的创作上，他们虽思想指向各有所殊，但其诗学传统与地理意象实更多沿袭中晚唐诗人。

就创作而言，由于历史环境的客观性，北宋“边塞诗”大致可分为两期——一是在北宋前中期，先后与辽夏展开拉锯战，总体上以守为主，其诗作与中唐诗人的思想取向基本类同；二是在熙宁变法之后，北宋开始了短暂的军事扩张，总体上以攻为主，这一时期产生了一定数量的论边之作。我们可分别按照这两个时期对北宋边塞诗进行一个通观。

---

① 《宋史・地理志序》所谓的汉、唐之旧，实际是指中原地区。

首先就北宋前期来说，和中晚唐边塞诗人李益、卢纶等相似，此一时期有不少诗人亲至边地，“实写”之作较多。以王操为例，据《全宋诗》载“(王操)曾奉使陇右”[1]，可见是一位实至边塞的诗人。其《塞上》曰：“无定河边路，风高雪洒春。沙平宽似海，雕远立如人。绝域居中土，多年息战尘。边城吹暮角，久客自悲辛。”诗中的“无定河”位于今陕北地区，流经定边、靖边、米脂、绥德和清涧县。如对比元和十五年(820)的疆域图和政和元年疆域图则可以看到，彼时的无定河均位于边塞要地。延伸来说，在中唐至北宋时期，“无定河”实际上是“边塞诗”中的一个典型意象。如唐人李益诗云“无定河边数株柳，共送行人一杯酒”(《登夏州城观送行人赋得六州胡儿歌》)，陈陶诗云“可怜无定河边骨，犹是春闺梦里人”(《陇西行四首》其二)，秦韬玉诗云“无定河边蕃将死，受降城外虏尘空”(《边将》)。北宋苏轼亦有云“故知无定河边柳，得共中原雪絮春”(《闻捷》)，李廌诗则云“受降城下沙场雪，无定河边木叶霜”(《谢王生赠弓矢》)。但是在中唐以前、北宋以后，“无定河”意象均无出现。通过这一特殊的边塞“意象”即是为说明，地缘变化对诗学的影响绝不是空泛的，而是对诗人的情感载体有一种空间上的约束，在诗歌的书写传统上有一种模式的惯习。而通过这种“空间约束性”来复观诗学变革，则或能更为客观而准确的把握变革的阈值。

与之类似，关于“受降城”意象的描写亦反映了这种历史渐变性。“受降城”早自汉代已有之，唐中宗景龙二年(708)，张仁愿复于黄河以北筑三受降城以抵御突厥。在初盛唐时期，关于“受降城”书写的仅有两首诗。一首是李适的《奉和幸望春宫送朔方军大总管张仁亶》：“地限骄南牧，天临饯北征。解衣延宠命，横剑总威名。豹略恭宸旨，雄文动睿情。坐观膜拜入，朝夕受降城。”另一首则为郑愔的《塞外三首》其二：“荒垒三秋夕，穷郊万里平。海阴凝独树，日气下连营。戎旆霜旋重，边裘夜更轻。将军犹转战，都尉不成名。折柳悲春

① 《全宋诗》，北京大学出版社，1999年，第647页。

曲，吹笳断夜声。明年汉使返，须筑受降城。”但实际上，在李适的诗中，“受降城”应作“受/降城”断句，非指“受降城”之意；而郑愔诗中的“受降城”亦与中唐以后之“受降城”有别，乃和前朝诗歌类似[①]，是用汉代“受降城”之典，非为唐代边塞实地之受降城。故在中唐以前，“受降城”可以说并未作为一种具体的边塞意象出现于边塞诗中。但自中唐以迄宋代，“受降城”则大量出现于边塞诗中（或作为一个书写地点，或作为一种诗歌意象），如唐代李益“回乐烽前沙似雪，受降城外月如霜”（《夜上受降城闻笛》），白居易“韩公创筑受降城，三城鼎峙屯汉兵”（《城盐州》），朱庆余“问看行近远，西过受降城”（《塞下曲》）等，又如许浑诗：“胡马近秋侵紫塞，吴帆乘月下清江。嫖姚若许传书檄，坐筑三城看受降。”（《吴门送振武李从事》）再如宋代司马光“边草荒无路，星河秋夜明。卷旗遮远塞，歇马受降城”（《出塞》），刘攽“大将军令穷青海，三受降城起拂云”（《次韵和郭固太保留别长句》），李廌“受降城下沙场雪，无定河边木叶霜”（《谢王生赠弓矢》）等。[②] 虽然在北宋时期，“受降城”从地理意义上已不归属宋朝，但一方面诗人尚能够通过出使来进行一种现地接触，另一方面它则仍旧发挥着“边塞”的空间意义。至南宋则不同，诗人笔下的“受降城”，此时则已然脱离了“边塞”的现实性，而是完全泛化成为一种“典故”意义上的意象载体。

其次，自神宗熙宁变法以还，由于北宋在军事层面的胜利与地理

---

① 如江总《关山月》云“流落今如此，长戍受降城”，薛道衡《出塞二首和杨素》其一云“受降今更筑，燕然已重刊”。然在先唐时期，有关“受降城”书写的诗歌亦仅此两首，故“受降城”作为一种边塞典型意象的建立，仍当以中唐为肇始。

② 在北宋后期，“受降城”已不啻作为边塞诗中的一个“意象”，而是进一步升华为历史“典故”。故苏轼诗云“受降城下紫髯郎，戏马台南旧战场”（《阳关曲》），陆佃诗云“诗里欲投亡命社，酒边甘在受降城”（《答张朝奉二首》其二），此时“受降城”实已与“边塞诗”无干。而在南宋诗人笔下，亦多有“受降城”书写，如韩元吉诗曰“受降城旋筑，且缓羽书来”（《次韵张晋彦书事》），陆游诗曰“三受降城无壅城，贼来杀尽始还营”（《军中杂歌八首》其一）等。但与北宋不同的是，“受降城”此时已经完全失去了它作为空间的“地理意义”，而只是担负着一种想象的“历史意义”而存在。

层面的扩张[①]，此一时期复出现了略不同于中唐以来边塞诗风的"快诗"。如苏轼的"似闻指挥筑上郡，已觉谈笑无西戎"(《闻洮西捷报》)和"闻说官军取乞訚，将军旂鼓捷如神"(《闻捷》)，王珪的"莫道无人能报国，红旗行去取凉州"(《闻种谔米脂川大捷》)，杨时的"玉帐投壶随燕豆，坐看飞将缚骁戎"(《安西闻捷》其一)，都表达了一种扬眉吐气的快感。但可以发现，尽管诗中之情感同是昂扬的，我们却仍难从中读到初盛唐边塞诗的恢弘气象。这是因为：一方面，初盛唐诗如"但使龙城飞将在""不破楼兰终不还""闻道玉门犹被遮"中，似"龙城""楼兰""玉门"等纵深的地理意象已不复敞开[②]，而代之以"上郡"(榆林)、"凉州"与"金城"(兰州)等中原周边的地带作为边塞诗的指向，故张扬的情感终为内敛的地缘所限[③]；另一方面，则因为北宋边塞

---

① 据《宋史·地理志序》曰："熙宁始务辟土，而种谔先取绥州，韩绛继取银州，王韶取熙河，章惇取懿、洽，谢景温取徽、诚，熊本取南平，郭逵取广源，最后李宪取兰州，沈括取葭芦、米脂、浮图、安疆等砦。"

② 当然，这种纵深地理意象不唯出现于初盛唐诗中，早在南朝诗中已有出现。如王褒"陇西将军号都护，楼兰校尉称骠姚"(《燕歌行》)，萧纲"虽弭轮台援，未解龙城围"(《赋得陇坻雁初飞》)等。虽然二者在创作时存在着历史空间上的不同，但这也从某种程度上也说明，初盛唐边塞诗、尤其是乐府古题的写作，正是在很大程度上继承了南朝这一诗学传统。

③ 程千帆曾在其《论唐人边塞诗中地名的方位、距离及其类似问题》中做出解说，认为王昌龄《从军行》(青海长云暗雪山)是兼用汉、唐地名。(程千帆《论唐人边塞诗中地名的方位、距离及其类似问题》，《南京大学学报(哲学·人文科学·社会科学)》1979年第3期)王文进在解读这篇文章时，认为"'青海长云暗雪山，孤城遥望玉门关。黄沙百战穿金甲，不破楼兰终不还'完全用的是汉代的空间观，尤其是楼兰一国在汉代早已消失，根本不可能是唐代的战争。"此系误读。程千帆实际上并未否定唐代战争的真实性，而是认为此诗是比较概括地反映了当时在边塞戍守和作战的军人们的生活和思想感情。此外，王文进认为，唐人许多杰出的边塞之作有一项重要的时间背景，是定格在对汉代盛世的模拟，并举隅王昌龄《从军行》(秦时明月汉时关)以为例，根据"龙城飞将"而断定是写汉代人物。(王文进《南朝边塞诗新论》，河南人民出版社，2018年，第1—2页)值得说明的是，尽管唐人善于"以汉拟唐"，未必会兼顾诗歌的征实性，但有两点需要注意：(1)其地域空间首先是客观成立的，而后方能够产生"以汉拟唐"的诗学表现；(2)"以汉拟唐"未必即是囿于汉代的事件和空间，如白居易《长恨歌》"汉皇重色思倾国"，即实写唐事。而据杨明先生考证，"龙城飞将"亦非专指李广，而是泛指名将。(杨明《"龙城飞将"与古诗中的地名》，《岭南学报(复刊第十三辑)》，上海古籍出版社，2020年)总而言之，无论盛唐诗中的地名或地理意象是否具有"征实性"，但它所反映的带有纵深感的诗歌气象却是客观存在的。

诗接续了中唐以来的理性反思精神，诗人多以道自任，不以尚武为功，故一种凌厉的“有我之境”为冷静的“无我之境”所代替。换言之，从北宋边塞题材的“快诗”中，我们已很少看到诗人主体的参与，诗人更多是作为一个评论家或叙事者，而不再似初盛唐诗中“宁为百夫长，胜作一书生”与“愿将腰下剑，直为斩楼兰”这种“代人式”的写作。

基于此，笔者以为，首先由于地理空间与夷夏关系上的共同性，北宋边塞诗的诗风、诗貌更多是对中唐以来边塞诗歌传统的继承；其次就诗歌的情感基调而言，自中唐以来已形成了一种理性反思之精神，出现了从“崇高”到“感伤”的美学转型。虽然至北宋晚期短暂的诞生了一批趋向乐观的“快诗”，但这些诗歌已无初盛唐边塞诗的浪漫化和理想化，而只是对中唐以来边塞“悲哀”主题的一种内部化解。

三、家国与天下：南宋诗学地理中的文化观念

不同于中唐至北宋以来的一般军事冲突，金国对中原地区的整体侵占，已突破了原有文化圈的畛域，使地缘上的对立演变为民族文化的对立。故而，相对于北宋之于中晚唐，南宋在诗学地理上的变化更具有转向意义——在一种亡国之感的刺激下，“民族主义”乃成为南宋以来“边塞诗”的主旋律。但从彼时的历史地理来看，南宋所谓之“边塞”，实是集中于川陕一带，而川陕作为自古以来的汉文化重心，虽从当时的地理意义上来讲确为“边塞”，但若从文化意义上来考量，则是断不能被称之为“边塞”的。禹克坤认为：“边塞诗的‘边塞’，是当时中原地区以汉族为主体的封建王朝的边塞。边塞内外是我国少数民族活动及管理的区域。‘边塞’，远不是现代国家的边境概念。边塞诗实际反映了中国古代民族在祖国统一过程中互相交往的历史。”[①]参照这一观点，我们应当在诗学上建立起这样一种区别意识：在诗歌中，“边塞”不仅是一种地理概念，更是一种文化概念。故而可以认为，南宋当时所关涉的“边塞”，已不能称之为严格意义上的“边

① 禹克坤《如何评价唐代边塞诗》，《文学评论》1981年第3期。

塞”，而应当更贴近于“边境”这一概念。然而作为一种诗学传统，“边塞诗”之类型却又是实际存在的。因此，在前人的诗歌体认中，南宋时期的“边塞诗”复产生了一个新变，即常常会被并入“爱国诗”这一新的诗歌传统之中。

（一）从“边塞诗”到“爱国诗”

相较于北宋而言，宋金与宋辽之间，虽同属敌国关系，但二者之境况却存在着云泥之别。就宋辽而言：(1) 宋辽之争，本聚焦于幽燕一带，且领土之争更多是历史遗留问题，不存在鲜明的侵略与反侵略色彩。(2) 宋辽之战虽亦激烈，但在此消彼长中，最终保其领土，未酿成尖锐的民族矛盾。(3) 宋辽自合约签订以后，各自相安，从此几乎再未爆发大规模的冲突。在这样一种局面下，北宋边塞思想只是延续着中唐以来的“华夷之防”，而未出现“民族主义”层面的对立情绪。

而宋金则不同：(1) 宋金之争，对宋而言则是来自于现实的侵略，面对的领土之争也已扩大到整个中原地区。(2) 宋金之战，还涉及到一个争夺“正统性”的问题[①]。对金来说，占据中原意味着对上一个政权“正朔”地位的替代，对宋而言，则意味着“家园”的丢失及异族对其“正统权”的挑战。(3) 宋金之间虽有数次和议，但家国情怀和民族仇绪始终左右着南宋文人的价值取向。这种民族之间的“对立性”，在嗣后的宋元关系中亦然。

正是在这样一种条件下，南宋所谓的“边塞诗”已超越了它的地理意义，大量的“边塞诗”其实只是来自于知识的体认，是一种封闭的想象之作。[②] 故胡云翼曾说道：“到了南宋，把一个国家都迁到扬子江

---

① 如陈寅恪即曾有言：“‘正统论’中有这样一种说法，谁能得到中原的地方，谁便是正统。”(参见万绳南《陈寅恪魏晋南北朝史讲演录》，贵州人民出版社，2007年)

② 唐代及北宋边塞诗虽亦不乏借助想象的“虚写”之作，但其书写的“边塞”毕竟是国家疆域可及或接壤之处，是一种开放的地理空间，虽未亲见，但可从间接听闻中获取一手信息；但南宋则不然，南宋“边塞诗”出现了两个变化：“实写”的边塞往往是自古以来的中原汉族聚居地，是被侵占的“家园”，并不能称为严格意义上的“边塞”；“虚写”的边塞往往又只是来自于封闭的认知(最大的可能性即是史籍)，是一种阻塞的想象，“边塞”或“边塞意象”更多只是一种文化符号，而缺少“征实性”。

之南来，连望边塞也望不见，更谈不上写出塞曲了。”[①]这一论述固然较为感性，但他揭示的一个现象却是客观存在的——在南宋的诗歌中，“边塞诗”已脱离了“边塞”这个地理载体，更多依凭知识的想象来建构之。所以我们须以审慎的态度来看待南宋所谓的“边塞诗”。[②]

对于南宋以前的诗歌，后人很少会以“爱国诗”而冠名；对于我国杰出的爱国诗人而言，又始以南宋成气候。其实在南宋以前，“爱国传统”可以直接接续到屈原一脉。毫无疑问，屈原既是我国第一位诗人，也是第一位爱国诗人。在《屈子文学之精神》一文中，王国维以北方学派的文化理想来诠释屈子于国的同休戚，并以此释其“廉贞”的个身品格。[③] 对此，胡晓明教授总结曰：“屈子精神的至高理念，则是‘国身通一’的‘道’。”[④]而屈原的这种“国身通一”的爱国精神，亦正是到了南宋始诞生出伦理价值。一如黄灵庚所言：“(朱)熹之所以耽心于楚辞者有二焉：一以重屈子‘忠君、爱国之诚心’，二是读屈子辞赋，而‘交有所发’云……且以屈子为‘爱国’者，亦肇见于熹，前此未以‘爱国’称屈子。”[⑤]这种文化气候，对南宋诗人可谓影响极大，故以陆游为代表的爱国诗人辉照了整个南宋诗坛。由此再来反观南宋一众“边塞诗”，实际上在更多语境下是作为“爱国诗”而非“边塞诗”而呈现的。

以其中的代表诗人陆游为例。陆游的爱国诗大抵始于从戎南郑时期，可以说正是从军的现实经历，进一步激发了他的爱国热情。正

---

① 胡云翼《宋诗研究》，岳麓书社，2011年，第7页。

② 王文进曾从“影响论”的角度出发，认为南宋“边塞诗”对地理位置的选择，正是南朝边塞诗人所创造出来的边塞诗的语言架构与时空思维，南宋诗人因为地处江南与南朝诗人处境相同，所以在继承这个边塞架构上是更为精确，而他们对于汉代故实的引用与向往也与南朝诗人如出一辙。(参见王文进《南朝山水与长城想象》，河南人民出版社，2018年，第235—236页)当然，南宋与东晋虽境遇相似，但二者之间亦存在“势”的不同，关于这一点，王文进本人亦在其著作中有所提及。因此，“类同”与“影响”之间是否等值尚须商榷。

③ 胡晓明选编《楚辞二十讲》，华夏出版社，2009年，第4页。

④ 胡晓明《屈子之自沉心事及其文化意蕴(代序)》，见胡晓明选编《楚辞二十讲》，华夏出版社，2009年，第9页。

⑤ 朱熹撰，黄灵庚点校《楚辞集注》，上海古籍出版社，2015年，前言第3页。

如钱锺书所言:“像他那种独开生面的、具有英雄气概的爱国诗歌,也是到西北去参预军机以后开始写的。”[1]陆游的“爱国诗”究竟是否可以被视为“边塞诗”? 倘若从地理概念上来看,这原是没有问题的;但如果是从文化概念上来看,这些“边塞诗”则显然存在着意涵上的质变。回归文本来考察,如借助于传统的界定,陆游的“边塞诗”大致可分两种:一种是从军川陕的现地写作;一种则纯是想象之作(包括记梦诗)。在钱锺书的《宋诗选注》中,这两种类型皆有所撷取,其中如《山南行》《大风登城》《夜寒》(其二)是为现地型写作;而《秋声》《九月十六日夜梦驻军河外,遣使招降诸城,觉而有作》《五月十一日夜且半,梦从大驾亲征,尽复汉唐故地,见城邑人物繁丽,云西凉府也,喜甚,马上作长句未终篇而觉,乃足成之》则为想象型写作。

其实,在现地型写作中,亦不乏想象之成分;在想象型写作中,同样不乏现实之经验。故从陆游的诗中,我们大致可统获两点信息:其一,在一种文化观念里,中原地区的归属权始终属于宋人。如其“举目山川尚如故”“却用关中作本根”“太行北岳元无恙”,其中“如故”“无恙”之用词可谓意味深长,实是一种“主”而非“客”的意识;其二,关于边塞地理的书写——如河湟、天山、青海、辽东、凉州,不仅有悖当时地理之现实(河湟地区已不与南宋接壤),同时亦只是一种“知识考古”型的书写。但是从这些诗中可以看出,陆游心目中的“边塞”,并不是“瓜州”与“大散关”,而是“天山”(“心在天山”)与“轮台”(“尚思为国戍轮台”),是唐至北宋以来具有诗学精神与文化意涵的“边塞”。[2]

---

① 钱锺书《宋诗选注》,生活·读书·新知三联书店,2002年,第273页。

② 对于这一现象,王文进的一段解释较有代表性:“这些不属于南宋朝廷可以控制的空间,实际上正寄托着南宋文士对于故地的向往,他们在诗中多抒写出‘北伐’的期待与理想,希望能够透过朝廷的军队重整河山,得还旧地。而这些诗里往往会出现的汉、胡并举,则蕴藏着诗人的正统思想,他们认为自身方为正统的继承者,所以他们的想象空间均为天汉雄风的地理空间,所期待的也是朝廷能够恢复到过去大汉的生存气势,所以他们在诗中遥契着汉代‘长安’的故都,实际上是对于自身偏安江南的不满与凭吊。”(王文进《南朝山水与长城想象》,河南人民出版社,2018年,第237页)

实际上，自中唐以来，外族即已开始大面积的吞食中国疆土，但无论在唐代后期，还是在北宋一朝，均不似南宋诗人对“失地”渴盼之热烈、愤懑之深沉。视其根本，乃正由于文化地理与政治地理不同使然。不管是中唐丧失的安东、安西，还是自五代即被分裂出去的幽燕一带，自唐代开始就是异族聚居地，往往是由异族首领管辖，并接受着异族文化。故而，中唐至北宋诗人虽亦不乏收复失地的描写，但这些诗歌，却多是出于一种荣誉感的驱使。如唐人李贺的“报君黄金台上意，提携玉龙为君死”(《雁门太守行》)，戴叔伦的“愿得此身长报国，何须生入玉门关”(《塞上曲》其二)；再如北宋王珪的“莫道无人能报国，红旗行去取凉州”(《闻种谔米脂川大捷》)，苏轼的“似闻指挥筑上郡，已觉谈笑无西戎”(《闻洮西捷报》)。但是南宋诗人的爱国诗则不同。在南宋诗人的爱国诗中，最独特的一种情感是为“愤”，而其骨子里的执着亦多来自于乡土意识而非领土意识。正是由于此，纵观南宋前后，诗人对于疆土的观念是截然不同的。在南宋以前，如杜甫诗中的“杀人亦有限，列国自有疆”(《前出塞九首》其一)，曹松诗中的“泽国江山入战图，生民何计乐樵苏”(《己亥岁》)，均是对开边持一种批判之态度。直到北宋时期，如王操诗中的“绝域居中土，多年息战尘”一类思想，均无对“土地”得失的执念；而在南宋诗中，即出现了一种转型。除了陆游的作品外，再有如杨万里“只余鸥鹭无拘管，北去南来自在飞”(《初入淮河四绝句》其三)，以及范成大诗：“州桥南北是天街，父老年年等驾回。忍泪失声问使者：几时真有六军来?”(《州桥》)则均对开边及相关战争持赞成之态度。

那么，同是对待被侵占的“故土”，为何在南宋前后发生了如此大的观念之巨变？在唐至南宋以前，由于中原文化圈的相对完整性，故彼时诗人的“天下观”是大于“家国观”的。而在南宋，则因一种完整的“文化认同”从地缘上被割裂，故彼时之土地，则不再仅仅是地理意义上的土地，而是承载着文化记忆的“故土”“乡土”。正是从这个意义上来讲，南宋地理概念上的“边塞”，实则只是一个军事隔离带，对南宋诗人而言并不能作为边塞之认同的。南宋诗人心目中的“边塞”，依然是“天山”“青海”“辽东”“河湟”等。但是这些地理意象，已不存在于诗人的平行地理空间，只能作为一种遥远的文学想象。

（二）和、战思想的文化共旨：“守在四夷”观的诗学新变

“爱国诗”诚是南宋诗学上的一个新声，然在南宋一朝，“爱国思想”却并非意味着与“主战思想”完全等值。从诗学表现上看，“爱国主义”背后依然隐藏当时士人对传统“天下观”的认同，只不过由于现实矛盾的畸态化，出现了一种由“共存”到“对立”的转型。而这种意识形态的转型，表现在诗学地理上，则是对中国自古以来治边思想——“守在四夷”的一种新变。

“守在四夷”，或曰“守中治边”，乃是古代大多数封建王朝治边思想的主流。如有学者即说道：“大多数封建王朝治边所追求的理想境界，是国家之腹心安定繁荣，在边陲地区实现‘守在四夷’，做到‘内华夏而外夷狄’，以及‘夷不乱华’。”①早在先秦时期，这种夷夏思想即开始出现了萌芽。据《尚书·禹贡》篇云：“五百里甸服，百里赋纳总，二百里纳铚，三百里纳秸服，四百里粟，五百里米。五百里侯服，百里采，二百里男邦，三百里诸侯。五百里绥服，三百里揆文教，二百里奋武卫。五百里要服，三百里夷，二百里蔡。五百里荒服，三百里蛮，二百里流。”在《周礼·夏官司马·职方》所分的“九服”中，则依次为侯服、甸服、男服、采服、卫服、蛮服、夷服、镇服与藩服。而这种地理上由远及近的区分，既表现了“礼”文化的一种秩序，又暗含了中国古人最原始的地缘观。在《左传》中，沈尹戌明确提到了“守在四夷”的思想，曰：“古者天子，守在四夷。天子卑，守在诸侯。诸侯守在四邻。诸侯卑，守在四竟。慎其四竟，结其四援，民狎其野，三务成功，民无内忧，而又无外惧，国焉用城。”②可以看出，虽然中国古人并未形成

---

① 参见方铁《古代“守中治边”、“守在四夷”治边思想初探》，《中国边疆史地研究》2006年第4期，第8页。

② 《春秋左传注疏》，影印《文渊阁四库全书》第144册，中华书局，1990年，第459页。

"领土主权"的意识，但对于领土文化却有着一套完整的价值体系。[①] 而在这一体系中，文化观念是要远远优于土地观念的。正是在这种观念的影响下，东汉时期发生了一系列关于边疆弃守的争议，其中尤以凉州问题的讨论最具代表性。[②]

基于这种思想，中国从先秦时期便提出了"九州"的观念，也即是说，"九州"实际为中华文化认同之核心载体。日本学者安部健夫曾借助于邹衍的世界观，将其与天下的观念划上等号，并分析道："邹衍所说'赤县例如神州内自有九州，禹之序九州是也'的九州，正是儒家与墨家所说的'中国'。"[③]而作为一个完整的体系，与"九州"相对的，则是方位意义上的"四海"。据《礼记·王制》载："凡四海之内九州"，《尔雅·释地》则言："九夷、八狄、七戎、六蛮，谓之四海。""四海"原不在九州之内，无论"夷、狄、戎、蛮"，可以说均为文化认同之外的"异域""异族"。但是，中国古人又没有完全将"四海"排除在外，而是将其作为一个结构的支撑，形成了一个完整的"天下观"。[④] 如有学者即说道："'四夷'处'中国'四边，因而被称为政治地理意义上的'四海'。从人文地理和政治地理而言，'天下'也是'中国—四夷'的结构。所以'九州—四海'又是'华夏—四夷'，或'中国—四夷'的结构。'中国—四夷'也成为了历代王朝构建国家安全的思想基础和基本逻辑。"[⑤]其

① 如有学者说道："清朝中期以后，随着时代条件发生改变，统治者才逐渐形成了边疆、疆界等具有近代意义的观念。"（方铁《古代"守中治边"、"守在四夷"治边思想初探》，《中国边疆史地研究》2006年第4期）

② 据《后汉书·马援传》载："朝臣以金城破羌之西，途远多寇，议欲弃之。"

③ 安部健夫著，宋文杰译《中国人的天下观念——政治思想史试论》，《西北民族论丛（第十五辑）》，社会科学文献出版社，2017年，第208页。

④ 关于"天下"的概念，安部健夫曾有较为详细的论析，其中说道："秦汉以来，对'天下'一词有广义和狭义两种理解，即'世界'和'中国'。……儒家思想的中心当然是'中国即天下'。秦汉以后，思想潮流里已经开始有'世界'即天下的意识。"（安部健夫著，宋文杰译《中国人的天下观念——政治思想史试论》，《西北民族论丛（第十五辑）》，社会科学文献出版社，2017年，第216页）

⑤ 黄纯艳《朝贡体系与宋朝国家安全》，《暨南学报（哲学社会科学版）》2018年第2期。

实，这种观点正是对“守在四夷”的一种现代化诠释，而这段话中所提到思想基础与基本逻辑，对于唐宋人而言同样也不例外。

视初盛唐之扩张策略，本非“正态”，而是“变态”。[①] 故经安史之乱的沉重打击，“天下观”乃复归正位。历经盛唐而入中唐的文学家李华曾写过一篇十分有代表性的《吊古战场文》，针对盛唐晚期过度的开边，他如是说道：

> 吾闻之：牧用赵卒，大破林胡，开地千里，遁逃匈奴。汉倾天下，财殚力痡。任人而已，岂在多乎！周逐猃狁，北至太原。既城朔方，全师而还。饮至策勋，和乐且闲。穆穆棣棣，君臣之间。秦起长城，竟海为关。荼毒生民，万里朱殷。汉击匈奴，虽得阴山，枕骸遍野，功不补患。……呜呼噫嘻！时耶命耶？从古如斯！为之奈何？守在四夷。

可以看出，在李华的《吊古战场文》中，对一向被视为强盛的秦汉王朝均持强烈的批判态度，认为秦汉虽开边拓土，却荼毒生民、功不补患。正是立足于这种认识，李华最终将文章的主旨落脚于“守在四夷”四个字。但一如上文所述，在盛唐晚期，虽业已出现了反对战争的批评声音，然在彼时，这种声音却被张扬的自信所掩盖，故并未能形成盛唐一代人的“理性反思”。这种“守在四夷”的思想，乃于中唐以后复归正位，至北宋又为时人所进一步发扬。如北宋初期诗人田锡《塞上曲》云：“秋气生朔陲，塞草犹离离。大漠西风急，黄榆凉叶飞。襜褴罢南牧，林胡畏汉威。藁街将入贡，代马就新羁。浮云护玉关，斜日在金微。萧萦边声静，太平烽影稀。素臣称有道，守在于四夷。”这首诗正是通过对乐府旧题的选取，表达了诗人自身的一种守边理念。

---

① 唐太宗曾云：“朕即位之初，上书者或言‘人主必须威权独运，不得委任群下’；或欲耀兵振武，慑服四夷，唯有魏徵劝朕‘偃革兴文，布德施惠，中国既安，远人自服’。朕从其语，天下大宁。绝域君长，皆来朝贡，九夷重译，相望于道。此皆魏徵之力也。”（《旧唐书》卷七十一）正是在这种观念下，太宗乃有华夷如一之论。然太宗虽从观念上认可“守在四夷”说，其本人及后代君王又往往存在知行不一之病。

虽然字里行间中不无民族优越感的表露，但相较于盛唐诗而言，其整体的思想基调却已十分理性。似这种“守在四夷”的天下观，可以说贯穿了北宋始末。除田锡这一首之外，再有如刘兼的“锦字莫嫌归路远，华夷一统太平年”（《初至郡界》），范仲淹的“颂声格九庙，王泽及四夷”（《谢黄惣太博见示文集》），石介的“我愿天子修明堂，坐朝诸侯会四夷”（《南山赠孙明复先生》），沈遘的“自古所求中国治，于今无复四夷功”（《七言道中示三使二首》其二），黄庭坚的“有道四夷守，无征万邦休”（《常父惠示丁卯雪十四韵谨同韵赋之》）等，都体现了这种思想。

在北宋一朝的诗人中，我们几乎见不到颂扬武力的声音，这正反映了士人自中唐以来对“尚武”所形成的一种反思精神与危机意识。而这种“守在四夷”的天下观，复进一步影响了北宋人对待领土之态度。对此，北宋时期“河东划界之争”是颇具代表性的一个公案。关于“河东划界”的问题，时论犹未以弃地为不可。如在熙宁八年，沈括和辽南宰相杨益戒论中说道：“今皇帝君有四海，数里之瘠何足以介？国论所顾者，祖宗之命，二国之好也……”[①]当然，批评弃地者亦有之。如邵伯温曰：“时王荆公再入相，曰：‘将欲取之，必姑与之也。’以笔画其地图，命天章阁待制韩公缜奉使，举与之，盖东西弃地五百余里云。……呜呼，祖宗故地，孰敢以尺寸不入《王会图》哉！”[②]但其实，二者之间有一个共同处，即均是为了维系其“守在四夷”的天下观。[③] 沈

---

① 李焘《续资治通鉴长编》“熙宁八年”条，中华书局，2004年，第6498页。

② 邵伯温《邵氏闻见论》，中华书局，1983年，第36页。

③ 有学者曾从国家安全的角度来解释宋朝的对外策略，曰：“朝贡体系的稳定与破坏与宋朝国内安全密切相关。北宋后期对外主动开拓，导致了本朝朝贡体系的松动和离散，另一方面女真崛起，从内部瓦解了辽朝朝贡体系，动摇了既有的东亚国际秩序。宋朝对国际局势变动应对失策，最终导致了北宋灭亡和南宋初期国内安全的严重危机。南宋归入金朝重建的朝贡体系，成为其得以立国的重要原因。”（黄纯艳《朝贡体系与宋朝国家安全》，《暨南学报（哲学社会科学版）》2018年第2期）就事实而言，这种体系是客观存在的。虽然宋人一直有着强烈的文化本位意识，但对于一个稳定的国际体系的追求，却并无太大分歧。

括之言显然无须多论，观邵伯温所言，其最终要旨原为批判徽宗时期的开边策略，而其核心观念乃终与韩、富二公之言同。[①]

能够看到，无论是北宋前期还是后期，北宋实际上并不存在华夷对立之观念，而是延续了中唐以来恢复的“守在四夷”之“正态”。但自北宋倾覆之时起，尤其是到了南宋一朝，在一些爱国诗人笔下出现了另一种强烈的声音，如晁说之：“胡儿直犯洛阳宫，蔼蔼园陵指点中。殄灭四夷心不遂，裕陵萧瑟独悲风。”（《痛恨》）曹勋：“畏弓弩，谁能为我驱胡虏。胡虏驱除汉道昌，一身虽困忘辛苦。”（《哀孤鸿》）陆游：“欲倾天上河汉水，尽洗关中胡虏尘。”（《夏夜大醉醒后有感》）刘过：“何不夜投将军飞，劝上征伐鞭四夷。”（《盱眙行》）叶适：“千年豪杰供指使，笑挞胡虏如奴钳。”（《送黄竑》）都与北宋“会四夷”“四夷宾”一类态度截然相对，出现了“灭四夷”“剿胡虏”这种华夷对立的思想。当然，之所以会出现这一转变，乃源于北宋失鼎与南宋蜷缩带来的两个重要变化：其一，不同于汉唐以来边土之得失，作为精神蚁冢的“九州”从“全璧”沦为了“半壁”，汉人一直以来所构建的心理平衡被打破。如吕颐浩诗有曰：“每愤中原沦半壁，拟将孤剑斩长鲸。”（《送张德远宣抚川陕二首》其二）其二，国家领土从“财产”变为了“故园”，士人对于土地的得失不再是囿于“祖宗之故地”，而是升华为文化意义上“山河”“故土”。[②] 如刘宰：“北望凄凉皆故土，南来睥睨几狂胡。”（《代柬答合淝苏刑曹兼呈淮西帅同年赵宝谟二首》其二）戴复古：“志士言机会，中原入梦思。江湖好山色，都在夕阳时。”（《淮上寄赵茂实》）徐照：“传报将军杀胡虏，取得山河归汉主。残生只愿还本乡，且免后裔有兵祸。”（《废居行》）均是反映这一文化情感。

在这种历史的巨变中，爱国诗篇与战斗诗歌乃成为南宋诗坛的

---

① 富弼曾云：“岁遗（指给辽朝的岁币）差优，然不足以当用兵之费百一二焉。则知澶渊之盟，未为失策。”（赵汝愚《宋朝诸臣奏议》卷一三五富弼《上仁宗河北守御十三策》，上海古籍出版社，1999 年，第 195 页）

② 此后元兵进一步蚕食南宋疆土，被侵占的土地复有此“故土”之思，其理亦同。

一大典型。但其实,南宋诗人本身却依然恪守着“守在四夷”的思想传统。当然,尽管在两宋诗人笔下均是秉持一种以华夏为中心的“天下观”,但由于地缘关系发生的质变,其内涵却又不尽相同。[①] 对于南宋诗人的评价而言,在一种现代思维的代入中,往往认为只有主战派的诗人方可被称为“爱国诗人”,而主和派诗人则是“妥协的”或“投降的”。[②] 但若回归历史现场来看待这一问题,我们便不能仅仅以一种“立场主义”来判定诗人的伦理道德。实际上,南宋大量的“主和”诗人,很多时候仍是在遵从着传统的“守在四夷”观,恪守着上古以来“仁”“礼”之思想。如果说“爱国诗人”更多是基于一种“理想主义”,那么主和诗人则更多是基于一种“文化主义”。试看同时期诗作中的一些“主和”声音。如苏泂:“且愿君王省征伐,明郊重见四夷宾。”(《十六日伏睹明堂礼成圣驾恭谢太一宫小臣敬成口号》其七)钱时:“但愿吾皇有道守四夷,未消琐琐且为将军悲。”(《稚女谈命有感》)包恢:“但愿主益圣,比肩皆皋夔。东南盛仁气,不战屈四夷。”(《寿家君克堂先生》)均可复见对“守在四夷”之传统文化观念的恪守。

爱国诗歌虽至南宋而肇兴,但并非意味着上一个诗学传统不再赓续。尽管南宋仅剩半壁江山,但“守在四夷”的天下体系却依然根植于南宋诗人的精神世界。故不难看出,南宋诗人的精神世界是极其复杂而矛盾的。除上述作品外,如岳珂虽为抗金名将岳飞后人,但

① 如有人如此论道:“在汉人的天下观中,拥有中原是成为天下之主(中心)的标志之一。北宋虽面对强邻,但仍拥有中原地区,故北宋人通过强调正统以体现天下中心的地位,这是基于天下格局中对等关系的出现;而面对中原地区的丧失,南宋人除通过强调正统以确立天下中心的地位外,恢复中原也成为恢复天下中心地位的重要内容。”(杜芝明《宋朝边疆地理思想研究》,西南大学博士学位论文,2011 年,第 128 页)

② 如钱仲联曾说道:“爱国主义精神,是陆游诗思想内容的核心。在南宋的历史条件下,爱国与否的鸿沟,区分在对北方女真贵族统治集团的南侵是坚持抵抗还是主张投降,对我国的国土是主张统一还是听任分裂。”(钱仲联《剑南诗稿校注·前言》,上海古籍出版社,1985 年,第 1 页)

对“非战”却时而持一种肯定态度，其诗有云：“一尘不起四夷服，轨顺星躔蕃五谷。……一都一俞一吁咈，四海春风已披拂。”（《后元祐行上辨章乔益公》）再如陆游本为南宋第一大爱国诗人，但在其诗中，亦不唯有战斗思想，同时有“非战”之思想，其诗云：“乾坤均一气，夷狄亦吾人。”（《斯道》）尽管如此，这种矛盾性却又可以从一种思想传统的通与变之中得到理解——九州破碎使传统的“天下体系”之现实基础被打破，故南宋诗人锐意收复故土的心态，其深层原因正是为了对此前“天下体系”的恢复。①

当然，南宋诗学的转向，还反映出的一个重要变化即是对汉人“中原认同”理念的打击。可以说，正是由于金及后来元的异族入侵和对汉人“中原认同”理念的摧残，使传统的“守在四夷”观受到了严重的威胁与挑战。而自中唐以来逐渐建立的“华夷之防”，复使南宋诗人比东晋、南朝诗人面临更大的政治伦理威胁。在此基础上，南宋诗坛上的“民族主义”空前高涨。而这种“民族主义”思维的激活，对彰示民族精神与民族气节而言固是一次壮举；但对于中华民族整体的思想文化而言，却又间接使自身形成了一种封闭性。随着“中原认同”的割裂，传统的“天下观”丧失了它的现实依据和立论基础，与此同时，作为一种政治的补救，则是“民族观”的上位与升格。这种民族观的张扬，一方面催生出了“民族主义”的诗学传统，另一方面则加深

---

① 王文进曾说道：“透过诗、文全面性的考察，可以发现大汉图腾的时空思维在南朝士人中所存在的三种意义，其一是南北政权正统性的争夺；其次是南方士人的精神寄托；其三则成为隐藏着南朝权力角逐之密码。但即使借由文学表现虚实手法交错复杂，但却可从中证明南朝人士是如何开始了中华民族这种时空错置的时空思维方式，此手法往后将强烈的影响唐代边塞诗的书写模式。而尔后，中国历史上的南宋，乃至今日的海峡两岸历史文化发展之盘根错节，均或多或少受到这种制式思维的影响。”（王文进《南朝山水与长城想象》，河南人民出版社，2018年，第165页）诚然，作为一种制式思维，南宋和南朝的确在“时空错置”上存在类同之处。但是从诗学传统上来说，南宋诗歌已与南朝诗学传统不复关联，而是对上一个诗学传统——即唐诗传统所进行的承与变。在这一点上，需要作出分辨。

了本民族的自我认同。[1] 而渐次发酵的“民族主义”诗学传统，其后又深刻影响了明清之际的诗歌创作。

（华东师范大学中文系）

---

① 对于这一现象，安部健夫曾借王夫之“（王朝）可禅，可继，可革，而不可使夷类间之”一语解释道：“汉民族之间的易姓革命即王朝交替，是内部的‘一姓之兴亡’，这无须介意，而异民族对中国人的‘国家’与‘民族’的侮辱则与‘万民之忧乐’大有关系，这是断不容许的，简要概括就是‘王朝替代不利于国家和民族’。在国内，最优先考虑的是民族的危机感，而不是阶级的危机感。”（安部健夫著，宋文杰译《中国人的天下观念——政治思想史试论》，《西北民族论丛（第十五辑）》，社会科学文献出版社，2017 年，第 220 页）此观点可备一说。借鉴于此，回归到诗学来看，正是由于这种“危机感”的转移，南宋诗歌中，似中唐以来反映社会内部矛盾的诗学传统往往被外向的爱国主义诗学传统占据了上风。

“拯救郑思肖”？

——有关郑思肖和遗民文学、遗民美术若干问题的商榷

陈福康

内容摘要：近年有关遗民、遗民文学和遗民文学理论的研究已形成学术生长点，而且从文学扩展到美术、宗教、社会生活等领域，其趋势在海外汉学中也有所体现。郑思肖是宋元之际重要作家、文论家和画家。黄小峰《拯救郑思肖》一文有些新的发现，但更多论述细节则过于粗疏，不合基本史实或缺乏起码论证。其开头据以立论的判断就不确，日本大阪所藏墨兰并非郑氏存世绘画唯一真迹。历代对郑氏遗民身份的定论，从来不是也不可能仅凭这幅画为证，此画从来没有也不可能对其遗民身份起“盖棺定论”作用。今人研究郑氏不应脱离其一生最重要的《心史》。所谓“无根兰”一语本身就无根。黄文对“求则不得，不求或与”的理解也不正确，其关于郑氏田产、“理财”的说法亦不妥。海外汉学家高居翰、闵道安、浩史悌等的论述同样均有不当。

关键词：遗民；郑思肖；高居翰；闵道安；浩史悌

"Saving Zheng Sixiao"? — Debate on Several Issues Concerning Zheng Sixiao and His Adherents Literature and Adherents Art

Chen Fukang

Abstract: In recent years, research on adherents, adherent literature, and adherent literary theory has become an academic focus, expanding from literature to art, religion, and social life. This trend is also reflected in overseas sinology. Zheng Sixiao was an important writer, literary critic, and painter during the Song and Yuan Dynasties. Huang Xiaofeng's article "Saving Zheng Sixiao" has some new discoveries, but many parts are too rough, inconsistent with basic historical facts, or lack minimum proof. The judgment on which the article is based is not entirely accurate, as the ink orchid in Osaka, Japan, is not the only surviving painting by Zheng. Throughout history, Zheng's adherent identity was never and could not be based solely on this painting, and it could not have had a "final say" on his adherent identity. Today's research on Zheng should not ignore his most important work *Xinshi* throughout his life. The so-called phrase "rootless orchid" itself is baseless. Huang's understanding of "if you seek it, you cannot obtain it; if you do not seek it, it will come to you" is incorrect. Additionally, Huang's comments on Zheng's land and financial management are inappropriate, and the arguments of overseas sinologists Gao Juhua, Min Dao'an, and Hao Shidi contain some aspects that are also inappropriate.
Keywords: adherents; Zheng Sixiao; Gao Juhan; Min Dao'an; Hao Shidi

近年来,有关中国历史上遗民、遗民文学和遗民文学理论的研究,似已形成一个"学术生长点",而且从文学扩展到美术、宗教、社会生活等领域,对不少问题进行了更新更深入的探讨。这种趋势在一些域外学者和海外汉学中也有所体现。这是值得我们重视的。郑思肖是宋元之际一位重要的作家、文论家和画家。《美术研究》2020 年第 4 期发表的黄小峰《拯救郑思肖——一位南宋“遗民”的绘画与个人生活》，是一篇在海内外和互联网上颇有影响的论文。

笔者一看到黄文这个严肃的题目，即想到，任何一个严肃的读者都会感到有点“怪异”(按，黄文多次使用此语)。因为：一，“拯救”不就是解救、营救、挽救、抢救等的意思吗？“拯救郑思肖”，这是想要穿越千年万里时空，拯救郑氏于蒙元铁蹄之下吗？二，对“遗民”二字特地加了引号，这是要否认郑氏为南宋遗民，或者不赞成历来人们公认他为遗民吗？读了文前“内容提要”，方明白“拯救郑思肖”原来是要把“他的艺术从政治性的遗民话语中解放出来，重新置入一个与个人的生活、信仰以及知识体系紧密相关的新的语境”的意思。那么，笔者的进一步的疑问是，这种“政治性的遗民话语”郑氏自己说过没有？符不符合他的本意？难道是他人或后人强加于他的吗？而且，这个“政治性的遗民话语”是一种对郑氏或者对其艺术具有严重的威胁、迫害的危险东西吗？或者，是一种对郑氏或者对其艺术具有严重的歪曲、异化的邪恶东西吗？如若不然，为何需要去“拯救”和“解放”呢？更令笔者疑惑的是，“个人的生活、信仰以及知识体系”是可以与“政治性”分开的吗？

读罢黄文，笔者感到作者看了不少相关的中外书籍，下过点工夫，也有新的发现。如作者据故宫所藏《番王礼佛图》的题跋考出了余泽的生年，特别是介绍了私家所藏、人皆不知的清初胡慥的《郑忆翁画兰图》等。但文中确实也有更多的论述细节过于粗疏，违背基本史实，或缺乏起码的证据。例如，黄文引言一开头的整篇论文据以立论的一个大判断，就是完全不正确的。笔者认为，对正式发表的错误或不确的言论观点，读者应该可以批评和指正，这样才能促进学术研究，故特撰本文以为商榷。

一、关于郑思肖存世绘画"唯一真迹"

黄文在引言中就断言："作为存世绘画中的唯一真迹，大阪市立美术馆所藏的《墨兰图》起着对郑思肖'遗民'身份盖棺定论的作用。"笔者认为此话完全错误。

首先，大阪所藏的那幅墨兰并非郑氏存世绘画的"唯一真迹"。黄文第一条注释中提到的第一本书，是美国学者高居翰的《隔江山色：元代绘画》(有宋伟航等人的中译本，生活·读书·新知三联书店 2009 年版)，黄文认定的所谓"唯一真迹"之说，应该就是依据高氏书中之语。高书第一章"元代绘画的肇始"第四节"遗民"所写的第一人即郑思肖，并草率地说"郑氏现存唯一可靠的作品是一幅纸本的墨兰小手卷"。但高氏这个简单的判断是非常不严谨的，根本不足为据。而就在此句话后，高氏还标有一个"注[4]"(按，黄文的第一个注释中即注明了高氏的这个注[4])。在这个注[4]中高氏明明白白地写道："另外一幅同类的作品，就更单薄了，可能也是真迹，原为摩尔女士(Ada Small Moore)所有，旧藏耶鲁大学美术馆；笔者尚未仔细研究。参见：Hackney and Yau，No. 26。"其实，高氏即使没见过耶鲁美术馆所藏的郑氏另一幅墨兰的原件，至少显然也是见过照片的，否则他怎么能说是"更单薄了"？

那么，高氏既然已经坦承自己对耶鲁所藏另一幅墨兰"尚未仔细研究"，并且还估计"可能也是真迹"，为什么在书中还是那样粗率地断定大阪藏画是"现存唯一可靠的"呢？而黄文作者既然看过并引征了高书，并提到了这个注[4]，为什么还对这个注[4]说的"可能也是真迹"视若未睹呢？而且，从黄文文末的说明可知，黄文还曾在美国的国际学术会议上宣讲过，并"收获很多宝贵建议"。那么，这样重要的"可能也是真迹"的"另外一幅同类的作品"，就珍藏在美国最著名的大学的美术馆里，黄文怎么连提也不提一下呢？而那些美国的专家们的"很多宝贵建议"中，难道也都没有提到耶鲁所藏的被高氏认为"可能也是真迹"的"另外一幅同类的作品"？因此，笔者以为黄文于此一点，治学态度似不严谨。

关于耶鲁所藏郑氏墨兰，笔者在《井中奇书考》（此书亦为黄文提及，见注[48]）和《井中奇书新考》中已有详细论述，本文亦在此做些简单介绍：该幅墨兰早已为明清以来许多专业书画名著如《寓意编》《尧山堂外记》《珊瑚网》《平生壮观》等多次著录，并以《国香图卷》之名多次见载于当代中国国家级大型工具书《辞海》《大辞海》《中国大百科全书》等的“郑思肖”条中。该图卷上除郑思肖本人题诗外，拖尾有多至三十余则题跋，题者中二十多位是元、明人（其中元人郑元祐、俞济等明确说自己认识郑思肖[①]），其余为清、民国人士，多为著名学者、鉴赏家。该图卷曾于1931年为大书画家吴湖帆鉴定收藏，宝爱之至，再三题跋、临摹。吴氏于1934年转让于庞元济，庞氏后又转售于美国富孀摩尔（又译墨悟、马亚），今在图卷上还能见到钤有“蔼达·思默·墨悟珍藏印”。可见，此画卷流传有绪，早已被众多专家鉴定为真迹，耶鲁美术馆也认为是真品，而且从来无人提出过怀疑。[②] 当然，现在若有人想提出质疑也是可以的，不过必须作出起码的论证，而黄文则并无此举。

二、关于郑思肖遗民“身份”及“定论”

笔者认为黄文引言中那句立论是错误的，还有一个重要理由：历代人们对郑思肖遗民身份的“定论”，从来不是，也决不可能是仅凭这一幅画就作出的；或者说，这幅画从来没有，也不可能对郑思肖遗民身份起到“盖棺定论”的作用。

黄文说：“作为由宋入元的人，郑思肖当然是一位前朝‘遗民’。”此话意思容易被理解为：凡是从前朝进入后朝的人，就都是遗民。这样的理解显然是不对的。所谓“遗民”，历来是专指在政治上拥护

① 黄文说郑元祐“没有机会见到郑思肖”，未知何据？郑元祐在题跋中明明说：“先生（指郑思肖）于元祐为执友。”

② 傅熹年先生多年前在给笔者的信中曾表示怀疑此画。但他没有说明理由和根据，也没有正式发表过文章来论证。

前朝而反对新朝的人。因此，“遗民”当然本身就是一种政治身份，而且是一种带有强烈政治性的特定身份。这是基本历史常识，不该有什么疑义吧？

郑思肖的遗民身份，首先就是他自己认定的，他直接就自称为“遗民”①。黄文所谓的“政治性的遗民话语”，郑氏自己就是大说特说、大写特写的，主要就写在他的《心史》一书中，这已经不需要笔者引征了。这里暂且不说《心史》，先说郑思肖的遗民身份早在他生前就已为世人所论定，完全不需要等“盖棺”以后才来“定论”。需要指出的是，对于一个人的遗民身份的判断，也不见得非得用“遗民”一词，才算是认定他是遗民。特别是在元代，因异族统治者的政治高压，有些人往往用其他言语而不直接公开地用“遗民”一词来称郑思肖，但决不能因此而以为这些元人不认为郑氏是遗民。

例如，认识郑思肖的元人陆行直（1275—？），称郑氏为“贞节之士，有夷齐之风者”②，这不就是说他是个坚贞遗民吗？又有一位认识郑思肖的元人郑元祐（1292—1364），在上述今藏耶鲁美术馆的郑思肖墨兰上题跋说：“先生……每自题‘本穴国人’，其微意盖可见。”竟然连郑思肖的“微意”是什么也不敢写明。然而我们知道，所谓“本穴”即“以‘本’之‘十’置下文，则‘大宋’也”③，这还不足以证明郑元祐认定郑思肖为大宋遗民吗？郑元祐还在《遂昌山人杂录》中称郑思肖“在周为顽民，在殷为义士”，他说的“顽民”“义士”难道与“遗民”又有什么两样吗？还有一些人，如陶宗仪（1316—1396？）于元

① 如郑思肖《心史·大义集》中有一首自况的《墨兰》诗：“钟得至清气，精神欲照人。抱香怀古意，恋国忆前身。空色微开晓，晴光淡弄春。凄凉如怨望，今日有遗民。”

② 陆行直为郑思肖所作墨竹题跋中语。见《铁网珊瑚》，又见清康熙时《御选宋金元明四朝诗·御选元诗》卷八〇、民国初陈去病编《松陵文集二编》卷六等。陆氏跋中又称：“予自童稚至壮，时得承颜接辞。”

③ 见明初卢熊纂修《苏州府志》卷四十《郑所南小传》：“坐卧不北向，扁其室曰‘本穴世界’，以‘本’之‘十’置下文，则‘大宋’也。”

末写的《狷洁》[1]中称郑思肖"忠肝义胆"，王行于元末1363年写的《题郑所南行录后》中称郑思肖"高节峻行"、有"伯夷之风"，反复强调时人之表彰郑思肖乃为"有关于世教"，这些无一不表明他们都认定郑氏是宋遗民。否则，所谓"忠肝义胆"又是忠于何朝？所谓"有关于世教"又从何说起呢？即在大阪所藏的那幅墨兰图卷上，就有很多元人（陈深、烈哲、余泽、魏俊民、郑元祐、释德钦、王冕、胡熙、段天祐）在题跋中把郑氏比作屈原，还有元人（魏俊民、郑元祐）把郑氏比作血化为碧的苌弘，这不是肯定他是遗民又是什么呢？

黄文反复特意强调"元末明初"这一时间点，说郑思肖的"政治遗民的清晰形象是在元末明初的时代所创造出来的"。反复暗示这是一种所谓的"政治象征"。确实，我们如今除了《心史》以外很少见到元代前期有关郑思肖的遗民言行的直接的文字。笔者认为，这是与彼时的政治高压、文化出版落后等历史状况密切相关的（所以《心史》也是沉藏于井底）；但是，元末明初的很多有关郑思肖言行的记述，都明确说明是来自元初的。如陆行直、周寿孙、郑元祐等人都与郑思肖相识，是在郑思肖身后回忆其生前言行；王行说他所记述的是据唐谦所言，唐谦则是据其祖父唐东屿所言，而唐东屿则正是郑思肖临终托付之人；韩奕（1334—1406）亦明确地说他所写的是"闻之先人"，而其先人则闻之唐东屿。因此，这些都并非"是在元末明初的时代所创造出来的"。

其实，黄文反复强调"元末明初"并没有什么意义。"元末明初"固然也是改朝换代，但那是汉族回归取代少数民族政权；明初固然也有一些"元遗民"，但从没见这些元遗民有提起郑思肖的。因为他们知道郑氏是反元的么。所以，"元末明初"根本就没有"创造"郑思肖这个所谓的"政治象征"的必要！

---

① 笔者不同意黄文对陶宗仪生卒年的标注，同时更不同意黄文认为陶宗仪《狷洁》一文系"来自"王逢（1319—1388）文章而"略作修改"的说法。因为陶氏文中称蒙古兵为"天兵"，显然写于元末；而王文则称"元兵"，又说"国初诸老犹能记诵"郑思肖的上疏云云，此"国初"自是明初无疑（若是元初，王氏也没出生）。因此陶文先于王文。

三、关于"据说被郑思肖藏在深井中的"《心史》

笔者以为,黄文如果将所谓的郑思肖"政治遗民的清晰形象是在元末明初的时代所创造出来的"一句话中的"元末明初",改说成是"明末清初",那倒还可能相对说得过去。因为明末清初与宋末元初比较相似,都是北方少数民族贵族统治阶级对南方侵掠屠杀,社会上确实有怀念和歌颂宋遗民的政治需要。历来说《心史》是伪书的人,也是这样强调的。但是,黄文如果强调"明末清初",又对其立论毫无用处,所以黄文只能说郑氏的"政治象征"是在元末明初"创造"出来的,而"最终又在清代初年被明朝的政治遗民所放大"。不过,郑思肖确实是在他逝世三百多年后才名声大振,成为更多国人熟知的最著名的宋遗民。如果要说这一历史现象是一种所谓"放大"的话,那倒确实是从明末清初开始的,其原因就是《心史》手稿的"出井"和出版。而自从《心史》问世以后,我们研究郑思肖的一切,包括其"绘画与个人生活",就不应该脱离他一生中最重要的著作《心史》,否则得出的结论就不大可能是正确的,而黄文恰恰就是完全脱离了《心史》。

黄文只是两次提到了《心史》。先是说郑思肖"顽强地存在于"那些"后人所刊刻甚至是重新发现的若干卷诗文集"之中,竟连《心史》书名都不屑一提;最后又说:"1638 年,据说被郑思肖藏在深井中的《心史》奇迹般地被重新发现。这之后,郑思肖就在成为一位典范遗民或者是一位'民族英雄'的路上绝尘而去。"黄文虽然没有或不敢公然说《心史》是伪书,但字里行间明显地表示了嘲讽和不信。黄文在注释中还写道:"《心史》的真伪自清朝以来一直存在争议,相关争论参见陈福康《井中奇书考》,以及 Stephen G. Haw, 'The History of a Loyal Heart(Xin shi): a late-Ming forgery'. Journal of the Royal Asiatic Society, Volume 25, Issue 02(April 2015), pp. 317 - 325."

美国汉学家浩史悌(Stephen G. Haw)的这篇《〈心史〉的历史:一部晚明时期的赝品》,已由笔者的学友告知笔者详细内容。浩文主要是支持德国汉学家闵道安(A. Mittag)《野史之兴:满族征服与〈心史〉作者的使命》[①]一文的观点，而闵文则只是粗浅生硬地试图用中国思想史发展线条来论述《心史》是明清之际南方士人假托南宋遗民之书，并没有提出任何一条实证性根据，因而根本不足为据。而浩文总算提了一条"证据"，说他发现《明史》未记载《心史》出井那年苏南地区有干旱，因而《心史》必是赝品。这种所谓"证据"实在不值一驳。《明史》未记的事，就一定不存在了吗？首先，《明史》未必没有记载，例如《明史》中张国维（此人为刻印《心史》写序者）的传中就写到"岁大旱"；其次，关于当年苏州大旱，在当地野史、方志、笔记、诗文中都有大量的记载。因为浩氏（及闵氏）所知太少，笔者认为他们还没有资格在《心史》真伪问题上发表意见。

由于黄文毕竟没有明说《心史》是伪书，这里也就不再多说了，笔者只是想强调一点：《心史》是研究郑思肖不可回避的一部书，谈郑氏而不联系他的《心史》是不可能谈得好的。

四、关于大阪藏郑氏墨兰图的无根"隐语"

黄文说："三则明初人为他（郑思肖）写的传记，用大同小异的用语揭示出兰花图像的秘密。"又说："大阪《墨兰图》……很容易使人接受上述文字中的表述。于是，'无根兰'就成为了郑思肖的隐语，启发和鼓舞着数百年以来的人们。"黄文还追寻了"无根兰"一词的来源，虽然对其看法，笔者并不同意，但这种"溯源法"还是值得肯定的。

笔者认为，"无根兰"一语本身就"无根"（没根据）。因为：第一，黄文引的三则传记中写的明明都是"无土"[②]，与其称"无根兰"，还不如称"无土兰"更确切。（日本人称作"露根兰"，也比"无根兰"好些。）第二，大量的材料都证明，郑思肖一生创作墨兰无数，但流传下来的

① A. Mittag, "Scribe in the Wilderness: The Manchu Conquest and the Loyal-Hearted Historiographer's（心史）Mission", *Oriens Extremus* Vol. 44 / 2003 - 2004, pp. 27 - 42.

② 黄文引的第二则传记的标点，也可以是这样的："自更祚后，为兰不画土，根无所凭籍。"

太少了。如果仅仅凭所见到的其中一幅，就想揭示出什么“秘密”，未免太不可靠。第三，三则传记中所记述的郑氏愤激语“土为番人夺”，显然应是宋末元初的事，而大阪藏墨兰图作于丙午(1306)，时郑氏已六十六岁，入元已三十年之久了。因此，决不能把传记中记述的郑氏在宋末元初说的话，简单地与大阪藏墨兰图直接相“勾联”(这个词是黄文所用的)。众所周知，一个人过了几十年，精神状态会衰退，加上统治者政权稳固后政策也会有改缓，再坚贞的遗民的态度也都有可能会起变化。

因此，黄文诘问：“为何借郑思肖之口揭示画兰意图的三则传记，全都是明代初年的文本？大阪的画卷后有累累的元人题跋，为何无一提出这样的阐释?”(“阐释”指“土为番人夺”)就显得很无谓了。第一，那三则传记显然并不能说是专门为了“借郑思肖之口揭示”特定的这一幅“大阪的画卷”的“意图”而写的。郑画多矣，绝对不能这样简单对号入座。而且，大阪所藏墨兰图是不是可称为郑氏最好的代表作，是不是最好地表达了郑氏在沧桑之际的情感(实际此画已是三十年后作)，其实谁也不知道。第二，所谓“累累的元人题跋，为何无一提出这样的阐释”的诘问也很无端。笔者在前面已指出，元人当时说话小心翼翼，隐隐约约，多用曲笔，其实是惧祸。而明初人士明确“提出这样的阐释”，是因为不用害怕了。这本来很容易理解，黄文却歪曲想象了，并且还苛求古人。其实，该卷累累元人题跋中不是也写到此画实为“楚花”(陈深)，“吐出必须作怪异”(王育)，有“灵均生意”(余泽)，“为染苌弘血”(魏俊民)，“苌弘血化碧”(郑元祐)，“作画每寓意焉”(王冕)，“遗恨自无穷”(韩奕)，等等，试问，难道他们这样说得还不够，非要令这些古人“阐释”得更加露骨才行吗？顺便提及，黄文没有提到的另一幅耶鲁藏画上的元人题跋，也都是这样写的。

五、关于大阪藏墨兰图上的十六字印章

黄文写到了大阪藏墨兰图上郑思肖一个十六字印章的“古怪的内容”——“求则不得/不求或与/老眼空阔/清风今古”。强调这印章

的“古怪的内容”可能就是那些“明代初年的传记编写者们分享着同样的知识”的“来源”。这又是一个大胆的假设，但并没有小心的求证。黄文提到的韩奕写的有关郑思肖的传中是有这十六个字的话，但紧接着就明确说了其“来源”：“奕闻之先人复斋，复斋闻之外祖省元唐东屿。东屿与所南交甚厚，皆宋末元初人。”并无关乎印章。

黄文提到了韩奕、王达及王逢、陶宗仪、余泽诸人文字中涉及郑氏墨兰“求则不得，不求或与”这一著名掌故的话，却漏了元人周寿孙于“至元五年，岁次己卯”(1339)为郑思肖所作的一幅《墨竹图》(按，该画今未见)写的重要的跋语：“所南郑翁，先考之益友也。深于玄学，善画兰竹，求则不与，不求或与。一枝半朵，片言只字，乘兴而作，兴尽则止，流布人间多矣。然大概用意叵测。举其始而不肯安其终，谈其粗而不肯言其精。将由言者不足以语之耶？或知者不言而言者不知耶？虽画亦然，将由求者不足以与之而吝与之耶？不求者或可以与之而固与之耶？”此跋在《铁网珊瑚》卷二、《江村销夏录》卷一、《式古堂书画汇考》卷四十五、《大观录》卷十五等古画著录专书以及方以智《浮山集》别集卷一等书中，都有记录。郑思肖既是周氏父亲的“益友”，那么周氏显然也见过郑，周氏有关“求则不与，不求或与”的“知识来源”肯定也不必是这个印章，而且他的记述与韩奕、王达等人也是完全一致的。

所谓“求则不得，不求或与”的意思，本来是非常清楚和显而易见的，也就是周寿孙等人说的“求者不足以与之而吝与之”，“不求者或可以与之而固与之”。几百年来，人们对此的理解从无歧义。除了上述元明诸家外，再如明人张凤翼《处实堂集》后集卷五有《题文德承效子昂溪山闲适图》云：“德承……虽业儒而尤精于绘事，且喜高自许可，有所南‘求则不与，不求则与’之风。”近人庞元济《虚斋名画录》卷六记有清人高士奇题陈洪绶《梅石蛱蝶图卷》云：“章侯画，不求则与，求则不与，其生平合作极少。”可见，所有的人都是这样理解的。然而黄文却突发奇想，别创新见，说不能“从字面意思上来理解这方印”，而得从“佛教的教义中”参悟其“绵长的意义”。黄文认为，郑氏印章说的"求则不得",是为了"传达"佛陀的"四谛"中说的"'求不得'之苦"和"欲望得不到满足的苦",是"希望越大,失望越大"的意思;而"不求或与"则是"无欲无求,反而会不经意中得来"。并说,"郑思肖的十六字印章以类似'佛偈'的形式为受到这种苦难煎熬的人们做出了解脱的示范"云云。但是,这十六字明明是郑思肖对求画者说的,郑氏自己并无所谓"求"而"不得"以及"希望越大,失望越大"的问题;而所谓"与",则是郑氏主动给予,绝不是他在"不经意中得来"什么东西啊!又要郑思肖怎样以此"类似'佛偈'的形式"来为受到苦难煎熬的人们做出"解脱的示范"?难道郑氏是把自己当成佛陀吗?

六、关于郑思肖的田产、"理财"及其他

黄文还用了很大的篇幅讨论郑思肖的田产问题。其实郑氏到底有多少田产,传说不一。例如,郑元祐在《遂昌山人杂录》中说"闻其有田数十亩",而同是郑元祐在耶鲁所藏郑画题跋中却又说"有田百余亩"。陶宗仪《南村辍耕录》说"闻先生有田三十亩",王逢也说三十亩。黄文最后就根据三十亩田,来认真计算郑思肖一年有多少"纯收入"。其实,《心史》中有一篇《南风堂记》,文中自述"幸承先人之田十余亩"。笔者认为,后人没有理由不以郑氏自述为准。

关于郑思肖对这些田产的处理,卢熊(1331—1380)纂修的《苏州府志》的郑所南传中有明确的记载:"无何,货其所居,得钱则周人之急,田亦舍诸刹,惟余数亩为衣食资,仍谓佃客曰:'我死,则汝主之。'盖不以家为矣。自是无定迹,吴之名山、禅室、道宫,无不遍历。多寓城之万寿、觉报二刹。"在有关郑氏诸传中,《苏州府志》这一篇最为详细,笔者认为最值得重视。因为,此传应是采用了今已失传的最早为郑氏立传的唐谦的《郑所南行实》,而本文前已提及唐谦是郑氏临终托付之人唐东屿之孙。郑思肖明明是:"田亦舍诸刹,惟余数亩为衣食资,仍谓佃客曰:'我死,则汝主之。'盖不以家为矣。"而黄文却偏偏要说他"对自己的田产做出了精心安排——他把田产挂靠在了寺院名下,租种的事务交由寺院来打理",还蓄意用了"理财"与"减免赋税

的精明方法”等语，这种说法令人难以接受。

郑元祐说郑思肖将田地“寄”（又说“留”）于报国寺一家，黄文对此坚信不疑。但卢氏《苏州府志》明明说郑思肖是“舍”，卢志还记载郑思肖后来居无定所，“多寓城之万寿、觉报二刹”，偏偏没提报国寺。当然，笔者以为郑氏应该也去过报国寺。笔者认为卢志“舍诸刹”及“遍历”诸寺之说更为可信。而且，《郑所南先生文集》（按，郑氏晚年文集）中有《三教记》，其中的《十方禅刹僧堂记》的开头郑氏就自述入元后经历：“我三十年来，幅巾藜杖，独行独住，独坐独卧，独吟独醉，独往独来古阖庐城。每一至于万寿、承天、虎丘诸禅刹之间，必喟然叹曰：‘我生也晚，惜乎不见古尊宿法席隆盛之时！’”也说自己遍历苏州诸刹，也没有提到报国寺。郑思肖“田亦舍诸刹”显然与所谓“精明”的“理财”是不相关的。

笔者不得不认为，黄文以上这些说法是轻率的，且表现出某种意义上对郑思肖的不敬。当然，尚没有达到“厚诬古人”的地步。而近些年来，在遗民研究中确实出现了厚诬古人的现象，笔者愿在此顺便一提。譬如，有研究者居然认为郑思肖那种特别坚决、特别激烈的遗民情感是一种“病态”，使用了“变态心理”及“带有强迫症特点的变态行为”等令人目瞪口呆的话语，甚至认为整个南宋遗民画家群体均有这种“病态”，说什么南宋遗民画家们的“心理防御机制与元初社会相抗，暴发出强弱不等的内心冲动。这种内心冲动外延成一些攻击性行为，如温日观、郑思肖等，内敛成否认型的心理防御机制，在一定程度上形成了变态心理”。[①] 笔者认为这是信口雌黄，同时也是对所有学界研究郑思肖和遗民画的学者的精神和思维能力的抹黑！明末清初黄宗羲在《南雷文定后集》卷三《时禋谢君墓志铭》中，曾写到当时有人污蔑宋遗民是“怪民”，黄氏反驳说，普通人即使在朋友离别时还会动感情呢，何况遗民们是亡国破家！宋遗民完全是正常人，只是对他们的至情之作，后人不得以平常之作视之而已。其实，如这位论者

---

① 见余辉《遗民意识与南宋遗民绘画》，载《故宫博物院院刊》1994 年第 4 期。

的这种“语不惊人死不休”的可谓荒谬的攻击本身，或许才可谓是病态的、变态的。

笔者以为，为了“耸人听闻”，或者单纯为了所谓的“立论创新”，而完全丧失“历史的同情心”，不但不符合事实，更丝毫无损郑思肖等人的爱国精神！因此，笔者认为，真正需要“拯救”的并不是郑思肖，而是这种不严谨的学风和文风！

（福州外语外贸学院郑振铎研究所）

源流·文体·文采：“唐人传奇”地位提升之途径

朱银宁

内容摘要：从《太平广记》中“杂传记”之归类，到小说界革命时“诲淫诲盗”的嫌疑，“唐人传奇”长期不被主流认可，却在现代学界享有极高赞誉。疏理晚清民国时期“唐人传奇”地位提升的历史过程，可知这一变化主要通过三条途径实现：第一为源流，“唐人传奇”作为戏曲近源进入学术研究层面，规避了白话长篇被视为小说正格时的冷遇；第二为文体，郑振铎将胡适引介的“short story”概念进行本土化改造，判定“唐人传奇”属于“广义的短篇小说”，使其共享“短篇小说”的高级地位；第三为文采，《聊斋志异》凭借自身审美价值与寓言式批评广受好评，惠及了其文采师法对象“唐人传奇”。这三条途径在“唐人传奇”专人专门研究之外，促进了其小说史地位的提升，也体现出清末民国时期学术语境的整体性西化。

关键词：唐人传奇；晚清民国；研究史

Origin, Style and Literary Grace: The Way to Improve the Status of Tang Chuanqi

Zhu Yin-ning

Abstract: From the classification of miscellaneous biographies in *Taiping Guangji* to the suspicion of instructing prostitution and stealing during the revolution in the novel world, Tang Chuanqi(literally, transmission of the strange in Tang Dynasty) has not been recognized by the mainstream for a long time, but it enjoys high praise in modern academic circles. Clearing up the historical process of the rise of the status of Tang Chuanqi during the late Qing Dynasty and the Republic of China, we can see that this change was achieved mainly through three ways. The first way called origin. Tang Chuanqi entered the academic research level as a near source of opera, avoiding the vernacular long being regarded as a novel. The second way called style. Zheng Zhenduo localized the concept of short story introduced by Hu Shi, and determined that Tang Chuanqi belonged to short stories in a broad sense, so that they shared the high-level status of short stories. The third way called literary grace. *Strange Tales from a Liaozhai* has been widely praised for its aesthetic value and allegorical criticism, and benefited the Tang Chuanqi, its rhetorical teacher. These three ways, in addition to the specialized research of Tang Chuanqi, have promoted its position in the history of fiction, and also demonstrated the overall westernization of the academic context during the late Qing and Republic of China periods.
Keywords: Tang Chuanqi; the status of the late Qing Dynasty and the Republic of China; the history of research

为现代学界公认的“唐人传奇”作品，是一代唐人小说独特风格的代表。这批作品体制多类传记，鲁迅早年在《小说史大略》油印本讲义中，就称之为“唐人传奇体传记”。不过，这些“唐人传奇”在传统文学结构中，并未获得史部应有的地位。宋初官修类书《太平广记》“杂传记”类收了十三篇“唐人传奇”，这一类名即体现出其乃史传之末流。明人胡应麟称“唐人乃作意好奇，假小说以寄笔端”[①]，并列举出《毛颖传》《南柯太守传》《成自虚》《元无有》等，直以子部小说家视之，远卑于史部。清代官修目录《四库全书总目》则认为“唐宋而后，作者弥繁，中间诬谩失真，妖妄荧听者，固为不少”[②]，鄙夷“唐人小说，多涉荒怪”（《封氏闻见记》条）。可见，“唐人传奇”在前现代时期的地位普遍低下，纵偶见揄扬，终不登大雅之堂。

与直觉相悖的是，“小说界革命”也没有抬高“唐人传奇”的地位。1898年，梁启超称“中土小说，虽列之于九流，然自《虞初》以来，佳制盖鲜”，将旧小说归结为“诲淫诲盗两端”[③]，稍后又补充上“畏鬼神”一条，“以此三者，可以赅尽中国之小说矣”[④]。诲淫、诲盗、迷信之嫌，本是向古代小说共同提出的质疑，但“唐人传奇”洵为下流。白话小说和戏曲都是篇幅较长的通俗文学，可以通俗喻情，而“唐人传奇”使用文言、篇幅短小，主题又无非“艳情”“剑侠”“神怪”，与维新派启蒙民众的要求完全悖离。因此，貌似符合西方小说观念的“唐人传奇”，在“小说界革命”思潮下并不受关注。至于学界关注较多的鲁迅《中国小说史略》与汪辟疆等人的唐人小说选集，主要决定了“唐人传奇”概念的性质特点与篇目范围，而对其小说史地位与价值则下语不多。实际上，“唐人传奇”地位的巨大提升既有专人专门研究的推动作用，也要考虑西风美雨浸润下的整体学术语境与其他相关文体研究的促进作用。鉴此，本文以“唐人传奇”在古今转型中地位提升的纵向历史为线索，着重梳理戏曲研究、短篇小说研究、《聊斋志异》研究与“唐

---

① 胡应麟《少室山房笔丛》，上海书店出版社，2009年，第371页。

② 永瑢等《四库全书总目》，中华书局，1965年，第1182页。

③ 陈平原、夏晓红编《二十世纪中国小说理论资料（第一卷）》，北京大学出版社，1989年，第21页。

④ 黄霖编著《历代小说话》，凤凰出版社，2018年，第1191页。

人传奇”研究发生的事实联系，为反思“唐人传奇”的小说史地位提供多侧面的学术史参考。

一、戏曲近源："传奇之名"和"本事之实"

"小说界革命"以来，戏曲被视为一种通俗的小说得到推许："今日欲改良社会，必先改良歌曲；改良歌曲，必先改良小说，诚不易之论，盖小说(传奇等皆在内)与歌曲相辅而行者也。"①在学术研究中，小说与戏曲亦分界未豁，管达如《说小说》、吕思勉《小说丛话》还分"韵文体"小说为"传奇体"与"弹词体"两小类。因此，经由戏曲研究而关注到"唐人传奇"实非偶然，关注角度为"传奇之名"和"本事之实"两端。

第一，从关注"传奇"语义流变的角度涉及到裴铏《传奇》。自元末陶宗仪指出"唐为传奇，宋为戏诨，元为杂剧"，"传奇"一词与戏曲的联系始受关注。明人胡应麟对此辨析，"唐所谓传奇，自是小说书名，裴铏所撰"②，认为唐之传奇特指裴铏《传奇》，"中绝无歌曲乐府若今所谓戏剧者，何得以传奇为唐名？或以中事迹相类，后人取为戏剧张本，因展转为此称不可知"③，唐人小说与戏曲共享"传奇"之名是由于事迹相类。清末民初的学者们也着重讨论了这一问题，王国维《录曲余谈》云："传奇一语，代异其义。唐裴铏《传奇》乃小说家言，与戏曲无涉。"④钱静方《小说丛考》"小说传奇考"条也指出："《传奇》者，裴铏著小说，多奇异，可以传示，故号《传奇》。而今之传奇，则曲本矣。"⑤到 1913 年，王国维在《宋元戏曲考》中调整前说，从"与戏曲无涉"的撇清，变为传奇之义凡"四变"中"第一义"的纳入，将裴铏《传奇》视为"传奇"系统的一部分："传奇之名，实始于唐。唐裴铏所作

---

① 黄霖、韩同文选注《中国历代小说论著选》下册，人民出版社，1985 年，第 53 页。

②③ 胡应麟《少室山房笔丛》，上海书店出版社，2009 年，第 424 页。

④ 王国维校印《海宁王忠悫公遗书》四集，民国石印本。

⑤ 钱静方编纂，恽树珏校订《小说丛考》卷上，商务印书馆，1916 年，第 1 页。

《传奇》六卷，本小说家言，为传奇之第一义也。"[①]对裴硎《传奇》详加考证的当属蒋瑞藻。他的《小说考证》在前人的基础上，考察了《传奇》的文献情况，"《唐书·艺文志》有裴硎《传奇》一卷，在小说家，其书不传。《太平广记》《法苑珠林》诸书颇引其佚文，特《齐谐》志怪之流"[②]，介绍作者身份与创作动机，"裴，晚唐人，为高骈客。以骈好神仙，故撰此书以惑之，文体虽近俳，非乐府歌曲也"[②]，并较鲁迅《中国小说史略》更早强调道"传奇体"的内涵，"范文正为《岳阳楼记》，宋人讥为'传奇体'，则传奇又为文体卑靡之称"[③]。

第二，从考源戏曲本事的角度揭橥一批"唐人传奇"。王国维在《戏曲考源》中对鼓子词《商调蝶恋花》进行讨源时，即引《侯鲭录》评《会真记》云："夫传奇者，唐元微之所述也，以不载于本集而出于小说，或疑其非是。今观其词，自非大手笔，孰能与于此？至今士大夫极谈幽元，访奇述异，莫不举此，以为美谈。"[④]钱静方《小说丛考》则专门考源了戏曲本事，提及的"唐人传奇"篇目如下表：

表 1　钱静方《小说丛考》考源戏曲本事而及"唐人传奇"

本　事	戏　曲	提 及 方 式
《虬髯客》	《红拂记传奇》考	本事概要/评："实不足据"；"问虬髯公事之有无者，以唐初扶余国之有无为断"。
《长恨歌传》	《长生殿传奇》考	本事概要
《会真记》	《西厢记传奇》考	本事节录：《崔莺莺答元稹书》/评："双文之事，风流话柄，千古艳称"；"《会真》一记，寓言八九，未足信矣。"

① 王国维《宋元戏曲史》，中华书局，2010 年，第 156 页。

②②③ 蒋瑞藻《小说考证》卷十，《东方杂志》1919 年第十六卷第三号。

④ 王国维校印《海宁王忠慤公遗书》四集，民国石印本。

续　表

本　事	戏　曲	提及方式
《昆仑奴》	《红绡记院本》考	本事概要
《枕中记》《南柯记》《霍小玉传》	《汤临川四梦传奇》考	本事概要

蒋瑞藻的《小说考证》更进一步，在戏曲考源时不仅提及了更多"唐人传奇"，还进行了节录或全篇载录：

表 2　蒋瑞藻《小说考证》考源戏曲本事而及"唐人传奇"

唐人传奇	戏曲/弹词	提及方式
《会真记》	《董西厢》第二、《西厢记》第三、《锦西厢》第四、《不了缘》第五	介绍本事
《离魂记》	《离魂记》第二十六	介绍本事
《李娃传》	《绣襦记》第三十四	介绍本事
《昆仑奴》	《红绡记》第四十二、《昆仑奴》第十八	本事节录
《红线传》	《红线记》第四十三	本事节录/引《花朝生笔记》评："行文浓丽，为唐人小说之最。"
《虬髯客》	《红拂记》第四十四	介绍本事/引《小浮梅闲话》评："本于唐人小说，然不足据。"
《裴航》	《蓝桥记》第五十三	本事节录
《南柯记》	《南柯梦》第六十二	本事载录
《霍小玉传》	《紫钗记》第六十三	本事载录

续　表

唐人传奇	戏曲/弹词	提及方式
《枕中记》	《邯郸梦》第六十四	本事载录
《杜子春》	《广陵仙》第八十一	本事载录
《聂隐娘》	《黑白卫》第九十五	本事载录
《长恨歌传》	《长生殿》第一百四	介绍本事/评:“读《长恨歌》者,亦须读《长恨歌传》也。一歌一传,《长生殿》卷首皆载之。然《长恨歌传》寥寥千字,于太真事,不若唐乐史《太真外传》言之详。”
《海山记》《迷楼记》《开河记》《梅妃传》	《隋唐演义》第一百八十三	介绍本事/引《小浮梅闲话》评:“本非实录,小说家据以敷衍,较之凿空撰造者,稍有据耳。”
《吴保安》	《今古奇观》第一百九十二	介绍本事
《却要》	卷十《杂记》	介绍本事
《柳毅传》	《柳毅传书》第一	本事节录/引《花朝生笔记》评:“传文殊繁冗。”
《章台柳传》	《章台柳》第二十四	本事载录
《刘无双传》	《明珠记》第十二	本事载录
《甘泽谣》	《素娥记》第十六	引《毗梨耶室随笔》版本考:“或曰《甘泽谣》别自有书,今杨梦羽所传,皆从它书抄撮而成,乃是伪本。或曰梦羽本未出时,已有抄《太平广记》中二十余条为《甘泽谣》以行者。然则梦羽本又赝书中之重台矣。”

戏曲研究的结果，即唐人小说中作为本事的一批“传奇”逐渐为人熟知。例如，黄人于 1911 年出版的《中国文学史》在介绍唐人小说时，尚未提及其与戏曲的联系，而吴梅于 1917 年在北大教授中国文学史时，其讲义在承袭黄人原文的基础上，补充了“唐人传奇”之为戏曲本事：“明张凤翼取《虬髯客》李卫公事作《红拂记》；梅鼎祚取《章台柳》事作《玉合记》；汤显祖取《霍小玉》事作《紫钗记》。”[1]此即近年研究成果在学堂的反映，又通过授课扩大影响。在蒋瑞藻《小说考证》出版次年，张静庐的小说专体史著《中国小说史大纲》问世，接过了前人戏曲研究的结论：“在吾之眼光观察，传奇实是曲之一种；陶宗仪《辍耕录》说：‘唐曰传奇，宋曰戏诨，元曰杂剧院本。’陶氏又曰：”稗官废而传奇作，传奇作而戏曲继。’传奇始于唐代。”[2]并列举了《飞燕外传》和裴硎《传奇》两种作品。张静庐的史著，显示出“唐人传奇”取径“戏曲近源”进入研究视野，作为“曲之一种”在小说史中占据一席之地。

二、“广义的短篇小说”：在“札记体”与“横截面”之间

清末民初，“短篇小说”指一种篇幅短小的文类。1908 年，王钟麒仿西王母汉武帝诸内传的《神州日报祝典纪》，也被标为“短篇小说”。[3] 如前所论，彼时篇幅短小之作地位不高，有评论认为《波乃茵传》“篇幅甚短，令人兴趣索然”[4]，而《埋香记》“较《波乃茵传》尤短，不过如札记小说一则”[5]，意指“札记小说”较“短篇小说”更短，且越短小的小说越低级。“《长生殿》，戏本也。《长恨歌传》，札记

① 吴梅《中国文学史(自唐迄清)》，参见陈平原辑《早期北大文学史讲义三种》，北京大学出版社，2005 年，第 446—449 页。

② 张静庐《中国小说史大纲》，参见陈洪主编《民国中国小说史著集成》第 1 卷，南开大学出版社，2014 年，第 69 页。

③ 陈大康《中国近代小说编年史》，人民文学出版社，2013 年，第 1123 页。

④ 黄霖编著《历代小说话》，凤凰出版社，2018 年，第 1446 页。

⑤ 黄霖编著《历代小说话》，凤凰出版社，2018 年，第 1447 页。

体之小说也。《长恨歌》，弹词之类耳”[1]，“唐人传奇”经典之作《长恨歌传》也属于“札记体小说”[2]，可想而知其他“唐人传奇”的文类归属与价值地位。

1918年，胡适在北大演讲《论短篇小说》引介“short story”概念，将“短篇小说”定义为“用最经济的文学手段，描写事实中最精彩的一段或一方面，而能使人充分满意的文章”[3]，不是长篇小说的节略，也无法扩写敷衍，要譬如一棵树的“横截面”，见纹路而见全体。针对国人对“短篇小说”顾名思义的旧有理解，他辨正道“不是单靠篇幅不长便可称为‘短篇小说’的”，“自汉到唐这几百年中，出了许多‘杂记’体的书，却都不配称做‘短篇小说’。最下流的如《神仙传》和《搜神记》之类”。[4]胡适的引介，对“唐人传奇”的地位提升具有有限的积极意义。第一，其有限性在于以“横截面”为特质的“短篇小说”概念与“唐人传奇”不尽相符。《论短篇小说》指出，“唐朝的散文短篇小说很多，好的却实在不多”，再三挑选之下，“我看来看去，只有张说的《虬髯客传》可算得上品的‘短篇小说’”[5]，诸如《红线》《聂隐娘》这种在《论短篇小说》中谈到的其他“唐人传奇”就不入其法眼了。不少“唐人传奇”作品在当时似有被讥为“《聊斋》滥调”的危险，例如卓呆表示“我们看了《聊斋志异》，也当他做小说，不区别他为笔记的，所以《聊斋》派的笔记，与小说打混起来了”[6]，陈钧也强调“笔记及《聊斋》之类，不得目为小说，以其篇幅既短，结构、人物、环境等多不完善，仅供读者以事实而已也”[7]，假如此时“唐人传奇”的知名度比肩《聊斋》，恐怕也会遭到类似非难。第二，《论短篇小说》积极意义在于，“横截面”式的“短篇小说”与缺乏现代小说意味的“札记体小说”判然两分（即胡适

---

① 黄霖编著《历代小说话》，凤凰出版社，2018年，第2504页。

② “札记体小说”由梁启超提出，以“随意杂录”为特点，代表为《聊斋志异》与《阅微草堂笔记》。见1902年新小说报社发表《中国惟一之文学报〈新小说〉》。

③④⑤ 胡适《论短篇小说》，《新青年》1918年第四卷第5期。

⑥ 黄霖编著《历代小说话》，凤凰出版社，2018年，第4799页。

⑦ 黄霖编著《历代小说话》，凤凰出版社，2018年，第4864页。

所谓与“笔记杂纂”这种“烂调小说”决裂了），这就为更类似现代小说的“唐人传奇”从“笔记杂纂”中脱颖而出做出了理论准备。胡惠生就接受了胡适的观点：“质之小说本义，笔记小说与演义小说、传奇小说，虽有文言、白话、词曲之分，而其记载，一以人物事实为主体，固无所间别也。非如笔记杂俎丛拾博收、毫无范围也。故笔记小说与笔记杂俎，当釐为二事，不容有混合。”①而且，胡适褒奖赏析《虬髯客传》，强调立意布局，注重人物描写，也容易惠泽与《虬髯客传》具有家族相似性的唐稗。

郑振铎对胡适的“短篇小说”理论做了改造，将不尽符合“横截面”要求的“唐人传奇”归为“广义的短篇小说”。郑振铎的《中国短篇小说集》第一集所收皆为今天公认的“唐人传奇”作品，在 1925 年 5 月写成的序言中，他重述了胡适的观点，思考道：“中国的无数的短篇故事里，恐平均百篇之中更难有二篇足以当现代的所谓短篇小说之称号的。”②他以“唐人传奇”《南柯太守传》和《无双传》为例，它们都可以敷衍成篇幅漫长的戏曲《南柯记》和《明珠记》，“无数的中国的短篇故事，大概都要算作长篇小说的缩短的东西；他们差不多都是一个长故事的节略；我们很容易把他衍放成很大一部长小说或长剧本的”③，因此中国小说中罕有符合这种定义的“短篇小说”，要怀疑“究竟能否集有十篇以上的作品”了。职是，郑振铎将胡适的定义视为狭义，而本书根据广义来选集“短篇小说”，并标榜三条选集标准：

> 第一，自然以那些故事本身的文艺价值为断；第二，由那些故事中，可以略略的窥见某时代社会生活的一斑，而故事的文艺价值也并不十分差的，也将入选，这些材料是我们在史书上，在典雅的诗、古文词上，在文人的无量数的别的作品上最不易看到的；第三，有许多中国的短篇故事，是后

① 黄霖编著《历代小说话》，凤凰出版社，2018 年，第 3928 页。

②③ 郑振铎《中国短篇小说集》，上海古籍出版社，1926 年，第 6 页。

来著名的剧本，小说，以及民间故事的渊源。[1]

郑振铎最重视第三类短篇的价值，选录数量最多，“不知道那些故事，便不能充分的了解以后的许多剧本，小说以及民间故事。这正如我们不明白希腊神话便不能读欧洲诸国的文艺一样”，结果自然网罗了作为戏曲本事的“唐人传奇”，因“唐人所作的故事，以这一类的为最多”。[2]

在郑振铎的本土化改造下，“唐人传奇”作为“广义的短篇小说”得到溢美。范烟桥于次年出版的《中国小说史》评“唐人传奇”曰：“胡适《论短篇小说》，亦言唐代韵文散文，均有完美之短篇小说，盖唐以前之小说，多为杂记体，未能抉取人生片段，尽力描写，即结构体裁，亦不完善，至唐始渐达到真善美之焦点。”[3]显然曲解了胡适《论短篇小说》的原话——至唐始有“完美之短篇小说”的论调，恰恰彰显了郑振铎本土化改造的影响。

三、越《聊斋》而师唐人：“小家碧玉”比于“太原公子”

“唐人传奇”以文采见长，唐人沈既济早已自叙《任氏传》宗旨是“著文章之美，传要渺之情”；明人胡应麟称其“藻绘可观”，将宋人小说的特点与唐人小说对比，有“文彩无足观”之叹。鲁迅也肯定唐人“厌于诗赋，旁求新途，藻思横流，小说斯灿”，但由于传统官方批评体系重功利而轻审美，“后贤秉正，视同土沙”[4]，道出了“唐人传奇”未能以文采在传统文学系统中获得优越地位之所自。蒲松龄《聊斋志异》也文采斐然，清人业已开始构造其上承“唐人传奇”的系谱，如刘瀛珍云：“《聊斋》正篇行世已久，其于小说，殆浸浸乎登唐人之堂而哜其胾，使观者终日啸歌，如置玉壶风露中，虽浮甘瓜于清泉，沉朱李于寒

①② 郑振铎《中国短篇小说集序》，《郑振铎古典文学论文集》，上海古籍出版社，1984年，第875页。

③ 范烟桥《中国小说史》，陈洪主编《民国中国小说史著集成》第3卷，南开大学出版社，2014年，第72页。

④ 鲁迅《唐宋传奇集·序例》，《鲁迅全集》第十卷，同心出版社，第111页。

水，不是快也。”[①]这一看法延续到“小说界革命”后，如平子云：“《聊斋》文笔，多摹仿古人，其体裁多取法《唐代丛书》中诸传记，诚为精品。”[②]《时报》刊载的《觚剩》广告称：“《四库提要》称其词幽艳凄动，有唐人小说之遗，《聊斋志异》曾载是书中《雪遭》一则，在《大力将军》事后。笔墨生动，与《聊斋》异曲同工。”[③]即以与唐人小说及《聊斋》的相似证成其文采。

在清代“非著书者之笔”的诟病与“小说界革命”运动的压力下，《聊斋》依然长期受到追捧。《申报》于 1904 年刊载的《聊斋》广告宣称“久已风行寰海，几于家置一编，盖以简洁之笔，运恢奇之思，洵足遣睡而启灵机也”[④]，纵有夸张之词亦可略见其脍炙人口，与“唐人传奇”的没落境遇大相径庭。究其因，主要归结为《聊斋》文本审美价值的不容否定，以及对其寓言阐释的曲终奏雅。

清人即已从文采的角度肯定《聊斋》之价值。俞樾曾在《春在堂随笔》中转述俞鸿渐的话：“蒲留仙，才人也。其所藻缋，未脱唐、宋小说窠臼。若纪文达《阅微草堂五种》，专为劝惩起见，叙事简，说理透，不屑屑于描头画角，非留仙所及。”[⑤]为秉先训，他师《阅微》而不袭《聊斋》笔意，“然《聊斋》藻缋，不失为古艳”[⑥]，不得不像俞鸿渐承认《聊斋》的文采。但明伦为《聊斋》作的《序》也自述道：“忆髫龄时，自塾归，得《聊斋志异》读之，不忍释手。”[⑦]晚近以来，揄扬《聊斋》文采者亦俯拾皆是。申报馆《志异续编》广告词云：“其笔墨虽不若留仙之幽秀，而述异搜奇且微寓彰瘅之旨，实有过之无不及也。”[⑧]“觉我赘语”也称赞“绝妙文笔”道：“吾读蒲留仙《聊斋志异》所载《口技》诸则，真

---

① 尤侗《西堂杂俎》三集卷三，清康熙刻本。

② 《小说丛话》，《新小说》1903 年第 8 期。

③ 陈大康《中国近代小说编年史》，人民文学出版社，2013 年，第 2190 页。

④ 陈大康《中国近代小说编年史》，人民文学出版社，2013 年，第 750 页。

⑤⑥ 俞樾《春在堂随笔》卷八，清光绪《春在堂全书》本。

⑦ 蒲松龄著，张友鹤辑校《聊斋志异（汇校汇注会评本）》，上海古籍出版社，2011 年，第 19 页。

⑧ 陈大康《中国近代小说编年史》，人民文学出版社，2013 年，第 133 页。

是有声有色，笔笔飞舞，为之拍案惊叹。”[1]素秋君所著小说《寒溪避暑记》，其广告词为“体裁笔法酷肖《阅微草堂记》，其词藻颇类《聊斋志异》”，可见长期以来《聊斋》诚以文采为金字招牌。

单凭文采或不能抵过“小说界革命”的抨击，“彼《聊斋》所以逊于《三国》《水浒》者，即但以字句新鲜见长，无全体结构之大魄力”[2]，而寓言式的阐释批评则能使其品格向主流要求靠近。蒲松龄自序即谈及《聊斋》为“孤愤之书”，“寄托如此”。冯镇峦也认为“《聊斋》非独文笔之佳独有千古，第一议论淳正”[3]，是为“文奇义正”。发表于 1907 年的《青春泉》篇末有“耀根”识语，指出“唐人说部如《洞冥记》《灵异志》之类，语甚荒诞。近世蒲氏效之，作《聊斋志异》，多借狐怪鬼神，为人世者作当头棒喝。描写社会现象，悉中规绳”[4]，因此是“庄子所谓寓言”。同年，署名为“逸”的《小说闲评》也对此详加辨析。他谈到纪昀对《聊斋》“合小说、传记而一之，以为有乖体例”的鄙夷，从小说与传记的角度为《聊斋》展开辩护。首先，“留仙博极群书，观其驱遣史事杂录等，无不融化入妙，其浸淫也必深，断非不知小说传记之体例者”[5]，他推定蒲松龄了解小说与传记体例有别，《聊斋》混合二者是有意为之。其次，他认为这一体例取法于司马迁的《史记》，“此例司马子长已开先之矣，《史记》非变《春秋》之例而作之耶”[6]，蒲松龄发愤著书的创作动机也与司马迁相似，“留仙所学所志，如此其大且深，乃仅仅以一明经终，虽穷达不同，而其遇则一也。其胸中一种牢骚抑郁之气，不得已而寄托于狐鬼，聊以排遣”[7]，这就导致精神溢出形式，“其不能俯首就绳墨，亦情之所恒有者，而尤何怪乎”[8]。这种体例还显示蒲松龄本意或不在小说，“安知留仙著书之义，非欲自进于

---

① 陈大康《中国近代小说编年史》，人民文学出版社，2013 年，第 1431 页。

② 黄霖编著《历代小说话》，凤凰出版社，2018 年，第 1591 页。

③ 蒲松龄著，张友鹤辑校《聊斋志异(汇校汇注会评本)》，上海古籍出版社，2011 年，第 11 页。

④ 美国稣菽恩著，武进薛宜璿译《青春泉》，《法政学交通社杂志》1907 年第四号。

⑤⑥⑦⑧ 陈大康《中国近代小说编年史》，人民文学出版社，2013 年，第 2118 页。

史？徒以不得其位，不得其权，而有所不敢哉”[1]，这就赋予了《聊斋》以史传的精神。最后还将“唐人传奇”作为古例：“《剑侠传》等书，亦皆传记而带有小说者，何独严乎《聊斋》？”[2]总之，以文本审美价值为基础，以寓言式阐释批评为羽翼，《聊斋》得以在变动的时代思潮中左右逢源、长盛不衰。

以义理论，《聊斋》确胜“唐人传奇”，胡适于1918年尚以为“《聊斋》的小说，平心而论，实在高出唐人的小说。蒲松龄虽喜说鬼狐，但他写鬼狐却都是人情世故”[3]；但从文采的角度出发，“唐人传奇”更有开创意义。1919年，小说家叶楚伧（小凤）自述“小凤近来，颇以摹抚唐小说自勉也”，并对文言小说创作取法《聊斋志异》《板桥杂记》的现状表示不满：

> 俯视斯世，凡作文言小说者，或斜阳画图，秋风庭院，为辞胜于意，臃肿拳曲之文；或碧璃红瓦，苗歌蛮妇，稗贩自西之语；其最高者，则亦拾《聊斋》之唾余，奉《板桥》为圭臬而已。窃念取法乎上，仅得其中；取法乎中，斯得其下。彼蒲留仙、余澹心等不过如小家碧玉，一花一钿，偶然得态耳。在彼犹在摹橅官样之中，何足为吾之师？[4]

叶小凤认为《聊斋》“如小家碧玉，一花一钿，偶然得态”，本身就是“摹抚宫样”学习古人的成果，不如“取法乎上”，直接模仿“唐人传奇”：

> 唐人小说，颇有太原公子，不衫不履，神采惊人之姿。《虬髯》《隐娘》诸篇，人皆知之矣。其他如《崔护题诗》《杜牧求宴》《李谟吹笛》《韩翱访妓》以及《人虎》之传、《白猿》之记，皆精采辉映，神情妍妙之作，其于蒲、余之作，不迥然远耶？[5]

---

①② 陈大康《中国近代小说编年史》，人民文学出版社，2013年，第2118页。

③ 胡适《论短篇小说》，《新青年》1918年第四卷第5期。

④⑤ 叶小凤《小说杂论》，《小凤杂著》，新民图书馆，1919年，第41页。

叶小凤的师法反响不错，秋星称誉道“小凤效为唐人小说，弥有风韵”[①]，姚民哀则具体赏析“以言词藻，七襄中之《情殇奴吁》《清河生伴娘》等作，又直逼唐人堂奥”[②]。由此，“唐人传奇”借力《聊斋》获得了一定关注。在小说史书写中，也有人从文采的角度将唐稗视为一转捩，如瞿世英指出“中国小说至唐代实为一大进步”，“但此种小说皆以文胜而不以情胜”[③]，并列举出《虬髯客传》《李林甫外传》《高力士传》《梅妃传》《长恨歌传》《太真外传》《红线传》《霍小玉传》《李娃传》《会真记》诸篇“唐人传奇”[④]，“唐人传奇”也就作为《聊斋》的文采师法对象被肯定。

余论

郑振铎出版于 1932 年的《插图本中国文学史》颇为知名，其中对“唐人传奇”的定义与地位描述集大成地体现了其现代化结果。第一，“他们是我们的许多最美丽的故事的渊薮，他们是后来的许多小说戏曲所从汲取原料的宝库，其重要有若希腊神话之对于欧洲文学的作用”[⑤]，“唐人传奇”是戏曲的本事，处于和“希腊神话”一样的文学史地位。第二，“有一部分简直已是具备了近代的最完美的短篇小说的条件。若将六朝的许多故事集置之于他们之前，诚然要如爝火之见朝日似的黯然无颜色”[⑥]，这时他不复提起早年杜撰的“广义的短篇小说”概念，而径称“唐人传奇”为“中国短篇小说上的最高的成就之一部分”，进一步确定其文体、提升其地位。第三，“他们的自身又是那样精莹可爱，如碧玉似的隽洁，如水晶似的透明，如海珠似的圆润”[⑦]，高度肯定其审美价值。可见，源流、文体、文采三条途径最终

---

① 黄霖编著《历代小说话》，凤凰出版社，2018 年，第 3131 页。

② 黄霖编著《历代小说话》，凤凰出版社，2018 年，第 4540 页。

③ 瞿世英《小说的研究・下篇》，《小说月报》1922 年第 3 卷。

④ 其时鲁迅的《中国小说史略》尚未正式出版，瞿世英亦称“我做这篇文字感受许多困难，一则中国论小说向无专书”，可见这种推举并非受鲁迅影响。

⑤⑥⑦ 郑振铎《插图本中国文学史》上册，北平朴社出版部，1932 年，第 493 页。

支撑起“唐人传奇”极高的小说史地位，不仅是鲁迅、汪辟疆等人的研究内部发展的结果，其他文体研究也参与了“唐人传奇”研究历史的“关键时刻”，体现出学术语境整体性西化的潜在作用。

（华东师范大学中文系）

欲戒反劝：《金瓶梅》情欲铺写的接受效应和艺术难题*

冯小禄　张　欢

内容摘要：明清人常借助汉赋"劝百讽一"论，来指出《金瓶梅》的情欲铺写在阅读过程中的意图悖反现象，提醒读者关注精细文法和严肃"戒"意，而不要认为是表示鼓励的"劝"。即要争做合格读者，不要做不合格读者，由此形成了《金瓶梅》接受史上的读者分层效应。为避免这种悖反，《金瓶梅》的续书创作往往注意调整"戒""劝"比例，以形成"戒多劝少"的格局，但仍免不了情欲铺写。其根源即在于《金瓶梅》所首次正面铺写的情欲，在中国古典文化语境里，本就是一个充满了诸多二律背反的命题，从而也是一个写作和阅读的艺术难题。但《金瓶梅》以情欲铺写为突破口，"革命性"地找到了中国古代白话小说向家庭日常生活细节大幅度倾斜的新题材和新写法。而这与西方"小说"在18世纪才正式出现的大众阅读趣味和"现实主义"写作倾向有一致之处。

* 本文为国家社科基金一般项目"文化身份和文学权力视阈下的明代台阁文学研究"(项目号：18BZW057)和云南省高校古委会项目"明朱之臣手批《储王合集》整理与研究"阶段成果。

关键词：《金瓶梅》；情欲铺写；"欲戒反劝"；读者分层；艺术难题；"现实主义"

Warning Transformed Urging: Reader Effectiveness of the Sexual Love Writing and the Artistic Dilemma of *Chin Ping Mei*

Feng Xiao-lu　Zhang Huan

Abstract: The people in Ming and Qing Dynasties often had the aid of the theory of "persuading hundreds while satirizing one"(劝百讽一) of Han Fu to pointed out the intentional paradox phenomenon in the reading course of the sexual love writing of *Chin Ping Mei* (《金瓶梅》), and reminded readers to pay close attention to its meticulous literary technique and serious intention of "warning" instead of its "urging". In other words, the people in Ming and Qing Dynasties reminded the reader of *Chin Ping Mei* must strive to become a qualified one rather than just an unqualified one. And thus, *Chin Ping Mei* had the classification of readers in its reception history. To avoid this intentional paradox phenomenon, the novel sequels of *Chin Ping Mei* usually adjusted the proportion of the "warning" and the "urging" to constituted the pattern of the former was much more and the latter was fewer. Despite all this, the novel sequels of *Chin Ping Mei* still were all bound by the inevitability of the sexual love writing. All these paradoxical root lies in the sexual love being written by *Chin Ping Mei* in a positive way in the context of Chinese classical culture was a tough proposition filled with many antinomies, and thus was also an artistic dilemma about writing and reading. But using the sexual love writing to break through the traditional novel, *Chin Ping Mei* revolutionary found the new literary theme and the new literary style which significantly leaned towards the

private details of daily life at popular home. And this new writing trend was so similar with the public reading interests and writing realistic trends which boomed in the West novel world until the 18th century.
Keywords: *Chin Ping Mei*; sexual love writing; Warning transformed urging; the reader effectiveness; artistic dilemma; realism

关于《金瓶梅》大面积的情欲（性）描写，学界已从文学价值、接受美学和身体理论等方面作了较为深入的讨论。[①] 但是对于《金瓶梅》在明清时期社会大众传播过程中所出现的“戒”“劝”悖反效应，即一般读者不以为是惩戒教育，而潜意识地以为是鼓励效法西门庆，学界却未将其与文学史上的汉赋“劝百讽一”论联系起来，由此讨论《金瓶梅》的读者分层效应和《金瓶梅》续书的应对策略，进而讨论在中国古典文化语境下，情欲本身作为一个特殊的书写对象，本就是一个必然充满多重悖反的艺术难题等问题。本文着力于此，对《金瓶梅》在明清时期的读者接受、创作接受和情欲写作难题进行连贯性的探讨。

一、读者接受：从汉赋的“劝百讽一”到《金瓶梅》的“戒劝”悖反

在《金瓶梅》的接受史中，有一个值得特别关注的现象，就是明清评论家喜欢用汉赋的名作、虚设人物方式和讽谏效果的“劝百讽一”论，来类比《金瓶梅》的人物虚拟性和“戒”“劝”悖反的阅读效果。如较早接触《金瓶梅》抄本的晚明公安派领袖袁宏道，即将其与西汉枚乘的《七发》相比较，写信告诉董其昌说：“云霞满纸，胜于枚生《七发》多矣。”[②]谢肇淛谈到《金瓶梅》的作者，则采用汉赋的虚设主客方式来

---

① 这方面成果甚多，此处仅举代表性论著：黄霖《黄霖说金瓶梅》，中华书局，2005年；浦安迪著，沈亨寿译《明代小说四大奇书》，生活·读书·新知三联书店，2006年；徐朔方《论〈金瓶梅〉的性描写》，《浙江学刊》1994年第4期；熊笃《〈金瓶梅〉性描写批判》，《文学遗产》1990年第4期；杨绪容《论〈金瓶梅〉劝戒的三种方式》，《明清小说研究》2000年第2期；王平《论〈金瓶梅〉建国前传播与接受的价值取向》，《明清小说研究》2011年第1期。

② 黄霖编《金瓶梅资料汇编》，中华书局，1987年，第227页。

叙述:“相传永陵中有金吾戚里,凭怙奢汰,淫纵无度,而其门客病之,采摭日逐行事,汇以成编,而托之西门庆也。”[1]以为是某位门客为了讽谏其奢汰淫纵的荒唐主人,而虚“托”以西门庆,这与《七发》托吴客以讽楚太子类似。到清末佚名《跋金瓶梅后》,更是以司马相如《子虚赋》《上林赋》的虚构人物来评论:“至如西门大官人,特不过‘子虚’、‘乌有’、‘亡是公’之类耳!乃阅者读其书,想见其为人,如司马之于蔺,长孙之于魏,仰慕无穷,求以身肖,抑又何也?”[2]这些都是用汉赋的文辞华美和虚设主客来评论《金瓶梅》。

而汉赋的“劝百讽一”论,是由两汉之际的扬雄在反思司马相如和自己的辞赋讽谏效果出现悖反情形时所提出来的,体现了扬雄由华美而无用的赋家向质实而艰深的思想家转变的轨迹。其《法言·吾子》言:“或曰:‘赋可以讽乎?’曰:‘讽乎!讽则已,不已,吾恐不免于劝也。’”[3]指出辞赋虽可意图讽谏,而实际效果却不免于敦劝。东汉班固更进一步在《汉书·司马相如传》和《扬雄传》中,直接指明“劝百讽一”就是扬雄针对司马相如《大人赋》等汉赋的讽谏效果悖反而言。[4] 再到东汉王充《论衡·谴告篇》,即又将司马相如《大人赋》和扬雄《甘泉赋》的讽谏效果悖反相提并论,指出两赋非但都没能实现预期的讽谏意图,却反而促成了汉武帝的“仙仙有凌云之气”和汉成帝的大修宫殿不止,认为扬马二人如果正言劝告,当不会是这样的结果。[5] 汉赋“劝百讽一”论的出现,体现的正是作者和文本的政治道德意图与特殊读者(帝王)的不良爱好追求之间的冲突而产生的一种特殊效应,本意为讽谏的“惩戒”,到读者那里却成为了奖勉式的“敦劝”。

由于相当一部份明清评论家一方面特别欣赏《金瓶梅》新奇通俗

---

① 黄霖编《金瓶梅资料汇编》,中华书局,1987年,第3页。

② 黄霖编《金瓶梅资料汇编》,中华书局,1987年,第6—7页。

③ 国学整理社编《诸子集成》第七册,中华书局,2006年,第4页。

④ 班固《汉书》卷五十七下、卷八十七下,中华书局,1962年,第2609、3575页。

⑤ 国学整理社编《诸子集成》第七册,中华书局,2006年,第144页。

的文学叙事和描写成就，常将其与《三国演义》《水浒传》《西游记》等长篇通俗小说并提，称为“四大奇书”，甚至将其与作为千古文法之宗的《史记》并论，以为从中可参详文章(包括八股文)细密而闳深的写作技巧，但另一方面又看到了该书的大量情欲铺写对于普通读者的巨大诱惑作用，于是在评论之时，即站在精英批评家的立场，利用汉赋的“劝百讽一”论，来向广大读者指明作者和文本的正面惩戒提示和因果报应的结构设计，都体现了《金瓶梅》是一部教化功能和娱悦功能兼具的庄肃之作，并为《金瓶梅》自一问世以来即背负的“秽书”“诲淫”恶名辩护，而达成出版《金瓶梅》及其续书和进行细密的文法评点之现实目的。

现存最早的万历刊本《金瓶梅词话》一百回，前有东吴弄珠客的《金瓶梅序》，乃是一篇典型的用“戒”“劝”立论的文字。他总结出了读出“戒”意的合格读者群和读出“劝”意的不合格读者群，而希望读者趋前避后。他一上来就指出本书的情欲铺写问题：“《金瓶梅》，秽书也。袁石公亟称之，亦自寄其牢骚耳，非有取于《金瓶梅》也。”接下来就着力为其惩戒主旨辩护：“然作者亦自有意，盖为世戒，非为世劝。”并解释说：“如诸妇多矣，而独以潘金莲、李瓶儿、春梅命名者，亦楚《梼杌》之意也。盖金莲以奸死，瓶儿以孽死，春梅以淫死，较诸妇为更惨耳。借西门庆以描画世之大净，应伯爵以描画世之小丑，诸淫妇以描画世之丑婆净婆，令人读之汗下。盖为世戒，非为世劝也。”进而警告广大读者：“余尝曰：读《金瓶梅》而生怜悯心者，菩萨也；生畏惧心者，君子也；生欢喜心者，小人也；生效法心者，乃禽兽耳。”这实际上是将《金瓶梅》的读者分为了两大类：一类是合格的精英读者，他们读出了《金瓶梅》的菩萨怜悯心和君子戒惧心，另一类是不合格的普通读者，他们层次卑下，是读《金瓶梅》而“生欢喜心”的小人和“生效法心”的“禽兽”。其如此区分，自然是要“奉劝世人，勿为西门之后车可也”。否则，本意为“戒淫”之书，结果却成了“宣淫导欲之尤”。[①]

① 陶慕宁校注《金瓶梅词话》，人民文学出版社，2008年，第4页。

清康熙四十七年佚名《满文本〈金瓶梅〉序》也在“戒”“劝”上大作提醒和申明。它首先指出本书能在“四大奇书”中为“尤奇”，主要有两点：一，它立意在惩戒，“凡百回中以为百戒”，是一部暴露人间罪恶之书，“其于修身齐家、裨益于国之事一无所有”。并通过细密的各类罪恶人物结局分析，指出书中贯注了“花残木落之败”和“报应轻重之称”的惩戒意旨。二，它是一部卓越的社会风习小说，“将陋习编为万世之戒”。“自常人之夫妇，以及僧道尼番、医巫星相、卜术乐人、歌妓杂耍之徒，自买卖以及水陆诸物，自服用器皿以及谑浪笑谈，于僻隅琐屑毫无遗漏，其周详备全，如亲身眼前熟视历经之彰也”，具有巨大的现实主义描写魅力。由是希望人们要争作合格读者，深入了解本书“立意为戒昭明”的特点，“将此百回以为百戒，夔然慄，悫然思，知反诸己而恐有如是者，斯可谓不负是书之意也”，而不要相反，“倘于情浓处销然动意，不堪者略为效法，大则至于身亡家败，小则亦不免搆疾而见恶于人也，可不慎欤！可不慎欤！”[①]他仍担心不合格读者将“戒”变成了“劝”。

影响甚大的清人张竹坡也在《第一奇书非淫书论》中说：“今夫《金瓶》一书，作者亦是将《褰裳》《风雨》《箨兮》《子衿》诸诗细为摹仿耳。夫微言之，而文人知儆；显言之，而流俗皆知。不意世之看者，不以为劝惩之韦弦，反以为行乐之符节，所以目为淫书，不知淫者自见其为淫耳。”[②]指出在不合格读者那里，与《诗经》同效的“劝惩之韦弦”的《金瓶梅》变成了“反以为行乐之符节”的“淫书”，其根本原因不在于《金瓶梅》是否“显言”铺写了情欲，而在于读者就是“淫者”，“淫者自见其为淫”也。在《金瓶梅读法》中，他也多次为《金瓶梅》的情欲铺写后果辩护，指出不合格读者的最大特点，就是只爱读前七十九回的西门庆性冒险故事，而不管其后来的暴亡和绝后问题[③]。

---

① 黄霖编《金瓶梅资料汇编》，中华书局，1987 年，第 5—6 页。

② 王汝梅等校点《张竹坡批评第一奇书·金瓶梅》，齐鲁书社，1987 年，第 20 页。

③ 王汝梅等校点《张竹坡批评第一奇书·金瓶梅》，齐鲁书社，1987 年，第 45—46 页。

到清代戏笔主人《绣像忠烈传序》，则将《金瓶梅》与《西游记》的接受效果相提并论，认为都出现了严重的“戒”“劝”悖反问题，且说得更为简明。其言：“在贤者知探其用意命笔，不肖者只看其妖仙冶荡。是醒世之书，反为酣嬉之具矣。”[①]而刘廷玑《在园杂志》所言，又将这一悖反命题扩展到整个“四大奇书”系列，认为都出现了“善读”和“不善读”的读者分层效应。其言：“嗟乎四书也，以言文字，诚哉奇观。然亦在乎人之善读与不善读耳。不善读《水浒》者，狠戾悖逆之心生矣。不善读《三国》者，权谋狙诈之心生矣。不善读《西游》者，诡怪幻妄之心生矣。欲读《金瓶梅》，先须体认前序内云：‘读此书而生怜悯心者，菩萨也；读此书而生效法心者，禽兽也。’然今读者多肯读七十九回以前，少肯读七十九回以后，岂非禽兽哉？……然而作者本寓劝惩，读者每至流荡，岂非不善读书之过哉！”而之所以如此，也与刘廷玑在前面所指出的《金瓶梅》具有“深切人情世务”的描写内容特点和“欲要止淫，以淫说法，欲要破迷，引迷入悟”[②]的惩戒写作特点密切相关。

由上可见，围绕《金瓶梅》的“戒”“劝”悖反问题，明清评论家特别强调读者自身首先要有良好的思想道德品质，不要将《金瓶梅》看成是“诲淫”的低俗卑下故事，而要看成是“戒淫”的深刻严肃之作，其次要有透过热闹的性故事去冷静体味写作技法和深心用意的优良文学素养，否则即可能导致上述“戒”“劝”悖反效应的发生。就此，在《金瓶梅》的读者群中，他们就分出了少数合格的精英读者群和广大不合格的普通读者群；阅读的效果，分出了善于阅读和不善于阅读；阅读的兴趣段落，分出了阅读全书和只好阅读前七十九回等诸多不同情形。这就是《金瓶梅》的读者分层效应。而分界的标准都是前者通过深入完整的文本阅读，了解《金瓶梅》文法的高妙、情节的奇幻、人物的丑恶和社会的黑暗，从而达到反省知戒和怜悯世人沉溺情欲的目

① 黄霖编《金瓶梅资料汇编》，中华书局，1987 年，第 267 页。

② 黄霖编《金瓶梅资料汇编》，中华书局，1987 年，第 253—254 页。

的，这就是精英读者、善于阅读和阅读全书；而后者都是只对前七十九回西门庆的纵欲狂欢故事感兴趣，不顾作者和文本的惩戒提撕，反兴起一种模仿效法西门庆的罪恶心理冲动，甚至是现实实践，这些都是普通读者、不善于阅读和只读前七十九回。一句话，要从高超的文学艺术角度来欣赏《金瓶梅》，而不要沉酣于情欲故事之中。这也就是今人黄霖先生所说的《金瓶梅》姓“金”不姓“黄”[①]。

另外，正是有了将汉赋和《金瓶梅》进行类比评论的习惯，人们在谈到《金瓶梅》的读者效应时，也就特别喜欢用汉赋讽谏效果的“劝百讽一”论，来指出《金瓶梅》阅读效应中的“戒”“劝”悖反现象。这种发生在作者意图和读者接受之间的分裂甚至悖反情形，之前曾出现在意图讽谏的汉赋身上，现在又出现到作为长篇通俗世情小说的《金瓶梅》身上，这提醒我们两者之间确有很多可以比照参详的地方。譬如在讽谏对象上，两者都对女色的耽溺和奢侈的享乐持一种预先警惕的惩戒态度，强调节制和俭朴；在讽谏策略上，两者又在总体上都采取了如汉代扬雄所说的“隆推法”，利用极富感染力的文字铺排描写效果，将一个本来错误的行为事件往错误的方向，推进到一个可怕危险的顶点，从而让那个错误变得不言自明，让读者幡然悔悟过去行为的错误，回到正确的人生态度和国家方针上来[②]；在讽谏文本的安排和效果上，两者也都因为文本铺排和惩戒比例的不当，“劝”大大多于“戒”，结果惩戒不成，反倒鼓励了效法。而说到两者之间最大的不同，乃是所使用的语言系统，汉赋从总体上说还是含蓄隐晦的诗文暗示，而《金瓶梅》却已是通俗白话长篇小说的恣肆铺写。所以在引起的“戒”“劝”悖反问题上，后者比前者更让人触目惊心，更让《金瓶梅》的精英评论者感到必须反复言之，以警效尤，要广大普通读者争作欣赏《金瓶梅》文法和惩戒意旨的合格读者，由此也就展开了《金瓶梅》传播史上的读者分层效应。

---

① 参黄霖《黄霖说金瓶梅》，中华书局，2005 年。

② 冯小禄《汉赋书写策略与心态建构》，人民出版社，2010 年，第 170—171 页。

二、创作接受:《金瓶梅》续书的反思和调整

其实,本来,《金瓶梅》一书对于情欲和金钱、权势的追逐是有非常清楚明白的惩劝教化意图和提示文字的。以现存最早的万历刊《金瓶梅词话》一百回本为例,除了署名欣欣子、东吴弄珠客和廿公三篇极力声辩本书意图在惩戒教化而不在"诲淫"的序跋文字外,在小说文本之中,其惩戒意图和提示文字是充斥在全书的各个部分和各个情节的。比如卷首的《新刻金瓶梅词话》(包括关于酒色财气的《四贪词》),各章回中作者跳出故事的点破议论和所引的各种带有警示意味的诗词曲作品,以及为学者细读文本所确认的"作者用来给故事添上一层反讽意味的一系列具体技巧"[①],更重要的是全书所笼罩贯穿的"因果报应"大结构,都在在提醒读者,《金瓶梅》一书所写的主角西门庆是个史无前例的大恶人,而环绕在他周边的家庭成员和国家社会状况,又无一例外地是一个嚣张疯狂、淫邪强横的黑暗世界,以至有不少学者认为这就是一部主旨在"暴露"的文学作品。然则如此,又何以引来读者对西门庆等人及其陋习进行仿效的"劝"呢?

这里牵涉到很多问题,有因果报应说教的空洞失效问题[②],但也有西门庆等人所受报应太小,不足以引起读者警示的问题。如明人薛冈《天爵堂笔余》就说《金瓶梅》:"初颇鄙嫉,及见荒淫之人皆不得其死,而独吴月娘以善终,颇得劝惩之法。但西门庆当受显戮,不应使之病死。"[③]四桥居士《隔帘花影序》也说:"《金瓶梅》一书,虽系空言,但观西门平生所为,淫荡无节,蛮横已极,宜乎及身即受惨变,乃享厚福以终?至其报复,亦不过妻散财亡,家门零落而止,似乎天道悠远,所报不足以蔽其辜,此《隔帘花影》四十八卷所以继正续两编而

---

① 浦安迪著,沈亨寿译《明代小说四大奇书》,生活·读书·新知三联书店,2006年,第109页。

② 浦安迪著,沈亨寿译《明代小说四大奇书》,生活·读书·新知三联书店,2006年,第113—114页。

③ 黄霖编《金瓶梅资料汇编》,中华书局,1987年,第235页。

作也。"[①]清人刘玉书《常谈》更细致地将西门庆的报应和书中其他人物的结局作比较:"《金瓶梅》,因果报应之事也。然西门庆大报已轻矣。若花子虚并无大恶,亦丧家亡身,报又重矣。犹又说曰:结交匪人,引虎入室,故尔。至武大心不能有恶,人不足为恶,亦死非命,报更重矣。犹有说曰:匹夫无罪,怀璧其罪。以武大而有艳妻,则足以杀其躯耳。惟周守备并无恶迹,且死于国事,而春梅亦败其家,此又何说?总之,诸人之祸,皆由妇人。"[②]认为全书所谓丝毫不爽的"报应轻重之称"其实并不严密,西门庆的报应在诸人中还算轻的。如此,则《金瓶梅》又岂能让人兴起警惕戒惧之心,而反可能激起羡慕效法之意。

但在本质上,这更是一个富贵情色对于普通读者的巨大诱惑问题。欣欣子《金瓶梅词话序》即对此作了很好的阐释。他一反"乐而不淫,哀而不伤"的古老儒家教条,正面坦然承认:"富与贵,人之所慕也,鲜有不至于淫者。哀与怨,人之所恶也,鲜有不至于伤者。"并举例说:"譬如房中之事,人皆好之,人皆恶之。人非尧舜圣贤,鲜不为所耽。富贵善良,是以摇动人心,荡其素志。"如此,《金瓶梅》一书,虽总体有"盛衰消长"和"循环之机",有"乐极悲生"的"报应轮回"机制,但广大普通读者只见其"深沉""美丽""婵娟""殷勤""侈费""绸缪""溢度""猛浪"等一系列人生享受之乐[③],又哪会管之后的所谓小小报应。"戒"变成"劝"不可避免。紫阳道人《续金瓶梅》也看到了富贵情色对于普通人的致命诱惑,而长篇大论云:"这《金瓶梅》一部小说,原是替世人说法,画出那贪色图财、纵欲丧身、宣淫现报的一幅行乐图……只因众生妄想结成,世界生下一点色身,就是蝇子见血,众蚁逐膻,见了财色二字,拼命亡身,活佛也劝不回头……眼见得这部书反做了导欲宣淫话本,少年文人家家要买一部,还有传之闺房。念到

① 黄霖编《金瓶梅资料汇编》,中华书局,1987年,第17页。

② 转引自冯文楼《四大奇书的文本文化学阐释》,中国社会科学出版社,2003年,第325页。

③ 陶慕宁校注《金瓶梅词话》,人民文学出版社,2008年,第1—2页。

淫声邪语，助起兴来，只恨那胡僧药不得到手，照样做起，把这做书的一片苦心变成拔舌地狱，真是一番罪案。”[①]到了普通读者那里，作者的“苦心”书写反变成了诲淫的“罪案”。

正是看到了《金瓶梅》情欲铺写所引起的“戒”“劝”悖反，以及由此引起的一系列社会人心和道德风俗忧虑，后来的众多《金瓶梅》续书即使是为了应付当局的审查过关和蒙骗有道德心的读者，也必须减少情欲描写的比例和加强惩戒意图的凸显，以防止上述现象的发生。这也是《金瓶梅》在创作接受中值得注意的现象。

西湖钓叟《续金瓶梅集序》即非常精辟地指出了《金瓶梅》的情欲反讽结构所必然导致的语言、意图在作者、文本和读者之间的分离。其言：“《金瓶梅》旧本，言情之书也。情至则流易于败检而荡性。今人观其显不知其隐，见其放不知其止，喜其夸不知其所刺。蛾油自溺，鸩酒自毙，袁石公先叙之矣。作者之难于述者之晦也。今天下小说如林，独推三大奇书，曰《水浒》《西游》《金瓶梅》者，何以称乎？《西游》阐心而证道于魔，《水浒》戒侠而崇义于盗，《金瓶梅》惩淫而炫情于色，此皆显言之，夸言之，放言之，而其旨则在以隐，以刺，以止之间。唯不知者曰怪，曰暴，曰淫，以为非圣而畔道焉。”这种情形，正与前述人们常举例的司马相如《大人赋》、扬雄《甘泉赋》采用隐喻式语言系统去讽谏帝王隐秘的神仙和女色之好非常相似，意旨含糊，语言夸饰，“戒”“劝”之间，可作多面理解。所以《续金瓶梅》“惩述者不达作者之意”，要调整《金瓶梅》“戒”少“劝”多、“戒”隐“劝”显的小说结构，“其旨一归于劝世”[②]，可说也抓住了《金瓶梅》接受中总是出现“戒”“劝”悖反的文本比例设置问题。

由此，紫阳道人才会在《续金瓶梅凡例》中，开宗明义地指出本书要调整《金瓶梅》的情欲“戒”“劝”比例，加强因果报应的“正论”提示文字，以形成“客多主少”的比例格局：“兹刻以因果为正论，借《金瓶

---

① 黄霖编《金瓶梅资料汇编》，中华书局，1987 年，第 238 页。

② 黄霖编《金瓶梅资料汇编》，中华书局，1987 年，第 15 页。

梅》为戏谈，恐正论而不入，诜淫说则乐观，故于每回起首，先将《感应篇》铺叙评说，方入本传，客多主少，别是一格。"第三条又说："此刻原欲戒淫，中有游戏等品，不免复犯淫语，恐法语之言，与前集不合，故借潘金莲、春梅后身说法，每回中略为敷衍，旋以正论收结，使人动心而生悔惧。"[①]减少"淫语""敷衍"的文字，加强"正论"在每回中的提示作用。于是，整个续书文本所呈现的"戒""劝"比例安排是："然(热)一回，冷一回，看官们痒一阵，酸一阵，才见端的造化丹青，变幻无穷。"[②]虽则如此处理，在今人看来，"削弱了小说的思想意义"[③]，也减少了艺术感染效果，但在当时，其实是有深惕于《金瓶梅》不良社会效应的现实缘故。

至于因为《金瓶梅》情欲铺写所产生的巨大社会压力和无形写作压力，而引起明末清初白话言情小说创作纷纷探讨新的思想制欲机制，或借助佛道思想采用"以欲止欲"的方式，或借助时代理学思潮的回归采用"以理制欲"的方式，或借助民间的商业平等思想采用市民实用主义的"现世报"方式，或者干脆弃用制欲机制，而采用"无欲"和"纵欲"的方式[④]，这些都是《金瓶梅》情欲"戒""劝"悖反效应下的思想机制调整问题，当然也可看作是来自创作层面的《金瓶梅》接受问题。

三、艺术难题：情欲铺写的二律背反

尽管有诸多精英评论家为《金瓶梅》的情欲铺写进行了纯正的文法和用意的严肃辩护，但《金瓶梅》在普通读者和社会风俗影响层面，仍是不断地陷入"欲戒反劝"的接受泥淖而不能自拔，以至到清代成为禁书，其关键即在于《金瓶梅》是中国文学史上首次正面大规模地铺写情欲。而这在古老中国的文化心理结构里，本就一直是一个需

---

① 黄霖编《金瓶梅资料汇编》，中华书局，1987年，第16页。

② 黄霖编《金瓶梅资料汇编》，中华书局，1987年，第240页。

③ 袁行霈主编《中国文学史》第四卷，高等教育出版社，2003年，第178页。

④ 施文斐《〈金瓶梅〉的遗留问题与清初白话小说创作格局之形成》，《聊城大学学报(社会科学版)》2016年第4期。

要很多限定而不能公开宣言，既具有致命诱惑性和又具有巨大破坏性的敏感话题。然而《金瓶梅》却借助中晚明以来的政纲混乱、思想纵肆、商业活跃和风俗奢靡的时代风气，将人们对物欲，尤其是情欲的极端追逐，空前有力地铺写出来。不过，也很显然，情欲享乐这个高度敏感话题，在《金瓶梅》的作者和文本那里，也没能得到很好的解决。尽管它做了很多努力，甚至不惜跳出文本来悬空说教，但还是不能遮蔽文本近乎生命本能冲动的情欲铺写。于是，情欲在《金瓶梅》的积极铺写和反面惩戒的双重角力下，十足地成了一个兼具本真性和危险性的复杂悖论存在。所以，《金瓶梅》在情欲的"戒""劝"之间，态度本身就是游移不定的，"半是诅咒，半是歆羡"[1]。而其艺术模式，也有学者概括为"蚕茧式的艺术模式"，是"情欲和道德无休止的战争"[2]。但也正是如此，《金瓶梅》才开启了对于私密情欲的首次正面书写和深入省思，写出了其本真性和危险性兼具的复杂性质和表现，由此也才能成为中国古代家庭社会小说的先声和代表。从这个角度上说，《金瓶梅》接受中的"戒""劝"悖反，是内在于《金瓶梅》的作者和文本的，而不完全是不合格读者的"误读"。

自古以来由男性书写的历史记载和文人学者言谈，对于美色的诱惑大都是持一种欣慕与警惕并存的悖论式思维模式，所谓"譬如房中之事，人皆好之，人皆恶之"[3]是也。一方面承认"饮食男女，人之大欲存焉"[4]，是传宗接代和夫妻举案的必然要求，具有自然的本真性和伦理的示范性，但另一方面又说："纵耳目之欲，恣支体之安者，伤血脉之和。且夫出舆入辇，命曰蹷痿之机；洞房清宫，命曰寒热之媒；皓齿蛾眉，命曰伐性之斧；甘脆肥脓，命曰腐肠之药。"[5]指出如果过分

① 黄霖等主编《中国文学史》第四卷，高等教育出版社，2003 年，第 172 页。

② 王增斌、田同旭《中国古代小说通论综解》，中国文联出版社，1998 年，第 469 页。

③ 陶慕宁校注《金瓶梅词话》，人民文学出版社，2008 年，第 2 页。

④ 孔颖达《礼记注疏》卷二十二"礼运"，李学勤主编《十三经注疏》本，北京大学出版社，1999 年，第 689 页。

⑤ 枚乘《七发》，费振刚、仇仲谦、刘南平注《全汉赋校注》，广东教育出版社，2005 年，第 33 页。

追求物欲(含美色)的极端享受,耽溺而不能自拔,则这些来自生活极端享受的车马、宫室、美色和美食之好,又会戕害人的宝贵生命。所以一般说来,明代以前的观念,虽然在家族的生育繁衍上承认男女交合在理论上的合理性,主张及时婚嫁,婚内和谐,如此才能修身齐家治国平天下,但反对溢出此外的过度情欲放纵,否则就称其为淫奔和淫乱,丧身亡家败国。著名的褒姒、夏姬、西施、虞姬、赵飞燕姐妹、杨贵妃等美丽女性,就被戴上了危险与诱惑并存的"红颜祸水"圈套,并与害人性命的妖孽、狐狸精等形象相连。而在文学书写实践中,明代以前固然多有涉足于情欲和女色魅力表现的诗词、辞赋、戏曲、小说作品,但总体说来只是约略提及其事①,只用隐约的诗一般的语句来表现美丽女性对于男性主体的诱惑力,基本还维持着一种"高雅的色情"②的维度。虽然这也是男性视角下女性主体缺失的畸形表现,但与《金瓶梅》开启的大篇幅多次数的赤裸裸情欲描绘相比,显然前者只是在悄然涉足这个话题,而后者则是肆无忌惮的行为表演。两者的差别主要有:前者偏重在两相欢悦的情,后者已滑落到床第征逐的欲;前者偏重在男女的情趣结合和走向婚姻,后者则是男女的欲望战斗和婚姻社会的遭破坏;前者还隔着一层隐约的诗词面纱,后者则是记账簿般的情欲行为记录。也正是为此,《金瓶梅》等艳情小说要给这样的色情描写套上一个正大光明的因果报应结构,或"借色谈禅"与"即色悟空"的悟道结构,以显示对情欲危险性的提示和警告。不过也由此可知,这样的惩戒意图和主体大肆铺写的比例已经失衡,"戒劝"悖反在普通读者那里很难幸免。

而这一切的根源就在于情欲(美色)本身在古老中国的文化心理语境里就是一个充满多重二律背反意味的命题。孔夫子早就说过:

① 关于明代之前情色书写的基本情况,可参傅耀珍《明代艳情小说研究》,新北市花木兰文化出版社,2007年,第11—20页。

② 康正果《风骚与艳情》,河南人民出版社,1988年,第81页。

“吾未见好德如好色者也。”[①]已可见男性的精神修养在女色诱惑面前的不堪一击。“男女大欲”总是在不断冲击个人的品德操守和社会的纲常伦理堤防，而在家国同构的思维模式作用下，当个人的情欲沉溺与政治道德命运的失败、家国的衰亡相联系时，情欲的自发性和放纵性就变成一个需要严肃拷问的话题。

归纳而言，《金瓶梅》等艳情小说的情欲铺写在如下几个方面是充满着紧张的悖论的：

第一，就发生的场合而言，男女情欲的发生和交往本应该是私密的，即《诗经・墙有茨》说的：“墙有茨，不可扫也。中冓之言，不可道也。所可道也，言之丑也。墙有茨，不可襄也。中冓之言，不可详也。所可详也，言之长也。墙有茨，不可束也。中冓之言，不可读也。所可读也，言之辱也。”[②]但《金瓶梅》等艳情小说却将这些私密淫昏的“中冓之言”和“中冓”之行，用长篇通俗白话小说的形式淋漓沉酣地铺写出来，由此造就了私密性和公开性的悖论存在。

第二，就本来功能和社会风俗影响而言，情欲的发生在中晚明之前的理论预设上是以生殖繁衍、家庭组合和养生延寿为主[③]，而到了《金瓶梅》，则延续了之前文学书写中所已经表现的情欲满足，并将之作了更广层面和更多次数的大赋式铺写渲染，弱化或者说遮蔽了这些功能的实现。如果说这在先明文学书写中比较自然，写的主要是婚前的私定终身，渴望短暂的情欲满足，则到了《金瓶梅》，就“革命”到了一个书写婚后情欲扩张的新阶段，并将其变成了对已婚女性的性欲征服和财富、势力的扩张。所以大体说来，之前的主角多是未婚青年男女，而《金瓶梅》则是已婚成年男女。之前的结局多是才子佳

---

① 刘宝楠《论语正义》卷十“子罕”，国学整理社编《诸子集成》，中华书局，2006年，第188页。

② 孔颖达《毛诗注疏》卷三《鄘风・墙有茨》，李学勤主编《十三经注疏》，北京大学出版社，1999年，第182页。

③ 吕红《〈金瓶梅〉的突破与失落——〈金瓶梅〉性描写的文化批判》，《金瓶梅研究（第4辑）》，江苏古籍出版社，1993年，第152—157页。

人和民间男女经过多重磨难考验的美满婚姻结合，虽在“父母之命，媒妁之言”的社会规范上是一种破坏行为，但最终还是有助于社会家庭结构的建设(只是承认婚姻的基础可以是男女两情相悦)，而《金瓶梅》则是破坏既有的婚姻匹配状况，影响社会纲常伦理的建设，于世态风俗只有摧毁作用。这就是情欲的双重本质——生产性、建设性和革命性、颠覆性并存的悖论性结果[1]。先明文学集中表现的是前者，《金瓶梅》等艳情小说集中表现的是后者。“生我之门死我户，看得破时忍不过”[2]，说的就是这个悖论性命题的践行困难。

第三，色欲在人们的漫长认识中，也是一个诱惑和危险的矛盾结合体。延续《吕氏春秋・本生》和《七发》的“皓齿蛾眉，命曰伐性之斧”论，《金瓶梅词话》本至少有两处集中体现了对于美色的耽好和危害转化的认识。一处是张批本开篇的《色箴》：“二八佳人体似酥，腰间仗剑斩愚夫。虽然不见人头落，暗里教君骨髓枯。”[3]这本是唐代道士吕洞宾所作，却成了明清色情小说用以表达对美色恐惧的套话[4]。一处是词话本第七十九回说到女色坑人，所引用的几句格言：“花面金刚，玉体魔王，绮罗妆作豺狼。法场斗帐，狱牢牙床，柳眉刀，星眼剑，绛唇枪，口美舌香，秦楚强，吴越壮，为他亡。早知色是伤人剑，杀尽世人人不防。”[5]将女性的美丽外表与内在的“吞噬性”的、“杀伤性”的所谓“后果”并置，以让世人憬悟耽溺的巨大危害。但实践的困难在于，一般人难以透过外在而去理解这一层。

第四，或许是最重要的，是这些小说的情欲铺写策略，乃“即色谈禅”，“以淫止淫”，“导欲以惩欲”，本身就充满了肉欲与超脱的纠缠。于是情欲在这样的张力结构里，总是处于身体的过分投入与理性的

---

① 冯文楼《四大奇书的文本文化学阐释》，中国社会科学出版社，2003年，第327页。

② 王汝梅等校点《张竹坡批评第一奇书・金瓶梅》第一回，齐鲁书社，1987年，第11页。

③ 王汝梅等校点《张竹坡批评第一奇书・金瓶梅》，齐鲁书社，1987年，第10页。按：此诗又在第七十九回西门庆纵欲身亡时再度出现，第1278页。

④ 万晴川《中国古代小说与方术文化》，中国社会科学出版社，2005年，第268页。

⑤ 陶慕宁校注《金瓶梅词话》，人民文学出版社，2008年，第1104页。

生硬拉出这两股力量的牵扯之中，呈现出理性上想摆脱而肉体又总是耽溺的悖论现象。并且深究起来，这两股力量的性质和作用层面不同："过分投入"乃是身体欲望的先天性本质力量，具有感性冲动和难以餍足的特性，而"生硬拉出"乃是后天理性的附加认知和规范，具有虚渺空洞、不切现实的精神教导特点。于是当身体还有力量沉溺于情欲征服和相悦之乐时，则再多再精深的情欲节制理论也不可能拉回这匹实质没有笼头的狂奔野马。除非随着身体机能的下降和衰竭才可能减少和淡薄，否则基本是至死方休。西门庆等人即是如此，未央生也是割除了孽根才入佛道。所以后来一些极端读者，甚至认为与其为了欣赏文学艺术而留存《金瓶梅》，还不如彻底弃绝之。[①]

有此四端，对情欲进行大赋式铺写的《金瓶梅》等艳情小说，无论在文中做了多少惩戒提示处理，有多少精英读者、出版商为其教化功能辩护，也会在"谈色色变"的中国文化心理语境里，而屡被严禁。其原因即在于情欲本就是一个充满了诸多二律背反的命题；要正面表现之，就要负担"戒劝"悖反的指责和声讨。

四、余论

关于《金瓶梅》情欲铺写所引起的系列评价和处理看待问题，包括性描写的种类、写作态度、客观社会效果和身体意识、性别意识、美学评价，以及它和西方自然主义、现实主义等创作倾向的关系，等等，当今学界已有了很多比较有价值的讨论。笔者在此只拟就《金瓶梅》大面积书写情欲本身在明末清初的走红小说界和出版市场，来谈与之密切相关的两点，即中晚明的大众阅读趣味和写作题材的转向家庭日常生活细节。而这两点又都与西方 18 世纪"小说"的相关情形和写作倾向一致。

第一，中晚明出版业的空前发达，使得《金瓶梅》等迎合奢靡放纵

① 如清人刘廷玑《在园杂志》即言："天下不善读书者，百倍于善读书者。读而不善，不如不读。欲人不读，不如不存。"因此认同康熙五十三年(1714)严禁小说淫词之举。见黄霖编《金瓶梅资料汇编》，中华书局，1987 年，第 254 页。

世俗，逸出一般情欲规范的言情小说写作类型可以进入大众的阅读空间。美国学者伊恩·P·瓦特《小说的兴起》一书曾研究英国18世纪读者大众的增多与倾向现实生活的小说出现二者之间的关系，认为其中非常关键的促进因素，就是当时占优势地位的中产阶级的欣赏趣味、文化程度和经济能力。[①] 这不能不让我们联想到中晚明发达的出版业和商人势力的崛起在培养越来越多、越来越中下层的大众读者的重要作用，使得原来主要是历史演义和英雄传奇的小说类型，转向了民间日常生活，甚至是家庭的私密情欲生活。绣像、多色套印、八股文式的艺术评点等多种浅近花哨的出版手段，正说明了白话小说向识字不多的下层大众倾斜的迹象。

第二，中国古代小说从《金瓶梅》起，确实开始了一个文人独创性小说崛起并占据主流的新时期，而这与小说写作的取材内容和表现兴趣向中下层家庭日常生活细节的“革命性”转移密不可分。这种转移情况，又与西方18世纪由准小说形式(fiction)“散文虚构故事”转向“现实主义”的“小说(novel)类型”非常相似。[②] 而这次中国小说的“革命性”转移，最先就是转向到了大幅度多层面地去铺写与家庭日常生活密切相关而以前又很少正面铺写的情欲，以及由情欲放纵所引发的一系列家庭社会后果，以寄寓文人对于世俗社会的忧思和愤慨。因此，从这个角度说，《金瓶梅》所开启的以情欲扩张和消散为动力象征的世情铺写(其背后辐射的是金钱和权势社会)，都是对中晚明以来社会发展面相的切实反映。无论是善是恶，是美是丑，情欲都成了小说的直接书写对象。这一点正好改变了以前小说主要依赖于传统文化和历史人物的倾向，而延续革新了宋元白话小说的形式和日常生活内容，从此以情欲铺写为突破口，找到了新小说向现实日常生活和社会生活倾斜的表现路径。

---

① 伊恩·P·卡特著，高原、董红均译《小说的兴起》，生活·读书·新知三联书店，1992年，第33—61页。

② 伊恩·P·卡特著，高原、董红均译《小说的兴起》，生活·读书·新知三联书店，1992年，第30页。

“一部小说之所以存在,其唯一的理由就是它确实试图表现生活。”“按照它的最广泛的定义,一部小说是一种个人的、直接的对生活的印象:这印象首先构成了其大小根据印象的强烈程度而定的价值。”“不要过多地考虑乐观主义和悲观主义;努力捕捉生活本身的色彩。”①美国早期小说家兼评论家亨利·詹姆斯(1843—1916)关于西方近代小说的上述言说,正可以拿来说明《金瓶梅》所代表的新小说的特点和旨趣。对此,我们或许可以说,《金瓶梅》情欲铺写所引起的“戒”“劝”背反,正是中晚明社会生活和私人情欲生活的艺术反映,是当时“生活本身的色彩”,也是当时中晚明大众从上到下的阅读趣味所推动的结果。对《金瓶梅》,我们无论是批评还是赞美,都得首先承认这一个前提。

(云南师范大学文学院)

① 亨利·詹姆斯《小说的艺术》,朱雯等译《亨利·詹姆斯文论选》,上海译文出版社,2001年,第5,11—12,31页。

明清戏曲图像研究述评

高文强　李程蔚

内容摘要：在视觉文化和图像研究日渐兴盛的文化背景下，明清戏曲图像研究涌现出了大量成果，形成了几种具有代表性的研究范式。在图像戏曲史的书写、戏曲的图像传播、图文关系研究、图像与视觉文化研究等多个研究层面均有所开拓和创新。这些研究从史证、媒介、符号等角度，为戏曲研究提供了可资参考的方法路径。本文将明清戏曲图像研究作为一个对象进行综合考察，并且对现有研究作出评价和总结。

关键词：明清；戏曲；图像研究；视觉文化

The Review on Opera Image Research of Ming and Qing Dynasties

Gao Wenqiang　Li Chengwei

Abstract: Under the cultural background of the increasing prosperity of visual culture and image research, a large number of achievements have emerged in the study of opera images in the Ming and Qing Dynasties,

forming several representative research paradigms. And it has developed and innovated at many research levels, such as the writing of the history of image drama, the image communication of drama, the study of the relationship between image and text, and the study of image and visual culture. From the perspectives of historical evidences, media, symbols and others, these studies provide a reference method for the study of Chinese opera. In the paper, the study of Ming and Qing opera images is taken as an object, and the existing research is evaluated and summarized.
Keywords: Ming and Qing Dynasties; traditional opera; image research; visual culture

明清戏曲图像指的是明清时期与戏曲相关的图像，包括戏曲版画、戏曲绘画、民间工艺品中的戏曲图像。学界对明清戏曲图像的研究得益于艺术史和文学史领域内视觉文化（visual culture）和图像研究（image study）的日渐兴盛，乃至出现某种研究取径上的“图像转向”（pictorial turn）。西方的图像学（Iconology）成为国内图像研究的重要理论资源，早在20世纪八十年代，图像学的理论著作就已被译介到中国。目前尤其受到关注的是现代图像学理论，该理论于20世纪初由德国美术史家瓦尔堡（Aby Warburg，1866—1929）开创，并由艺术史家潘诺夫斯基（Erwin Panofsky，1892—1968）系统化。潘诺夫斯基指出，使用图像学方法是为了对图像进行“意义的重构”，通过图像学的方法，观者可以返归艺术家的创作历程，去理解艺术家为何选择某种形式去再现意义。[①]

图像学最初用于艺术史研究中，不过图像学研究强调对作品的题材形式、象征意蕴和文化意义的研究，因此作为一种阐释方法的图像学可以被运用到更为广泛的实践当中。图像学具备了将艺术史与思想史、文化史关联起来的方法论基础，其作为一种理论方法能够为

① 刘伟冬《现代图像学的理论建构与批判》，《美术》2014年第3期。

戏曲研究注入新的活力。然而当我们将其引入到古典戏曲的研究中时,不能舍本逐末,其研究的重点始终应当围绕戏曲展开,比如戏曲史的书写、戏曲的表演与传播、戏曲文本等。那些单纯讨论插画的绘画史或艺术史的研究成果,或是探讨民俗器物而没有关涉戏曲经典文本的研究,均不在本文的探讨范围之内。本文主要对明清戏曲图像研究的成果进行述评,总结出几种具有代表性的研究范式。

一、图像戏曲史的书写

图像戏曲史的书写路径主要有两种。第一种是以图像证史,戏曲研究界越来越重视使用图像来弥补文字资料记载的不足,提倡“以图证史”与“戏出文物”。以图证史是历史研究的重要途径和基本方法之一,图像为戏曲史的书写提供更多的物质资料。“以图证史”本质上来说还是文主图辅,文本是第一位的,图像是第二位的,实质上是一种隶属于大传统实证考据的研究手段。

“以图证史”的研究,较有代表性的有廖奔的《中国戏剧图史》[①],全书搜集了从先秦到清末民初的 1383 张图像,以文字描述为主,对戏曲图像的利用较为宏观概括。通过图片印证中国戏剧在不同时段的发展脉络、演出场所、戏剧文物类型等,从而展示中国戏剧发生发展的全过程。此书图像资料的搜集翔实全面,借用图像对戏曲史的分析具有开创性意义,但以图证史的过程中缺乏细致的考辨。此外,代表性的文章还有王义平的《明清版画插图对戏曲演出的展示》[②],该文详细研究了如年画、剪纸、木雕、绘画等各种形式的图像,认为图像是戏剧的一种引申展出形式,是可以提供当时戏剧演出现状的泛戏剧形态性质的图像资料。与此同时,也有一些学者对“以图证史”提出了自己的“冷”思考:“我们在形式与意义之间,应有适当的平衡;于形式中的含义,不要一味去深求,否则会失于穿凿,落于程式的陷阱。”[③]以

① 廖奔《中国戏剧图史》,河南教育出版社,1996 年。

② 王义平《明清版画插图对戏曲演出的展示》,《四川戏剧》2012 年第 1 期。

③ 缪哲《以图证史的陷阱》,《读书》2005 年第 2 期。

图证史是一种反思式的诠释，很可能产生主观附会，图文之间所建立的意义路径也很可能不准确。一些研究者并未先回归图像的传统进行意义的确认，再进行以图证史的研究，因此在认知和使用图像时产生舛误，或是把图像材料仅当成插图来使用，或是对图像材料的形式牵强附会、过度解读。

第二种观念是把图像本身当作历史，而非历史的佐证材料。这一种观念将图像置于更为重要的地位，至少是与文同等重要的位置进行研究。图不再是文的附庸，而是具备独立主体的意义。这是一种受到西方图像学影响而兴起的“图本位”的观念指导下的研究方式。陈小青的硕士论文《〈西厢记〉图像演变研究》[①]对经典戏曲文本《西厢记》的插图刊本、民间艺术、戏曲表演资料等图像演变的历史轨迹进行梳理，形成一套相对完整的《西厢记》图像资料。张青飞《明刊戏曲插图之演变及其戏曲史意义》[②]一文把图像本身当成是历史，把明刊戏曲插图分为明初至隆庆年间，万历年间，明泰昌、天启、崇祯年间三个历史阶段。并且通过对明刊戏曲插图发展历程的考察，发现各本插图在位置、形制、功能等方面有所演变。魏子怡《晚明戏曲插图文人化现象研究》[③]以晚明作为时间节点，以文人参与插图绘制为线索，探究晚明戏曲插图文人化的具体表现，进而分析晚明戏曲插图文人化现象背后的原因，得出“文人对戏曲的推崇”以及“市民审美趣味的转变”两点结论。朱浩的博士论文《明清戏曲图像研究》[④]在坚持戏曲研究本位的前提下，将研究对象扩充到除了印刷和版画以外的各类戏画、木雕、泥塑、服饰等方面，并且对“文学”与“图像”的关系研究予以反思，认为应当增加对图像本身意义的关注，反对图像史实研究中问题先行、理论剪裁与过度阐释等现象。综上，这一类的研究都是以戏曲图像为主要研究线索，进行历史研究并且得出与戏曲史相

---

① 陈小青《〈西厢记〉图像演变研究》，南京大学硕士学位论文，2013 年。

② 张青飞《明刊戏曲插图之演变及其戏曲史意义》，《文化遗产》2013 年第 3 期。

③ 魏子怡《晚明戏曲插图文人化现象研究》，扬州大学硕士学位论文，2022 年。

④ 朱浩《明清戏曲图像研究》，南京大学博士学位论文，2015 年。

关联结论的成果。图像戏曲史的书写，不仅从材料上丰富和完善了戏曲史的内容，更使得戏曲史变得更为立体全面。

一些成果做到了两种思路的综合，不仅以图证史，且图史互证，构建起了系统化、体系化的图像戏曲史。乔光辉的专著《明清小说戏曲插图研究》[①]即以明清小说戏曲的插图为研究对象，全书分设“理论篇”“地域篇”和“个案篇”三大板块，既有抽象理论的探讨，也有具体的文本分析，更有构建在社会文化基础上的地域插图研究。彭智《创构插图研究本土化新范式——评乔光辉〈明清小说戏曲插图研究〉》[②]评价道：“《明清小说戏曲插图研究》自觉建构学科体系，主动探寻本土化学术路径，创新总结插图叙事模式，开拓插图地域研究，重新审视批评、传播与接受功能，为国内文学插图研究乃至图像研究指出了新的范式。”元鹏飞《戏曲与演剧图像及其他》[③]由图像引发对戏曲演剧形态不同侧面的研究，也是一种图史互证的思路，对明清传奇演出与砌末、脸谱，开场形式流变作出考述。赵林平的博士论文《晚明坊刻戏曲研究》[④]从坊刻戏曲的插图入手，勾勒出了集晚明书坊发展史、戏曲出版传播史、社会商业史、戏曲文学评点史、戏曲版画风格流变史等多线并行发展的立体的历史，将专题研究与资料考辨结合起来，揭橥了晚明坊刻戏曲图像的多重意义。

图像戏曲史的建构是将古代戏曲作为一种完整的艺术而非单纯的文本来看待的研究视角。吴新雷《戏史图像学之我见》[⑤]是关于图像戏曲史的一篇重要的总结性文章：“戏史图像学的理论纲领是从综合艺术的出发点着眼，动态性立体化地‘以图证史’与‘图史互证’。”把图像作为戏曲史的凭据。这篇文章除了总结戏史图像学诞生的诸

---

① 乔光辉《明清小说戏曲插图研究》，东南大学出版社，2016 年。

② 彭智《创构插图研究本土化新范式——评乔光辉〈明清小说戏曲插图研究〉》，《美与时代(上)》2018 年第 11 期。

③ 元鹏飞《戏曲与演剧图像及其他》，中华书局，2007 年。

④ 赵林平《晚明坊刻戏曲研究》，扬州大学博士学位论文，2014 年。

⑤ 吴新雷《戏史图像学之我见》，《戏剧学(第 3 辑)》，文化艺术出版社，2015 年，第 264 页。

多成果之外，也表达了对戏史图像学的反思：图片在生产和制作的过程中具有人为的主观选择性，并且图片仍要受到时代、社会、个人等主客观因素的制约，不可过分夸大图像之于戏曲史书写的作用。

二、戏曲的图像传播

戏曲的图像传播，指以图像作为戏曲传播的载体，其方式一般是将戏曲中的部分情节、文字，或者演剧的场景绘成图像，从而使得戏曲内容更加形象化、直观化。文学戏曲图像以版刻图像传播为代表，文学戏曲图像在明中期以后，得到迅速发展。不仅创造了文学戏曲版刻图像的辉煌时代，也同时将文学与戏曲通过更多的媒介形式传播到社会生活的各个方面。明清版刻图像传播与发展反映了戏曲发展世俗化与商业化的总体趋势。当时许多重要的画家参与到版刻图像的制作中，促使版刻图像传播达到空前的高度，这些戏曲图像使得戏曲增加了受众群体，变得更为普及。

李昌集、张筱梅《戏曲的图像传播：一个值得关注的课题》[①]一文引起了学界较为广泛的回应，促发了学界对于此问题的思考。该文提出："在戏曲的文本及其传播方式的研究中，图像传播更是一个迄今少人问津的课题。"研究戏曲的图像传播，主要立场在于把戏曲图像作为一种特有的戏曲解读方式予以剖析。图像对于戏曲故事的解读，对于戏曲中人物形象的建构以及对戏曲表演等方面都具有意义。

图像作为戏曲传播媒介的研究多是从一个具体的经典戏曲切入，结合理论分析戏曲传播的过程中，图像起到了什么样的效用。王省民的论文《图像在戏曲传播中的价值——以"临川四梦"的插图为考察对象》[②]指出了图像在戏曲传播中的价值，一方面戏曲插图反映了戏曲演出的场景，有的图像是伶工从事戏曲表演的舞台艺术指南；

---

① 李昌集、张筱梅《戏曲的图像传播：一个值得关注的课题》，《文学遗产》2007年第2期。

② 王省民《图像在戏曲传播中的价值——以"临川四梦"的插图为考察对象》，《戏曲艺术》2010年第1期。

另一方面戏曲插图推动了戏曲文本的传播，插图艺术在形象塑造方面有自己的优势，通过直观的形象描绘传神地表现戏剧作品的主题和基本精神。蒋炜的文章《晚明戏曲演出活动对戏曲刊本的影响考论——以金陵戏曲演出为中心的考察》[1]总结了不同刊本的功能及其所面向的对象："音释本主要面向文化水平较低的下层读者，点板本主要服务于演剧人员，点评本主要针对文人雅士等文化修养较高的人群。"因而得出戏曲插图有助于戏曲的传播和演出的结论，插图"帮助观众熟悉演剧内容，深入理解剧情；帮助演员熟记对白和唱词，提高发音的准确性；给文人提供案头阅读和欣赏之便，这样进而促使演出活动向更高水平发展"。夏心言《日本江户时代中国戏曲图像的传播与影响》[2]一文研究戏曲图像在域外传播中所起到的作用。中国戏曲在江户时代日本借助图像进行传播，如文本的插图、实际演出的绘画等。这些图像向锁国时期的日本人展示了戏曲服饰、化妆、道具等内容，而日本画家又据此而作有与戏曲场景有关的绘画，其中既有真实还原的，也有偏差失实的，这反映了戏曲扮相东传的复杂情况。经过一定时间的消化接受，这些戏曲扮相被能剧、歌舞伎吸收借鉴，融入日本文化之中，而与原貌有所偏差。

在图像作为戏曲的传播媒介的研究中，另一个很重要的问题是如何解释两种媒介之间的关系，即造型艺术和表演艺术之间的差异和联系。单永军的论文《试论戏曲经典的图像传播——以〈桃花扇〉为例》[3]在学理层面上探讨得更为深入，其在理论上使用了莱辛《拉奥孔》的思路，区别了视觉艺术和表演艺术之间的不同，图像之于表演的差异为戏曲经典的传播提供了特定的传播优势。在阐述戏曲经典

---

① 蒋炜《晚明戏曲演出活动对戏曲刊本的影响考论——以金陵戏曲演出为中心的考察》，《艺术研究》2017 年第 1 期。

② 夏心言《日本江户时代中国戏曲图像的传播与影响》，《戏曲与俗文学研究》2019 年第 2 期。

③ 单永军《试论戏曲经典的图像传播——以〈桃花扇〉为例》，《民族艺术研究》2013 年第 5 期。

的图像传播方式时，将其分成肖像式描摹、场景式呈现、连续性展示以及图文式并存等几种。最后，该文指出戏曲图像的传播效果是拓展了经典的再生产空间以及扩大了戏曲经典的接受群体。

图像作为戏曲的传播媒介的可靠性如何，对此也有一些反思的声音。比如朱浩的《明代戏曲插图与舞台演出关系献疑》[①]，他思考的起点在于，戏曲插图和舞台演出作为两种艺术有着它们自身的规律和范式。不管是"照图扮戏"论还是"照戏绘图"论，它们都出于"影响—反映"的预设：明代戏曲插图之绘制必定受到戏曲舞台演出的影响，也就必对舞台演出有所反映。这就陷入了单一的因果链条之中。明代戏曲插图所采用的人物动作以及构图范式，和小说、说唱、诗文等其他体裁的插图并无二致，并非有意迎合戏曲舞台表演动作，而是对于人物动作程式性的绘画表现。

三、图文关系研究

图像和语言都可以作为表意的工具，都具有符号特性。从浅表的文图关系到深层的图像文本，是研究者对图像和文本的关系研究自外部关联深入到了内部研究之中。赵宪章在《文学和图像关系研究中的若干问题》一文中指出："文学是语言的艺术，但是语言并非文学的全部，这一观念使文学和图像的关系研究成为可能，而'语—图'关系则是其中的关键。'一体''分体'与'合体'是语图关系的三大历史体态；与此相应，'以图言说''语图互仿'和'语图互文'是其各自的特点，其中包含并可能引出许多非常有价值的学术命题。"[②]赵宪章这段话中提出了三种图文关系的特点，可用以代表图文关系研究的三种范式。

图文关系研究的第一种范式是"以图言说"，其实质是图像叙事学，叙事是插图的重要功能。插图借助其空间性和时间性之间的张

① 朱浩《明代戏曲插图与舞台演出关系献疑》，《文艺理论研究》2021 年第 5 期。

② 赵宪章《文学和图像关系研究中的若干问题》，《江海学刊》2010 年第 1 期。

力，凭借其容纳想象力的形式以实现其叙事功能。对于图像的叙事功能的研究，张玉勤《预叙与时空体：中国古代戏曲图文本的叙事艺术》[1]一文通过运用索绪尔的横组合和纵聚合理论审视古代戏曲插图本“语—图”互文现象及其叙事艺术，总结出图像文本的“预叙”和“时空体”两种叙事功能，在理论领域有所开拓。葛冰《清代戏曲木刻版画图像叙事性研究》[2]一文认为，插图和图像存在一种“共叙”的关系。在清代，戏曲木刻插图、木刻年画等图像与文字共同叙述着故事情节，帮助大众增强对内容的兴趣和理解。杨彦的《明代以降〈赵氏孤儿〉图像叙事研究》[3]一文，指出了研究图像叙事的一个通行的结论，即戏曲插图之于文本叙事，往往起到“预叙”的提示作用。同时，杨文也总结出了“情节律”“符号化”“高潮律”这三点，分别代表了不同时期插图本所体现的主要叙事规律。郭晓宁《明刊〈西厢记〉插图的图像叙事研究》[4]一文从人物刻画、情节描绘、隐喻叙事几个方面论述了图像叙事的功能，图和文在时间和空间两个层面不断充实着文本的叙事格局。一方面，戏曲插图依托于文本而存在，是文本中的图像叙事。文本是第一性的，插图是第二性的，插图要在情理上与文本契合；另一方面，戏曲插图又能帮助读者深化对文本的体悟与感知。通过将文字描述的事物视觉化和形象化，戏曲插图为读者构建出更加直观饱满的阅读体验，引导读者更切近故事主题，实现对文本的深入理解。此外，还有石超《明代戏曲插图本的叙事系统——基于文字叙事与图像叙事的考察》[5]、张婕《明代小说、戏曲插图的叙事功能》[6]、陶珊珊《明

---

① 张玉勤《预叙与时空体：中国古代戏曲图文本的叙事艺术》，《文艺理论研究》2011年第2期。

② 葛冰《清代戏曲木刻版画图像叙事性研究》，西南大学硕士学位论文，2013年。

③ 杨彦《明代以降〈赵氏孤儿〉图像叙事研究》，西南大学硕士学位论文，2017年。

④ 郭晓宁《明刊〈西厢记〉插图的图像叙事研究》，北京外国语大学硕士学位论文，2015年。

⑤ 石超《明代戏曲插图本的叙事系统——基于文字叙事与图像叙事的考察》，《内蒙古社会科学(汉文版)》2015年第4期。

⑥ 张婕《明代小说、戏曲插图的叙事功能》，《艺术百家》2009年第6期。

曲插图臧改本〈南柯记〉图像叙事研究》[①]等文章，也是从戏曲插图的图像叙事入手展开研究论述的。

有学者从图像与文字的相互模仿角度去讨论语图关系。龙迪勇在《图像与文字的符号特性及其在叙事活动中的相互模仿》[②]一文中指出图像和文字各自的符号特性，相比图像而言文字是强势符号。图像介于纯粹符号与表意符号之间，兼具"再现"和"造型"的性质；而文字则是一种抽象程度更高的表意符号，在"再现"时可以脱离"造型"因素。这两者的差异造成了图像叙事与文字叙事间相互模仿时的差异：图像叙事模仿文字叙事，主要是内容层面的模仿；而文字叙事模仿图像叙事，主要是形式层面的模仿。图像模仿文字，二者共同构成叙事性；而有时，图像的造型所带来的视觉性又会打破文本的叙事性，对读者的阅读效果产生影响。

较为常见的一种观点是图像对文字内容的模仿。例如成俊琴《明代戏曲插图研究》[③]一文便从多方面总结了插图对文本内容的模仿与呈现，如插图者多选择表现戏曲的主要情节内容和凸显戏剧冲突的事件，戏曲插图多是围绕戏曲标题展开绘画，透过插图便可以了解戏曲主题等。另一些文章对图文之间的模仿关系做了更为深入的探讨。马孟晶(Meng-ching，Ma)《文本的碎片化和结构化：晚明〈西厢记〉插图的视觉性和叙事性》[④](Fragmentation and Framing of the Text：Visuality and Narrativity in the Late-Ming Illustrations to "*The Story of the Western Wing*")比较具体地探讨了语图之间的模仿关系。在某些版本中，《西厢记》的图像不是与叙事情节有关，而是

---

① 陶珊珊《明曲插图臧改本〈南柯记〉图像叙事研究》，西南大学硕士学位论文，2020年。

② 龙迪勇《图像与文字的符号特性及其在叙事活动中的相互模仿》，《江西社会科学》2010年第11期。

③ 成俊琴《明代戏曲插图研究》，淮北师范大学硕士学位论文，2014年。

④ Meng-ching Ma，Fragmentation and Framing of the Text：Visuality and Narrativity in the Late-Ming Illustrations to "*The Story of the Western Wing*"，Ph. D. diss，Stanford University，2006.

去模仿文本中提取的诗文而作。在图像的制作上，插画家从技法上模仿了毛笔绘画的视觉效果。这种模式体现了当代对文本碎片化的实践，以及对精英文化诗意画面格式的模仿意图。除了绘画，插图画家还从装饰艺术中学习。《西厢记》插图中的装饰元素很难完全掩盖图像的叙事功能，但图像给读者带来的观看乐趣可能会在一定程度上取代读者对情节和人物的兴趣，反过来影响读者的阅读。随着这些插图的不断丰富，作者认为在明末出现了重视觉轻叙事的倾向。

第二种研究是语图互文的研究。其中张玉勤的《中国古代戏曲插图本的“语—图”互文现象——基于皮尔斯符号学的视角》[①]一文，运用皮尔斯的符号学理论为语图互文的发生提供理论基础。因文生图产生了从文到图的“直接意义”；而图中增文、图外生文、图像证史等形态，则是图像超越语词所衍生的“动力意义”。这两种意义的“接合”生成了“最后的意义”，即是各主体之间的视域融合。张玉勤《明刊戏曲插图本“语—图”互文研究》[②]是一项系统的成果，该文对图像和叙事之间的互文性关系作了深入探究，通过分析总结出了表层互文与深层互文、纵向互文与横向互文、外在互文与潜在互文、同质互文与异质互文等多重“语—图”互文形态。在张玉勤的指导下，他的学生也写了一系列论文，从个案角度继续深化语图互文各方面的效应，这样的文章有孟晨的《明刊〈红拂记〉插图本“语—图”关系研究》[③]，潘架丹的《“语—图”互文视阈中明崇祯刊本“一人永占”插图研究》[④]等。

此外，还有一些文章对语图互文研究进行了深化，延伸出图像在语图互文关系中功能的多样性。比如戏曲插图还可以承担戏曲批评

---

① 张玉勤《中国古代戏曲插图本的“语—图”互文现象——基于皮尔斯符号学的视角》，《江西社会科学》2010年第12期。

② 张玉勤《明刊戏曲插图本“语—图”互文研究》，南京大学博士学位论文，2011年。

③ 孟晨《明刊〈红拂记〉插图本“语—图”关系研究》，江苏师范大学硕士学位论文，2017年。

④ 潘架丹《“语—图”互文视阈中明崇祯刊本“一人永占”插图研究》，江苏师范大学硕士学位论文，2017年。

的功能，因为有些戏曲插图体现了作画者的有意选择。例如杨帆的《〈琵琶记〉的插图批评》[①]，以“语图互文关系”作为逻辑起点，对《琵琶记》插图本图、文、评关系进行纵横交错、由点及面的探索。指出插图的题赞部分与戏曲文本之间有着互文关系，插图中的意象、意境、构图等又作为潜在因素体现了批评的价值判断。同时，从插图特征中还可以看出地域因素、诗论画论、文人画、民间话语等因素的综合作用。孙爱琪《明刊〈西厢记〉的插图批评》[②]以明代《西厢记》插图刊本为研究对象，以“图像批评”为研究视角，提出并分析《西厢记》插图所具的“器物与插图批评”“题画诗与插图批评”“意境与插图批评”“女性与插图批评”四种批评模式。

这三种“图文”关系的研究本质上研究的是文字符号系统和图像符号系统发生何种意义关系，也就是文字和图像之间的意义交互关系。插图与文本共享一个阅读空间，插图传达了一种与文本相关的意义，但插图意义与文本意义并非完全相同。第一种是文本意义流向图像意义。戏曲的文本赋予插图基本的叙事事件，叙事框架和叙事要素。插图所表现的事件是文本提供的，并且也为文本所限定。第二种是图像的意义流向文本的意义。插图虽然从文本那里接受了叙事框架和叙事要素，但并非是对文本的照搬照抄，即插图与文本在意义上不完全对等。插图以文本事件中的要素（人物、器具、环境等）来表现文本事件，但对文本要素具有选择、偏向以及改写、重构的能力。还有一些图像可能是独立于文本而存在的。第三种是图文之间意义的交织，通过多重的意义交换，对阅读和接受者产生双重的意义影响，甚至对当时的视觉文化产生变革性的影响。

四、图像与视觉文化研究

葛兆光在《思想史研究视野中的图像》一文中如此评价图像的意

---

① 杨帆《〈琵琶记〉的插图批评》，东南大学硕士学位论文，2018年。

② 孙爱琪《明刊〈西厢记〉的插图批评》，东南大学硕士学位论文，2016年。

义："图像资料的意义并不仅仅限于'辅助'文字文献，也不仅仅局限于被用作'图说历史'的插图，当然更不仅仅是艺术史的课题，而是蕴涵着某种有意识的选择、涉及和构想，隐藏了历史、价值和观念。"[①]也即是说，图像是作为文化史与思想史观念的载体而存在的。图像的视觉文化研究不同于图像文本研究，它更多的是关注图像或视觉的外部内容，更关注的是图像与社会政治、意识形态的关系，更多时候带有对意识形态的反思或批判。

萧丽玲（Li-ling Hsiao）的《永存于现在的过去——万历年间的插图、戏剧与阅读，1573—1619》[②]（*The Eternal Present of the Past: Illustration, Theater, and Reading in Wanli Period, 1573 - 1619*）将万历年间的插图置于绘画、文学、哲学、出版等语境中考察。萧丽玲反对柯律格、何谷里等学者将插图从文本中分离出来，而仅讨论视觉性的做法，提倡从文本（text）、编辑（edition）和体裁（genre）三方面综合考察插图本的多重语境。她在书中第三章提出，万历年间随着晚明戏曲文化的发展，戏曲的诸多舞台要素如戏台布置和演员科介等或隐或显地出现在书籍插图中，形成一种有别于万历之前小说、平话中叙事插图（narrative illustration）的表演插图（performance illustration）。表演插图突破了舞台时空和传统书籍版式的限制，复制了观众的观剧经验，促进读者的理解和想象。插图产生了更大的影响，它不再仅仅是无关紧要的修饰，而是"意识形态斗争"的场所。而书坊业主和插画师作为另一种类型的读者，也具有阐释文本的主动性，其解读也会影响插图的刊刻。尽管该书对于插图对读者影响的结论仍有值得商榷之处，并且对不同书坊不同刻本的插图差异讨论偏少，但其综合艺术史、出版史、阅读史和文学史的跨学科的文化视角值得借鉴。

金葆莉（Kimberly Besio）近年也着重关注晚明戏曲中的性别和

---

① 葛兆光《思想史研究视野中的图像》，《中国社会科学》2002 年第 4 期。

② Li-ling Hsiao, *The Eternal Present of the Past: Illustration, Theater, and Reading in Wanli Period, 1573 - 1619*. Leiden & Boston Brill, 2007.

图像问题。2011 年她发表了论文《女性、情与出版文化：明清文学与艺术中的“红叶题诗”主题》[1]（Women，Authentic Sentiment，Print Culture and the Theme of “*Inscribing a Poem on a Red Leaf*” in Ming and Qing Literature and Art），抓住戏曲《西窗雨》中的“红叶题诗”这一主题，通过视觉文化的传播，发现这一意象在插图、绘画、日常装饰中被一次次再现。作者通过对这些图像的具体分析来解释戏剧与视觉艺术如何具有刻画越界之情的颠覆力，进而参与构建明代社会对女性“情感力”的想象。

田威的《晚明文本插图研究》[2]一文，从文本插图的“复制”视角，去观察晚明绘画对相同题材的“复制”以及“粉稿”的运用，甚至戏曲舞台上的演绎似乎都留下了“复制”的影子，“复制”成为了晚明社会的一种基本状态。颜彦的论文从多个面向去解读明清戏曲插图中的视觉文化因素，如《明清小说戏曲插图中的身体叙事及其视觉表征》[3]、《明清小说戏曲插图中的公私空间及其图式分析》[4]，《明代戏曲刊本插图的非叙事与图像重构》[5]等文章从身体、空间认知、视觉文化等方面，提供了研究戏曲图像的新角度。

上述这些文章构筑戏曲图像的阐释范式，包括社会学、阐释学、符号学、人类学等跨学科领域，都是基于图像所呈现的要素充分展开的，多从汉学研究中得到启发，与更大的文化命题相关合。戏曲以及图像不仅仅作为表演艺术或者造型艺术而存在，更是作为文化场域的一部分而存在。

---

① Kimberly Besio，Women，Authentic Sentiment，Print Culture and the Theme of “*Inscribing a Poem on a Red Leaf*” in Ming and Qing Literature and Art，*Ars Orientalis*，vol. 41，2011.

② 田威《晚明文本插图研究》，华中师范大学博士学位论文，2014 年。

③ 颜彦《明清小说戏曲插图中的身体叙事及其视觉表征》，《中国古代小说戏剧研究（第十四辑）》，甘肃人民出版社，2018 年。

④ 颜彦《明清小说戏曲插图中的公私空间及其图式分析》，《贵州文史丛刊》2019 年第 3 期。

⑤ 颜彦《明代戏曲刊本插图的非叙事与图像重构》，《戏曲研究》2019 年第 2 期。

五、经典戏曲文本图像研究的反思与意义

如何使得图像的阐释处于适度界限之内，是经典戏曲文本图像研究需要反思的问题。图像的意义指向相较于文字来说是模糊不确定的。图像表意不具有意义指向的明确性和逻辑的严密性。这导致图像阐释具有某种不确定性，容易引发歧义，同时也存在过度阐释的可能。这一点是由图像学本身的学科局限性决定的。潘诺夫斯基的图像研究正是通过引入矫正原则来加以调节。他将图像阐释分三个层次：前图像志描述，用以解释图像中具体的对象、事物和事件；图像志分析，用以解释对象背后的故事和寓意，特定的主题和概念；图像学阐释，用以把握特定时期的历史主题和图像表现形式背后的深意，从而重构图像意义。每一个层次都是对前一个层次的矫正，从而形成一种综合的解释方法。[①] 英国批评家彼得·伯克也指出，图像需要放在具体、多元（文化、政治、物质等）的背景中进行考察，并且提倡建立一种图像的“系列史”（serial history）以增强图像研究的可信度。[②]

如何着眼中国传统和本土资源，对图像做出细读和个案分析，也是图像研究需要进一步思考的重要论题。针对目前的文学图像研究，赵宪章说：“由于我们过分迷恋现代西学，本土意识不够明晰，停留在文化研究层面反复打滑似乎成为必然。鉴于前车，文学与图像关系研究应继续前行而不是原地打滑：应更注重中国传统和本土资源，更强调历史纵深感和实证精神，更关注个案分析和小中见大。特别是对图像符号的解读，在细小的线条和不经意的笔墨中发现问题是关键所在，天马行空式的屠龙术无济于事。”[③]通过插图细读，文本、

① 参见帕诺夫斯基著，戚印平、范景中译《图像学研究》，生活·读书·新知三联书店，2011年，第4—6页。

② 参见伯克著，杨豫译《图像证史》，北京大学出版社，2008年，第269—270页。

③ 赵宪章《文学与图像关系研究：向学理深层挺进》，《中国社会科学报》2012年9月21日。

插图与评注对读，西方理论与中国插图对读等，在微小却有重要意义的细节中发现问题，挖掘见解。譬如，莱辛在《拉奥孔》中提出的著名理论“包孕性顷刻”，“绘画在它的并列的布局里，只能运用动作的一顷刻，所以它应该选择孕育最丰富的那一顷刻，从这一顷刻可以最好地理解到后一顷刻和前一顷刻”①，这是绘画的经典理论，但是用于解读与西方绘画体系截然不同的中国插图，其适用性如何，值得进一步去追问和探究。传统插图的小细节与西方理论碰撞，可能会碰出更大的理论空间。着眼中国传统和本土资源，从插图细读、对读入手作切实的个案分析，应是插图研究的有效途径，可将“天马行空式的屠龙术”拉回大地，也可为我们用中国话语书写出中国的图文理论探索路径，夯实根基。

此外，随着研究的不断细化和深入，还有一些更加复杂纠葛的问题留待研究者们思考。明清的许多戏曲图像多是通过印刷的方式呈现的，因此在面对这些图像时，我们必须去考虑到图像本身的复杂“身份”。一方面，图像与呈现它的物质也有着重要的关联，有时并不能仅将它们当成纯粹的符号看待。“印刷包含了一种读写能力，这种能力与口语表达不同，它涉及更多的思维经验，就如同读者识别那些连笔的符号一般”②，印刷就意味着一种程式化，一种重复性，它与插画的个体意图构成了一定的冲突。另一方面，图像隶属于自己的传统，“中国戏曲刊本的插图很少重现舞台，相反，场景都置于合适的环境中，……所有图像都基于共同的图绘传统”③，因此在研究图像时，研究者不仅要具有精密的观察和描述能力，也要积累较为系统的中国插图书籍阅读经验，因为观察和经验之间很可能会存在不一致的

① 莱辛著，朱光潜译《拉奥孔》，人民文学出版社，1979年，第182页。

② Camille, “Reading the Printed Image”, pp. 266 - 286, esp. pp. 274 - 284. 所引用的原文来自 Hindman, Introduction to *Printing the Written Word*, p. 16；转引自何谷理(Robert E. Hegel)《明清插图本小说阅读》，生活·读书·新知三联书店，2019年，第370页。

③ 何谷理《明清插图本小说阅读》，生活·读书·新知三联书店，2019年，第370页。

地方。

明清戏曲图像研究能够为图像的接受与发展，为我们当今的读图时代提供一个前史，同时，明清处在向近代转变的时期，图像的存在形态越来越丰富，并有向影像转变的趋势。无论是作为文本艺术的戏曲还是作为舞台艺术的戏曲，图像都是介于二者之间的重要的媒介和载体。

戏曲图像具有典型的地域性、功能性、叙事性特征，经典戏曲文本的图像研究有利于文学图像化语境下戏曲的出版与传播的实践。例如姜智慧的《文学图像化语境下中华戏曲典籍对外出版与传播——以昆曲典籍〈牡丹亭〉为例》[①]，对文学图像化语境下戏曲典籍对外出版与传播的策略做出了思考。其中的一些议题，如中西图像受众审美与文化心理的差异，戏曲多元出版形式中图像与语言文字的审美互补，以及实现文本传播与舞台传播的有机结合等，都值得进一步探索。

（武汉大学文学院）

① 姜智慧《文学图像化语境下中华戏曲典籍对外出版与传播——以昆曲典籍〈牡丹亭〉为例》，《中国出版》2020 年第 1 期。

闻声识人："声口"与明清小说伦理脸谱的构建*

陶 昕

内容摘要："声口"是明清小说评点中常见的范畴，用于"闻声识人"——透视小说人物的性格及品质、揭示或构建人物脸谱。其中类型化的伦理脸谱较个性化的性格脸谱更受关注，也更具代表性。就源流与谱系而言，"声口"源于明代市井话语，经明代通俗小说引入文学创作，又滋以明清诗话的雅化与案头化，最终奠定了"闻声识人"的先决条件，并形成了"身份＋声口"的基本表达范式。在功能与形态上，"声口"以伦理干预为意图，以揭示或类比人物身份为主要形式。针对不同题材及叙事模式，伦理脸谱的构建形态呈现出显、隐的差异。在美学本质上，"声口"展现了古代小说的伦理取向及相应策略，投射出古代文论话语求诸感官经验的主观性、形象性特质。

关键词：声口；明清小说；伦理脸谱

* 基金项目：国家社科基金重大招标项目"中国古代小说理论术语考释与谱系建构"（项目号：19ZDA247）。

Listening to Sound and Identifying People: "Sheng kou" and the Construction of Ethical Face in Novels of Ming and Qing Dynasties

Tao Xin

Abstract: "Sheng kou" is a common category in the commentary of novels in the Ming and Qing Dynasties. It is used to "listen to sound and identify people" — to perspective the character and quality of the characters in the novels, and to reveal or construct the facial makeup of the characters. Among them, typed ethical facial masks are more concerned and representative than personalized personality facial masks. As far as the origin and pedigree are concerned, "Sheng kou" originated from the folk dialogue in the Ming Dynasty. After the introduction of popular novels in the Ming Dynasty into literary creation, it became elegant and written in the poetry criticism of the Ming and Qing Dynasties, and finally laid the prerequisite for "listening to the voice to identify people", and formed the basic expression pattern of "identity and voice mouth". In terms of function and form, "Sheng kou" takes ethical intervention as its intention, revealing or comparing the identity of characters as its main form, and for different themes and narrative modes, the construction form of ethical face shows obvious and obscure differences. In aesthetic essence, "Sheng kou" shows the ethical orientation and corresponding strategies of ancient novels, and reflects the subjectivity and image characteristics of ancient literary criticism that depend on sensory experience.

Keywords: Shengkou; novels of Ming and Qing Dynasties; ethical face

"声口"是常见的明清小说评点术语,强调了人物话语对人物身份的揭示,即"闻声识人",如《红楼梦》中伶俐人不饶语出,则闻声知是"晴雯声口无疑";《三国演义》中英勇无畏、愿为"天下除害"

的请愿，出自“马超声口”；《水浒传》中谦卑有礼、瞻前顾后的规劝之言，则是典型的“宋江声口”。评点者透过“声口”所暴露的个性与品质对人物进行识别与评判。然而，“声口”并非专注于人物语言的个性化与特异性、服务于人物性格的塑造。细绎“声口”的用例与分布情况，较之人物性格，评点者对于人物行为的关注似乎更为突出，致使“声口”艺术功能的实现情况不及伦理功能普遍。以《三国演义》《水浒传》《西游记》《金瓶梅》《红楼梦》《儒林外史》等明清小说众评本为例：

小说	性格脸谱		伦理脸谱		兼有或其他	总计
	人物的揭示或强调	人物的类比	身份的揭示或强调	身份的类比	说话的形态与效果	
《三国演义》（评点人以姓氏代指，其中“毛”指毛宗岗，“李”指李渔）	第五十七回毛夹批：“马超声口”。（1处）	第八十九回毛夹批：“似洞口怪物声口”。（1处）	第八回毛夹批、李眉批：“孝子声口”，毛夹批：“绝妙说士声口”；第十三回毛夹批：“是妾妇声口”，李眉批：“妒妇声口”；第十六回毛夹批：“和事人声口”，毛夹批：“妇人声口”；第二十九回毛夹批：“妇人声口”。（8处）	第三十六回毛夹：“似其母声口”。（1处）	第四十五回毛夹批：“醉人声口”；第九十六回毛眉批：“痴人声口”。（2处）	13

续　表

小　说	性格脸谱		伦理脸谱		兼有或其他	总计
	人物的揭示或强调	人物的类比	身份的揭示或强调	身份的类比	说话的形态与效果	
《**水浒传**》(其中“金”指金圣叹、“李”指李贽)	第三回金夹批:“鲁达爽直声口”,“鲁达托大声口如画”;第十回金夹批:“定非鲁达、李逵声口”,“杨志又有杨志声口”;第三十一回金夹批:“二字宋江声口”;第五十三回:金夹批:“眼光声口恰是李逵一流人物”。(6处)	第二十八回金夹批:“又似鲁达声口”。(1处)	金《读第五才子书法》:“小人声口”;第五回金夹批:“泼皮声口”;第十五回金夹批:“老奴声口”;第四十四回金夹批:“老龟声口”;第四十六回金夹批:“老人声口”;第四十八回金夹批:“老奸声口”;第五十二回金夹批:“稚子声口”;第五十九回金夹批:“使蛮牌人声口”。(8处)	第六十回金夹批:“活似算命声口”;第六十四回金夹批:“似医人声口”。(2处)	金《序三》:“人有其声口”;第八回李夹批:“便有声口”;第二十三回金夹批:“声口入妙”、第二十七回金夹批:“连惊带吓说出来声口”;第三十七回李眉批:“赌法声口都像”;第四十七回李眉批:“甚有声口”;第七十四回李眉批:“声口模样”;第七十五回李夹批:“丑鄙声口”。(8处)	25
《**西游记**》(“张”指张书绅)			第五十九回张夹批:“母子声口”。(1处)		第二十五回张夹批:“八戒有八戒声口”;第五十九回张夹批:“嘶哩哈哩,俱指声口”;第六十八回夹批:“声口极大”。(3处)	4

续　表

小　说	性格脸谱		伦理脸谱		兼有或其他	总计
	人物的揭示或强调	人物的类比	身份的揭示或强调	身份的类比	说话的形态与效果	
《金瓶梅》（“张”指张竹坡、“李”指李渔）			第二回张前评：“老虔婆声口”；第十四回张夹批：“岂贤妇对夫声口”；第三十回李眉批：“权贵门前声口”；第六十一回张夹批：“忘八一生声口”；第六十七回张夹批：“山东声口”；第100回张夹批：“贤母声口”。（6处）		第十一回张前评：“偏爱声口如画”；第七十五回张夹批：“如闻其声口”、又“如闻其声口”。（3处）	9
《红楼梦》（“脂”指脂砚斋、“东”指东观阁王德化、“姚”指姚燮）	第五回脂夹批：“探卿声口如闻”；第六回脂眉批：“凤姐声口”；第十九回脂夹批：“声口必是晴雯无疑”，“声口必是麝月无疑”。（4处）	第二十六回东侧批：“莺莺小姐声口”。（1处）	第六回脂眉批：“自是有宠人声口”；第十九回脂夹批：“贵公子声口”；第二十六回东、姚侧批：“声口宛然小女孩儿”；第八十七回东夹批、姚眉批：“闺中声口”。（4处）	第四十四回姚眉批：“凤姐声口居然一个老讼师”。（1处）	第六回张新之前评：“状声口”；第三十三回张新之前评：“声口如闻”；第四十五回东、姚侧评：“声口逼肖”。（3处）	13

续 表

小说	性格脸谱		伦理脸谱		兼有或其他	总计
	人物的揭示或强调	人物的类比	身份的揭示或强调	身份的类比	说话的形态与效果	
《**儒林外史**》（“天”指天目山樵张平虎、“黄”之黄小田、“齐”指齐省堂增订本，评点人不详）		第二回黄评：“声口又与三相迥别”；第四回天评：“又是夏总甲声口”；第三十三回天评：“应伯爵声口”；第三十九回天评：“似梅三相声口”。（4处）	第一回天评：“头翁声口”；第七回天平：“江湖术士声口”，黄评：“京城行道人声口”；第九回天评：“乡下人声口”；第十回黄评：“山人声口”；第十一回齐评：“妒妇声口”；第十八回齐评：“忠厚人声口”；第二十二回天评：“船家声口”；第二十四回黄评：“无赖声口”；第四十二回齐评：“泼皮声口”；第四十三回齐评：“篾片声口”。（11处）	第三十一回天评：“大老官声口”。（1处）	第一回黄评：“其母如此声口”；第八回：“声口酷肖”；第二十回齐评：“声口仍然如此”；第四十二回齐评：“各有声口”；第五十四回黄评：“声口便不好”。（5处）	21
总计	11	7	38	5	24	85

传统意义上包括“声口”在内的人物语言研究，侧重鲜活各异的形象刻画，聚焦于性格特征的塑造与强化，即“性格脸谱”的构建。然而，从“声口”这一切面窥探，“性格脸谱”在小说评点中并未取得数量上的优势，相反，“伦理脸谱”无疑获得了更多的关注。这或许可以为古代小说对人物伦理面貌的重视、甚至小说的伦理取向提供新的研究视角，亟待进一步的阐述与诠释。

一、“声口”的隐含信息：“闻声识人”实现的前提条件

“声口”的功能在于“闻声识人”，而“闻声识人”的实现，先决于明清时期“声口”作为浅俗的市井话语在逐渐案头化、学术化过程中所不断引申、扩展并强化的隐含信息，从明代民谣小曲儿、通俗小说及诗话中可以溯源并推演。

“声口”最初作为市井街头的口头俗语使用，有“对话”“言语”之义，《醒世恒言》之《赫大卿遗恨鸳鸯绦》中录有一首民谣小曲儿：“小尼姑，在庵中，手拍着卓儿怨命。平空里吊下个俊俏官人，坐谈有几句话，声口儿相应。你贪我不舍，一拍上就圆成。虽然是不结发的夫妻，也难得他一个字儿叫做肯。”[①]其中就有“声口儿相应”一句，刻画了你一言我一语的对话画面，渲染了郎情妾意、两情相悦的暧昧氛围及朴素情欲。较之话语本身，“声口”强调开口说话、闻声受话的动作行为，绾合着话语的施者、受者，突出了特定时空中人物间口耳相传的互动，也更具烟火气。

明代通俗小说将“声口”引入文学创作，并结合不同语境，围绕话语的互动过程衍生出多层隐含信息。在公案小说中，“声口”的隐含信息决定着案件走向，在审判场所中，“声口”意指“口风”“话音”，隐含着裁决者的态度。如《二刻拍案惊奇》之《同窗友刃假作真 女秀才移花接木》中，俊卿父亲蒙诬入狱，俊卿为“缇萦救父”而奔走成都，

① 冯梦龙《醒世恒言》卷十五，人民文学出版社，1979年，第282页。

“就拣定一日，作急起身……路经省下，再察听一察听上司的声口消息”。[①] 救父心切的俊卿再三察听“上司声口消息”，意在获取冤案的相关进展。较之以口头或书面形式传达的明确“消息”，“声口”包含着说话人说话时的神态、语气、动作等一切体现说话人态度与立场的隐含信息。“声口”侧重于对话的互动过程，依赖于受话人或转述人的密切观察与深度解读，不仅需要“听”，还需要“察”。再如《迟取券毛烈赖原钱 失还魂牙僧索剩命》中，陈祈被毛烈侵占财产，对簿公堂时，“知县声口有些向了毛烈，陈祈发起急来，在知县面前指神咒骂”[②]。知县的话语内容甚至未经交代，仅以一句“声口”带过，陈祈便察觉到自己处于劣势局面。“声口”中隐含着说话人的立场，这比话语内容更为关键。顺应于公案小说受众呼吁公正、渴望清官的朴素情绪与急于获取结果的审美心理机制，隐含着决策者态度的“声口”享有高效揭示审判结果、推动情节发展的特权，较之“消息”“话语”的娓娓道来，“声口”应用于《三言二拍》一类篇幅精短、情节紧凑的小说，具有言简义丰的优势。

而在案件的推理与侦查环节中，“声口”隐含着人物的“口音”“口吻”等独具辨识性的重要信息，对案件的侦破亦有关键性意义。如《醒世恒言》之《蔡瑞虹忍辱报仇》中，瑞虹少年时遭陈小四灭门，侥幸逃脱，多年后她雇船去淮、扬，在舱中偶遇假扮为吴金的陈小四，“瑞虹在舱中听得船头说话是淮安声音，与贼头陈小四一般无二”，瑞虹于是走到船舱，“边听他声口，越听越像，心中暗想：这声音明明是陈小四，为何手本上写着吴金?”[③]陈小四的“淮安声音”与武昌人吴金的“声口”不符，引起了瑞虹的疑心，可见“声口”隐含着说话人话语的发音、词汇、语法等诸方面集中反映的地域信息，使得人物话语呈现具有地域特色的辨识性，成为人物身份识别及案情侦破的重要依据。

---

① 凌濛初《二刻拍案惊奇》卷十七，青海人民出版社，1981年，第372页。

② 凌濛初《二刻拍案惊奇》卷十七，青海人民出版社，1981年，第349页。

③ 冯梦龙《醒世恒言》卷三十六，人民文学出版社，1979年，第776页。

然而地域信息对人物身份的识别能力是有限的，尤其明清淮扬一带客运繁盛，“淮安声音”比比皆是，瑞虹何以透过“声口”锁定陈小四的身份？这说明“声口”不仅包含了意为“口音”“乡音”的地域信息，还在此基础上延伸出包含了声色、语调等一切反映陈小四个人特征及说话习惯的话语元素，具有“腔调”“口吻”之义。

“声口”所隐含的个人特征具有高度的稳定性，一旦稳定性遭到颠覆、“与先前不同”，便会使听话人产生灵异的联想。在《初刻拍案惊奇》之《酒谋财于郊肆恶 鬼对案杨化借尸》中，丁戍杀害鹭鹭，鹭鹭魂附丁戍，“同船之人，见他声口与先前不同，又说出这话来，晓得了戍有负心之事，冤魂来索命了”[①]。杨化魂附李氏诉生前冤情，孙军门因为“宛然是个北边男子声口，并不象妇女说话，亦不是山东说话”这一线索，采信了杨化的诉状。异变的“声口”通过对话语与说话人一一对应关系的打破与重组，使荒谬离奇的话语取信于公堂，为案情增加了灵异元素。可见，在简短曲折的公案小说及其衍生的灵异公案小说中，“声口”或推动案情的侦破，实现伦理意义上的好结局，或在坏结局之外衍生出一个由超自然力量主导的新结局。“声口”对说话人态度、习惯等辨识性特征的揭示，展现出明清小说对人物身份信息的关注与设计。

在世情小说中，“声口”隐示着说话的后果与影响，有“风声”“舆论”之义。如《金瓶梅》第十六回中，西门庆意图迎娶李瓶儿，月娘道：“常言：机儿不快梭儿快。我闻得人说，他家房族中花大是个刁徒泼皮。倘一时有些声口，倒没的惹虱子头上搔。”[②]月娘反对这桩婚事，花大“刁徒泼皮”的狼藉声名是其中的顾虑之一。月娘担忧因李瓶儿“孝服不满”而埋下的舆论危机、由花大散布负面信息并渲染，最后形成“声口”的旋涡。有趣的是，金莲赞同月娘之言，提及西门庆坑害结义兄弟，“买他房子，又娶他老婆”。西门庆并不以为意，唯独只怕那

---

① 凌濛初《二刻拍案惊奇》卷十七，青海人民出版社，1981年，第137页。

② 笑笑生著，秦修容整理《金瓶梅会评会校本》，中华书局，1998年，第229页。

花大“在中间鬼混”。西门庆并不真正敬畏舆论所系缚的伦理规范本身，但“声口”作为伦理的外延与代价，却对他有实质性的约束意义。在第七十八回中，西门庆问及管理屯田的“羡余之利”，吴大舅答：“虽故还有些抛零人户不在册者，乡民顽滑，若十分征紧了，等秤斛斗量，恐声口致起公论。”[①]“声口”的动作性涉及公共信息的传播，而公共信息的传播后果是严峻而深远的，因此深谙为官之道的吴大舅对其十分警惕。可见，“声口”对士绅阶层具有普遍而深刻的约束力，这一约束力来自“声口”所隐含的话语后果——即招致公共社会关系中伦理谴责的可能性。

不难发现，明代小说中“声口”聚焦于话语的说出、接收、传播、后果各个阶段，对人物形象及伦理取向展现出较高的关注度。然而，在明代诗论中，“声口”呈现出截然不同的样貌，其动作性与通俗性消褪，逐渐成为文人案头化的学术话语。在诗歌风格的鉴赏中，“声口”可以直接指代诗歌语言本身。胡应麟在《诗薮》中解读晏殊的“富贵气象论”，认为“乞儿语”与“富贵诗”的关键不在“声口”与“景象”，而在于“意味”，“声口”意指诗歌的表达层面。陆时雍评谢朓《送江水曹还远馆》诗中“塘边草杂红，树际花犹白”二句，称“声口得利”[②]，意指诗歌语言的恰当与表现力。“声口”在明代小说中所展现的隐含信息，在明代诗论中依然存在，常用以诗人间的类比与诗歌风格的鉴赏。如《诗薮》中评苏轼《司马君实独乐园》一诗，胡氏称“青山在屋上，流水在屋下。中有五亩园，花竹秀而野”二联是“乐天声口”。[③] 以“乐天声口”相比照，是将“声口”隐含的话语风格引申为诗人的个人创作风格，以白居易的个人风格相类比，揭示了诗句的平白如话、朗朗上口、具有民谣意趣。同时，“人物+声口”的语式强化了“声口”的指向性，流露出对说话人的品评意味。

---

① 笑笑生著，秦修容整理《金瓶梅会评会校本》，中华书局，1998年，第1151页。

② 陆时雍《古诗镜》卷十六，《文渊阁四库全书》第1411册，上海古籍出版社，2007年，第44页。

③ 胡应麟《诗薮》外编五，中华书局，1958年，第202页。

此外，“声口”所隐含的特定信息能够展现出一定的时代风格，这便衍生了“声口”的年代考镜功能。胡应麟考证《木兰诗》成诗年代时，指出“木兰歌是晋人拟古乐府”，举证“‘南市买辔头，北市买长鞭’尚协东京遗响”，“‘当窗理云鬓，对镜贴花黄’齐梁艳语宛然”，“‘出门见火伴’等句虽甚朴野，实自六朝声口，非两汉也”。[①] 胡氏认为六朝“声口”与两汉“声口”一个古朴一个艳丽，风格迥异，“声口”所隐含的话语风格以时代特征为参照，可作考据的来源与依据。针对《关尹子》一书辨伪时，胡氏亦指出篇首刘向序称“浑质崖戾，汪洋大肆，然有式则，使人泠泠轻轻，不使人狂”等语，“无论西京，即东汉至开元无有也”，大约是“晚唐人学昌黎声口”。[②] 因篇首序文所呈现的风格“西京即东汉至开元无有”，推断《关尹子》非先秦典籍，而出自“晚唐人学昌黎声口”。基于话语风格与作者所处时代整体风格不相吻合，胡氏以“声口”证伪，并假借“晚唐人学昌黎”的虚拟形态说明其奇崛意深的话语风格，进一步扩展了“声口”的内涵。

在清代诗论中，“声口”对诗歌风格的鉴赏迸发出了新的表达形式，对人物的品评意味更为浓郁。如《杜诗言志》评《官定后戏赠》“少陵前后声口、人品、学识只是一个”[③]，将“声口”与人品、学识一并而谈，作为诗人的个人特征。再如孙豹人评《猛虎行》“非熟古谣谚及独漉诸篇，不能声口肖似如此”[④]，以“声口肖似”肯定李贺拟古题材的成功，归功于对语言风格精髓的把握。“声口”逐渐超脱文本本身，从对诗歌语言的品评、对诗人写作风格的品评转移为对诗人个人的品评。此外，在明人“诗人＋声口”的风格揭示与类比的形式之外，清人又创造了“身份＋声口”的虚拟身份比衬范式，以更为形象的笔触深入浅出地点明诗歌语言风格，如《杜诗详注》中录申涵光评《曲江二首》“细

---

① 胡应麟《诗薮》内编三，中华书局，1958年，第42页。

② 胡应麟《少室山房笔丛》丁部四部“正讹中”，中华书局，1964年，第404页。

③ 杜甫著，佚名注《杜诗言志》卷三，《续修四库全书》第1700册，上海古籍出版社，2002年，第458页。

④ 李贺《昌谷集句解》卷四，清初丘象随西轩刻本。

推物理须行乐，何用浮荣绊此身”为“村学究声口”[①]。申氏认为落句俗白矫作，以“村学究”这一身份相类比，表达了辛辣的嘲讽；针对《送王十五判官扶侍还黔中》尾联“黔阳信使应稀少，莫怪频频劝酒杯”，朱翰又以“似酒肆主人声口”[②]评价，以虚构的“酒肆主人”身份形容诗句语言的浅近与热情。“身份+声口”的语式借助“声口”所隐含的职业、阶级属性与特征，对话语风格进行鉴赏与批评，进一步强化了“声口”的主体指向性。

总体而言，明清两代诗论中“声口”逐渐褪去了市井口语的浅俗，却保留了极大的灵活性与表现力。较之明代小说中“声口”对动作过程的侧重，明清诗论中“声口”聚焦于话语或说话人的风格与特征。“声口”中隐含信息的解读为人物的品评提供线索与依据，为“闻声识人”的实现提供了可能性。此外，“声口”经过彻底的雅化与案头化，语义内涵与隐含信息得到不断地延伸与新变，功能与形式却逐渐集中与精简，以年代考镜与风格品评为主要功能，形成了“人物+声口”与“身份+声口”两种表达范式，为明清小说评点中“声口”基本形式与内涵的构建奠定基础。

二、“声口”与人物伦理脸谱的隐现：以《儒林外史》评点为例

“声口”丰富的隐含信息，为人物身份的锁定创造了可能性，在《儒林外史》评点中得到频繁的应用。《儒林外史》在体制上近乎人物列传与纪事本末的拼合，叙事呈现出时空非连续的片段性，不同人物故事在相应的主题下串联。传统史书编纂形式对《儒林外史》的影响不仅形成了其独特的叙事结构，还体现在“实录”的笔调与叙述人的隐匿状态。《儒林外史》的伦理取向及人物脸谱都潜藏于评点者冷

① 杜甫著，仇兆鳌注《杜诗详注》卷六，《四部要籍选刊》唐代篇，浙江大学出版社，2016年，第659页。

② 杜甫著，仇兆鳌注《杜诗详注》卷六，《四部要籍选刊》唐代篇，浙江大学出版社，2016年，第1332页。

静、客观的陈述中，评点者以“身份＋声口”的形式揭示或重构人物的伦理角色，“身份”侧重于人物的职业及社会阶层。《儒林外史》评点者较为一致的文化背景与伦理立场，使得评点的思想内核呈现出单纯性与一致性。在伦理脸谱的揭示或重构中，评点者对士绅阶层知识分子的讽刺尤为显著与普遍，针对身份卑微或仰人鼻息的中下层民众，则趋向人道主义的怜爱与谅解，削弱并化解其中的批判及讽刺意味。伦理脸谱大致分为予以同情的被剥削者、予以宽容的寄食者、予以唾弃的既得利益者三种。

其一，予以同情的被剥削者。第九回乡下看坟人邹吉甫盛情接待娄氏兄弟，闲聊中针砭时弊：“小老还是听见我死鬼父亲说，在洪武爷手里过日子各样都好”，“我听见人说，本朝的天下要同孔夫子的周朝一样好的，就为出了个永乐爷就弄坏了”。[①] 黄小田评：“叫父亲‘死鬼’，确是乡民谈吐。”天目山樵评：“曰‘死鬼父亲’，曰‘孔夫子的周朝’，乡下人声口可为绝倒。”[②]评点者关注到跨阶层话语（乡野白丁的“死鬼父亲”与读书人“孔夫子的周朝”）转述与嫁接（从杨执中处听得）的突兀感，认为其营造了拾人牙慧、求巧露拙的诙谐氛围，亦将评价客体从邹吉甫个人转向“乡下人”群体。

尽管“乡下人声口”隐含着无知、粗鄙等负面寓意，但众评点者对“乡下人”的伦理立场饱含同情与怜爱。在齐本评语中，人物话语流露的“乡下人”特质，往往暗示着人物的心直口快、简单老实，如第一回中以“乡下人讲京城口气”形容深陷信息茧房的乡民[③]，第二十八回中以“乡下人形景”[④]形容被骗的诸葛天申，第九回中以“乡下人口

① 吴敬梓著，李汉秋等辑校《儒林外史会校会评本》，上海古籍出版社，2010 年，第 129 页。

② 吴敬梓著，李汉秋等辑校《儒林外史会校会评本》，上海古籍出版社，2010 年，第 129—30 页。

③ 吴敬梓著，李汉秋等辑校《儒林外史会校会评本》，上海古籍出版社，2010 年，第 4 页。

④ 吴敬梓著，李汉秋等辑校《儒林外史会校会评本》，上海古籍出版社，2010 年，第 383 页。

角”[1]形容幼稚而热情的邹吉甫。天目山樵本在齐本基础上补充道“邹老真诚恳挚，宛如家人父子”，勾勒出“乡下人”的淳朴善良的伦理脸谱。此外，第九回中天目山樵评“老实人已被阿呆教坏”[2]，第二十八回中黄小田批评季恬逸“不问主人硬点菜，看定诸葛是乡下人可欺”[3]，都释放了对“乡下人”群体的善意，展现了倾向于理解与同情的伦理立场。实际上，以邹吉甫为代表的善良质朴的“乡下人”群像与《儒林外史》中众多虚伪自私的读书人群像构成鲜明对比，在作者笔下总有几分心酸与可爱，“乡下人声口”对劳动人民“真诚恳挚”“老实”“可欺”的认识与解读，展现了评点者对叙述人隐匿于冷静叙述中的伦理取向十分精准的把握，通过“声口”的构建与表达，将这一伦理取向以生活化、形象化的方式呈现，实现了对群体伦理脸谱的揭示。

其二，予以宽容的寄食者。第一回中，翟买办托秦老说服王冕应危素之邀，秦老见王冕无意，提议谎称其抱病。翟买办则以“取四邻的甘结”威逼恐吓。这一行径理应遭受伦理批评，评点者却为之说情。齐省堂增订本评：“是当衙门人衣食饭碗。”天目山樵评：“头翁声口。”华约渔评：“可见衙门的规矩利害。”[4]一致强调了翟买办作为“衙门人”“头翁”的特殊身份，并将其置于“规矩利害”的官僚系统中进行身份审视与评析，构建了其寄食于衙门、身不由己、值得宽容的伦理脸谱，引导读者及其他评点人的谅解。第四十三回中，汤大爷与汤二爷落榜而归，汤六爷迎面安慰道：“明年朝廷必定开科，大爷、二爷一齐中了。”[5]面对趋炎附

① 吴敬梓著，李汉秋等辑校《儒林外史会校会评本》，上海古籍出版社，2010年，第577页。

② 吴敬梓著，李汉秋等辑校《儒林外史会校会评本》，上海古籍出版社，2010年，第130页。

③ 吴敬梓著，李汉秋等辑校《儒林外史会校会评本》，上海古籍出版社，2010年，第386页。

④ 吴敬梓著，李汉秋等辑校《儒林外史会校会评本》，上海古籍出版社，2010年，第8页。

⑤ 吴敬梓著，李汉秋等辑校《儒林外史会校会评本》，上海古籍出版社，2010年，第584—585页。

势、如蝇逐臭的帮闲形象，评点者却赞誉他的察言观色、口齿伶俐。齐本评："不提现在不中，反说明年齐中，真是会说话。"[①]黄小田指出："不说抱屈话头，是蔑片声口。"[②]评点者看破了汤六爷招摇过市、锦衣玉食生活背后伏低做小的寄食本质，对其"不说抱屈话头"表示理解，并为之说情。"声口"的说情意图透视出小说评点对文本的主观干预，评点者已经不满足于对人物伦理脸谱的揭示，而要在相应语境中，通过对"声口"的选择性解读、特定角度解读流露出主观身份认同及情感倾向，以此干预读者的伦理立场。有趣的是，第四十二回汤六爷刁难细姑娘，逼迫她唱歌，评点者一改宽容理解的伦理立场，对其严厉批评："是泼皮声口。"[③]又将其伦理脸谱从能言善道的"好""篾片"改作卑劣霸道的"坏""泼皮"。"声口"对伦理脸谱的构建是结合语境而变化的。评点者的伦理立场倾向于对弱者的同情与宽解，一旦强弱局面发生颠覆，评点者的伦理倾向即发生改变，人物的伦理脸谱亦会予以重建。

其三，予以唾弃的既得利益者。第七回陈礼出场，卧闲草堂称："写山人便活画出山人的口声气息，荒荒唐唐，似真似假，称谓离奇，满口嚼舌。"[④]针对"山人"群体出场即伴随的"荒唐""离奇""满口嚼舌"评价暴露了评点者的立场预设与职业偏见，这种形态的"声口"带有一定的主观性，由于对批评主体人生阅历与观念认识的高度依赖，时而展现出认识的局限与分歧。如面对第七回陈礼的自夸，天目山樵评："江湖术士声口。"黄小田则评："京师行道人声口。"[⑤]陈礼自诩

---

① 吴敬梓著，李汉秋等辑校《儒林外史会校会评本》，上海古籍出版社，2010年，第584页。

② 吴敬梓著，李汉秋等辑校《儒林外史会校会评本》，上海古籍出版社，2010年，第585页。

③ 吴敬梓著，李汉秋等辑校《儒林外史会校会评本》，上海古籍出版社，2010年，第573页。

④ 吴敬梓著，李汉秋等辑校《儒林外史会校会评本》，上海古籍出版社，2010年，第112页。

⑤ 吴敬梓著，李汉秋等辑校《儒林外史会校会评本》，上海古籍出版社，2010年，第106页。

通过“纯阳祖师”算定“午时三刻”与荀偶遇，黄小田一顿嘲讽，天目山樵则注解了一番江湖方术的背景知识，指出陈礼的话语能够自圆其说，肯定其话术的专业性。天目山樵有幕僚经历，对清代广布各阶层的江湖道士及江湖文化有所接触与认识。黄小田则曾官居礼部侍郎，感知到“京师行道人”逐渐融于上层阶级的趋势，关注到他们打探权势核心的政治野心。二人对陈礼“江湖术士”与“京师道行人”身份的揭示，从不同的文化视野及关注角度出发，指出了这一既得利益群体深入民间的文化根基。同时，江湖文化的盛行及江湖术士的欺骗性、流动性，透过陈礼的“声口”也得到展现。历经评点者的不断细读与阐发，陈礼趋炎附势、欺世盗名、令人唾弃的江湖骗子形象得以揭示，而这一群体的危害性又在评点过程中于不断扩展的文化视野与资料补充中凸显出来，可以说，以“山人声口”为代表的伦理脸谱构建，是在叙述人与评点者共同努力及世代累积中完成的。

总体而言，《儒林外史》评点系统对“声口”的运用向我们例释了一种和谐而隐晦的伦理脸谱揭示与构建形态。评点者相似的伦理立场与身份认同、评点内容之间的频繁呼应与高度共鸣，使人物伦理脸谱传达出较为一致的价值指向，它们折射出评点者对不同群体的认知与情感，与其说是对小说人物的品评，倒不如说是对人生百态的品评。“声口”中没有过多的情绪表达，只对人物职业或社会阶层作点到为止的暴露，其中的伦理干预是不自觉的、较为隐晦的。

三、“声口”与人物伦理脸谱的凸显：以《三国演义》与《水浒传》评点为例

《儒林外史》的叙事中并未展现出时空与逻辑的严密连贯性，事件之间的因果关系往往呈现出破碎化的形态，而人物纪传与纪事本末相结合的体例，又进一步增加了叙述人掌控全局的难度，相似的困境也存在于《水浒传》叙事中，叙述人面临着幕后的隐匿者该如何展现伦理立场与价值取向的问题。这就为小说评点提供了空间，亦提出了冀求。然而，就“声口”这一范畴来看，《水浒传》评点对人物伦理

角色的界定与阐述并不似《儒林外史》评点那般点到为止、恰到好处，在强烈情感的介入下，《水浒传》评点中“声口”呈现出一种主观性的预判甚至情绪化的误读。

与《儒林外史》评点中“说情”的情况不同，《水浒传》评点较为强势，直接以主观的忠奸善恶对人物“声口”进行审判，大笔勾勒出人物的伦理属性。如第一回王进母子夜宿史太公庄院，史太公刚登场，只叫客人“且坐一坐”，李贽便给予了“好人声口”①的评价，为人物进行伦理“定性”。第四十八回，毛太公意图侵占解珍、解宝捕杀的大虫，面对二解搜查的要求大骂道：“我家比你家！各有内外！你看这两个叫化头倒来无理！”金圣叹称之“老奸声口。”②透过毛太公颠倒黑白的言行，揭示其阴险老辣的伦理脸谱。“好人”与“老奸”是伦理导向性极强的称谓，透露出评点者强烈的伦理干预意图。在由人物行为主导的事态进一步展开与变化之前，评点者即对“声口”作了简洁鲜明的伦理预判，考虑到评点者文本透视的特权，其伦理预判是以重读者的身份折回原点进行的，往往具有一定的准确性。

然而，在更多情况下，受到深厚道德观念与伦理立场的指引，“声口”反映出评点者情绪化的误读。如第十五回中，杨志护送生辰纲，谢都管制止其鞭打军士：“杨提辖，且住，你听我说！我在东京太师府里做奶公时，门下军官见了无千无万，都向着我喏喏连声。不是我口浅，量你是个遭死的军人，相公可怜，抬举你做个提辖，比得芥菜子大小的官职，直得恁地逞能！休说我是相公家都管，便是村庄一个老的，也合依我劝一劝！只顾把他们打，是何看待！”金氏称其是“老奴声口”③，并多次以“奴才放肆”“恶极”等情绪化的评语厉声批判。事实上，尽管“老奴声口”在一定程度上戳破了谢都管虚张声势的假象，揭示了其昔日“奶公”身份及依靠裙带关系谋官的本质，但此处杨志管理无方、激化矛盾，谢都管的劝说不无道理。“老奴”带有的歧视色

---

① 施耐庵著，陈曦钟等辑校《水浒传　会评本》，北京大学出版社，1981年，第64页。

② 施耐庵著，陈曦钟等辑校《水浒传　会评本》，北京大学出版社，1981年，第902页。

③ 施耐庵著，陈曦钟等辑校《水浒传　会评本》，北京大学出版社，1981年，第298页。

彩与金氏情绪化的评语展现了其对谢都管形象认识的主观性、不准确性。第四十四回中，石秀发现店面已收，意欲告辞回家，潘公解释道："叔叔且住。老汉已知叔叔的意了：叔叔两夜不曾回家，今日回家，见收拾过了家伙什物，叔叔一定心里只道不开店了，因此要去……明日请下报恩寺僧人来做功德，就要央叔叔管待则个。老汉年纪高大，熬不得夜，因此一发和叔叔说知。"石秀答应留下，潘公又嘱咐道："叔叔，今后并不要疑心，只顾随分且过。"[①]话语热情友善，处处顾及石秀的自尊心。金圣叹却作出了污蔑性的"老龟声口"的评价，构建出寡廉鲜耻、卖女求荣的伦理形象，以谴责潘公对潘巧云通奸一事的不作为。这也是对潘公形象的误读。

值得关注的是，金氏对人物形象的误读，往往是有意识的误读。对谢都管形象的丑化，意在引导读者迁怒于谢，以削弱杨志中计失纲、吴用设计劫纲所面临的舆论风险。对潘公的污蔑，意在进一步妖魔化潘巧云，以确保翠屏山惨案的正义性与合理性。从这一层面上说，《水浒传》中人物的伦理属性是二元对立的，对反面人物"声口"的有意误读，本质上是为正面人物进行伦理辩护，以更为激进的方式实现伦理干预。

从"声口"的功能与形态来看，在《儒林外史》评点系统中，人物的伦理脸谱取决于其所处的社会阶层。而在《水浒传》评点系统中，人物的伦理脸谱取决于其所处的善恶、褒贬、忠奸阵营。诚然这与小说的题材有关，不同于《儒林外史》对吏治与科举礼教伦理核心的解构，《水浒传》作为英雄传奇类小说，其构建以"忠义"为核心之道德世界的叙事意图，促使隐含作者的伦理取向被评点者时刻凸显并强化。然而，《水浒传》半传记半演义的体例、相对松散的叙事结构，对史传文学的模仿及生活化的场景连缀，都为评点者把握伦理取向制造了困难，为伦理角色的误读提供了空间。

在《三国演义》中，这一问题缓解了许多。较之《儒林外史》与《水

---

① 施耐庵著，陈曦钟等辑校《水浒传　会评本》，北京大学出版社，1981年，第836页。

浒传》,《三国演义》叙事的因果逻辑要紧密得多,简洁酣畅的叙事节奏以及较少的场景、细节刻画,也赋予了叙述人对故事更大的掌控能力,评点者对伦理取向的把握便简单得多。而人物的德性与行为作为事态发展变化的重要动力与线索,也呼唤着评点者将抽象的伦理核心(儒家纲常)与形象的伦理脸谱紧密结合,“声口”的伦理干预以基于亲属与姻亲关系的身份揭示来实现。

第十一回中,太史慈杀入贼阵以报孔融惠母之恩,称:“老母感君厚德,特遣慈来;如不能解围,慈亦无颜见母矣。”李渔评:“的是孝子口吻。”[①]毛宗岗评:“的是孝子声口。”[②]在儒家纲常规范的指引下,评点者纷纷揭示太史慈“孝子”的伦理角色。而“孝子”是基于母子的亲属关系产生的,是对“感君厚德,特遣慈来”的母亲“声口”的回应,投射出儒家“母慈子孝”的伦理蓝图。毛氏在回评中指出:“太史慈为母报德,而终以克报:慈诚孝子也。曹操为父报仇,而竟不克报:以操非孝子也。”[③]甚至构建了“孝子”与“非孝子”的二元对照,进一步隐示了小说的伦理内核。第三十六回中,程昱仿徐庶母亲笔迹,诈修家书:

> 近汝弟康丧,举目无亲。正悲凄间,不期曹丞相使人赚至许昌,言汝背反,下我于缧绁,赖程昱等救免。若得汝降,能免我死。如书到日,可念劬劳之恩,星夜前来,以全孝道;然后徐图归耕故园,免遭大祸。吾今命若悬丝,端望救援!

毛宗岗称“然后徐图归耕故园”一句尤妙,因为“不教他事曹操,宛似其母声口”。[④] 毛氏认为程昱不露真实意图,以退为进,准确地模仿了

---

① 罗贯中著,陈曦钟等辑校《三国演义 会评本》,北京大学出版社,1998年,第122页。

② 罗贯中著,陈曦钟等辑校《三国演义 会评本》,北京大学出版社,1998年,第121页。

③ 罗贯中著,陈曦钟等辑校《三国演义 会评本》,北京大学出版社,1998年,第119页。

④ 罗贯中著,陈曦钟等辑校《三国演义 会评本》,北京大学出版社,1998年,第452页。

妇人求助儿子的姿态。“其母声口”对亲属关系的关注点并不在“其母”本身，而是悬置了一个“孝”的考验，召唤着“孝子声口”。果然，“徐庶览毕，泪如泉涌”，立即辞别刘备。这便立足于“其母声口”，展望亲属关系的另一端，构建了“孝子”的伦理脸谱。而借刘备之口提出“子母乃天性之亲”①，则进一步以儒家话语明确了处于召唤、回应关系中的亲属“声口”，实际上正是作为伦理内核的儒家“亲亲”“仁孝”纲常思想的外延。

当立足于亲属关系的伦理脸谱引申到姻亲关系中，在“孝子”之外，评点者还关注到儒家思想对“贤妻”的伦理需求，进而涉及对妇女群体的伦理批判。第十三回中，杨彪离间郭汜与李傕，郭妻误以为郭与李夫人有染，骂道：“怪见他经宿不归！却干出如此无耻之事！”李渔评“是妒妇声口”，毛宗岗评“是妾妇声口”②，揭示了郭妻善妒轻信、莽撞蛮横的伦理脸谱。在第二十九回中，孙策怒斩于吉后突发恶疾，吴太夫人认为“吾儿屈杀神仙，故招此祸”，嘱咐孙策“因汝不信，以致如此。今可作好事以禳之”。毛氏称“确是妇人声口”③，嘲讽吴太夫人的愚昧迷信。有趣的是，一旦妇女承担负面伦理角色，评点者不用“其母声口”，而用“妾妇声口”“妇人声口”，可见“母亲”与“妾妇”有不同的伦理底色。“母亲声口”基于亲属关系，缔结着母慈子孝的伦理蓝图，对应着“孝子”的言行，是“孝子声口”的引子与旁衬。而“妇人声口”基于姻亲关系，则带有歧视的、负面的意味，往往隐含着善妒、愚昧等品质，反映了《三国演义》及其评点系统中女性伦理话语权的缺失。

总体而言，《三国演义》与《水浒传》中人物形象是单纯而稳定的，

---

① 罗贯中著，陈曦钟等辑校《三国演义　会评本》，北京大学出版社，1998 年，第 453 页。

② 罗贯中著，陈曦钟等辑校《三国演义　会评本》，北京大学出版社，1998 年，第 147 页。

③ 罗贯中著，陈曦钟等辑校《三国演义　会评本》，北京大学出版社，1998 年，第 363 页。

隶属于二元对立的伦理阵营，作者与评点者都在“声口”中寄托了自身的伦理理想与价值观，其中的伦理干预是自觉的、显著的。“声口”肩负着“笔削褒贬”、经世教化的职能，较之在《儒林外史》中的形态，已具有一定的理论自觉性。

四、“声口”的美学本质

强调“声口”在揭示与构建小说人物伦理脸谱方面的意义，是为了在侧重于人物性格的传统人物语言研究之外另辟蹊径，找到鲜活生动的人物形象与抽象的伦理理念之间的交叠处与契合点。诚然，“声口”服务于人物性格的情况并不少见，在《红楼梦》评点中尤其普遍。然而就“声口”的大部分用例来看，它侧重于人物的类型化而非个性化。无论是《儒林外史》中的“乡下人”，还是《水浒传》《三国演义》中的“好人”“妒妇”，都指向着某一群体而非个人。“声口”的本质，正是透过个人的话语，上升到群体性的伦理评价。而这种群体性的评价，展现了作者及评点者对社会的认知与情感，正如郑玄所说，“欲知风化芳臭气泽之所及，则旁行而观之”，即便是处在文化结构中边缘地位的“小道”，亦有“了解世道人心，察知风俗厚薄”的价值。[①] “声口”正是在这种经世价值的引导下，窥视小说的伦理取向及人物的伦理处境。

古代小说对人物语言的重视是有深厚渊源与传统的，史传文学对“记言”的重视在一定程度上开示出了以语言为核心的人物形象塑造路径，传递并表现着人物语言的“声口”参与并主导着各色人物脸谱的构建。而“声口”在性格脸谱与伦理脸谱两个层面的功能分野，又反映了古代小说本身的某种矛盾性。一方面，小说从史传传统中生发，史传文学“转受经旨，以授于后”[②]的本质赋予其浓郁的伦理意图，使得人物形象长期处在伦理立场的构建与巩固过程中，在鲜活各

---

① 林岗《明清之际小说评点之研究》，北京大学出版社，1999 年，第 69 页。

② 刘勰《文心雕龙》，《丛书集成初编》本，中华书局，1985 年，第 22 页。

异的性格属性外，呈现出隐晦的伦理属性——而这种伦理属性往往以“史臣赞”式的结语点破与升华。另一方面，小说脱离史传文学的束缚，实现文体的独立，必须免于叙述人的频繁干扰与介入，不宜作“史臣赞”式的评价。在实现伦理意图与保持叙述距离的矛盾中，人物形象不得不扮演相应的伦理角色，以接应精微而隐蔽的叙事策略，落实在人物语言中，便表现在对流露着某种伦理取向的“声口”的刻画。而“文注一体”的小说评点活动应运而生，以精准化的批评形式，发掘出“声口”在语境中的隐藏信息，从而揭示其背后的伦理立场与相应策略。从本质上说，“声口”的解读过程，正是评点者透过人物语言，将隐含作者从幕后揪出的过程。不仅如此，评点者甚至利用对“声口”的误读，越过隐含作者，传达自己的伦理立场，实现强势的伦理干预。鉴于古代小说评本的接受盛况，评点内容在反复传递、补充的过程中，已经实现了对文本的重建，与之相应的，“声口”的阐释权不断膨胀，也实现了对人物伦理脸谱的自主构建，而自主构建的初衷，又回应着小说及小说评点渴望匡正世道人心、经世致用的苦心。

从“声口”这一范畴本身来看，它立足于闻声之耳、传声之口，以“听”“说”的基础感官体验指代人物话语，以信息传递的动作性替代了信息本身，将冰冷的、旁观的“记言”文本转变为带着语气、腔调、神态与温度的绘声绘色的说话动作的呈现与演义，因而获得了较话语本身更多的隐含信息，提供了“闻声识人”的可能性。这正展现了古代文论话语主观性与形象性的特质：评点者习惯于从主观出发、表现主观，尽可能规避抽象而枯燥的理念，更青睐于以主观情愫与感官经验的展开与变化来把握、反映外物，总结规律，并以生活中亲切可感的事物或感受来形容这种规律。“声口”对小说人物伦理脸谱乃至整体伦理取向的揭示与重建，展现出了古代文论话语主观而直接的思维方式，以及灵动而形象的表现形式。

（南京师范大学文学院）

“欢”是“情人”指代词新证*

郭培培　曹　旭

内容摘要：“欢”作为指示代词，是清商曲辞中用得最频繁的字词之一。曲辞中“欢”字代指何人？一说指男子，从女子的角度称为“情郎”，读者大都默认此说；二说是男女的互称，由来莫衷一是。我们认为，江左清商乐因“民谣国俗，亦世有新声”，显然带有江南风俗、语言的特点，因此从“吴语”方言的角度进行解读，可能会更接近原貌。吴语中“侬”是方言，指我，且男女皆可称“我”；清商曲辞中“欢”“侬”亦常对举，故“欢”当可称男女，当释之“情人”。如果说，“侬”是乡野俚俗民歌色彩的保留，那么“欢”则是城镇官方方言的体现。

关键词：清商曲辞；侬；欢；情人；新证

* 本文为国家社科基金重大项目“东亚《诗品》《文心雕龙》文献研究集成”(批准号：14ZDB068)阶段性成果。

The New Proof on "Huan" is the Pronoun of "Lover"

Guo Peipei　Cao Xu

Abstract: "Huan", as a demonstrative pronoun, is one of the most frequently used words in the lyrics of the Qing Shang Opera. Who does the word "Huan" in the lyrics refer to? First, it refers to men and is called "lovers" from the perspective of women. Most readers acquiesce in this statement. Second, there is no agreement on the origin of the mutual appellation between men and women. We believe that the Jiangzuo Qing Shang Opera is obviously characterized by Jiangnan customs and language because of its "folk customs and new voices". Therefore, it may be closer to the original appearance if interpreted from the perspective of Wu dialect. "Nong" in Wu dialect refers to "me", and both men and women can call "me". "Huan" and "Nong" in the lyrics of the Qing Shang Opera are also frequently cited, so "Huan" should be called a man and a woman, and should be interpreted as "lover". If the word "nong" is the retention of the color of rural folk songs, then "Huan" is the embodiment of the official dialect of the town.

Keywords: Qing Shang Opera; You; Huan; lover; new certificate

清商曲辞是《乐府诗集》中的一类乐府诗，郭茂倩在题解中指出："(后魏)得江左所传中原旧曲，《明君》《圣主》《公莫》《白鸠》之属，及江南吴歌、荆楚西声，总谓之清商乐。"①可知，后魏所称"清商乐"者，指的是中原旧曲、江南吴歌以及荆楚西声。这时的清商乐因"南朝文物号为最盛。民谣国俗，亦世有新声"②，江左的民谣、文物、风俗，影响着乐曲新声的产生。曲辞中出现的"欢""侬"诸语，就是这样产生

①② 郭茂倩编《乐府诗集》卷第四十四，中华书局，1979年，第638页。

的。而“欢”“侬”具体代指何称？研读曲辞者，多从一己的角度，将“欢”“侬”释为爱情乐歌的主人公，以为“欢”指女子眼中的“情郎”，如杨晓霞、程艳萍《“欢”字代指“情人”之误》①；抑或男女眼中的“情人”，“欢”指男女皆可，如汤海鹏《“欢”字所指应无男女之别》②。这些文章都从含“欢”字的乐歌进行文本赏析，得出自己的解释。其中，他们认为“欢”可指男子，这一点是相同的。但因赏析角度的不同，故对“欢”字是否可指“女子”，则牴牾相争，观点不同。

在研读这些清商曲辞时，我们发现，“欢”“侬”经常对举。因此，从古代吴方言的角度把“侬”字的释义弄清楚，就可以顺势求索“欢”字之义，这是一条可行的线路。在古代吴语里，“侬”是一种吴语的乡野方言，其组词非常丰富，如有“阿侬”“吾侬”“我侬”“谁侬”“你侬”“渠侬”等称谓。常自称为“侬”，属于第一人称，并无性别之分，男女皆可指称。因陈后主、隋炀帝的使用而得到推广。宋时“侬”始有女子之称，且转借为“奴”。但这一称呼因为粗俚，并未彻底改变“侬”字的含义；明清时南方仍以“侬”自称“我”，且男女皆可。“欢”“侬”对举，因“侬”字男女皆可，故语境中“欢”相随，亦可指男女。方言中“侬”，作为称谓语词，可自称“我”，可以“你侬”代称“你”，“渠侬”代指“他”。但在乐府民歌中，却以“欢”代指“你或他”，究其原因，愚以为，可能与“欢”字较之文雅有关。

一、“欢”说溯源

清商曲辞中“欢”字释义，出现在《常林欢》曲调中。唐代杜佑《通典·杂歌曲》为《常林欢》作注，曰：

《常林欢》者，盖宋梁间曲。宋代荆、雍为南方重镇，皆

① 杨晓霞、程艳萍《“欢”字代指“情人”之误》，《现代语文（语言研究版）》2008年第4期。

② 汤海鹏《“欢”字所指应无男女之别》，《阜阳师范学院学报（社会科学版）》2001年第2期。

王子为之牧。江左辞咏，莫不称之，以为乐土。故宋随王诞作《襄阳》之歌，齐武帝追忆樊、邓，梁简文乐府歌云："分手桃林岸，遂别岘山头。若欲寄音信，汉水向东流。"又曰："宜城投酒今行熟，停鞍系马暂栖宿。"桃林在汉水上，宜城在荆山北。荆州有长林县，江南谓情人为欢。"常""长"声相近，盖乐人误"长"为"常"。[①]

据此可知，杜佑以为《常林欢》是南朝宋、梁时的乐曲，江左人常用此曲来称道这片王室子弟管辖下的乐土，本事写情人间故事，曲题意为荆州长林县的情人。"欢"指的是"情人"，并未言及男子或女子。这段文字以及"欢"的解释，亦见于刘昫《旧唐书・音乐志》、宋郭茂倩《乐府诗集》、郑樵《通志・乐略》、元马端临《文献通考・乐歌》、明梅鼎祚《古乐苑》衍录卷一"总论・清商七曲"等著作中《常林欢》题解部分，可见其说的承袭。

除了六朝出现的乐府民歌，后世有许多模拟乐府诗的作品出现。对这些模拟乐府诗作的评价中，有时也会涉及"欢"字的释义。明人高棅纂辑唐代诗作，并对其间作品进行品评，称为《唐诗品汇》。这部总集涉及"欢"字，共有两处：一是刘禹锡《踏歌词》其一"春江月出大堤平"之诗，其下注释，曰："女郎连袂，色必有可观，声必有可听。唱尽新词而欢爱之情不见，但见红霞映树，闻鹧鸪之声。其思想当何如也？按，古乐府《常林欢》解题云：江南人谓情人为欢，故荆州有长林县，盖乐工误以'长'为'常'。谢说为欢爱之情，非也。"[②]可知，谢叠山注刘禹锡诗时，将"欢"解释为"欢爱之情"，高棅举《常林欢》解题中"欢指情人"来驳斥他"欢爱之情"的说法。二是为唐温庭筠《常林欢》（"宣城酒熟花覆桥"）作注，其言："江南人谓情人为欢，故荆州有长林

① 杜佑撰，王文锦、王永兴、刘俊文、徐庭云、谢方点校《通典》卷第一百四十五，中华书局，1988年，第3704—3705页。

② 高棅编纂，汪宗尼校订，葛景春、胡永杰点校《唐诗品汇》卷六，中华书局，2015年，第1669页。

县，盖乐人误以长为常也。”[①]可知，高棅品评所引《常林欢》的文字，也是承袭《通典》之意的。

除了史、集作品外，《常林欢》曲目还出现在明人彭大翼撰《山堂肆考》以及清人张英、王士禛等编《渊鉴类函》等大型类书中。《常林欢》乐曲的题解中也有大致相似文字的记载，现摘录于下：

> 《常林欢》乐府名。江南人谓情人欢，故荆州有长林县，盖乐人误以“长”为“常”也。唐温庭筠词：“宜城酒熟花覆桥，沙晴乳鸭鸣咬咬。秾华绕舍麦如尾，幽轧鸣机双燕巢。马声特特荆门道，蛮水杨花色如草。锦荐金垆梦正长，东家咿喔鸡鸣早。”（《山堂肆考·音乐》）[②]

> 《常林欢》者，盖宋、梁间曲。宋代荆、雍为南方重镇，皆王子为之牧，江左词咏，莫不称之，以为乐土。故宋隋王诞作《襄阳》之歌，齐武帝追忆樊、邓。梁简文乐府歌云：“宜城投酒今行熟，停鞍系马暂栖宿。”桃林在汉水上，宜城在荆山北。荆州有长林县，江南谓情人为欢。“常”“长”声相近，盖乐人误“长”为“常”。（《渊鉴类函》卷一百八十五“乐部·歌二”）[③]

从上面这两段文字来看，《渊鉴类函》显然承袭唐杜佑《通典》之文，但抄录时，略去梁简文帝的乐府歌“分手桃林岸”四句，而只引用后面“宜城投酒今行熟，停鞍系马暂栖宿”两句。而这样的改动，并不影响《常林欢》曲题及“欢”字意思，依然认同“欢乃情人”说。而《山堂肆考》亦承袭《常林欢》题解之说，“欢”是江南人对“情人”的称谓，只是将曲辞举例换为了唐代温庭筠的词。从上述资料可以看出，“情人称

① 高棅编纂，汪宗尼校订，葛景春、胡永杰点校《唐诗品汇》卷十二，中华书局，2015年，第1254页。

② 彭大翼《山堂肆考》卷一百六十，影印《文渊阁四库全书》第977册，台湾商务印书馆，1986年，第248页。

③ 张英、王士禛等《御制渊鉴类函》卷一百八十五，影印《文渊阁四库全书》第986册，台湾商务印书馆，1986年，第660页。

欢”的说法，一直在流传。今人在论及“欢”此说时，多引杜佑《通典》，如果从现有文献资料来看，《通典》是“情人说”的源头，那么上述分析，可以看出“情人说”在唐宋元明清时代的流传。“情人说”在源、流上都占有重要地位。

从男子或女子一方角度解释“欢”字涵义的，则可追溯至宋时。宋人吴曾在《能改斋漫录》卷一“事始·欢称妇人”，有专门一则“欢称妇人”的记载，其言曰：

> 晋吴声歌曲，多以侬对欢，详其词意，则欢乃妇人，侬乃男子耳。然至今吴人称侬者，唯见男子，以是知欢为妇人必矣。《懊侬歌》云：“挥如陌上鼓，许是侬欢归。”又云“我与欢相怜”，又云“我有一所欢，安在深阁里”。又《华山畿》云：“欢若见怜时，棺木为侬开。”又《读曲歌》云“思欢久，不爱独枝莲，只惜同心藕”，又云：“怜欢敢唤名，念欢不呼字。连唤欢复欢，两誓不相弃。”予后读《通典》，见序《常林欢》云“江南谓情人为欢”，然后始恨读书之寡。①

从这段文字可以看出，吴曾例举了许多乐府诗歌，来证明“欢指女子”的说法，并且从欢、侬对举的角度，言之凿凿地认定吴人称男子为侬，那么欢一定是女子了。如果将“欢指女子”视为吴曾读诗的“推论”，那么例举和吴地习俗就是吴曾得出推论的依据。这种得出结论的过程，与今天感悟式赏析有异曲同工之处，也可以说是经验性的认知，缺乏理论的支撑。直到他看到《通典》里面“江南谓情人为欢”的话，仿佛得到了有力的证据，在感叹读书少的遗憾时，从另一个角度更加肯定了自己之前的判断。“欢指女子”，从最初的“推论”，变成了“结论”。而这个结论的支撑性证据，还是杜佑《通典》中的话，只是吴曾结合自身的阅读体验，将“情人”限定为男女双方中的一方，且用“欢”“侬”两词语，对处于情人关系中的男子、女子进行了身份认定：“欢”

① 吴曾《能改斋漫录》卷一，影印《文渊阁四库全书》第850册，台湾商务印书馆，1986年，第506页。

指女子，“侬”指男子。

如果模仿吴曾的思路，也对引文中的乐府诗歌进行换位赏读，即欢指男子，侬指女子，是否读得通呢？显然也是可通的。清人乔松年《萝藦亭札记》，就对吴曾所举乐歌进行重新解读，其言曰：“吴曾《能改斋漫录》曰：吴声歌曲多以欢侬对举，初以为欢乃妇人，侬乃男子。后读《通典》序《常称欢》云‘江南谓情人为欢’，乃恨读书之寡。愚按古词《华山几》‘欢若见怜时，棺木为侬开’，明是欢为男子，吴君何其钝也。”[①]可知，乔氏认为“欢指男子”，是可以读通的。后世以“欢指情郎”，当可引用乔说作为支撑。今人杨晓霞、程艳萍在《“欢”字代指“情人”之误》一文中，就“能否找到‘欢’字指女子的例子呢”[②]疑问，找出诸多乐府诗歌进行论证，并检阅《乐府散论》《汉魏乐府诗一百首》《汉魏六朝乐府诗评注》等诸多今人专著，而得出结论“‘欢’字的解释皆为男子”[③]。杨文如果引用乔说，则会增加论证力度。但无论宋吴曾、清人乔松年，还是今人诸作，所得结论的“归处”或有异，然所经“赏读”这条路途确实一样。走感性地阅读体验这条路，必然会出现“欢指情郎”或“欢指女子”的纷争。但吴曾除了阅读经验之外，还给我们指出了另外一个突破口，那就是“欢侬对举”。如果确定“侬”字的涵义后，那么与之对举的“欢”字的意思，会更加确切些。

“欢”指情人，出现在《常林欢》乐曲的题解中。而自杜佑《通典》等史书、高棅《唐诗品汇》以及《山堂肆考》等类书中，引用《常林欢》时，其题解中的“欢”字则释为“情人”，并未具体化，男女皆可。宋吴曾、清人乔松年则从阅读经验出发，得出欢为女子，或欢为情郎之说，使“欢”字的释义，更加具体化，或指男子，或指女子。二说之中，尤以“欢指情郎”说，受众者居多。但“欢”字到底统称男女，还是单指一方，仍然没有定论。而受吴曾“欢侬对举”思路的启发，或许从“侬”字

---

① 乔松年《萝藦亭札记》卷五，《续修四库全书》，上海古籍出版社，2002年，第147页。

②③ 杨晓霞、程艳萍《“欢”字代指“情人”之误》，《现代语文（语言研究版）》2008年第4期。

出发，可能会引发新的思考。本文欲尝试之。

二、“侬”字解说

（一）侬乃吴语方言

吴曾虽未从“侬”字解释“欢”字，却专列条目解释了“侬”字，其说亦见于《能改斋漫录》。在卷一“事始·诗人用侬字”中，吴曾引用了诸多史料解释“侬”字，现摘其文于下：

> 王观国《学林新编》云：江左人称我、汝，皆加侬字。诗人亦或用之，孟东野诗云“侬是拍浪儿”是也。予以隋炀帝亦尝用矣，《大业拾遗记·与宫女罗罗诗》云：“幸好留侬伴侬睡，不留侬住意如何？”又云“此处不留侬，更有留侬处”。又古乐府宋鲍昭《吴歌》云：“但观流水还，识是侬流下。”又云“欢见流水还，识是侬泪流”。晋太元中《子夜歌》云“故使侬见郎”，又云“侬亦吐芳词”，又云“侬亦恃春容”，又云“侬年不及时”，又云“侬作北辰星”，又云“动侬含笑容”，所用甚多。然则吴音称“侬”，其来甚久，诗人用之岂始东野耶？石崇亦有《懊侬歌》。①

吴曾在这段文字中，对王观国《学林》中“侬”字用于唐人孟郊诗句的看法，进行了驳斥。他认为诗句中使用“侬”字可追溯至隋炀帝《与宫女罗罗诗》，宋鲍照的《吴歌》、晋《子夜歌》甚至更早的石崇《懊侬歌》，以此认为诗歌中早已使用“侬”字，并未如王观国所言始于唐人孟郊。虽然王、吴二人就“侬”字用于诗词的时间，意见相左。但对“侬”字的释义，却是一致的。王氏以为我侬、汝侬是江左人的称呼；而吴氏亦认为“侬”是吴音。但吴氏并未从“侬”的角度解释“欢”。

清人袁翼撰《邃怀堂全集》，其《骈文笺注》卷一载《拟并头莲赋》，而“欢”字下所作注解，则隐含从“侬”字角度进行“欢”字解读的思路。

---

① 吴曾《能改斋漫录》卷一，影印《文渊阁四库全书》第850册，台湾商务印书馆，1986年，第506页。

"欢"下注释，先后指出唐人吴兢《乐府古题要解》"欢谓情人"说，吴曾《能改斋漫录》"欢乃妇人"说，顺着吴曾"侬指男子耳"之说，转而引起《六书考》中"侬"字释义："戴侗《六书考》：'吴人谓人曰侬，即人字之转声，瓯人呼若能。陈后主、隋炀帝皆自称曰侬。'"[①]之后又引用了吴曾"诗人用侬字"则的文字，上文已引，故此不赘言。从袁翼所引《六书考》，不难发现，袁翼有意转向"侬"字的释义，并不同意吴曾以"侬指男子"的说法。而是倾向"侬"乃吴语，是吴地对人的称谓。但吴音或吴语中的"侬"，是称呼人的，具体称谓是什么呢？吴曾、袁翼的引文中都提到了隋炀帝。隋炀帝是如何使用"侬"字的？

隋炀帝失守中原，避难江都后，荒淫生活依然如旧，并自比陈后主。事见《资治通鉴》卷一百八十五"唐纪·武德元年"："帝自晓占候卜相，好为吴语；常夜置酒，仰视天文，谓萧后曰：'外间大有人图侬，然侬不失为长城公，卿不失为沈后，且共乐饮耳！'因引满沉醉。"胡三省注"侬"曰："吴人率自称曰侬。"[②]类似的文字记载，亦出现在《大业拾遗记》中，萧妃以外方群盗不少，而进言隋炀帝当剿灭敌军，不要沉迷荒淫。隋炀帝却一副高枕无忧状，言道："侬家事，一切已托杨素了。人生能几何？纵有他变，侬终不失作长城公。汝无言外事也。"[③]两则材料对比读来，会发现吴语中"侬"是自称，相当于我，与"汝"对称，汝乃你。除了生活用语中使用"侬"之外，隋炀帝亦用"侬"字赋诗。《大业拾遗记》记载，隋炀帝趁醉酒，想要戏弄名叫罗罗的宫女，但罗罗畏惧萧妃，不敢迎合帝意，并以身体有疾病而拒绝侍寝隋炀帝。隋炀帝于是赋诗嘲讽她，其诗曰："个人无赖是横波，黛染隆颀蔟小蛾。幸好留侬伴成梦，不留侬住意如何？"[④]"侬"也是我的意思。

---

① 袁翼《邃怀堂全集·骈文笺注》卷一，《续修四库全书》，上海古籍出版社，2002年，第338页。

② 司马光编著，胡三省音注《资治通鉴》卷第一百八十五，中华书局，1956年，第5775页。

③ 李剑国辑校《唐五代传奇集》卷十九，中华书局，2015年，第1643页。

④ 李剑国辑校《唐五代传奇集》卷十九，中华书局，2015年，第1641页。

因为隋炀帝的喜好，“帝自达广陵，宫中多效吴言，因有‘侬’语也”[①]。可以说，隋炀帝对吴地“侬”语的推广，起到了重要作用。而隋炀帝喜用“侬”，并时常自比陈后主，戴侗《六书考》提到陈后主亦喜“侬”自称，或许隋炀帝喜用“侬”，可能与陈后主有些关系。二人皆帝王，对吴语“侬”的使用，会更加促进“侬”语的传播。

隋炀帝喜好吴“侬”之语，推广了“侬”语的使用和流传。但吴地“侬”语在隋时以前的文献中也有记载。北魏杨衒之《洛阳伽蓝记·城东》：“吴人之鬼，住居建康。小作冠帽，短制衣裳，自呼阿侬。”[②]由此可知，“侬”“阿侬”皆是“我”的代称。司马光《资治通鉴·晋纪》载“宁康元年”事，桓冲问桓温谢安、王坦之任命情况，桓温道：“渠等不为汝所处分。”胡三省注曰：“吴俗谓他人为渠侬。”[③]可知，“侬”与“渠”组合，意指他人。清人郝懿行亦持此说，其言见于《证俗文·方言》，曰：“南人谓我为侬，谓彼渠。”[④]从上述史料，我们可以看出，早在东晋时，江南方言中有“侬”“阿侬”“渠侬”等词语代指称谓，其中“侬”“阿侬”指我，渠侬指代“他”。

除了上述称谓之外，明人杨循吉的《平江记事》，还记载了关于“侬”字的其他称谓词语：“嘉定州，去平江路一百六十里，乡音与吴城尤异，其并海去处，号‘三侬之地’，并以乡人自称曰‘吾侬’、‘我侬’；称他人曰‘渠侬’、‘你侬’；问人曰‘谁侬’，夜晚之间，闭门之后，有人叩门，主人问曰‘谁侬’？外面答曰‘我侬’，主人不知何人，开门视之，认其人矣，乃曰‘却是你侬’。好事者遂名其处为‘三侬之地’。”[⑤]据此可知，“侬”是江左称谓中的重要词语，“吾侬”“我侬”是自称，指我；

---

① 李剑国辑校《唐五代传奇集》卷十九，中华书局，2015年，第1641页。

② 杨衒之撰，周祖谟校释《洛阳伽蓝记校释》卷第二，中华书局，2010年，第92页。

③ 司马光编著，胡三省音注《资治通鉴》卷第一百三，中华书局，1956年，第3262—3263页。

④ 郝懿行著，李念孔、高文达、赵立纲、张金霞、刘淑贤点校，管谨讱通校《证俗文》第十七，齐鲁书社，2010年，第2579页。

⑤ 杨循吉等著，陈其弟点校《吴中小志丛刊》，广陵书社，2004年，第24页。

“渠侬”“你侬”是对他人的称呼，代指他、你；“谁侬”，指谁。而这些称呼是有别于吴城的“乡音”，即方言土语。而这些方言土语，除了日常使用之外，也出现在诗歌的创作中，清人翟灏《通俗编·称谓》：“乐府《子夜》等歌用‘侬’字特多，若‘郎来就侬嬉’、‘郎唤侬底为’之类。《湘山野录》载吴越王歌：‘你辈见侬底欢喜，永在我侬心子里。’程倚《悼贾岛》诗：‘驰誉超前辈，居官下我侬。’宋褧《江上歌》：‘我侬一日还到驿，你侬何日到邕州。’按：吴俗自称‘我侬’，指他人亦曰‘渠侬’。古《读曲歌》‘冥就他侬宿’，《孟珠曲》‘莫持艳他侬’，隋炀帝诗‘个侬无赖是横波’。‘他侬’、‘个侬’，犹之云渠侬也，元好问有‘大是渠侬被眼谩’句。”[①]通过翟灏的《通俗编》，我们发现，乐府诗如《子夜歌》《读曲歌》《孟珠曲》中多使用“侬”字，有“你侬”“我侬”“渠侬”诸称谓；隋炀帝等诗作中出现“他侬”“个侬”等代指他人的称谓。这里值得注意的是，金人元好问也积极在诗作中使用方言土语，除了代指他的“渠侬”之外，俞越《茶香室三钞》“我侬你侬”条记载道：“金元好问《遗山诗集》有句云：‘造物若留残喘在，我侬试舞你侬看。’遗山北人，亦作吴语。”[②]从作为北人的元好问对吴语的使用，可窥吴语方言对民歌、文人诗歌创作的影响。

综上而言，从史料来看，“侬”是吴地方言，自晋时已在江南地区存在，至隋时，因隋炀帝的喜好而得以推广，不仅在日常生活中使用，而且出现在民歌、文人赋诗等作品中。其中，“我侬”“吾侬”“阿侬”“侬”代指“我；“你侬”代指“你”；“渠侬”“个侬”“他侬”代指“他”。

（二）“侬”总称男女

乐府诗歌中“侬”多次出现，且宋人吴曾在解读时，以为“吴人称侬者，唯见男子”，那么“侬”字是否单指男子？或者如清人乔松年解读为“侬是女子”？“侬”字到底代指男、女双方中的哪一方还

---

① 翟灏撰，颜春峰点校《通俗编 附直语补证·通俗编》卷十八，中华书局，2013年，第259页。

② 俞樾撰，卓凡、顾馨、徐敏霞点校《茶香室三钞·卷五·我侬你侬》，中华书局，1995年，第1066页。

是男女皆称？弄清这一问题，显然直接影响“欢侬对举”中“欢”字的解释。

翻检史料，发现“侬”字在宋代出现过“转借”现象，用于指妇人。清人钱大昕《十驾斋养新录·妇人称奴》载其事，曰：

> 妇人自称奴，盖始于宋时。尝见《猗觉寮杂记》云：“男曰奴，女曰婢；故耕当问奴，织当问婢。今则奴为妇人之美称。贵近之家，其女其妇，则又自称曰奴。”是宋时妇女以奴为美称。宋季二王航海，杨大后垂帘，对群臣犹称奴。此其证矣。予按六朝人多自称侬。苏东坡诗：“它年一舸鸱夷去，应记侬家旧姓西。”“侬家”犹“奴家”也。“奴”即“侬”之转声。《唐诗纪事》载昭宗《菩萨蛮》词：“何处是英雄，迎奴归故宫。”则天子亦以此自称矣。①

通过这则材料，可以知道吴曾所言吴人“男子称侬”者，当是“奴”之称。与之相应地是，女子称婢。后来奴成为妇人的美称，侬奴转声，侬家即奴家，成了女子的美称。“侬”遂代有“女子”的涵义。而以“女子”代称的“侬”，也出现在文人的诗歌创作中。除了上文提到的苏东坡的诗、昭宗的词，还有代有隐语性质的宋时无名氏的诗，见于宋袁褧、袁颐所著《枫窗小牍》，清人赵翼收入《陔余丛考》中“谜”类，其言曰：“王介甫柄国时，有人题相国寺壁云：‘终岁荒芜湖浦焦，贫女戴笠落柘条。阿侬去家京洛遥，惊心寇盗来攻剽。’东坡解之曰：‘终岁，十二月也，十二月为青字；荒芜，田有草也，草田为苗字；湖浦焦，水去也，水去为法字；女戴笠为安字；柘落木，剩石字；阿侬是吴言，吴言为误字：去家京洛为国；寇盗为贼民，盖言‘青苗法，安石误国贼民’也。”②可知，在这首题于相国寺墙壁的诗中，“阿侬”当指上句中的“贫女”，而通过东坡的解词，可知“阿侬”就是吴地方言，也就是上文对“我”的代称。

---

① 钱大昕著，陈文和主编《十驾斋养新录 附余录》卷十九，凤凰出版社，2016年，第500页。

② 赵翼《陔余丛考》卷二十二，中华书局，1963年，第435页。

以“侬”字代称“女子”，将“侬家”或“奴家”等词语运用到诗歌等作品的创作，如果成为常用之法，那么“侬”代指“女子”会成为固定，或者约定俗成的认知，则后世就不会出现“侬”指男子或女子的纷争。后世的争论，恰反证了“侬代女子”的用法，并未固化。清人杭世骏《订讹类编续补·称名讹》对“侬家”条的解释，或可视为“侬代女子”说未流行的一个原因，其言曰：“传奇中女子自称曰奴家，语甚俗。苏东坡诗云‘应记侬家旧姓西’，后之编传奇者，当称侬家为雅。然在未字之女，则宜若妇人竟称妾可也。”[①]可知，杭氏以为传奇等作品中使用“奴家”太过粗俗，未若“侬家”为雅，且对于未字（尚未许配人家）的女子，以“妾”称，胜过“奴家”之称。但后世传奇作品，显然未按这样的用语要求发展，“奴家”的使用一直延续下去。但杭氏的这则文字，却可以透露出“侬指女子”说并未得到广泛认可，且长久的发展下去。明人陈洪谟《大明漳州府志》卷十七“艺文志”《清漳十咏》其七，所载漳州地方诗歌，就是其例，曰：“是处方言别，漳南觉更强。儿童皆唤囝，男女总称侬。不雨犹穿屐，因暄尽佩香。人人牙子紫，都为嚼槟榔。”[②]可知，明代的漳州方言中，也使用“侬”，但“侬”并未受宋人“侬乃妇人”称谓的影响，仍然指男女的总称。清人乔松年在《萝藦亭札记》亦曰：“至‘侬’，则男女皆可以自称。吴曲之‘侬’，亦皆女子自谓，后世女子自称曰奴，即侬之转耳。”[③]乔氏这段文字，是针对吴曾《能改斋漫录》中“侬指男子”的驳斥，所以强调女子亦可称“侬”，而吴曲中“侬”，皆可用于男女自称。

如果“侬”总称男女，那么乐府诗歌“欢侬对举”时，“欢”字辞意，正与之相对，“欢”亦可指男女。清人邓显鹤《沅湘耆旧集》中载有《卜

---

① 杭世骏撰，陈抗点校《订讹类编续补·下》，中华书局，2006年，第358页。

② 陈洪谟、周瑛修纂，张大伟、谢茹芃点校，陈正统审订《大明漳州府志》卷十七，中华书局，2012年，第393页。

③ 乔松年《萝藦亭札记》卷五，《续修四库全书》，上海古籍出版社，2002年，第147页。

居洞庭西汉》一诗，其言曰："湖棹湖歌纷杂沓，闲同吴语唤欢侬。"[①]同为吴语的欢侬，在称谓中皆可统称男女。而具体代指男子，抑或女子，则需视具体的语境而定。

三、"欢"字恐非乡音

通过上文"侬"字分析，可以看出"欢侬对举"时，欢可统称男女。方言"欢"字，如"侬"字一样，并非单称男子、女子，而是统称男女，可知"欢乃情人"说当为允。但在上述的分析中，又反映出了另一个问题。吴音中与"侬"字对举的称谓，还有你侬、渠侬、他侬等词语，同样也出现在诗歌作品中，那么在清商曲辞中，为何以"欢侬对举"呢？

上文在讲到"侬"字的众多称呼时，引用了明人杨循吉的《平江记事》中的一段文字，里面讲到在距离平江路一百六十里以外的嘉定州，因其方言中对你、我、他的称谓中皆含有"侬"字而号称"三侬之地"。这样的称谓极具地方特色，是与"吴城尤异"[②]的乡音，也就是乡野土话。这样的乡间土话，是与地方官方方言有一定差异的，更多地保留了土语方言的特色。

土语方言，进入诗歌创作，会保留纯朴的土音土风特色。如清人文廷式记载一首"以意见词"的山歌："汉高帝，楚人，故为楚歌；犹庄舄之越吟也。释文莹《湘山野录》，记钱□(镠)唱《还乡歌》，而父老不晓。乃高揭吴喉，唱山歌，以意见词，曰：'你辈见侬底欢喜，别我一般滋味子，永在我侬心子里。'止歌阕，合声赓赞，欢感闾里。此以知土音之感人也。若王茂弘之弹指兰阇，又以能通胡语，而胡人感悦。则为政者无忘土风，而兼通殊俗，固其要矣。"[③]以词写意的文雅《还乡歌》，因父老不能理解而未有应合者。当用父老熟悉的"吴喉"(即乡

① 邓显鹤编纂，欧阳楠点校《沅湘耆旧集》卷第三十五，岳麓书社，2007年，第737页。

② 杨循吉等著，陈其弟点校《吴中小志丛刊》，广陵书社，2004年，第24页。

③ 文廷式著，汪叔子编《文廷式集》卷八"笔记上·芸阁丛谭"，中华书局，2018年，第1246页。

音)唱起山歌时,则欢愉喜乐遍及闾里。有感于此事,所以诗人生发"土音感人""无忘土风"的慨叹。

乡间父老熟识土音、土风,遂以山歌唱诵,能引发共鸣。这里对山歌演唱的地方和环境,作出了限定。那么,土音的地方特性,一方土音创作的歌曲,能否为另一方"土音"的人所知晓呢?这恐怕是个问题。就如今天的许多地方民歌、民调,因为方言的差异,是存在认知障碍的。而以土音入歌,又有粗俚之患。清人李调元《雨村词话》注释"吾侬"时,表明了这一看法,其言曰:"世传石屏《沁园春》自述一词,余嫌其粗俚。如云:'赢得穷吟诗句清。夫诗者,皆吾侬平日愁叹之声。'大似今制义文中俗调,而杂以吾侬语可乎?按:吴人谓我曰'侬'。"[①]可知,李氏反对以土音入诗,认为过多土音俗调的加入,会使诗作有粗俚之嫌,不符合文体创作特征。

流传下来的民歌,采集到朝廷的乐府机构后,会进行再加工。去掉粗俚的土音俗调,或许也是再加工的一项内容。以更广为人知的、较之文雅的方言"欢",代替你侬、他侬等乡音,或许是民歌加工的结果。

结论

清商曲辞中多次出现"欢"字,但因解读角度的不同,而使"欢"字或指代情郎,或指代情人,莫衷一是。通过追溯二说的起源和流传情况,会发现"欢"是"情人"指代词的说法,从唐至清,一直存在,而"欢指情郎"虽肇端于宋,却在后世有分歧。纷争的原因在于,"情郎说"更多是从品读欣赏的角度,结合一些常识得出的结论。从吴人用语经验出发,是吴曾读歌时运用的,而清人乔松年亦提出"侬"字在吴音中的称谓问题,故本文从"侬"字进行探讨,考察了"侬"自东晋时已存在吴地的语言系统中,因好吴语的隋炀帝的使用而得以推广,后世诗歌创作中常出现方言"侬"语。侬在称谓指我,男女皆称。而诗歌中

---

① 李调元著,赖安海校注《雨村词话》卷二,巴蜀书社,2013年,第141页。

“欢侬对举”，是以知欢亦可指男女，故“欢乃情人”说为允。并通过渠侬、他侬等乡音的地方特性，而推测“欢”乃流传更广，是较为文雅的地方官方方言。

（上海大学文学院；上海师范大学人文学院）

《诗经》及其阐释对宋诗话的影响*

易卫华　李占涛

内容摘要:《诗经》以其在经学、文学领域的经典地位,成为宋代诗话评论诗歌的重要标准。此外,孔子"思无邪"等对《诗经》的认识,也在很大程度上影响了宋代诗话对诗歌价值功能的判断,由此塑造了宋人独特的诗学观念。于中可见《诗经》对于构建宋代诗学体系发挥的重要作用,以及宋代诗学发展的走向。

关键词:《诗经》;宋代;诗话;影响

The Influences of *The Book of Songs* and Its Interpretations upon the Poetry Notes of Song Dynasty

Yi Wei-hua　Li Zhan-tao

Abstract: With its classical status in the field of study of Confucian classics and literature, *The Book of Songs* became an important criterion

* 基金项目:国家社会科学基金青年项目"宋代学术文化思潮与《诗经》研究"(项目编号:13CZW038)。

for poetry criticism in the poetry notes of Song Dynasty. In addition, Confucius's ideas "Thinking purely" on the understanding of *The Book of Songs* also largely influenced judgments of the value and function of poetry in the poetry notes of Song Dynasty, thus shaping the Song people's unique concept of poetics. In this sense, it can be seen that *The Book of Songs* has played an important role in the construction of the poetic system of Song Dynasty. Furthermore, the development trend of poetry in Song Dynasty can also be seen based on it.
Keywords: *The Book of Songs*; Song Dynasty; poetry notes; influences

宋代是继汉唐之后《诗经》学发展的又一高峰期，这一阶段的《诗经》研究除呈现出疑古惑经、理学色彩浓郁等特点外，与文学的结合也日益密切，文学阐释逐渐成为《诗经》研究的一个维度，而诗话论《诗》又是其中不可或缺的重要组成部分。宋代诗话数量众多，且常有对《诗经》的讨论，相较于专门的《诗经》学著作，诗话没有严密的结构，漫笔而书，虽无系统，但在解诗方法、角度等方面对《诗经》的解读呈现出一些新的特点。本文即拟对《诗经》与宋诗话中的重要论题进行讨论，以期考见《诗经》及其阐释对宋人诗学观的影响，以及由此带来的诗歌评价标准、解读方法等新变中折射出的宋代学术发展的某些隐微之处。

一、《诗经》文学阐释的兴起与宋诗话创作

纵观历代的《诗经》研究，对其阐释基本是沿着经学与文学两条路径发展的。《诗经》除承担着"经夫妇，成孝敬，厚人伦，美教化，移风俗"的政治教化功能外，她还是一部对后世诗歌创作产生了重要影响的诗歌总集。从诗歌的本质属性和要求来看，《诗经》蕴含的丰富而深挚的情意、独特的赋比兴表达方式、种类繁多的母题和四言为主的体式，又使其成为了文学的经典。伴随着经学思想的发展和历代文学观念的变迁，历代从文学维度对《诗经》的解读也出现了众多值得关注的成果。

宋之前,《诗经》的文学阐释一直处于经学附庸的地位,但其经学意义的产生又得益于文学意蕴的发掘与利用,如刘毓庆先生所说:"《诗》学史就是从'诗'的文学本质的发现与把握开始的。"[①]尤其是春秋时期盛行的"赋《诗》言志",以《诗经》中诗句的表层意义作为理解和使用诗作的依据,进而传达赋《诗》者的思想或情感。这种"予取所需"式的用《诗》过程隐含着感性审美的文学阐释理路,也展现出《诗经》作为诗歌的灵动与延展,如《左传·定公四年》载:"(申包胥)立依于庭墙而哭,日夜不绝声,勺饮不入口,七日,秦哀公为之赋《无衣》,九顿首而坐。秦师乃出。"[②]《无衣》出自《诗经·秦风》,《毛诗序》云:"《无衣》,刺用兵也。秦人刺其君好攻战,亟用兵,而不与民同欲焉。"[③]显然,秦哀公赋引此诗并没有讽刺的意味,而是借其中"岂曰无衣,与子同袍"的诗句向申包胥传达自己要与之同仇敌忾的意愿和情绪。类似的例子在《左传》中还有很多,不赘。这种基于诗句表层意义对《诗经》的使用,关注的不是对诗作隐含历史事件和人物美刺的揭示,而是显性的读之既明的语义。产生于战国中晚期的上博简《孔子诗论》也具有上述特点,如《孔子诗论》第十六简云"《绿衣》之忧,思古人也"[④],对《绿衣》诗主旨的认识即直接源自诗中"我思古人,俾无訧兮""我思古人,实获我心"。这说明春秋战国基于诗句显性意义的理解和使用,已经成为《诗经》阐释的一条路径。此外,如《庄子》中"《诗》以道志"、《管子》中"止怒莫若《诗》"等,也都表现出对《诗经》调节情志功用的强调,这些都为文学解《诗》的发展奠定了基础。其后,汉唐《诗经》学虽基本以经学层面的研究为主,但受着文学创作不断丰富与文学观念持续革新的影响,对《诗经》文学特质的揭示也愈

① 刘毓庆、郭万金《从文学到经学——先秦两汉〈诗经〉学史论》,华东师范大学出版社,2009年,第25页。

② 杨伯峻编著《春秋左传注》,中华书局,1981年,第1548页。

③ 毛亨传,郑玄笺,陆德明音义,孔祥军点校《毛诗传笺》,中华书局,2018年,第168页。

④ 马承源主编《上海图书馆藏战国楚竹书》,上海古籍出版社,2001年,第145页。

发明显，如汉代《毛诗序》"诗者，志之所之也，在心为志，发言为诗"，司马迁《报任安书》"《诗》三百篇，大抵贤圣发愤之所为作也"等对《诗经》作为诗歌抒情功能的彰显，魏晋南北朝刘勰《文心雕龙》"比显兴隐"等对《诗经》艺术创作手法的解读，以及唐代孔颖达《毛诗注疏》对风雅颂、赋比兴更为清晰的"三体三用"的类型划分，这些成果均为宋代学者更为鲜明的文学释《诗》提供了参考和借鉴。

有宋一代，文化昌明，学术发达，就《诗经》研究而言，既有对前代成果充分的吸收利用，同时由于疑古思辨、理学等学术思潮的影响，这一时期的《诗经》学充满了更为强烈的变革色彩。这种变革不仅体现在对《毛诗序》《毛传》《郑笺》《毛诗注疏》等字词训释、诗作主旨的大胆批驳上，而且也体现在释《诗》采用的形式上，诗话就是有别于前代非常有代表性的一类。自欧阳修始作《六一诗话》，这一独特的文学批评形式逐渐繁荣，至南宋急剧增长，数量可观，据郭绍虞先生《宋诗话考》，宋代诗话近一百四十余部，吴文治先生《宋诗话全编》更是纂集了宋诗话五百六十家。相较于那些强调理论系统性的专著，诗话的形式更为灵活，言说也更加自由，深得宋代士大夫喜爱，传播广泛，如美国学者艾朗诺《美的焦虑——北宋士大夫的审美思想与追求》中所说："诗话迅速传播得益于其独特的形式，这种形式为人们提供了一个载体来讨论当时士大夫认为有指导性又有意思的诗歌。"①在宋代士大夫认可的"有指导性又有意思的诗歌"中，《诗经》无疑是最为重要的一种，他们在诗话中通过对《诗经》诗歌史地位的不断强调，试图建构起一套属于宋代的新的诗歌批评话语体系，进而指导其时的诗歌创作。因此，不论形式还是内容，宋代诗话论《诗》都具有非常独特的价值和影响。

二、《诗经》与宋诗话评价诗歌标准的确立

通观宋诗话，论者多从诗体、语词、创作手法以及对后世诗歌创

---

① 艾朗诺著，杜斐然、刘鹏、潘玉涛译，郭勉愈校《美的焦虑——北宋士大夫的审美思想与追求》，上海古籍出版社，2013 年，第 47 页。

作的影响等方面讨论《诗经》的价值，虽角度不同，但均无一例外地将《诗经》视作诗歌创作的范本和评价诗歌思想及艺术水准的法典。《诗经》作为“诗”的经典地位自其产生之初便已存在。战国时期秦石鼓文“吾车既工，吾马既同。吾车既好，吾马既阜”，化用《小雅·车攻》：“我车既攻，我马既同。四牡庞庞，驾言徂东。”“田车既好，四牡孔阜。东有甫草，驾言行狩。”于此可窥一斑。其后不论汉赋，还是魏晋六朝及唐代诗歌的创作，都可见对《诗经》的引用或化用[①]，而究其实质，这种引用或化用无疑是建立在对《诗经》在儒家思想体系中的经典地位，以及对其高超艺术水准认可和自觉吸收基础之上的。

对《诗经》经典地位的认可仍是宋代诗人的普遍观念，但与之前不同的是，这一时代的诗人和学者（在宋人这里，二者往往是统一的）开始从理论层面，更为全面深入地对《诗经》在诗歌领域的经典价值和重要地位进行认真细致的梳理和讨论了。在诗话中这种讨论非常常见，如林景熙云：“三百篇，诗之祖也。”[②]吕本中《童蒙诗训》：“大概学诗，须以三百篇、《楚辞》及汉魏间人诗为主，方见古人妙处。”[③]朱弁《风月堂诗话》：“诗之句法，自三言至七言，三百篇中皆有之。”[④]明显可见，林景熙、吕本中、朱弁均不是将《诗经》单纯视作儒学著述，而是强调其作为诗歌本身在风格、句式等方面的典范意义。尤其是如吕本中所云，学诗者要从《诗经》中体味“妙处”，这种妙处应当主要指其直面现实、蕴藉雅正的风格，惟其如此，才能避免出现诗歌创作中那种只重音律辞藻而言之无物的问题。这种对初学者学诗门径的提点有两重意义，一是对宋之前正统诗歌谱系的强调，《诗经》作为这一谱

---

① 相关研究成果可参看肖赛璐《西汉赋与〈诗〉学传统》，河北师范大学硕士学位论文，2012 年；陈璐《曹植作品引〈诗〉研究》，扬州大学硕士学位论文，2015 年；张振龙《曹操创作对引〈诗〉传统的发展及其文学影响》，《华中师范大学学报（人文社会科学版）》2015 年第 2 期；谢建忠《〈毛诗〉及其经学阐释对唐诗的影响》，巴蜀书社，2007 年。

② 吴文治主编《宋诗话全编》第十册，江苏古籍出版社，1998 年，第 10352 页。

③ 吕本中《童蒙诗训》，影印《文渊阁四库全书》本，台湾商务印书馆，1986 年。亦见《丛话》后一、《仕学规范》三十九、《竹庄》二、《玉屑》五。

④ 吴文治主编《宋诗话全编》第三册，江苏古籍出版社，1998 年，第 2942 页。

系的奠基之作，其借鉴价值自不言而喻；二是这种强调其实也是在指引宋代诗歌的发展方向，宋诗的创作有其独特的背景，这种背景既有在唐诗巨大光环笼罩下如何创新的焦虑以及努力突破的尝试，又有与之相伴的词创作的繁荣带来的影响。对唐诗突破的内在驱动和"词为艳科"观念的熏染，往往会使诗人的创作刻意求奇求新，如张戒《岁寒堂诗话》所云："苏黄用事押韵之工，至矣尽矣，然究其实，乃诗人中一害，使后生只知用押韵之为诗，而不知咏物之为工，言志之为本也，《风》《雅》自此扫地矣。"[1]因此，包括吕本中在内的大量宋诗话作者对《诗经》作为诗歌经典价值的强调，肯定是带有维护文学创作持续健康发展的深层次考虑的。

除对《诗经》经典地位的直接揭示外，宋代大量诗话作品还通过考察《诗经》对后世诗歌创作的影响，不断确认着其在诗歌史上的独特价值，这首先体现在对《诗经》风、雅、颂三体经典性的推崇上，如南宋姜夔《白石道人诗说》云："诗有出于《风》者，出于《雅》者，出于《颂》者。屈、宋之文，《风》出也；韩、柳之诗，《雅》出也；杜子美独能兼之。"[2]在姜夔看来，《诗经》之后的诗人往往仅能继承风、雅、颂之一体，屈原、宋玉出于《国风》，韩愈、柳宗元出于《二雅》，而仅有极少数如杜甫这样的天才诗人才能兼容并包，体兼风、雅。姑不论这一评价是否准确，但其对《诗经》风雅体式典范地位的强调是清晰可见的。又如陈师道《后山诗话》载柳宗元谓屈氏《楚词》，"《离骚》乃效《颂》，其次效《雅》，最后效《风》"[3]。其中对《离骚》与《诗经》关系的认识中最突出的一个字眼是"效"，如陈氏所言，在柳宗元看来，风、雅、颂也是屈原创作《离骚》的标准，这一评论背后其实也包含着对风、雅、颂体式和精神的认可与崇尚。

其次，这种关系又主要表现在后世诗作对《诗经》语词的大量化用上，杨万里《诚斋诗话》云："《诗》曰：'燕及皇天'，又曰：'诞弥厥

---

① 吴文治主编《宋诗话全编》第三册，江苏古籍出版社，1998年，第3237页。
② 吴文治主编《宋诗话全编》第七册，江苏古籍出版社，1998年，第7549页。
③ 吴文治主编《宋诗话全编》第二册，江苏古籍出版社，1998年，第1025页。

月’，而介甫《贺进筑熙河表》云：‘旄旆所指，燕及氐羌。楼橹相望，诞弥河陇’。”[①]王安石诗中的“燕及”“诞弥”即是直接对《诗经》语词的借用，而像这样的借用在宋诗中还有很多，限于篇幅，不赘。此外，宋诗话对后世诗作于《诗经》体式、诗意的吸收和化用也多有揭示，如范晞文《对床夜语》载：

(1)《诗》曰：“蟋蟀在堂，岁聿云暮。今我不乐，日月其除。无已太康，职思其居。好乐无荒，良士瞿瞿。”既欲其乐，又虑其荒，此诗人忧深思远之意。陆士衡云：“来日苦短，去日苦长。今我不乐，蟋蟀在房。我酒既旨，我殽既臧。短歌可咏，长夜无荒。”全是诗人之体。

(2)《诗》云：“昔我往矣，杨柳依依。今我来思，雨雪霏霏。”东坡谓韩退之“始去杏飞蜂，及归柳嘶蚻”与《诗》意同。子建云：“昔我初迁，朱华未希。今我旋止，素雪云飞。”又：“始出严霜结，今来白露晞。”王正长云：“昔往仓庚鸣，今来蟋蟀吟。”颜延年云：“昔辞秋未素，今也岁载华。”退之又居其后也。

(3)《古诗十九首》有：“冉冉孤生竹，结根泰山阿，与君为新婚，兔丝附女萝。兔丝生有时，夫妇会有宜。千里远结婚，悠悠隔山陂。思君令人老，轩车来何迟。”言妻之于夫，犹竹根之于山阿，兔丝之于女萝也，岂容使之独处而久思乎！《诗》云：“葛生蒙楚，蔹蔓于野。予美亡此，谁与独处！”同此怨也。又：“涉江采芙蓉，兰泽多芳草。采之欲遗谁，所思在远道。”又：“庭中有奇树，绿叶发华滋。攀条折其荣，将以遗所思。馨香盈怀袖，路远莫致之。”亦犹诗人“籊籊竹竿，以钓于淇。岂不尔思，远莫致之”之词，第反其义耳。前辈谓《古诗十九首》可与三百篇并驱者，亦此类也。

(4)《国风》云“爱而不见，搔首踟蹰”，“瞻望弗及，伫立

① 丁福保辑《历代诗话续编》，中华书局，2006年，第158页。

以泣”，其词婉，其意微，不迫不露，此其所以可贵也。《古诗》云：“馨香盈怀袖，路远莫致之。”李太白云：“皓齿终不发，芳心空自持。”皆无愧于《国风》矣。[1]

就诗体而言，《诗经》确立了四言诗体的基本格式和创作规范，如上述第一条中陆机《短歌行》除“今我不乐，蟋蟀在房”等诗句对《唐风·蟋蟀》的直接引用外，其整首诗四言句式显是直接承自《诗经》的。《诗经》中还出现了大量“套语”和经典句式[2]，如《小雅·采薇》“昔我往矣，杨柳依依。今我来思，雨雪霏霏”中的“昔××，今××”即成为后世诗人非常喜欢的一种经典句式结构，如上述第二条目中所言，曹植、王正长、颜延年、韩愈等都曾采用这种句式进行创作。英国著名现代派诗人和文艺评论家艾略特在《诗的作用与批评的作用》曾说：“一个造出新节奏的人，就是一个拓展了我们的情感并使它更为高明的人。”[3]《诗经》中的这些经典句式，同样也是对抒情节奏的一种创造，宋代诗话对这些经典句式的理论提炼和解读，体现着对《诗经》作为诗歌经典地位的认可。不难想见，这种认可肯定会对宋代诗歌创作产生重要的影响，而宋诗发展的实际状况也很好地印证了这一点。

三、《诗经》解读方法的革新与宋诗话对诗歌理论发展方向的确认

关于如何解读《诗经》，早在先秦时代孟子即已提出“知人论世”“以意逆志”的方法，强调对诗作产生背景、诗人的了解，强调以读者之意去推导诗人之志，考察诗人通过诗作要表达的真实思想和情感。其后，《毛诗》、三家《诗》基本上均是按照这一方法解读《诗经》的，只不过所取方向和角度不同罢了。对此，学界已多有讨论，不赘。我们

① 范晞文《对床夜语》卷一，影印《文渊阁四库全书》本，台湾商务印书馆，1986年。

② 关于《诗经》中“套语”的研究，可参看王靖献《钟与鼓——〈诗经〉的套语及其创作方式》，四川人民出版社，1990年。

③ 艾略特著，杜国清译《诗的作用与批评的作用》，台湾纯文学出版有限公司，1972年，第25页。

这里要重点讨论的是，相较于之前的《诗经》学著述，宋诗话中出现了哪些解读《诗经》的新方法，这种新方法背后又折射了宋人对诗歌理论发展方向怎样的思考。

首先，这一时期诗话中关于解读《诗经》的方法表现出一种较为明显的强调“以心会心”的倾向。这一倾向早在宋初梅尧臣《明贤诗旨》中就已露端倪，梅氏云：“三百篇美刺箴怨皆无迹，当以心会心。”[①]众所周知，《诗经》中比兴的使用，使得作者思想和情感的表达更加含蓄委婉，如东汉郑玄《周礼·春官·大师》注所说：“比见今之失，不敢斥言，取比类以言之。”“兴见今之美，嫌于媚谀，取善事以喻劝之。”[②]强烈的讽刺和赞美，都隐含在大量兴象的细致描绘之中，借助兴象来完成思想或情感的表达，如《邶风·新台》用“籧篨”“鸿”（闻一多先生释为癞蛤蟆）来讽刺卫宣公，《秦风·蒹葭》用“伊人”喻指“知周礼之人”（唐代孔颖达《毛诗注疏》）、贤人（清代姚际恒《诗经通论》）等，皆巧妙地通过兴象的描绘传达了作者的“美刺箴怨”，不落痕迹。那么，如何才能透过这些兴象去探寻诗作蕴含的作者真实意图呢？梅尧臣说可以“以心会心”，这个观点与孟子的“以意逆志”是一脉相承的，东汉赵岐注《孟子》云：“志，诗人志所欲之事；意，学者之心意也。”[③]“人情不远，以己之意逆诗人之志，是为得其实矣。”[④]不论古今，人们在思想情感上有着众多相通之处，诸如爱情、亲情、友情、爱国之情、忧患意识等，所以后代读者即可藉此去推导和解读作者通过语言文字所要表达的真实情感和思想。需要注意的是，梅尧臣“以心会心”的读《诗》法将孟子“意”“志”换为“心”，不仅仅是一种概念上的简单替换，其中还预示着宋代包括诗歌理论在内的学术思潮风向的转变。“心”“意”“志”在宋儒尤其是理学家的观念中是既有联系又有区别的三个概念，如南宋陈淳《北溪字义》云：“心者，一身之主宰也。……大抵人得天地之理为性，得天地之气为体，理与气合方成个

---

① 梅尧臣《明贤诗旨》，《诗学指南》本。

② 郑玄注，贾公彦疏，彭林整理《周礼注疏》，上海古籍出版社，2020 年，第 880 页。

③④ 孟轲撰，赵岐注《孟子章句》，《十三经注疏》，中华书局，1980 年。

心。”而“意”是“心之所发者，有思量运用之意”，“志”是“心之所之也。‘之’犹向也，谓心之正面全向那里去。”[①]“心”是产生“意”和“志”的基础，是带有根本意义的理论范畴，以此来观照梅尧臣的观点，“以心会心”也隐含着对“以意逆志”思想的一种理论超越追求和探索，已经初步显现出宋代诗歌理论内向化的发展趋势，亦即从心性纬度进行解读，侧重阐发诗歌蕴含的心性内涵。但由于时代的局限，梅尧臣所处的北宋初期这一阶段对诗歌与心性关系的认识仍较为含混和模糊，如欧阳修《六一诗话》引梅尧臣语云：“作者得于心，览者会以意。”这就又回到了“以意逆志”的老路子上去了。其后，宋代学者尤其是理学家对“会心”在《诗经》解读中的重要性又进行了更为深入的探讨，如南宋吕本中《童蒙诗训》载：“横渠《读〈诗〉诗》云：‘置心平易始知诗。’杨中立云：‘知此诗，则可以读《三百篇》矣。’”[②]其中需要注意的有两点，一是《童蒙诗训》中提到的张载这首《读〈诗〉诗》的意涵，张载此诗全文原作：“置心平易始通诗，逆志从容自解颐。文害可嗟高叟固，十年聊用勉经师。”[③]亦显是对孟子“以意逆志”的发挥，但其更加强调读《诗》的心态——平易，这一观点在其文中有着更为清晰的表述：“古之能知《诗》者，惟孟子为以意逆志也。夫《诗》之志至平易，不必为艰难求之，今以艰难求《诗》，则已丧其本心，何由见诗人之志。”[④]又吕祖谦《吕氏家塾读诗记》载：“张氏（载）曰：求《诗》者贵平易，不要崎岖，求合诗人之情，温厚平易老成。今以崎岖求之，其心先狭隘，无由可见。”[⑤]在张载看来，《诗经》中诸诗的意旨是平易的，反映的是诗人所见所感，所以读诗者也不必以狭隘之心，东拉西扯、苦心孤诣地挖掘所谓诗人的言外之意。这是对其时某些学者解《诗》刻意求新、随意比附的纠偏，其中还蕴含着一种解读《诗经》的重要方

---

① 陈淳《北溪字义》，中华书局，2009 年，第 11、15、17 页。

② 吕本中《童蒙诗训》，影印《文渊阁四库全书》本，台湾商务印书馆，1986 年。

③ 张载《张载集》，中华书局，1978 年，第 369 页。

④ 张载《张载集》，中华书局，1978 年，第 256 页。

⑤ 吕祖谦《吕氏家塾读诗记》，《儒藏（精华编）》，北京大学出版社，2009 年。

法——通过《诗经》文本本身,以平易之心探寻所谓"诗人之志"。"会心""置心平易"这些对读《诗》心理状态的阐发,构成了宋代《诗经》学理论突破的一个非常重要的方面,《诗经》解读与心性之学的结合愈发密切,并逐渐成为宋代《诗经》学发展的一股重要潮流。二是要注意上文中杨中立所说"知此诗,则可以读《三百篇》矣",杨中立即杨时(1053—1135),号龟山,他和游酢同是道南学派的开创者,在宋代理学发展史上有着重要的地位和作用,南宋著名理学家真德秀云:"二程之学,龟山得之而南传之豫章罗氏(罗从彦),罗氏传之延平李氏(李侗),李氏传之朱氏(朱熹),此一派也。"①二程道学南传,道南学派即为其中重要一派。② 我们有理由相信,尽管杨时没有《诗》学专著存世,但其对二程《诗经》学的继承以及上述对张载《诗》学思想的认可,必然会对其后的弟子徒孙产生影响,而朱熹对《诗经》的阐释也为我们提供了充足的证据,如其云:"读《诗》之法,只是熟读涵味,自然和气从胸中流出,其妙处不可得而言。不待安排措置,务自立说,只恁平读着,意思自足。须是打叠得这心光荡荡地,不立一个字,只管虚心读他,少间推来推去,自然推出那个道理。所以说以此洗心,便是以这道理尽洗出那心里物事,浑然都是道理。"③其中"熟读涵味""平读""虚心"等,其实都包含着跳出前代注疏影响,直面《诗经》文本,以诗读《诗》的态度和方法。此外,从传播学的角度来讲,吕本中《童蒙诗训》作为一部蒙学读物④,有着数量庞大的受众,而其中蕴含的读《诗》方法也必然会对其时治《诗》者的思想产生潜移默化的影响,宋代《诗经》学对前代的突破和超越,并最终逐渐融汇成一股学术发展的潮流,也肯定与此有着密切的关系。这一问题是需要引起我们注

① 真德秀《西山读书记》卷三一,《儒藏(精华编)》,北京大学出版社,2009 年。

② 关于杨时及道南学派的研究,参见刘京菊《承洛启闽——道南学派思想研究》,人民出版社,2007 年。

③ 朱熹著,黎靖德编《朱子语类》,中华书局,1994 年,第 2084 页。

④ 关于吕本中《童蒙诗训》的相关研究,可参看罗秋文《吕本中原本〈童蒙训〉研究》,江西师范大学硕士学位论文,2011 年。

意和重视的。

此外，宋人在诗话中还提出了更为具体的“体会”之法，如张镃《诗学规范》载：

> 罗仲素问《诗》如何看？曰：《诗》极难卒说，大抵须要人体会，不在推寻文义。在心为志，发言为诗，情动于中而形于言，言者情之所发也。今观是诗之言，则必先观是诗之情如何，不知其情，则虽精穷文义，谓之不知诗可也。子夏问：“巧笑倩兮，美目盼兮，何谓也？”子曰：“绘事后素。”曰：“礼后乎？”孔子以谓可与言《诗》，如此全要体会。何谓体会？且如《关雎》之诗，诗人以兴后妃之德，盖如此也。须当想象“雎鸠”为何物，知雎鸠为挚而有别之禽；则又想象“关关”为何声，知关关之声为和而通；则又想象“在河之洲”是何所在，知河之洲为幽闲远人之地，则知如是之禽，其鸣声如是，而又居幽闲远人之地，则后妃之德可以意晓矣。是之谓体会。惟体会得，故看诗有味，至于有味，则诗之用在我矣。①

这段文字中最显眼的一个词汇就是“体会”，亦即要真正理解诗作的内涵，而不是停留在所谓字词意思的理解上。那么如何体会诗意呢？作者给出的具体办法是“想象”，也就是“想象‘雎鸠’为何物”，“想象‘关关’为何声”，“想象‘在河之洲’是何所在”，这种“想象”并不是凭空臆测，而是建立在对字词意思准确理解以及由此构建起的意义关联。作者认为正是建立在这种关联性基础之上的场景复现，阅读者才能真正体会到诗中的韵味，并将之融于日用之中。张镃生于1153年，卒于1221年左右，正处于南宋学术发展的鼎盛期，存《序》废《序》之争、理学色彩日益增强等也成为这一时期《诗经》学的鲜明特色，这些特色的出现又和南宋学者阅读《诗经》方法的改变存在着必然的联系。随着宋代印刷技术的普及和提高，大量《诗经》著述被刻印出来，

---

① 张镃《诗学规范》，《格致丛书》本。

文献的获得不再像以往那么困难，由此，汉唐经学传播主要依靠口耳相传的方式逐渐被更加个体化、更为自主的方式所取代，研究方法也随之一变。这一变化在朱熹身上体现的尤为明显，如其云："当时解《诗》时，且读本文四五十遍，已得六七分。却看诸人说与我意如何，大纲都得之，又读三四十遍，则道理流通自得矣。"[①]"《诗》《书》略看训诂，解释文义令通而已，却只玩味本文。"[②]在"诸人说"的基础之上，主要依靠反复诵读、玩味本文，朱熹认为这样就能非常圆融地理解诗意了，尽管没有明言，但其中其实暗含着在诗意理解中对自我体会的强调，这与汉唐训诂之学已有极大的不同。需要进一步说明的是，这种以"体会"之法读《诗》在宋代逐渐蔚然成风，如王柏《诗疑》卷一《总说》云："明道先生（程颢）善言《诗》，未尝章解句释，但优游玩味，吟哦上下，使人有得处。"[③]两宋之际，杨时在程氏这一方法基础上将其发展为读《诗》当"体会《诗》意"，刘安世则创为"求意不求义"之说，游酢更是教人读《诗》需先正其心，由此，《诗经》学纯粹意义上的学术探讨也逐渐被更加强调内在的哲理体认所替代。[④]

由上可见，宋代诗话中的《诗经》解读充满着一种强烈的变革精神，在方法上也更加多元化。而通过基于性情、心性等问题的深入思考，将之运用于《诗经》的文本细读之中，并于中发现理学建构所需的思想资源，成为这一时期解读《诗经》在方法上的趋势，这也成为宋代诗话作者在诗歌理论阐释方向上的一种确认和追求，由此也深刻影响了其后宋代诗歌创作和诗学的发展。

四、"思无邪"与宋诗话对诗歌功能的定位

众所周知，"思无邪"在孔子《诗经》学中居于核心地位，并深刻影响了其后两千余年《诗经》学的发展，成为历代学者认识《诗经》性质、

① 黎靖德编，王星贤点校《朱子语类·六七》，中华书局，1986年，第2091页。

② 黎靖德编，王星贤点校《朱子语类·六七》，中华书局，1986年，第1653页。

③ 王柏著，顾颉刚校点《诗疑》，北京景山书社，1930年，第24页。

④ 参见杨新勋《宋代疑经研究》，中华书局，2007年，第152页。

功能等的基本依据。宋诗话中出现的有关“思无邪”的讨论，即传达出对诗歌功能的鲜明认识，于中亦可窥宋代诗学发展走向之一斑。

宋之前，关于“思无邪”的阐释，现存最早的为东汉包咸注，其云：“思无邪，归于正也。”[①]南朝梁皇侃据此认为：“此章举《诗》证为政以德之事也。……云‘曰思无邪’者，此即《诗》中之一言也，言为政之道，唯思于无邪，则归于正也。”[②]这一解释明显受到了孔子“政者，正也”思想的影响，其内在理路是为政之道在于为政者自身的端正，而自身端正又主要在于无邪之思，究其实质这是在强调《诗经》对于政治文化建设的意义与价值。其后，唐代韩愈云：“蔽，犹断也，包以蔽为当，非也。按‘思无邪’是《鲁颂》之辞，仲尼言《诗》最深义，而包释之略矣。”[③]韩愈以“断”释“一言以蔽之”之“蔽”，认为“思无邪”是对《诗经》深刻义理思想的概括，并质疑包咸注过于简略，但未作出明确的解释，其弟子李翱进一步申述道：“《诗》三百篇，断在一言，终于颂而已。子夏曰：‘发乎情，民之性也’，故《诗》始于风；止乎礼义，先王之泽也，故终‘无邪’一言，《诗》之断也。虑门人学《诗》，徒诵三百之多而不知一言之断，故云然而。”[④]李翱认为《毛诗序》中“发乎情，民之性也；止乎礼义，先王之泽也”与《诗经》风雅颂的编排顺序是对应的，风诗更多表现的是民之情性，而最后的颂诗则更多体现的是礼义，“思无邪”既然出自《鲁颂·駉》，所以其应当是孔子对学习《诗经》最终目标的一个认定，即所谓“礼义”。这一解释体现出对儒家思想体系性建构的追求，同时在一定程度上对情、性问题的揭示，又预示着其后宋代学术发展的重要走向。

整体而言，汉唐学者对“思无邪”的解读基本没有越出儒家政治文化的范畴，将其作为诗歌评价重要标准的任务是由宋代士大夫完成的。宋初，邢昺《论语注疏》解释“思无邪”云：“《诗》之为体，论功颂德，止僻防邪，大抵皆归于正，故一句可以当之也。”[⑤]邢昺没有具体阐

---

①② 何晏注，皇侃义疏《论语集解义疏》，中华书局，1985年，第14页。

③④ 韩愈、李翱《论语笔解》，中华书局，1991年，第2页。

⑤ 何晏著，邢昺疏《论语注疏》，《十三经注疏》，中华书局，1980年。

发何为“正”，强调的仍是《诗经》“论功颂德，止僻防邪”的政治功能。庆历之后，宋儒对“正”的解释逐渐由政治功能层面的阐发，转向了对内在心志状态的讨论，如苏辙晚年所作《论语拾遗》，其中解释“思无邪”云：“《易》曰：‘无思无为，寂然不动，感而遂通天下之故’，《诗》曰：‘思无邪’，孔子取之，二者非异也。惟无思，然后思无邪；有思，则邪矣。火必有光，心必有思。圣人无思，非无思也。外无物，内无我，物我既尽，心全而不乱。物至而知可否，可者作，不可者止，因其自然，而吾未尝思。未尝为此，所谓无思无为，而思之正也。”①又金代王若虚《论语辨惑》引苏轼说云：“东坡曰：“《易》称：‘无思无为，寂然不动，感而遂通天下之故’，凡有思者皆邪也，而无思则土木也。何能使有思而无邪，无思而非土木乎？此孔子之所尽心也。作《诗》者未必有意于是，孔子取其有会于吾心者耳。”②二苏站在读《诗》者的立场理解“思无邪”。在他们看来，“有思者皆邪”，这是其预设的理论前提，所以要真正做到“无邪”，就必须观照内心，做到“外无物，内无我，物我既尽，心全而不乱”，而实现的途径就是苏辙所说的“物至而知可否，可者作，不可者止，因其自然，而吾未尝思”，这与孔子“从心所欲不逾矩”在境界上是一致的，亦即上述苏轼所云“此孔子之所尽心”之意。同时在苏轼看来，孔子读《诗》并不泥于所谓作诗者之意，而是更加看重诗作中那些“会于吾心”的内容，惟其如此，才能真正达至“心全不乱”“无私无为”的理想境界。二苏与佛教人物多有交往，其自身亦深受佛教思想的影响，所以这里对“思无邪”的阐释明显受到佛教思想的影响，王若虚在《论语辨惑》中评价苏轼解经时即云：“予谓苏子此论流于释氏，恐非圣人之本。”③《四库全书总目提要》亦评价苏辙《论语拾遗》云：“其以‘思无邪’为无思，以‘从心不逾矩’为无心，颇涉禅理。”④这种借助佛学从心性角度对“思无邪”的阐释，包含着对人的内在修养与诗歌创作、阅读之间关系的更为深入的思考，也是宋人对诗

---

① 苏辙著，陈宏天、高秀芳点校《苏辙集》，中华书局，1990年，第1216—1217页。

②③ 《王若虚集》，中华书局，2017年，第37页。

④ 纪昀等《四库全书总目·经部》，广西师范大学出版社，2019年，第909页。

歌功能认识不断深化的结果。

同时,“思无邪”成为宋人评价诗歌优劣的重要标准,与诗学批评的结合也更加紧密,如《诗人玉屑》载韩驹论诗:“诗言志,当先正其心志,心志正则道德仁义之语、高雅醇厚之义自具,三百篇中有美有刺,所谓‘思无邪’也。”[①]韩驹是江西诗派诗人、诗论家,他对“思无邪”的解释似乎主要是就作诗者而言,强调诗人要保持端正的心志,只要思想纯洁无私,创作诗歌时或美或刺的尺度自然公正,那所谓“道德仁义之语、高雅醇厚之义”也必会自然具足。另如陈俊卿为黄彻《䂬溪诗话》作序称:“夫诗之作,岂徒以青白相媲、骈俪相靡而已哉!要中存风雅,外严律度,有补于时,有辅于名教,然后为得。杜子美诗人冠冕,后世莫及,以其句法森严,而流落困踬之中,未尝一日忘朝廷也。孔子曰:‘《诗》三百,一言以蔽之,曰:思无邪。’以圣人之言,观后人之诗,则醇醨不较而明矣。”[②]陈俊卿认为诗人作诗既要有严密的格律,更要有像杜甫那样强烈的忠君爱国之心,这是判断其诗歌优劣的重要标准,亦即孔子所说的“思无邪”。又如张戒《岁寒堂诗话》云:

> 孔子曰:“《诗》三百,一言以蔽之,曰:‘思无邪。’”世儒解释终不了。余尝观古今诗人,然后知斯言良有以也。《诗序》有云:“诗者,志之所之也。在心为志,发言为诗。情动于中,而形于言。”其正少,其邪多。孔子删诗,取其思无邪者而已。自建安七子、六朝、有唐及近世诸人,思无邪者,惟陶渊明、杜子美耳,余皆不免落邪思也。六朝颜鲍徐庾、唐李义山、国朝黄鲁直,乃邪思之尤者。鲁直虽不多说妇人,然其韵度矜持,冶容太甚,读之足以荡人心魄,此正所谓邪思也。鲁直专学子美,然子美诗读之,使人凛然兴起,肃然生敬,《诗序》所谓“经夫妇,成孝敬,厚人伦,美教化,移风俗”者也,岂可与鲁直诗同年而语耶?[③]

---

① 魏庆之著,王仲闻点校《诗人玉屑》,中华书局,2007 年,第 386 页。

② 丁福保辑《历代诗话续编》,中华书局,2006 年,第 344 页。

③ 张戒《岁寒堂诗话》,影印《文渊阁四库全书》本,台湾商务印书馆,1986 年。

在张戒看来，前代学者都没有把“思无邪”讲清楚，而他也没有继续从传统经学的角度加以申说，而是选择了建安直至南宋的“古今诗人”，从诗歌创作的维度重新审视“思无邪”的内涵。“思无邪”成为张戒品评历代诗人诗作水平的重要标准，尤其是重点把黄庭坚与杜甫的诗歌做了细致的对比后，认为杜诗“使人凛然兴起，肃然生敬”，杜诗那种深切的对民生的关注和沉郁顿挫之气是张戒极力推崇的，他认为只有这样的诗才能实现《毛诗序》所说的“经夫妇，成孝敬，厚人伦，美教化，移风俗”的功能和价值。究其实质，这同样是对儒家《诗》教传统经世功能的强调，体现着宋人对传统诗学思想的继承，而这种继承背后又隐含着宋代儒家学术话语系统强大的理论支撑。

需要注意的是，“思无邪”作为诗歌创作的价值追求与宋代儒学发展有着必然的联系，其中主要涉及到的是《论语》在儒家经典体系中地位变迁的问题。《论语》尽管在汉唐就有着广泛的影响，但真正对其进行更为精细的阐释并推至高峰的还是宋代。宋代《论语》学著述多达三百余种，二程、朱熹等更是将包括《论语》在内的“四书”作为建构其理学思想体系的根基，“四书”地位逐渐超出“五经”。由此，宋儒在解读《论语》中“思无邪”“兴观群怨”等孔子《诗经》观时也必然会更加重视其理论内涵的挖掘，并以对这些观点的理解进一步去指导其时的诗歌创作和诗歌评价，宋代诗歌和诗论的健康发展与此应当是着有直接关系的。

结语

作为文学评论的一种重要样式，宋诗话从思想、方法等诸多层面均受到《诗经》的极大影响，由此呈现的儒家经学与诗歌理论融合的趋势也愈发明显。同时，诗话论《诗》也使得《诗经》的诗歌属性更加凸显，由此带来的对语词、章法等文学元素的关注，又深刻地影响到其后有关《诗经》文学性的研究。

（河北师范大学文学院；河北师范大学汇华学院）

《沧浪诗话》“本色”涵义考辨

冯春祥

内容摘要：《沧浪诗话》“本色”一词的语源，可能是魏晋南北朝时期的汉译佛经，以及同时期稍后与宋代的中国文学观念；此外，大约也有着儒学的背景。为准确把握《沧浪诗话》“本色”的涵义，须理清两个关系：一为“本色”与“悟”及“妙悟”的关系，认识到“悟”与“妙悟”存在不小的差别，“本色”与“妙悟”并不构成完全对应关系，诗之“本色”需要作者之“悟”以获得；一为“本色”与“当行”的关系，认识到二者涵义接近，皆既包括“悟”这一抽象内涵，又存在诗法层面去除“五俗”这样的具体意义。

关键词：《沧浪诗话》；本色；汉译佛经；悟；妙悟；当行

A Research on the Connotation of Ben-se in *Canglang Shihua*

Feng Chunxiang

Abstract: The concept of Ben-se(original color, the fundamental quality

or the true quality) in *Canglang Shihua* is probably derived from the Chinese translation of Buddhist scriptures during WeiJin, Southern and Northern Dynasties, and the Chinese literary theories in Southern and Northern Dynasties and Song Dynasty; in addition, it may be influenced by Confucianism. In order to accurately understand the connotation of Ben-se in *Canglang Shihua*, two things need to be clarified. First, the concept of Wu (enlightenment) is different from Miaowu (subtle enlightenment), and a poet can give his/her poems the characteristic of Ben-se through the way of Wu rather than Miaowu. Second, the meanings of Danghang(adeptness) are similar with Ben-se, and they both include the connotation of Wu and are also reflected in the method of writing poetry (for Yan Yu, five bad ways should be avoided while writing a poem).
Keywords: *Canglang Shihua*; Ben-se(the fundamental quality); Chinese translation of Buddhist scriptures; Wu(enlightenment); Miaowu(subtle enlightenment); Danghang(adeptness)

作为中国诗学理论体系的重要著作,《沧浪诗话》明确提出了一系列诗歌批评的命题,如“以禅喻诗”“兴趣”等,引发了后来学人的广泛讨论。同时,《沧浪诗话》是第一部以“本色”详论诗歌的作品,书中关于这一命题的阐述颇为精到、深刻,只是学界以往多会从戏曲维度谈“本色”,从诗歌角度谈论的则很少。近来则有一些研究者关注到《沧浪诗话》本色论的诗学价值,先后撰文解读其内涵。[①] 然而,目前

① 例如:李勤印《“本色当行”辨》,《北京师范学院学报(社会科学版)》1989 年第 4 期;杨东甫《“本色”“当行”比较论》,《广西师院学报(哲学社会科学版)》2002 年第 2 期;陈军《论“本色”与“当行”》,《云南师范大学学报(哲学社会科学版)》2004 年第 5 期;顾瑞雪《〈沧浪诗话〉“本色说”的文体学解释》,《长江学术》2012 年第 3 期;刘飞《宋末元初诗学批评中“本色”内涵的多维考察》,《中州学刊》2013 年第 6 期;张建斌《论严羽的本色说》,《合肥师范学院学报》2014 年第 1 期;潘明福、王兆鹏《中国诗学批评视域中的“本色论”》,《文艺理论研究》2013 年第 4 期;尚永亮、段亚青《尊体:严羽“本色”理论及其四大要素》,《文艺理论研究》2016 年第 5 期;黄丽娜《“本色”考辨》,《理论界》2017 年第 1 期;吴娱《〈沧浪诗话〉“本色”论》,哈尔滨师范大学硕士学位论文,2019 年。

学界对严羽本色论的分析，仍有一些待商榷之处，例如，严羽使用"本色"一词，除了与中国较早时期文学观念有一定关联，是否还受到更早时候汉译佛经的影响？又如，研究者指称《沧浪诗话》所倡导的诗歌思维时，常用"妙悟"一词（用"悟"字时，仍只是"妙悟"义）概括之，并将"本色"的涵义建立在"妙悟"基础上——这样的处理，是否合乎《沧浪诗话》文意？又如，《沧浪诗话》两次将"本色"与"当行"并称，个中缘由是什么？借由"当行"一词，能否对"本色"的具体涵义有进一步的把握？本文尝试从以上几方面着手，考辨《沧浪诗话》"本色"一词之涵义。

一、"本色"一词的语源

《沧浪诗话》"本色"一词，大约有两个来源，其一为魏晋南北朝时期的汉译佛经，其二为同时期稍后及宋代的中国文学观念。由于学界未有言及"本色"一词与汉译佛经可能存在的关联，这里首先梳理如下：

后秦之时，由弗若多罗、鸠摩罗什等译的佛教戒律书《十诵律》卷第二十七已出现"本色"二字，用以指佛的正常身体状态与精神状态：

> 佛在王舍城。佛身冷湿，须服下药。佛告阿难："我身冷湿，是事汝自知。"阿难受教，往耆婆药师所，语耆婆言："佛身冷湿，须服下药，是事汝自知。"耆婆言："长老还去，我随后往。"
>
> 耆婆思惟：佛德尊重，不宜进木药苦药如余人法，当取青莲华以下药草熏之，持用上佛。即取青莲华以下药熏作已，持诣佛所，头面礼足，白佛言："是优钵罗华熏以下药，可以治身，愿佛受之。此药一嗅，十下；二嗅，二十下；三嗅，三十下。"佛受已，默然。
>
> 耆婆欲还，具教阿难侍病节度而去。佛一嗅其药，十下；二嗅，二十下；三嗅，二十九下。
>
> 耆婆明识时数复来，瞻佛问讯："世尊，不审下不？"佛

言："向嗅汝药，二十九下。"耆婆知佛身病未尽，白佛言："须饮少暖水。"饮已，更一下，如是随顺满三十下。

耆婆还家，办随病药饮食软饭粥羹，尝伽罗药奉进所须。起居轻利，无复患苦。佛得瞻力，还复本色。[①]

需要说明，有学者[②]将"本色"一词追溯至《晋书·天文志中》："凡五星有色，大小不同，各依其行而顺时应节。……不失本色而应其四时者，吉。"[③]只是，《晋书》出现时间较晚，唐初方修撰完成；而唐修《晋书》所附《修晋书诏》虽称此前已出现"十有八家"晋史[④]，但这些史书如今皆已散佚，不可确考，且唐修《晋书》主要参考的，是臧荣绪所撰《晋书》，而臧荣绪（415—488）生活的年代是晚于鸠摩罗什（343—413）等人的。可知，《晋书·天文志中》应非最早使用"本色"一词。

而由鸠摩罗什译自龙树菩萨的《大智度论》，也两次使用"本色"一词。例如，卷三十六，以"本色"指称人的本来面貌，与"本面""本像"意义相近：

问曰："影色、像色，不应别说。何以故？眼、光明对清净镜故，反自照见；影亦如是，遮光故影现，无更有法。"

答曰："是事不然。如油中见像黑，则非本色。如五尺刀中，横观则面像广，纵观则面像长，则非本面。如大秦水精中玷，玷皆有面像，则非一面像；以是因缘故，非还见本像。"[⑤]

又如，卷五十三，以"本色"一词来形容未能完全参透色相的修行状态：

问曰："上品竟，便应问不生，何以此中方问？"

---

① 《中华大藏经（汉文部分）》第37册，中华书局，1984—1996年，第583页。

② 例如：赵山林《古代曲论中的"本色"论》，《文艺理论研究》1998年第2期；陈维昭《中国古典戏曲理论中的"当行本色"论》，《汕头大学学报（人文社会科学版）》2002年第3期。

③ 房玄龄等《晋书》，《二十四史（简体字本）》，中华书局，2000年，第205页。

④ 房玄龄等《晋书》，《二十四史（简体字本）》，中华书局，2000年，第2229页。

⑤ 《中华大藏经（汉文部分）》第25册，中华书局，1984—1996年，第696页。

答曰："三种大法易解，利益多众生故先问：'何因缘故，色不生为非色，乃至一切种智不生为非一切种智？'须菩提答：'色是空，色中无色相。行者以是无生智慧，令色无生。'若能得是无生，心作是念，今即得色实相；是故说色无生为非色，色性常自无生，非今智慧力故使无生。如有人破色令空，犹存本色想。譬如除厕作舍，本虽无厕，犹有不净想；若能知厕本无，幻化所作，则无厕想。行者如是，若能知色从本已来初自无生者，则不复存色想；是故言色无生为非色，乃至一切种智亦如是。"①

此外，北凉昙无谶译《大般涅槃经》卷第三十九，也出现了"本色"一词，用以指称事物的本来面貌：

先尼言："瞿昙，我有二种：一者有知，二者无知。无知之我能得于身，有知之我能舍离身。犹如坏瓶，既被烧已，失于本色，更不复生。智者烦恼亦复如是，既灭坏已，终不更生。"②

可知，魏晋南北朝时，"本色"已成为一个涵义较为固定的佛经用语，至后世佛典，则沿袭之。作为一部"借禅以为喻"而"定诗之宗旨"③的作品，《沧浪诗话》对"本色"一词的多次强调，很可能与该词所蕴含的佛学思维，有着千丝万缕的联系。

此外，《沧浪诗话》使用"本色"一词，亦可能受到南北朝时期及之后（尤其是宋代）的中国文学观念影响。南朝时，刘勰自幼阅读儒家典籍，后又在钟山上定林寺钻研佛经十余年，深受儒释二家影响，所著《文心雕龙》将"本色"概念纳入文学批评，遂开了以"本色"评论文学的先河。该书《通变》篇写道：

今才颖之士，刻意学文，多略汉篇，师范宋集，虽古今备阅，然近附而远疏矣。夫青生于蓝，绛生于蒨，虽逾本色，不

① 《中华大藏经（汉文部分）》第26册，中华书局，1984—1996年，第29—30页。

② 《中华大藏经（汉文部分）》第14册，中华书局，1984—1996年，第436页。

③ 严羽著，郭绍虞校释《沧浪诗话校释》，人民文学出版社，1998年，第27页。

能复化。桓君山云:“予见新进丽文,美而无采;及见刘、扬言辞,常辄有得。”此其验也。故练青濯绛,必归蓝蒨,矫讹翻浅,还宗经诰;斯斟酌乎质文之间,而檃括乎雅俗之际,可与言通变矣。①

在《诠赋》篇,刘勰也道:

文虽新而有质,色虽糅而有本。②

可见,刘勰所言“本色”,是用以譬喻文学作品之本来质地的,也即,写作应有所本,应征圣、宗经,效法先贤之著作,令自己的文字言之有物、质朴自然。

若就《文心雕龙》“本色”一词的语境稍作延伸,可与《论语》产生一些关联。《八佾》篇写道:

子夏问曰:“‘巧笑倩兮,美目盼兮,素以为绚兮。’何谓也?”

子曰:“绘事后素。”③

《雍也》篇亦载:

子曰:“质胜文则野,文胜质则史。文质彬彬,然后君子。”④

这里,孔子提到的“素”与“质”,皆可作为刘勰“本色”一词的注解,以表达一种朴质、本然的状态。可知,先秦儒家经典虽未使用“本色”一词,但已表现出对“本色”所对应内容的欣赏,这无疑会影响后世国人的审美判断,如此,则《沧浪诗话》强调“本色”,也与儒学有颇深的渊源。

到了宋代,陈师道《后山诗话》把“本色”二字用作诗词批评的一

① 刘勰著,黄叔琳注,李详补注,杨明照校注拾遗《增订文心雕龙校注》,中华书局,2012年,第400页。

② 刘勰著,黄叔琳注,李详补注,杨明照校注拾遗《增订文心雕龙校注》,中华书局,2012年,第99页。

③ 程树德撰,程俊英、蒋见元点校《论语集释》,中华书局,2017年,第202—203页。

④ 程树德撰,程俊英、蒋见元点校《论语集释》,中华书局,2017年,第516页。

项标准，强调不同文体各有规范，各具特色，不可混同。这对《沧浪诗话》本色论的提出，大约起到了进一步的推动作用。其文为：

> 退之以文为诗，子瞻以诗为词，如教坊雷大使之舞，虽极天下之工，要非本色。今代词手，惟秦七、黄九尔，唐诸人不迨也。[①]

与严羽同时代而稍早的刘克庄，亦严守诗之疆界，其《竹溪诗序》指出，很多文人之诗实为有韵之文，而不合诗之"本色"："唐文人皆能诗，柳尤高，韩尚非本色。迨本朝，则文人多，诗人少。三百年间，虽人各有集，集各有诗，诗各自为体，或尚理致，或负材力，或逞辨博。少者千篇，多至万首，要皆经义策论之有韵者尔，非诗也。"[②]朱自清在谈及刘克庄等人时，便将宋人的这种严分诗、文的行为，命名为"风诗正宗论"。[③] 可以想见，严羽《沧浪诗话》之所以重视诗歌"本色"，亦可能受宋代社会"风诗正宗论"诗学思潮的深刻影响。

总之，《沧浪诗话》"本色"一词的语源，可能是魏晋南北朝时期的汉译佛经，以及同时期稍后与宋代的中国文学观念。此外，先秦儒家经典虽未使用"本色"一词，但已表现出对"本色"所对应内容的欣赏，《沧浪诗话》之强调"本色"，大约也有着儒学的背景。

二、"本色"与"悟"及"妙悟"的关系

严羽《沧浪诗话·诗辨》提出"悟即本色"的观点，强调领悟力对作诗至为重要的意义：

> 大抵禅道惟在妙悟，诗道亦在妙悟。且孟襄阳学力下韩退之远甚，而其诗独出退之之上者，一味妙悟而已。惟悟乃为当行，乃为本色。然悟有浅深，有分限，有透彻之悟，有但得一知半解之悟。汉、魏尚矣，不假悟也。谢灵运至盛唐

---

① 吴文治主编《宋诗话全编》，江苏古籍出版社，1998年，第1022页。

② 刘克庄著，辛更儒笺校《刘克庄集笺校》，中华书局，2011年，第3996页。

③ 朱自清《文艺常谈》，中华书局，2012年，第282—287页。

诸公，透彻之悟也；他虽有悟者，皆非第一义也。[①]

这里，严羽对“悟”的推重，是有受到佛学影响的。“佛”字在梵语里具有“觉察”“觉悟”之义。孙绰《喻道论》即指出：“佛者梵语，晋训‘觉’也。‘觉’之为义，‘悟物’之谓。”[②]

此外，严羽也强调作诗贵在“妙悟”。问题是，此处“妙悟”与“悟”的关系如何呢？二者涵义是否等同？换言之，在《沧浪诗话》的讨论范围内，“悟即本色”“本色即悟”的观点既然能够成立，“妙悟即本色”“本色即妙悟”的观点是否也成立呢？也即，如果诗人只是进行了一定程度的“悟”而未达到“妙悟”的境地，他所写的诗是否一定为坏诗而不合乎诗歌这一体裁的本色呢？

需要说明，学界以往指称《沧浪诗话》所倡导的诗歌思维时，往往将“妙悟”与“悟”统而论之，把二者的区别模糊处理，直接承认或默认“妙悟”与“悟”涵义相同——结合《诗辨》“惟悟乃为当行，乃为本色”一语，其实便是将“妙悟”与“本色”划了等号。例如，陈伯海认为：“‘妙悟’，或者‘悟’，是从佛教禅宗学说里借用的名词，本意是指佛教徒对于‘佛性’的领悟。”[③]又如，介绍《沧浪诗话》时，郭绍虞写道：“案其所谓悟，似有二义。一指第一义之悟，以汉、魏、晋、盛唐为师，而反对苏、黄诗风；一指透彻之悟，重在透彻玲珑不可凑泊，于是除反对苏、黄诗风之外，再批判永嘉四灵的学唐风气。”[④]此处虽使用“悟”字而非“妙悟”，然而，据其“第一义之悟”与“透彻之悟”的双重涵义并结合《沧浪诗话·诗辨》判断，郭绍虞这里所言之“悟”，已不能与严羽所说的有着浅、深两层境界的“悟”字等同，而专指深刻的“悟”（不包括浅层次的“悟”），也即“妙悟”。换言之，郭绍虞释“悟”字以“妙悟”之涵义，其实是默认了“妙悟”与“悟”涵义相同。转引郭说时，周裕锴亦

---

① 严羽著，郭绍虞校释《沧浪诗话校释》，人民文学出版社，1998年，第12页。

② 严可均辑，何宛屏等审订《全晋文》卷六十二，商务印书馆，1999年，第643页。

③ 陈伯海《“妙悟”探源——读〈沧浪诗话〉札记之二》，《社会科学战线》1985年第1期，第235页。

④ 郭绍虞主编《中国历代文论选》第2册，上海古籍出版社，2001年，第429页。

将这一点明确地写了出来："郭绍虞先生将上段话中提及的'妙悟'析为二义：一指第一义之悟，以汉魏晋盛唐为师，而反对苏黄诗风；一指透彻之悟，重在透彻玲珑，不可凑泊，于是除反对苏黄诗风之外，再批判永嘉四灵的学唐风气。"①

尽管也有研究者承认，《沧浪诗话》的"妙悟"与"悟"存在区别，可是，他们又把"本色"涵义建立在"妙悟"（而非"悟"）的基础之上，将"妙悟"视为诗歌得以成其"本色"的必要条件——而据《诗辨》"惟悟乃为当行，乃为本色"一语，严羽认为，诗歌"本色"之必要前提是"悟"——如此，相关研究者便又不得不认为，在诗歌实现"本色"的路径上，"妙悟"与"悟"并无不同。换言之，这些研究者对于《沧浪诗话》"妙悟"与"悟"关系的阐述，不免有自相矛盾之嫌。例如，张毅《论"妙悟"》②一文既把《沧浪诗话》之"悟"理解为"分限之悟""一知半解之悟""透彻之悟"这样三类，指出"分限之悟""一知半解之悟"这两种"悟"，"都非严羽主张的'妙悟'"，"严羽讲的'妙悟'是'透彻之悟'"，承认"妙悟"与"悟"不能等同；但另一方面，又认为，"对于发抒性情的诗人来说，'妙悟'多方的能力才是'当行'和'本色'"，将"妙悟"视为诗歌"本色"之前提，如此，"妙悟"与"惟悟乃为当行，乃为本色"中的"悟"，又被确立为对等的关系了。又如，尚永亮、段亚青《尊体：严羽"本色"理论及其四大要素》③一文既多次提到，严羽所言之"悟"存在深与浅的分别，"悟"与"妙悟"不能等而视之，"静观程度的深浅决定了悟的深浅，最透彻的悟，便可以称之为'妙悟'"，"有悟得深者，也有悟得浅者"；但另一方面，阐释"本色"内涵时，又认为，"'妙悟'为其修习方式"，"需要'妙悟'才能写出'本色'的好诗"，将"妙悟"视为诗歌得以成其"本色"的必然途径，再次把"妙悟"与"悟"确立为对等关系。

---

① 周裕锴《〈沧浪诗话〉的隐喻系统和诗学旨趣新论》，《文学遗产》2010年第2期，第30页。

② 张毅《论"妙悟"》，《文艺理论研究》1984年第4期，第85—90页。

③ 尚永亮、段亚青《尊体：严羽"本色"理论及其四大要素》，《文艺理论研究》2016年第5期，第108—116页。

事实上，在《沧浪诗话》的语境里，“妙悟”与“悟”有着不小的差别。在《诗辨》，严羽非常清晰地点出了“悟”的多层次性：“然悟有浅深，有分限，有透彻之悟，有但得一知半解之悟。汉魏尚矣，不假悟也。谢灵运至盛唐诸公，透彻之悟也；他虽有悟者，皆非第一义也。”可知，“悟”存在浅与深的区别，深刻的“悟”是“透彻之悟”，是“第一义”之悟，浅层次的“悟”则为“一知半解之悟”。

而“妙悟”则没有浅、深层次或轻、重程度的差别，而只对应深刻的“悟”。关于“妙悟”的好处，严羽是以孟浩然之诗胜过韩愈为例来说明的：“且孟襄阳学力下韩退之远甚，而其诗独出退之之上者，一味妙悟而已。”尽管郭绍虞将“妙悟”涵义作了“第一义之悟”与“透彻之悟”两类解释，但在《沧浪诗话》里，是找不到这种分类依据的。实际上，郭绍虞对“第一义之悟”所作的解释（“以汉、魏、晋、盛唐为师，而反对苏、黄诗风”），正是严羽对“不假悟”与“透彻之悟”这两个词语的解释（“汉魏尚矣，不假悟也。谢灵运至盛唐诸公，透彻之悟也”）。可知，除了“不假悟”的汉魏之诗，“第一义之悟”与“透彻之悟”，二者对应的诗作范围并没有什么区别。也即，郭绍虞对“妙悟”涵义所作的“第一义之悟”与“透彻之悟”两层分类，基本对应着相同的诗歌内容，因而，本不必作这样的两层分类。换言之，在《沧浪诗话》的语境里，那些达到“妙悟”境界的诗作，是专指“谢灵运至盛唐诸公”这些著名诗人的代表作品的，最多上溯至汉魏时期的优秀诗作——至于这些诗歌是否还存在具体的高下之别，则是另一回事了；至少在《沧浪诗话》“妙悟”这个维度里，它们皆达到了“妙悟”的境界，而不必再对这种“妙悟”境界本身，作层次与程度的区分。

既然“妙悟”与“悟”内涵不同，那么，若要让个人之诗合乎诗歌这一体裁的“本色”，是否一定要达到“妙悟”的境界呢？换言之，没有“透彻之悟”，而仅有“一知半解之悟”这种浅层次的“悟”，所作之诗是否一定不合乎诗歌这一体裁的“本色”呢？

回应以上问题之前，宜对“一知半解”的涵义有恰当理解。南宋淳熙年间，僧人净善重集的《禅林宝训》已出现这一词汇，卷三写道：

万庵曰："比见衲子，好执偏见，不通物情，轻信难回，爱人佞己，顺之则美，逆之则疏，纵有一知半解，返被此等恶习所蔽，至白首而无成者多矣。"[①]

结合语境可知，此处"一知半解"与后来的贬义词用法有一定区别，这里虽用其形容一种智识不完整的状态，但并未忽略或否认"一知半解"中的"知"与"解"。严羽生活的年代晚于僧人净善，也许接触过《禅林宝训》；即使未曾接触这一宝典，由于年代接近，《沧浪诗话》也可能与《禅林宝训》"一知半解"一词之用法接近。也即，在《沧浪诗话》，"一知半解之悟"只是作为浅层次的"悟"，而用以与"透彻之悟"这种深刻的"悟"形成对照——二者关系类似于严羽在《诗辨》对小乘禅、声闻辟支果与大乘禅所作的比较，相比大乘禅之"正法眼""第一义"，小乘禅、声闻辟支果虽"皆非正也"，但又不至于沦为"野狐外道"与"不可救药"之地步——相应地，"一知半解之悟"虽远不如"透彻之悟"，但并不意味着，其便是被严羽完全否定的。事实上，在《诗辨》里，严羽虽主张"夫学诗者以识为主：入门须正，立志须高；以汉、魏、晋、盛唐为师，不作开元、天宝以下人物"[②]，但又强调，"天下有可废之人，无可废之言，诗道如是也"，纵是中唐、晚唐、宋代等不在"汉、魏、晋、盛唐"这个时间范围的许多诗作，亦有其"真是"之处，"自有不能隐者"，应被肯定。

禅家者流，乘有小大，宗有南北，道有邪正；学者须从最上乘，具正法眼，悟第一义。若小乘禅，声闻辟支果，皆非正也。论诗如论禅：汉、魏、晋与盛唐之诗，则第一义也。大历以还之诗，则小乘禅也，已落第二义矣。晚唐之诗，则声闻辟支果也。学汉魏晋与盛唐诗者，临济下也。学大历以还之诗者，曹洞下也。大抵禅道惟在妙悟，诗道亦在妙悟。且孟襄阳学力下韩退之远甚，而其诗独出退之之上者，一味

---

① 《中华大藏经(汉文部分)》第 79 册，中华书局，1984—1996 年，第 250 页。

② 严羽著，郭绍虞校释《沧浪诗话校释》，人民文学出版社，1998 年，第 1 页。

> 妙悟而已。惟悟乃为当行,乃为本色。然悟有浅深,有分限,有透彻之悟,有但得一知半解之悟。汉、魏尚矣,不假悟也。谢灵运至盛唐诸公,透彻之悟也;他虽有悟者,皆非第一义也。吾评之非僭也,辩之非妄也。天下有可废之人,无可废之言。诗道如是也。若以为不然,则是见诗之不广,参诗之不熟耳。试取汉、魏之诗而熟参之,次取晋、宋之诗而熟参之,次取南北朝之诗而熟参之,次取沈、宋、王、杨、卢、骆、陈拾遗之诗而熟参之,次取开元、天宝诸家之诗而熟参之,次独取李、杜二公之诗而熟参之,又取大历十才子之诗而熟参之,又取元和之诗而熟参之,又尽取晚唐诸家之诗而熟参之,又取本朝苏、黄以下诸家之诗而熟参之,其真是非自有不能隐者。傥犹於此而无见焉,则是野狐外道,蒙蔽其真识,不可救药,终不悟也。[①]

不过,严羽对苏轼、黄庭坚诗作的态度,颇值得玩味。他这里将"本朝苏、黄以下诸家之诗"统而论之,认为以苏轼、黄庭坚为代表的宋代诗人,他们诗中确有"真是"之处;且在后文解释道,"然则近代之诗无取乎?曰,有之,吾取其合于古人者而已",称其判定标准是宋人诗作是否"合于古人",并以王禹偁、杨亿、刘筠、盛度、欧阳修、梅尧臣之诗"尚沿袭唐人"为例。然而,苏轼、黄庭坚之诗显然在标准之外:"至东坡、山谷,始自出己意以为诗,唐人之风变矣。"而"用工尤为深刻"的黄庭坚及其开创的江西诗派,其诗也未能令严羽免于"正法眼之无传久矣"之感慨。

> 然则近代之诗无取乎?曰,有之,吾取其合于古人者而已。国初之诗尚沿袭唐人:王黄州学白乐天,杨文公、刘中山学李商隐,盛文肃学韦苏州,欧阳公学韩退之古诗,梅圣俞学唐人平澹处。至东坡、山谷,始自出己意以为诗,唐人之风变矣。山谷用工尤为深刻,其后法席盛行,海内称为江

---

① 严羽著,郭绍虞校释《沧浪诗话校释》,人民文学出版社,1998年,第11—12页。

西宗派。近世赵紫芝、翁灵舒辈，独喜贾岛、姚合之诗，稍稍复就清苦之风；江湖诗人多效其体，一时自谓之唐宗；不知止入声闻辟支之果，岂盛唐诸公大乘正法眼者哉！嗟乎！正法眼之无传久矣！①

在《答出继叔临安吴景仙书》一文，严羽也坚持认为，苏、黄等人之诗逊于盛唐优秀诗作："坡、谷诸公之诗，如米元章之字，虽笔力劲健，终有子路事夫子时气象。盛唐诸公之诗，如颜鲁公书，既笔力雄壮，又气象浑厚，其不同如此。"②可以推测，在严羽眼中，苏、黄等人之诗并未达到妙悟境界。尽管如此，严羽仍将其置于值得效仿的诗作行列，可知，在严羽看来，这些作品还是有不少可取之处的。换言之，在严羽"惟悟乃为当行，乃为本色"的观点之下，未达到妙悟境界的苏、黄等人之诗之所以会被严羽一定程度认可，便在于这些诗作仍是诗人们"悟"出来的——虽然严羽觉得这种"悟"属于"一知半解之悟"，但又认为这种"悟"已可使苏、黄等人的诗作合乎诗歌这一体裁的本色。

又如，在《诗体》，严羽也将中唐以后的一些诗人诗作与前代相并列，以示肯定：

以时而论，则有建安体、黄初体、正始体、太康体、元嘉体、永明体、齐梁体、南北朝体、唐初体、盛唐体、大历体、元和体、晚唐体、本朝体、元祐体、江西宗派体。③

以人而论，则有苏李体、曹刘体、陶体、谢体、徐庾体、沈宋体、陈拾遗体、王杨卢骆体、张曲江体、少陵体、太白体、高达夫体、孟浩然体、岑嘉州体、王右丞体、韦苏州体、韩昌黎体、柳子厚体、韦柳体、李长吉体、李商隐体、卢仝体、白乐天体、元白体、杜牧之体、张籍王建体、贾浪仙体、孟东野体、杜荀鹤体、东坡体、山谷体、后山体、王荆公体、邵康节体、陈简

① 严羽著，郭绍虞校释《沧浪诗话校释》，人民文学出版社，1998年，第26—27页。
② 严羽著，郭绍虞校释《沧浪诗话校释》，人民文学出版社，1998年，第252—253页。
③ 严羽著，郭绍虞校释《沧浪诗话校释》，人民文学出版社，1998年，第52—53页。

斋体、杨诚斋体。[①]

又如,在《诗评》里,严羽虽再次以中唐为界,认为中唐以前诗歌与后来诗作有高下之别,但也承认了中唐至宋代一些诗人诗作的地位与价值:

> 大历以前,分明别是一副言语;晚唐,分明别是一副言语;本朝诸公,分明别是一副言语。如此见,方许具一只眼。
>
> 盛唐人,有似粗而非粗处,有似拙而非拙处。
>
> 五言绝句:众唐人是一样,少陵是一样,韩退之是一样,王荆公是一样,本朝诸公是一样。[②]

而且,在严羽看来,达不到孟浩然那般妙悟境界的韩愈,他的一些诗不仅合乎诗歌这一体裁之本色,甚至胜过盛唐时期的同类诗作:

> 韩退之《琴操》极高古,正是本色,非唐贤所及。[③]

可知,学界此前用"妙悟"一词(用"悟"字时,仍只是"妙悟"义)指称《沧浪诗话》所倡导的诗歌思维并将"本色"涵义建立在"妙悟"基础之上的处理,是与《沧浪诗话》文意存在一定背离的。在《沧浪诗话》的讨论范围内,"悟"与"妙悟"存在不小的差别,"本色"与"妙悟"并不构成完全对应关系。严羽强调诗人之"悟",认为,即使由于时代氛围与个人天分等因素而"悟"得浅一些,仅为"一知半解之悟",未能达到"妙悟"的境界,但一个人只要用心去"悟",其诗仍有可能合乎诗歌这一体裁的本色。

三、"本色"与"当行"的关系

在《沧浪诗话》,"当行"一词共出现二次,《诗辨》写道:"惟悟乃为当行,乃为本色。"[④]《诗法》则道:"须是本色,须是当行。"[⑤]以上,"当

---

① 严羽著,郭绍虞校释《沧浪诗话校释》,人民文学出版社,1998年,第58—59页。

② 严羽著,郭绍虞校释《沧浪诗话校释》,人民文学出版社,1998年,第139—141页。

③ 严羽著,郭绍虞校释《沧浪诗话校释》,人民文学出版社,1998年,第187页。

④ 严羽著,郭绍虞校释《沧浪诗话校释》,人民文学出版社,1998年,第12页。

⑤ 严羽著,郭绍虞校释《沧浪诗话校释》,人民文学出版社,1998年,第111页。

行”与“本色”皆为并列关系，可见二者涵义应是接近的。那么，何为“当行”呢？这一说法宋金时期已出现，王若虚《滹南诗话》：

> 陈后山云：“子瞻以诗为词，虽工，非本色。今代词手唯秦七、黄九耳。”
>
> 予谓：“后山以子瞻词如诗，似矣；而以山谷为得体，复不可晓。”
>
> 晁无咎云：“东坡词小，不谐律吕，盖横放杰出，曲子中缚不住者。”其评山谷则曰：“词固高妙，然不是当行家语，乃着腔子唱如诗耳。”①

黄庭坚与晁补之俱出苏轼门下，多有赠答，对彼此的诗颇为熟悉，如黄庭坚作有《次韵答晁无咎见赠》《次韵晁补之廖正一赠答诗》《二十八宿歌赠别无咎》等②，晁补之也写有《建除体二首答黄鲁直教授》《八音歌二首答黄鲁直》《感寓十首次韵和黄著作鲁直，以将穷山海迹胜绝赏心晤为韵》等③。可知，晁补之以诗类比黄庭坚之词，做出山谷词“不是当行家语”、有悖词体的判断，当非无稽之谈，而确有心得。

这里，在对山谷词的看法上，同出苏门的陈师道虽有别于晁补之，“今代词手唯秦七、黄九耳”，不过，二人都认为“以诗为词”的做法是不可取的，“虽工，非本色”，“不是当行家语”。则“本色”与“当行”二词恰可互证。郭绍虞便曾就晁补之与陈师道此语评论道：“则本色、当行义似无别，总之都是说不可破坏原来的体制以逞才学。”④

其实，“当行”之说出现以前，“本色”一词已逐渐引申出“当行”之意。例如，唐代崔令钦《教坊记》记载：

> 圣寿乐舞、衣襟皆各绣一大窠，皆随其衣本色。制纯缦

---

① 王若虚《滹南诗话》卷二，上海古书流通处，1921年，第5—6页。

② 黄庭坚著，任渊、史容、史季温注《山谷诗集注》，上海古籍出版社，2003年，第77、673、688页。

③ 晁补之《济北晁先生鸡肋集》卷四，《四部丛刊初编》本，上海商务印书馆。

④ 严羽著，郭绍虞校释《沧浪诗话校释》，人民文学出版社，1998年，第111页。

衫，下才及带，若短汗衫者以笼之，所以藏绣窠也。[①]

到了宋代，孟元老《东京梦华录》卷五也写道：

其士农工商，诸行百户，衣装各有本色，不敢越外，谓如香铺裹香人，即顶帽披背；质库掌事，即着皂衫角带、不顶帽之类。[②]

施议对便就此分析道："前者说教坊乐工，后者说一众社会人士，包括各个阶层、各个行业诸人士。以为行业不同，角色不同，服饰不同。衣装、服饰，即谓行头，古今皆然。服饰与角色相称，方不失本色。"[③]

又如，《唐律疏议》卷三：

犯徒者，准无兼丁例加杖，还依本色。

【疏】议曰："工、乐及太常音声人，习业已成，能专其事及习天文，并给使、散使，犯徒者，皆不配役，准无兼丁例加杖。若习业未成，依式配役。如元是官户及奴者，各依本法。'还依本色'者，工、乐还掌本业，杂户、太常音声人还上本司，习天文生还归本局，给使、散使各送本所，故云'还依本色'。其有官荫，仍依本法当、赎。若以流内官当徒及解流外任，亦同前还本色。"[④]

而成书于北宋时期的《新唐书》卷一百六十三亦载：

有刘习者，以药术进，诏署盐官。仲郢以为医有本色官，若委钱谷，名分不正。帝悟，乃赐缣遣还。[⑤]

以上二例，"本色"亦有"本业""本行"义。可见《沧浪诗话》将"本色"与"当行"并称，渊源有自。如此，若要更好地把握严羽"本色"之论，有必要对"当行"涵义进行充分理解。

《沧浪诗话》中，"当行"一词既具有"悟"这一抽象内涵（"惟悟乃

---

① 崔令钦撰，任半塘笺订《教坊记笺订》，中华书局，1962年，第30页。

② 孟元老撰，邓之诚注《东京梦华录注》，中华书局，1982年，第131页。

③ 施议对《本色当行话宋词》，《中国语言文学研究》2017年第2期，第36页。

④ 长孙无忌等撰，刘俊文点校《唐律疏议》，中华书局，1983年，第75页。

⑤ 《景印文渊阁四库全书》第275册，台湾商务印书馆，1986年，第282页。

为当行”），还很容易让人联想到作诗规范的层面上。在“悟”这方面，“当行”与“本色”内涵一致，前文已对“悟”之内涵作了阐述，不再赘叙。而在具体的作诗规范层面，《诗法》这一部分有着集中的呈现。在严羽看来，为令一首诗合乎诗体规范，作者应“着金刚眼睛”，“辩家数如辩苍白”，具体而言，须去除“五俗”，也即，不可作俗体、立俗意、造俗句、下俗字、用俗韵。[①]

所谓“俗体”，主要就诗之体制而言，《沧浪诗话·诗体》已有谈及：“至于建除、字谜、人名、卦名、数名、药名、州名之诗，只成戏谑，不足法也。”[②]换言之，《诗体》里“以时而论”“以人而论”之建安体、苏李体等则为不俗之体。又如，《诗评》以唱和诗为俗体：“和韵最害人诗。古人酬唱不次韵，此风始盛于元、白、皮、陆。本朝诸贤，乃以此而斗工，遂至往复有八九和者。”[③]陶明濬《诗说杂记》便就此发论：“俗体者何？当是所盛行如应酬诸诗，毫无意味，腴词靡靡，若试帖等类。”[④]

所谓“俗意”，主要就诗之立意而言，具体可作二解。其一，指诗之立意不高、不深。例如，《沧浪诗话·诗法》写道“意贵透彻，不可隔靴搔痒”，“语忌直，意忌浅”。[⑤] 陶明濬《诗说杂记》亦道：“俗意者何？善颂善祷，能谀能谐，毫无超逸之志是也。”[⑥]

其二，则指诗之立意不恰切，与“语忌”涵义较为接近。《诗话总龟》卷三十引《诗史》：“王靖学苏子美作壮语曰：‘欲往海上吞鲸鲵。’又近有士人好为怪语，诗云：‘比刘和尚小，师毕达犹卑。’刘贡父曰：‘此乃番僧名号也。’又卢延逊《吊阵亡将》诗云：‘自是硇砂发，非干炮

① 严羽著，郭绍虞校释《沧浪诗话校释》，人民文学出版社，1998年，第134、136、108页。

② 严羽著，郭绍虞校释《沧浪诗话校释》，人民文学出版社，1998年，第100—101页。

③ 严羽著，郭绍虞校释《沧浪诗话校释》，人民文学出版社，1998年，第193页。

④ 转引自严羽著，郭绍虞校释《沧浪诗话校释》，人民文学出版社，1998年，第108页。

⑤ 严羽著，郭绍虞校释《沧浪诗话校释》，人民文学出版社，1998年，第119、122页。

⑥ 转引自严羽著，郭绍虞校释《沧浪诗话校释》，人民文学出版社，1998年，第108页。

石伤。牒多身上字，碗大背边疮。'此乃打脊诗也。如'金同丁''银花合'之类，皆语忌尔，作诗宜以为戒。"[①]杨万里《诚斋诗话》亦道："投人诗文，有语忌者，不可不知。"[②]对此，郭绍虞便分析说"则是所谓语忌者，又指命意之舛"，"亦指命意之不检点处"。[③]

所谓不可造俗句，亦可作二解。其一，就诗句之组织而言。《沧浪诗话·诗辨》："其用工有三：曰起结，曰句法，曰字眼。"[④]《诗法》："须参活句，勿参死句。"[⑤]强调句法之精思与灵活使用。《诗法》又道"对句好可得，结句好难得，发句好尤难得"，"发端忌作举止，收拾贵在出场"，"诗难处在结裹，譬如番刀，须用北人结裹，若南人便非本色"。[⑥] 亦围绕诗句之组织而谈。其二，就诗句内容而言。《诗法》之"语忌直"[⑦]侧重诗句内容之含蓄。又道"语贵脱洒，不可拖泥带水"[⑧]，侧重诗句表达之自由。陶明濬《诗说杂记》之解释亦属题中之义，"俗句者何？沿袭剽窃，生吞活剥，似是而非，腐气满纸者是也"[⑨]，谓诗句内容不可作伪。

所谓不可下俗字，则就诗之字眼而言。《诗辨》写道："其用工有三：曰起结、曰句法、曰字眼。"《诗法》亦道"用字不必拘来历"，"下字贵响，造语贵圆"。[⑩] 可知，字之俗与不俗，不在于是否化用了前人诗句，而在于能否使诗中之字具备"响"与"圆"的特点。陶明濬《诗说杂记》曾就"响"与"圆"有一番解释，颇值得参考：

---

① 阮阅编，周本淳校点《诗话总龟·前集》，人民文学出版社，1987年，第306页。

② 吴文治主编《宋诗话全编》，江苏古籍出版社，1998年，第1022、5951页。

③ 严羽著，郭绍虞校释《沧浪诗话校释》，人民文学出版社，1998年，第111页。

④ 严羽著，郭绍虞校释《沧浪诗话校释》，人民文学出版社，1998年，第8页。

⑤ 严羽著，郭绍虞校释《沧浪诗话校释》，人民文学出版社，1998年，第124页。

⑥ 严羽著，郭绍虞校释《沧浪诗话校释》，人民文学出版社，1998年，第112、113、124页。

⑦ 严羽著，郭绍虞校释《沧浪诗话校释》，人民文学出版社，1998年，第122页。

⑧ 严羽著，郭绍虞校释《沧浪诗话校释》，人民文学出版社，1998年，第119页。

⑨ 转引自严羽著，郭绍虞校释《沧浪诗话校释》，人民文学出版社，1998年，第109页。

⑩ 严羽著，郭绍虞校释《沧浪诗话校释》，人民文学出版社，1998年，第116—118页。

以音韵言之，必求其响；以色泽言之，必求其圆。响对于哑而言，圆对于涩而言。何谓哑？专求对偶之典丽，篇幅之停匀，而中无气息，奄然欲仆，无哀怨清激之声，无慷慨悲歌之意，无悱恻缠绵之情，无芬芳秀逸之致，如是则字句虽稳切，而声响必喑哑。治之之法，厥惟响字。古人诗之佳者，笔力则九鼎可扛，字价则千金是直，既可以娱心，又足以感人。至若圆之一字，更为难能，郊寒岛瘦之讥，为二人之诗句过于僻涩也。李杜所以有诗仙诗圣之称者，为其诗句之圆满也。[①]

所谓不可用俗韵，则就诗韵而言，郭绍虞即指出："沧浪以俗韵列俗字之后，当指押韵之韵。"[②]《沧浪诗话・诗法》写道："押韵不必有出处。"[③]此谓不必刻意袭用前人诗中之韵字。又道："音韵忌散缓，亦忌迫促。"[④]认为所选韵字应平和适中、恰如其分，不可与诗之整体有所疏离。在《诗体》里，严羽列举了古诗中一些用韵不俗的范例，例如曹植《美女篇》、谢灵运《述祖德诗》"一韵两用"（曹诗两用"难"字，谢诗两用"人"字），又如任昉《出郡传舍哭范仆射诗（平生礼数绝）》"一韵三用"（三用"情"字），又如《古诗为焦仲卿妻作》"三韵六七用"以至"重用二十许韵"（"归"字、"母"字、"语"字、"忘"字、"之"字、"言"字、"门"字等）。[⑤] 由此，可对严羽选取诗韵的标准有一定体悟。

总之，在《沧浪诗话》语境里，"当行"与"本色"涵义接近，借助"当行"一词，可对严羽的"本色"论产生更确切的理解。与"当行"一样，"本色"除了包括"悟"这一抽象内涵，还存在诗法层面的具体意义。去其劣则能得其正，为令一首诗合乎诗之"本色"，在写诗规范层面

---

① 转引自严羽著，郭绍虞校释《沧浪诗话校释》，人民文学出版社，1998 年，第 119 页。

② 严羽著，郭绍虞校释《沧浪诗话校释》，人民文学出版社，1998 年，第 109 页。

③ 严羽著，郭绍虞校释《沧浪诗话校释》，人民文学出版社，1998 年，第 116 页。

④ 严羽著，郭绍虞校释《沧浪诗话校释》，人民文学出版社，1998 年，第 122 页。

⑤ 严羽著，郭绍虞校释《沧浪诗话校释》，人民文学出版社，1998 年，第 73 页。

上，作者应去除“五俗”，不可作俗体、立俗意、造俗句、下俗字、用俗韵。

结语

《沧浪诗话》“本色”一词的语源，可能源于魏晋南北朝时期的汉译佛经，以及同时期稍后与宋代的中国文学观念；此外，大约也有着儒学的背景。为准确把握《沧浪诗话》“本色”的涵义，须理清两个关系：一为“本色”与“悟”及“妙悟”的关系，认识到“悟”与“妙悟”存在不小的差别，“本色”与“妙悟”并不构成完全对应关系，诗之“本色”需要作者之“悟”以获得；一为“本色”与“当行”的关系，认识到二者涵义接近，皆既包括“悟”这一抽象内涵，又存在诗法层面去除“五俗”这样的具体意义。

（武汉大学文学院）

从奇想恣肆到儒家文学批评

——苏轼饮食书写的渊源、表现与意义*

史笑添

内容摘要：苏轼诗文多以饮食为主题，其饮食书写不仅流溢着天才奇想，还回返到儒家传统中，将“饮食”从物质概念推扩为超越的精神范畴。再者，苏轼以饮食体验形容审美活动，又以对作品的咀嚼、品味感受为标准评价诗文，以平淡兼摄众味为极致。苏轼的饮食思想获得宋人的普遍接受，黄庭坚等人体认饮食与儒学理一分殊的关系，并发挥咀嚼说使读书、践履并重，进一步打通诗学与儒学。宋人饮食体验书写表现出宋诗雅俗相接、古今不二、淡中取味的特质，及其丰满细腻、神韵悠远的情调。

关键词：苏轼；饮食书写；雅俗交通；以食论诗；宋型诗歌

* 本文系国家社科基金社科学术社团主题学术活动“中国特色文论体系研究”(编号20STA027)成果之一。

From Fantasy to Confucian Literary Criticism: The Origins, Manifestations and Significance of Su Shi's Diet Writing

Shi Xiaotian

Abstract: Su Shi's poetry and prose often deal with the subject of diet. His diet writing is not only brimming with genius and fantasy, but also returned to the Confucian tradition, extending diet from a material concept to a transcendent spiritual category. Furthermore, Su Shi described aesthetic activities as having diet, evaluating poetry and prose based on chewing, taste experience, thinking that it is the highest grade that is bland and has all kinds of flavors. Su Shi's dietary thoughts were generally accepted by Song scholars. Huang Tingjian and others recognized that diet has a distinct relationship with Confucianism, and developed chewing theories to put reading and events on an equal footing, so as to combine poetry and mythology more deeply. The writing of Song scholars' dietary experience shows the characteristics of Song-style poetry, which blend elegance with vulgarity, the ancient with the modern, the bland with the full; and show its delicate, long-lasting sentiment.

Keywords: Su Shi; diet writing; blending elegance with vulgarity; describing poetry as diets; Song-style poems

饮食是苏轼文学作品中的重要主题。《礼记·礼运》云"饮食男女,人之大欲存焉",饮食本属人类基本生理需求。然而又有"吾未见好德如好色者也"(《论语·子罕》)之语,以为追求道德满足者远少于解决生理需求者,于是后来学人往往高扬前者而羞谈后者。饮食既与男女同为生理大欲,则亦属世俗之列。《邵氏闻见后录》载:"刘梦得作诗欲用糕字,以五经中无之,辍不复为。”[1]刘禹锡因“糕”乃俗字而不敢题“糕”，“糕”字之所以俗，是因为它涉及的饮食系世俗行为。邵氏所言之真实性虽有待考论，但确能体现时人对饮食的一般观点。

在此前提下回看苏轼的饮食书写，洵有别开生面之感。学者已经注意到苏轼对饮食题材的创新，他的饮食书写不仅体现出文胆，还将这一主题的范围、境界扩大到前所未有的地步，融入自己的思考与感受。[2] 确实，苏轼以灵心体察所遭，能使万物皆有诗性，但此外还可以补充一点：苏轼的饮食思想蕴有深厚的文化义理背景，将个人与传统完美交融，破除雅俗界限，其思考、议论均以此为前提。对于这一层面，学者似乎谈论尚少。但此问题关乎苏轼的整体文学思想，进而展现了某些宋诗的特质，值得深入探索。

一、身心共摄：苏轼饮食书写的三重意蕴

苏轼自称“馋太守”[3]，精于且好于饮食之道，即便寻常食材，他也能随手将之变成美味——不论是盘中还是诗中。莫砺锋先生指出，在苏轼的审美观照下“普普通通的粮食和水果便具备了诗情画意”[4]，至若《二月三日点灯会客》中的羔儿酒、《送牛尾狸与徐使君》中的牛

---

① 邵博《邵氏闻见后录》卷一九，邵伯温、邵博撰，王根林校点《邵氏闻见录　邵氏闻见后录》，上海古籍出版社，2012年，第214页。

② 关于苏轼饮食书写的探究，例如兴膳宏《中国古代的诗人与他们的饮食生活》（李寅生译《中国古典文化景致》，中华书局，2005年）认为嗜好饮食贯穿苏轼诗歌，乃苏轼的人生写照。张蜀慧《北宋饮食书写中的南方经验》（《淡江中文学报》2006年总第14期）认为苏轼书写的饮食对象往往带有南方地域色彩，苏轼借此表达对士人、政治、文学等问题的思考见解。陈素贞《北宋文人的饮食书写——以诗歌为例的考察》（台北大安出版社，2007年）认为苏轼饮食观随其宦旅漂泊的生活思考形成。莫砺锋《饮食题材的诗意提升：从陶渊明到苏轼》（《文学遗产》2010年第2期）认为苏轼凭借其审美天才，将饮食升华出高雅意义，并将一些此前未经人道的食物作为诗文主题。林秀珍《苏轼饮食书写中的人生况味》（《人文与社会学报》2020年总第9期）认为苏轼的饮食书写着重“意趣”与“知味”的感受，由此展现豁达自在情态，创造丰厚的人生况味。

③ 苏轼《丁公默送蝤蛑》，王文诰辑注，孔凡礼点校《苏轼诗集》卷一九，中华书局，1982年，第973页。以下出自本书者，仅标注篇目、卷数、页码。

④ 莫砺锋《饮食题材的诗意提升：从陶渊明到苏轼》，《文学遗产》2010年第2期。

尾狸等珍馐就更是如此了。笔者认为，这些食物在苏轼笔下能令读者食指大动，且蕴有丰富审美价值，是巧用“熟悉化”与“陌生化”诗法的缘故。

苏俄学者什克洛夫斯基认为，诗歌应当使惯有书写范式“陌生化”，从而延长理解的过程，促使读者重新感受描写对象。[①] 此论在演变中已经脱离形式主义范围，演变为一大审美通则。从苏轼对寻常食材的描绘中，我们可以获得相似的体验。如《岐亭五首》其一“久闻蒌蒿美，初见新芽赤”[②]，蒌蒿茎叶皆为碧色，苏轼却独拈新芽之赤，初生新芽的稚嫩色彩给予读者视觉冲击。鲜嫩的视感化为对盘中蒌蒿的味觉，格外使人垂涎。另一方面，新芽的赤色又别有生趣，与春日的欣然相融。

当苏轼处理那些原本对读者而言就相当陌生的对象时，则多以日常事物喻之，使读者将描写对象与自身经验联通。我们可以将之称作“熟悉化”，与“陌生化”相反相成。例如《过子忽出新意，以山芋作玉糁羹，色香味皆奇绝。天上酥陀则不可知，人间决无此味也》，一碗山芋羹怎样能“色香味皆奇绝”，以至诗人断言“人间决无此味”呢？诗言：“香似龙涎仍酽白，味如牛乳更全清”[③]，龙涎、牛乳虽非寻常之物，许多官员却仍可消受，寻常士人亦知其为佳品。既然人们熟知它们香、味绝妙，那么用它们映衬芋羹，也就使后者之“色香味皆奇绝”在读者心头呼之欲出了。但进一步想来，即便是天厨妙手制成的芋羹也不能“香似龙涎”，因为饮食与熏香的气味并无可比之处。于是，熟悉的感受忽然变为陌生的惊诧，看似不伦的比拟促使读者探索作者的为文用心。苏轼认为芋羹具备龙涎、牛乳所无的“酽白”“全清”，这既超出了贫富的功利判断，也不囿于经验世界，而是上提到美学范

---

① 参见维·什克洛夫斯基著，刘宗次译《散文理论》，百花洲文艺出版社，2010 年，第 9—11 页。

② 苏轼《岐亭五首》其一，《苏轼诗集》卷二三，第 1205 页。

③ 苏轼《过子忽出新意，以山芋作玉糁羹，色香味皆奇绝。天上酥陀则不可知，人间决无此味也》，《苏轼诗集》卷四二，第 2317 页。

畴的比较中。苏轼在此展现的其实是超人的审美能力，这才是此诗力图呈露的要点，而这又回应了宋人共喻的“富贵气象”之辨。《青箱杂记》载晏殊“每吟咏富贵，不言金玉锦绣，而唯说其气象。若‘楼台侧畔杨花过，帘幕中间燕子飞’，‘梨花院落溶溶月，杨柳池塘淡淡风’之类是也。故公自以此句语人曰：‘穷儿家有这景致也无？’”[①]《梦溪笔谈》亦言：“唐人作富贵诗，多纪其奉养器服之盛，乃贫眼所惊耳。”[②]两个著名公案使苏诗再度被“熟悉化”了。不同的是，在东坡看来诗之富贵既不来自夸耀奉养，也不来自晏殊津津乐道的气象景致，而是来自审美的优越，一颗发现美的眼睛能令万物皆有价值，非豪家可以独擅。如果说晏殊之语意味着宋代诗学的发展，那么东坡的见解便是士人素养的呈露。何况，苏轼在穷困潦倒中作此达语，不妨视作宋诗化悲为健的体现。这一思想竟涵摄在常人以为尘俗的饮食书写中，可见作者的灵心具眼。刘熙载言“东坡诗善于空诸所有，又善于无中生有”[③]，实为的评。

当然，对东坡而言芋羹之美绝非“无中生有”，只是这种美需要更敏锐的眼力、更深刻的反思才能发现。换言之，苏轼不仅以饮食满足口腹，更要严肃探索饮食的深义。吊诡的是，苏轼的饮食思想反而大幅发露于缺乏饮食的书写中，盖人缺乏饮食急需替代品时，就不免反思饮食的本质。《后杞菊赋》叙文记载，他任密州太守时穷困不能自供，“日与通守刘君廷式循古城废圃求杞菊食之。扪腹而笑”[④]。东坡仅提到餐菊而不及其余植物，应是有所权衡，因为餐菊不仅是饮食行为，还构成一个文化传统，最早可追溯到《离骚》的“朝饮木兰之坠露兮，夕餐秋菊之落英”。苏轼对屈原一直抱有认同，青年时便赞颂“屈

① 吴处厚撰，李裕民点校《青箱杂记》卷五，中华书局，1985年，第46—47页。

② 沈括撰，金良年点校《梦溪笔谈》卷一四“艺文一”，中华书局，2015年，第142页。

③ 刘熙载《艺概》卷二，上海古籍出版社，1978年，第66页。

④ 苏轼《后杞菊赋》，茅维编，孔凡礼点校《苏轼文集》卷一，中华书局，1986年，第4页。以下出自本书者，仅标注篇目、卷数、页码。

原古壮士，就死意甚烈”[①]，又有“凄凉为屈原”[②]之感。[③] 至于熙宁四年(1071)自请外放后，实际与逐臣并无太大差别，益发对屈原产生体认。[④] 从传统角度看来，苏轼餐菊不仅是生理上的摄取，还是道德人格的自我认知，饮食也成为表现人格之完成的自我仪式。

苏轼屡将餐菊作为重要记忆再现于诗文，如“我顷在东坡，秋菊为夕餐”[⑤]，“且撷长条餐落英，忍饥未拟穷呼旻”[⑥]，甚至想当然地认为道潜“独依古寺种秋菊”也是“要伴骚人餐落英”[⑦]，不论造语还是用意都追摹《离骚》，可见对苏轼而言餐菊不仅是个人记忆，也是文化记忆。苏轼通过构建餐菊的回忆，将个人与士之传统打通，造就古今不二的顺适，认识到饮食和至道并非悬隔，后者恰恰表现在日常细事之中。《和陶贫士七首》其五云：“遥怜退朝人，糕酒出大官。岂知江海上，落英亦可餐。”[⑧]刘禹锡认为鄙俗而不敢使用的“糕”字堂皇出现在苏轼诗中，参与对饮食、出处关系的思辨抉择，反而展现出一种清雅

---

① 苏轼《屈原塔》，《苏轼诗集》卷一，第 22 页。

② 苏轼《荆州十首》其二，《苏轼诗集》卷二，第 63 页。

③ 苏轼对屈原的认同，除个人气格相近外，还受到家庭教育影响。苏辙《亡兄子瞻端明墓志铭》载：“太夫人尝读《东汉史》至《范滂传》，慨然太息。公侍侧曰：‘轼若为滂，夫人亦许之否乎？’太夫人曰：‘汝能为滂，吾顾不能为滂母耶？’公亦奋厉有当世志，太夫人喜曰：‘吾有子矣！’”(陈宏天、高秀芳点校《苏辙集》卷二二，中华书局，1990 年，第 1117 页)另一方面，有宋一朝与周边少数民族政权冲突频繁且常居弱势，内部党争倾轧亦连绵不断，但宋代又重视文教，士人饱读儒经，砥砺气节，因此往往不计生死，竭诚输忠，转悲为健，是为苏轼产生屈原认同的时代因素。本文因主题所限，暂不赘说。请参见胡晓明《中国诗学之精神》，江西人民出版社，2001 年，第 121—130 页。

④ 是时不仅新党得势排挤苏轼，神宗政见亦与苏轼不合，因此苏轼实际上已经无法影响政治。后一点在苏轼诗文中亦有表露，例如朱刚先生指出，东坡《江城子·密州出猎》“西北望，射天狼”一语，殊乖于苏轼平日反对向西夏用兵的政见。苏轼之所以写出此语，是因为他与神宗政见歧异，无法合作，唯有在民族问题上仍持有相同观点，聊借此抒发君臣一体的卫国报国之情。参见朱刚《苏轼十讲》，上海三联书店出版社，2019 年，第 128—129 页。苏轼满怀壮志不能施用，眼看政治衰败，尤与屈子的逐臣心理契合。

⑤ 苏轼《次韵毛滂法曹感雨》，《苏轼诗集》卷三一，第 1652 页。

⑥ 苏轼《再和潜师》，《苏轼诗集》卷二二，第 1186 页。

⑦ 苏轼《次韵僧潜见赠》，《苏轼诗集》卷一七，第 880 页。

⑧ 苏轼《和陶贫士七首》其五，《苏轼诗集》卷三九，第 2139 页。

高朗的文体。德国语文学家奥尔巴赫提出“文体混用”(the mixture of styles)原则，认为日常生活题材也应使用崇高文体来描摹，因为人必须从日常领会现实与历史，将古今精神汇集于自己当下的一身。[①]《论语·雍也》亦曰“能近取譬，可谓仁之方也已”，仁不是高悬缥缈，而是就体现在个人日常中间。当苏轼意识到自己“人之大欲”的局限与可能，并自觉回归“餐菊”传统时，他已经从自身有所领悟，趋向于仁，从而呈露出仁者的风华。

苏轼思想体现出宋人“理一分殊”的共识。欧阳修认为“夫同天下者，不可以一概，必使夫各得其同也”[②]，肯定了面目不同、雅俗各异的众多事物皆有同理。程颐认为张载《西铭》“理一而分殊”[③]。朱子更是强调：“只是一个道理，其分不同。……分得愈见不同，愈见得理大。”[④]宋人不仅发现饮食可通至理，还强调世俗饮食作为雅正的“不同”面目，更能显出至理的普适。苏轼对“饮食”的思辨观点正由此出。

尽管苏轼在塑造了“饮食”的文化新义，但《后杞菊赋》的要旨尚不止于此。苏轼还看重“吾方以杞为粮，以菊为糗。春食苗，夏食叶，秋食花实而冬食根，庶几乎西河南阳之寿”[⑤]。“南阳”典出《抱朴子·仙药》：“南阳郦县山中有甘谷水。谷水所以甘者，谷上左右皆生甘菊。……食者无不老寿。”[⑥]餐菊在秦汉时期已作为一种养生方式存在，《神农本草经》将菊花视为“养命以应天”的上药[⑦]，言其“久服利血

---

① 参见埃里希·奥尔巴赫著，吴麟绶、周新建、高艳婷译《摹仿论——西方文学中现实的再现》，商务印书馆，2014年，第27—29，52—60页。

② 欧阳修《易童子问》，李逸安点校《欧阳修全集》卷七六，中华书局，2001年，第1109页。

③ 程颢、程颐撰，王孝鱼点校《二程集》文集卷九，中华书局，2004年，第609页。

④ 黎靖德编《朱子语类》卷六，中华书局，1986年，第102页。

⑤ 苏轼《后杞菊赋》，《苏轼文集》卷一，第4页。

⑥ 葛洪著，王明校释《抱朴子内篇校释》卷一一“仙药”，中华书局，1985年，第205页。

⑦ 尚志钧辑校《神农本草经辑校》上经，学苑出版社，2014年，第1页。

气，轻身，耐老延年”[1]，揭示菊花的药用价值。苏轼期望之“寿”，不仅是像曾子那样的健旺道德生命，还有继武葛洪学道永年的意味。道教一向强调身心双修，如陶弘景《养性延命录》言：“故人所以生者，神也；神之所托者，形也。神形离别则死，死者不可复生。”[2]在苏轼的时代，养形炼神的观点亦颇盛行，如《西升经集注》载冲玄子言：“形为养神之利，无利则神不成也。”[3]《修丹妙用至理论》亦言：“夫修生者，本以为身。身济则神存，神存则成真。”[4]我们从这里可以见出苏轼餐菊表现出的圆融特质：他虽秉持士人风骨，却不作牺牲式抗争，在穷饿中享受“孔颜乐处”的同时还要从饮食的物质本性中找到益处，以此增进道德生命。苏轼的《思无邪丹赞》是一篇记录修道方式的韵文，从文中可以看出他修炼的是内丹法。[5] 首先需要“炼精化气”，集“饮食之精，草木之华”于丹田，经过系列修炼养成“思无邪”之丹。[6] 根据丹法，“思无邪”之丹宣告“炼精化气”小周天丹功的结束，进入“炼气化神”的大周天修习，通过“养胎”凝结神气的工夫，直到“言神而气在其中，言气而神在其中”[7]，最后“炼神还虚，炼虚合道”。苏轼修炼丹法首先需要的五脏之精正源于摄入的“饮食之精”，饮食在此重新回复生理意义，但苏轼又仅将道教饮食摄生作为辅助，最终目的仍导向

---

① 尚志钧辑校《神农本草经辑校》上经，学苑出版社，2014 年，第 31 页。

② 陶弘景著，王家葵校注《养性延命录校注》卷上“教诫篇第一”，中华书局，2014 年，第 38 页。

③ 碧虚子集注《西升经集注》卷二二“神生章”，《道藏》第 14 册，文物出版社、上海书店出版社、天津古籍出版社，1988 年，第 590 页。

④ 佚名《修丹妙用至理论》序，《道藏》第 4 册，物出版社、上海书店出版社、天津古籍出版社，1988 年，第 342 页。

⑤ 苏轼此《赞》述及的道教隐语，皆应用于内丹法中。例如“培以戊己，耕以赤蛇。化以丙丁，滋以河车”——戊己为土，指脾；赤蛇、丙丁为火，属心；河车则指肾水。

⑥ 苏轼《思无邪丹赞》，《苏轼文集》卷二一，第 606 页。

⑦ 陈撄宁《〈孙不二女功内丹次第诗〉注》，郭武编《中国近代思想家文库 · 陈撄宁卷》，中国人民大学出版社，2015 年，第 34 页。作者于凡例言：“原诗虽标题为女功内丹，然就男女丹诀全部而论，其异者十之一二，而同者十之八九。”此处炼气化神一法实为男女同用者。

儒家“思无邪”之境，重新超越生理物质层面。

苏轼之饮食思想在其余诗文中亦有体现，如“乞食绕村真为饱，无言对客本非禅”[1]，以乞食呼应陶诗，直体陶渊明的贫士传统，而“饮月露以洗心，飡朝霞而眩颜”又是兼就道教摄生与追蹑陶公之节操而言[2]。其余如“我与何曾同一饱，不知何苦食鸡豚”[3]，“空餐云母连山尽”等句亦分别体现苏轼饮食思想之一端[4]，于集中多有，但仍以“餐菊”一事最为典型。我们可以见出苏轼饮食书写三重意蕴的层次：主题的扩展、对象的描摹乃东坡天才流溢于物的结果。在自觉层面上，他以饮食摄生，坚固其体，清明其心，由此通向最终道德境界，令饮食从维生基础上升至自我呈露、体认传统的精神行为。这三重意蕴在苏轼的主体心灵中往往混融交互，例如苏轼所餐的仅是废圃杞菊，并非“饮食之精”，然而他施展美学想象，从饮食行为中发现崇高之美，以此深化对屈子传统的体认，直造道德境界。苏子之雅俗不二，亦可以由此得到深化。一般称苏轼“以俗为雅”，是将之作为苏轼个人审美癖性的表现，抑或宋诗推陈出新的策略，但苏子饮食书写则道出雅本自俗，非洞彻饮食大欲，不能臻雅，臻正，臻“思无邪”之诚。

二、奇想·内化·咀味：饮食行为与美学理论

在苏轼的思想中，饮食作为人之大欲、生理行为，具备升华至精神层面的可能与必要，当饮食作为精神行为时，实际拥有多重走向。它可以停留在道德层面，也可以逸向审美欣赏的范围。此时饮食的美学意蕴便不仅是对题材的扩展、描绘，而是饮食行为本身的美感，它在苏轼诗文中的典型体现便是其美学理论。

首先，苏轼在乍现的灵光中发现饮食与艺文共享某些特质。《和文与可洋川园池三十首》的《筼筜谷》篇云：“汉川修竹贱如蓬，斤斧何

---

① 苏轼《是日宿水陆寺寄北山清顺僧二首》其二，《苏轼诗集》卷八，第 390 页。

② 苏轼《和陶归去来兮辞》，《苏轼诗集》卷四七，第 2560 页。

③ 苏轼《撷菜》，《苏轼诗集》卷四〇，第 2202 页。

④ 苏轼《彭祖庙》，《苏轼诗集》卷八，第 286 页。

曾赦箨龙。料得清贫馋太守，渭滨千亩在胸中。”[①]文与可乃画竹名家，苏轼《文与可画筼筜谷偃竹记》言其“画竹必先得成竹于胸中”[②]，此处却故作戏言，谓：“难怪文同胸有成竹，原来是因为贪食竹笋，一一积累胸中。”文同口中之笋与胸中之竹的关系虽是苏轼戏笔，其中却也不乏思索痕迹。《记》前文曰：“故凡有见于中而操之不熟者，平居自视了然，而临事忽焉丧之，岂独竹乎！”“胸有成竹”不仅需要有见于中，还需操之就熟，文同食竹表明他与竹关系紧密，成竹在胸亦由这种紧密关系养成。苏轼的写作屡及这一思想，如《日喻》：“日与水居，则十五而得其道。生不识水，则虽壮，见舟而畏之。”[③]可见他的诙谐不是漫然落笔，乃是借饮食之喻表达平日所思，饮食作为“馋太守”最切身熟悉的体验得到采用，正是偶然中的必然。

其次，苏轼也时常从饮食体验入手论述审美活动。在其概念中，饮食不是一个纯粹的喻体，因为它本身有摄取、内化审美对象之义，乃审美叙事不可或缺的阶段。《赤壁赋》曰：“惟江上之清风，与山间之明月。耳得之而为声，目遇之而成色。是造物者之无尽藏也，而吾与子之所共食。”[④]朱熹认为“食”字在此“犹言享也”。[⑤] 古来“享”“食”二字，其义可通，《墨子·天志下》：“何以知兼爱天下之人也？以兼而食之也。”《墨子间诂》曰：“食，谓享食其赋税物产。”[⑥]此处“享食”尚指受用物质，而《易·讼》曰“食旧德”，“食”的意义已延展为精神享受了，朱熹《本义》释曰“食，犹食邑之食，享也”[⑦]，胡炳文、黄寿祺等人

---

① 苏轼《和文与可洋川园池三十首·筼筜谷》，《苏轼诗集》卷一四，第 676 页。

② 苏轼《文与可画筼筜谷偃竹记》，《苏轼文集》卷一一，第 365 页。

③ 苏轼《日喻》，《苏轼文集》卷六四，第 1981 页。

④ 苏轼《赤壁赋》，《苏轼文集》卷一，第 6 页。“食”原作“适”，书中已作辩证，盖朱熹自言“尝见东坡手写本”为“食”字，见黎靖德编《朱子语类》卷一三〇，中华书局，1986 年，第 3115 页。

⑤ 黎靖德编《朱子语类》卷一三〇，中华书局，1986 年，第 3115 页。

⑥ 孙诒让著，孙启治点校《墨子间诂》卷七“天志下”，中华书局，2001 年，第 208 页。

⑦ 朱熹《周易本义》卷一，中央编译出版社，2010 年，第 45 页。

皆从其说[①]。朱子认识到“食”的对象可由物质的“邑”转为道德，那么“食”在精神层面上从德善美向自然美转移同样顺理成章。其实，先秦学者早已发现饮食作为生理摄入，与精神获取存在类似体验。《论语·述而》“学而不厌”，“厌”字通“猒”，《说文解字》释曰“饱也”[②]，将学有所得的自满与酒暖饭饱的餍足联系在一起。《孟子·告子上》“理义之悦我心，犹刍豢之悦我口”，并举理义与饮食的摄入快感。《春秋序》“餍而饫之”，孔颖达疏曰“餍、饫俱训为饱、饶、裕之意也”，以饱餐形容对经书的熟读覃思。这种现象的形成，又与中国悠久深厚的人文主义有关。在人文主义文化系统看来，饮食男女维持的只是动物生命，欲言人自己的生命，须更上一层通过学习摄入知识，从而践履之以尽其天性，是以学习与饮食的重要性可以类比。《论语·阳货》曰“饱食终日，无所用心，难矣哉”，人饱食而无心于善道，则难以为处。因此，中国文化传统往往将生理饮食与精神摄入对扬。由此看来，朱子将《赤壁赋》的“食”释为“享”，独具慧眼地揭出苏轼饮食书写由生理向文化延伸的双重意涵。《赤壁赋》中的清风明月本是客体，经主体耳目吸收酝酿，消化为内部感知的声色，带来无尽愉悦，这种耳目摄取消化外物的活动在苏轼看来即是广义上的饮食。苏文接近《论语》《孟子》等例证，并加入魏晋以来成熟的山水审美，将个人灵机、体验与文化传统结合，焕发出新的生机。先秦儒家的德善之美在苏轼手中焕发出与天地造物相往来的灵气。苏轼自己尚有《浣溪沙·重九二首》，其一曰“且餐山色饮湖光”[③]，又有《寄怪石石斛与鲁元翰》云“坚姿聊自儆，秀色亦堪餐”[④]，山色湖光、怪石嶙峋可以餐饮，是词人以目代口意识的表达，呈现出个体对山水审美客体的吸收消

① 参见李光地著，刘大钧整理《康熙御纂周易折中》卷一，巴蜀书社，2013 年，第 55 页。黄寿祺、张善文《周易译注》卷二，中华书局，2016 年，第 62 页。

② 许慎著，陶生魁点校《说文解字》第五上，中华书局，2020 年，第 153 页。

③ 苏轼《浣溪沙·重九二首》其一“珠桧丝杉冷欲霜”，邹同庆、王宗堂校注《苏轼词编年校注》，中华书局，2007 年，第 605 页。

④ 苏轼《寄怪石石斛与鲁元翰》，《苏轼诗集》卷二五，第 1329 页。

化。正如钱锺书所指出的，古人已经意识到，“在日常经验里，视觉、听觉、触觉、嗅觉、味觉往往可以彼此打通或交通，眼、耳、舌、鼻、身各个官能的领域可以不分界限”①。如苏轼所言“嗅香嚼味本非别”②，耳目之摄入与口舌之摄入，彼此之间并无绝对鸿沟，皆可用“饮食”描述，同归于审美体验。

于是，苏轼自觉将饮食体验纳入其诗论体系之中。饮食活动牵涉到咀嚼、品味、消化等若干过程，因此饮食既可整体参与审美书写，又可强调其中某一过程与审美活动的类似。苏轼首先发掘出“嚼”的审美意义，使之与滋味说并行相济。他不蹈以咀嚼比喻熟读文章的故辙，将咀嚼转为一种批评策略，通过咀嚼体验来衡量作品得失。苏轼自许“吾诗堪咀嚼”③，在衡量前人时辈诗文时也常以咀嚼所得为标准，例如评价孟郊诗“初如食小鱼，所得不偿劳”④，意谓孟郊好作苦语使人费解，读者咀嚼不出太多意义，得不偿失。他称许他人作诗穷而后工，则说“空肠出秀句，吟嚼五味足”⑤。

苏轼看重审美活动中的咀嚼，首先与宋人的参诗传统有关。虽然宋诗往往不主故常，但宋人对学力的重视又首先将他们导向对文学前辈的学习。严羽指出：“国初之诗，尚沿袭唐人，……至东坡山谷始自出己意为诗，唐人之风变矣。”⑥例如欧阳修指出梅尧臣对孟郊的承袭“郊死不为岛，圣俞发其藏”（《读蟠桃诗寄子美》）⑦，先咀嚼古人诗歌再别出手眼乃是宋人共识。但另一方面，苏轼自言：“暂借好诗

---

① 钱锺书《通感》，《七缀集》，生活·读书·新知三联书店，2019年，第58页。

② 苏轼《和钱安道寄惠建茶》，《苏轼诗集》卷一一，第531页。

③ 苏轼《送孙勉》，《苏轼诗集》卷一七，第871页。

④ 苏轼《读孟郊诗二首》其一，《苏轼诗集》卷一六，第796页。

⑤ 苏轼《叶教授和溽字韵诗，复次韵为戏，记龙井之游》，《苏轼诗集》卷三二，第1705页。

⑥ 严羽《沧浪诗话·诗辩》，何文焕辑《历代诗话》，中华书局，2004年，第688页。

⑦ 欧阳修《读蟠桃诗寄子美》，李逸安点校《欧阳修全集》卷二，中华书局，2001年，第36页。

消永夜，每逢佳处辄参禅。”[1]张伯伟先生指出“‘妙悟’的获得，不在言句，亦不离言句”，即宗杲所谓“多学言句”与“不能见月亡指，从言句悟入”。[2] 感发空间广大的语言系统是参悟之基，参者在此之上还须透过字面意义了解作者之宗风或胸襟，最终契悟作者的心灵意蕴，同时，契悟又须读者自身体贴上去以意逆志，由于读者主体拥有个性，因此他对作品的咀嚼具备了异于作者的特质。好比被咀嚼的既是食物也是自己的唾液，咀嚼既是承袭，也是创造；既是咀嚼他人作品，也是咀嚼自己心灵。由此可以见出苏轼对咀嚼说的发挥，而此种发挥又代表了宋人的共同需要，在学力积累与“影响的焦虑”之间达到平衡。例如吕本中指出黄庭坚“包括众作，本以新意”[3]，甚至宋画也讲求“集众所善，以为己有，更自立意，专为一家”[4]。

同时，咀嚼又不能脱开“诗味”，盖“味同嚼蜡”便不值咀嚼了。苏轼云“所贵乎枯澹者，谓其外枯而中膏，似澹而实美”，又曰“人食五味，知其干枯者皆是，能分别其中边者，百无一二也”。[5] 在以澹美表示滋味之余，更将咀嚼的膏枯之感和其并列。常语有“枯澹”之说，则咀嚼与滋味本是如影随形，苏轼正式揭出这一点，乃是宋人饮食诗学的创获。观其文意，乃谓常人一嚼之下武断认为食物干枯，善于品鉴者则细嚼慢咽，品出中边有膏枯之异。如果将作品比作一道菜，那么苏轼就不仅要求它耐嚼入味，还要求它能嚼出多层滋味。

苏轼的滋味说由此也得到强调，他力避浓油赤酱，认为“外枯而中膏，似澹而实美”才是至味，《与二郎侄一首》标举“气象峥嵘，采色

---

① 苏轼《夜直玉堂，携李之仪端叔诗百余首，读至夜半，书其后》，《苏轼诗集》卷三〇，第1616页。

② 张伯伟《禅学与诗话》，《禅与诗学》，人民文学出版社，2008年，第80—81页。

③ 吕本中《与赵承国论学帖》，韩酉国点校《吕本中全集》，中华书局，2019年，第1770页。

④ 王群栗点校《宣和画谱》卷七“人物三”，浙江人民美术出版社，2019年，第74—75页。

⑤ 苏轼《评韩柳诗》，《苏轼文集》卷六七，第2109—2110页。

绚烂，渐老渐熟乃造平淡”之美。[①] 苏轼对平淡的偏爱，首先可以从宋人以“饮食本味为上”的观念中找到原因。[②] 他酷嗜菜羹，便是因为菜羹“其法不用醯酱，而有自然之味”[③]。但除此之外，是否有诗学传统的成分作用其间？苏轼《书黄子思诗集后》称引司空图论诗之语：“梅止于酸，盐止于咸，饮食不可无盐梅，而其美常在咸酸之外。”[④]《送参寥师》中又发挥司空图的见解，言“咸酸杂众好，中有至味永”[⑤]，理想滋味是悠长不绝的，这深永余味既丰富了滋味，又以其绵邈不绝唤起接受者意志的进一步探索。

苏轼的滋味说由范温《潜溪诗眼》进一步阐发，只是范温谈及的不是“味”而是“韵”，但学者业已指出，全美之味“实即因‘有余意’而产生的味，故亦就是‘韵’之‘味’了”[⑥]。范温认为韵“盖生于有余”，即苏轼重视的深永之味，二者名异而实同。在范温的理想中，余意生于“备众善而自韬晦，行于简易闲淡之中”[⑦]。全美必须含蓄内敛，以“简易闲淡”的面目发露才有韵味，否则便“美而病韵”，缺乏余味。即便次等的“一长有余”者，也须“巧丽者发之于平澹”。经范温阐释，苏轼的平淡滋味之说实质上陈述了美学的体用原则。东坡先以外枯中膏、似澹实美形容陶诗，复许之以“质而实绮，臞而实腴”，范温阐释道，“夫绮而腴，与其奇处，韵之所从生，行乎质与臞，而又若散缓不收者，韵于是乎成”，韵味以绮腴为体而质臞为用。“《饮酒》诗云：‘荣衰无定在，彼此更共之。’山谷云：‘此是西汉人文章，他人多少语言，尽得此理？’”陶诗内涵深刻丰富，语言质朴自然，读者可以轻易探入其中，却又不得不逐层深入，欲穷其意蕴而不能。这一探索的过程便是

---

① 苏轼《与二郎侄一首》，《佚文汇编》卷四，《苏轼文集》，第2523页。

② 陈伟明《唐宋饮食文化发展史》，台湾学生书局，1995年，第44页。

③ 苏轼《菜羹赋》，《苏轼文集》卷一，第17页。

④ 苏轼《书黄子思诗集后》，《苏轼文集》卷六七，第2124页。

⑤ 苏轼《送参寥师》，《苏轼诗集》卷一七，第906—907页。

⑥ 陈伯海《“味”与“趣”——试析诗性生命的审美质性》，《中国诗学之现代观》，上海古籍出版社，2019年，第195页。

⑦ 范温《潜溪诗眼》，郭绍虞《宋诗话辑佚》，中华书局，1980年，第373页。

审美的过程，亦即咀嚼品味的过程，而渊明“散缓”的风度、“绮而腴”的内心就逐渐在读者心中朗显为韵味了。不妨再联系前述“陌生化”理论说得更清晰些：单一的美读来易尽，其美感被磨损，读者望之即倦，便是“韵苟不胜，亦亡其美”。反而是枯澹促使读者的经验与想象去咀嚼文本，文本内部的膏腴又为思维的拓展深入提供动力，达到“测之而益深，究之而益来”的境界，咀嚼出无尽滋味。“陌生化”的共通，表明苏轼的平淡论和其平素诗学一脉相承，是后者的提炼、精萃。

范温论韵之语似可从儒家义理中求得更深理解。除去“备众善”与“一长有余”的层次划分源自《中庸》“唯天下至诚，为能尽其性”与“其次致曲，曲能有诚”的思维模式外，范温对“生”与“成”的论述合于《周易·系辞上》“乾知大始，坤作成物”一语，韵的发生机制实际上同万物一样，都牵涉到两大层面，牟宗三先生概括为“乾坤代表两个基本原则：创生原则与终成原则”[①]。乾卦主创生，表现“天行健”的一面；但天道流行又须坤卦保其全美深永，坤卦“含章可贞”“括囊”表现的即是“备众善而自韬晦”。范温论韵与《易传》的宇宙论分有共通的体系，“美”之初生，得飞扬昭朗之致；“韵”之终成，须沉厚深邃之基，不然“美”乏“韵”味则成为“病”。诚如学者所言，“不宜将范温所说之韵简单等同于含蓄之美。事实上，范温是将韵提到本体论的高度来看待的”[②]，只是“本体”不仅是人的本体，还因“天人不二”而能表示道体。追求枯澹并不纯是技法，还是宋代士人的儒学心法。枯澹的至境是由作者自然流露而非刻意追求。一如陈伯海先生所言，“‘至味’实质上乃是‘道’之‘味’”[③]。

---

① 牟宗三著，卢雪崑整理《周易哲学讲演录》，华东师范大学出版社，2004年，第12页。

② 张海明《范温〈潜溪诗眼〉论韵》，《北京师范大学学报(社会科学版)》1994年第3期。

③ 陈伯海《“味”与“趣”——试析诗性生命的审美质性》，《中国诗学之现代观》，上海古籍出版社，2019年，第197页。

范温的见解是否来自苏轼，目前限于材料，未可武断，但至少苏轼诗论中以腴美创生滋味、以枯澹终成余韵，为范温论韵提供了思想资源。再者，苏轼自觉将滋味说与践履阅世联系起来，亦可见出滋味与儒学的关系。《送参寥师》中提出"阅世走人间"才能得咸酸之外的至味[①]，又有"崎岖世味尝应遍"之句[②]，表明阅世亦即品味世事。至若"贫贱安闲气味长"[③]，更以君子固穷的平静内省散发出夐远气象。"富而可求也，虽执鞭之士，吾亦为之。如不可求，从吾所好。"(《论语·述而》)道德自我的主宰性由"从吾所好"处昭然，这主宰亦是创生"众善"的根源。苏轼贫贱而能安闲，表明其在践履中能使"众善"发而皆中节，因此发露平淡气象。可知苏轼的滋味说不仅绍自司空图，还承续了悠久的儒学传统。上文所述饮食与儒家之关系在此复现。[④]

综上，苏轼由饮食特质与自身饮食经验入手，精微形象地描摹了审美活动过程，又不脱离上章所述的饮食三重意蕴。事实上，在他心中审美对象与儒家之道存在紧密关联，生活、自然体现至道，文学作品也应当从内容与形式上与道产生关联。最后，苏轼也由饮食得趣味，用同样的观点来品鉴苦难人生，从中感悟潜在的美，代替道教摄生作为自己率性修道的辅助。总的说来，世俗、审美、儒道三者在苏轼心中错综一体。事实上，从苏轼饮食书写在宋代的接受来看，这也代表了宋代士人的普遍观点。

三、雅俗打通：苏轼饮食书写在宋代的接受

上文曾经引述苏轼的《文与可画筼筜谷偃竹记》，苏轼作诗调笑

---

① 苏轼《送参寥师》，《苏轼诗集》卷一七，第906页。

② 苏轼《立秋日祷雨，宿灵隐寺，同周、徐二令》，《苏轼诗集》卷一〇，第473页。

③ 苏轼《和子由次王巩韵，"如囊"之句，可为一噱》，《苏轼诗集》卷五〇，第2753页。

④ 学者指出宋人往往对三教皆有涉猎，道家的自然论对平淡有味说产生影响，参见陈应鸾《诗味论》，巴蜀书社，1996年，第181—188页。苏轼的平淡论亦受到一定道家影响，但由于前人论析已详，且苏轼思想如前文所述是以儒家心性践履之学为基、道家养生之说为辅，故此处不复赘说。

文同,认为他的“成竹在胸”是食笋过多所致,文同阅诗时正在食笋,不禁“失笑喷饭满案”。之所以文同能对苏轼的幽默感产生共鸣,是因为二人皆共喻“成竹在胸”的典故,共喻其后蕴含的实践求知思想。由此一例可以粗略见出,苏轼许多文学思想都在其友生之间交流传播,为他们共同体认。又如苏轼曾作《薄薄酒》二首,认为饮食丰俭无碍于精神生活的高扬。此诗在当时已有李之仪、黄庭坚、张耒等人继作,在南宋复有喻良能、张侃等人仿写。他们接受苏轼饮食思想的根本要旨,以修身修道为精神食粮,进一步体认儒家义理。

“餐菊”等与饮食大欲相关的文化典故之获得普遍强调,可以为苏轼饮食思想的传播提供更为有力的证据。释道潜称赞苏轼“使君事道不事腹,杞菊终年食甘美”①,从苏轼那里体认了屈原餐菊的文化传统。道潜另有《郑元规秀才内乐庵》诗,所谓“内乐”,即是周敦颐强调的“孔颜乐处”,与物质“外乐”相对,诗云“箪食瓢饮真生涯”②,以颜回对生理饮食与道德食粮的抉择为餐菊之外的又一饮食传统。黄庭坚诗云“饮冰食檗浪自古,摩挲满怀春草香”③,系反用唐人好使的“饮冰食檗”之语,凸显餐菊带来的芳郁生机,从而呈现自身道德生命的健旺。他又与道潜相似,重视颜子之学,《颜徒贫乐斋二首》言“儿报无炊米,浩歌绕屋梁”④。黄庭坚还偏爱伯夷叔齐采薇的典故,往往自称“渴饮南山雾,饥食西山蕨”⑤,“饥欲食首山薇,渴欲饮颍川水”⑥。

---

① 道潜《虚白斋》,孙海燕点校《参寥子诗集》卷三,上海古籍出版社,2017年,第59页。

② 道潜《郑元规秀才内乐庵》,《参寥子诗集》卷一二,上海古籍出版社,2017年,第268页。

③ 黄庭坚《三月乙巳来赋盐万岁乡且蒐猕匿赋之家晏饭此舍遂留宿是日大风自采菊苗荐汤饼二首》,任渊、史容、史季温注,刘尚荣点校《黄庭坚诗集注》卷一〇,中华书局,2003年,第1118页。

④ 黄庭坚《颜徒贫乐斋二首》其二,任渊、史容、史季温注,刘尚荣点校《黄庭坚诗集注》卷一八,中华书局,2003年,第635页。

⑤ 黄庭坚《和答魏道辅寄怀十首》其七,任渊、史容、史季温注,刘尚荣点校《黄庭坚诗集注》外集卷一一,中华书局,2003年,第1163—1164页。

⑥ 黄庭坚《答永新宗令寄石耳》,任渊、史容、史季温注,刘尚荣点校《黄庭坚诗集注》外集卷一三,中华书局,2003年,第1241页。

苏轼在《后杞菊赋》中说，餐菊养生要“春食苗，夏食叶，秋食花实而冬食根”，其弟子张耒在《种菊》中使用“餐华秋冬兮，食叶春夏”的类似表述。[①] 苏轼及其友生之间形成一种普遍的思潮：对穷达的思辨缩聚到饮食问题上，回到儒家传统中，并根据自身性格处境继续从传统谱系中发掘其他人物，以完善这一学说。

与苏轼一样，黄庭坚等人发现饮食思辨为审美活动提供了新的可能。山谷进一步推扩苏轼的咀嚼说，《大雅堂记》陈述杜诗读法：“夫无意而意已至，非广之以《国风》《雅》《颂》，深之以《离骚》《九歌》，安能咀嚼其意味，闯然而入其门邪！”[②]苏轼论咀嚼注重主体感受，黄庭坚则从这一点发挥出去：主体感受不是毫无根底，其基础在读者与作者的共同心理结构，这种心理结构又是文化后天塑成的，也就是基于士人共喻的诗骚传统。山谷参以宋诗学古开新风气，通过论述杜诗读法揭出东坡咀嚼说内含的文化意蕴。当然，在儒家看来，一切体认都是践履的学问。欲品味《国风》之广、《离骚》之深，先须从阅历下工夫。宋人尤其看重作诗与阅历的关系，欧阳修在《梅圣俞诗集序》中提出“穷而后工”的观点，苏轼的咀嚼说中也强调阅历对滋味的影响，但他们毕竟没有详尽深刻地表述二者关系。黄庭坚《书陶渊明诗后寄王吉老》则自述：“血气方刚时，读此诗如嚼枯木。及绵历世事，知决定无所用智，每观此篇，如渴饮水，如欲寐得啜茗，如饥啖汤饼。今人亦有能同味者乎？但恐嚼不破耳。”[③]咀嚼文字是今人古人相通的一大关键，但在咀嚼之先，读者先须通过学、历、思将自身升至与作者相通的传统脉络、思维领域中。因此同一读者在经历、思想成熟后，也会咀嚼出从前不曾领略的内容。当然，读者由于个性、处境

---

① 张耒《种菊》，李逸安、孙通海、傅信点校《张耒集》卷五，中华书局，1990 年，第 59 页。

② 黄庭坚《大雅堂记》，曾枣庄、刘琳主编《全宋文》第 107 册，上海辞书出版社、安徽教育出版社，2006 年，第 180 页。

③ 黄庭坚《书陶渊明诗后寄王吉老》，曾枣庄、刘琳主编《全宋文》第 106 册，上海辞书出版社、安徽教育出版社，2006 年，第 305 页。

之异，其逆志之意往往不与作者之心全同，这种差异本身也是一种创新。从这一角度看，山谷的“夺胎换骨”诗法也是一种通过践履构成多样滋味的途径。“夺胎”首先意味着对前人作品中意义原型的自觉。[①] 当作者自身面对新的情境时，必须依据内化了的古人经验，重新在当下领会事件，并作出相应行为。这种领会与前人作品存在某种精神上的共通点，然而在面目、立意上迥然不同，造成新的滋味。“夺胎”虽是诗法，但不宜被简单地归纳为刻意的新变策略，它本质上应是读者在践履过程中不得不然的行为。如果说苏轼对多层次滋味的论述侧重于作者阅历，那么黄庭坚更重视读者素养。二者相结合，宋人对诗与阅历的观点便全盘揭出，而宋代儒家文论对滋味的探讨也题无剩义了。

对苏轼饮食思想的接受不限于苏门人士之间，以南宋为例，陆游诗云“欲赓楚客咏餐菊，却愧周人歌采薇”[②]，“一盂粟饭吾何恨，自古高人有采薇”[③]，其精神指向与苏轼如出一辙，只是以“采薇”传统替代“餐菊”传统而已。他们的诗论中也不乏苏轼那精细的以食喻文之法，如杨万里《答安福徐令》描绘聆听妙曲、饮啖大嚼的丰富快感，以此形容徐君的古文：“斗薮败箧，未始云获，而大瑟中琴，山肤海错，毕陈于前矣。满听清锵，大嚼隽永，何其奇也，又何其富也！”[④]这正是苏轼以目代口的“饮食”审美体验，口耳愉悦是读者精神愉悦的幻显，内容醇富、形式佳妙的文章带来精神的餍足，好似耳边清听不绝，口中旨味不断一般。杨万里最终标举出由活参获致的透脱，即不拘常理，

---

① 参见胡晓明《中国诗学之精神》，江西人民出版社，2001 年，第 134—139 页。

② 陆游《戏咏园中春草二首》其二，《剑南诗稿校注》卷八一，钱仲联、马亚中主编《陆游全集校注》第 8 册，浙江教育出版社，2011 年，第 155 页。

③ 陆游《渔扉》，《剑南诗稿校注》卷二九，钱仲联、马亚中主编《陆游全集校注》第 4 册，浙江教育出版社，2011 年，第 162 页。

④ 杨万里《答安福徐令》，辛更儒笺校《杨万里集笺校》卷一一一，中华书局，2007 年，第 4227 页。

信手写心，他将这种美学境界喻为“霜螯略带糟”[①]。“霜螯”的外寒中腴同苏轼标举的“外枯而中膏”别无二致，“略带糟”的甘醇缥缈又直指“味外之味”的多层次滋味。

从饮食究至道的思想既是诗人关心的问题，也为理学家的严肃思辨所涉及。朱子曰：“凡日用饮食居处之间，认得圣人是如何，自家今当如何。”[②]圣人与常人皆须饮食，然而饮食于圣人而言乃是维生之理，于常人而言或是利口之欲，就在这一分际的抉择践履上，可以见出圣人所思所行。当然，士人平日学习儒业还是以阅读书籍为主，为了避免浮泛，就必须精读文字以养成切问近思的习惯，这便类似读诗时的咀嚼滋味了。宋儒强调读者自家体贴，朱子言读书“须是端的见得是如何。譬如饮食须见那个是好吃，那个滋味是如何，不成说道都好吃”[③]。读者不仅要通过咀嚼将义理内化，还需在此之前先拣择甄别文本，咀嚼体验反过来提供了衡量作者优劣的标准。朱子与苏轼的二说大端不无共同之处，可证苏轼饮食思想会通儒林文苑，故多为宋人推崇。

四、余论：饮食思想与宋诗

以苏轼为代表的宋人饮食书写反映了宋人的普遍思想特征，并对宋诗产生影响。我们可以从饮食书写中获得新的启发，从另一角度来观察宋诗。钱锺书先生言“唐诗多以丰神情韵擅长，宋诗多以筋骨思理见胜”[④]，此诚为不刊之论，但细究起来，宋诗的思理往往建立在充满丰神情韵的感性体验上，是一种“体验诗学”[⑤]。饮食本是生理活动，但宋人却从中有所悟解，将之引入对儒家之道的涵泳，或在湖

---

① 杨万里《和李天麟二首》其一，辛更儒笺校《杨万里集笺校》卷四，中华书局，2007年，第199页。

② 黎靖德编《朱子语类》卷三四，中华书局，1986年，第893页。

③ 黎靖德编《朱子语类》卷一二〇，中华书局，1986年，第2882页。

④ 钱锺书《谈艺录(补订本)》，中华书局，1998年，第2页。

⑤ 参见周裕锴《宋代诗学通论》，上海古籍出版社，2019年，第101、116页。

光山色间吐吞。从这种把握能力而言，宋人富有知几、创生之神。从由此构建出的美学形态而言，宋人又有绰约不尽之韵。当然，宋人又以理性方式呈现情韵，其咀嚼搜剔呈现出清晰的条理。总体说来，宋人的这种特性显示出宋诗的几个特点。

其一是至道与世俗的交融，此乃宋诗的一大根本。世俗饮食行为可以喻道，可以评诗。自先秦开始，儒学便与诗学相互吸收，饮食书写贯穿二者，成为表述乃至启发儒学义理、诗学理论的重要途径。宋代儒学发达，而饮食等世俗文化的不断发展又令宋人对其产生新的认识，因此士人格外重视世俗对至道的体现。究其根本，乃因为儒道、诗道本是一事，而至道理一分殊，可摄一切事物。况且饮食又属人之大欲，常人无日不饮不食，故对饮食尤感亲切，更易从饮食体验中悟入。由此又彰显宋诗另一特质：儒学与诗学的共济。

其次是熟参与妙悟的并发。一般以为诗学之熟参妙悟有次第之别，实则熟参本身亦须妙悟，盖熟参必从感性领悟，此即苏轼以参禅法咀嚼诗味之理。宋儒对熟参妙悟的关注点，又可分为二事。首先为书卷与阅历的相资，读书得益，须在践履中落实，而后凭借自身经验熟参有悟，是以苏轼于咀嚼诗味之余，又要品尝世味。推扩此理，复可见出诗法与体验的辩证。宋人每好拗硬诗歌字句声韵，以此为法。然而形式之变更必与质料相合，诗法之施行亦必以当下鲜活体验为基础。正因此种体验并非已有之语法句法可以体现，故要变更诗歌形式以充分呈现，山谷“夺胎”之法可以证之。由是，诗人咀嚼已久的书卷、世味得以融合，透脱而不失法度。

最后，宋诗集合雅俗，交融古今，将之收为内蕴充足的一体，其发露必有姿态。由此展现出澄淡与多姿的显隐。苏轼推重平淡风格，又倡“姿态横生”(《与谢民师推官书》)，实则平淡正由横生姿态汇成。苏轼此论上接《中庸》至道无声无臭之意，复借创作、文学批评现身说法，实以审美风格为导引后学之津梁。而此种审美风格，又自饮食体验中悟入，如欧阳修以橄榄为喻，东坡标举“外枯而中膏，似澹而实美”。宋人于饮食起居之际，处处可以品味至道，又以至道无远弗届，广泛将之施用于日常饮食之间。日常际遇既为诗文材料，便构成宋诗特性。是以宋诗虽包罗万象，论其大端，仍上不脱儒学，下不离饮食日用。苏轼饮食书写与宋诗之血肉关系，至此可以阐明。

（华东师范大学中文系）

转折点：黄庭坚的阅读与诗论的成熟

侯承相

内容摘要：山谷诗论影响后学甚巨，其核心之一就是对读书的重视。黄庭坚强调以阅读为作诗通往古人境界的路径，指导后学作诗须首重读书。遍览黄庭坚诗文集可知，其诗论的集中表述是在元祐后期和绍圣年间，而这一时期恰好是黄庭坚诗歌创作的低潮期。在元祐五年至元符元年的九年间，黄庭坚诗作仅存45首，造成这一现象的原因除了诗人丁忧、患病与缺少诗伴外，其对诗歌创作严肃谨慎的态度同样值得注意。在这一诗作的低潮期，黄庭坚投入大量的时间精力开展阅读，并最终促使其提出了以阅读为中心的成熟诗论。因此，这一时期可以看作黄庭坚诗作与诗论的转折点，而起到关键作用的便是阅读。

关键词：阅读；诗论；转折点；低潮期

Turning Point: Reading and the Maturity of Huang Tingjian's Poetic

Hou Chengxiang

Abstract: Huang Tingjian has enormous impact on the later poets after him with his poetic writing theories. One of the most key parts is the emphasis on reading. In Huang's opinion, the best way to create high level poems like the ancients do is reading books. Therefore, when he taught the posterity how to write poems, the first thing is about reading. As looking through Huang's articles and poems, a meaningful phenomenon could be found. That is the poetic he expressed are mainly during the period of later reign Yuan You(元祐) and Shao Sheng(绍圣). At that time Huang's poetic creation has been in a slump. From the fifth year of the reign Yuan You to the first year of the reign Yuan Fu(元符), there are only 45 poems existing nowadays. The reasons include Huang's filial mourning absence, illness and lacking of poetic partners. Beside these, his serious and discreet attitude towards writing poems should not be ignored. Huang spent lots of time and energy to do reading during this period. Finally, he came up with his mature poetic theories which focus on reading. Thus, this period could be regarded as a turning point of Huang's writing and poetic. Reading plays the key role in this turning point.

Keywords: reading; poetic; turning point; low tide

宋哲宗元祐六年(1091)三月四日,历时六年之久的《神宗实录》修成,作为修撰官之一的黄庭坚被依例擢升,拔为起居舍人。然而中书舍人韩川奏曰:"黄庭坚所为轻翾浮艳,素无士行,邪秽之迹,狼藉道路。"[①]于

① 李焘《续资治通鉴长编》卷四五六,中华书局,2004年,第10930页。

是，有功之臣仍然只能以著作佐郎的官职继续在朝供职。

三个月后的六月初八日，黄庭坚的母亲安康郡太君李氏夫人病逝，这对于少年丧父而侍母至孝以至厕身“二十四孝图”的黄庭坚来说打击之大不言而喻。再加上两年之前苏轼外放杭州，一年之前舅父李常、岳父孙觉相继辞世，47 岁的黄庭坚似乎能预感到自己的人生即将进入一个转折点，而离京便是第一步。从此之后，黄庭坚再也没能回到这个度过了自己最辉煌仕途岁月的都城。

暑热尚未退去，黄庭坚便扶丧归乡。从都城汴京到江西分宁 1600 里的路程走了足足半年，一直到第二年的正月初八日，黄庭坚才回到家乡分宁县双井村。葬母后，诗人结庐墓侧，号为“永思堂”，为母守制。经历了政治失意和至亲谢世，年近知天命的黄庭坚对于仕途已无进取之意，以致服除授官，诗人都一再辞免。

作为北宋诗坛最闪耀的双子星之一，黄庭坚毕生作诗甚多，今存 1900 多首，如果从治平三年（1066）22 岁算起[①]，至崇宁四年（1105）去世为止，平均每年他的存诗为 48 首左右。然而在元祐五年（1090）至元符元年（1098），黄庭坚 46 岁到 54 岁的九年间，他的存诗仅 45 首，年均存诗仅 5 首。[②] 这说明黄庭坚的诗歌创作有一个明显的低潮期，这一低潮期跨度很长，历经哲宗朝元祐、绍圣、元符三个时期，其间旧党失势，新党揽权，苏轼遭谪，章惇拜相，政坛波谲云诡。黄庭坚自己也在这一时期经历了人生中诸多重大变故，母亲去世，扶丧返乡，服除授官后不久《实录》案起，最终遭贬涪州，飘泊西南。同时词作与文章也在这一时期呈现明显的减少情况，用黄庭坚自己的话来说，这一时期他除了“时时作小记序及墓刻”这一类实用应酬性质的文章外，

① 根据现存黄诗编年，在治平三年（1066）之前，黄庭坚仅在皇祐三年（1051）、皇祐四年（1052）、嘉祐五年（1060）、嘉祐六年（1061）分别作诗 1 首、1 首、2 首、2 首，不仅均属少作，甚至还有真实性的疑问，而自治平三年起，黄庭坚诗歌创作进入数量较为稳定的时期。黄庭坚在后来手编诗集《退听堂稿》时，将自己登第前的作品大加删汰。这也是为何从治平三年起计算黄庭坚诗歌创作更为准确的原因。

② 郑永晓《黄庭坚年谱新编》，社会科学文献出版社，1997 年，第 234—303 页。

很少有文学性质的创作。

前人研究对黄庭坚这一长达 9 年的诗作低潮期关注不足，然而大量材料表明正是在这一时期，黄庭坚摒弃世务，潜心阅读，积累反思，最终形成独特的山谷诗论。

一、“绝不作诗”

在大约作于绍圣晚期，亦即被贬黔州时期的《答从圣使君》一文中，黄庭坚向友人回顾自己过去八九年间文学创作的情形：

> 数年来绝不作文字，犹时时作小记序及墓刻耳。……至于诗不作，已是元祐五年中也。[①]

外甥洪炎的话也从侧面佐证了这一事实，“鲁直丁母夫人忧，绝不作诗”[②]。然而从黄庭坚自剖心迹的文字中可以读出一些别样风味。首先，黄庭坚对自己“数年来绝不作文字”的记忆是准确的，这一时间段内他的创作频率为及第后的最低值。但是“时时作小记序及墓刻”则是无法避免的，毕竟这是正常社会交际的组成部分。其次，最值得注意的是他回忆自己不作诗的起点是元祐五年，这说明诗歌创作对黄庭坚的意义十分重大，以至于何时中止作诗他都记忆深刻。那么一个疑问就会自然升起，既然作诗对他意义重大，那么他为什么会中止诗歌创作活动呢？

莫砺锋先生已经注意到黄庭坚元祐前后期作诗数量的断崖式下滑现象：“在今本黄集中，作于元丰八年六月至元祐四年的诗达 400 首，而作于元祐四年至元祐八年的诗却不足 20 首。这里面固然有患病、居丧等客观原因，但失去‘诗伴’乃至诗兴大减则是重要的主观原因。”[③]钱志熙先生沿用此分期，并将其命名为黄庭坚的“废诗期”，指出“这么长时间的‘废诗’，在他个人创作史上是没有先例的”，“‘废

---

① 郑永晓纂辑《黄庭坚全集辑校编年》，江西人民出版社，2011 年，第 824 页。

② 洪炎《豫章黄先生退听堂录序》，陈永正、何泽棠注《山谷诗注续补》，上海古籍出版社，2012 年，第 608 页。

③ 莫砺锋《论黄庭坚诗歌创作的三个阶段》，《文学遗产》1995 年第 3 期，第 71 页。

诗'现象，本身就是黄诗研究中一个值得探讨的问题"。[①]

患病、居丧、失去"诗伴"以及诗性大减固然是这一诗歌创作空白期的重要原因，然而不可忽视的原因仍有一层，那就是黄庭坚对于诗歌创作的严肃谨慎的态度。这种态度使他在面临身体、心理、环境等多重不利于作诗的因素时选择了暂时避免作诗，进而对自己的前半生诗歌创作加以回顾反思，从而形成成熟的诗歌理论。

黄庭坚对待诗歌创作严肃谨慎的态度是从 23 岁登第后开始形成的。在此之前，他少而能诗，传说 7 岁即能咏出"多少长安名利客，机关算尽不如君"[②]的诗句，但是这些"少作"在黄庭坚手编《退听堂录》中多未收录，正如洪炎在《豫章黄先生退听堂录序》中回忆黄庭坚曾说过的话："余作诗至多，不足传，所可传者，皆百余篇而已。"[③]根据洪炎的推测，黄庭坚此时作诗"无虑千数"，但《退听堂录》所收不过十分之一。《退听堂录》今已不传，但是在当时这部黄庭坚亲自编纂的诗集产生了很大的影响。据《王直方诗话》载："有学者问文潜模范，曰：'看《退听稿》。'盖山谷在馆中时，自号所居曰'退听堂'。"[④]由于《退听堂录》是黄庭坚亲自删削而成的，其所收录必为精华，因此当有人向张耒请教作诗的典范时，他才会直接让来人去读黄庭坚《退听稿》。另外，可以确定的是，今本黄庭坚集所载元祐三年以前诗作既非山谷诗全貌，亦有《退听堂录》所未收之作。据洪炎记录，黄庭坚原有《退听序》，其中有言：

> 诗非苦思不可为，余得第后始知此。今世所传录他诗，乃未第时为之者。[⑤]

---

① 钱志熙《黄庭坚诗学体系研究》，北京大学出版社、北京出版社，2015 年，第 215 页。

② 郑永晓纂辑《黄庭坚全集辑校编年》，江西人民出版社，2011 年，第 1 页。

③ 陈永正、何泽棠注《山谷诗注续补》，上海古籍出版社，2012 年，第 608 页。"皆"一作"仅"。

④ 郭绍虞《宋诗话辑佚》，中华书局，1980 年，第 94 页。

⑤ 陈永正、何泽棠注《山谷诗注续补》，上海古籍出版社，2012 年，第 608 页。

从这段话的后半句可以看出，在黄庭坚编《退听堂录》之时，社会上已广泛传播山谷诗，而他未第时的“少作”流传也很广泛。

“诗非苦思不可为”一句可以说是44岁的黄庭坚总结前半生诗歌创作所得出的最重要之结论，这种以“苦思”作诗的态度既是对他早年作诗态度不严谨的反思，更是对后半生作诗态度的自我警戒。有趣的是，统计今日所见黄庭坚登第之前所作之诗仅44首，可见手编诗集，删削旧作，达到了他所倡导的以“苦思”作诗的效果。

分宁县今称修水县，地处江西、湖南、湖北三省交界，山高水深，交通不便，可以想象，900多年前黄庭坚的归乡路必然坎坷艰辛。在走到江苏盱眙境内时，黄庭坚“大病几死”[①]，回顾自己扶丧返乡之路，他不由感叹“山川悠远，抚护艰勤，日月不居，遽复改岁”[②]。然而，14岁时父亲黄庶去世，次年黄庭坚便离开家乡，跟随舅父李常转徙江湖，即使在23岁中举后曾返乡探亲，但此时归来，内心定然百感交集。

这支扶丧返乡的队伍多达四十余人，除了黄庭坚一家老小外，还有此前闻母丧讯自汝州赶赴京师的兄长黄大临一家，此外还有些亲戚奴仆。这支队伍浩浩荡荡抵达双井村时，摆在他们面前最直接的困难就是房屋紧缺。他在《与洪甥驹父》中这样写道：“比以双井旧宅，不能容四十口，十四舅已就溪滨竹间作一宅，可庇风雨。”[③]返乡的四十余口一部分住在了祖宅里，一部分住在了新修的竹间新宅里。等到这一年的九月黄庭坚把母亲下葬之后，他和黄大临一起又在母亲墓侧结庐而居。

守丧期间黄庭坚兄弟结庐墓侧，并题为“永恩堂”。但在丧事完结后他所面临的第一个问题同样是去何处居住。为此他曾作书叔父黄廉生前同僚宇文伯修，向他表达自己一年之内连遭两次大丧，不光身体受损，更兼生计见困，两年来几乎没有了经济来源，因此黄庭坚

① 郑永晓纂辑《黄庭坚全集辑校编年》，江西人民出版社，2011年，第663页。
② 郑永晓纂辑《黄庭坚全集辑校编年》，江西人民出版社，2011年，第664页。
③ 郑永晓纂辑《黄庭坚全集辑校编年》，江西人民出版社，2011年，第592页。

希望朝廷能够让他“乞一宫观养二三年”[①]，并请宇文氏念在与黄廉的交情在京为其斡旋。在写给远方友人陈季常的书信中他同样表达了这样的想法：“九月当从吉，且当丐一宫观养病数年。”[②]但是他的这一愿望并没有得到满足，元祐九年《书平原公简记后》云“在双井永思堂检旧书”[③]，这说明即使在守孝期满之后，一直到他离开家乡远赴贬所之时，他的住处都是母亲墓侧的茅庐“永思堂”。

这一时期死亡的阴云笼罩在黄庭坚的头上。22年前，黄庭坚的第一任妻子孙氏病逝于汝州叶县，诗人时为叶县尉，只好暂时殡于此地；11年前，黄庭坚的第二任妻子谢氏卒于大名府，诗人时为大名府教授，同样无力返乡安葬，只好暂时停棺待葬。如今两位亡妻的灵柩一同返乡安葬，黄庭坚为撰《黄氏二室墓志铭》云：“元祐六年，先夫人捐馆，乃克归二夫人之骨于双井。八年二月，从先夫人葬焉，同宫而异椁。”[④]就这样两位既有“女美”、又具“妇德”却不幸早亡的儿媳得以与婆母常伴地下。安葬母亲和二位夫人是在这一年的二月，在此之前的正月二十九日，诗人与长兄黄大临一起到墓前祭奠了两年前亡故的幼弟黄非熊。除了前文提到的一年前去世的舅父李常、岳父孙觉，黄庭坚官居给事中的叔父黄廉也在本年五月十四日殁于京师，九月葬于双井之台平。台平是双井村外一处平坦的土地，黄庭坚父亲黄庶生前亲自选定了这块家族墓地，上面遍植杉树和松树，此时黄庭坚的父母、叔父、两位妻子和幼弟便长眠在了这片土地上。[⑤] 黄庭坚希望自己的弟弟能够在地下继续侍奉父母，“尔亦就次，恩如平生”[⑥]，而他自己只能事死如事生，在墓侧结庐守孝，不废祭事。

---

① 郑永晓纂辑《黄庭坚全集辑校编年》，江西人民出版社，2011年，第672页。

② 郑永晓纂辑《黄庭坚全集辑校编年》，江西人民出版社，2011年，第692页。

③ 郑永晓纂辑《黄庭坚全集辑校编年》，江西人民出版社，2011年，第710页。

④ 郑永晓纂辑《黄庭坚全集辑校编年》，江西人民出版社，2011年，第680页。

⑤ 案：笔者曾访修水双井村，今日之双井村尚有黄庭坚墓，然却为空旷土地上的一座孤坟，周围不见其父母、妻子之坟茔。询之村民，多不能详说其家族墓地何在。

⑥ 郑永晓纂辑《黄庭坚全集辑校编年》，江西人民出版社，2011年，第679页。

至亲的离去给黄庭坚心头蒙上了一层灰暗，在给外甥洪刍讲述自己此时的生活状态时，他写道："老舅自夏来，为外婆时时少不快，极废学，意绪常蒙蒙也。"[①]由于母亲去世的缘故，黄庭坚不光意志消沉，甚至对学问之事也失去了兴趣。心理的疲惫和情绪的低落似乎抽去了诗人生活的动力，而身体所遭受的病痛则加剧了这种精神的委顿。

黄庭坚少而丧父，慈母教儿不能似父亲之严格，在随舅父生活后，舅母待之如亲生，更少严厉。再加上舅父官位愈显，黄庭坚自己科场得意，因此青年时期的黄庭坚身上多少有些纨绔之气，甚至耽于冶游，以至招来"轻翾浮艳，素无士行，邪秽之迹，狼藉道路"的恶名。然而两位妻子先后辞世，自己年逾不惑却膝下无子，向以"清风客"自称的黄庭坚来到了人生的重要关头。这一年是元丰七年(1084)，黄庭坚 40 岁，第二任妻子谢氏已卒数年，此时膝下仅有一女。这时 26 岁的姬妾石氏已身怀有孕。为了反省自己的半生罪业，黄庭坚在这一年的三月写下《发愿文》，发愿远离女色、戒除酒肉，其文有言：

> 我从昔来，因痴有爱。饮酒食肉，增长爱渴。入邪见林，不得解脱。今者对佛，发大誓愿。愿从今日，尽未来世，不复淫欲。愿从今日，尽未来世，不复饮酒。愿从今日，尽未来世，不复食肉。设复淫欲，当堕地狱，住火坑中，经无量劫。一切众生，为淫乱故，应受苦报，我皆代受。[②]

从言之凿凿的誓言中能看出黄庭坚的决心。本年七月十三日，石氏为黄庭坚诞下一子，此即山谷独子黄相，字小德，乳名四十。这或许更坚定了黄庭坚谨守誓言的决心，与前半生的荒唐放纵划清了界限。虽然晚年又破戒饮酒，但已经与早年间的沉湎酒色全然不同了。

不过前半生的生活习惯还是给他的身体造成了不可逆的损伤。元祐三年黄庭坚在京师为官时便曾患有溃疡性疾病，影响到自己的

---

① 郑永晓纂辑《黄庭坚全集辑校编年》，江西人民出版社，2011 年，第 670 页。

② 郑永晓纂辑《黄庭坚全集辑校编年》，江西人民出版社，2011 年，第 384—385 页。

日常饮食。身体状态的低迷往往会给心理带来潜移默化的影响，因此本年黄庭坚自编诗集《退听堂录》，反映出某种退步抽身的意图。到了扶丧返乡时，黄庭坚在途径盱眙"大病几死"，甚至差点不能为母举丧，这对于孝子黄庭坚来说可谓最无法接受的结果。病去如抽丝，这场大病的余波在黄庭坚的记忆里有两种看似矛盾的走向。《与范宏父书》称自己"孤苦病羸，茶然在衰削之中，方勤窀穸之役，人事几欲废绝。且复多故多病"[①]。相似的表述还出现在《答何斯举》中，诗人开篇即言："孤苦病羸，苟活未死，仅能饘粥。"[②]此外在《与宇文少卿伯修》中说："财力俱困，又病余，气息茶然。"[③]这些书信从元祐六年秋一直延续到元祐七年冬，这说明黄庭坚因至亲辞世造成的身体健康受损绵延一年有余。但是在同一时间段内的《与张和叔通判》书中，他却这样描述自己的状态："某顷在淮南，虽一大病，然至江上即能饮食，今虽差瘦如昔时，色力大都不觉衰悴也。"[④]两种表述，前者强调自己身体孱弱，后者却说身体并未衰悴，两种状态相去甚远，却出一人之口。看似矛盾，然揆之情理，亦无特别。凡人之病后，养愈之期或短或长，而身体状态的感觉也偶有不同，这本是常理。因此他无论是感到憔悴还是强健，都是对作书之时身体状态的客观描述，这种对健康状况的主观感受带有瞬时性特征。另外黄庭坚还有"风眩"之疾，如其在《答才翁承事简》所言："小人自前年春病风眩，不能苦思，因不作诗至今。"[⑤]在《送徐德郊》中言："予数年来，病眩不能作诗。"[⑥]

元祐九年四月，宋哲宗改年号为绍圣，新党上台，章惇为相，苏轼因"讥刺先朝"罪贬知英州。黄庭坚与修的《神宗实录》被指"类多附会奸言，诋斥熙宁以来政事"[⑦]，因此被一再贬谪，最终贬为贬涪州别

---

① 郑永晓纂辑《黄庭坚全集辑校编年》，江西人民出版社，2011年，第665页。
② 郑永晓纂辑《黄庭坚全集辑校编年》，江西人民出版社，2011年，第666页。
③ 郑永晓纂辑《黄庭坚全集辑校编年》，江西人民出版社，2011年，第672页。
④ 郑永晓纂辑《黄庭坚全集辑校编年》，江西人民出版社，2011年，第667页。
⑤ 郑永晓纂辑《黄庭坚全集辑校编年》，江西人民出版社，2011年，第649页。
⑥ 郑永晓纂辑《黄庭坚全集辑校编年》，江西人民出版社，2011年，第693页。
⑦ 毕沅《续资治通鉴》，中华书局，1957年，第2131页。

驾、黔州安置。莫砺锋先生指出，“尤其是在初贬黔州的四年间，一共只有19首诗传世，显然是遭遇文字狱后惊魂未定的结果”[①]，这一观点是令人信服的。

创作态度的严谨，再加上至亲辞世带来的打击和身体多病的影响，或许还有回到家乡暂时与诗伴的失联，这些都带来了一个直接后果，那就是在丁忧期间黄庭坚“绝不作诗”。

黄庭坚所谓“绝不作诗”的时间起点应该以元祐五年为准，《黄庭坚全集辑校编年》载有26首诗创作于元祐四年，而元祐五年却仅有两首诗存世。另外黄庭坚自己的回忆同样指明“至于诗不作，已是元祐五年中也”。这说明黄庭坚对于自己不作诗是有明确意识的，以至于连不作诗的准确时间都记在心里，这或许从另一个侧面说明他不作诗并非打算永远放弃作诗，而是在此期间能够沉寂下来思考诗歌创作之法。在另外一条材料中黄庭坚同样回顾了自己不作诗的时间，作于元祐八年的《答陈季常书》中提到自己“不作诗已五年，试索胸中，不能复一句矣”。[②] 从元祐八年前推五年是元祐四年，但考虑到黄庭坚此处可能取约数答人，而前则材料又明确指出“元祐五年”，这里的“不作诗已五年”或许可以看作是“四五年”之概称。在“绝不作诗”的日子里黄庭坚都在做什么呢？读书就自然成为他此时生活的重中之重。

二、“刻意读书”

结庐守孝的日子里，黄庭坚读书不辍。《窗日》诗为读者提供了一个最好的剪影：

> 叹息西窗过隙驹，微阳初至日光舒。谁言暗长宫中线，添得思堂一卷书。[③]

西窗的斜阳洒入房内，又是一天结束了，面容憔悴的中年诗人又读完

---

① 莫砺锋《论黄庭坚诗歌创作的三个阶段》，《文学遗产》1995年第3期，第72页。

② 郑永晓纂辑《黄庭坚全集辑校编年》，江西人民出版社，2011年，第692页。

③ 郑永晓纂辑《黄庭坚全集辑校编年》，江西人民出版社，2011年，第678页。

了一卷旧书。在这段时间里黄庭坚不光白天在永思堂内守孝读书，就连冬天的夜里也不废书卷。其《与胡少汲书》云："二年来，尤觉眼力不足。数日来，漫服椒，乃似有益，冀渐得力，冬夜可观书耳。"[①]这是同样在丁忧期间的生活写照，长年读书使得目力不济，此时因服椒而感觉目力渐强，因此可以支持其冬夜读书的想法。据孙思邈《千金翼方》载："秦椒，味辛温。生温，熟寒。有毒。主风邪气，温中，除寒痺，坚齿发，明目。"[②]可见花椒确有明目功效。"刻意读书"一句出自绍圣四年《答王补之书》，此时他已奉命来到了贬谪地黔州，他在提及自己为何没有主动与时任泸州太守的王献可通书时回忆道："治平中在场屋间，尝与李师载兄弟游，因熟阁下才德。此时方以见闻寡浅，日夜刻意读书，未尝接人事，故不得望颜色。"可见他早闻王献可之名，但治平年间忙于科举，"日夜刻意读书"，因此未能结识。绍圣通书时他为戴罪之身，王献可为一方大吏，"所以虽闻阁下近在泸南，而不敢通书"[③]。这里他所提到的"刻意读书"是就其治平间准备科举时而言的，但从丁忧返乡至贬谪黔州，这四个字也可以描述其生活状态。彼时的"刻意"是为了求取功名，此时的"刻意"则是安居避祸，不与人交通。

（一）读书法

应该说，读书活动在黄庭坚的生活中一直都占有特殊的地位。在馆阁任职期间，黄庭坚既要处理公家事务，又要应付各种社会交往，但仍然拿出每天三分之一的时间用来读书。《与洪氏甥书》其一：

> 尺璧之阴，常以三分之一治公家，以其一读书，以其一为棋酒，公私皆办矣。[④]

此书作于元祐五年，黄庭坚时任馆阁校理。这里黄庭坚既是向外甥传授时间分配方案，也不妨看作是在描述自己的日常生活状态，每天

① 郑永晓纂辑《黄庭坚全集辑校编年》，江西人民出版社，2011年，第735页。
② 孙思邈《千金翼方》卷三，元大德梅溪书院刻本。
③ 郑永晓纂辑《黄庭坚全集辑校编年》，江西人民出版社，2011年，第782页。
④ 郑永晓纂辑《黄庭坚全集辑校编年》，江西人民出版社，2011年，第783页。

的时间被三等分，一部分处理公务，一部分为“棋酒”，亦即休闲娱乐活动，人际交往自然也在其中，还有一部分就是读书。

读书活动是古代士大夫日常生活的必需品，但多数人是将读书作为日常休闲活动的一部分。黄庭坚却把读书与休闲交际活动并列起来，这充分说明在他心中读书活动的地位十分特殊。可以想象，在居丧在家时，没有了案牍之劳，又因守孝不能享棋酒之乐，那么读书必然成为他这段时间生活的重中之重。这与他诗中所描绘的整日读书，至日暮时分已“添得思堂一卷书”的情形是相吻合的。在写与洪氏、徐氏外甥的书信中，甥舅之间谈论最多的就是读书学问之事，这也能提供一个侧面的证据。

勤于读书的黄庭坚在一封写给友人的信中提到自己“二年来，尤觉眼力不足”，但他自我治疗，每日服用一些具有明目功效的花椒，似乎有些效果，因此他期望目力渐好之后“冬夜可观书”。[①]

除了宏观强调读书的重要性，黄庭坚甚至还具体指点从何处借书更为容易。《与洪氏甥书》其二：

> 盎父知读书有味否？所欲于范守处借人，易尔。但平生不相识，方一通书，后信便可言此。[②]

黄庭坚先是询问外甥洪盎父最近是否从读书中得到了趣味。接着向外甥们指点如果想借书的话可以从范守处相借，范守为人较为平易。范守即黄州太守，时洪氏诸甥宦于黄州。黄庭坚与太守范氏相知，二人曾有书信往来。但洪刍与太守却“平生不相识”，因此黄庭坚提醒他主动投书建交，此后便可向太守提及借书之事。

在丁忧期间，黄庭坚除了自己每日读书不辍外，还通过书信指导后学，并且能够因人而异，提出具体可行的读书指导意见。如其《与朱圣弼书》云：

> 公从事于仕，上下之交，皆得其欢心。又勤于公家，可

---

① 郑永晓纂辑《黄庭坚全集辑校编年》，江西人民出版社，2011年，第735页。

② 郑永晓纂辑《黄庭坚全集辑校编年》，江西人民出版社，2011年，第580页。

以无憾，惟少读书耳。能逐日辍一两时读《汉书》一卷，积一岁之力，所得多矣。遇事繁暂阙，明日辄续，则意味自相接。空时亦不须贪多，要有伦序耳。[①]

在肯定对方仕途上能处理好人际关系而又能勤劳王事后，黄庭坚指出朱圣弼身上的缺点就是“少读书”。接着他给出具体建议，希望朱圣弼能够每天花一两个时辰阅读《汉书》一卷，如果事务繁忙可以暂时中断，待次日继续阅读；即使时间充裕，也不必贪多，而要把握阅读的节奏。这样一年下来，得到的收获必然很多。这样的读书经验对于今人亦有指导意义，可见这是黄庭坚在自己阅读实践中积累下来的行之有效的经验。

在教导晚辈读书方法的时候，黄庭坚格外强调读书要专于一书而不可杂，注重积累式读书的方法。《觉民读书帖》：

读书不要杂，每一书自始至终，日读得一板，岁计之亦功多。杂读虽多，终无功也。[②]

“读书不要杂”既是说选择阅读书目时要有所针对，不能随意阅读，因此读书的范围不必太广，因为“杂读虽多，终无功也”。当选定一本合适的书籍后，应该从始至终读完此书，不宜中途废弃。每天读书要有计划，“日读得一板”，这样虽然每天功课不重，但计日程功，必能有所收获。值得一提的是，这些读书法是黄庭坚教导后辈读书时提出的，虽然应该是他自己的读书经验，但却不能表示黄庭坚个人的阅读范围不够广泛，其读书之“杂”是毋庸置疑的。

（二）书籍来源

虽然少而丧父，随舅父游学四方，但黄氏诗书传家，其家藏之书有万卷之多。这应该是黄庭坚此时期阅读最重要的书籍来源。《叔父给事行状》：

光禄聚书万卷，山中开两书堂以教子孙，养四方游学者

---

① 郑永晓纂辑《黄庭坚全集辑校编年》，江西人民出版社，2011年，第724页。

② 郑永晓纂辑《黄庭坚全集辑校编年》，江西人民出版社，2011年，第828页。

常数十百。[①]

在这篇为叔父黄廉写的行状中，黄庭坚回顾了祖上的荣耀，并且指出曾祖父黄光坦曾在家乡双井“聚书万卷”，并且在山中建立两所书堂来教黄氏子孙，同时还供养着四方游学之士数十乃至数百人。另外黄庭坚还追忆叔父黄廉“读书常自得意”，而其所认为的学问的根本在知行合一的观点对黄庭坚产生了一定影响。

黄庭坚外出为官多年，辗转大江南北，个人藏书也随之“流动”，如“北窗书册久不开，筐箧黄尘生锁钮”[②]，可能是从家带去叶县的“原始藏书”；离京返乡后又曾托人将寄于京中的图书取回，“故人陈知白天和入都取寄下书籍”[③]。

约作于绍圣三年[④]的《与君孚知府帖》云：

初到绝无书册，今又稍稍集矣，亦是于此故纸夙有业缘尔，呵呵。[⑤]

这里明确指出黄庭坚初到黔州之时，随身并无可读之书，那么他毕生习惯随身携带的书籍都去了哪里呢？

考察黄庭坚绍圣元年四月离乡至绍圣二年四月到黔州寓开元寺的这整整一年之经历，从中或能找出答案。黄庭坚绍圣元年四月离乡，先除知宣州，继又除知鄂州，《神宗实录》事起又改命管勾亳州明道宫，责令于开封府境内居住。八月过彭泽，九月至池州，十月到开封府境内，十一月过陈留，十二月二十七日方最终定官涪州别驾、黔州安置。次年正月黄庭坚起身赴贬所，兄长黄大临相送。二月至江陵，三月次下牢关、宿黄牛峡、过鹿角滩，经施州、云安军，四月二十三

---

① 郑永晓纂辑《黄庭坚全集辑校编年》，江西人民出版社，2011年，第681页。

② 郑永晓纂辑《黄庭坚全集辑校编年》，江西人民出版社，2011年，第63页。

③ 郑永晓纂辑《黄庭坚全集辑校编年》，江西人民出版社，2011年，第1455页。

④ 郑永晓纂辑《黄庭坚全集辑校编年》将《与君孚知府帖》系于“约作于黔州时期”，根据本文考证，应系于绍圣三年七月二十三日，盖文中有“待罪黔中逾一年”之语，黄庭坚绍圣二年四月二十三日抵黔，文中又有“七月二十三日”字样，可知系年。

⑤ 郑永晓纂辑《黄庭坚全集辑校编年》，江西人民出版社，2011年，第828页。

日，到黔州，寓开元寺。这是一段溯长江而上的艰难路程，黄庭坚不忍携家眷前往，再加上前途未知，他也无法确定朝令夕改的朝廷会让他在黔州停留多久，因此在前一年九月过池州的时候，黄庭坚决定将自己的家眷以及弟弟叔献、叔达两家均暂时安置在芜湖，由兄长大临陪自己赴开封府接受质询，其后又同往黔州。黄庭坚到达黔州的次年，即绍圣三年五月，一众家眷才到黔州。因此黄庭坚的随身书籍应该与家眷一同被暂时安置在了芜湖。直到黔州三年五月之后他才可能看到这批书籍，因此在写给君孚知府的书信中提到自己“初到绝无书册”，但此时因为家眷已到，因此“又稍稍集矣”。

友人寄赠市面新刊刻之书亦是黄庭坚重要的书籍来源之一。如元祐八年，黄庭坚仍守孝分宁，友人陈季常刊刻苏轼诗集，并寄送黄庭坚。但是这一刻本的缺点是所用纸张较薄，不便于收藏。因此黄庭坚作书何斯举云：

> 陈季常所刻苏尚书诗集，烦为以厚纸印一本见寄。
>
> 寄惠苏公诗集，亦自有用处。但欲得一本厚纸者，藏之名山耳。季常所寄亦是此一种纸，当料理季常为用厚纸印耳。[1]

黄庭坚希望何斯举能寄来一本厚纸印刷的苏轼诗集，但是何氏寄来的与黄庭坚此前收到陈季常寄赠的为同一版本，皆为薄纸印刷，最后黄庭坚仍然表达了通过何斯举令陈季常为其用厚纸印刷一本的愿望。至于此后山谷是否如愿则未知也。但至少此时黄庭坚手里已经有两本新刻薄纸版苏尚书诗集，而他所言“寄惠苏公诗集，亦自有用处”，可以猜想他的用处不外乎自己阅读、赠送他人、教子读书等。

（三）阅读书目

从这一时期黄庭坚所作的诗文中可以粗略钩沉出他的阅读对象，其中既有常见经部史部之书，又有稀见之佛书，更有一些比较特别的阅读材料，如铭文石刻、书法作品等。

---

① 郑永晓纂辑《黄庭坚全集辑校编年》，江西人民出版社，2011 年，第 694 页。

在四部之书中，黄庭坚对史部之《汉书》《后汉书》兴趣尤深、用力尤勤。黄庭坚曾手书《后汉书》郭伋、杜诗二人传记赠给彭水令田师敏，此后数年这幅书法作品转易三主，最后归黔州杨照所有，黄庭坚因而有机会在数年之后再度看到自己的墨迹。[①] 这里不仅有黄庭坚对《后汉书》的阅读，更有对自己书法作品的阅读，同时还有他人对自己书法作品的阅读，可谓是多重阅读。被贬宜州后他又为求书之人写《后汉书·范滂传》，"默诵大书，尽卷仅有二三字疑误"。来人大为惊愕，黄庭坚解释道："《汉书》固非能尽记也，如此等传，岂可不熟?"[②]再结合前文所论山谷教人读《汉书》之法，这些都充分说明了黄庭坚对两汉书之熟稔，也可见其读书用功之勤。

对于前代诗人的作品，黄庭坚虽早已熟读，但此时仍然能凭记忆将其中篇什写出。如绍圣三年《书自草秋浦歌后》云："遂书彻李白《秋浦歌》十五篇。"[③]一口气将李白十五篇写出，足见黄庭坚对李白诗之精熟。再如绍圣五年黄庭坚手书韩愈《符读书城南》诗以赠陈德之。《符读书城南》五言诗 54 句，凡 270 字。黄庭坚跋文："绍圣五年五月戊午上荔支滩，极热，入舟中，敖兀，无以为娱，聊以笔砚忘暑。因书此诗赠陈德之。"[④]因舟中暑热，缺少娱乐之事，因此手书韩愈此诗为乐。从这短短的两句话中无法判断他是否是凭记忆默写出了 52 句的韩愈诗，亦或是他携韩愈诗集在舟中，照诗集而书。但是在这样炎热的一个五月天里，黄庭坚又一次阅读了(无论是直接阅读还是凭记忆的间接"阅读")韩愈的教子读书诗，并且将这首读书诗手写下来送给后辈鼓励其读书。这是一次以读书为核心意象的文人活动，其余波是眉山石道信闻讯也来请黄庭坚为其书《符读书城南》诗，并将之刻于家学之内，黄庭坚以"其意甚美，故为之书"[⑤]。这里似乎能看到一位文化巨人，虽然官场失意，当时的普通读书人却置与之交往可

---

① 郑永晓纂辑《黄庭坚全集辑校编年》，江西人民出版社，2011 年，第 802 页。

② 岳珂《桯史》，中华书局，1981 年，第 146 页。

③ 郑永晓纂辑《黄庭坚全集辑校编年》，江西人民出版社，2011 年，第 758 页。

④⑤ 郑永晓纂辑《黄庭坚全集辑校编年》，江西人民出版社，2011 年，第 835 页。

能会受牵连的危险于不顾，主动向黄庭坚求学索书，而这位文化宗师也倾囊相授。这是文化本身的力量，也是黄庭坚身上所具有的北宋士人风骨的感召力。

作于绍圣四年(1097)的《谪居黔南十首》是黄庭坚摘录白居易诗句而成的，此诗与白居易原诗差别很小，因此有人主张不能视为黄庭坚的独立创作，而应该以黄庭坚曾凭记忆书写白居易诗十首，但后人编集时误收为黄庭坚之作。但是从另一个角度来说，这是黄庭坚对白居易的另一种“阅读”，不仅说明他曾细读过乐天之诗且熟读能诵，更能表明他在处于人生低谷时以类似于牛马“反刍”的方式再次阅读白诗。这种阅读区别于学习知识的读书，更多的是得到与前贤的心理共鸣。据《桯史》卷十一载：“其在黔，尝摘香山句为十诗，卒章曰：‘病人多梦医，囚人多梦赦。如何春来梦，合眼在乡社。’一时网罗之味，盖可想见。”[①]被贬为涪州别驾、黔州安置的黄庭坚与其说是遭贬之臣，毋宁说是软禁之囚。因此他仿照白居易《寄行简》诗：“渴人多梦饮，饥人多梦飡。春来梦何处，合眼到东川。”[②]作诗表达自己渴望脱离罗网，以自由之身返回故园的梦想。对比二诗，与其说是黄庭坚摘录白香山之诗，不如说是黄庭坚凭记忆对乐天诗的“重构”，其本质仍然是黄庭坚自己的诗。

远谪西南后，黄庭坚手头的书籍并不充裕，这也使得他凭记忆书写前人诗句时可能会出现一些误差。比如绍圣四年《与太虚》云：

> 屏弃不毛之乡以御魑魅，耳目昏塞，旧学废忘，直是黔中一老农耳。……先达有言“老去自怜心尚在”者，若庭坚则枯木寒灰，心亦不在矣。[③]

这里黄庭坚引用了一位“先达”的诗句“老去自怜心尚在”，但是他却无法准确回忆这是出自谁的诗中。今日检索十分方便，这句诗出自欧阳修《赠王介甫》。当然，也不能否定黄庭坚知道此诗出于欧阳修

① 岳珂《桯史》，中华书局，1981年，第123页。

② 白居易著，谢思炜校注《白居易诗集校注》，中华书局，2006年，第827页。

③ 郑永晓纂辑《黄庭坚全集辑校编年》，江西人民出版社，2011年，第778页。

之手，却为表尊崇而称为“先达”的可能。但下面一个例子则更能体现这种记忆的误差。《书自作草后》：

> 顾况《咏白发出嫁宫人》云：“准拟人看似旧时。”[①]

查今本顾况集并无此诗，而与顾况大约同时的唐代诗人刘得仁《悲老宫人》诗云：“白发宫娃不解悲，满头犹自插花枝。曾缘玉貌君王宠，准拟人看似旧时。”[②]最后一句与黄庭坚所引一字不差，因此可以推测黄庭坚此处记忆出现了误差，原因或许就是顾况与刘得仁时代大体相同，而顾况名声更大一些，因此黄庭坚混淆了自己的阅读记忆。

他这一时期还阅读了一批同时之人的诗歌，前文所述薄纸刻本苏轼诗集就是一例。另外，元符元年黄庭坚还将苏轼《听琵琶》一诗“用澄心纸写去”赠给郭英发，并谓其“或有佳石，试刊之斋中”。[③]这两则材料充分说明黄庭坚对苏轼诗推崇仰慕而愿珍藏之的态度。又《答逢兴文判官》其九载“送荆公诗编已收”[④]。这说明他在黔州时期还曾阅读王安石的诗集。对于普通士人的诗文集，黄庭坚也有不少阅读，如元符元年读王知载《朐山杂咏》，元祐七年读何斯举诗集，绍圣二年读张仲谋所寄诗集，同一年，黄庭坚还得到了唐彦道所寄赠的“旧文一编”，这是唐氏在笺纸上手抄的自己诗文集，绍圣四年读杨明叔诗集等。

此时的黄庭坚还阅读了一些佛教书籍。《与人》：

> 熟观《新罗后录》，乃知此老人跳出青州老人《华严》可漏子，甚不易得。[⑤]

《新罗后录》一书今已不传，而除黄庭坚外更无一人提及此书，根据文意推测，这应该是朋友间相互传阅而后世亡佚的有关佛教的手抄本书籍，黄庭坚对此书已至“熟读”境地。绍圣五年，黄庭坚将自己读过

---

① 郑永晓纂辑《黄庭坚全集辑校编年》，江西人民出版社，2011年，第801页。
② 彭定求等编《全唐诗》，中华书局，1960年，第6303页。
③ 郑永晓纂辑《黄庭坚全集辑校编年》，江西人民出版社，2011年，第854页。
④ 郑永晓纂辑《黄庭坚全集辑校编年》，江西人民出版社，2011年，第814页。
⑤ 郑永晓纂辑《黄庭坚全集辑校编年》，江西人民出版社，2011年，第824页。

的《宝藏论》一册寄送友人郭知章，并请对方"试读一遍"，最后他还提出一个请求："因为黏缀一鸦青纸庄严之，幸甚。"这里是黄庭坚请郭明叔以鸦青纸作为书封黏缀于书籍表面，以达到庄严法论之效果。①

兼具书法家身份的黄庭坚自然也不会放过任何阅读前代书法作品的机会。绍圣元年(1094)六月，黄庭坚在上蓝院南轩与程正辅一同观赏了唐本《兰亭》，并评论道："虽大姿媚，不及定州石刻清劲，然亦自有胜处。"②根据宋人桑世昌《兰亭考》，在宋代《兰亭序》的唐本就有"唐本兰亭""唐刻本""唐石本""唐勒石本""唐刻版本""唐人双钩本""唐本兰亭"等至少 7 种③，因此无法确定黄庭坚此时所阅读之唐本《兰亭》究竟是木板模本、石板模本还是摹本，但是至少可以确定这是黄庭坚十分欣赏的一种法帖珍品。

当多个时空交汇在一起，无论是北宋的读者黄庭坚还是今日的读者从中都能感到阅读活动的魅力。《书阴真君诗后》：

> 忠州丰都山仙都观朝金殿西壁，有天成四年人书阴真君诗三章。余同年许少张以为真汉人文章也。以予考之，信然。因试生笔，偶得佳纸，为钞此诗，以与王泸州补之之季子。④

绍圣四年，黄庭坚游览忠州丰都山仙都观，在观中朝金殿的西面墙壁上发现了三首诗，诗的作者是汉朝道士阴长生，书写人是后唐天成四年(929)的一位读书人。黄庭坚和同年许少张都认为这是真正汉代人的文章。因此他又以生笔在偶然得到的质地优良的纸上抄写了这三诗，并将这幅字赠送给了泸州知府王补之的幼子。这里有数个阅读维度，首先后唐书写之人对汉代阴长生诗的阅读，其次是黄庭坚一行对后唐人书法的阅读，再次是王补之幼子对黄庭坚书法的阅读。汉代诗、后唐书法、北宋读者，层层相递，构成了一个以阅读为核心的

---

① 郑永晓纂辑《黄庭坚全集辑校编年》，江西人民出版社，2011 年，第 834 页。
② 郑永晓纂辑《黄庭坚全集辑校编年》，江西人民出版社，2011 年，第 711 页。
③ 桑世昌、俞松集《兰亭考 兰亭续考》，浙江人民美术出版社，2013 年，第 14—16 页。
④ 郑永晓纂辑《黄庭坚全集辑校编年》，江西人民出版社，2011 年，第 774 页。

文人圈。

当然,黄庭坚的阅读活动贯穿一生,并非局限在这一时间段内。但如其所言这段时间内他"刻意读书",现在保存下来的他诗文中有关读书的材料也非常丰富。在这段前后长达 9 年的时间里,黄庭坚经历了诗歌创作的一个"真空期",以读书为主要日常活动的生活方式为他提供了一个诗歌创作上反思与沉淀的契机。值得注意的是,黄庭坚的主要诗歌理论正是在这一期间提出或完善的。

三、诗论的成熟

经过了一段时间的反思和沉淀,黄庭坚在这一时期开始表达自己的诗歌理论,途径一般为两种,一是与晚辈的书信中以指导后学作诗的方式道出,二是在为他人的诗集作题跋时的表述。之所以这里说黄庭坚是在创作的低潮期中迎来了"诗论的成熟",是因为综合他这一时期内的诗歌理论,能够建构起一个完整的环路,此环路的核心三要素是:读书、作诗、修身。

对于黄庭坚诗论中那些具体而微的创作技法,前人关注较多,而黄庭坚所强调的诗歌"淳厚"之旨却被后来人有意无意地忽视了,这是因为后者更像是对儒家诗教观念的重复,与黄庭坚奇特的诗风看似不符。但是综合考虑黄庭坚在这一时期的诗论表述,两个看似矛盾的因素又能构成一个相互促进的环路,亦即以追求"淳厚"之旨为作诗追求,但为避免沦为道德说教,就要提升诗歌的品位,创新作诗之法,从而达到"奇"的风格。前人多关注山谷诗之"奇",却未见他是以奇之风守正之气,山谷诗的"奇"是在守正基础上的"奇"。由于有"奇"作为支撑,有"正"作为旨归,山谷诗于是才有一层庄严肃穆之气,这也是后人论诗以黄庭坚诗为宋诗表率的根本原因。从论诗出发,黄庭坚还结合北宋的士风人情,提出以作诗来达到修身的目的,这是一种带有鲜明宋代时代精神的知识分子的担当。只是后来人学山谷诗一味追求形式之奇,失了山谷诗的本正,其中的代表就是江西派的末流,这也是黄庭坚后世所遭求全之毁的缘由之一。对于黄庭坚来说,诗歌创作是需要谨慎而庄重的行为,其目的是实现自我的提升,而一味的剑走偏锋并非山谷诗论的本心。

首先黄庭坚诗论的主旨是回归诗歌的本旨、强调以诗来陶冶性情、彰显诗歌之美。元符元年《书王知载朐山杂咏后》一文详细阐释了这一点。

> 诗者,人之情性也。非强谏争于廷,怨忿诟于道,怒邻骂坐之为也。其人忠信笃敬,抱道而居,与时乖逢,遇物悲喜,同床而不察,并世而不闻,情之所不能堪,因发于呻吟调笑之声,胸次释然,而闻者亦有所劝勉,比律吕而可歌,列干羽而可舞,是诗之美也。其发为讪谤侵陵,引颈以承戈,披襟而受矢,以快一朝之忿者,人皆以为诗之祸,是失诗之旨,非诗之过也。故世相后或千岁,地相去或万里,诵其诗而想见其人所居所养,如旦莫与之期,邻里与之游也。[①]

这种温柔敦厚的诗学理念是传统儒家的,也是黄庭坚在晚年所坚定的诗论追求。因情动于中而发于言所生成的诗歌用以表达内心的悲喜,同时能够对读者有所劝勉而又合乎音律舞蹈,却不必以诗骂坐。王知载与黄庭坚素昧平生,此时又已过世,由于黄庭坚在阅读《朐山杂咏》诗集时感受到其中充盈着"诗之美",因此感慨哪怕是时空相隔千年万里,只要能诵其诗,则可知其为人。

为了再三阐发这一观点,黄庭坚甚至不惜拿苏轼来做负面典型:"东坡文章妙天下,其短处在好骂。"他还提醒自己的外甥洪刍"慎勿袭其轨也"[②]。这表明黄庭坚对自己所提倡的"淳厚"诗论非常自信。强调诗歌的淳厚之旨并非是对先秦以来温柔敦厚诗教观念的简单重复,而是带有对北宋后期士风糜烂拨乱反正的现实意图。在党争的背景下,士大夫朝秦暮楚,甚至互相揭发,使得北宋后期的士风日益败坏,黄庭坚就曾多次身遭此劫。他认为从改革诗风入手,鼓励读书

---

① 郑永晓纂辑《黄庭坚全集辑校编年》,江西人民出版社,2011年,第838页。

② 郑永晓纂辑《黄庭坚全集辑校编年》,江西人民出版社,2011年,第733页。

人写诗以淳厚之旨为追求，这样能够以诗风化士风，最终达到“再使风俗淳”的目的。江西派后学韩驹的诗，黄庭坚认为“今不易得”，并且表扬他作诗是以读书数千卷为基础，“以忠义孝友为根本，更取六经之义味灌溉之耳”①。这里既是对韩驹诗的赞美，更是黄庭坚诗歌理论的阐释。

如果说指明诗歌本旨，辨清诗之美恶是理论架构的话，黄庭坚还为后学之士提供了一系列切实可行的学诗方案。在这条路上他树立了一个路标供后人追赶，那就是“古人”。

黄庭坚论述作诗技法的关键就是如何利用前人的诗句来锤炼自己的诗歌，无论是“点铁成金”还是“夺胎换骨”，其理论基础都是“无一字无来处”。黄庭坚标榜的杜诗、韩文均“无一字无来处”，因此后学作诗也要从学习古人处出发。这一核心观点的表述便是在丁忧时期写给外甥洪刍的书信中第一次正式出现的。《答洪驹父书》其三：

> 所寄《释权》一篇，词笔纵横，极见日新之效。更须治经，深其渊源，乃可到古人耳。青琐祭文，语意甚工，但用字时有未安处。自作语最难，老杜作诗，退之作文，无一字无来处，盖后人读书少，故谓韩杜自作此语耳。古之能为文章者，真能陶冶万物，虽取古人之陈言入于翰墨，如灵丹一粒，点铁成金也。②

黄庭坚首先肯定了外甥寄来近作《释权》一篇的进步，其次指出写作应以追配古人为目标，而达到这一目标的路径是“治经”，使得自己的学术渊源更加深远。接着他评价洪刍寄来之“青琐祭文”，表扬其语意甚为工整，但炼字仍有待提升。最后黄庭坚提出了对后世影响最为深远的诗论观点，即作诗应追求前人“无一字无来处”的境界，通过采撷古人陈言加入自己文章之中达到点铁成金的效果。为了实现这些目标，黄庭坚给出最佳的路径就是读书。读经书以达到为文有根

① 郑永晓纂辑《黄庭坚全集辑校编年》，江西人民出版社，2011年，第800页。

② 郑永晓纂辑《黄庭坚全集辑校编年》，江西人民出版社，2011年，第733页。

基的目的，读前人诗文以便从中汲取精华、化为己用，多读书方能识得他人文章妙处。

同样也是写给洪刍的书信中，黄庭坚又一次强调了读书的重要性，通过读书来达到古人的境界。《答洪驹父书》其二：

> 寄诗语意老重，数过读不能去手，继以叹息，少加意读书，古人不难到也。诸文亦皆好，但少古人绳墨耳。可更熟读司马子长、韩退之文章，凡作一文，皆须有宗有趣，终始关键，有开有阖，如四渎虽纳百川，或汇而为广泽，汪洋千里，要自发源注海耳。老夫绍圣以前不知作文章斧斤，取旧所作读之，皆可笑。绍圣以后，始知作文章，但以老病惰懒不能下笔也。外甥勉之，为我雪耻。《骂犬文》虽雄奇，然不作可也。东坡文章妙天下，其短处在好骂，慎勿袭其轨也。甚恨不得相见，极论诗与文章之善病。[1]

这里黄庭坚提出了衡量文章优劣的标准，那就是文章是否具有"古人绳墨"，亦即是否符合古人文章的法度。为此他还再次举例，以司马迁和韩愈的文章"皆有宗有趣，始终关键，有开有阖"为例来说明优秀文章的特点。在指导另外一位外甥徐师川读书的信札中，黄庭坚同样要求他"须精治一经，知古人关捩子，然后所见书传，知其旨趣，观世故在吾术内"，最后还鼓励到"非甥辈有可以追配古人之才，老舅不出此语也"[2]。虽然此时他已悟到作文之法，但可惜的是"旧作"未和此旨，故"皆可笑"，而当下又因身体之故无法在创作中印证自己的理论，因此只能寄希望于后辈。

绍圣四年，友人杨皓将自己的诗集赠送给黄庭坚，在阅读后黄庭坚作诗二首赠之，在诗题中将自己的诗歌理论又一次精炼地阐发出来。两首诗的题目分别是：

> 《杨明叔惠诗，格律、词意皆熏沐去其旧习，予为之喜而

① 郑永晓纂辑《黄庭坚全集辑校编年》，江西人民出版社，2011年，第733页。
② 郑永晓纂辑《黄庭坚全集辑校编年》，江西人民出版社，2011年，第726页。

不寐。文章者，道之器也；言者，行之枝叶也。故次韵作四诗报之。耕礼义之田而深其耒。明叔言行有法，当官又敏于事而恤民，故予期之以远者大者》

《庭坚老懒衰惰，多年不作诗，已忘其体律。因明叔有意于斯文，试举一纲而张万目。盖以俗为雅，以故为新；百战百胜，如孙、吴之兵；棘端可以破镞，如甘蝇、飞卫之射。此诗人之奇也，明叔当自得之。公眉人，乡先生之妙语震耀一世，我昔从公得之多，故今以此事相付》①

正如黄庭坚所说，自己已经“多年不作诗”，因此“已忘其体律”，换言之他忘掉了诗歌写作具体技术层面的方法，但还记得的，或者说是愈加坚定了的是诗歌的本旨与诗风的追求。诗歌的本旨与文章一样，都是“道之器”与“行之枝叶”，也就是说诗歌是用来阐发道理的工具，是人之性情在行动中的表现。诗风的追求是“奇”，为了达到这一效果，应该采用以俗为雅、以故为新的具体方法。诗歌一旦达到了“奇”的效果就会像孙子、吴起用兵一样百战百胜。值得一提的是，在前一首诗中黄庭坚谓“道学归吾子，言诗起老夫”，体现出他对自己诗歌的信心。在后一首诗中他又说“道应无芥蒂，学要尽工夫”，强调发奋求学的重要性，而发奋求学、由学悟道都需要以读书为起点。

元符元年(1098)，黄庭坚作书与外甥徐俯，开头就表扬他“杜门读书有味”，这让老舅“欣慰无量”。接着他又一次将自己阅读古人之诗以达到追配古人的目标的理念和盘托出：

士大夫多报吾甥择交不妄出，极副所望，诗政欲如此作。所未至者，探经术未深，读老杜、李白、韩退之诗不熟耳。②

除了指出徐俯读杜诗、李白诗、韩愈诗不熟的缺点之外，黄庭坚还提到徐俯诗“所未至者”还有一重原因是“探经术不深”，这与他所表扬

① 郑永晓纂辑《黄庭坚全集辑校编年》，江西人民出版社，2011年，第764—765页。

② 郑永晓纂辑《黄庭坚全集辑校编年》，江西人民出版社，2011年，第856页。

的韩驹"以忠义孝友为根本，更取六经之义味灌溉之"互相印证。此外，黄庭坚还提出了作诗需要孤独感的命题，因此当他从别人那里听到徐俯"择交不妄出"的时候，他表扬外甥没有让自己失望，又进一步提出"诗政欲如此作"的观点，鼓励徐俯坚持在孤独的环境中写诗。

入蜀之前黄庭坚传授作诗之法的对象一般是自己的子侄外甥，入蜀之后向山谷求教的普通读书人就更多了。根据其外甥洪炎的记载：

> 服除，以修史事罢，迁黔州、戎州，蜀士流相劝就学，以诗教诸生焉。北归，寓荆渚，罢太平，寓江夏，皆逾岁。后进生慕学者益众，故诗益多。①

蜀地的文士面对这样一位当世文宗，并未在意其为戴罪之身，而是"相劝就学"，这既是文化自身的感染力，也是黄庭坚人格魅力的最好说明。黄庭坚也毫不推辞，将自己的诗歌创作方法倾囊相授。等到元符三年五月黄庭坚复宣德郎、监鄂州在城盐税后，他顺长江而下，所过之处后学晚辈纷纷从山谷而学。在洪炎的口中，这些原因使得黄庭坚晚年的诗歌创作数量多了起来。

黄庭坚不仅一再向后学传递自己的诗论主张，而且还躬亲教学，在教学活动中贯彻自己的理论主张。绍圣五年，在写给与自己关系最为亲密的兄长黄大临的书信中，黄庭坚详细描述了自己的教育活动。《与七兄司理书》：

> 相虽淳良，终未好书。此司理谭存之，忠州人，两儿皆勤读书，一已十七岁，一与相同岁，延在斋中令共学，差成伦绪。日为之讲一大经，一小经，夜与说老杜诗，冀年岁稍见功耳。②

他先向兄长报告自己的儿子黄相虽然性情淳厚良善，但却不是读书的材料，这时黄相年已十四，正是读书最好的年纪，黄庭坚心中或许

① 陈永正、何泽棠注《山谷诗注续补》，上海古籍出版社，2012年，第608页。
② 郑永晓纂辑《黄庭坚全集辑校编年》，江西人民出版社，2011年，第832页。

不无感慨甚至伤感,因为自己满腹诗书学问可能无法被儿子继承下来了。于是他将这种希望转移到了所教授的两名学生身上。这两名学生是忠州司理谭存之的儿子,年龄分别是17岁、14岁,二人同时求学于黄庭坚。他为这三名学生制定的教学计划是白天为其讲授儒家经典,“一大经,一小经”,晚上则讲授杜甫诗。这个教学计划是与黄庭坚所强调的作诗应以“六经浇灌”并熟读李、杜、韩诗的要求是一致的。在这个精密的教学计划规范下,黄庭坚希望包括儿子在内的三名学生能够随着时间推移而有所长进。

在黄庭坚看来,诗歌的功能是表达性情,将内心的隐秘情感以合于律吕、带有寄托的方式抒发出来,使读者能够从诗中得到一些勉励,甚至能够以诗伴舞,简言之,诗歌创作的目的是实现自我的提升,而其途径就是求新出奇。在某一篇中出奇,或在某句诗中出奇并非难事,但如何能让自己的整体诗歌风格呈现出令人眼前一亮的状态则是黄庭坚追求的答案。求奇的方式或以故为新,或以俗为雅,但都要以大量的阅读为基础,以追配古人为旨归,以温柔敦厚为内核,这样才能最终呈现出守正出奇的效果。山谷诗以外奇而内正之风成就了黄庭坚一代宗师的地位,而其在诗中所蕴含的光大、高远、坚定的气度正是后辈难以企及之处。相比于苏轼以天才为诗的特点,黄庭坚强调阅读,重视对古人的学习,同时又将诗歌创作反哺于内心成长,这是对人格的提炼,这就使得山谷诗成为有宋一代后来诗人孜孜以求的典范。黄庭坚以作诗达到修身的目的,是将写作作为“知”,而修身作为“行”,达到黄廉所提倡的“学问之本,在力行所闻”的境界。

四、小结

自元祐五年至元符元年的9年时间里,向来诗作高产的黄庭坚却迎来一个罕见的创作低潮期,然而他的诗歌理论却又在这一时期得到集中而详尽的阐发。前人已经注意到黄庭坚诗歌创作的阶段性特征,但仍有必要还原历史场景,探寻黄庭坚这一时期创作低潮的原因。客观原因包括母亲去世，自身患病，与苏轼等诗友的分隔，这些使他在一定程度上失去了诗歌创作的兴趣。然而更为关键的主观原因确是黄庭坚自登科以来日渐坚定的诗歌创作态度，亦即“诗非苦思不可为”，因此在他自觉精力无法支撑“苦思”时，他主动选择了中止创作。

在“绝不作诗”的时间里，黄庭坚的日常生活摆脱了长期以来公务的烦劳，得以全身心地投入到读书中来。他“刻意读书”，并尽量避免过多的社会活动，这就为反思前半生的诗歌创作从而提出成熟的诗歌理论提供了可能。在这长达九年的时间里，他阅读的书目、书籍的来源、书籍的物质载体乃至版本信息等都值得深入探讨。从阅读书目来看，除了常见书和经典书，他还阅读了一些罕见甚至今已亡佚的佛教书籍；从书籍的来源来看，家藏、友人相赠、向藏书家借阅、随身携带等是其主要获取书籍的途径；他所读之书以纸本为主，不乏苏轼、王安石等当代诗人的诗集刻本，另外还有一些书法作品、石刻铭文等。他还将个人的读书经验以书信的形式传授给子侄外甥等后学，其中最为黄庭坚所强调的就是积累式读书法，以定时或定量的方式计日程功，既不能囫囵吞枣，又杜绝一曝十寒。两《汉书》是黄庭坚最熟悉也是最重要的书籍之一。

从阅读实践出发，黄庭坚提出了以读书为核心的山谷诗论。他在这一时期所集中阐释出来的诗歌理论是一个整体，前人多将其割裂开来，强调其诗歌技法上“点铁成金”“无一字无来处”、追求奇特诗风等主张，却忽视他对“淳厚”诗风的强调。黄庭坚的诗歌理论植根于儒家诗教观，强调诗歌创作应以表达性情为第一要务，要以“诗之美”为追求而不能以诗骂坐。这一诗论不仅是对儒家诗教观的继承，更是对北宋士风的革新，他希望通过诗歌创作的温柔敦厚促进社会风俗特别是士人风气的改善。为了能够实现诗歌创作对个人修养的促进，他一再提出作诗要以追配古人为至高境界，最佳途径就是多读李、杜、韩诗，同时还要以六经灌溉诗歌。由于入蜀之后跟随黄庭坚学习作诗的士人越来越多，他不仅对后学倾囊相授，更在教育学生时把诗论贯彻到实践中。这是作为北宋士人脊梁的黄庭坚对革新士风、以诗歌创作匡正时弊的担当，彰显着北宋士大夫对于家国勇于任事的时代精神。

（长沙理工大学文学与新闻传播学院）

金代《诗经》学中的诗学思想

李金钉

内容摘要：金人的诗学思想受《诗经》影响较大，金人明确主张学习《诗经》，认为《诗经》乃是“元气”的来源，由此而批判浮艳诗风、主张恢复“风雅”精神。因而金人一方面以唐人为指归，注重学习杜甫与白居易，一方面批判江西诗派“以句法绳人”、剽窃模拟及时人“师古而不得古”的现象。批判的同时，金人借《诗经》来论述自己的诗学观点：王若虚主张辞达理顺，出于自得；李纯甫主张诗无定体、惟意所适；元好问主张“修辞立其诚”，推崇“诗教说”。金人普遍认为诗文之意当以明王道、辅教化为主，主张发扬《毛诗序》的教化理论，丘处机、尹志平等道教中人亦持此论。金人还重视宋代道学家的《诗》学和诗学观点，主张作诗“不离文字、不在文字”，吟咏情性、经世致用。金人论《诗》体现出一定的理性创造精神，亦是其寻找风雅正脉以为自身正名之反映。

关键词：金代；诗经；批判；风雅；道学家；诗学思想

The Poetic Thought in the Study of *The Book of Songs* in Jin Dynasty

Li Jin-ding

Abstract: The poetic thought of the Jin Dynasty was greatly influenced by *The Book of Songs*. The scholars of the Jin Dynasty clearly advocated studying *The Book of Songs*, thinking that it was the source of "vitality", so it criticizes the flamboyant poetic style and advocates restoring the spirit of Feng Ya. Therefore, on the one hand, the scholars of the Jin Dynasty studied the poets of the Tang Dynasty, and paid attention to studying Du Fu and Bai Juyi. On the other hand, they criticized the Jiangxi poetic school for "Constrain people with syntax", plagiarism simulation and criticize the people who are "learn the ancient but don't get the ancient essence". At the same time of criticism, the literati of the Jin Dynasty used *The Book of Songs* to discuss their own poetic theories: Wang Ruoxu advocated that poetry should be bowed to straighten out and based on self-think, Li Chunfu advocated the poetry has no definite form and it should be "focusing on thought", Yuan Haowen advocated "rhetoric to establish sincerity" and praised "confucian traditional preaches". The literati of the Jin Dynasty generally believed that poetry and prose mainly advocated Wang Dao and assisted enlightenment, and advocated to carry forward the enlightenment theory of the Great Preface to *The Book of Songs*, even Qiuchuji, Yin Zhiping and other Taoists were so. In addition, The literati of the Jin Dynasty also attached importance to the study of *The Book of Songs* and and poetic views of moralist in Song Dynasty. They advocated to write a poem "do not leave the text, do not stay in the text", singing about people's emotions and practical use. In short, the Jin Dynasty literati discussed *The Book of Songs* reflecting a certain spirit of innovation and creativity. It is also a reflection of the Jin Dynasty literati's search for

Feng Ya to justify themselves.

Keywords: Jin Dynasty; *The Book of Songs*; criticize; Feng Ya; moralis; poetic thought

金代虽由女真族所建，并未统一全国，历时不到一百二十年(1115—1234)，然而却有自身的文学特色，并涌现出了赵秉文、李纯甫、王若虚、元好问等文学批评家，对后世之影响不可忽视。朱东润先生曾说："靖康之后，女真入主中原，文物之盛，自非契丹之远据边陲者可比。及其晚季，诗人如李汾、元好问，皆雄肆瑰丽，其气势之伟岸，有非南宋诸人可及者。"[①]因而金代诗文批评同样值得重视。翁方纲《石洲诗话》指出："程学盛于南，苏学盛于北。"[②]受此观点影响，当代学者在研究金代诗学时多关注苏轼、黄庭坚和北宋诗风对金代诗坛的影响，较少关注《诗经》对金人诗学思想的影响。《金史·文艺传》载："金初未有文字。世祖以来，渐立条教。太祖既兴，得辽旧人用之，使介往复，其言已文。太宗继统，乃行选举之法，及伐宋，取汴经籍图，宋士多归之。熙宗款谒先圣，北面如弟子礼。世宗、章宗之世，儒风丕变，庠序日盛，士由科第位至宰辅者接踵。当时儒者虽无专门名家之学，然而朝廷典策、邻国书命，粲然有可观者矣。"[③]《四库提要》载："宋自南渡以后，议论多而事功少，道学盛而文章衰。中原文献，实并入于金。"[④]《金史·世宗纪》载："上谓宰臣曰：'朕所以令译《五经》者，正欲女直人知仁义道德所在耳！'命颁行之。"[⑤]同时金代也将《诗经》作为科举的命题范围，《金史·选举一》载："凡经，《易》则用王弼、韩康伯注……《诗》用毛苌注、郑玄笺……正隆元年，命以《五经》《三史》正文内出题，始定为三年一辟。"[⑥]可知金代很多文人由宋

① 朱东润《中国文学批评史大纲》，上海古籍出版社，2001年，第207页。

② 翁方纲《石洲诗话》，人民文学出版社，1984年，第153页。

③ 脱脱等《金史》，中华书局，1975年，第2713页。

④ 永瑢等《四库全书总目》，中华书局，1965年，第1725页。

⑤ 脱脱等《金史》，中华书局，1975年，第184—185页。

⑥ 脱脱等《金史》，中华书局，1975年，第1131—1135页。

入金，加之金代上层想要学习汉民族的先进文化，儒家经典实对金代产生了重要影响，故而对金人的《诗经》学与其诗学思想关系之考察实属必要。

一、主张《骚》《雅》非君谁：以《诗经》为学习对象的基本诗学观念

自孔子将《诗经》作为教材起，尤其是汉代今文和古文经学确立以后，《诗经》对后世的影响更加深远，成为后人学诗作诗的主要模仿对象之一。在金代，文人也都承认《诗经》为中国诗歌之源头，明确主张将《诗经》作为学习的对象。如白贲《客有求观予孝经传者，感而赋诗》有诗句："君看六艺学，天葩吐奇芬。诗书分体制，礼乐造乾坤。……君如不我鄙，时来对炉薰。"[①]诗作非为专门探讨学《诗》，然却包含重视学习《诗经》之意，"君如不我鄙，时来对炉薰"则是希望客人常来与之切磋琢磨。又如秦略《赠赵宜之》：

> 年时见君《行路难》，喜于长安新得官。日来见君《邻妇哭》，惊似蓝田寻得玉。爱官爱玉乐有涯，爱君之诗无尽期。古人骨冷不复作，主张《骚》《雅》非君谁。[②]

所谓"主张《骚》《雅》非君谁"的"雅"即是《诗经》，秦略不仅鼓励赵宜之去学习《诗经》，更是主张他像前人创作《行路难》《邻妇哭》那样模仿《诗经》进行新的创作。

为何金人主张将《诗经》作为学习的对象呢？其原因不仅在于实际创作层面的需要，更重要的乃是学习《诗经》的"风雅"精神。

二、风雅久不作，日觉元气死：批判浮艳诗风，主张恢复《诗经》"风雅"精神

金代中叶，社会由盛转衰，世风日下，诗风也逐渐走向浮艳。刘

---

① 薛瑞兆、郭明志编纂《全金诗》，南开大学出版社，1995年，第117页。

② 薛瑞兆、郭明志编纂《全金诗》，南开大学出版社，1995年，第520页。

祁《归潜志》载："章宗聪慧，有父风，属文为学，崇尚儒雅，故一时名士辈出。大臣执政，多有文采学问可取，能吏直臣皆得显用，政令修举，文治烂然，金朝之盛极矣。然学文止于词章，不知讲明经术为保国保民之道，以图基祚久长。又颇好浮侈，崇建宫阙，外戚小人多预政，且无志圣贤高蹈，阴尚夷风；大臣惟知奉承，不敢逆其所好，故上下皆无维持长世之策，安乐一时，此所以启大安、贞祐之弱也。"[①]刘祁又说："明昌、承安间，作诗者尚尖新，故张翥仲扬由布衣有名，召用。其诗大抵皆浮艳语。"[②]杨奂也指出："金大定中，君臣上下以淳德相尚，学校自京师达于郡国事，专事经术教育，故士大夫之学少华而多实；明昌以后，朝野无事，侈糜成风，喜歌诗，故士大夫之学多华而少实，上病，其然也。"[③]故而这种虚浮之状引起了部分文人的不满，他们一方面在诗歌中对这种浮艳的诗风进行批判，另一方面阐述自己的观点以破除这种不良风气，而追求的目标乃是恢复《诗经》的"风雅"精神。所谓"风雅"精神，它有两方面的特点："一是重视情真，论文重实，论诗主情，提倡真情实感，有为而作，所作有益于政教；另一方面是主于雅正，必以弘扬王者之政为雅，以合乎封建伦理纲常为正，不同于此者则为变，申正而绌变。"[④]在金代，文人所追求的"风雅"精神则主要是注重诗歌的真情实感，主张诗作出于自得、关注现实，且有益于政教。如麻九畴《元裕之以山游见招，兼以诗四首为寄，因以山中之意仍其韵》：

国风久已熄，如火不再然。流为玉台咏，铅粉娇华年。政须洗妖冶，八骏踏芝田。青苔明月露，碧树凉风天。尘土一一尽，象纬昭昭悬。寂寥抱玉辨，争竞摇尾怜。幸有元公

① 刘祁撰，崔文印点校《归潜志》，中华书局，1983年，第136页。

② 刘祁撰，崔文印点校《归潜志》，中华书局，1983年，第85页。

③ 杨奂撰，魏崇武等校点《杨奂集》，吉林文史出版社，2010年，第279页。

④ 顾易生、蒋凡、刘明今《中国文学批评通史・宋金元卷》，上海古籍出版社，1996年，第827页。

子，不为常语牵。[①]

他批判了以《玉台新咏》为代表的南朝铅华妖冶的诗歌给金代诗风带来不良影响，要将这种诗风像扫尘土一样清除干净，希望元好问"不为常语牵"，即不受当时不良诗风之影响，能够恢复《国风》注重现实的精神。

而元好问也批判了其时不良诗风，《别李周卿三首·其二》云："风雅久不作，日觉元气死。诗中柱天手，功自断鳌始。《古诗十九首》，建安六七子。中间陶与谢，下逮韦、柳止。诗人玉为骨，往往堕尘滓。衣冠语俳优，正可作婢使。望君清庙瑟，一洗筝笛耳。"[②]他认为《诗经》乃是"元气"的来源，无"风雅"精神则无元气，希望李周卿扫除"筝笛"声，恢复清庙瑟，即以《诗经》为代表的雅音，意即恢复"风雅"精神。另外周昂、赵秉文、李纯甫、王若虚等人，也都提出了该主张。如周昂《继人韵》："高兴秋方逸，幽居晚见过。欢交宁厌数，诗好不论多。五字含风雅，千篇费琢磨。自知才力拙，相报欲如何。"[③]

众人批判其时诗风与主张恢复"风雅"精神，主要表现于以下几点之中：

（一）学者之得唐人为指归也

金人认为唐诗继承了《诗经》的风雅精神，学唐诗与学《诗经》并不矛盾。赵秉文《答李天英书》云："足下以唐宋诗人得处，虽能免俗，殊乏风雅，过矣！所谓近风雅，岂规规然如晋宋词人，蹈袭用一律耶？……故为文……为诗当师《三百篇》《离骚》《文选》《古诗十九首》，下及李杜……尽得诸人所长，然后卓然自成一家。非有意于专师古人也，亦非有意于专摈古人也。自书契以来，未有摈古人而独立者。"[④]在赵秉文看来，唐诗并不乏风雅精神，是可以像《诗经》一样加

① 薛瑞兆、郭明志编纂《全金诗》，南开大学出版社，1995年，第362页。

② 元好问撰，周烈孙、王斌校注《元遗山文集校补》，巴蜀书社，2012年，第57页。

③ 薛瑞兆、郭明志编纂《全金诗》，南开大学出版社，1995年，第227页。

④ 赵秉文著，马振君整理《赵秉文集》，黑龙江大学出版社，2014年，第376—377页。

以学习的，唐诗很重要的一点在于不像晋宋诗那样“蹈袭用一律”。因此，金代形成了“以唐人为指归的诗学宗尚”①。

对唐人唐诗的学习，金人认为杜甫和白居易最得“风雅”精神，应该是重点学习的对象。如王若虚《滹南诗话》云：“唐子西云：‘六经已后便有司马迁，《三百篇》已后便有杜子美，故学文当学司马迁，学诗当学杜子美。’其论杜子美，吾不敢知。至谓“六经已后便有司马迁”，谈何容易哉？自古文士过于迁者何限，而独及此人乎？迁虽气质近古，以绳准律之，殆百孔千疮，而谓学者专当取法，过矣。”②他对唐子西认为司马迁是六经后作文最好而应当师法之的观点不认可，但对《诗经》以后杜甫是作诗最好之人则不反驳，亦即默认了杜甫的地位。除王若虚外，元好问《小亨集序》更是直接提出了向唐人学习，他说：“幸矣！学者之得唐人为指归也。”③而且元好问还作有《杜诗学引》，更可见其对杜甫的重视。

当然，白居易也是金人重点学习的对象。元好问在《刘西岩汲》小传中说：“比读刘西岩诗，质而不野，清而不寒，简而有理，澹而有味，盖学乐天而酷似之。观其为人，必傲世而自重者。颇喜浮屠，邃于性理之说，凡一篇一咏，必有深意。能道退居之乐，皆诗人之自得，不为后世论议所夺，真豪杰之士也。”④此即明确指出刘汲学习白居易。同时元好问也在《滹南诗老辛愿》小传中说：“愿，字敬之……年二十五始知读书，取《白氏讽谏集》自试，一日便能背诵，乃聚书环堵中读之。《书》至《伊训》，《诗》至《河广》，颇若有所省，欲罢不能，因更致力焉。音义有不通者，搜访百至，必通而后已。”⑤他指出辛愿不仅学习《诗》《书》，更学习白居易的《白氏讽谏集》。当然，除了二人之

---

① 詹杭伦《金代文学思想史》，成都科技大学出版社，1990 年，第 214 页。

② 王若虚撰，胡传志、李定乾校注《滹南遗老集校注》，辽海出版社，2006 年，第 385 页。

③ 元好问撰，周烈孙、王斌校注《元遗山文集校补》，巴蜀书社，2012 年，第 1244 页。

④ 元好问编，张静校注《中州集校注》第二册，中华书局，2018 年，第 384 页。

⑤ 元好问编，张静校注《中州集校注》第八册，中华书局，2018 年，第 2459 页。

外,"王若虚在诗歌创作上也是师法白居易的"①。金人之所以重点学习杜甫和白居易,不仅因二人有诗法可依,更因二人都继承了《诗经》关注现实的精神。杜甫《戏为六绝句》提出"别裁伪体亲风雅,转益多师是吾师"②,这点对后世影响较深,金代也不例外。罗宗强先生指出:"杜甫诗的重要艺术渊源,是《诗》的传统,叙事夹以议论,有如《小雅》,兴有如《国风》。就其表现手法而言,倾向于写实,此亦《诗》之传统。杜甫自己也是把《诗》的传统作为自己创作所遵循的主要原则的。"③可见杜甫这种关注现实的精神对金人有很大影响。白居易《与元九书》云:"人之文《六经》首之。就《六经》言,《诗》又首之。何者?圣人感人心而天下和平。感人心者,莫先乎情,莫始乎言,莫切乎声,莫深乎义。……未有声入而不应、情交而不感者……文章合为时而著,歌诗合为事而作。"④他又在《寄唐生》一诗中提出"惟歌生民病,愿得天子知"⑤,由此可见白居易不仅强调《诗经》反映现实的精神,更直接创作《新乐府》等批判时事的讽谕诗,因而也可以说是对"风雅"精神的传承。朱东润先生说:"居易之论主于风雅,而且所谓风雅者,不外于教化。"⑥郭绍虞先生亦曾如此评价白居易:"他欲人知诗书之旨,识礼乐之情,能得如此则诗乐为一,而诗乐之作用以彰。这种见解,正是后来道学家所竭力主张的。"⑦所以,白居易同杜甫一样,都是金人重点学习的对象。

(二)批判江西诗派和时人"师古而不得古"现象,以《诗经》来论证自己的诗学观点

王若虚、元好问等人之所以呼吁文人学习《诗经》和唐诗,除批判

---

① 詹杭伦《金代文学思想史》,成都科技大学出版社,1990年,第206页。
② 杜甫著,仇兆鳌注《杜诗详注》,中华书局,1979年,第901页。
③ 罗宗强《隋唐五代文学思想史》,中华书局,2016年,第149页。
④ 白居易著,朱金城笺校《白居易集笺校》,上海古籍出版社,1988年,第2790页。
⑤ 白居易著,朱金城笺校《白居易集笺校》,上海古籍出版社,1988年,第43页。
⑥ 朱东润《中国文学批评史大纲》,上海古籍出版社,2001年,第98页。
⑦ 郭绍虞《中国文学批评史》,百花文艺出版社,1999年,第196页。

浮艳的诗风外，更是对江西诗派和其时文人之“师古而不得古”表达不满。金代后期很多人学习《诗经》，刘祁指出：“南渡后，文风一变：文多学奇古、诗多学风雅。由赵闲闲、李屏山倡之。”[①]然而很多人对《诗经》的学习并不到位，故而引起王若虚、元好问等人的不满。然而，每个人主张的侧重点却有不同，下文将分别论述之。

1. 王若虚：辞达理顺，出于自得

王若虚《滹南诗话》云：

> 古之诗人，虽趣尚不同，体制不一，要皆出于自得。至其辞达理顺，皆足以名家，何尝有以句法绳人者。鲁直开口论句法，此便是不及古人处。而门徒亲党以衣钵相传，号称法嗣，岂诗之直便也哉？近岁诸公，以作诗自名者甚众，然往往持论太高，开口辄以《三百篇》《十九首》为准。六朝而下，渐不满意。至宋人殆不齿矣。此固知本之说，然世间万变，皆与古不同，何独文章而可以一律限之乎？就使后人所作，可到《三百篇》，亦不肯悉安于是矣。何者，滑稽自喜，出奇巧以相夸，人情固有不能已焉者。宋人之诗，虽大体衰於前古，要亦有以自立，不必尽居其后也。遂鄙薄而不道，不已甚乎？少陵以文章为小技，程氏以诗为闲言语。然则凡辞达理顺，无可瑕疵者，皆在所取可也。其余优劣，何足多较哉？[②]

在王若虚看来，黄庭坚和和其门徒亲党为代表的江西诗派论“句法”实是不及古人，根本不懂诗“皆出于自得”的道理，作诗只需要辞达理顺就足以名家，而不需要受句法的束缚。同时他也不满意当时的文人“持论太高”的情形，动不动以《诗经》为标准，然而却不知道世间一切皆变的道理。虽然需要学习《诗三百》，但是不应安于《诗三百》，《诗三百》实也出于自得，因此要学会变通，而不是处处讲究句法。

---

① 刘祁撰，崔文印点校《归潜志》，中华书局，1983 年，第 85 页。

② 王若虚撰，胡传志、李定乾校注《滹南遗老集校注》，辽海出版社，2006 年，第 477 页。

《滹南诗话》又云：

> 《唐子西文录》云："古之作者，初无意于造语，所谓因事陈辞，老杜《北征》一篇，直纪行役耳，忽云'或红如丹砂，或黑如点漆。雨露之所濡，甘苦齐结实'，此类是也。文章即如人作家书乃是。"慵夫曰："子西谈何容易，工部之诗，工巧精深者，何可胜数，而摘其一二，遂以为训哉？正如冷斋言乐天诗必使老妪尽解也。夫《三百篇》中亦有如家书及老妪能解者，而可谓其尽然乎？"……盖喜为高论而不本于中者，未有不自相矛盾也。退之曰："文无难易，唯其是耳。"岂复有病哉？[①]

此段话中，王若虚仍然强调作诗要因事陈辞、出于自得即可，赞同韩愈"文无难易，唯其是耳"的观点，主张不刻意造语，批评"喜为高论而不本于中者，未有不自相矛盾"的现象。

2. 李纯甫：诗无定体、惟意所适，批判江西诗派之"模影剽窜"

李纯甫论《诗》之语主要见于元好问所编之《中州集》中的《刘西岩汲》小传中：

> 汲字伯深……有《西岩集》传于家。屏山为作序云："人心不同如面，其心之声发而为言。言中理谓之文，文而有节谓之诗。然则诗者，文之变也，岂有定体哉？故《三百篇》，什无定章，章无定句，句无定字，字无定音。大小长短，险易轻重，惟意所适。虽役夫室妾悲愤感激之语，与圣贤相杂而无愧，亦各言其志也已矣，何后世议论之不公耶。"……黄鲁直天资峭拔，摆出翰墨畦径，以俗为雅，以故为新，不犯正位，如参禅着末后句为具眼。江西诸君子，翕然推重，别为一派。高者雕镌尖刻，下者模影剽窜。[②]

由此可知，李纯甫首先强调了诗之变，认为诗无定体，就《三百篇》而

---

① 王若虚撰，胡传志、李定乾校注《滹南遗老集校注》，辽海出版社，2006年，第450页。

② 元好问编，张静校注《中州集校注》第二册，中华书局，2018年，第383页。

言，也是惟意所适，各言其志。虽然他肯定黄庭坚“天资峭拔”，其创作虽“以俗为雅，以故为新”却“不犯正位”，达到了融会贯通、了无痕迹的自由境地，但同时他又批判了江西诗派的部分诗人，“高者雕镌尖刻，下者模影剽窜”，这些人受黄庭坚“以俗为雅，以故为新”的影响，作诗之时显然没能做到出于己意，因而不符合《诗经》的“惟意所适”。胡晓明先生曾指出宋代为“尚意的诗观”，主要表现为“以故为新”和“由法入妙”。[①] 在对江西诗派的分析中，又指出：“一言以蔽之，皆强调知性功夫，以使诗之规律技巧烂熟于心，了然于手，达到‘信手拈出皆成章’的精纯境地。”[②]诚如所言，江西诗派追求的目标很高，然而在实际创作中部分诗人却堕入了剽窃模拟的境地，无法“惟意所适”，因而李纯甫对江西诗人的这种做法进行了批驳。但正如其所分析的，江西诗人的这种做法为宋人“尚意”的表现，而“尚意诗观所包含之自由精神，即后代诗学进程中极重要之思想因子”[③]。可以说这种思想也影响了李纯甫，因而他以《诗经》为武器，转而攻击江西诗派，某种程度上可以说是用宋人的思想来批判宋人，具有一定的反思精神。

3. 元好问：“修辞立其诚”，推崇“风雅正体”与温柔敦厚的“诗教说”

同王若虚、李纯甫等人一样，元好问也对江西诗派和时人“师古而不得古”的现象表达不满，其《论诗三十首》云：“汉谣魏什久纷纭，正体无人与细论。谁是诗中疏凿手？暂教泾渭各清浑……曲学虚荒小说欺，俳谐怒骂岂诗宜？今人合笑古人拙，除却雅言都不知……古雅难将子美亲，精纯全失义山真。论诗宁下涪翁拜，未作江西社里人。”[④]元好问明确提出推崇风雅正体，而且批判了当时文人俳谐怒骂

① 胡晓明《中国诗学之精神》，江西人民出版社，2001年，第133—145页。

② 胡晓明《中国诗学之精神》，江西人民出版社，2001年，第147页。

③ 胡晓明《中国诗学之精神》，江西人民出版社，2001年，第161页。

④ 元好问撰，周烈孙、王斌校注《元遗山文集校补》，巴蜀书社，2012年，第479—482页。

的不良诗风，而且对江西诗派“抱着鄙夷的态度，不屑步他们的后尘”①。其《溥南诗老辛愿》小传云：

> 南渡以来，诗学为盛，后生辈一弄笔墨，岸然以风雅自名，高自标置，转相贩卖，少遭指擿，终死为敌。一时主文盟者又皆泛爱多可，坐受愚弄，不为裁抑，且以激昂张大之语从谀之，至比为曹、刘、沈、谢者，肩摩而踵接，李、杜而下不论也。②

他指出了当时文人师古的诗学盛况，然对当时“以风雅自名”的后生辈却颇为不满，认为他们师古不仅没有找到风雅正体，反而“高自标置，转相贩卖”，主文盟者也未对这种不良局面进行扭转，这令他很不满意，因而他主张要正确地学习《诗经》。其《杨叔能小亨集引》云：

> 诗与文，特言语之别称耳，有所记述之谓文，吟咏情性之谓诗，其为言语则一也。唐诗所以絶出于《三百篇》之后者，知本焉尔矣。何谓本，诚是也。古圣贤道德言语布在方策者多矣，且以“弗虑胡获，弗为胡成”，“无有作好，无有作恶”，“朴虽小，天下莫敢臣”较之与“祈年孔夙，方社不莫”，“敬共明神，宜无悔怒”何异？但篇题句读不同而已。故由心而诚，由诚而言，由言而诗也，三者相为一。情动于中而形于言，言发乎迩而见乎远，同声相应，同气相求，虽小夫贱妇，孤臣孽子之感讽，皆可以厚人伦，美教化，无他道也。
>
> 故曰：不诚无物。夫惟不诚，故言无所主，心口别为二物，物我邈其千里。漠然而往，悠然而来，人之听之，若春风之过焉耳，其欲动天地，感神鬼难矣。其是之谓本。唐人之诗，其知本乎？何温柔敦厚藹然仁义之言之多也？……幸矣，学者之得唐人为指归也。③

---

① 郭绍虞、王文生《中国历代文论选》第二册，上海古籍出版社，2001年，第460页。
② 元好问编，张静校注《中州集校注》第八），中华书局，2018年，第2461页。
③ 元好问撰，周烈孙、王斌校注《元遗山文集校补》，巴蜀书社，2012年，第1244页。

由此可知他继承了儒家的“诗言志”论，认为诗的本质是吟咏情性，主张“修辞立其诚”，唐诗和《诗经》之所以成为千百年来的经典，乃是因为知本，这本就是“诚”，只有诚才能“动天地、感鬼神”，所以要作诗要从心出发，讲究情感，做到心、言合一。同时，他又重申儒家诗教理论，“情动于中而形于言”“厚人伦、美教化”“动天地，感神鬼”等语句皆出自《诗大序》，“发乎迩而见乎远”与“同声相应，同气相求”出自《周易》，“温柔敦厚”出自《礼记》，而这些都是儒家的经典，是对儒家的“诗言志”和“温柔敦厚教化说”的直接发扬。元好问不仅于《小亨集引》中表达此观点，其在《陶然集诗序》与《新轩乐府引》中亦有此观点，其《陶然集诗序》云：

> 飞卿于海内诗人，独以予为知己，故以集引见托。或病吾飞卿追琢功夫太过者，予释之曰：“诗之极致，可以动天地、感鬼神，故传之师、本之经、真积之力久而有不能复古者。自‘匪我愆期，子无良媒’、‘自伯之东，首如飞蓬’、‘爱而不见，搔首踟蹰’、‘既见复关，载笑载言’之什观之，皆以小夫贱妇满心而发，肆口而成，见取于采诗之官；而圣人删诗、亦不敢尽废。后世虽传之师，本之经、真积力久而不能至焉者，何古今难易不相侔之如是邪！盖秦以前，民俗醇厚，去先王之泽未远。质胜则野，故肆口成文，不害为合理。使今世小夫贱妇，满心而发，肆口而成，适足以污简牍；尚可辱采诗官之求取邪？”①

其《新轩乐府引》云：

> 《诗三百》所载小夫贱妇幽忧无聊赖之语，时猝为外物感触，满心而发，肆口而成者尔。②

在这两段话中，可以看出元好问不仅认同采诗说与删诗说，更重要的乃是强调承自《毛诗序》的教化理论与“诗言志”说（情、志是合一的）。

---

① 元好问撰，周烈孙、王斌校注《元遗山文集校补》，巴蜀书社，2012年，第1256页。

② 元好问撰，周烈孙、王斌校注《元遗山文集校补》，巴蜀书社，2012年，第1248页。

他认为《诗经》中的很多诗句乃是小夫贱妇“满心而发，肆口而成”，这是“诗言志”的表现，而“动天地、感鬼神”与“秦以前，民俗醇厚，去先王之泽未远”乃是诗的教化作用的体现，正是因为如此，小民受到教化有了一定的素养，民风淳朴，其所言之诗也就能够被采了，而今世的小民却不行，皆是因世风日下，儒家诗教理论没有被很好贯彻实行的原因。也正是如此，元好问才力主恢复儒家的“风雅”精神。

4. 郭邦彦：遍读萧氏《选》，不见真性情，至今《三百篇》，殷殷金石声

与元好问观点类似的是郭邦彦，他的《诗》论主要见于《读毛诗》一诗：

> 含气有喜怒，触物无不鸣。天机泄鸟迹，文字从此生。谁言土苇器，声合天地清。朴坏牺氏瑟，巧露娲皇笙。末流不可障，声律随合并。遍读萧氏《选》，不见真性情。怨刺杂讥骂，名曰《离骚》经。颂美献谄谀，是谓之罘铭。诗道初不然，自是时代更。秦火烧不死，此物如有灵。至今《三百篇》，殷殷金石声。汉儒各名家，辩口剧分争。康成独麾戈，诸儒约连衡。祭酒最后出，千古老成精。我欲读《尔雅》，不辨螯蟹名。尚怜沈谢辈，满箧月露形。孔徒凡几人，入室无长卿。三子论性命，举世为讥评。白首草《太玄》，才得覆酱罂。不如匡鼎说，愈笑人愈听。①

郭邦彦在诗中表达了对怨刺杂讥骂、阿谀颂美、满箧月露的不满，“遍读萧氏《选》，不见真性情”，可见他主张的是诗歌要抒发真性情，且要符合儒家“温柔敦厚的讽喻说”，所以《诗经》至今“殷殷金石声”，原因就在于《诗经》的乃是“触物而鸣”的，抒发的是真情实感。他的这种主张也是针对当时文人不能抒发真性情的浮艳诗风而发，具有一定的批判意义。

除了元好问、郭邦彦等人外，也有人继承了司马迁的“发愤著书”

---

① 薛瑞兆、郭明志编纂《全金诗》，南开大学出版社，1995年，第457—458页。

说，如李汾《感遇述史杂诗五十首引》云："缅维先哲，凡所以进退出处之际，穷达荣辱之分，立身行道，建功立事，关诸人事者，窃有所感焉。于是始自骚人屈平以来，下逮汉、晋、隋、唐诸公，终之以远祖雁门赞皇，作为《述史》诗五十首，以自慰其羁旅流落之怀。述近代则恐涉时事，故断自唐，以下不论。呜呼，《三百篇》大抵皆圣贤感愤之所为作也。"①他主张司马迁的"发愤著书"说其实与发扬《诗经》的风雅精神并不矛盾，因为"发愤著书"本来就与诗之兴、怨一致的，与"诗言志"更不矛盾，都包含"补察时政，泄导人情"的儒家教化精神。

三、诗文之意，当以明王道、辅教化为主："诗教说"成为时人之共识

在当时，不仅元好问主张发扬儒家"温柔敦厚"的诗教理论，其他人也有此观点。文人面临深重的社会危机与不良的诗风，都希望通过学习《诗经》和儒家的教化理论来挽救社会。刘文勇先生指出："儒家教化说的真义乃在'为天下而教化'而不是为'一家一姓'而教化，它的强固存在正是孔子教化为天下为人的理性启蒙之精神不灭的见证。"②正是儒家"为天下而教化"的理性精神赢得后世文士之推崇。如赵秉文《答李天英书》云："至于诗文之意，当以明王道、辅教化为主。六经吾师也，可以一艺名之哉？"③他明确提出要发扬儒家的教化理论，不能将诗文简单地看成一艺。又如李治《敬斋古今黈》云："大抵诗之教，主于温柔敦厚，则诗近于仁也。"④其更是直接主张"温柔敦厚"的诗教理论。钱穆先生有言："（诗）纵使其被认为乃一项极精美之文学作品，亦必仍求其能与政教有关，亦必仍求其能对政教有作用。此一要求，遂成为此下中国文学史上一传统观念。而此项观念，

---

① 元好问编，张静校注《中州集校注》第八册，中华书局，2018年，第2514页。

② 刘文勇《为天下而教化：儒家教化说之精神再检讨》，《西南大学学报（社会科学版）》2007年第4期。

③ 赵秉文著，马振君整理《赵秉文集》，黑龙江大学出版社，2014年，第377页。

④ 李治撰，刘德权点校《敬斋古今黈》，中华书局，1995年，第121页。

则正是汲源于《诗三百》。知乎此，则无怪《诗经》之永为后代文人所仰慕师法，而奉以为历久不祧之文学鼻祖矣。”[①]钱穆先生此言可谓一语中的。

值得注意的是，当时不仅一般文人有如此观点，就连道教中人也赞同儒家的诗教理论，承认诗歌的社会功用。如烟霞逸人《葆光集序》云：

> 夫《葆光集》者，即真人之所作也……或自述怀遣兴，警诫劝示……意者志之用，诗思之委也。故在心为志，发言成诗。诗之成也，不必字精句健。风骚属时之为美，美者美于德，尚于志也。志者禀於道，感而动之，托于辞；和而节之，成于文。文者奋于言，言者无罪，则思无邪也。夫正情性，明得失，主忠信，戒权谋，止强梁，守柔弱，宝慈俭，去奢泰，崇高节，美教化，真人之诗为深得之……一见此集，普愿众闻，遂募工镂板，以广其传。庶使英明之士、同器之流，览其文而知其实，悟其理而得其趣。豁然颖脱尘累，高蹈真空，名列丹台，永超生灭，真谓仁人之用心也哉。[②]

烟霞逸人所作序的《葆光集》，实为金末全真教道士尹志平之诗文集，烟霞逸人是其弟子。据此可知，则道教中人尹志平之诗“为深得之”的乃是儒家的教化理论，如“在心为志，发言成诗”“言者无罪”“思无邪”“美教化”等更是直接出自《诗大序》，这充分说明了当时儒家诗教理论的影响之大，道教徒亦认同此观点，目的在于“普愿众闻”“以广其传”即教化世人，因而烟霞逸人称集作为“仁人之用心也”。

又如胡光谦《磻溪集序》云：“嘉哉，道之聪非世之聪也，道之言非世之言也，何以征之乎？俗学者虽能鼓颊抣毫，不过歌咏情性，搜罗景物；至造理者，明天人之际，助圣贤之教，亦可与日月争悬；若夫悟

---

① 钱穆《钱宾四先生全集·中国学术思想史论丛(一)》，台北联经出版事业公司，1998年，第206页。

② 吴文治主编《辽金元诗话全编》第一册，凤凰出版社，2006年，第485—486页。

真之士，特不斯然，发无言之言，上明造化；彰无形之形，下脱死生。”[①]他虽是赞颂丘处机诗歌创作不同于俗世，然而却也同意俗世的诗教，所谓“歌咏情性”、“助圣贤之教”是也。其实，道教中人与世俗文人对现实的态度并非截然对立，徐复观先生曾指出：“儒、道两家有一共同之点，即是皆立足于现实世界之上，皆与现实世界中的人民共其呼吸，并都努力在现实世界中解决问题。道家‘虚静之心’与儒家‘仁义之心’，可以说是心体的两面，皆为人生而所固有，每一个人在现实具体生活中，经常作自由转换而不自觉。”[②]在当时宋、金、蒙对立的时代，金代也面临深重的社会危机，故而道教中人也积极关注现实，重视诗歌的社会作用，发扬“仁义之心”以助教化。

四、不离文字、不在文字：重视宋代道学家的《诗》学和诗学观点

金代文人对宋代道学家的《诗》学和诗学观点也极为推崇，并以之指导诗歌创作。如杨宏道《送赵仁甫序》云：

> 隋唐而下，更以诗文相尚，狂放于裘马歌酒间，故文有侠气，诗杂俳语而不自知也。方且信怪奇夸大之说，谓登会稽、探禹穴，豁其胸次，得江山之助，清其心神，则诗情文思可以挟日月、薄云霄也。于戏！吟咏情性，止乎礼义。斯诗也，江山何助焉？有德者必有言，辞达而已矣。斯文也，禹穴何与焉？迨伊洛诸公乃始明。“天生烝民，有物有则”，以致其知上天之载，无声无臭，而主于静，欲一扫历代训诂词章迷放之弊，卓然特立一家之学，谓之道学。[③]

他批判隋唐以降的诗文不懂得“吟咏情性，止乎礼义”的道理，于江山无助，而“迨伊洛诸公乃始明”则表明其极为推崇以二程为代表的道

① 吴文治主编《辽金元诗话全编》第一册，凤凰出版社，2006年，第86页。

② 徐复观《中国文学精神》，上海书店出版社，2006年，第12页。

③ 杨弘道著，魏崇武等校点《杨弘道集》，吉林文史出版社，2010年，第465页。

学家，认为他们能一扫历代训诂词章迷放之弊而卓然自成一家，对《诗经》等经典的解释最为高明。杨宏道所谈主要为宋代道学家的《诗》学观点，然《诗》学与诗学实为相通，对道学家《诗》学之推崇亦伴随着对道学家诗学思想之推崇。所以杨氏主张在诗文创作上则“辞达而已矣”，需要在诗歌中弘扬“德”即可，不需要作杂俳语或怪奇夸大，这也与周敦颐的“文以载道”和程颐的“作文害道”观点较为接近。

又如刘祁《归潜志》对王郁的记载：

> 先生平日好议论……其论经学，以为宋儒见解最高，虽皆知东汉之传注，今人唯知蹈袭前人，不敢谁何，使天然之智识不具，而经世实用不宏，视东汉传注尤为甚。亦欲著书，专与宋儒商订。其论为文……其论诗，以为世人皆知作诗，而未尝有知学诗者，故其诗皆不足观。诗学当自《三百篇》始，其次《离骚》、汉、魏、六朝、唐人，近皆置之不论，盖以尖慢浮杂，无复古体。故先生之诗，必求尽古从之所长，削去后人之所短。其论诗之详皆成书。其论出处，以为仕宦本求得志，行其所知以济斯民。其或进而不能行，不若居高养豪行乐自适。不为世网所羁，颇以李白为则。[①]

刘祁记载反映了王郁推崇宋儒的经学，认为宋儒的见解最高，诗应注重经世致用之大道的观点，王郁批判世人“未尝有知学诗者”，而主张学诗仍然从《诗经》开始，目的也是关注现实，发扬风雅精神。元好问也说：“虽然，方外之学有‘为道日损’之说，又有‘学至于无学’之说；诗家亦有之。子美夔州以后，乐天香山以后，东坡海南以后，皆不烦绳削而自合，非技进于道者能之乎？诗家所以异于方外者，渠辈谈道，不在文字、不离文字；诗家圣处，不离文字、不在文字；唐贤所谓‘情性之外，不知有文字’云耳。”[②]元好问没有直接谈论道学家的诗论，然而却将张载(渠辈)论道与作诗类比，张载等人论道“不在文字、

① 刘祁撰，崔文印点校《归潜志》，中华书局，1983 年，第 24 页。

② 元好问撰，周烈孙、王斌校注《元遗山文集校补》，巴蜀书社，2012 年，第 1257 页。

不离文字”，而诗人作诗虽也“不离文字”，但却“不在文字，只见性情”，这很显然反映了当时北宋道学家对金代文人经学与诗文思想的影响。其实张载等人“以理言《诗》”，在对《诗经》阐释的时候主要侧重其对人之性情和经世致用、教化天下的作用，与欧阳修、苏辙等“疑古派”注重诗本义的阐释有一定差异，这些都对金代文人产生了一定的影响。金人推崇北宋道学家，又面临一定的社会危机，自然在诗歌创作中注重学习《诗经》的风雅精神。

五、结语

通过以上分析，可知金代中后期文人不仅诗歌创作多学《诗经》，而且在思想上也注重发扬《毛诗序》的教化理论，主张恢复儒家的“风雅”精神。这种倾向并不是简单地复古，而是如韩愈所主张的“师其意，不师其辞”[①]相似，包含革新精神，他们对《诗经》的学习并不是抄袭剽窃，而是注重自得与真情，目的亦是为了教化天下、挽救社会。金人还常引《诗》以抒发情志，如元好问《舜泉效远祖道州府君体》："舜不一井庇，下者何有焉！帝功福万世，帝泽润八埏。要与天地并，宁待一水传。《甘棠》思召伯，自是古所然。”[②]他借《甘棠》一诗表达自己对大舜的赞颂。当然，金人还追求“风雅正体”以为自身正名，且颇有与南宋分庭抗礼之意。事实上，“金末以来的文论家，都在为金代文学寻找风雅正脉而做不懈的努力”[③]。金人追求“风雅正脉”的精神也影响了后世，如元好问的弟子郝经就受其影响，力主“风雅”，其《与撖彦举论诗书》说："诗，文之至精者也。所以歌咏性情，以为风雅……三代之际，于以察安危，观治乱，知人情之好恶，风俗之美恶，以为王政之本焉，观圣人之所删定，至于今而不亡，诗之所以为诗，所以歌咏性情者，只见《三百篇》尔……斗饤排比以为工，惊吓喝喊以为工，莫不病风丧心，不复知有李、杜、苏、黄矣，又焉知三代、苏、李性情

① 韩愈著，刘真伦、岳珍校注《韩愈文集汇校笺注》，中华书局，2010年，第865页。
② 元好问撰，周烈孙、王斌校注《元遗山文集校补》，巴蜀书社，2012年，第53页。
③ 詹杭伦《金代文学思想史》，成都科技大学出版社，1990年，第310页。

风雅之作哉!”[1]这显然与元好问推崇“风雅正体”相一致。总之,金代文人论《诗》体现出金人在诗学思想方面的理性与创造精神,值得重视,正如柳诒徵先生所说:“不得谓剃头辫发者,无创造文化之力也。”[2]

(四川大学文学与新闻学院)

① 郝经著,秦雪清整理《郝文忠公陵川文集》,山西人民出版社,2006 年,第 344—345 页。

② 柳诒徵《中国文化史》,上海古籍出版社,2001 年,第 609 页。

元代“乐府”相关概念的衍变与辨析*

徐艳丽　查洪德

内容摘要：在元代文献中“乐府”一词使用频率很高，相关概念还有“古乐府”“近体乐府”“今乐府”“新乐府”等。不同人使用这些概念，往往所指不一。即使是一般认为含义确定的“古乐府”，元代不同人使用，理解也并不一致，甚至有不同前代的独特理解。元人所称“乐府”有诗、词、曲，同一文体有不同称谓，同一称谓，不同人使用可能指不同文体。元代“乐府”含义的不确定甚至混乱，给研究带来困扰，有时误用文献，出现概念性问题。深入耙梳文献，对元人使用的“乐府”及相关概念作具体辨析，厘清其含义及衍变，不仅是需要的，而且的必要的。

关键词：乐府；衍变；古乐府；今乐府；新乐府

* 基金项目：河北省研究生创新资助项目“元代新乐府的嬗变与创格”(CXZZBS2023017)。

The Evolution and Discrimination of Related Concepts of Yuefu in Yuan Dynasty

Xu YanLi　Zha Hongde

Abstract：In the literature of Yuan Dynasty，the word "Yuefu" was frequently used，and the related concepts included "Yuan Dynasty Yuefu" and "New Yuefu". These concepts often mean different things when used by different people. Even the "Ancient Yuefu"，which is generally believed to have a definite meaning，was used by different people in the Yuan Dynasty，so the understanding was inconsistent，and even different from the previous generation's unique understanding. The "Yuefu" that was called in Yuan Dynasty included poems，Ci，and Sanqu，but the specific appellation was different（Yuefu，New Yuefu，etc.）and the same style had different appellation，even different people may refer the same appellation to different styles. The meaning of "Yuefu" in Yuan Dynasty was uncertain and even chaotic，which brought troubles to the research. It is necessary to comb through the literature，make a specific analysis of the "Yuefu" used by the Yuan people and its related concepts，and clarify its meaning and evolution.

Keywords：Yuefu；development；Ancient Yuefu；Yuan Dynasty Yuefu；New Yuefu

"乐府"一词，在元代含义颇为繁杂，不论是作为诗体的乐府诗，还是词，亦或是曲，在元代文献中都称"乐府"。仅以元好问一人为例，他使用的或与他有关的"乐府"一词，就有多种含义。其《酒里五言说》一文说："晋既以诗为渠所作，故予亦就'酒里神仙我'五言，取偿于晋，作乐府一篇。"[①]这句中的"乐府"当然是指乐府诗。他编有

① 元好问著，姚奠中主编《元好问全集》下册，山西人民出版社，1990年，第86页。

《中州乐府》，书中蔡松年小传云："百年以来，乐府推伯坚与吴彦高，号'吴蔡体'。"[①]此乐府是词，他自己的词也编为《遗山乐府》。被编入《乐府新编阳春白雪》的《骤雨打新荷》，则是曲。他在《仆射陂醉归即事》诗后自注："是日招乐府不至。"[②]又其《济南行记》言："乐府皆京国之旧。"[③]这两处"乐府"又指唱乐府的歌女，是人。仅元好问一人所用及相关文献，"乐府"含义已经如此多样，如果就整个元代来说，情况就更加复杂。正如元人左克明《古乐府序》所说："于是凡其诸乐舞之有曲，与夫歌辞可以被之管弦者，通其前后，俱谓之乐府。"[④]还有"古乐府""新乐府""今乐府""今之乐府""北乐府""乐府古辞"（不同于一般理解的"古乐府"）等不同名称，同一文体有不同称谓，同一称谓，不同人使用可能指不同文体。概念的混乱势必给学术研究带来困扰，只有加以辨析，厘清不同时期、不同文献中"乐府"的具体所指，才能避免研究中的误解与误用。兹据元代文献，考察"乐府"及相关概念在元代的使用与其衍变。

一、"乐府"相关概念的转化与衍变（元早期到至元中期）

"乐府"从最初的秦代官名，到汉武帝时指"乐府"音乐机构调制下的诗歌文体，再到 1232 年蒙古破金汴京，中间跨度九百多年，乐府的概念随时代而变化。明代胡震亨《唐音癸签·乐通》中曾言："古人诗即是乐，其后诗自诗。乐府自乐府，又其后乐府是诗，乐曲方是乐府。"[⑤]其中道出了乐府的概念变迁，由诗与乐的对等，到乐与诗的分离，再有乐府与诗的等同概念，后衍化为具有音乐性可歌之诗方是乐府。具体到时代而论，先秦时期，诗即乐，汉代诗与乐府成为两个不

---

① 元好问著，张静校注《中州集校注》，中华书局，2018 年，第 109 页。
② 元好问著，姚奠中主编《元好问全集》上册，山西人民出版社，1990 年，第 199 页。
③ 元好问著，姚奠中主编《元好问全集》上册，山西人民出版社，1990 年，第 775 页。
④ 左克明编，韩宁、徐文武点校《古乐府》，中华书局，2016 年，第 9 页。
⑤ 胡震亨《唐音癸签》，上海辞书出版社，1981 年，第 174 页。

同的概念，只有歌诗才能称为乐府，到了唐代，乐府又不等同于歌诗。唐人所谓的乐府除了指国家音乐机构外还指文人歌诗及曲子词，同时还特指一种诗体，如古题乐府、白居易“新乐府”和皮日休“正乐府”等。宋人洪迈编《万首唐人绝句诗》中收有刘言史的《乐府杂词三首》，既非新旧题乐府诗，又非曲子词，但仍用“乐府”称之，大概在当时乐府是可以入乐的歌词。宋代“乐府”虽泛指所有配乐歌词，但已逐渐侧重指曲子词。元代“乐府”的概念趋于复杂化。元早期“乐府”名称主要涵盖乐府诗和曲子词两种含义，在名称上虽都用“乐府”，然实际概念范围不同。

（一）从“乐府”到“古乐府”的转化

从元代早期蒙古政权下文学活动开始，乐府诗的名称就经历了由“乐府”到“古乐府”的转变定型。如元好问在《中州集》中多次提到“乐府”，王郁传中：

> 郁字飞伯。少日作乐府《拟古别离》有“黄鹤楼高云不飞，鹦鹉洲寒星已曙”之句，人多传之。[①]

从其中的《拟古别离》题目看，可以确定这里所谓的“乐府”指的是以《古别离》为题的乐府诗。在常山周先生昂小传中：

> 作诗喜简澹，乐府尤温丽。最长于义理之学，下笔数千言，初不见其所从来。[②]

小传中论及周昂的“乐府”，从内容“最长于义理之学”，结合《中州集》中所附《中州乐府》一卷未收周昂词作的情况来看，可以确定此处元好问所谓的“乐府”即为乐府诗。以上两例可以看出元初文人在论及乐府诗时也往往用“乐府”的名称。到了元代早期不论旧题乐府或新题乐府都用“古乐府”统称，这种称谓的改变，可以追溯到郝经所处的时期，他在《遗山先生墓铭》中曰：

> 为古乐府不用古题，特出新意以写怨恩者，又百余篇。

---

① 元好问著，张静校注《中州集校注》，中华书局，2018 年，第 2060 页。

② 元好问著，张静校注《中州集校注》，中华书局，2018 年，第 864 页。

用今题为乐府，揄扬新声者，又数十百篇。①

结合郝经铭文开头点出的“岁丁巳秋九月四日，遗山先生卒于获鹿寓舍，十日，讣至，经走常山三百里……经复逮事先生者有年，义当叙而铭之”②，可知郝经写作此铭文的时间当在1257年秋。此外从《元好问全集》的收录情况看，郝经所谓的元好问的“古乐府”当指卷六元好问的50首乐府诗。郝经铭文中提到的“古乐府不用古题，特出新意”是指元好问乐府诗中除了《塞上曲》《长安少年行》两首乐府旧题之外，诸如《芳华怨》《后芳华怨》《续小娘歌》等48首新题乐府（新乐府），但从郝经“古乐府”的称谓使用来看实际上是将元好问的乐府诗统统列为“古乐府”。此时的古乐府已不仅指汉魏六朝乐府诗，而是将古今乐府诗全部包括其中。

除了以上郝经把元好问的乐府诗统称为“古乐府”，方回在乐府诗《木棉怨》序中说：

故亡国权臣，乙亥南窜，犹携所谓王生、沈生者自随，他不止是。此二生者，天下绝色也。漳州城南木棉庵既殂，二生入乌衣枢使家。丙子，谢北行。其年十月，天台破，清河万户得之，挟以俱北。庚辰正月，张卒，久乃南还，谓惯事贵人，巧伎艺、拙女功，仍愿粥为人妾。或竞窥垂涎，惟健者是归。故写之古乐府，以为世戒焉。③

方回在序中直接把这首《木棉怨》定义为“古乐府”，从诗歌内容上看，方回的这首诗写贾似道命陨木棉庵事，是即事名篇的歌行体“新乐府”诗，但方回却称之为“古乐府”。方回所谓的“古乐府”也是融合唐人所谓的旧题乐府和新乐府为一体的乐府诗的概念。此外王恽在《读五代史记作古乐府五首》组诗中就包括了旧题乐府诗《杨柳枝辞》

---

① 郝经著，张进德、田同旭校笺《郝经集编年校笺》下册，人民文学出版社，2016年，第908页。

② 郝经著，张进德、田同旭校笺《郝经集编年校笺》下册，人民文学出版社，2016年，第907页。

③ 顾嗣立《元诗选》初集上，中华书局，1987年，第205页。

和自制新题乐府诗《檀来歌》《椒兰怨》《汜水行》《刘山人歌》。

因此，元早期的"乐府"指乐府诗到至元中期所谓"古乐府"已不同于唐宋时的"古乐府"概念，不仅指汉魏乐府旧题诗，而且还包括了中唐所谓的新乐府，囊括了诸如拟民歌之类的近代曲辞体，更包括了元人自制以"歌""怨""行"为题的歌诗，元人将凡是诗体乐府，统统视之为"古乐府"。

（二）"乐府"概念之泛化与"新乐府"之辨

伴随着元代初期"古乐府"名称作为乐府诗的定型，元人"乐府"主要指曲子词，如《中州集》吴激《人月圆》后记：

> 彦高北迁后，为故宫人赋此。时宇文叔通亦赋《念奴娇》先成，而颇近鄙俚。及见彦高此作，茫然自失。是后人有求作乐府者，叔通即批云："吴郎近以乐府名天下，可往求之。"①

其中两处"乐府"均指词，而白朴在《夺锦标》序中曰：

> 《夺锦标》曲，不知始自何时，世所传者惟僧仲殊一篇而已。予每浩歌，寻绎音节，因欲效颦，恨未得佳趣耳……今遗构荒凉，庙貌不存矣。感慨之余，作乐府《青溪怨》。②

白朴序中所提到的乐府即词调为《夺锦标》的词作。此阶段"乐府"称谓蕴含着曲子词和散曲两种文体。如王恽《秋涧乐府》中《合欢曲》题中曰："乐府合欢曲，读开元遗事，去取唐人诗而为之。"③其实此首《合欢曲》乃王恽即兴创作的散曲之作。而同样是《秋涧乐府》中《点绛唇》序中其又曰："后六月二十二日，同府僚宴饮白云楼。时积雨新晴，川原四开，青障白波，非复尘境。忽治中英甫坚索鄙语，酒酣耳热，以乐府歌之。"④序中王恽称《点绛唇》词作为乐府。从以上两例看，王恽所谓"乐府"既指词作，又指词曲界限不明时的散曲之作。

---

① 元好问著，张静校注《中州集校注》，中华书局，2018 年，第 2477。

② 唐圭璋编《全金元词》，中华书局，1979 年，第 624 页。

③ 王恽著，杨亮、钟彦飞点校《王恽全集彙校》，中华书局，2013 年，第 3256 页。

④ 王恽著，杨亮、钟彦飞点校《王恽全集彙校》，中华书局，2013 年，第 3240 页。

元好问在《遗山自题乐府引》中提到"予所录《遗山新乐府》成"，可知元好问曾亲手编录词集并名为《遗山新乐府》。此词集金元旧本已无从寻觅，但据赵永源《遗山词研究》考，丁丙《善本书室藏书志》和缪荃孙《艺风藏书续记》都认为遗山原有《新乐府》和《旧乐府》，再结合《遗山乐府朱孝臧跋》："顾是编《遗山自序》亦称《新乐府》，'新'之云者，殆别乎诗中之乐府而言。"[①]由此可推知《新乐府》当是词集。此外，王恽《记梦》序曰："酒半酣，姜歌《鹧鸪曲》寿序，声甚欢亮。已而，以遗山新旧乐府为问，余曰：'旧作极佳。晚年觉词逸意宕，似返伤正气。'姜以为然……时二十五年戊子岁也。"[②]王恽和姜文卿的谈论的是遗山早年词作和晚年词作的不同，其中用到了"新乐府"和"旧乐府"的概念，可推断"新乐府""旧乐府"指其不同时期所作词。

宋代郭茂倩编撰《乐府诗集》专列"新乐府辞"，并指出："新乐府者，皆唐世之新歌也。以其辞实乐府，而未常被于声，故曰新乐府也。"[③]与白居易"新乐府"概念相比，郭茂倩所谓的"新乐府"可说是一种广义上的"新乐府"，凡唐世新歌皆称之为新乐府，诸如唐代刘猛、李余乐府《出门行》《捉捕歌》等皆列为新乐府辞，而在白居易看来则是"古乐府"，因此唐代所谓新乐府，包含广义和狭义两种概念。广义的新乐府指在内容上和形式上仿效汉魏古乐府，以"行、词、怨、曲"等旧题为题而创作的新歌诗。狭义的新乐府则是"即事名篇"的新题乐府。历经整个宋代的发展，唐代"新乐府"不论广义和狭义，到了元代都已成为"古乐府"。元初所谓"新乐府"在内容和形式上不同于乐府诗中的"新乐府"。唐人之"新乐府"是新题乐府诗，而元初所谓"新乐府"是"播于乐章"的新近之词曲。元初多把这种"新乐府"称为"新声"，即"新声"乐府，如郝经《遗山先生墓铭》称："用今题为乐府，揄扬

① 元好问著，姚奠中主编《元好问全集》，三晋出版社，2015 年，第 3240 页。

② 王恽著，杨亮、钟彦飞点校《王恽全集彙校》，中华书局，2013 年，第 2114 页。

③ 郭茂倩《乐府诗集》第四册，中华书局，1979 年，第 1262 页。

新声者，又数十百篇，皆近古所未见也。”[①]元好问的乐府“新声”是指【骤雨打新荷】【人月圆】之类的曲作，是由词到曲演化早期的散曲之作。

综上所述，元初乐府诗由“乐府”的泛称发展到“古乐府”定型，随之“乐府”又多指曲子词。元人把播之以乐的新作曲子词称之为“新乐府”。这种新作之词在音乐特点上已明显不同于唐宋旧曲，此时“新乐府”作为元人北曲新声，融合元代音乐的特点，且处于逐渐兴起阶段，散曲正依托“新乐府”而生成，但人们更多的是从音乐角度上视为“新声”，这种“新声”中夹杂的是一种新的诗体（散曲）。

二、词曲相关概念的分化与“词”称谓的确立（至元中期到延祐年间）

自1232年蒙古破金汴京，经过近50年“新声”乐府（乐府新声）在北方的发展。1279年南宋灭亡，南北统一。南北交融衍化出了不同的“乐府”名称，使不同文体“乐府”称谓逐渐趋于分化。

（一）“今之乐府”与“近体乐府”的分化

戴表元在至元十九年（1282）作《余景游乐府编序》曰[②]：“词章之体，累变而为今之乐府……《国风》《雅》《颂》，古人所以被弦歌而荐郊庙，其流而不失正，犹用之房中焉，此乐府之所由滥觞也……其为乐府者，又溢而陷于留连荒荡，杯酒狎邪之辞，故学者讳而不言，以为必有托焉。”[③]戴表元在序中指出了诗文体制由《诗经》的雅正之体到“今之乐府”的流变。戴表元所谓“今之乐府”指宋元之际复古思潮影响下的所谓“陈礼仪而不烦，舒性情而不乱，其事宁出于诗”之类的词

① 郝经著，张进德、田同旭校笺《郝经集编年校笺》下册，人民文学出版社，2016年，第908页。

② 邓子勉在《宋金元词籍文献研究》中指出《余景游乐府编序》写于至元十九年。见戴表元《剡源戴先生文集》卷九，上海古籍出版社，2008年，第75页。

③ 戴表元著，陆晓冬.黄天美点校《戴表元集》上册，浙江古籍出版社，2006年，第211页。

作，这种词作与古乐府、古风一样可以表达作者的情愫。此时的“今之乐府”与“陷于留连荒荡，杯酒狎邪”之宋词已明显不同。随后王恽在【正宫·黑漆弩】《游金山寺并序》中也提到：“而今之乐府，用力而难为工，纵使有成，未免笔墨劝淫为侠耳。渠辈年少气锐，渊源正学，不致费力于此可也。”[①]熊笃考王恽【黑漆弩】《游金山寺》作于至元二十七年(1290)十一月二日[②]，因此在名称使用上要晚于戴表元，但此时王恽所谓的“今之乐府”，从《游金山寺》的文体形式上看主要指散曲。戴表元和王恽“今之乐府”名称的不自觉使用，说明广义上兼容词曲的“乐府”概念随着时间的变化出现了分化。

随着“今之乐府”(散曲)从广义上的乐府概念中离析出来，词体乐府随之出现了“近体乐府”的称谓。“近体乐府”名称的出现最早要追溯到宋代，庆元二年(1196)，周必大于吉州校刊《欧阳文忠公集》，其中卷一三一到卷一三三共三卷列为近体乐府，自此“近体乐府”被用于词体称谓，根据施蛰存先生的推断，当时用“近体”限定词体，大概从词体流行时代特点上而言，但随着时间的推移，“近体乐府”已衍化为文体称谓，不再取其近代新创之意。考察整个宋代文献，“近体乐府”的称谓并没有被普遍使用，但到了元代，元人则沿用这一词体乐府名称。虞集在《笙鹤清音序》中提到：“近体乐府，苏子瞻以其才气为之，如神龙变化，不可测也。”[③]直到顺帝至正元年(1341)左右宋褧自编《燕石集》，卷十列绝句和近体乐府，其中所谓的近体乐府即40首词作。

“今之乐府”和“近体乐府”作为狭义上的乐府概念虽已产生，但此时广义上的“乐府”概念的使用仍占据主流，约产生于1292年的燕南芝庵在《唱论》使用了“乐府”的称谓，其曰：“成文章曰乐府，有尾声名套数，时行小令唤叶儿，套数当有乐府气味，乐府不可似套数，街市

① 王恽著，杨亮、钟彦飞点校《王恽全集彙校》，中华书局，2013年，第3214页。

② 参阅熊笃《元散曲五十六首系年考略》，《重庆师院学报(哲学社会科学版)》1988年第4期，第78—80页。

③ 李修生编《全元文》卷八二二，凤凰出版社，1998年，第146页。

小令，唱尖歌倩意。”[①]其中提到元代主要演唱形式有乐府、套数、小令三种形式。联系其中所列十首大乐，芝庵所指“乐府”从广义上而言包含乐府诗、词和北曲在内的多种音乐文学形式，但从狭义上来说其中“乐府”多指北曲乐府，其中还包含有部分民族体乐府诗，可歌之曲子词被视为“大乐”。

（二）“词”称谓的确立

施蛰存在《词学名词释义》中讲到，南宋初出现“诗余”这一名词，“诗余”名称的出现意味着曲子词从诗的领域中离析出来。南宋宁宗庆元年间（1195—1200）《草堂诗余》的大量流行，使“诗余”这一名称普遍用于曲子词。到南宋末，开始出现“词”的名称。当时长沙的出版商编刊六十家的诗余专集，绝大多数都改标集名为《××词》，例如《东坡乐府》改名为《东坡词》。元统一，南北融合后受南宋“词”名称的影响，此时曲子词也多称为“词”或“南词”，从音乐的角度上，又称词为“南乐”，例如欧阳玄有《渔家傲·南词并序》。王恽《南乡子》序云：“和干臣乐府《南乡子》，南乐言怀，中间更易两韵，盖前人用音意之例也。”[②]欧阳玄词作中用了“南词”的名称，王恽则用了“南乐”的称谓，他们所指的都是词。当用“词”称曲子词时，多从文学上而言，如果从音乐角度而论则称为“乐府”，例如当时被誉为“东南文章大家”的戴表元，在《余景游乐府编序》《王德玉乐府倡答小序》和《题陈强甫乐府》中皆用“乐府”称词。

综上所述，随着“乐府”的发展，伴随着诗歌文体的新生，元代“乐府”的内涵在不断的扩大，其中包含了诗、词、曲等不同的诗体，但“乐府”概念所指逐渐趋于分化，此阶段元人已有“乐府”概念区分的意识：在名称使用上以“古乐府”指诗体，以“词”或“近体乐府”称词，与前期不同，此时“乐府”主要用以指北曲，或称作“今之乐府”。如果单从音乐性来说，此时“乐府”这一名称同时用于具有可歌性的北曲和曲子词两种文体，而被视为“乐府”的曲子词仅限于可歌之作，那些丧

① 杨朝英编《阳春白雪》，中华书局，1957年，第3页。

② 王恽著，杨亮、钟彦飞点校《王恽全集彙校》，中华书局，2013年，第3190页。

失音乐的案头之作则被称之为“词”。这也正是清代宋翔凤所说：“宋元之间，词与曲一也。以文写之则为词，以声度之则为曲。”①宋翔凤所谓的“曲”即元人所谓的“乐府”。鉴于此，此阶段“乐府”概念呈现出模糊不清的状态，有时指词体乐府，有时偏重指北曲乐府，有时两种乐府文体又纠缠在一起。元人“乐府”称谓的模糊使用并没有影响其对乐府文体的区分，1314年杨朝英于编成的《乐府新编阳春白雪》中既收有所谓“大乐”的词体乐府，又有北曲乐府，且在编排上把两种文体明显区分开来。

三、散曲“乐府”称谓的多样化与“新乐府”之变（至治到至顺年间）

至治到至顺年间，元代乐府相关称谓多样化并存使用，就散曲而言，“大元乐府”发展到至治到至顺年间，出现了繁荣局面。此时乐府的发展阶段基本上与元散曲发展的“鼎盛期”相吻合，此时虽是元散曲的鼎盛期，但名称却并没有固定统一，称谓纷呈使用。此外元人对新声的追求，使得“新乐府”的称谓依然流行使用，但概念却不同与前期之“新乐府”。

（一）散曲之同一概念的不同称谓

“大元乐府”创作的繁荣促使了相关理论著作的出现，当时产生重大影响的是写成于泰定甲子（1324）周德清的《中原音韵》。从虞集、欧阳玄、罗宗信及周德清的序言中可以看出散曲称谓之多样：

虞集序曰：“自是北乐府出，一洗东南习俗之陋。”②

欧阳玄序曰：“高安周德清，通声音之学，工乐章之词，尝自制声韵若干部，乐府若干篇。”③

---

① 孙克强编《清代词话全编》第七册，凤凰出版社，2019年，第652页。

② 中国戏曲研究院编《中国古典戏曲论著集成》（一），中国戏剧出版社，1959年，第173页。

③ 中国戏曲研究院编《中国古典戏曲论著集成》（一），中国戏剧出版社，1959年，第174页。

周德清自序曰:“每病今之乐府有遵音调作者。”①

罗宗信序曰:“世人称唐诗、宋词、大元乐府,诚哉。”②

周德清后序曰:“(周德清)乃复叹曰:‘予作乐府三十年,未有如今日之遇宗信知某曲之非,复初知某曲之是也。”③

朱凯在至顺元年作《录鬼簿序》曰:

乐府小曲、大篇长诗,传之于人,每不遗稿,故未能就编焉。④

从上述引文可见,此阶段北曲名称之多,有“北乐府”“乐府”“今之乐府”“大元乐府”“乐府小曲”等不同的名称。首先“北乐府”名称的出现是从南北地域上界定这一诗体,经过南北乐府交融,受“北乐府”的影响,南方出现了“南曲”,如钟嗣成《录鬼簿》中关于萧德祥的记载:“凡古文俱概括为南曲,街市盛行。又有南曲戏文等。”⑤

张养浩有《云庄休居自适小乐府》,为归隐后寄傲林泉时所作的散曲,作品基本上以令曲为主,所以称为“小乐府”。这种“小乐府”是相对“大乐”而言,元人视词体乐府为“大乐”,这种能唱的“大乐”元人又称“乐章”。如刘敏中《沁园春》序云:“仲敬吾友归自曹南,万寿辰适至,喜可知也已。因忆仆前日所寄沁园春乐章,遂用其韵,俾奉觞者歌以侑欢云。”⑥与“大乐”相对的是“小曲”,所以元人又将“小乐府”称为“小曲”,如《辍耕录》关于珠帘秀的记载:“胡紫山宣慰极钟爱之,

---

① 中国戏曲研究院编《中国古典戏曲论著集成》(一),中国戏剧出版社,1959年,第175页。

② 中国戏曲研究院编《中国古典戏曲论著集成》(一),中国戏剧出版社,1959年,第177页。

③ 中国戏曲研究院编《中国古典戏曲论著集成》(一),中国戏剧出版社,1959年,第255页。

④ 钟嗣成撰,王钢校订《录鬼簿校订》,中华书局,2021年,第139页。

⑤ 钟嗣成撰,王钢校订《录鬼簿校订》,中华书局,2021年,第99页。

⑥ 唐圭璋编《全金元词》,中华书局,1979年,第757页。

曾拟【沉醉东风】小曲以赠云：‘锦织江边翠竹……’”[①]综上所述，“北乐府”“今之乐府”“大元乐府”“小乐府”“乐府小曲”都是元散曲的代名词，同一概念下有着不同的称谓。

（二）“今乐府”与“新乐府”再辨

在“大元乐府”“北乐府”“今乐府”“今之乐府”等众多的元散曲名称中，值得注意的是结集于元代的张可久散曲集的称谓，吕薇芬、杨镰在《张可久集校注》前言中指出张可久乐府在元代已盛行并结集，元末有《小山乐府》和《小山北曲联乐府》。另据毛晋《汲古阁书跋》中《张小山北曲联乐府三卷外集一卷》（旧抄本）的书跋中记载：

> 余购得元刻，据其标目云：前集《今乐府》，后集《苏堤渔唱》，续集《吴盐》，别集《新乐府》。[②]

由此可知《今乐府》《苏堤渔唱》《吴盐》《新乐府》在元代已结集并刊刻。贯云石曾为《今乐府》作序，结合贯云石作序的时间延祐己未春（1319）可以推断《今乐府》结集最早，当在1319年左右。而在至顺元年（1330）钟嗣成作《录鬼簿》时，还仅有《今乐府》《苏堤渔唱》《吴盐》三个集子行世。关于这一事实也可从钟嗣成《录鬼簿》中张可久曲的简介得知：

> 张小山，名可久。庆元人。以路吏转首领官。有《今乐府》盛行于世，又有《吴盐》《苏堤渔唱》等曲，编于隐语中。[③]

钟嗣成在至顺元年编《录鬼簿》时，仅有《今乐府》《吴盐》《苏堤渔唱》三本集子，《新乐府》应是后来编纂而成的。张可久四本散曲集的名称中“今乐府”和“新乐府”的命名具有一定的开创性意义。其中更是首次使用“今乐府”命名散曲集，并请贯云石为之写序，序曰：“余寓武林，小山以乐府示余……文丽而醇，音和而平，治世之音也，谓之‘今

① 陶宗仪撰，李梦生点校《南村辍耕录》，上海古籍出版社，2012年，第222页。

② 张可久著，吕薇芬、杨镰校注《张可久集校注》，浙江古籍出版社，2012年，第588页。

③ 钟嗣成撰，王钢校订《录鬼簿校订》，中华书局，2021年，第98页。

乐府'，宜哉！"[①]其中所谓"今乐府"只是散曲作品集的命名，而非散曲文体概念的称谓，此时散曲名称依然处于纷乱的状态。

张可久晚年所编散曲集为《新乐府》，元遗山曾自编词集谓"新乐府"，所谓"新"都应是就时间而言，是新近之作。张可久的"新乐府"，当与《今乐府》相对而言，据孙侃考，《今乐府》皆为张可久 40 岁以前之作，晚年新近之作为《新乐府》。"新乐府"之新，随着时代在变，白居易"新乐府"已划为"古乐府"之列，元遗山"新乐府"指曲子词，张可久的"新乐府"又指北曲。元末卞思义《铁笛诗寄杨廉夫》中有"仙子环佩新乐府，翰林风月旧文章"[②]，其中"新乐府"与前面三者不同，又指杨维桢"铁崖诗体"的古乐府。不论是诗或词、曲，但凡新创之作，在音乐层面上就是新曲，即"新乐府"，如虞集在《笙鹤清音序》中提到：

> 汉魏以来，列诸乐府，词气见乎文，音声协乎律，于世道盖有所系矣。近体乐府，苏子瞻以其才气为之，如神龙变化，不可测也……溥君仲渊，国人进士，适雅量于江海，其在宪府，吟啸高致，常人不足以知之。予得见其新乐府数十篇，清而善怨，丽而不矜，因其地之所遇感于事，而有发才情之所长，悉以记之。[③]

文中虞集称苏轼之词为"近体乐府"，而同样是词集的《笙鹤清音》，在虞集看来因是新近创作，故被称为"新乐府"。

伴随者"今乐府"的繁荣，散曲概念下的"乐府"名称也变得更加多样化。从文学上讲，受南宋"词"概念的影响，此阶段曲子词的名称多使用"词"或"诗余"，例如产生于此阶段除的词集虞集《道园乐府》外，皆以"词"或"诗余"命名，吴镇有《梅花道人词》，袁士元有《书林词》，可以看出元人已有词、曲文体区分的意识，但元人热衷于对新声

① 张可久著，吕薇芬、杨镰校注《张可久集校注》，浙江古籍出版社，2012 年，第 577 页。

② 杨维桢撰，邹志方点校《杨维桢诗集》，浙江古籍出版社，2010 年，第 495 页。

③ 李修生编《全元文》卷八二二，凤凰出版社，1998 年，第 146 页。

的追求，"新乐府"则成为新近之作的代名词，与文体并无关联。

四、"乐府"相关概念的相对定型（至元年间到元末）

至正辛卯春，邓子晋在《太平乐府序》中说："好事者改曲之名称以重之、而有诗词之分矣。今中州小令套数之曲、人目之曰乐府，亦重其名也。"[①]足见元人已意识到词曲概念不同，名称混淆的现象，杨维桢的《渔樵谱序》《周月湖今乐府序》《沈氏今乐府序》和《沈生乐府考》相关乐府序标志着"今乐府"概念的定型。

（一）散曲概念下"今乐府"名称的定型

杨维桢作为元末文坛领袖，在论及散曲时多次用到"今乐府"名称，如《渔樵谱序》中：

> 曰《渔樵谱》者，凡若干阕。虽出乎倚声制辞，而异乎今乐府之靡者也。[②]

此外还有《周月湖今乐府序》《沈生今乐府序》等都明确的称北曲为"今乐府"。以后人们在论及散曲时多称"今乐府"，如陶宗仪《南村辍耕录》中多用"今乐府"的名称：

> 歌儿郭氏顺时秀者，唱今乐府，其《折桂令》起句云："博山铜细袅香风"。[③]
>
> 乔梦符吉博学多能，以乐府称……此所谓乐府，乃今乐府，如《折桂令》《水仙子》之类。[④]
>
> 其尊行钱素庵者抱素，逸士也，多游名公卿间，善诗曲，有集行于世。某尝以贵富骄之，故作今乐府一阕讥警焉：【哨遍】试把贤愚穷究……[⑤]

另外孔齐在元末撰写《至正直记》中多次用到"今乐府"的称谓，如《虞

① 杨朝英编《阳春白雪》，上海古籍出版社，2007年，第3页。
② 杨维桢撰，孙小力校笺《杨维桢全集校笺》，上海古籍出版社，2019年，第1861页。
③ 陶宗仪撰，李梦生点校《南村辍耕录》，上海古籍出版社，2012年，第48页。
④ 陶宗仪撰，李梦生点校《南村辍耕录》，上海古籍出版社，2012年，第95页。
⑤ 陶宗仪撰，李梦生点校《南村辍耕录》，上海古籍出版社，2012年，第194页。

邵庵论》条：

> 虞翰林邵庵尝论一代之兴，必有一代之绝艺足称于后世者，汉之文章、唐之律诗、宋之道学，国朝之今乐府，亦开于气数音律之盛。①

此外还有《酸斋乐府》和《赵岩乐府》，分别为：

> 北庭贯云石酸斋，善今乐府，清新俊逸，为时所称。②
>
> 时有粉蝶十二枚，戏舞亭前，座客请赋今乐府，即席成普天乐前联喜春来四句云。③

“今乐府”的概念基本上确定了下来，但随着南戏在温州一带的发展，有别于中州小令的南曲也兴盛起来，这种南曲在衬字、用韵等方面与元人所谓“今乐府”不同，为了便于区别，元末依然有“北乐府”和“南曲”的概念。如陶宗仪《辍耕录》曾曰：“张明善作北乐府【水仙子·讥时】云：铺眉苫眼早三公……”④李祁《周德清乐府韵序》曰：“盖德清之所以能为此者，以其能精通中原之音，善北方乐府，故能审声以知音，审音以类字。”⑤由上述可知，元末“今乐府”和“北乐府”作为元代北曲的名称已基本定型且已被更多的文士所使用。

（二）词体概念下“乐府”名称的回归

当“今乐府”用于北曲名称被确定下来的同时，纯粹的“乐府”之名让位给词体乐府。“乐府”的概念范畴明显缩小，仅指词体乐府。因此时大部分元人认为具有可歌性的“新声”乐府多指北曲乐府，正如由杨朝英编撰成书于延祐年间的《乐府新编阳春白雪》收有曲子词和散曲，随着“今乐府”的定型使“乐府”概念的范畴不再处于笼统的状态之下，三十多年后杨朝英再次编撰散曲总集《朝野新声太平乐府》，所收皆为北曲。杨维桢《沈生乐府序》曰：

---

① 孔齐《至正直记》，上海古籍出版社，1981 年，第 96 页。

② 孔齐《至正直记》，上海古籍出版社，1981 年，第 3 页。

③ 孔齐《至正直记》，上海古籍出版社，1981 年，第 20 页。

④ 陶宗仪撰，李梦生点校《南村辍耕录》，上海古籍出版社，2012 年，第 317 页。

⑤ 李修生编《全元文》卷一四一〇，凤凰出版社，1998 年，第 425 页。

松江沈氏耑，尝从余朔南士间。聪于音，往能吹余大小铁龙，作《龙吟曲》十二章。遂游笔乐府，积以成帙，求余一言重篇端。[①]

根据序言的内容，此序乃杨维桢为沈生《龙吟曲》十二章所作，而龙吟曲即词调《水龙吟》，所以“沈生乐府”指沈国瑞词集，与之前《周月湖今乐府序》和《沈氏今乐府序》专为散曲作序不同。

此外元末金守正的诗题中也提到《戊辰三月十六夕同彭待之宿周存诚所，取虞文靖公乐府“杏花春雨江南”之句分韵赋诗，得“春”字》，序中所言的虞文靖公乐府，即虞集的《风入松·杏花春雨江南》（画堂红袖倚清酣）的词作，所以其中的“乐府”明显用于指词体。

再者黄溍在《记居士公乐府》中曰：“右居士公题太平楼《满庭芳》，即志铭称公所作乐府也。”[②]黄溍所言的“乐府”从《满庭芳》词调看明显指词体之乐府。元末人们所认为的“乐府”概念的内涵明显缩小，此时的“乐府”名称在内涵上仅指词体。从元末“乐府”多指词体乐府的概念上来看，不难理解结集于元末的张可久散曲集为何命名为《北曲联乐府》。“北曲”指元散曲，“联乐府”是说同时收有词。

（三）“古乐府”概念的新变

元末杨维桢再次掀起“古乐府”运动，其古乐府的含义既有别于汉魏古乐府又不同于唐宋人古乐府，而是融旧题和新题于一体，在内容和形式上革新的“古乐府”，杨维桢等人所谓的“古乐府”是一种铁崖诗体式的古乐府。张雨《铁崖先生古乐府叙》中曰：

三百篇而下，不失比兴之旨，唯古乐府为近。今代善用吴才老韵书，以古语驾驭之。李季和、杨廉夫遂称作者。廉夫上法汉魏而出入于少陵、二李之间，故其所作古乐府辞，隐然有旷世金石声，人之望而畏者，又时出龙鬼蛇神以眩荡一世之耳目，斯亦奇矣！[③]

---

① 杨维桢撰，孙小力校笺《杨维桢全集校笺》，上海古籍出版社，2019年，第2149页。

② 黄溍著，王颋点校《黄溍集》，浙江古籍出版社，2013年，第484页。

③ 杨维桢撰，邹志方点校《杨维桢诗集》，浙江古籍出版社，2010年，第449页。

张雨指出杨维桢古乐府首先在用韵上依据吴才老韵书，以古音押韵，其次在创作上融汉魏古乐府和唐代杜甫、李白、李贺等诸家，而又自成一体。杨维桢的古乐府是更宽泛意义的古乐府，包含了竹枝词、宫词、香奁诗在内的诗歌形式。杨维桢的第一部“古乐府”诗集《铁崖先生古乐府》是其弟子吴复于顺帝至正六年(1346)三月类编而成。从杨维桢把自己创制的“新题古乐府”自谓“乐府遗声”，他是把自己的铁崖诗体式的乐府视为“古乐府”。黄仁生《杨维桢与元末明初文学思潮》中是这样界定杨维桢古乐府的：“它实际包括除律诗(含排律)以外的各种诗体，其中以长短句为主(含寓意旧题与自创新题)，以五绝七绝为辅(含小乐府、竹枝词、宫词等)，五古七古也占一定比例，其宗旨是要摆脱格律的束缚以便于自由地抒发情性，因而在一定程度上具有诗体解放的意义。”[①]所以杨维桢的“古乐府”不同于一般意义上的古乐府。

与杨维桢宽泛的“古乐府”观念不同，有人追求更纯粹的“古”乐府。如左克明于至正六年左右编成《古乐府》一书，其中所收为上起三代，下至陈隋的乐府诗，与宋郭茂倩《乐府诗集》不同的是，左克明删去了郭茂倩《乐府诗集》中的“近代曲辞”和“新乐府”，此外还把“郊庙”“燕射”两类也一并删去，而把“古歌谣辞”列为第一类，足见左克明对“古歌谣辞”的重视。左克明《古乐府序》说：“冠以古歌谣辞者，贵发乎自然也，终以杂曲者，著其渐流于新声也。”[②]在左克明看来，“古歌谣辞”是奠定古乐府文学史地位之作，同时也说明了左克明的“古乐府”概念与吴莱古乐府概念趋于一致，都属于狭义上的“古乐府”。左克明《古乐府》选编极大地扩大了人们对狭义上“古乐府”概念的普遍认识，杨维桢的“古乐府”创作又从实践上倡导人们对广义上“古乐府”的创作。在左克明和杨维桢的影响下，元末诗人作品集与元初诗人作品集的命名和其中分类名称有所不同，不再笼统以“乐

① 黄仁生《杨维桢与元末明初文学思潮》，东方出版社，2005年，第238页。

② 左克明编，韩宁、徐文武点校《古乐府》，中华书局，2016年，第9页。

府”概称乐府诗，如元末李孝光《五峰集》卷二为“古乐府”，吴会《吴书山先生遗集》卷十三中列有“古乐府”，刘履《风雅翼》列有“乐府古辞”类。

综上所述，曲体乐府从元初到至元中期寄生在词体乐府的名称之下，与其共用“乐府”的名称，随后当这种“中州小令”发展到鼎盛时，出现了多样化的名称，最后到杨维桢的时代才最终衍化为“今乐府”，与此同时“乐府”的名称再次还原给曲子词。此阶段“古乐府”在元初古今乐府诗皆为“古乐府”概念的基础上继续扩大范畴，在杨维桢“铁崖古乐府”的引导下，出现了大量古乐府创作。杨维桢所提倡的“古乐府”是一种广义上的古乐府概念。左克明的“古乐府”概念则继承吴莱对“古乐府”的理解，他们所代表的是狭义上的古乐府，仅指汉魏乐府古辞。元代社会的多元化，造成了元代诗歌的多元化并存，因而伴随着多种“乐府”概念的并行使用，但在纷繁复杂中也表现出了一定的规律和一定时期内“乐府”概念的内涵和外延的扩展，因此在研究中需认真辨别，厘清不同时期不同称谓的概念则是关键。

（河北大学文学院；南开大学文学院）

明代王鏊、王铨兄弟唱和发微*

张媛颖

内容摘要：明代王鏊、王铨兄弟是继苏轼、苏辙兄弟之后，在王世贞、王世懋兄弟之前，最杰出的兄弟作家。他们的唱和集《梦草集》分期编排，具有传记色彩，拥有较高的文献价值。他们身份地位、社会影响差距甚大，是古代“强—弱”型兄弟唱和的典型，但由于王铨学业上踔厉奋进、人格上刚直克己、精神上不同流俗，因此能与王鏊埙篪和鸣。二人唱和时的情感表达、化用偏好、理想追求各异其趣，还是古代“趋异型”兄弟的代表。通过创设“见月怀思”这一标识性话语，二人实现了与前代杰出兄弟的并置。作为吴中文人，他们的唱和还关涉吴中山水、情系吴中民瘼，得到了吴中文人的集体认同，成为唱和史上一对特色鲜明的兄弟作家。

关键词：明代；王鏊；王铨；兄弟唱和；《梦草集》

---

* 本文为国家社会科学基金重大项目“明清唱和诗词集整理与研究”(17&ZDA258)阶段性成果之一。

Wang Ao and Wang Quan Brothers' Responsory in Ming Dynasty

Zhang Yuan-ying

Abstract: Wang Ao and Wang Quan brothers in Ming Dynasty were the most outstanding brother writers after Su Shi and Su Zhe and before Wang Shizhen and Wang Shimao. Their collection of responsory poems *Dream Grass Collection* is arranged in stages, which is biographical and has high literature value. Their status and social influence are very different, and they are a model of ancient responsory of "strong-weak" brothers. However, because of Wang Quan's hard work in his studies, his upright personality and self-denial, and his spirit of being different from conventional customs, he can respond to and harmonize with Wang Ao. What's more, their emotional expressions, usage preferences, and ideal pursuits in the responsory are so different from each other that they represent the model of ancient "divergent" brothers. By creating the symbolic discourse of "expression of feelings through the scenery of the moon", the two realized the juxtaposition of themselves with the outstanding brothers of the previous generations. As natives of Suzhou, their responsory related the landscape of Suzhou and their affections for the people there, therefore, it has been collectively recognized by the intellectuals in Suzhou and these brothers have become a pair of distinctive brother writers in the history of responsory literature.
Keywords: Ming Dynasty; Wang Ao; Wang Quan; brothers' responsory; *Dream grass collection*

中国古代兄弟唱和蔚为兴盛。清人来翔燕《冠山逸韵跋后》曰："南宋迄今上下五百年间，或祖孙相应，或父子相承，或兄弟日相倡和，和声叶律，代不乏人。"[①]兄弟唱和始于齐梁时期的萧纲、萧绎兄

① 徐雁平《清代家集叙录》，安徽教育出版社，2017年，第382页。

弟。至唐代，又有王维、王缙兄弟，白居易、白行简兄弟承其波。至宋代，苏轼、苏辙兄弟以旷世大才引领古代兄弟唱和行至顶峰。明清两代，兄弟唱和更是踵事增华、数量庞大、空前繁盛。目前学界对兄弟唱和的研究呈现“马太效应”，大量研究成果集中在苏轼、苏辙等少量兄弟身上。明清诸多可圈可点的兄弟唱和未能引起足够重视，以至贯穿不起完整的兄弟唱和史链条，有所缺憾。

明代王鏊、王铨就是一对值得关注的兄弟作家。二人被誉为“震泽二苏”，一生唱和不辍，编有唱和集《梦草集》。王鏊身为三朝阁老，在明代政治、文学中影响甚巨，而王铨是一个被文学史家冷落的小作家。学界对王鏊的研究，主要集中在其生平、思想、制艺等方面，对其与胞弟王铨的唱和关注较少，仅杨维忠《王鏊传》“震泽‘两苏’”一节有述。本文以《梦草集》为基本文献，将王鏊、王铨置于古代兄弟唱和的类型中予以省察，还原一个“家庭版”的王鏊和一个小人物的王铨形象，并对二人的唱和史地位做出评判，以期推进古代兄弟唱和研究。

一、《梦草集》的成书、编例与价值

王鏊、王铨兄弟一生的唱和作品悉数收入《梦草集》。笔者所见《梦草集》为复旦大学图书馆藏清初抄本，《中国古籍总目》已著录①。共一册，每半叶十行，行二十字。正文共四卷，每卷独立标目，每卷题下皆有小注。卷首有正德十六年(1521)五月初一卢雍《梦草集序》，卷末有沈周、吴宽、陈璚、徐源、周庚、杨循吉、祝允明、陈霁八人《题跋》及正德十六年夏五月庚午王鏊《书梦草集后》。是集共收王鏊、王铨、唐寅、徐源、周庚、施凤、陈霁、王倖、范文英、王镠、王廷学、蔡羽、沈鲲、项楷、吴文之等 15 人唱和作品共 275 首。其中诗 265 首，词 10 阕。参与唱和的有不少吴中文人，但主要是王鏊和王铨。

---

① 中国古籍总目编纂委员会编《中国古籍总目·集部》，中华书局，2012 年，第 3029 页。

王鏊(1450—1524),字济之,号守溪,晚号拙叟,学者称震泽先生。苏州府吴县(今苏州)人。成化十一年(1475)进士及第,授翰林编修。弘治初,迁侍讲学士,充讲官;弘治中,擢吏部右侍郎。正德元年(1506),迁吏部左侍郎、进户部尚书、文渊阁大学士。二年,加少傅兼太子太傅、武英殿大学士;四年,致仕。75岁卒,赠太傅,谥文恪。著有《震泽先生集》《史余》《震泽长语》《震泽纪闻》《续纪闻》《姑苏志》等,并重修蔡升《震泽编》。生平见徐缙《文恪公行状》、邵宝《大明故光禄大夫柱国少傅兼太子太傅户部尚书武英殿大学士致仕赠太傅谥文恪王公墓志铭》、王守仁《太傅王文恪公传》、文徵明《太傅王文恪公传》、王世贞《王文恪公传》、文震孟《姑苏名贤小志》卷上、廖道南《殿阁词林记》卷二、何乔远《名山藏》卷七〇、《明史》卷一八一。

王铨(1459—1521),字秉之,号中隐。王鏊胞弟。苏州府儒学养正斋廪生。正德七年(1512)贡生,授迪功郎、杭州府经历空名告身,不赴。适兄鏊自阁归,日从唱和于山水间。匾其堂曰"遂高"。卒年63岁。生平著述仅见于《梦草集》。生平见王鏊《亡弟杭州府经历中隐君墓志铭》。

据王鏊跋可知,《梦草集》为王铨编纂:

> 余自筮仕迄于今,四十余年间,与余弟不能无离合。离则思,思则发之诗;合则喜,喜则发之诗。然皆率然口占,以道一时之怀,不暇追琢求工,谓且云散鸟逝,无复存者。不意吾弟自后收拾,纤悉不遗。萃而观之,数十年离合忧喜,如在目前,岂以诗之不工而遂弃也?余弟因刻之,以传于家。嗟夫!诗不足道也,后之人鉴余兄弟友于之情,其尚思封殖,以无忘《角弓》之篇也。①

王铨年轻时就用心收集二人唱和作品,离世前一年将其编为一帙。他有强烈的存史立传的思想,使该书的编排具有阶段性、体系性。《梦草集》采取以时编排的方式,将王氏兄弟成化十一年(1475)至正

① 王铨编《梦草集》,复旦大学图书馆藏清初抄本,卷末。

德十六年(1521)这47年间的唱和作品结成专集。全书四卷,每卷一个标题,表明一个唱和阶段,每卷大题下再标出唱和的起止时间。卷一题为“京邸唱和”,题下小注为“自成化乙未迄弘治辛亥岁,时兄为编修侍讲,《初第》二首、《对月有怀》二首附”。[1] 卷二题为“南归唱和”,题下小注为“自弘治壬子迄正德戊辰岁,时兄为谕德及吏部至内阁”。[2] 卷三题为“归田唱和”,题下小注为“自正德己巳迄甲戌岁”。[3] 卷四题为“吏隐唱和”,题下小注为“自正德乙亥迄辛巳岁”。[4] 四期中,大到科举得官、辞官致仕,小到种菊赏菊、吃茶制枕,皆安插得当,编排有序。

古代的兄弟唱和常常绵延数十年而具阶段性。罗大经《鹤林玉露》云:

> 余尝谓人伦有五,而兄弟相处之日最长。君臣之遇合,朋友之聚会,久速固难必也。父之生子,妻之配夫,其早者皆以二十岁为率。惟兄弟或一二年,或三四年,相继而生,自竹马游嬉,以至鲐背鹤发,其相与周旋,多者至七八十年之久。若恩意浃洽,猜间不生,其乐岂有涯哉![5]

但这种阶段性常常囿于文献不足而须后人还原,而王氏兄弟的唱和历史清晰地载录于《梦草集》中。唱和之初,王鏊27岁,王铨18岁,兄弟二人皆青春年少。时光倥偬,二人经历了人生的悲欢离合:王鏊中举、升官、丁忧、辞官、致仕,王铨丧子、得子、嫁女、得官、吏隐。唱和的最后时刻,王鏊已是古稀之年,王铨也在诗集落成的次年辞世。这种鲜明的阶段性、完备的体系性,不仅在古代兄弟唱和诗集中十分罕见,即便放到历代唱和诗集中也是凤毛麟角。

《梦草集》还是王铨的一部个人自传。作为一位小作家,王铨除

---

① 王铨编《梦草集》卷一,复旦大学图书馆藏清初抄本。

② 王铨编《梦草集》卷二,复旦大学图书馆藏清初抄本。

③ 王铨编《梦草集》卷三,复旦大学图书馆藏清初抄本。

④ 王铨编《梦草集》卷四,复旦大学图书馆藏清初抄本。

⑤ 罗大经撰,王瑞来点校《鹤林玉露》乙编卷六,中华书局,2008年,第219页。

《梦草集》外，无任何别集存世，此集成为他留名于世的唯一文献。古代的小作家常常借助与大作家唱和附骥以传，故他们在唱和中更为主动，常常是发起者、推动者、编辑者。王鏊就说自己“性懒而弟好吟，故弟倡余和者十九，若《梦草集》所载是矣”[①]。周庚也说王铨“和章联句，动盈卷册，璧合珠联，灿然夺目，吾知秉之笔砚可不焚矣”[②]。对保存唱和作品，王鏊并不在意，而王铨不仅“手自辑录”，“纤悉不遗”[③]，还发动友人写序作跋。通过与兄长的唱和，王铨不仅博得“震泽二苏”的美誉，还被同时代人高度认可。从这个程度上讲，《梦草集》不单是一部兄弟唱和诗集，还是王铨对自己一生经历、情感、价值的记录，具有自传色彩。

此外，《梦草集》还有较高的文献价值。作为一部唱和诗歌专集，它完整地保存了王鏊、王铨的所有唱和作品。包括二人的联句诗63首（其中友人参与的有18首），王鏊诗107首、词5阕，王铨诗105首、词5阕，是辑佚王鏊诗歌的一大渊薮。今人吴建华点校《王鏊集》（上海古籍出版社，2013年）时，“补遗”部分仅据宣统《太原家谱》、民国《莫厘王氏家谱》补入王鏊诗8首，其中见于《梦草集》者仅4首，另有70首诗歌（含联句57首）不见于王鏊别集《震泽先生集》，皆可辑佚。另外，《梦草集》与《震泽先生集》中同时收录的王鏊诗，标题、文字、唱和人员上多有出入，可用来校勘王鏊诗歌。如收入《震泽先生集》中的《和秉之赠巾》一诗，在《梦草集》中题为《秉之惠巾，制甚奇，似东坡而小异，老夫之所宜戴也，赋诗谢之》，后者诗题更长、信息量更大，更具感情色彩。再如收入《震泽先生集》中的《东冈宴集》一诗，唱和者是王鏊、陈霁、王铨三人，而《梦草集》中还有施凤。总之，《梦草集》保留了王鏊诗歌的早期面貌，对准确认识、解读王鏊诗歌大有裨益。

---

① 王鏊著，吴建华点校《王鏊集》，上海古籍出版社，2013年，第436页。

②③ 王铨编《梦草集》卷末，复旦大学图书馆藏清初抄本。

二、“强—弱”型兄弟唱和的典型

王鏊、王铨之所以在古代唱和兄弟中独树一帜，一个很重要的原因是他们代表了兄弟唱和中的一大类型。古代兄弟唱和，按照兄弟双方(或多方)的官职地位、影响大小可分为三类：一是“强—强”型兄弟，兄弟皆为官员，且文学成就高，在当时及后世影响较大。如南朝梁萧纲、萧绎兄弟，唐代白居易、白行简兄弟，宋代苏轼、苏辙兄弟，明代王世贞、王世懋兄弟等；二是“强—弱”型兄弟，兄弟一方为官或影响力大，另一方为布衣或缺乏影响。如明代王鏊、王铨兄弟，清代杨芳灿、杨芳揆兄弟。此类兄弟的人生轨迹、艺术造诣、社会影响多不对等，面对唱和这一需要势均力敌的文体时，能自如应对者非常稀少，故倍显珍贵；三是“弱—弱”型兄弟，兄弟皆为布衣或声名不彰。如清代的沈鸿、沈龙兄弟，马考、马疏兄弟，此类兄弟默默无闻、艺术成就有限，属于边沿人物。“强—弱”型兄弟虽不如“强—强”型兄弟占据文学史的中心地位，但作为一种类型，有其不容抹杀的价值。由于明以前的“强—弱”型兄弟人数较少、作品有限，为考察这类兄弟唱和造成了困难。相比之下，王鏊、王铨兄弟以丰富的人生经历、较大规模的作品为我们提供了讨论“强—弱”型兄弟唱和的契机，使进入到过程的文学史书写成为可能，从而具备了典范性。

政治身份上，王鏊是内阁大臣、户部尚书、文渊阁大学士，而王铨在55岁之前只是一介布衣。文学成就上，王鏊学问广博，泛览百家，研通六艺，文章根底深厚，有唐、宋遗风，是明代吴中文学的早期代表，为吴中四才子的领袖，四库馆臣评其：“以制义名一代。虽乡塾童稚，才能诵读八比，即无不知有王守溪者。然其古文亦湛深经术，典雅遒洁，有唐宋遗风。盖有明盛时，虽为时文者，亦必研索六籍，泛览百氏，以培其根柢，而穷其波澜。”[①]而王铨只有一部《梦草集》传世。二人在政治地位、文学影响上有天壤之别，呈现出明显的“强—弱”关

① 永瑢等《四库全书总目》卷一百七十一，中华书局，1983年，第1493页。

系。为何身份地位相差如此悬殊的二人却能共同创作出一部如此完备的兄弟唱和诗集?

首先,兄弟二人的知识结构,或者说“文化资本”,相差不大。诗歌是语言的艺术,更是文化的艺术。“参与酬唱的诗人,并不一定都具有鲜明的政治主张、非凡的学术成就或者高深的思想水平,但他必定具有基本的‘文化资本’。”[①]王鏊、王铨兄弟唱和诗歌中,唱和双方之所以能构成和谐的诗歌氛围,就基于二者自身这种基本的“文化资本”。但在这一方面,王铨其实有着先天不足。王鏊说:“吾弟少多病,资亦不甚敏,而志甚笃。”[②]他虽然天资不足,身体欠佳,却有鸿鹄之志。成化十一年(1475)王鏊探花及第后,王铨不远千里前往京师祝贺:“时静乐公宰光化,公弟秉之随侍。至是闻公捷音,乃自光化驰省于京邸。兄弟相见,联诗志喜,情意蔼然。”[③]兄弟俩在京相聚,面对优秀的兄长,王铨压力倍增。据王鏊回忆:

> 从先少傅于光化,犹未甚知学。乙未春,予入翰林。自光化驰省予于京邸。自以学后时,发愤淬励,日夜不辍。每余起朝,犹于窗间闻吾伊声。余每戒勿使过苦,而不能从也。[④]

起初王铨跟随父亲在光化时还“未甚知学”,王鏊中举后,他开始踔厉奋发,读书“日夜不辍”。王铨的这一转变很契合心理学上的同侪效应,指面对同辈或与自己年龄地位、所处环境相似的人取得的成就,产生极大心理压力的现象。同侪效应会导致两种结果,一是更易于同侪之间形成竞争关系,二是更易于同侪之间相互交流、支持与影响。在王鏊、王铨兄弟身上,这两种效果都得到了印证:王鏊中举带

① 吕肖奂、张剑《酬唱诗学的三重维度建构》,《北京大学学报(哲学社会科学版)》2012年第2期。

② 王鏊著,吴建华点校《王鏊集》,上海古籍出版社,2013年,第436页。

③ 王熙桂等修《太原家谱(洞庭王氏家谱)》卷十八下,《中华族谱集成·王氏谱卷》第17册影印清宣统刻本,巴蜀书社,1995年,第41页。

④ 王鏊著,吴建华点校《王鏊集》,上海古籍出版社,2013年,第436页。

给王铨心理压力，同时激励他发奋读书。这种影响的焦虑贯穿了王铨的一生，并在成化十四年(1478)兄弟二人为母丁忧期间达到高潮。二人为母丁忧期间，在洞庭山下、太湖水上筑起一幢静观楼，为"讲诵之所"[①]。当时王鏊三十岁，王铨二十一岁，二人自相师友，兴至则更相唱和，时人把他们比作震泽的苏轼、苏辙：

> 余时年壮，亦锐于学。余每觉有进，弟辄已追及之，若与余争先焉者。时人因有"二苏"之目。[②]

正是有了这股不服输的精神，兄弟二人才营造出你追我赶的学习氛围与一倡一和的切磋图景，才能在相差不大的知识结构内展开对话。

其次，王铨崇高的人格足以与王鏊抗衡。这主要体现为科场事件中，王铨放弃了上升的渠道，坚持了道德标准，维护了手足之情。弘治五年(1492)，王鏊奉命主考南京应天乡试，此前他因正直行事得罪过的蒋琮正奉命备守南京，成为金陵一霸。[③] 恰巧本年，34岁的王铨经过多年准备，赴应天乡试。由于王鏊行事低调，很少向家人告知自己的行政事务，王铨竟不知其兄正是这场考试的主考官。最终，为了避嫌，王铨退出了考场。事后，王铨作《壬子八月四日，兄以考试至应天，铨以嫌不入场。是日蒙召入府治相见，谕以朝命不容辞之意。铨谓有数存焉，吾何为不豫哉。退而赋此诗》：

> 秋风相见石头城，骨肉悲欢无限情。四海文章君独把，一时宠辱我何惊。西堂梦草添新句，夜雨联床话旧盟。屈指星霜今五载，此来端不谓虚行。[④]

诗题中，王铨用"有数存焉"四字轻描淡写地交代了自己退出科场的原因，将之归结为命运。对兄长的声名高筑，他无比赞许；对自己的

---

① 王熙桂等修《太原家谱(洞庭王氏家谱)》卷十七，《中华族谱集成·王氏谱卷》第17册影印清宣统刻本，巴蜀书社，1995年，第401页。

② 王鏊著，吴建华点校《王鏊集》，上海古籍出版社，2013年，第436页。

③ 万斯同《明史》卷四〇五，《续修四库全书》第331册影印清初抄本，上海古籍出版社，1996年，第392页。

④ 王铨编《梦草集》卷二，复旦大学图书馆藏清初抄本。

无缘科场，他云淡风轻。但不容否认，从成化十一年王鏊考中科举开始到弘治五年，王铨已准备了整整17年。此次考试前，王铨的学问、德行都得到了在位者的肯定，“及余还朝，余弟入郡胶，学行为一时冠，部使者皆推重”[①]。可以说，王铨满怀信心赴考，但为了避免兄长被蒋琮抓住把柄，又果断放弃考试。在他看来，科举固然重要，但手足之情更为珍贵，“手足由来重，科名莫厌迟”[②]。面对王铨的退场，王鏊《送秉之和前韵》道：

隔江相送望芜城，四海悠悠见汝情。事独悲欢心易醉，别牵南北梦先惊。日边莫负看华约，湖上还寻种橘盟。惆怅金山一回首，秋风独作蓟门行。[③]

王鏊内心颇为复杂，既感激，又愧怍；既无奈，又惋惜。王铨在重大事件面前坚持原则，其人品之高，王鏊亦为之动容。斯宾诺莎曾说：“德性与力量是同一的东西。”[④]此次事件中，王铨展现的高尚德性，亦是他个人力量的体现。王铨的退场，让蒋琮之流失去了可乘之机，为王鏊在政治斗争中赢得了主动权，兄弟二人间的感情也在这一事件中得到升华。

再次，王铨面对人生出处行藏的自洽，也使他与王鏊唱和时游刃有余。王铨的人生并不顺遂。正德八年(1513)，55岁的他在经历多次科举失利后终于被选拔为贡生。入京前，王鏊与友人联句为之送别，其中范文英“十年砺刃应须试，一日鸣岐定有闻”[⑤]一句，不仅是对王铨的祝福，也道出了王铨的心声，他积攒了那么多年的豪情与抱负，终于有了回音。但彼时京师已是阉党的天下，王铨见此，遂叹曰：“此岂求仕时耶?”[⑥]乃告官归。到正德十年六月，虽授迪功郎、杭州府

① 王鏊著，吴建华点校《王鏊集》，上海古籍出版社，2013年，第436页。
② 王铨编《梦草集》卷一，复旦大学图书馆藏清初抄本。
③ 王铨编《梦草集》卷二，复旦大学图书馆藏清初抄本。
④ 斯宾诺莎著，刘晟译《伦理学》，中国社会科学出版社，1999年，第162页。
⑤ 王铨编《梦草集》卷三，复旦大学图书馆藏清初抄本。
⑥ 王鏊著，吴建华点校《王鏊集》，上海古籍出版社，2013年，第436页。

经历空名告身，但他选择了放弃赴任。对此，王鏊作《凉州序·秉之授经府》一词安慰他：

山林岑寂，官曹喧闹，吏隐中间最妙。圣恩隆重，天书一抵亲教。管领西湖风月，南国烟霞，尽与舒吟啸。　清朝鹓鹭，似总贤劳，输与伊人一着高。莲幕俊，玉堂老。宴高楼日日笙歌绕。尘世梦，几人觉。①

词中王鏊对王铨说，纯粹地归隐山林，太过安静；身在官场，又太吵闹，只有像你这样"吏隐"，才是最完美的状态。从他被授予官职的那一刻开始，他的隐居就具有了别样的意义。这也是王铨将第四期唱和命名为"吏隐唱和"的原因。词的下阕，王鏊特意用"清朝鸳鹭，似总贤劳，输与伊人一着高"说明朝官虽锦衣列序，却公务缠身，无法享受闲逸生活，实在不如王铨高妙！在王鏊看来，王铨得到的结果才是最好的。王铨十分认同王鏊词中的思想，正德十年(1515)，他将"远喧堂"更名为"遂高堂"，取"输与伊人一着高"一句，并作《遂高堂诗》，宣示"中隐"思想。诗中以"伯"指王鏊，以"仲"指王铨，二人弃荣名如敝履，志同迹同，悠游山林，唱和酬酢。可以说，王氏兄弟晚年是典型的吏隐型诗人，他们"有道则见，无道则隐"②，在兼济与独善之间安身立命，最终也成就了各自的人生志向。

王鏊、王铨兄弟虽身份地位、社会影响差距甚大，但由于王铨学业上踔厉奋进、人格上刚直克己、精神上不同流俗，致使兄弟二人能埙篪和鸣，奏响《梦草集》这一和谐乐章。

三、"趋异型"兄弟唱和的标杆

王鏊、王铨兄弟唱和的重要特点，是代表了古代兄弟唱和中的趋异一途。所谓趋异是相对趋同而言的。古代的兄弟唱和，从艺术的统一性与差异性上讲，无外乎趋异、趋同、同异兼善三种。趋

---

① 王铨编《梦草集》卷四，复旦大学图书馆藏清初抄本。

② 杨伯峻译注《论语译注》，中华书局，2009年，第81页。

同的兄弟唱和，艺术上常若出一手，不辨兄弟，以苏轼、苏辙为代表。邵浩《坡门酬唱引》说二苏："兄唱则弟和，弟作则兄酬。用事趁韵，莫不字字稳律。或隐去题目，读之则不知其孰为唱，孰为酬。盖无纤毫斧凿痕迹，其妙如此。"[①]趋异的兄弟唱和，带有鲜明的个人印记，孰为兄、孰为弟，读者一眼即知。王鏊、王铨即属此类。同异兼善的兄弟唱和，同中有异或异中有同，艺术上多貌离神合，如清代的蒋湘培、蒋湘墉、蒋湘城、蒋湘垣兄弟，为文"虽各异趣，至其神气骨力之间，亦往往若重规合矩矣"[②]，即表面各异其趣，内里实出一辙。

首先，二人的情感表达截然不同。王铨情感充沛，多直抒胸臆；王鏊较为含蓄，多借物写怀。如王鏊第三女邵氏久病得愈，二人联句志喜，成《喜邵氏女病愈》[③]。王铨倡道"半年多困忧，一旦喜勿药。吉曜当躔来"，用语直白，冲口而出。王鏊却借"灾星""神明"等词间接发抒内心喜悦："灾星随运却。和暖觉无功，神明如有约。"后面几联中，王铨的感情词"喜""愁""爱"一个接一个，如连珠炮一样表达他的快乐及对后辈的喜爱，如说"喜出固非常，愁消恒欲跃。儿女爱诚深"，而王鏊仍用道德与天意解释一切，表达对女儿的期盼："天伦情不薄。柳絮才更高，苹蘩荐堪托。"可见王铨性格坦率、情感丰富，王鏊老成持重、蕴藉内敛。

其次，二人的化用偏好也有差异。以化用前人诗歌为例，王鏊的化用对象多为宋人。钱谦益《列朝诗集小传》丙集说王鏊："诗不专法唐，于北宋似梅圣俞，于南宋似范致能，峭直疏放，于先正格律之外，自成一家。"[④]除梅尧臣、范成大外，他还化用过苏轼、陆游、刘克庄等

---

① 邵浩编《坡门酬唱集》，《四库提要著录丛书》第297册影印清影宋钞本，北京出版社，2011年，第5页。

② 徐雁平《清代家集叙录》，安徽教育出版社，2017年，第833页。

③ 王铨编《梦草集》卷三，复旦大学图书馆藏清初抄本。按：此为联句诗，王鏊、王铨三句一联。

④ 钱谦益《列朝诗集小传》，上海古籍出版社，2008年，第276页。

人诗歌。如《文渊阁独坐有怀秉之》“何时诏许归田里”化用了苏轼《过新息留示乡人任师中》“诏恩倘许归田里”[①],《夜泊方桥》“孤舟宿雁沙”化用了陆游《江村道中书触目》“孤舟春近雁沙温”[②],《和会老堂次宪副泽民韵》“洛社耆英赴夙期”化用了刘克庄《谢诸寓贵载酒》“洛社耆英共举杯”[③]。与王鏊相比,王铨的化用对象更多,他不仅点化宋人,还檃括同时代人。如《壬子八月四日,兄以考试至应天,铨以嫌不入场。是日蒙召入府治相见,谕以朝命不容辞之意。铨谓有数存焉,吾何为不豫哉。退而赋此诗》“西堂梦草添新句”化用了童冀《次彦德广文元夕诗韵八首·其四》“西堂梦草留佳句”[④],《和文渊阁独坐有怀秉之》“文渊阁下珮珊珊”化用了杨士奇《挽颜子明·其二》“文渊阁下集群英”[⑤],《和赠郭孟丘》“攀留无计欲何如”化用了韩雍《送兰庵先生至常山临别情不能禁歌以泄之》“攀留无计随不去”[⑥]。此外,李东阳、文徵明、祝允明等人都是他取法的对象,体现了他开放求新、厚古不薄今的襟怀。

最后,二人的志趣书写不尽相同。王鏊身在官场,心系山林,诗中多归隐之志。王铨则对家人、朋友、居所、园林等格外珍视,显出对身边人、身边事、身边景的切肤体验。联句《次日阻风仍饮远喧堂》中,二人吐属心意,在在不同:

风雨阻行舟,还傍子真谷。分韵且联诗,强挽入禁局。(寅)出语欲绝尘,卜居傍林屋。(铨)厌厌花前饮,恋恋桑下

① 苏轼著,张志烈等校注《苏轼全集校注》,河北人民出版社,2010年,第2123页。

② 钱仲联、马亚中主编《陆游全集校注》第4册,浙江教育出版社,2011年,第160页。

③ 刘克庄著,辛更儒校注《刘克庄集笺校》,中华书局,2011年,第2417页。

④ 童冀《尚絅斋集》卷一,《影印文渊阁四库全书》第1229册,北京出版社,2012年,第575页。

⑤ 杨士奇《东里集·续集》,《影印文渊阁四库全书》第1239册,北京出版社,2012年,第518页。

⑥ 韩雍《襄毅公集》卷二,《影印文渊阁四库全书》第1245册,北京出版社,2012年,第622页。

宿。地主更流连，舟人催录续。（鏊）蜜橘剖家园，寒鱼上池簇。就座巡传寒，案谱翻今曲。（寅）频惊五白临，便拟十觞足。（鏊）佳客不易逢，胜会亦难复。好乐恐太荒，继昼已先卜。（铨）哜嘈汤火鸣，栗烈霜气肃。（寅）御寒且添衣，见跋频更烛。谁云不尽欢，自喜霑余馥。（铨）劝君未须眠，明日东山麓。（鏊）①

王铨沉浸于友朋相聚的欢乐，王鏊则向往悠然湖山的隐逸。类似还有《春阴》中王铨的"寻贤集饮中，明膏吐青凤"与王鏊的"新离山林静，渐觉城郭雄"②，《东冈宴集》中王铨的"少长既咸集，咏歌亦相当"与王鏊的"甘作碧山隐，何如绿墅堂"③。这固然源自二人性格差异，但也是不同理想情志的显现。

综上，王鏊、王铨兄弟在唱和诗中展现出截然不同的艺术风貌，即使不在每一联诗后标注二人名姓，也能判断出作者是谁。这与苏轼、苏辙兄弟的"隐去题目，读之则不知其孰为唱、孰为酬"的趋同型唱和大相径庭。从某种程度上说，正是由于王鏊、王铨兄弟二人性格不同、身份不同、兴趣不同、理想情志不同，才导致他们的表达一含蓄，一热烈；一庄严，一活泼；一精切，一朴拙，由此形成了高低错落、形态各异、富有张力的兄弟唱和作品，成为我们解读趋异型兄弟唱和的一个绝佳范本。

四、并置与特立：王氏兄弟的唱和史定位

古代兄弟作家各不相同，一些人如皓月当空，一些人如星辰璀璨，一些人如萤火之光。如何在兄弟作家的历史天空中发出自身光亮，是每一对兄弟作家面临的问题，王氏兄弟也不例外。将他们置于古代兄弟唱和史的纵向维度与明代吴中文学的横向维度中考察，就可对他们的文学史地位作出清晰定位。

---

①②③ 王铨编《梦草集》卷三，复旦大学图书馆藏清初抄本。

（一）并置

一般认为，兄弟作家要留下莫大声光，诗文艺术的高低起关键作用，但文学家的声名遗响向来是一个复杂的问题，不完全由艺术成就一项决定。古代兄弟作家常通过创设属于自己的标识性话语，为自己造势，实现与前代一流兄弟作家的并置。

王鏊、王铨兄弟之前，已有两对兄弟成功树立起了标榜自我的大纛，一对是谢灵运、谢惠连兄弟，一对是苏轼、苏辙兄弟。

谢灵运、谢惠连兄弟打造的标签是"梦草"。"梦草"典自《南史·谢方明传》：

> （谢方明）子惠连，年十岁能属文，族兄灵运嘉赏之，云："每有篇章，对惠连辄得佳语。"尝于永嘉西堂思诗，竟日不就，忽梦见惠连，即得"池塘生春草"，大以为工。常云："此语有神助，非吾语也。"[①]

谢灵运梦见谢惠连而得佳句，典故"梦草"由此而来。"梦草"涵义有三：一指春意盎然，二指神来之笔，三指兄弟情谊。这一典故兼具文学性、审美性、情感性，成为后世兄弟作家的惯用表达。王鏊、王铨兄弟亦心摹手追。如"彭城风雨悬情切，春草池塘积梦多"[②]，"正是谢家芳草地，梦回诗句向谁吟"[③]，"从今池草还生梦，南北相望万里秋"[④]。他们使用"梦草"典故时，侧重于手足情深的一面。同时，他们还以"梦草"命集。卢雍《梦草集序》曰："君手自辑录，取谢氏故事以名编。"[⑤]"梦草"因此成为兄弟唱和诗集的一种指称。放眼明代兄弟唱和诗集的命名，多用"埙篪""联芳""二子"等词，如金文、金忠兄弟的《埙篪》，虞淳熙、虞淳贞兄弟的《埙篪音》，宋昂、宋昱兄弟的《联芳类稿》，苏濂、苏澹兄弟的《苏氏二子诗刻》等。而以"梦草"命名者，仅有王氏兄弟的《梦草集》，显示出这一命名的唯一性，也表明王氏兄弟对

---

① 李延寿《南史》卷十九列传第九，中华书局，1975年，第537页。

②③ 王铨编《梦草集》卷一，复旦大学图书馆藏清初抄本。

④ 王铨编《梦草集》卷二，复旦大学图书馆藏清初抄本。

⑤ 王铨编《梦草集》卷首，复旦大学图书馆藏清初抄本。

这一标识性用语的垂爱与认同。

至宋代，苏轼、苏辙兄弟标举“夜雨对床”一语。“夜雨对床”最早出自唐人韦应物《示全真元常》的“宁知风雪夜，复此对床眠”[①]，白居易《雨中招张司业宿》也有“能来同宿否，听雨对床眠”[②]。而将“对床夜语”用于兄弟情长，则源自二苏。苏辙《逍遥堂会宿》诗序曰：“辙幼从子瞻读书，未尝一日相舍。既壮，将游宦四方，读韦苏州诗，至‘安知风雨夜，复此对床眠’，恻然感之，乃相约早退，为闲居之乐。”[③]《再祭亡兄端明文》又曰：“昔始宦游，诵韦氏诗。夜雨对床，后勿有违。”[④]此后，“夜雨对〔连、联〕床”或“对床风雨”就成为兄弟情深的又一新颖表述。王氏兄弟对这一典故亦偏爱有加。如“正喜对床深夜话，池塘清梦不须寻”[⑤]，“西堂梦草添新句，夜雨联床话旧盟”[⑥]，“圣明方侧席，兄弟且连床”[⑦]。在这些诗句中，他们把“梦草”与“夜雨连床”嫁接使用，显示出对前代兄弟的理解和学习。

尽管王氏兄弟对前代经典兄弟的标识性话语有所传承，但要与前代兄弟并置，必须绾合自身故事，自造新语，方能跳出前人藩篱，另辟新境。于是，他们孕育出“见月怀思”这一诗语，为自身赋值。王鏊《对月有怀秉之》诗序曰：“昔东坡与子由有风雨之感，故其诗有对床风雨之句。予与秉之有见月之感，故见月则怀思。”[⑧]其时为成化十九年(1483)八月十四，王鏊夜坐庭中，月色如昼，不觉怀念王铨，便与胞弟约定月明之夜彼此互怀。王铨《和对月有怀秉之》诗序曰：“月有盈亏，人有离合，吾兄弟所以有见月相思之约也。夫盈亏者，月也，而吾兄弟之情无盈亏也，见月则重其感耳。”[⑨]表达了对兄长的积极回应。需要说明的是，王氏兄弟“见月怀思”的约定有现实基础。他们

---

① 陶敏、王友胜校注《韦应物集校注》，上海古籍出版社，2011年，第183页。

② 谢思炜《白居易诗集校注》，中华书局，2006年，第2032页。

③ 苏辙著，曾枣庄、马德富校点《栾城集》卷七，上海古籍出版社，2009年，第158页。

④ 苏辙著，曾枣庄、马德富校点《栾城集》卷七，上海古籍出版社，2009年，第1390页。

⑤⑧⑨ 王铨编《梦草集》卷一，复旦大学图书馆藏清初抄本。

⑥⑦ 王铨编《梦草集》卷二，复旦大学图书馆藏清初抄本。

二人长期一北一南，聚少离多："六载今相见，初疑是梦中。""不见倏七年，相见只三月。不知三月后，又作几时别。""当时月出东海头，我居燕南子苏州。燕吴万里同见月，两人不见心悠悠。"①故这一约定并非为文而造情，实为情动而辞发。在一次次的见月怀人中，他们的手足之情不断升华："别离苦多会苦少，风雨潇潇竹窗晓。自笑闲官日日忙，夜短情长谈未了。""月明万里秋无迹，两地怀思共此时。""海北天南几千里，共看明月思悠然。"② 同时代人目睹了他们的"见月怀思"之情，将其传为佳话，徐源说："昔苏氏二昆适有得于彼，而王氏昆季今乃独得于此，则遇物虽异，而感物适情，古今时亦有同然者。然则人品风流，蕴奇蓄秀，安知古今人不并驱而迭驾也耶。"③陈霁亦言："苏、王兄弟风雨、见月，人事之感，不足系其情。读此诗，当有得其气韵于词藻之外者。"④ 肯定他们手足情深的同时，也把他们的"见月怀思"与苏氏兄弟的"风雨连床"相提并论。

至此，王氏兄弟通过"见月怀思"的唱和书写，创设了属于他们的标识性话语，成为继谢灵运、谢惠连"梦草"，苏轼、苏辙"夜雨对床"之后的又一兄弟佳话，实现了与古代一流兄弟作家的并置。他们之后的兄弟唱和虽多，但能自铸伟词、为己树名者少之又少，由此或可反观他们的不同凡响。

（二）特立

所有的兄弟唱和都带有时代的印记，作为明代吴中文人的代表，王氏兄弟的唱和深受明代吴中文化影响，从而有别于其它兄弟唱和。

首先，是对吴中山水的开发。王氏兄弟唱和中的一个主要题材是吴中山水。他们与吴中名士一同游览虎丘、尧峰山、尧峰寺、林屋洞、石蛇山、越来溪、宝云寺、弥勒寺、偃月冈、偃月池、太湖、猫鼠山等，所到之处，唱和不辍。吴中山水成了王氏兄弟唱和的江山之助。不仅如此，他们还开发吴中山水，为其命名，使其成为文学景观。正

①② 王铨编《梦草集》卷一，复旦大学图书馆藏清初抄本。

③④ 王铨编《梦草集》卷末，复旦大学图书馆藏清初抄本。

德七年(1512)春,王鏊、王铨、王廷学三人同访施凤于偃月冈,随后四人同游栲栳墩,联成《栲栳墩》一诗:

栲栳墩前酒一杯,良辰胜友好徘徊。(凤)绿迴墅色疄疄绕,翠罨湖光面面开。(鏊)墩姓只今应我属,风光自昔有谁来。(延学)悬崖拟欲题名字,千古行人首重回。(铨)[①]

“栲栳墩”是洞庭东山的一座小山包,之前未有名称,王氏诸人见其形似“栲栳”,遂命此名。王廷学“墩姓只今应我属,风光自昔有谁来”一联,说明这是一块处女地,前人未曾涉足,是他们首次发现并命名。对此,其父王铨十分赞赏,认为这一题名可使千古行人回首瞻望。后来,王鏊撰《震泽编》时将其写入地志:“稍东,为栲栳墩。过东,为偃月冈(施状元坟在焉)。”[②]清人顾炎武编《肇域志》时又沿用了王鏊说法:“稍东,为栲栳墩。过东,为偃月冈。折而南,为屏风山,是为金塔下。”[③]可以说,诸人的联句唱和,不但向世人披露了吴中一座风景秀丽的山峦,还为吴中增加了一个文化符号。前者如苏轼的《和子由渑池怀旧》,使渑池名声大噪,后者如王氏兄弟诸人的《栲栳墩》唱和,使“栲栳墩”名垂不朽。就地方文化景观的建设而言,王氏兄弟留下过浓墨重彩的一笔。

其次,是对吴中民瘼的关心。作为洞庭东山人,王鏊、王铨兄弟在洞庭橘的唱和中寄托了他们民胞物与的深情。洞庭橘是洞庭东山的特产,自唐代起就是朝中贡品,因其利润丰厚,“橘一亩比田一亩利数倍”[④],当地人宁可种橘也不种粮。但橘树“性极畏寒”[⑤],十分难种。15世纪起,全球气候变冷,进入小冰期,连年大雪令洞庭橘面临

① 王铨编《梦草集》卷三,复旦大学图书馆藏清初抄本。

② 蔡升撰,王鏊重撰《震泽编》卷一,《四库全书存目丛书》第228册影印明弘治十八年(1505)林世远刻本,齐鲁书社,1996年,第674页。

③ 顾炎武撰,谭其骧、王文楚、朱惠荣等校点《顾炎武全集》第6册,上海古籍出版社,2011年,第441页。

④⑤ 叶梦得撰,徐时仪校点《避暑录话》卷四,上海古籍出版社,2012年,第169页。

前所未有的危机，“弘治十四年至十六年，连岁大雪，山之橘尽毙”[①]。历史上，白居易、苏轼等人都曾写诗赞誉洞庭橘，但多品鉴其颜色、味道。而王氏兄弟深知洞庭橘是东山老百姓的生计来源，故围绕洞庭橘展开的唱和就与前人不同。《瑞柑诗》小序对这次唱和的背景作了交代：

> 洞庭柑名天下。正德初，江东频岁大寒，其树尽槁，民间随种亦随槁。官贡则市诸江西，市诸福建，谓此种遂绝矣。予于圃中戏植数株，高不盈三四尺，忽有五十余颗缀枝头，乃珍柑也。其余树亦有五十余颗，山人惊叹以为瑞。喜而赋诗。

王鏊《瑞柑诗》曰：

> 洞庭千树绿，化逐鹤林仙（原诗小注：世传鹤林寺杜鹃花为女仙取归天上）。寂寞荒园里，累垂宝颗悬。扬州伤锡贡，合浦喜珠还。瑞应凭谁纪，灵根自此传。

王铨和诗曰：

> 地灵物挺异，植自玉堂仙。秀孕风霜结，光华星斗悬。后皇屈子颂，龙女柳君还。默应三台兆，山人莫浪传。[②]

王氏兄弟的这次唱和记录了连年大雪、橘皆荒芜的景象，同时对王鏊戏种的几株橘树挂果累累的祥瑞征兆表达欢喜。表面上，他们唱和的是橘子、喜悦的是自己，但在经济萧条的大背景下，传递的实是对吴中经济复苏的期盼与对百姓未来生活的信心。从另一首诗中的“从今原隰间，只种桑与枣”[③]二句，亦可印证他们对民瘼的关心。洞庭橘成了故乡的象征、人民生计的来源以及政治稳定的基础。

最后，是受到吴中文人的礼敬。正德四年（1509）王鏊致仕归乡

---

① 蔡升撰，王鏊重撰《震泽编》卷一，《四库全书存目丛书》第228册影印明弘治十八年（1505）林世远刻本，齐鲁书社，1996年，第695页。

② 王铨编《梦草集》卷四，复旦大学图书馆藏清初抄本。

③ 王鏊著，吴建华点校《王鏊集》，上海古籍出版社，2013年，第90页。

后，不再为政事烦扰，每日读书、撰文，闲来无事便与弟王铨及吴中名士暇游。其中既有隐士施凤、蔡羽、张本，又有门下诸生祝允明、文徵明、唐寅、陆粲、黄省曾、王守、王宠、陈怡、杜璠等。正德五年(1510)，王鏊与王铨、贺元忠、施凤、王鎜、陆均昂、叶明善六人结怡老社，相与唱和。可以说，吴中文人深度参与了王氏兄弟的唱和，并给予他们支持与认同。一些友人推重王氏兄弟手足情深，大加赞美。卢雍说："常情，兄弟之作，亲而易得，多忽而不录，录而或遗。君于片楮只字，皆庄之为世宝，其敬兄之至，亦可见矣。读是编者，尚当求二公之心而法之，以笃兄弟之谊，岂徒以其辞乎哉?"[①]杨循吉也说："此卷盖其两会倡和之作，骨肉情、朋友乐，实兼之矣，斯岂余人所能追哉。"[②]也有人把他们与前代一流兄弟作家等量齐观。沈周把他们与谢灵运、谢惠连媲美，说："兄弟本同气，同声有此诗。长公先作倡，幼妇妙联辞。谢氏池塘梦，赵城风雨时。湖山照双璧，光价两争奇。"[③]周庚把他们与陆机、陆云兄弟相并列，认为他们使"三吴文献视古尤盛"[④]。祝允明则把他们与苏轼、苏辙兄弟相提并论，说："昔宋氏、苏氏乐以埙篪联鸣重，今王氏同之，而又有不以科名私者存。重不重耶。"[⑤]吴宽则感慨："读王氏兄弟倡和诸篇，岂胜叹羡。"[⑥]总之，二人的唱和博得了吴中文人的交口赞赏。张仲谋认为吴中文人的唱和体现出一种"选边站队"和"集体发声"的特色。[⑦]从这一认识出发，王氏兄弟唱和的社会影响——江南文化共同体的集体发声——是他们特立的又一重体现。

综上，王鏊、王铨兄弟通过对前代兄弟的追步与仿习，实现了与杰出兄弟作家的并置。作为吴中文人，他们的唱和又与吴中的山水、民生、文士紧密相连，不可分割，从而屹立于属于他们的时代与地域之上。

---

① 王铨编《梦草集》卷首，复旦大学图书馆藏清初抄本。

②③④⑤⑥ 王铨编《梦草集》卷末，复旦大学图书馆藏清初抄本。

⑦ 张仲谋《论〈江南春〉唱和的体式及其文化意味》，《南京师大学报(社会科学版)》2017年第2期。

结语

通过对王鏊、王铨兄弟的研究，我们可以得出一个结论：兄弟唱和的成就并不等同于兄弟唱和艺术的成就。对于兄弟唱和的评价标准，从来都不止艺术这一个维度，而是综合了艺术、道德与兄弟情深这三重维度。从艺术维度来说，王氏兄弟的唱和富有张力，具有参差之美、榫合之美，是"趋异型"兄弟唱和的代表；从道德维度来说，王氏兄弟皆人品高洁，王铨更以风骨凛然而备显崇高。从情感维度来说，王氏兄弟从少年到老年，用一生的时间唱和，他们的"见月怀思"之情令人动容。

历来认为，中国古代的兄弟唱和以苏轼、苏辙为最。但与苏轼、苏辙兄弟相比，王氏兄弟的唱和更具自觉意识，尤其是王铨，不仅积极发起唱和，还有意识地将唱和作品编集。与他们之后的另一对杰出兄弟王世贞、王世懋相比，他们又有不同：王世贞、王世懋兄弟的《归田唱酬稿》是二人被弹劾罢官后的唱和，是特定历史事件下的突发性唱和、政治性唱和，而王氏兄弟的唱和是点滴事件与真实情感的自然汇聚，是日常性唱和、常态化唱和。如果要为王氏兄弟的唱和作一历史定位，则他们是继苏轼、苏辙之后，王世贞、王世懋之前最杰出的兄弟唱和。就典范性而言，他们是"强—弱"型兄弟唱和中最典型的一对，为我们研究兄弟唱和的类型提供了样本，这恐怕是其更大的价值所在。

（上海大学文学院）

黄文焕《杜诗掣碧》考论*

耿建龙

内容摘要：福建永泰黄氏藏清抄本《杜诗掣碧》是明末清初时期福建著名文人黄文焕编著的杜甫诗歌评注本，为近年杜诗文献的重要发现。黄任所说"五、七言律为人借刻"一事指顾宸在编著《辟疆园杜诗注解》的过程中征引了《杜诗掣碧》的部分内容，顾宸书中还保留了黄文焕评阅顾注的文字，说明两人是广义上的合作关系而非剽窃。《杜诗掣碧》的杜诗评注以艺术分析为核心，侧重从"意""篇法""俚质""仓卒造状"等四个方面进行总结归纳。全书采用会意评点为主的研究模式，具有重视诗歌情境的开掘和阐发，重视作诗之法以指明学诗路径等特点。对于完善明末清初杜诗文献的学术体系、丰富形式诗学研究以及补充黄文焕诗文评成果方面，都具有重要价值。

关键词：杜甫；杜诗；黄文焕；《杜诗掣碧》；《辟疆园杜诗注解》

* 项目基金：四川省社会科学重点研究基地杜甫研究中心资助项目"黄文焕《杜诗掣碧》整理及研究"(项目编号：DFY202108ZD)阶段性研究成果。

Study on Huang Wenhuan's *Du Shi Che Bi*

Geng Jianlong

Abstract: The Qing Dynasty manuscript *Du Shi Che Bi* collected by the Huang family in Yongtai, Fujian is a commentary on Du Fu's poetry compiled by Huang Wenhuan, a famous literati in Fujian in the late Ming and early Qing Dynasties. It is an important discovery of Du Fu's poetry ancient books in recent years. Huang Ren's saying that "some of the the five-word and seven-word rhythm poetry have been borrowed and printed" refers to Gu Chen's quotation of some of the contents of *Du Shi Che Bi* in the process of compiling *Annotation of Du Fu's Poems in Pijiangyuan*. Gu Chen's book also retains the words reviewed by Huang Wenhuan, indicating that the two are in a broad sense of cooperation rather than plagiarism. The commentary of *Du Shi Che Bi*'s on Du Fu's poetry takes artistic analysis as the core, focusing on poetry, chapter, slang, describing the situation and other four aspects to summarize. The whole book adopts the research mode of will comment, which has the characteristics of paying attention to the excavation and elucidation of poetry situation, paying attention to the method of poetry writing to indicate the path of learning poetry. It is of great value to improve the academic system of Du Fu's poetry ancient books in the late Ming and early Qing Dynasties, enrich the study of formal poetics and supplement the achievements of Huang Wenhuan's poetry review.
Keywords: Du Fu; Du Fu's poetry; Huang Wenhuan; *Du Shi Che Bi*; *Annotation of Du Fu's Poems in Pijiangyuan*

2020年《福建文献集成·初编》出版，其中收录的黄氏家藏清抄本《杜诗掣碧》在"消失"二百余年后，重新回到了公众的视野。该文献是明末清初福建著名文人黄文焕撰写的杜甫诗歌评注本，因在解诗内容上多有发明，故为时人所重。无锡顾宸编写《辟疆园杜诗注解》，吸纳同代学者文人参与其事，书中除了有对黄文焕评注的直接引用，还保留了黄氏对顾宸注释内容的讨论痕迹。海宁陈之壎撰《杜工部七言律诗注》，"释文多以己语出之，绝少直引他人语"[①]，书中却明确标出了对黄文焕注的征引。可惜黄文焕《杜诗掣碧》始终未能付梓，仅以抄本形态在黄文焕友人和家族当中流传，其后逐渐隐没不闻。《福建文献集成·初编》出版之后，《光明日报》的报道中特别提到此书，认为"堪称近年杜诗文献的重要发现"[②]。

因此，对这部珍贵文献进行整理研究也具有着多重方面的意义：其一，关系到完善明末清初杜诗文献的学术体系，使之前一些模糊不清的历史线索得以清晰连通；其二，该评本展现出以会意评点为主的解诗方式，开掘其中的阐释思维图景，对于了解当时杜诗审美范式具有重要的价值；其三，这部书的出现也让我们对这位闽地理学名家的文学批评成就能够进行更加完整地审视。在学界以往关注的《楚辞听直》《陶诗析义》等书为代表的古诗批评之外，增添了近体诗评解，展现出一个从先秦骚体到魏晋古诗，再到唐人律体大致脉络，拼接出了黄文焕评解成果中较为完整的版图。本文也将从以上几点对该文献进行展开讨论。

一、《杜诗掣碧》的编者与基本信息

《杜诗掣碧》的编者黄文焕(1598—1667)，字维章，号坤五，福建永福白云乡人(今属福州市永泰县)，为福建麟峰黄氏二十六世孙。刘萍萍《黄文焕〈陶诗析义〉研究》附录中有《黄文焕年谱》与《黄文焕诗文钩辑》，对其生平事迹整理详细，足资参考。黄氏一生治学兴趣广泛，评阅书籍囊括四部，是明末清初时期不可忽视的一位评点名

① 张忠纲、赵睿才、綦维、孙微编著《杜集叙录》，齐鲁书社，2008年，第303页。

② 高建进《〈八闽文库〉编纂过程：遍尝文脉传承的甘与苦》，《光明日报》2021年03月23日07版。

家。目前学界关注的热点主要集中在黄文焕的楚辞学和陶诗评注两方面[①]，而诗经学、子书阐释和唐诗评解等领域仍有许多空间留待开掘。据雍正、乾隆年间福建著名诗人，黄文焕曾孙黄任（1683—1768）参与纂修的《福州府志》所述：

> 黄文焕，字维章，永福人，天启乙丑进士，为文淹博无涯涘。知海阳、番禺、山阳三县，皆有声。崇祯召试，擢编修。时黄道周以论杨嗣昌、陈新甲得罪逮问，词连文焕，遂同下狱。狱中笺注《楚词听直》八卷、《陶诗析义》二卷。既释狱，乞身归里，《别道周》诗云："自闻钩党独行忧，痛哭批鳞泪未休。欲格君心甘溅血，不教汉祚付清流。雷霆怒尽天回笑，生死移时我掉头。今日全躯同去国，莫将厨俊傲林丘。"后寓居金陵，著有《四书诗经娜嬛》《毛诗笺》《易释》《书释》《老庄注》《陶杜诗注》《秦汉文评》《汉诗审索》《诗经考》。[②]

黄文焕在天启五年（1625）中进士，历任海阳、山阳、番禺三地县令，于崇祯七年（1634）被选为翰林院编修，后晋升左春坊左中允。明亡以后流寓金陵，足迹遍及江浙等地，交往对象多是江南地区的文人名宿。晚年的黄文焕将个人精力集中到了整理旧作和读书著述上，黄任称："甲申后，中允公侨居金陵，有宅一区，列典籍图书尊彝古玉甚

---

① 关于黄文焕楚辞学的研究成果主要有谢模楷《黄文焕〈楚辞听直〉的目录更定及其影响》（《云梦学刊》2021 年第 4 期），李金善、高晨曦《"意法同原"：黄文焕〈楚辞听直〉篇目次序与得失》（《河北学刊》2021 年第 6 期），马银川《清初屈骚传统的发扬：以〈楚辞听直〉〈楚词笺注〉为中心》（《西安文理学院学报（社会科学版）》2022 年第 3 期），以及郭春阳《黄文焕〈楚辞听直〉研究》（安庆师范大学硕士学位论文 2012 年）、李惠姊《黄文焕〈楚辞听直〉研究》（河北大学硕士学位论文 2017 年）、曾翠平《〈楚辞听直〉研究》（浙江师范大学硕士学位论文 2018 年）等学位论文。关于黄文焕陶诗评注的研究成果主要有郭伟廷《论明代黄文焕〈陶诗析义〉在陶学史上创新地位》（《明代文学与科举文化》，中国社会科学出版社，2008 年），刘萍萍《黄文焕〈陶诗析义〉研究》（首都师范大学博士学位论文 2007 年），张贵《高延第批点〈陶诗析义〉的文献价值》（《中国典籍与文化》2017 年第 4 期），李剑锋《陶渊明接受通史》（齐鲁书社，2020 年）等。

② 徐景熹修，鲁曾煜纂《福州府志》，清乾隆十九年（1754）刊本。

富，平生著作等身，咸在其中。”[①]结合《（乾隆）江南通志·人物志》中所说“归寓金陵，著《杜诗掣碧》《史记》《庄子》注”[②]，则《杜诗掣碧》的编纂极有可能是作于明末而成书于清初。

关于《杜诗掣碧》的历代著录情况：康熙五十九年（1720）修成之《上元县志·人物志》中称：“（黄文焕）由山阳令归金陵，经略洪承畴欲荐之，以老疾辞。著作既富，有《杜诗掣碧》及《史记》《老子》注行世”[③]，未提卷数。乾隆二年（1737）成书《福建通志·人物志》《艺文志一》、乾隆十四年（1749）刊《永福县志·人物志》与乾隆十九年（1754）刊《福州府志》中俱谓黄文焕有“《杜诗注》”，未提具体书名与卷数。乾隆五十八年（1793）纂修《麟峰黄氏家谱·艺文志一》著录有《杜诗掣碧》六卷。道光年间重纂《福建通志·经籍志》以及民国二十七年（1938）《福建通志·艺文志》中都将书名误作“《杜诗制碧》”。周采泉《杜集书录》将其列入“辑评考订类”“诗话文说之属”，称：“此书名掣碧，系取杜诗‘或看翡翠兰苕上，试掣鲸鱼碧海中’之意。民国《福建通志·艺文志》作‘《制碧》’，误。光绪二年（一八六七）黄倬昭重刻《陶诗析义》，跋中举此书，并云：‘当时诸书皆锓版，明季吾乡遭倭患，板尽毁，今欲求完好旧本不多觏。’……内容不详，疑为评杜之作。”[④]认为此书有“明季刻”但“未见”。张忠纲先生主编《杜集叙录》之“明代编”中对比后世不同时期文献中的记载，保留了对书名的质疑，并认为：“清顾宸《辟疆园杜诗注解》、吴瞻泰《杜诗提要》时引黄维章（文焕字）语，但未言书名，或即出自此书。”[⑤]

今天看到的《杜诗掣碧》清代抄本共有目录及七言、五言律诗评注各一卷。目录中标明“七律 一百零七首”“五律 四十三首”，但经核

---

① 黄任等撰，陈名实、黄曦点校《黄任集（外四种）·黄任佚诗文》，方志出版社，2011年，第217页。

② 黄之隽、赵弘恩等编《江南通志》，清乾隆元年（1736）刊本。

③ 唐开陶等编《上元县志》，清康熙六十年（1721）刻本。

④ 周采泉《杜集书录》，上海古籍出版社，1986年，第457页。

⑤ 张忠纲、赵睿才、綦维、孙微编著《杜集叙录》，齐鲁书社，2008年，第212页。

查，七律部分还有《王十七侍御抡许携酒至草堂奉寄此诗便请邀高三十五使君同到》一首没有出现在目录中，因此七律部分实有一百零八首。每卷首页首行题“杜诗掣碧　七律”及“杜诗掣碧　五律”，下署“闽黄文焕维章甫评注”，七言律卷端钤有“黄大痴”朱文印。全书采用行楷字体钞写，正文每页八行，每诗题后顶格抄录正文，评注文字另行低一格，不标页数。抄本扉页有黄梅题签，曰：“庄诵先太史公《杜诗掣碧》评注，如斯读法，安得不读破万卷？于戏！梅愿学先太史读书。”[①]《杜诗掣碧·题解》中称“黄梅”为“黄氏裔孙”[②]。今查编修于清乾隆五十八年(1793)的《麟峰黄氏家谱》，世系表中未见有名为黄梅者，说明黄梅生年应晚于修谱时间。该抄本虽然并非全帙，但较为完整地保存了七律与五律各一卷，对我们今天了解原书面貌仍然具有着极为重要的价值。

从20世纪八十年代开始周采泉等前辈学人将《杜诗掣碧》纳入研究视野，但未曾亲见，只是依靠文献记载对基本信息进行钩稽推测，多有不确之处。如今随着黄氏抄本的面世，基本可以确定该书书名为《杜诗掣碧》，“制”字应当是与“掣”繁体字形相近产生的讹误。通过排列黄文焕其他的诗文评注作品也可以总结编者的命名规律，为这一结论增添佐证：如《老子知常》的“知常”出自《老子》第十六章“归根曰静，静曰复命，复命曰常，知常曰明”[③]；《楚辞听直》的“听直”则见于《楚辞·惜诵》“俾山川以备御兮，命咎县使听直”[④]；《陶诗析义》的“析义”源出陶渊明《移居二首》其一的名句“奇文共欣赏，疑义相与析”[⑤]。由此可知，黄文焕为著作命名有使用典籍原文中的某个特殊语词作为书名的习惯。一般是在典籍名称之后补缀典籍原文中

---

① 《八闽文库》编纂委员会《福建文献集成·初编·集部一》，福建人民出版社，2020年，第7页。

② 《八闽文库》编纂委员会《福建文献集成·初编·集部一》，福建人民出版社，2020年，第3页。

③ 朱谦之《老子校释》，中华书局，1984年，第66页。

④ 洪兴祖撰，白化文等点校《楚辞补注》，中华书局，1983年，第122页。

⑤ 陶潜著，龚斌校笺《陶渊明集校笺》，上海古籍出版社，1996年，第114页。

的一个两字词语，一般前一字为动词，后一字为名词。《杜诗掣碧》的“掣碧”二字应该就是取自《戏为六绝句》其四的最后一句，原诗为“未掣鲸鱼碧海中”。自唐宋以来，“碧海掣鲸”就被认为是对杜甫创作风貌的生动比拟，也体现了他鲸鱼碧海式壮美的审美理想，如《新唐书·杜甫传》中说：“至甫，浑涵汪茫，千汇万状，兼古今而有之，他人不足，甫乃厌余，残膏剩馥，沾丐后人多矣。”[①]由此看来，黄文焕以“掣碧”命名此书，也是推尊杜诗包罗万千的宏大气象，可为后来者典范之意。

二、《杜诗掣碧》的早期流传及与《辟疆园杜诗注解》之关系

关于《杜诗掣碧》早期的流传情况，主要见于黄任所作的《恭纪中允公遗集诗十六首》中。他在整理曾祖黄文焕遗作时，写下这组诗记述其事，其中就透露了与注解杜诗相关的历史信息。第十三首曰：

> 虫鱼诠次杜陵笺，剥蚀铅丹色尚鲜。别有江花江草泪，置身同在宝元年。（自注：中允公《杜诗句解》曾经检校六次，迁播散失，次序缺乱。今前后补辑，尚得全稿。蝇头蚕纸，皆公手笔。三复遗篇，不胜世泽之感。）[②]

第十四首曰：

> 别类编年集异同，珠联璧合见宗工。浣花全幅春江锦，剪碎邱迟一段中。（自注：中允公《杜诗全注》未登剞劂，独五、七言律为人借刻，世所传辟疆园本也，惜全稿无力梓行。）[③]

首先从组诗体例来看，诗歌正文叙述著作的大致内容，自注中标出书名并说明留存情形。即使是注解同一经典，不同书目也会分首题写，如第七首的《诗经娜嬛》和第八首的《诗经正解》。可见黄文焕当时注

① 欧阳修、宋祁《新唐书》，中华书局，1975年，第5738页。

②③ 黄任等撰，陈名实、黄曦点校《黄任集（外四种）·黄任佚诗文》，方志出版社，2011年，第218页。

解杜诗一共留下了两种著作，分别名为《杜诗句解》和《杜诗全注》，前者“次序缺乱”为黄任补足，后者按体分类、编年排列，在整理时尚可得见全稿，而两书从黄文焕生前一直到黄任时期都未曾付梓。其次，自注中称《杜诗全注》“五、七言律为人借刻，世所传辟疆园本也”，内容上应是包含了全部杜甫诗，结合历史背景和黄文焕生前交游来看，所谓“辟疆园本”指的是康熙二年（1663）苏州吴门书林刊行，无锡文人顾宸（1607—1674）所著的《辟疆园杜诗注解》[①]。顾宸，字修远，号荃宜，居所称辟疆园，是当时著名选文家和出版家，以“辟疆园刊”选编并刊刻了大量的前代诗文以及时人房书、应制文集。黄文焕流寓南京时曾与顾宸交游。

黄任注中提到的“借刻”即借出刊刻之意，指在自己所编书中刊刻他人的内容，是当时的一种常见作法，并无剽窃抄袭的意味。如《夏节愍全集》卷首《事略》附录《南吴旧话录》载：“时瑗公时艺半为他人借刻，靖调戏曰：‘尊公近日何以喜为裁翦？’存古请故，靖调笑曰：‘不然，窗稿多为他人作嫁衣裳。’”[②]另如《清稗类钞》中有“周静植诗为人借刻”条，其曰：“周诗随作随散，其婿乡为江宁，故流布江宁者尤多。一时名下士或借刻之。”[③]俱属此类。《辟疆园杜诗注解》在成书过程中的一大特点就是注意吸收当代重要的注杜成果，如钱谦益在《与朱长孺》中提及“修远不查，误录一二册，附时贤后”[④]，指的就是当时顾宸前往钱家抄录未完成的《笺注杜工部集》。同时顾宸还延揽了王士禛、龚鼎孳等文人参与对稿本的评阅，评阅内容既有杜诗也包括顾注，他们的评语在刊刻时被标明和保留，共同成为了全书的组成部分。翻检《辟疆园杜诗注解》，书中的确以“黄文焕曰”的形式标出了

---

① 《辟疆园杜诗注解》属于“分体律注”，其中《七律注解》五卷初刻于顺治十八年（1661），《五律注解》十二卷初刻于康熙元年（1662），两者于康熙二年（1663）在苏州吴门书林合订刊行。

② 夏完淳《夏节愍全集》，清嘉庆十二年（1807）刻本。

③ 徐珂编撰《清稗类钞》第八册，中华书局，1986 年，第 3920 页。

④ 钱谦益著，钱曾笺注，钱仲联标校《牧斋杂著》，上海古籍出版社，2007 年，第 234 页。

约三千字的评语，分布在17题18首诗中。既然黄任明言黄文焕注杜之书在清初“未登剞劂”，因此“为人借刻”当是指顾宸摘取了黄文焕《杜诗全注》五、七言律的部分内容，在自己所编著的《辟疆园杜诗注解》中刊出一事。

确认了黄文焕“《杜诗全注》”与顾宸注的关系之后，再来看《杜诗掣碧》抄本中的情况。将《辟疆园杜诗注解》中的黄文焕评语与黄氏抄本相对比，可以发现《奉和贾至舍人早朝大明宫》《狂夫》《闻官军收河南河北》《登高》《玉台观》以及《秋兴八首》其六、《咏怀古迹五首》其一和其五等8首诗中的评语内容相同，两者只存在个别的文字差异。这些评语极少涉及训诂考证，多是对诗歌章法的点明以及诗歌内涵的意解，与黄任描述《杜诗全注》的情况吻合。由此也可以判断，《杜诗掣碧》与所谓“《杜诗全注》”应同出一源，或者两者就是同书异名的关系。

除以上8首外，《辟疆园杜诗注解》中还保存了一部分黄文焕独有的评注，这些评注并不见于黄氏钞本，共涉及10首，现辑录于下：

1.《奉酬严公寄题野亭之作》

黄维章曰：因严有“漫向江头把钓竿”之句，故杜曰“幽栖真钓”；因严有“懒眠沙草爱风湍”之句，故杜曰“从来水竹”；因严有“弛马直到”之句，故杜曰“无径欲锄”，句句相映。《新书》钩帘欲杀甫之语，最为诬妄。余观子美集中诗，凡为武者，几三十篇。送其还朝者曰：“江村独归处，寂寞养残生。”喜其再镇蜀曰：“得归茅屋赴成都，真为文翁再剖符。”此犹武在时语。至哭其归榇及《八哀诗》“记室得何逊，韬钤延子荆”，盖以自况。“空余老宾客，身上愧簪缨”，又以自伤。若果有欲杀之怨，必不应眷眷如此。好事者但以武诗有“莫倚善题鹦鹉赋”之句，故用证前说，引黄祖杀弥衡为喻，武宁肯以黄祖自比乎？[1]

① 顾宸《辟疆园杜诗注解》七律卷二，清康熙二年(1663)吴门书林刊本。

2.《暮春》

黄维章曰：杜律说乐偏从苦处说，说苦偏从乐处说，乐时逢苦亦乐，苦时逢乐亦苦，往往拈作互映，然逢乐亦苦处为多。[①]

3.《见王监兵马使说近山有白黑二鹰罗者久取竟未能得王以为毛骨有异他鹰》

黄维章曰："不惜"字、"恣"字，写出鹰之敢于履险蹈危，起下"只教破""何事求"二语。[②]

4.《秦州杂诗二十首》其一

黄维章曰：必如此注，"怯""愁"二字，始押得稳。[③]

5.《野望》

黄维章曰：余解此诗，亦以见不见，分切题中"望"字。读此注，详悉朗晰，复加数倍。杜律有字字切题者，余每欲专录数首以为法，此其一也。不经修远苦心解出，不知切题之妙。[④]

6.《闻斛斯六官未归》

黄维章曰：此等考核，足破从来愦愦。若非随得随费之事实可据，则"老罢休无赖"一语茫不可解。[⑤]

7.《台上》

黄维章曰：不合前诗，则"改席""留门""复光"诸字义俱不可通。[⑥]

8.《承闻故房相公灵榇自阆州启殡归葬东都有作二首》其一

黄维章曰：自当以"太守"为是。召拜大司寇，赠官太尉，俱未实授，故置之不言。必曰官尊始得体，则题中先宜

①② 顾宸《辟疆园杜诗注解》七律卷四，清康熙二年(1663)吴门书林刊本。

③④ 顾宸《辟疆园杜诗注解》五律卷三，清康熙二年(1663)吴门书林刊本。

⑤ 顾宸《辟疆园杜诗注解》五律卷四，清康熙二年(1663)吴门书林刊本。

⑥ 顾宸《辟疆园杜诗注解》五律卷六，清康熙二年(1663)吴门书林刊本。

书"太尉",不宜言"故相"矣。且"远闻"二字,从蜀道中言之,尤当称"太守"也。兼下有"崇班"句,实指太尉之赠,此处先言"太尉",毋乃复乎? 胡意主于驳刘,不绎诗体,乃争官体,何也?①

9.《日暮》

黄维章曰:一结句翻转全首,杜法每如此。杜律最是平淡处难及,看杜律,亦最是平淡处难看。注到一切无涉,灯花亦无用,使我异乡老年之人泪下视子美十倍。②

10.《归雁》"闻道今春雁"

黄维章曰:"是物关兵气",是通首之关捩。本属避寒,乃亦因乱而远飞,亦若避乱者然。闽中雁少,粤中雁尤少,以地太煖,山谷时有瘴气,雁虽欲就煖,不能受瘴故也。惟处处烽燧,而雁始远徙,观雁足以知兵气之驱人矣。引徐浩之奏,洗发"闻道",拈出"志异"二字,句句通彻,谓匡解颐,修远殆凌出其上。结句以千秋映"春",以"年年"映"今春",志异之旨,尤为快绝。③

这些诗歌和评语不见于抄本《杜诗掣碧》当中,是黄文焕研杜成果重要的补充和辑佚。其中还有一些明显是评议顾宸注杜优劣的文字,如《野望》"不经修远苦心解出,不知切题之妙",《归雁》"谓匡解颐,修远殆凌出其上",说明当时顾宸不仅征引了黄文焕的注杜成果,黄文焕也是《辟疆园杜诗注解》编纂的参与者和评阅人,为两人的文学合作与交游留下了明证。

在《辟疆园杜诗注解》之外,清代诗学文献中征引过黄文焕评语的还有康熙二十二年(1683)刊本陈之壎《杜工部七言律诗注》、康熙末年山雨楼刻本吴瞻泰《杜诗提要》、雍正三年(1725)刊本李文炜《杜律通解》、乾隆二十三年(1758)刊本蔡钧《诗法指南》等,但数量不多。可以说,在黄氏抄本发现以前,世人对黄文焕评注杜诗的了解主要还

①②③ 顾宸《辟疆园杜诗注解》五律卷十一,清康熙二年(1663)吴门书林刊本。

是依赖《辟疆园杜诗注解》保存的内容，一直到《杜甫全集校注》，其中的“黄文焕曰”也皆是转引自顾氏。可见没有及时刊刻，直接影响了《杜诗掣碧》的流传，学界甚或以为该本早已散佚不传。

三、以“杜诗四胜”为核心的艺术品评

刘勰在《文心雕龙·知音》中将文学鉴赏归纳为六个方面：“是以将阅文情，先标‘六观’：一观位体，二观置辞，三观通变，四观奇正，五观事义，六观宫商。斯术既形，则优劣见矣。”[①]在《杜诗掣碧》中，黄文焕侧重从艺术形式方面评点杜诗，并且归纳了四个品评要点，所谓：“杜诗佳处，种种不一：有以意胜者，有以篇法胜者，有以俚质胜者，有以仓卒造状胜者。”[②]四点分别对应了文本内涵、诗歌结构、语言风格和创作技法等方面。黄文焕以此为依据进行自己的品评，有时也对相互之间的关系提出思考。

其一，在创作实践中关注杜诗如何处理诗意与诗“料”的关系，也即“以意胜者”。所谓“料”是黄文焕评诗的一个常用词汇，指代词语、典故等广义上的诗歌素材。以名篇《登高》前四句为例，黄文焕曰：“两联皆属命意，意虽曲而料浅，浅恐减色。结句亦与次两联皆属熟语，熟俱涉浅，却从起处用浓以振其声势，使意少者料多，料少者意多，互相救佐，此律家绝顶法门。昔人谓此篇属律第一，良不诬也。风急云净，而猿声为风迭送，故曰‘天高啸哀’。鸟似可□沙，沙之清白者‘飞回’，亦因风急贯耳，无边不尽。佳在拈出登高望远心眼，若不从登高想其命意，则不尽滚滚来，谁曰此俚语应抹哉？居卑而望，木前有远，江来有尽，以徂于见也。惟从高处遥看，则处处之木声萧萧如尽入耳中，处处之江势滚滚如尽迫足下，恰是实境景。”[③]诗中大

① 戚良德《文心雕龙校注通译》，上海古籍出版社，2008年，第548—549页。

② 《八闽文库》编纂委员会《福建文献集成·初编·集部一》，福建人民出版社，2020年，第18页。

③ 《八闽文库》编纂委员会《福建文献集成·初编·集部一》，福建人民出版社，2020年，第60—61页。

规模使用了“风急天高”“渚清沙白”“萧萧下”“滚滚来”等常见意象，这本来容易使诗歌减色，但诗人“从起处用浓以振其声势”，在首联铺设出登高望远的辽阔境界，存含蓄不尽之意，这就为后续转入抒情奠定基调，达到了“意少者料多，料少者意多，互相救佐”的效果。另如《吹笛》一诗，黄曰：“以‘傍几处明’‘愁中却尽生’另出新意，遂使故实能灵。后人填料不能出意，徒为故实所用耳。‘堪北走’‘想南征’，因闻笛而感安史吐蕃乱况南北，故借刘琨笳啸与马援笛曲并言之。‘堪’字、‘想’字有味，是悼时事，非填故实。”[①]此处则是强调在语料的使用上要通过精心巧思使其翻旧为新，推进诗歌意蕴的表达，而非仅仅是堆砌成句，反而让典故的使用妨碍诗意的表达。

其二，在篇章结构中观察杜诗谋篇布局的匠心独运，也即“以篇法胜者”。王夫之提出：“不为章法谋，乃成章法。所谓章法者，一章有一章之法也。千章一法，则不必名章法矣。”[②]杜甫诗歌的篇法复杂多变，黄文焕立足文本结构，采取了解诗与品评相结合的形式进行揭示，如《见萤火》一诗，黄曰：

> 由山上而到帘间，由帘外两入屋里而出檐前，由檐前而下绕井栏，由井栏而傍穿花蕊，以远飞、近飞之高低，分派点缀。飞山为高，穿帘为低，入衣益低，屋里出帘前复高，绕开井栏径花蕊复低。题是“见”字，于此叠出所见，却依然浑合无痕。琴书冷，萤若为暖之，其物有功于人乎？星宿稀，萤若为补之，其物有功于天乎？“冷”字，“稀”字隽，“惊”字、“乱”字，是赞是刺，是褒是贬，无所不有。萤影照于井中，则一影添为两萤，故曰“个个”。惊人间、乱天上者，又透地底矣。三才之区，均萤所全历矣。咏物常景，笔法凑泊相映，奇幻至此。“辉辉”曰“弄”，工于体物，凡萤集，则其尾后之光迭开迭合，不肯一停，故曰“弄”。花蕊待绽，各自当本色

① 《八闽文库》编纂委员会《福建文献集成·初编·集部一》，福建人民出版社，2020年，第93页。

② 王夫之著，李金善点校《明诗评选》，河北大学出版社，2008年，第263页。

之花，光萤与相弄，此辉复斗彼辉矣，故曰“弄辉辉”。结以归致问于萤火，尤为答联有致。[①]

评注从一开始就点明，前三联通过空间位置的变化表现了诗人观物视角的移动，呼应了诗题中的“见”字：“于此叠出所见，却依然混合无痕。”中间部分通过分析字句，将诗歌的丰富情景逐层呈露，供读者玩味。最后则点出尾联在全篇中的作用，归结章法之妙。在黄文焕看来，篇法与诗意互为表里，篇法不仅是写作技法，还关系到诗歌的意涵生发与情感流动，所谓“读杜不绎章法，但借句法，愈解愈误”[②]。因此，评点篇法也是解诗的客观需要，如《江村》一诗的开篇，黄文焕曰：“题是《江村》，首句由江及村，次句合言之由村及事。梁燕村中之物，水鸥江中之物，概属村中事，钓属于江中事，诗料暗分无迹。此等题法命意，则以‘幽’字总掣。”[③]就是从诗题与正文关系的角度，先行梳理了全篇的行文脉络，提炼出了解读的重点。

其三，在语言风格上品味杜诗如何以不加矫饰的语言道出深情，也即“以俚质胜者”。黄文焕认为：“俚字处成奇意，料俚而能雅，是杜诗所长。”[④]如《送路六侍御入朝》，原诗：“童稚情亲四十年，中间消息两茫然。更为后会知何地，忽漫相逢是别筵。不分桃花红胜锦，生憎柳絮白于绵。剑南春色还无赖，触忤愁人到酒边。”[⑤]黄文焕曰：“至情之言，不肯以雕琢字句自掩，直直说出，妙在用质。以‘四十年’总数，以‘中间’折数，工于用折；先说‘后会’，次说‘相逢’，工于用倒。后半无端妒憎，恨物恨天，最善造怪造惨。‘不分’‘生憎’，我之不如见彼；

---

① 《八闽文库》编纂委员会《福建文献集成·初编·集部一》，福建人民出版社，2020年，第57—58页。

② 《八闽文库》编纂委员会《福建文献集成·初编·集部一》，福建人民出版社，2020年，第50页。

③ 《八闽文库》编纂委员会《福建文献集成·初编·集部一》，福建人民出版社，2020年，第114页。

④ 《八闽文库》编纂委员会《福建文献集成·初编·集部一》，福建人民出版社，2020年，第63页。

⑤ 萧涤非主编《杜甫全集校注》，人民文学出版社，2013年，第2779页。

曰'触'曰'到',彼之偏来搅我;着'春色还'三字,天宁照物,不肯照人,四语互映。'酒边'二字尤多味,籍酒本以销愁,乃触愁者到而销愁者,反无力矣。杜律惯于质朴之后,忽能出奇,此体三唐之人皆不能到,毋论后代。到既不能,知之亦少,杜真独立矣。"[1]这首诗在语言上明白如话,黄文焕就从词句的前后照应着眼,以细致分析娓娓道出其中的深挚情感,同时还通过对比,突出老杜在质朴而能出奇上的风格特色。黄注中诸如此类的评注还有很多,另如《送辛员外》,黄曰:"杜多倒句,此尤奥信,后四句以质语写情,佳在'何由得'之后,指入'未拟回',痴迷殊甚。昨已分手,再言'江边'承'同舟','树里'承'并马',怅望独归,此与《送路六侍御》同法。彼系前四句用实语,此系后四句用质语。语愈淡,情愈深。"[2]将《送辛员外》与《送路六侍御》进行同类归纳,既显示黄文焕对杜诗"善于用质"的重视,也体现了他在评注杜诗时有着固定的角度与标准。

其四,在细部刻画中体会杜诗描摹情状的擅场,也即"以仓卒造状胜者"。如《闻官军收河南河北》,前人评点此诗多着眼于全篇浑成一气和情意真切的特点,黄文焕则在逐层递进中重点剖析人物情态的发展变化:"哀不甚则喜不深。笔法佳处在'忽传'之后,接以'初闻涕泗满衣裳',势达意曲,然后转入'愁何在''喜欲狂'。若第二句遽说快心,便浅直矣。增愁者,妻子之累,今不忧贻累,故曰'却看何在'。遣怨并诗书之力,今不待借力,故曰'漫卷''欲狂'。'放歌'映'卷诗书','作伴'映'看妻子',妙在相承中又进一层。诗意之中,诗书不如我之歌,既以歌敌诗书,须纵酒,益不暇观诗书矣。束装之际,妻子固属伴,还时当喜矣,则□气益复照人。青春为吾作伴以送还乡,不独妻子称伴也。……此首之'忽传''初闻''却看''漫卷''即从''便下'写出仓皇颠倒、忽哭忽歌、悲喜交集之态,使

---

① 《八闽文库》编纂委员会《福建文献集成·初编·集部一》,福建人民出版社,2020年,第19页。

② 《八闽文库》编纂委员会《福建文献集成·初编·集部一》,福建人民出版社,2020年,第121页。

人千载如见。”[1]揭示出了诗中情感动态变化的过程。除了人物情态以外，书中还留心揭示杜诗对自然景物的动态捕捉，如《小寒食舟中作》颈联“娟娟戏蝶过闲幔，片片轻鸥下急湍”，黄曰：“蝶、鸥一联，字字新奥，穿花之蝶多忙，方戏则蝶闲矣。闲幔者，无人之幔，益供戏蝶之飞逐，莫之扰阻，以避父讳作‘开’者谬。‘娟娟’写出戏态。鸥本自轻，易于下湍，湍急则益助其轻。‘片片’写出轻状。”[2]虽然限于体例，书中对同一话题的见解分散在多首诗歌的注释当中，但由于确立了一个相对稳定的评价体系，故而于内在标准上仍具有统一和连贯性，散而不乱，都反映着评点者的文学趣味。

四、以会意评点为主的研究模式

在《杜诗掣碧》中，黄文焕对作家的为文之心有着特别的重视，如其所言：“文心所到，无者可有，虚者可实，当日创造云雨之言，迄今楚宫灰烬，实者皆虚，有者已无，而此文心不朽。”[3]为了昭示杜甫的文心，书中评注杜诗呈现出以下特点：

（一）采用以会意评点为主的研究模式

周兴陆认为：“宋代以来的杜诗研究主要有四种范式：文字名物的训诂、本事履历的考证、会意评点、字句章法的分析。当然在具体的杜诗研究中这四种模式往往是相互交叉兼容的。”[4]黄文焕的《杜诗掣碧》以会意评点为主，不以训诂考证为能事。历代的杜诗注释者重视杜甫诗歌与前代典籍的联系，留心揭示杜诗词语的丰富语意，往往将考证诗中相关史事作为杜诗注释的重要内容。而在《杜诗掣碧》

---

① 《八闽文库》编纂委员会《福建文献集成·初编·集部一》，福建人民出版社，2020年，第17—18页。

② 《八闽文库》编纂委员会《福建文献集成·初编·集部一》，福建人民出版社，2020年，第97—98页。

③ 《八闽文库》编纂委员会《福建文献集成·初编·集部一》，福建人民出版社，2020年，第32页。

④ 周兴陆《诗歌评点与理论研究》，凤凰出版社，2011年，第453页。

中，对典故考证的态度是重视文本信息的正确性，也有充分的历史背景交代，但是不作为评注的主要内容，在形式上多是直道结论，较少征引书证。例如《赠田九判官梁丘》中有“陈留阮瑀谁争长，京兆田郎早见招”两句，黄曰：

> “谁争长”“早见招”，用阮瑀、田凤事，皆以翻用破板。瑀与陈琳同为曹操记室，今田只一人，故莫与并争。田凤为郎，灵帝羡其堂堂，今梁丘虽未授朝中之郎官，而以入朝得为帝所见，则且早于受知矣。结句勉以引进贤才，又承“谁争长”，翻映为一身计，则独任为宠，不愿两人争长。为佐翰以佐朝廷计，则众任乃济。[①]

阮瑀、陈琳事迹见于裴松之《三国志》卷二十一《魏书·阮瑀传》，汉灵帝以“堂堂”称赞田凤见于赵岐《三辅决录》卷二：“长陵田凤字季宗，为尚书郎，容仪端正。入奏事，灵帝目送之，因题柱曰：‘堂堂乎张，京兆田郎。’”[②]两者都是称美郎官近臣的典故。注中虽然没有列出文献出处，但不详征其事而能举其义，并没有妨害知识信息的补充，在细致分析了用典之后，还能以此作为线索解读诗意。

以今天的学术要求来看，黄文焕没有出示原始出处的作法并不严谨规范，也使评注内容在可信度上有所缺憾。但是据黄任《恭纪中允公遗集诗十六首》诗中显现，黄文焕当时编纂了两部杜诗注解书目，“曾经检校六次”的《杜诗句解》“虫鱼诠次杜陵笺”，说明该书重在训诂和考证文本信息；而与《杜诗掣碧》同源或同书异名的《杜诗全注》则“别类编年集异同，珠联璧合见宗工”，说明采取了按诗体分类编年的方式编排，内容上侧重说明诗中的工法技巧。两书正好是相互补充的关系，合而观之才是黄文焕注杜的全貌。可见黄文焕并非不重视考证训诂，而是《掣碧》的性质造成了这部分内容的缺失。

---

① 《八闽文库》编纂委员会《福建文献集成·初编·集部一》，福建人民出版社，2020年，第69—70页。

② 赵岐等撰，张澍辑，陈晓捷注《三辅决录　三辅故事　三辅旧事》，三秦出版社，2006年，第50页。

（二）侧重对诗歌情境的开掘和阐发

陈永正在《诗注要义》一书开篇即云："注释诗歌之难，其缘由主要有三：一为注家难得，二为典实难考，三为本意难寻。"①如何揭示寄托在诗中的意趣是注诗者面临最艰难的挑战。在《杜诗掣碧》注解实践中，黄文焕尤其重视语脉字句，往往通过细读分析对诗歌意象空间有依据地进行填充，厘清其中内在的逻辑，道出文本的内在含义。如《狂夫》一诗的名句"风含翠篠娟娟净，雨浥红蕖冉冉香"，黄文焕曰：

> 解是诗者，谓风含翠篠，而其净娟娟，雨所润也；雨浥红蕖，而其香冉冉，风所送也。风中有雨，雨中有风，此解甚佳。而吾谓：杜旨不如是。凡净从雨说，香从风说，此常景常意耳。必从风说净，从雨说香，乃翻常景为新景，翻常意为新意，此老杜精于观物处。雨之洗尘使净不如风之捷于去尘，不待洗而净。"含"字最妙，恒含则恒净矣，若用"吹"字便浅而稚。风中之花味，因风驱而远香，不如雨中之花味因雨渍而倍有深香。"浥"字最妙，弥浥则弥香矣，若用"洒"字便浅而俗。"娟娟""冉冉"，尤写出风雨中篠蕖之态。竹叶本轻，风含之则益轻而逸，故其逸致娟娟生妍。莲苞本重，雨浥之则益重而垂，故其体势冉冉婉弱。状物之妙，竟如两幅美人图。②

诗中写"风含"使竹"净"，"雨浥"使莲"香"，以常理度之颇显矛盾。黄文焕所说"风中有雨，雨中有风"的解法，出自罗大经《鹤林玉露》："杜少陵诗云：'风含翠篠娟娟净，雨浥红蕖冉冉香。'上句风中有雨，下句雨中有风，谓之互体。"③罗氏认为，风雨交作使得竹净、莲香，诗中不过是分开叙说，在理解上则需要整合上下两句来看。黄文焕评价"此

---

① 陈永正《诗注要义》，上海古籍出版社，2018年，第3页。

② 《八闽文库》编纂委员会《福建文献集成·初编·集部一》，福建人民出版社，2020年，第26—27页。

③ 罗大经撰，孙雪霄校点《鹤林玉露》，上海古籍出版社，2012年，第83页。

解甚佳”，但却认为这种解读下的“常景常意”，并不符合老杜写诗的用心。在他看来，此处用字是杜甫有意为之，自有其深意，“乃翻常景为新景，翻常意为新意”。然后细致分析了“风”“雨”两字放在句中的合理性，以及和“娟娟”“冉冉”内在的照应。按照黄文焕的解读，既理顺了诗句在表意逻辑上的不通之处，又揭示了老杜“状物之妙”。比较两家说法，其实都能自圆其说，但黄文焕重视杜甫用字的翻新和状物的精妙，在艺术批评的层面能带给读者更多的思考。在客观实际上，也更符合老杜“下笔如有神”，重视诗句传神之妙的创作理念。

在一些寄寓着人生感想的诗篇里，黄文焕还善于对诗人幽微的情思进行还原与深度描绘。对于诗中某些不易言说处采用自我宣言式的内心独白来进行剖析，为老杜代言，说出诗中未曾言明之意。如《秋兴八首》其三，黄文焕曰：

> 衡上日蚀地震之书，元帝悦之，迁为太傅。宣帝初立《穀梁春秋》，征刘向。两皆见用于君，得以显其功名，快其心事。此吾新学抗疏传经，而功名薄，心事违，自叹卑伏之身，无由效忠于国，日坐江楼，不得为衡、向也。既不能追古人，有不屑偕今人，彼纷纷不贱者，只解自为轻肥计耳，吾安能一唤醒之，俾忽及国家事哉？有才者不见用，用者非有才，愤嘲之后，高一浑浑，不露怒骂，但若羡之。“多”字、“自”字冷。[1]

在这首诗中，评点者设身处地体会诗中所写的典故，力求接近作者的所思所想，然后以第一人称“吾”道出作者的心意，使得解读更加真切可感。这种对诗家之心的追索，对杜甫生命波澜的触碰，正是黄文焕所特别重视的。

（三）重视作诗之法，意在指明学诗路径

在“杜诗四胜”之外，书中论诗还尤为注重一个“法”字。胡应麟

---

① 《八闽文库》编纂委员会《福建文献集成·初编·集部一》，福建人民出版社，2020年，第43页。

在《诗薮》中称:"李杜二家,其才本无优劣,但工部体裁明密,有法可寻;青莲兴会标举,非学可至。"[①]对于杜诗中的法,黄文焕根据诗中的具体表现来展开讨论,内容涉及字法、句法、章法、修辞和整体风格等多个方面,有时还会采取同类比较的方式进行解读。如《奉和贾至舍人早朝大明宫》,黄文焕在评点中用了大量篇幅将贾至、王维、岑参三人与杜甫的同题作品进行对读,目的就在于突出杜甫在诗法上的用心:"此时合贾至、王维、岑参互看,方知老杜作法之高,匠心之苦,判然相隔矣。贾、王、岑三首,意与句皆顺流而下,虽三首皆佳,未免雷同。惟杜变幻之极,苦心妙法,不得草草看过。"[②]另如黄文焕在顾宸《辟疆园杜诗注解》《野望》一诗的评语中说:"余解此诗,亦以见不见,分切题中'望'字。读此注,详悉朗晰,复加数倍。杜律有字字切题者,余每欲专录数首以为法,此其一也。"[③]也体现了对杜诗诗法的留心整理。

参阅黄文焕其他的评点著作,可以看出他对诗法的重视是一以贯之的,只是在不同的作家作品中,想要促成的目的有所不同。例如《陶诗析义・自序》曰:"古今尊陶,统归平淡;以平淡概陶,陶不得见也。析之以练句练章,字字奇奥,分合隐现,险峭多端,斯陶之手眼出矣。"[④]黄文焕以章法句法分析陶诗,意在揭示出"平淡"之外陶诗的多重风格。又如《楚辞听直・凡例》称:"余所细绎,概属屈子深旨,与其作法之所在。从来埋没未抉,特为创拈焉。凡复字复句,或以后翻前,或以后应前,旨法所关,尤倍致意。"[⑤]可见对楚辞作法的关注,则是与诗歌旨趣的阐微显幽相互结合。而在杜甫诗歌的评点中,黄文焕分析诗法,不仅关系到对诗意的解读,更在于确立标准,对读者指

---

① 胡应麟《诗薮》,上海古籍出版社,1979年,第190页。

② 《八闽文库》编纂委员会《福建文献集成・初编・集部一》,福建人民出版社,2020年,第108页。

③ 顾宸《辟疆园杜诗注解》五律卷三,清康熙二年(1663)吴门书林刊本。

④ 黄文焕析义《陶元亮诗》,《四库全书存目丛书・集部三》,齐鲁书社,1997年,第157页。

⑤ 黄文焕撰,黄灵庚、李凤立点校《楚辞听直》,上海古籍出版社,2019年,第3页。

明学诗路径。如《望兜率寺》的评语中所说:“读杜诗而不知其承上之法,收句之可抹,字字难通矣。学杜诗而不学其承上之法,一切皮肤,岂有似处?”[1]明乎此点,才能更加完整理解该书的编纂旨趣。

结论

总体来看,作为一部杜诗评注本,《杜诗掣碧》采取的主要是以感发体悟为主的解诗方式。书中存在着体例上的问题,例如没有确立一个翔实考究的底本,在部分篇目考订上不够严谨,在文本信息考证上极少说明出处等。这些疏漏固然与黄文焕两书分立(《杜诗句解》与《杜诗全注》)的体例设置有关,但也是由该书“说明杜诗诗法妙旨为主”[2]编纂旨趣所造成。从呈现效果来看,黄文焕并不是虚无依傍,或者将自己凌驾于文本之上,而是对基本的历史信息都有着明确的交代与说明,并未忽略时代对于文学作品的影响。在杜诗艺术方面,书中除了有一般性的技法点明和思想解读,还有着以“意”“篇法”“俚质”“仓卒造状”四个要点为核心的杜诗审美讨论以及从杜诗生发出对人生境遇的思考,如果说前者是对杜诗评点史既有研究的延续,那么后者则是编者黄文焕个人诗学趣味的生动展示。从明清杜诗批评发展的大背景来看,黄文焕的这种作法自有其脉络渊源,自胡应麟、钟惺、谭元春,再到明末的卢世㴶、王嗣奭等人,明代的杜诗学绵延着一股“重格调、重风韵、重性灵(重情境)”[3]的风气。《杜诗掣碧》处在明末清初杜诗阐释迈向追求实证化、考据化、经学化的转折和过渡时期,但仍承继了明代感悟式批评的流风余绪。同时,重文辞、重情境的评点方式有效实现了文本内涵的增殖,扩大了诗歌的解释

---

① 《八闽文库》编纂委员会《福建文献集成·初编·集部一》,福建人民出版社,2020年,第199页。

② 《八闽文库》编纂委员会《福建文献集成·初编·集部一》,福建人民出版社,2020年,第3—4页。

③ 孙学堂《明代诗学与唐诗学》第七章“明代杜诗学举隅”,齐鲁书社,2012年,第488页。

空间，真正由文学指向了人心。因此，作为一部独具特色的杜诗评注本，黄文焕《杜诗掔碧》在明末清初杜诗评点史上也应该有着重要的位置。

（山东大学儒学高等研究院）

朱庭珍《筱园诗话》唐宋兼融诗论

郭前孔

内容摘要：朱庭珍《筱园诗话》堪称晚清诗话之翘楚，被誉为“近代诗话的优秀作品之一”。其所论虽无大创见，但能融合古今之长，集前人诗论之大成。特别是在唐宋诗观方面，体现出了折中唐宋的通达态度，赢得了时流的广泛青睐。其兼容唐宋诗论表现在：以源流论诗，唐宋皆“流”；肯定宋诗变化，反对祧宋祢唐；其品评历朝诗人也不限隔唐宋，而是实事求是。在诗歌审美范式方面，他主张诗歌中性情和学问二元要素的有机结合，天分学力同等重要。

关键词：《筱园诗话》；唐宋兼融；诗论

The Compatibal Poetry Theory of Tang Poetry and Song Poetry About Zhu Tingzhen's *Xiao Yuan Poetry Talks*

Guo Qiankong

Abstract: Zhu Tingzhen's *Xiao Yuan Poetry Talks* is praised the

outstanding write of poetry talks in the late Qing Dynasty and it is one of the excellent poetry talks in the Modern History. It is the compatibility of ancient and modern poetry theory though it there is not grout original idea. There is a optimistic attituic about idea of Tang poetry and Song poetry specially in this book and is praised widelly by marked poets in that history. Its poetry theory about the compatibility of Tang poetry and Song poetry is embodied. Its poetry theory is talked by source and course of poetry so the Tang poetry and Song poetry are all development. The changing of Song poetry is approved by him and the idea of praiseing highly Tang poetry and throwing Song poetry is opposed by him too. He does not separate Tang poetry and Song poetry in commenting on successive dynasties rather than basing himself on facts. He advocate organic combination of disposition and systematic learning and he think that it is important equally for natural gift and educational level about poetry writing in aesthetic form on poetry.
Keywords: *Xiao Yuan Poetry Talks*; the compatibility of Tang poetry and Song poetry; poetry theory

朱庭珍《筱园诗话》堪称晚清诗话之翘楚，被誉为“近代诗话的优秀作品之一”[①]。蒋寅也对其给予极高评价：“其持论通达平正，文字详密，于是非分寸之辨，剖析极细，有叶燮《原诗》之风，书中论通变亦颇发挥叶氏之说。”[②]初稿草于同治三年(1864)，成于光绪三年(1877)，所论虽无大创见，然能融合古今之长，集前人诗论之大成，与《原诗》在清代前后辉映，充分显示了清代诗学吸纳百川、博取综合的特色；而他折中唐宋的通达诗观，不仅赢得了时流的广泛青睐，对如今的古典文学理论研究界也当有所启示，因而值得挖掘申述。

---

① 蔡镇楚《中国诗话史》，湖南文艺出版社，2001年，第354页。

② 蒋寅《清诗话考》，中华书局，2005年，第596页。

一、通达的诗史观及兼取唐宋的诗法论

面对数千年的中国诗学优良传统，朱庭珍有十分通达的诗学理念，他说："盖上下千年，不比一时一地、一朝一代之较易雄长也。"①每个时代有每个时代的诗歌风尚，从通变角度看待诗歌发展，肯定变化的合理性。他将一部中国诗歌史源流辨正，通其大要，认为源头相同而流别各异，"自来诗家，源同流异，派别虽殊，旨归则一。盖不同者，肥瘦平险、浓淡清奇之外貌耳，而其所以作诗之旨及诗之理法才气，未尝不同"②。各个时代的诗歌从根本上来说具有相通性，都有其"作诗之旨"，遵守"理法才气"，不同的只是面目而已。据此，他理顺诗歌发展史，从两汉以迄明末，言尽"古今诗升降"之规律，并总结道："大约朴厚之衰，必为平实，而矫以刻画；迨刻画流于雕琢琐碎，则又返而追朴厚。雄浑之弊，必入廓肤，而矫以清真；及清真流于浅滑俚率，则又返而主雄浑。典丽之降，必至饾饤，则矫之以新灵；久之新灵流于空疏孤陋，则又返而趋典丽。势本相因，理无偏废。"③他论诗，不言"正变"，而言"源流"，与明七子的以盛唐为"正"，以宋诗为"变"，进而祧唐抑宋大相径庭。《三百篇》是"源"，其后任何时代的诗歌是"流"，这就从理论上解决了唐宋诗何者为"正"，何者为"变"的问题，体现了平视包括唐宋诗在内的各个时期诗歌的公正态度。

《筱园诗话》本为"郡中同人偕及门人二三子"(《筱园诗话自序》)争问诗法、指点迷津而作。诗话中谈到各体诗歌的诗法方法，体现出朱庭珍不薄宋诗、各取所长的诗法见解。他尽管也以严羽"学诗入门须正，立志须高。若入门一误，即有下劣诗魔中之，不可救矣"以及"取法乎上，仅得其中"④为师法标准，但没有严羽"严唐、宋之辨"的论

①② 朱庭珍《筱园诗话》，郭绍虞辑《清诗话续编》，上海古籍出版社，1983年，第2328页。

③ 朱庭珍《筱园诗话》，郭绍虞辑《清诗话续编》，上海古籍出版社，1983年，第2330页。

④ 严羽《沧浪诗话》，何文焕辑《历代诗话》，中华书局，1981年，第687页。

诗偏差。严羽所谓“正”与“高”的对象,是“以汉魏晋盛唐为师,不作开元天宝以下人物”[①],而朱庭珍的诗法理论则打破了这个架构,举凡汉魏六朝、唐、宋诗皆作为“正”与“高”的取法范围,其中多种体式都主张唐、宋兼取。如论如何学七古,因“七古以才气笔力为主,愈变化则愈神明,楼阁弹指,即现虚空,故不妨兼唐、宋诸家众长,示其大也”[②],具体来说,应“以杜、韩、苏三公为法,而参以太白、达夫、嘉州、东川、长吉,及宋之六一、半山、山谷、剑南,金之遗山,明之青丘,皆有可采”;绝句“则中、盛、晚唐及宋人皆可兼学”[③],真正实践了他博取众长、不限隔唐、宋的诗学观念。不过,其诗法观念也有局限性,这就是他仍然拘守叶燮的诗学观。叶燮曾以树木为喻论诗歌史的发展演变:“比诸地之生木然,《三百篇》则其根,苏、李诗则其萌芽由蘖,建安诗则生长至于拱把,六朝诗则有枝叶,唐诗则枝叶垂荫,宋诗则能开花,而木之能事方毕。自宋以后之诗,不过花开而谢,花谢而复开,其节次虽层层积累,变幻而出,而必不能不从根柢而生者也。”[④]对宋以后诗持否定态度,认为无成就可言。朱庭珍为他人所授师法也是如此,认为“学诗须由上而下,自源及流,从古至今。入手尤须力争上游,先熟《三百篇》、《骚》、《选》、古诗,以次并及唐、宋。若宋以后诗,博览之以广见闻,参证得失,不必奉为师法”[⑤]。元明清诗取法虽然大体非唐即宋,或唐宋兼容,不出唐宋诗范围,在某些方面还是有其价值的;尤其是清诗,自有其独特面目和价值,不可轻易否认,一笔抹杀。

---

① 严羽《沧浪诗话》,何文焕辑《历代诗话》,中华书局,1981年,第687页。

② 朱庭珍《筱园诗话》,郭绍虞辑《清诗话续编》,上海古籍出版社,1983年,第2334页。

③ 朱庭珍《筱园诗话》,郭绍虞辑《清诗话续编》,上海古籍出版社,1983年,第2335页。

④ 叶燮《原诗》,丁福保辑《清诗话》,上海古籍出版社,1999年,第588页。

⑤ 朱庭珍《筱园诗话》,郭绍虞辑《清诗话续编》,上海古籍出版社,1983年,第2405页。

二、肯定宋诗变化，反对祧宋祢唐

朱庭珍提倡为诗应取各朝所长，遗貌取神，反对尊唐贬宋、或崇宋抑唐等片面学古的不良倾向，其云：

> 各派皆有所长，亦皆有所短。善为诗者，上下古今，取长弃短，吸神髓而遗皮毛，融贯众妙，出以变化，别铸真我，以求集诗之大成，无执成见为爱憎，岂不伟哉！何必步明人后尘，是丹非素，祧宋尊唐，徒聚讼耶？[①]

进而对南宋以来聚讼纷纭的宗唐者给予批评："执一格以绳人，互相攻击，此弊始于南宋，明代诗人效尤，愈启争端。庄子曰：'辩生于末学'，此之谓也。若别裁伪体，斥绝偏锋魔道，则千古既有定论，寸心亦具是非，属不得已，非好辩矣。"[②]讥之为"末学"，倡导"别裁伪体"，斥责"偏锋魔道"，企图使清代诗学发展跳出门户之见的怪圈，走上广取博采的康庄大道，言论不可谓不尖锐，语气不可谓不恳切。

除上述所论之外，朱庭珍还从肯定变化、反对摹拟的角度给宋诗以很高的评价：

> 宋人承唐人之后，而能不袭唐贤衣冠面目，别辟门户，独树壁垒，其才力学术，自非后世所及。如苏、黄二公，可谓一朝大家，前无古人，后无来者也。半山、欧公、放翁亦皆一代作手，自有面目，不傍前贤篱下，虽逊东坡、山谷两家一格，亦卓然在名大家之列。[③]

朱氏兼容唐宋的主张，还表现在要廓清历代宗唐抑宋之论。明代诗论家杨慎是典型的扬唐抑宋者，论诗认为宋诗无蕴藉含蓄之致，加以

---

① 朱庭珍《筱园诗话》，郭绍虞辑《清诗话续编》，上海古籍出版社，1983 年，第 2330—2331 页。

② 朱庭珍《筱园诗话》，郭绍虞辑《清诗话续编》，上海古籍出版社，1983 年，第 2331 页。

③ 朱庭珍《筱园诗话》，郭绍虞辑《清诗话续编》，上海古籍出版社，1983 年，第 2370 页。

鄙薄。朱庭珍认为其言实属偏见，评云："诗道大而体裁各别，古人谓诗有六义，比兴与赋，各自一体。升庵所引《毛诗》，皆微婉含蕴，义近于风，诗中之比兴体也。所引杜句，则直陈其事之赋体也。体格不同，言各有当，岂得以彼例此，以古非今，意为轩轾哉！宋人诗多为赋体，绝少比兴，古意浸失，升庵以此论议宋人则可。老杜无所不有，众体兼备，使仅摘此数语，轻议其后，则不可。如《三百篇》中……皆直言不讳，怨而且怒，了无余地矣，又岂能以无含蓄而废之？夫言岂一端而已，何升庵所见之不广也！"[①]他批评杨慎观点偏狭，见识不广，对宋诗评论有失公允，显然有为宋诗正名之用意。朱庭珍虽然肯定宋诗，但也实事求是地指出了宋诗某些方面的缺点，如他认为"宋人七律句中好用虚字，每流滑弱，南渡后尤甚"[②]即是一弊病。不过对南宋部分诗人则批评太过，也有失公允，如云："南宋人诗，如杨诚斋、尤延之、戴石屏、刘后村、曾茶山、周益公辈，皆浪得虚名，粗鄙浅率，自堕恶道，披沙拣金，百不获一。"[③]显然有以偏概全之嫌。

三、批评狭隘取径，品类唐宋诗家

朱庭珍诗学视野极为开阔，主张"学者放开眼孔，上下千古，折中于六义之旨，兼收其长，勿执一格，勿囿一偏，以期造广大精深之域。何必是丹非素，执方废圆，为通人所不取乎"[④]。基于此，他对明代高启为诗之自汉、魏、六朝及李、杜、高、岑、王、孟、元、白、温、李、张、王、昌黎、东坡，无所不学、无所不似极为赞赏，并誉为明代成就最高者；而反对明七子、清初中叶名家取径太狭，以至"一叶障目，不见泰山"：

---

① 朱庭珍《筱园诗话》，郭绍虞辑《清诗话续编》，上海古籍出版社，1983 年，第 2390 页。

② 朱庭珍《筱园诗话》，郭绍虞辑《清诗话续编》，上海古籍出版社，1983 年，第 2375 页。

③ 朱庭珍《筱园诗话》，郭绍虞辑《清诗话续编》，上海古籍出版社，1983 年，第 2407 页。

④ 朱庭珍《筱园诗话》，郭绍虞辑《清诗话续编》，上海古籍出版社，1983 年，第 2391 页。

明七子论文必秦、汉，诗必盛唐，戒读唐以后书，力争上游，论未尝不高也。然拘常而不达变，取径转狭，犹登山者一望昆仑，观水者一朝南海，即侈然自足，而不知五岳、四渎、九江、五湖、三十六洞天之奇，天下尚别有无数妙境界也。则拘于方隅，必不能高涉昆仑之颠，远航大海之外，徒自崖而返，望洋兴叹已耳。若近代名流，文集，或欠雅洁，或苦薄弱；诗集，贪书卷者多乏剪裁融化之功，主神韵者绝少雄厚生辣之力，又似专法秦、汉、盛唐以后诗文，专读宋以后书者也。降而愈下，又不如取法乎上之为得矣。①

他同时也指出浙派诗人亦犯此病，浙派诗作尽管形成了独特的风格，但并不能掩盖其小家窄户的弊端，这是由于他们眼界狭窄、取径不广，惯于画地为牢，仅仅以宋为宗的恶果。朱氏的批评一针见血，发人深省。

从反对专守一家一代之诗学立场出发，他对清以前历朝诗家分列品类，因“汉代去古未远，尚无以诗名家之学”，不可以家数论，因而“古今大家，至曹子建始”②。他列大家、名大家、名家、小家四等，因小家数量冗杂，不易窥视其诗歌观念，现仅就前三类列表如下：

类别	魏晋六朝	唐	宋	元明
大家	陈思王、阮步兵、陶渊明、谢康乐	李太白、杜工部、韩昌黎	苏东坡	
大名家	左太冲、郭景纯、鲍明远、谢宣城	王右丞、韦苏州、李义山、岑嘉州	黄山谷、欧阳文忠、王半山、陆放翁	元遗山

① 朱庭珍《筱园诗话》，郭绍虞辑《清诗话续编》，上海古籍出版社，1983年，第2360页。

② 朱庭珍《筱园诗话》，郭绍虞辑《清诗话续编》，上海古籍出版社，1983年，第2370页。

续　表

类别	魏晋六朝	唐	宋	元明
名家	王仲宣、张景阳、陆士衡、颜延之、沈隐侯、江文通、庾子山	陈伯玉、张曲江、孟襄阳、高达夫、李东川、常盱眙、储太祝、王龙标、柳柳州、刘中山、白香山、杜牧之、刘文房、李长吉、温飞卿	陈后山、张宛丘、晁冲之、陈简斋	高青丘 陈元孝
小计	15	22	9	3

由此表可以看出：第一，前三个时段的诗家以唐最多，其次魏晋六朝，再次宋代。尽管宋人数量不及唐人一半，但符合诗史基本情况，无个人偏见。元明两代数量最少，明代鼎盛时期前后七子的代表人物无一当选，不足以与其它三个时段相抗衡，则其基本态度甚为分明。第二，“大家”与“名家”之中，魏晋六朝、唐代占绝大优势，但“大名家”方面，宋代诗人与前两者数量相等，势均力敌，且都是宋型诗风的代表人物，说明朱庭珍肯定宋诗。

再看他对各家分类的标准：“大家如海，波浪接天，汪洋万状，鱼龙百变，风雨分飞；又如昆仑之山，黄金布地，玉楼插空，洞天仙都，弹指即现。其中无美不备，无妙不臻，任拈一花一草，都非下界所有。盖才学识俱造至极，故能变化莫测，无所不有，孟子所谓‘大而化，圣而神’之境诣也。大名家如五岳五湖，虽不及大家之千门万户，变化从心，而天分学力，两到至高之诣，气象力量，能俯视一代，涵盖诸家，是已造大家之界，特稍逊其神化耳。名家如长江、大河，匡庐、雁荡，各有独至之诣，其规格壁垒，迥不犹人，成坚不可拔之基，故自擅一家之美，特不能包罗万长，兼有众妙，故又次之……若专学古人一家，肖其面目，而自己并无本色，以及杂仿前贤各家，孰学孰似，不能稍加变化者，虽有才笔，皆不得谓之成就，只可概谓诗人而已，则又小家之不若矣。”[1]从各家必须具备的条件来看，大家、大名家要天分、学识俱备，也就是说除先天因素外，还要“包罗万长，兼有众妙”；名家次之，“擅一家之美”而有独至之处；至于不成家者，虽专学一家，肖其面目，但不能变化，无自己本色。可见，朱氏主张广采博取、不名一家的师法观念，与其诗学史观中不祧唐抑宋相一致。

四、对性情与学识外延的扩展

性情与学问一向被视为唐宋诗格与审美范式的重要分野，前人在祧唐抑宋时也往往以二者作为划分唐宋诗的重要依据，即唐诗以抒发性情为主，而宋诗则沾溉学问，如南宋严羽即云：“诗者，吟咏情性也，盛唐诸人，惟在兴趣……言有尽而意无穷。近代诸公乃作奇特解会，遂以文字为诗，以才学为诗，以议论为诗。夫岂不工，终非古人之诗也，盖于一唱三叹之音，有所歉焉。”[2]作为唐宋诗争的重要发轫者，他就将吟咏性情作为唐诗的重要特性，而对宋诗以学问为诗提出批评。不过，随着明清宗唐产生的流弊——空疏滑易和肤廓之风，诗界有识之士不断起而矫之，纷纷以宋代诗学以济之。

到同、光年间，为了克服性灵派因偏重学唐而产生的空滑之弊，潘德舆拈宋诗之“质实”以救之[3]，朱庭珍则强调诗人的“积理养气”功夫。朱庭珍认为要提高诗人的素质，首先要加强思想和艺术修养，尤其要“积理养气”，并视之为诗人“根柢之学”。但朱氏所谓“积理”，已与宋人有较大差距：

> 积理云者，非如宋人以理语入诗也，谓读书涉世，每遇事物，无不求洞析所以然之理，以增长识力耳。勿论《九经》《廿一史》、诸子百家之集，与夫稗官杂记，莫不有理存乎其

---

① 朱庭珍《筱园诗话》，郭绍虞辑《清诗话续编》，上海古籍出版社，1983 年，第 2369—2370 页。

② 严羽《沧浪诗话》，何文焕辑《历代诗话》，中华书局，1981 年，第 688 页。

③ 潘德舆《养一斋诗话》卷三，郭绍虞辑《清诗话续编》，上海古籍出版社，1983 年，第 2044 页。

中。诗人上下古今，读书万卷，非但以博览广见闻也。读经则明其义理，辨其典章名物，折中而归于一是。读史则核历朝之贤奸盛衰，制度建置，及兵形地势，无不深考，使历代数千年之成败因革，悉了然于心目之间。读诸子百家之集，一切稗官杂记，则务澈所以作书之旨，别白其醇疵得失真伪，使无遁于镜照……而又随时随地，无不留心，身所阅历之世故人情，物理事变，莫不洞鉴所当然之故，与所读之书义，冰释乳合，交契会悟，约万殊而豁然贯通，则耳目所及，一游一玩，皆理境也。积蓄融化，洋溢胸中，作诗之际，触类引伸，滔滔涌赴，本湛深之名理，结奇异之精思，发为高论，铸成伟词，自然迥不犹人矣。[①]

首先，朱氏之“理”，非理学家“以理语入诗”，此“理”是指物理、事理，而非理学家的性理；其次，“积理”的途径也多种多样，凡是书本知识、生活经验都可积累。书本知识则包括经史百家与稗官杂记，生活经验涵盖世故人情、物理事变，以及耳目所及，较宋儒所指更加广泛；再次，要洞悉理境，贯通会悟，以之作为诗料，融入胸中，自铸伟词。关于“养气”，他也有一整套理论，因与此处所论中心无大关系，姑不赘述。显然，朱庭珍谈诗汇集了古今各家各派的论诗理念，一炉冶之，尽管创新性不强，但其总结融汇之功不可磨灭。

讨论朱氏的“积理养气”之论，旨在明确其对诗人学识根柢的重视。除了强调学识根柢外，朱庭珍也标举“真气”，即讲求诗人性情的真实外露。与道、咸时期论诗调和唐宋思想一样，朱庭珍也主张二者的有机结合，肯定“根柢之学”，讲究根柢对天分的作用，认为两者缺一不可。更重要的是，他克服了以往单纯从学识、性情二元化来分析决定诗人成就高低的因素，将其置于大的时代环境变迁之中来讨论，这样，诗人创作成就的高低大小就与时代有了必然联系。他说：“家

① 朱庭珍《筱园诗话》，郭绍虞辑《清诗话续编》，上海古籍出版社，1983年，第2331页。

数之大小，则由于天分学力有深浅醇疵，风会时运有盛衰升降，天与人各主其半，是以成就有高下等差之不齐也。夫言为心声，诗则言之尤精者，虽曰人声，有天籁也。天不能历久而不变，诗道亦然。其变之善与不善，恒视乎人力。力足以挽时趋，则人转移风气，其势逆以难，遂变而臻于上。力不足以挽时尚，则风气转移人，其势顺而易，遂变而趋于下。此理势之自然，亦天运之循环也。”[①]这就比单纯谈论人为因素要全面得多，视野要开阔得多。

朱庭珍《筱园诗话》是晚清唐宋诗之争发展过程中产生的一部重要理论著作，境界高远。对于前代众多的诗话作品，他淘沙捡金，认为“古人则《姜白石诗说》《沧浪诗话》《怀麓堂诗话》以外，鲜可观者。宋、元人诗话最多，而附会穿凿，最无足取。明人王凤洲《艺苑卮言》，可择取而分别观之；徐祯卿《谈艺录》，亦有可取，此外无可存之书矣。又国初朱竹垞《静志居诗话》及《阮亭诗话》，并所著各种说部中诗话若干条，近有荟萃而合刻之者，亦可助词坛玉屑也”[②]，此论显露出他对历代说诗著作的真知卓识。《筱园诗话》在当时就广为流传，以至“转相传抄，遂失原本”[③]，后来有各种版本流布世间，产生了很大影响，袁嘉谷《卧雪诗话》卷七称此书四卷“流传黔中，黔人醵金翻雕，以广诗教”[④]，即是明证。

（济南大学文学院）

① 朱庭珍《筱园诗话》，郭绍虞辑《清诗话续编》，上海古籍出版社，1983年，第2328页。

② 朱庭珍《筱园诗话》，郭绍虞辑《清诗话续编》，上海古籍出版社，1983年，第2349页。

③ 朱庭珍《筱园诗话自序》，郭绍虞辑《清诗话续编》，上海古籍出版社，1983年，第2325页。

④ 袁嘉谷《卧雪诗话》，转引自蒋寅《清诗话考》，中华书局，2005年，第597页。

梁章钜《试律丛话》的试律诗学理论*

梁　梅

内容摘要：嘉庆之后，试律创作陷入低迷。梁章钜编纂《试律丛话》，辑录康熙至道光试律名家以及自己的试律诗学主张，希望可以力挽颓风。梁章钜提出明确试律法度，倡导明辨体制，肯定清试律创作价值，提升清人写作自信；反对以唐试律为典范，树立宋试律作为写作范式。其理论虽然具有完整的系统性和一定的合理性，但又有局限性和矛盾性，在清末的历史背景下，无法产生实际的补救效果。

关键词：梁章钜；《试律丛话》；试律；诗学理论

The Examinatorial Poetics in Liang Zhangju's *The Notes of Examinatorial Poetry*

Liang Mei

Abstract: After Jia Qing period, the creation of examinatorial poetry fell

* 本文为国家社会科学基金一般项目“试律诗学理论史研究”（项目批准号19BZW008）阶段性成果。

into downturn. Liang Zhangju compiled *The Notes of Examinatorial Poetry* which included views of famous examinatorial poetry experts from Kang Xi to Dao Guang period and also himself hoping to stop the decadent trend. Liang Zhangju pointed out that maked clear the creation rule and literary form. He improved the contemporary confidence by appreciating the value of Qing examinatorial poetries. He set Song examinatorial poetry as an example instead of that in Tang Dynasty. Although his theories were systematic and reasonable in some ways, they also had limitations and contradictions. Therefore, in the historical background of late Qing Dynasty, they could not make any practical remedial effect.
Keywords: Liang Zhangju; *The Notes of Examinatorial Poetry*; examinatorial poetry; poetics theory

梁章钜(1775—1849),福建长乐人,字茝林,晚号退庵居士。曾做过私塾先生,28 岁科举折桂,从此位居显要。其著述遍及四部,仅林则徐为其作的《墓志铭》中记载便有 68 种之多,可谓"仕宦中著撰之富,无出其右"。[1] 梁章钜尤其致力于各类诗学研究,留存于世之诗话可考者就有 11 种。其创作于道光二十二年(1842)的《试律丛话》共八卷。书中辑录了康熙到道光试律名家的诗学观点,既包括其父梁赞图,也包括前朝元老如毛奇龄,更有当代名士纪昀、翁方纲。既有授业恩师如孟瓶庵、郑光策,又有故旧同僚如法式善、卞斌,涵盖面广,代表性强。除记叙师友论艺和家学传承之外,亦选录试律作品并予以评论,并及考证诗歌本事和历史掌故。或引用他人观点,作为己说;或陈述自家观点,加以论证。全书内容看似繁杂,但形散而神聚,完整系统地体现出梁章钜的诗学主张,反映出其欲力挽试律创作颓势,传士子以金针法门,维系世道人心,重现乾隆嘉庆时期创作盛世

① 林则徐《诰授资政大夫兵部侍郎督察院右副都御史江苏巡抚梁公墓志铭》,闵尔昌《碑传集补》,沈云龙《近代中国史料丛刊》第一百辑,台北文海出版社有限公司,1966 年,第 852 页。

的意味。

吴文镕道光十八年(1838)为会试考官,其作《戊戌科会试录后序》曰:“历观前代,承平日久,天下之人心趋于浇漓者,有之;安于凡近者亦有之。趋于浇漓,故其士多揣摩诡遇之言,而无自得之学。安于凡近,故其士多庸滥幸进之言,而无拔俗之情。”[①]虽曰前代,实指当时科举考生现状,或甘于平庸,或急于冒进,不究心于创作,专务投机取巧。考风影响士风,士风作用于文风,环环相扣,一损俱损。科举考试反映一代士子的创作情怀,折射出当时试律写作的低迷与颓败。吴廷琛言及彼时试律创作状况亦云:“迩来风气渐变,辞藻不寻本原,对仗务取纤巧,偭越规绳,第求速化,剽袭割裂,词意乖舛,鲜有能讲明而切究之者。”[②]《试律丛话》就是梁章钜针对当时试律写作的困境,开出的补救之方。

一、明确法度,强调试律写作规范

试律写作要遵从严苛的规范,但正因为法度严格,才能从规范化的作品中,同中选优。所以,入门先要学法,日积月累,才能做到从遵守法度入,而从自由写作出。“盖熟极巧生,何必泥于成法哉。然初学者不按法以求,无所倚傍,又何从下手。”[③]法度对于一般诗体,也许只意味着修辞技巧和写作规律,而对于试律却是它存在的根本,所以在回答“然则为试帖者,何以基之”的问题时,梁章钜曰:“法必老,气必空,词欲其灵,笔欲其卓,四者相需,缺一不可。舍是而以虚夸藻缋为工,失之远矣。”[④]强调法度是试律写作的首要因素。然而,实际情况却是法度逐渐被边缘化,求新求奇被当做吸引阅卷官的根本方法。

---

① 吴文镕《戊戌科会试录后序》,《吴文节公遗集》,《续修四库全书》第1520册,上海古籍出版社,2002年,第651页。

② 吴廷琛《试律丛话序》,梁章钜《制义丛话 试律丛话》,上海书店出版社,2001年,第439页。

③ 李桢《分类诗腋》卷四,清嘉庆二十二年(1817)刻本。

④ 梁章钜《试律丛话》,《制义丛话 试律丛话》,上海书店出版社,2001年,第516页。

有鉴于此，梁章钜不由感叹道："近日踵事增华，喜新厌故，老辈法程束之高阁矣。"[①]所以《试律丛话》中首先强调的就是创作法度，希望通过明确法度，强调试律写作规范，强化试律文体特征，改变科场不良考风。

在《试律丛话》中，梁章钜整理总结出各种创作法度，包括审题法、字法、句法、章法、修辞法、构思法等。试律因题而作，题目统摄作品的思想内涵，布局结构和技巧风格。试律艺术构思的出发点无疑就是对题目的理解和把握。所以梁章钜首先阐释的是审题之法。针对常题的有有压题法、离题法、著题法，针对难题的有跌起法、避难就易法、两层关合法。

压题法，创作整体构思必须回应题目出处，不可泛泛而谈。"试律中有须用压题法者，如'斧藻其言'题本扬雄《法言》……缘此是扬雄之论文，移作刘勰、钟嵘不得，题太宽则须寻窄路也。"[②]题目出自扬雄《法言》，只能是以扬雄论文之言为核心进行阐释，集中笔墨，将主题落到实处。他人虽然也有论文之语，不可扩大范围，泛泛而谈。又引梁赞图《四勿斋随笔》言曰："《海人献冰蚕》后两联云：'绝域琛常贡，中朝服有恒。从教致东贶，端合重西陵。'用压题法。"[③]题目源于《拾遗记》海人进冰蚕典故，所以要述及渔人从海上来，向尧帝进献冰蚕文锦。章句展开全由题目出处而来，笔墨不可分散。还有一些题目并不牵扯复杂的文化内涵，构思上也要回应题目上下文语境。梁章钜引郑光策言曰："吴颉云鸿《柳桥晴有絮》中四句云：'吹到朱栏积，铺来石齿平。薄浮花港活，密糁钓篷轻。'的是桥边之絮，移向他处不得，此著题法也。秦涧泉大士《风软游丝重》句云'行踪眠柳伴，心事落花知'。下五字妙在可解不可解之间，所谓不落言诠者，此离题法也。"[④]著题法，强调细节，内容展开必须符合上下文语境设定。

---

① 梁章钜《试律丛话》，《制义丛话　试律丛话》，上海书店出版社，2001年，第594页。
② 梁章钜《试律丛话》，《制义丛话　试律丛话》，上海书店出版社，2001年，第535页。
③ 梁章钜《试律丛话》，《制义丛话　试律丛话》，上海书店出版社，2001年，第547页。
④ 梁章钜《试律丛话》，《制义丛话　试律丛话》，上海书店出版社，2001年，第553页。

"柳桥晴有絮",是桥边之柳絮,因此才有下文中水边的碎石和桥上的朱栏。离题法,可以展开合理的想象,但不能抛开题目,要与之有若明若暗的关联。"风软游丝重",题面没有"花",但题目出于沈亚之的《春色满皇州》,原诗中就有"花明夹城道,柳暗曲江头"之句,试律中的"落花"就显得合情合理,并且"落花"又属于因为柳树而自然产生的联想,所以属于合格之作。

试律科目一般为常题,但随着科举考试的内卷,题目难度也在不断加大。考官为了避免预拟,采用无理之题,即与事实不符合的夸张虚构的题目。此类难题即可用跌起法。"《我法集》中有《炼石补天》诗:'帝魁书尚佚,况乃帝魁前。谁起娲皇事,偏教列子传。讹言五色石,曾补九重天。'……然用跌起以驳题,自是变调。"[①]通常来讲,对题目的阐释应按照题面依次行文。然而虚构无理之题,无法就题阐释,只能驳题,通过论证女娲补天的虚妄不实来展开结构。因与正格解题不同,只能算"变格"。避难就易法。不难写"有",而难写"无"。面对虚无玄远的题目,难于正面书写,只能避其虚而就其实。"作试律者,有避难就易之法,如《我法集》中《栖烟一点明》诗起句云'妙写无人态,诗僧体物精',结句云'雍陶兼杜牧,讵识此禽清'。自注云:'题已微妙,安能更取题外之神?故只以他人鹭诗衬贴,以首尾相顾为完密。此所谓避难就易,不争其所不能。'"[②]梁章钜整体引用《我法集》中纪昀自注,认为此类空灵淡泊题,本难于措手,须采用侧面迂回的方式,向外寻求路径,以实破虚。如"栖烟一点明"题出自释惠崇《池上鹭分赋得明字》,可从雍陶《咏双白鹭》和杜牧《鹭鸶》别寻出路。两层关合法。题目含有两层意蕴,点题都要照应,不可偏废。引用刘涧柟遵陆《试帖说》言:"题有两截应合发者,张子容《长安早春》云'雪尽黄山树,冰开黑水津',既贴长安,又贴早春。"[③]此"长安早春"题,既要点"长安",又要点"早春"。诗中"雪尽""冰开"点早春,又以长安的黄

①② 梁章钜《试律丛话》,《制义丛话　试律丛话》,上海书店出版社,2001年,第538页。

③ 梁章钜《试律丛话》,《制义丛话　试律丛话》,上海书店出版社,2001年,第530页。

山栾树和陕西境内的黑水，点出地点“长安”，两层意蕴全部关合，才为完全点题。

除了具体方法外，梁章钜还总结了点题的基本原则。

首先，点清题面，不可一字略过。其引毛奇龄言曰：“吕温《白云起封中》……诗已及格，惜通首不曾赋‘白’字。张南士尝曰：‘何不云“日观珠光合，天门练影通”’？时闻者皆鼓掌称善。始知诗境本无尽也。‘练影’用孔子登泰山望吴门匹联事，甚合。”[①]题目中有“白”字，所以必须点破“白”。吕温“封开白云起，汉帝坐斋宫”，虽有“白”字，奈何只点却没有破，没有将“白”的内蕴体现出来，只能算及格。而张南士的“日观珠光合，天门练影通”，有一“练”字，既印证了题字“白”，又用到了“望吴门马”典故，可谓构思精巧，一举两得。

其次，描摹题目的整体内蕴，书写题目之“神”。梁章钜引《四勿斋随笔》载：“杨其禄《读书秋树根》起四句云：‘老树空庭茂，高秋可读书。何人同啸咏，此景最萧疏。’此又一点题法也。笔墨超逸而神味已该，不得以法缚之。”[②]既描摹了树下读书之题景，又点染了空庭之外的同声吟诵。有实有虚、虚实结合，笔法风流含蓄，韵味十足。又引孟瓶庵言曰：“李文藻《白露为霜》云‘阳晞三径湿，月落一林光’，写‘霜’字独有神理，非描头画角者所能”。[③] 视线由高到低，由近及远，表现出景色的黑白色调反差，还有身临其境才能体会出的潮湿的触感。领会了题面的精神意蕴，笔法超妙脱俗，达到了比完全点题更为高超的艺术境界。

最后，四句点题，不可入题迟缓。“《我法集》中有《炼石补天》诗，起六句云……此是六句点题，似失之冗缓。”[④]试律写作正格要求用四句点题，给之后的演绎留下比较大的拓展空间。后面几联可以承题、转合题面、收束全题，每一联功能明确，结构井然。若六句点题，就会

① 梁章钜《试律丛话》，《制义丛话 试律丛话》，上海书店出版社，2001年，第526页。
② 梁章钜《试律丛话》，《制义丛话 试律丛话》，上海书店出版社，2001年，第558页。
③ 梁章钜《试律丛话》，《制义丛话 试律丛话》，上海书店出版社，2001年，第557页。
④ 梁章钜《试律丛话》，《制义丛话 试律丛话》，上海书店出版社，2001年，第538页。

前松后紧，比例失衡，只能草草收尾，思想性和艺术性都会有所缺失。

梁章钜引纪昀《唐人试律说序》言曰："试帖以布格为先，虽无奇语，要当不失法度。人必五官四体具足而后论妍媸，工必规矩准绳不失而后论工拙。"①以人为喻，认为四肢具全是人之为人的根本，美丑与否只能是第二层面的追求。同理，法度是试律创作的基础和第一要义，在合法的基础上才可论定作品的价值高下。

二、明辨体质，保持与别体诗的界限意识

文体的形成是动态的发展过程，在不断的整合作用之后，其审美理想、写作技巧、外部形态和思想主旨等各个要素之间互为因果、互相支撑，共同形成一个相对自足稳定的系统。这种稳定性很难从内部打破，但却会因为外部改天换地的力量而发生裂变。靖康之变后的词即如是，晚清末年的试律亦如是。当时局动荡、国运飘零之际，试律也被要求承担起抒情达意的任务。但是试律能否像别体诗一样表达个人感情，这是当时论诗者常常涉及的问题。

毋庸置疑，试律可以抒情，但所抒之情，并非如"气之动物，物之感人，故摇荡性情，形诸舞咏"②一样，由外界事物的变化而产生的内心摇曳，而是来源于题面，由题而生发出的"题情"，与个人主观感情无涉。场屋之外，别体诗抒情，言人人殊。场屋之内，同一个题目抒发的感情却是普适性、一般性的。然而随着时代的巨变，文人对试律的认识和以往通行的价值观念大异其趣。"今增至六韵八韵以之甄陶品类，歌咏升平，期间有绳尺有范围，而与作诗者之性情不相维系焉。然言为心声。端方者诗必宏整，秀雅者诗必风华，反是而或失之板重，或失之轻佻，靡不根心而出，虽限以韵拘以法而性情亦于此可见。"③"因题生情"还是"根心而出"，这是试律与别体诗最重要的区别，也是试律文体存在的基本依据。"性情亦于此可见"，阐明试律与

① 梁章钜《试律丛话》，《制义丛话　试律丛话》，上海书店出版社，2001 年，第 548 页。

② 钟嵘《总论》，钟嵘著，陈延杰注《诗品》，人民文学出版社，1980 年，第 1 页。

③ 凌泗《长春花馆试帖序》，徐元璋《长春花馆试帖》，清光绪十四年(1888)刻本。

别体诗一样，也是创作主体个人主观感情的表达，不可因为遵守法度就取消了试律表情达意的基本功能。说明在时代的洪流下，二者的界限渐渐模糊，试律出现别体诗化的趋向。《试律丛话》载："《芳草堂诗》纯以古近体诗之法行之，故俊语虽多，而不能掩其粗气。"[①]"以古近体诗行之"，打破了别体诗与试律之间的文体界限，其后果必然导致试律的别体诗化，逐渐失去文体自身的存在价值，直至与别体诗完全融合。所以，严明试律与别体诗的区别，辨析试律体制，保持与别体诗的界限意识，才能保证试律文体存在的必要性和合理性。

第一，强化题目的存在感。试律因题而作，题目是一切创作要素的出发点。别体诗虽然也有所谓题目，但其本质和意义相比试律不可同日而语。"古人但有诗，并无所谓题，《三百篇》以诗中字为名目，非诗题也。汉魏六朝亦未尝先立题后作诗，至唐人以辞赋应制，然后命题而后作诗。他如少陵《漫兴》、义山《无题》等作，皆未沾沾于题。陆鲁望善于题目佳境，盖以诗言之，'题目'二字，后人往往误会。李君守斋'诠题'一条细为分析，亦就试律立论，至诗之源流实不在题也。"[②]强调别体诗的题目实质是诗歌之名目，而非真正意义上的题目。从唐应制诗开始，诗歌才有了真正的题目。题目在创作中是否起到主导作用，这是关于"试帖与古近体诗有以异乎"的关键问题，梁章钜就此曰："同而异，异而同，唯善学者参之耳。古近体义在于我，试帖义在于题。古近体诗不可无我，试帖诗不可无题。古近体之我，随地现形；试帖诗之题，随方现化。泥之者土偶也，失之者游魂也。此同而异，异而同之说也。"[③]试律与别体诗的区别如何，关键在于创作出发点是"我"还是题目。题目在试律诗体中拥有至高无上的绝对价值，在文本写作中起到主导作用。别体诗以创作主体"我"为出发点，抒发属于"我"的个人情感。对于二者的区别，既不能无视，也不能执着，否则领悟不了试律的体制特点和创作的精髓。

---

① 梁章钜《试律丛话》，《制义丛话　试律丛话》，上海书店出版社，2001年，第576页。
② 梁章钜《试律丛话》，《制义丛话　试律丛话》，上海书店出版社，2001年，第597页。
③ 梁章钜《试律丛话》，《制义丛话　试律丛话》，上海书店出版社，2001年，第515页。

第二，强调单一化，摒弃多样化。程式化写作模式，统一的评判标准禁锢了士子的思想，造就了试律单一趋同的写作风格。对于别体诗而言，文坛繁荣的标志之一就是流派众多，名家辈出，作品风格多元化。相反，千人一面、抹煞个性正是文坛萧条沉寂的反常现象。苏轼曾指出："文字之衰，未有如今日者也……地之美者，同于生物，不同于所生。惟荒瘠斥卤之地，弥望皆黄茅、白苇。"[①]文学作品根据不同时代，不同流派，不同作家应该呈现出不同风貌。即便同一位作者，不同的人生阶段都应该有不同风格的作品。然后，才能和包罗万有的"地之美"一样，实现多元多彩的文学之美。然而，在试律的领域里，苍白单一的黄茅白苇才是通行的普遍接受的理想状态。

《试律丛话》中引《四勿斋随笔》云："读晓岚师诗，不可不兼读覃溪先生诗，两家古今体诗门庭各别，不可强同，而两家试律则如骖之靳……(翁诗)杂之《馆课存稿》中不能复辨……此种龙跳虎卧之笔，敛入试律，正与晓岚师异曲同工，他家罕有其匹也。"[②]纪昀与翁方纲，在别体诗领域各有一套诗学理论，各自的创作特点也泾渭分明，但是二者的试律作品却被看作马胸前的皮革，不辨左右，难分彼此。显然，这种"殊途同归"正是梁章钜赞赏的正常现象。而"敛入试律"的提法，要求作者不论有何感情、技巧或诗学观点上的差异，在试律的法度规范下，都不得不压抑克制，沿着特定的轨道而不越界。"宗室果益亭将军果奇斯欢《烟波钓徒》句云'耕樵都作伴，风雨不须归'，《以彘尝麦》句云'甘芳凭鼎鼐，风味忆糟糠'，以金枝玉叶之贵，而吐属不异书生，亦足尚矣。"[③]将军与书生不只身份不同，更显示出其个性特征的差异。在试律的文体束缚下，二人身份的对立被取消，将军的豪霸之气转化为书生的酸腐之气。一个"尚"字，强调不论何种身份个性的区别，都应该在试律创作中极力抹煞，使作品的风格尽力

---

① 苏轼《答张文潜县丞书》，苏轼著，孔凡礼点校《苏轼文集》卷四十九，中华书局，1986年，第1427页。

② 梁章钜《试律丛话》，《制义丛话　试律丛话》，上海书店出版社，2001年，第555页。

③ 梁章钜《试律丛话》，《制义丛话　试律丛话》，上海书店出版社，2001年，第614页。

趋同。

第三，追求馆阁气度。“文以气为主”[①]，文人的身份地位影响自身的精神气质，而精神气质又很大程度上决定作品的风格韵味。馆阁文臣的身份代表了雍容典雅的审美旨趣，是士子们普遍向往的气度。同时，馆阁诗与试律有着天然的传承关系。乾隆初期，试律取士伊始，当士子们对试律一片茫然之际，论者编选馆阁诗集，并以之为样本进行试律创作的宣传和普及。刻印于乾隆二十三年(1758)的《本朝馆阁诗》载有沈德潜之序：

> 圣天子崇重风雅，诏乡会试改用五言八韵诗，欲俾多士咸殚心于声律，他日飏言矢音，继虞廷成周之盛，诚旷典也。然无以示之准则，徒事裁花斗叶妃白取青，语句虽工而于扬抡之义，宁有当乎？……取国初迄今名公巨卿，鼓吹休明之什以及礼闱试帖，撷其精藻，删其繁芜，汇为一十八卷，风格各殊，体裁异制而情必本于忠爱，声必极于和平，法律备而性灵存焉……洵馆阁诗之圭臬也。是编出而多士识所指归。[②]

沈德潜认为明确试律体制，不能只从形式技巧上着眼。馆阁诗的忠爱之情，和平之音和法度之严与试律如出一辙，可以将馆阁诗作为试律创作的准则。馆阁诗因源于帝王与文臣之间的唱和应酬，要求抒情和平温厚，风格雍容典雅，表达忠爱之情和颂圣之心。对清人而言，馆阁诗与试律虽然称名不同，但所指却基本相类。梁章钜屡屡以馆阁诗作衡量试律，如：“今日馆阁诸公乃优为之，原非所望于童子诗。”[③]试律创作以馆阁诗文为指归，同样讲究雍容典雅，精工典丽，抒情婉转含蓄、温厚醇正。相应地，朝堂之外缺乏馆阁气度的世态人情以及自由粗犷的笔法，诡谲险怪的格调对于别体诗无妨自成一家，但

---

① 曹丕《典论·论文》，萧统编，李善注《文选》卷五十二，中华书局，1977年，第720页。

② 沈德潜《本朝馆阁诗序》，阮学浩编选《本朝馆阁诗》，清乾隆二十三年(1758)刻本。

③ 梁章钜《试律丛话》，《制义丛话　试律丛话》，上海书店出版社，2001年，第656页。

搭配试律就会显得不合时宜。

“若《目送飞鸿》句云‘流水绿无尽，数峰青欲深’，《枣花帘子水沉熏》句云‘画烛谁家笛，清风别院琴’，琢句虽工，而按之题位则未免过于超脱矣。”①馆阁气与山林气本身并无轩轾，但不同文体所代表的旨趣不同。就别体诗而言，自然超脱、恬淡悠长的意境可谓上乘。就试律而言，创作的目的是入仕，表现清冷孤寂的方外之情，就有了表里不一的违和感。“《李愬雪夜入蔡州》句云：‘蝴蝶人方梦，鲸鲵穴早搜。洗兵今夕艳，挟纩后时酬。’此种粗狂题，独以蕴藉出之，故佳。”②粗犷豪放意味着抒情直露张扬，笔法粗陋不雅，只有以馆阁诗歌雍容华贵的气度加以升华提炼，使之具有委婉含蓄之致，乃可称为佳作。“《芳草堂诗》……如《李愬雪夜入蔡州》云：‘三更驱鹳鹤，一箭叫鸱鸮。收还银世界，提出血骷髅。’句虽动人，而不及有正味斋之蕴藉矣。”③全诗意象奇特，诡谲怪异，具有强烈的视觉冲击，可谓自成一家。然而，求新求奇在别体诗中不失为特立独行，但在试律却违背了中正和平、雍容委婉的原则，缺少了含蓄优雅的气度。

综上所述，试律与别体诗无论在审美追求还是创作原则上都是判然有别的两种文体。它们之间有必然的联系，但更重要的是本质的区别。梁章钜引纪昀《唐人试律说序》：“凡作试律，须先辨体。”④体制既明，之后才能按“体”行文。士子们急于求成，标新立异，打破别体诗与试律之间文体的界限，既不可取，又不合法。必须明辨体制，保持与别体诗的界限意识。否则，基本的文体概念都没有领会，又遑论其他。

三、提升自信，消解唐试律典范地位

在中国诗歌诗歌史上，唐诗的地位是任何后世的作品、体式、流

① 梁章钜《试律丛话》，《制义丛话　试律丛话》，上海书店出版社，2001年，第604页。
② 梁章钜《试律丛话》，《制义丛话　试律丛话》，上海书店出版社，2001年，第573页。
③ 梁章钜《试律丛话》，《制义丛话　试律丛话》，上海书店出版社，2001年，第576页。
④ 梁章钜《试律丛话》，《制义丛话　试律丛话》，上海书店出版社，2001年，第511页。

派都无法企及的。明代七子之后，唐诗更被抬高到了极致。流风所及，清代诗坛普遍尊唐，试律亦然。毛奇龄首开先河，在《唐人试帖》中处处以唐为法，如评潘炎《玉壶冰》，“即此见唐人点题周到如是”[1]，奠定了试律尊唐的基调。毛张建《试体唐诗序》顺扬其波曰：“唐以诗取士，学者童而习之，自府试省试以上及乎朝庙应制之作莫不有取于诗，故人才蔚兴，凡卓然可称者不下数百家，后之为诗者舍唐则蔑由取法焉。”[2]同样尊唐，以唐试律的创作规范作为金针度人。另外，唐代科举虽号称诗赋取士，实际重诗轻赋。《文苑英华》收集唐代省试诗达十卷之多，足可见其一斑。反观宋代，虽有诗赋取士之名，但在与政治改革的反复纠缠中，士子对试律的重视程度和试律对去取与否的实际权重都大打折扣。刘克庄《李耘子诗卷》曰：“唐世以赋诗设科，然去取予夺一决于诗，故唐人诗工而赋拙……本朝亦以诗赋设科，然去取予夺一决于赋，故本朝赋工而诗拙。”[3]再加上宋试律作品本身分布零散，难以搜求，所以乾嘉之间，士子普遍以唐试律为写作范式，将唐试律的写作规范奉为圭臬。

然而，嘉庆之后，随着百年来士子对试律的日锻月炼，写作水平和艺术功底早已今非昔比。从乾隆时就陆续出现了清试律选本，更有纪昀、吴锡麒、金甡等试律名家脱颖而出，堪当楷模。时过境迁，此时不必也不需再向唐试律的范围里讨生计，而且惟有跳出唐试律的藩篱，才能形成清试律自己的创作特色，走出属于清人的个性之路。然而，仰唐试律鼻息既久，清人早已失去了创作自信，聂肇奎嘉庆十三年(1808)所作序中说“试律断无胜于唐人者”[4]，斩钉截铁地笃信唐试律不可超越。所以，张扬创作自信，改变自我矮化心态，也是扭转试律颓风的必要之举。

---

① 毛奇龄《唐人试帖》，清嘉庆六年(1801)听彝堂本。

② 毛张建《试体唐诗》，清康熙刻本。

③ 刘克庄《李耘子诗卷》，《后村先生大全集》，四川大学出版社，2008年，第2555页。

④ 聂肇奎《赐书堂试帖序》，聂镐敏《赐书堂试帖》，《清代诗文集汇编》第512册，上海古籍出版社，2010年，第331页。

首先，肯定清试律的艺术价值反超唐试律，这是提高创作自信心的基础。“盖健园观察运长《七德武功成》……不屑烘染‘七德’落小家数，而字字深稳，气象万千，置之唐人试律中几无以辨。”[①]清试律与唐试律已经消弭了艺术水平上的差距，而反观唐试律，却有技法平庸，法度疏阔之病。“吴融《雨夜帝里闻猿声》诗次联云‘已吟何逊恨，还赋屈平情’，盖缘何逊有‘夜雨滴空阶’句、屈平《九歌》有‘猿啾啾兮狖夜鸣’句，故分用其意。然食古不化，启后人堆砌典故之病，不得以唐人而为之词矣。”[②]用典芜杂，意脉不畅，影响了读者的阅读体验，不能因为是唐人作品而掩讳其短。“莆田黄文江滔为晚唐人，其《白云归帝乡》……纪文达师曰：‘起联“杳杳复霏霏”，应缘有所依”，上句破“白云”，下句破“归帝乡”，措语近拙，且首句是唐人试律之陋调，不必效之’。”[③]唐试律拙于发端，缺乏韵味。对别体诗来讲，起句平俗，无妨后幅精彩，但对于试律，可能会有黜落之忧。再引纪昀言曰：“舒元舆一作蒋防《风不鸣条》诗，只‘花下蝶微飘’五字为神到之笔。‘初满缘堤草，因生逐水苗’一联太拙’。毛西河改为‘但偃缘堤草，能扶出水苗’真有点铁成金之妙，自谓无声之诗工于绘声，亦不虚也。”[④]值得注意的是，纪昀评点出于《唐人试律说》，但原文是：“八句神到，九十句拙而不切。毛西河改为‘但偃缘是草，能扶出水苗’，拙如故也。”[⑤]毛奇龄臆改他人之诗，为世所诟病。纪昀指出毛氏所改，并不能为原诗增色，徒劳无功。梁章钜虽师法纪昀，但为了证明清人更胜唐人一筹，竟然点窜纪昀意见，称毛奇龄有“点铁成金之妙”，可见其彰显清人诗法的迫切愿望。“盩厔路鹭州农部德与余同直军机，博学能文，尤喜为试律，著有《柽华馆试帖》一卷。戴可亭师相每见必极称

① 梁章钜《试律丛话》，《制义丛话　试律丛话》，上海书店出版社，2001年，第613页。
② 梁章钜《试律丛话》，《制义丛话　试律丛话》，上海书店出版社，2001年，第521页。
③ 梁章钜《试律丛话》，《制义丛话　试律丛话》，上海书店出版社，2001年，第619页。
④ 梁章钜《试律丛话》，《制义丛话　试律丛话》，上海书店出版社，2001年，第527页。
⑤ 纪昀《唐人试律说》，清山渊堂重刊本。

之……所作试律益多，其及门诸子为之注释以行，几于家弦户诵矣。"[①]前者通过对比，突出清人技法精湛，此处更进一步，举出试律名家，证实清试律成就卓绝，已经取代了唐试律而被士子广泛接受。

其次，与清试律相比，唐试律文体发展并不成熟，其中最明显的表现就是法度粗疏。梁章钜引用翁方纲言曰："凡诗、文、词皆今不如古，惟今人试律实有突过古人者。非古拙而今工，实古疏而今密，亦犹算术、弈艺皆古不如今也。即如唐人喻凫《春雨如膏》诗，通篇皆春雨套词，并不见'如膏'之意。而嘉庆丙辰会试此题诗，则于'如膏'意无不洗发尽致者。且'膏'字必作去声读，此尤唐贤所不及知也。"[②]按照清试律创作法度，题面每个字都必须一一点醒、字字呼应，"如膏"两字不能抛荒，方为合格。唐人试律只就"春雨"点题，明显不合法。并且指明唐清两代用韵不同，更不可以唐人诗法为标准。清试律点题规则比唐试律细致严苛。梁章钜记载："恭儿守东瓯时，适东偏客廨无额，因取'节俭正直'四字榜之，并以自勖云。值府试考泰顺县文童，即以此四字为试律题，得'诗'字，通场无妥协之诗，恭儿因讲论此题应如何做法。余谓此题四字平列，若以唐人之格绳之，自以合写、浑写为正。若以近时风气论之，必以分贴四字为工。"[③]按照唐试律规则，题面四字浑点，只点明题意即可，从"节俭正直"整体意思去把握。而按照清试律规则，则须四字分点，把"节""俭""正""直"字字点醒，才为合格之作。"裴杞《风光草际浮》诗云：'叶似翻宵露，藂疑扇夕阳'，'光'字、'浮'字点染生动，然'扇'字应作平声读，此误作仄声。卢荣《春风扇微和赋》亦押作仄韵，盖同此误，不必以唐人而为之词也。又'崇兰泛更香'五字佳极，而出句'白芷生还暮'五字实不可解。"[④]裴杞诗的《风光草际浮》，毛奇龄《唐人试贴》也有选录，但只指出"白芷生还暮，崇兰泛更香"典出屈原《招魂》，无关用韵，更不涉修

① 梁章钜《试律丛话》，《制义丛话 试律丛话》，上海书店出版社，2001年，第587页。
② 梁章钜《试律丛话》，《制义丛话 试律丛话》，上海书店出版社，2001年，第516页。
③ 梁章钜《试律丛话》，《制义丛话 试律丛话》，上海书店出版社，2001年，第656页。
④ 梁章钜《试律丛话》，《制义丛话 试律丛话》，上海书店出版社，2001年，第526页。

辞。梁章钜明确指出唐试律与清试律在下字用韵原则上的不同，而且裴诗用屈原典故，却无中生有一个“暮”字，与题面亦无关，有碍于作品表情达意，不能因为是唐试律，就对其曲为回护。

最后，唐诗不可望其项背，缘何唐试律却缺乏认可度，而每每被后人讥曰“古不如今”。梁章钜引用张熙宇观点：

> 诗莫盛于唐，唯试帖则不然，其传为绝唱者，如崔曙之《明堂火珠》、钱起之《湘灵鼓瑟》，当时已不多觏。今取其诗而读之，通体亦未尽臻妙境。昌黎一代大手笔，追逐李、杜，而《精卫衔石填海》一首，只有题意而无题面，故毛西河、纪晓岚两先生胥疵之……若试帖，则诸公于应制时偶然一作，作即旋已。既未尝专心极造，毕力于斯，则其中之细微曲折、神明变化，有不可得而悉者矣，亦何怪佳者之鲜哉。故吾尝谓唐人之于试帖，犹六朝之于五言，五言至唐而始工，则试帖在唐而不得即工，亦其势然耳。[①]

唐试律中《明堂火珠》和《湘灵鼓瑟》被后世频频称道，尤其《湘灵鼓瑟》更被清人奉为神品。康熙时，蒋鹏翮就激赏其曰：“题外映衬，乃得题妙，此为入神之技。”[②]张熙宇却指出，这两首诗只能句摘而乏浑成之美。韩愈空负盛名，试律也不合法度。即便这些瑕疵之作，唐试律中也不多见。其原因在于任何诗体都要符合文学发展的一般规律。以五言近体而言，其滥觞于六朝，却极盛于唐。试律同理，其源于唐应制诗，但法度的精妙却有赖于清人去探究，试律的极致也有待于清人去创造。由此从诗歌发展的宏观角度来诠释清试律必然优于唐试律的原因，将唐试律拉下创作的神坛，消解了以唐试律为典范的立论根基，比起具体而微的例证更有说服力。

另一方面，唐试律和清试律基本的形式结构以及命题方式都不尽相同。唐试律非但没有资格成为清试律模仿的对象，甚至缺乏让

---

① 梁章钜《试律丛话》，《制义丛话　试律丛话》，上海书店出版社，2001年，第513页。

② 蒋鹏翮《唐人五言排律诗论》，清康熙五十四年(1715)刻本。

清试律取法的基本条件。

第一，命题方式不同。“唐人试律之题皆考官所命，而本朝会试及顺天乡试试律各题悉由钦命，至有轶出四部书之外者，如‘灯右观书’‘南坍北涨’等题是也。故本朝试律相题之法，押韵之宜，有非唐人格式所能尽者。”[①]清代凡重大考试，题目皆由皇帝拟定，所以清试律拟题可以随性无规律。唐试律各级考试题目皆由考官拟定，由此决定唐清两朝试律创作规则如审题、押韵等多有不同。另外，对“雅”的追求，也使唐试律招人诟病。梁章钜引毛奇龄评白行简《李都尉重阳日得苏属国书》曰：

> 《文选》有《李陵答苏武书》，唐李翰注曰：“《汉书》曰：‘陵降后，与苏武相见匈奴中，及武归，为书与陵，令还汉’。”今考《汉书》无武与陵书事，而此题且有重阳日得书，事不可解。唐人以小说家事命题，宜为议贡举者所薄视也。[②]

题目出处决定整体构思，尤其是思想内容和艺术风格。毛奇龄考证此诗题目并非出于正史，而是小说戏曲等俗文学。以之为题目出处，降低了作品的艺术品位，给本应醇正典雅的选才举业抹上一层庸俗的色调，因而遭到“薄视”。

第二，形式结构不同。虽然同为五言，但唐试律为六韵十二句六十字，而清试律是八韵十六句八十字。不同的字数句数使得章法结构呈现出相异性。《试律丛话》引卞斌《静乐轩排律序》：

> 时人作排律，其雄者类操唐律为之。唐人止四韵。首联入题，颈联承明，三、四联正面，五联余意，末联收结，前后停匀，气度充足。今八韵诗而效唐律，其失有三焉。唐人警句多在三、四两联，今人效法即佳，亦未免前振后弱矣。唐人正意不过一两联而止，今人敷衍四、五联之多，次序繁复，未免前后可易置矣。唐人诗多有末、后两联相承作结者，今

---

① 梁逢辰《试律丛话·例言》，梁章钜《制义丛话　试律丛话》，上海书店出版社，2001年，第495页。

② 梁章钜《试律丛话》，《制义丛话　试律丛话》，上海书店出版社，2001年，第529页。

人或至第七韵犹赋正面，止剩末一韵另意作结，未免后路气促矣。[①]

唐试律六韵，已经形成了自足的音义体系。增加两韵，并非简单地增加了意义容量，作品的诗法节奏，联句的表意功能都相应发生变化。例如，唐试律着意刻画中间的三四两联，其后五六两联已为余蕴。清试律若如法炮制，从第五联到第八联都在收束余意，语句难免平弱松散。所以从六韵增加到八韵，诗歌的谋篇布局完全不同，不能用唐试律六韵的结构套用清试律八韵的章法。

第三，审美倾向不同。试律是与权力中心最为接近的文体，不同的政治背景决定了两朝试律的审美倾向不可能趋同。恰如刘勰所言："文变染乎世情，兴废系乎时序，原始以要终，虽百世可知也。"[②]梁章钜身为显宦，也经历过四次科场折戟，对此应深有所感。"《我法集》中高山流水诗凡四首……第三首以伯牙为主，言苟真高调必有知音……一洗唐人试帖中自伤沦落，陈诉求知恶习……唐时主司之于举子，如今督学之于诸生，试日可以面谈，故试律中或陈诉以求知，或矜试以炫鬻，沿成习径，不以为非，今则皆干禁例。故此第三首但以怀才必遇为言。"[③]同样干谒之作，唐时抒情相对自由，可以在文章中陈情哭诉，或者以诗自炫，清代皆属违反条例。"怀才必遇"就是要鼓吹休明，称赞野无遗贤，表达一片忠君之情。又引林畅园语曰："窦常《求自试》六韵诗中，有'文墨无青眼，诗书误白头'之句，今人诗多用肮脏不平语，即从此出。"[④]士子的自怜自哀，非但不会引起清人的共情，反而被鄙为"肮脏不平"，可见朝代不同，对于文本的解读也会天差地别。这种政治背景下的差异更能反映时代的变迁所引发的审美倾向的变化。这种变化无疑会渗透到士子的创作心态中，从而引发创作法度的一系列改变。

---

① 梁章钜《试律丛话》，《制义丛话　试律丛话》，上海书店出版社，2001年，第560页。

② 刘勰著，范文澜注《文心雕龙》，人民文学出版社，1962年，第675页。

③ 梁章钜《试律丛话》，《制义丛话　试律丛话》，上海书店出版社，2001年，第541页。

④ 梁章钜《试律丛话》，《制义丛话　试律丛话》，上海书店出版社，2001年，第521页。

斯人已矣，遥不可追。唐试律的审美原则、创作法度、艺术技巧已经不能完全适应千年之后清人的诗歌理念。一厢情愿地寄人篱下，终究只能随人作计。必须消解唐试律的绝对价值，发扬属于清人的创作自信，认识到自身的艺术价值，才能走出一条清人自己的向上之路。

四、以学入诗，树立宋试律为典范

梁章钜转益多师，先后瓣香于孟瓶庵、郑光策、纪昀、阮元、翁方纲，其中尤以翁方纲对其诗学思想影响深刻。梁章钜在《退庵自订年谱》中记载道："乙亥，四十一岁。同刘芙初、吴兰雪、陈石士、李兰卿，谒翁覃溪师，为苏斋师弟子者三年。"[①]梁章钜曾经向翁方纲学诗三年，林则徐也指出梁氏曾"以诗就正翁覃溪阁学"[②]。虽然梁章钜入师门时，翁方纲已八十三岁高龄，但二人常常笔墨往来，切磋想法。梁章钜的诗学思想因此深得翁氏真传。翁方钢也曾言道："其就吾斋学诗称著录弟子者，亦不下百十辈，茝林最后至，而手腕境界迥异时流，又最笃信余说。"[③]就试律领域而言，梁章钜主要从两方面继承翁氏学说：以学入诗和树立宋诗典范。

首先，以学入诗。这不是一个陌生的命题，然而正如钱锺书所言："同光以前，最好以学入诗者，惟翁覃溪。"[④]受到翁方纲影响，梁章钜同样强调学殖修养，其引郑光策语曰："试律虽以用法诂题为主，然无性情、学问、风格以纬于其间，则亦俗作而已。深于风雅者，当自得之。"[⑤]在性情、学问和风格三者之间，最容易把握，能体现出士子能动性的就是"学问"。其子梁逢臣作《试律丛话序》，在谈到创作试律的

---

① 梁章钜《退庵自订年谱》，《退庵随笔》，江苏广陵古籍刻印社，1997年，第11页。

② 林则徐《诰授资政大夫兵部侍郎督察院右副都御史江苏巡抚梁公墓志铭》，闵尔昌《碑传集补》，沈云龙《近代中国史料丛刊》第一百辑，台北文海出版社有限公司，1966年，第849页。

③ 翁方纲《藤花吟馆题词》，梁章钜《藤花吟馆诗钞》，清道光五年(1825)刻本。

④ 钱锺书《谈艺录》，生活·读书·新知三联书店，2019年，第464页。

⑤ 梁章钜《试律丛话》，《制义丛话　试律丛话》，上海书店出版社，2001年，第512页。

必备条件时，也把修养根柢置于首位。“大约根柢必深厚，理法必清真，然后斟酌章句，斧藻群言，推陈出新，雕琢之至，归于自然。”[①]试律本就觇人学识，区分甲乙。对于大多数属于中材的士子而言，读书学习是最直接有效而容易付诸实践的作诗条件。“作试帖无难，以三唐为根柢，以《庚辰》《我法》为径，涂以时贤馆体为面貌，勤读书，多为之，自佳矣。”[②]联系到清代朴学兴盛的文化背景，对于学问根柢的重视直接反映在诗歌创作中就是注重考据，强调用典信而有征；关合实事，提倡颂圣隐而有据：

> 余有《三顾草庐》一首，自谓藻不妄抒，盖咏史题不能不略检史传、旁参他书也……叶苣汀问：“‘葛羽’二字何以不改为‘纶羽’”？余曰：“‘诸葛公葛巾羽扇指挥三军’，此语始见唐裴启《语林》。云一说孔明军中常服纶巾，是葛巾为正文，纶巾为歧说。至连用‘羽扇纶巾’四字，实始于苏东坡《赤壁怀古》词，乃专指周公瑾，并不涉诸葛。故余但用‘葛羽’而不欲用‘纶羽’也。”二君辗然曰：“若然，则此诗信无一字无来历矣。”[③]

这首《三顾草庐》应属梁章钜得意之作，其中典故考证详明。仅仅“葛羽”一处典故，便参考到了《语林》《念奴娇·赤壁怀古》，真正做到渊源有自，藻不妄抒，将学有本源、深造有得完美体现在试律的典故运用上。

用典关合时事，主要针对颂圣的创作要求。试律是入仕的门径，士子为功名所驱，不得不曲意逢迎，甚至摇尾乞怜。这是试律的文体特色，也是文人最为轻视的一点。然而，颂圣自有评价标准，要隐约含蓄不直白。了解颂圣的对象，恰到好处的谄媚，才能搔到痒处。因此，掌握当朝局势，熟悉有关皇室各种情况，也成了士子们学问的一部分。“试律所以应制，关合时事中，尤贵得颂扬之体……鲍朴斋文

① 吴廷琛《试律丛话序》，梁章钜《制义丛话　试律丛话》，上海书店出版社，2001年，第539页。

② 吴蓉《守砚斋试帖序》，王心斋《守砚斋试帖》，清光绪二十四年(1898)刻本。

③ 梁章钜《试律丛话》，《制义丛话　试律丛话》，上海书店出版社，2001年，第646页。

淯《名园依绿水》诗，大半按切圆明园铺叙，通首十二颂圣，章法井井，天然嘉构。其四、五两联云：'鸣琴开镜槛，坐石敞珠轩。春带耕云影，秋添印月痕。'四句均本《钦定日下旧闻考·国朝苑囿》，'鸣琴'句谓圆明园别有洞天，迤西为夹镜鸣琴。'坐石'句谓圆明园有坐石临流，在水木明琴东南。'耕云'句谓圆明园北，远山村东北，度石桥折而西为湛虚翠轩，又西为耕云堂。'印月'句谓圆明园方壶胜境西北为三潭映月。此非知其出典，几不知其颂圣之所由来也。"[①]一连串的颂圣如行云流水，流畅自然。普通的写景却处处暗指皇家园林圆明园，饱含着对皇室高雅脱俗生活情趣的赞美。"学问"在试律里，成了邀功买宠的工具，被无可奈何地沾染上了世俗气，可谓以学入诗在古典诗歌里最特殊的呈现。

其次，树立宋诗典范。翁方纲左袒宋诗，《石洲诗话》载其言曰："宋人精诣全在刻抉入里，而皆从各自读书学古中来，所以不蹈袭唐人也。"[②]梁章钜的观点与其隐然相通，亦以宋试律为楷模，希望以之填补唐试律退场后形成的价值真空。首先拈出杨亿为代表，梁章钜引用郑光策语曰："杨文公《致斋太一宫》诗……此五言八韵正格，专用浓墨卧笔为之。北宋人即有此手段，今人偶能工此者辄矜奇自喜，抑末矣。"[③]指出杨亿试律已是正格，清人对其艺术技巧只能望尘莫及。其作品不但可以取法，更可以成为改变创作颓势的一剂良药。肯定《西昆酬唱集》的艺术价值，极力推举宋试律。"宋初，西昆体以杨文公亿为领袖，其体格于试律最宜，今人填满五七字之法，即托始于此。如《秋叶对月》……此等诗无甚深意远情，而足以医空疏甜俗之病，非宜智粽，乃馈贫粮耳……今《西昆酬唱集》中篇篇可读，录此以当举隅也。"[④]用宜智粽和馈贫粮作比，凸显以宋试律为典范无可比

---

① 梁章钜《试律丛话》，《制义丛话　试律丛话》，上海书店出版社，2001年，第592页。

② 翁方纲《石洲诗话》，赵执信、翁方纲《谈龙录　石洲诗话》，人民文学出版社，1981年，第92页。

③ 梁章钜《试律丛话》，《制义丛话　试律丛话》，上海书店出版社，2001年，第622页。

④ 梁章钜《试律丛话》，《制义丛话　试律丛话》，上海书店出版社，2001年，第621页。

拟的重要性和唯一性。接着，进一步证明不只北宋西昆体，南宋试律价值也远远高于今人之上，甚至与唐试律相比也毫不逊色。“朱子为南渡诗人之冠，其试律甚谨严，上接唐贤实无多让，而近人言试律者多遗之。如《以虫鸣秋》……于津法一丝不走，而老笔纷批，后之名手无以过也。狄春晖之武曰：‘结句万籁无声’。”[①]杨亿与朱熹并举，分列两宋试律之冠，并且暗示嘉庆之后，试律创作萧条就是源于对宋试律的漠视，甚至直接批评鄙薄宋试律之人为“不知诗”。如评南宋陈翊《龙池春草》提到：“此以反托作出路，亦是尊题正格，而徐商征以为欠俊，皆未为知诗者也。”[②]总之，宋试律有长期稳定的系统创作，有优秀的作家群体，还有大量作品流传于世，律法谨严、笔力精纯，自然有资格成为继唐试律后又一个典范。事实上，单就诗艺的追求而言，宋试律的确更适合试律文体的审美趣味。然而，梁章钜虽然集中分析了宋试律，却并未明确提出以宋试律作为典范。而且，现实中“不知诗”者众多，所谓宋试律的范式也只能落寞地停留在梁章钜的一方书案上。

结语

梁章钜主要活动于嘉庆、道光间，他感受过封建王朝最后的盛世光辉，也体验了清朝末年风雨飘摇的悲凉彷徨。无论对于试律体制规范的重建，还是创作法度的追求，都体现出了梁章钜希望再现试律乾嘉时期创作盛况的意味。《试律丛话》中浓墨重彩地描绘了试律发展的高光时刻。“此调始开于乾隆年间，彼时语尚浑成，不似近来之伤于甓积。”[③]吴廷琛言及《试律丛话》的写作初衷时曰：“乾隆、嘉庆间，和声鸣盛，能手辈出……诚能沿流讨源，务反乎今日之时尚，骎骎乎不懈而及于古，庶可无笃于时而拘

① 梁章钜《试律丛话》，《制义丛话　试律丛话》，上海书店出版社，2001年，第622页。
② 梁章钜《试律丛话》，《制义丛话　试律丛话》，上海书店出版社，2001年，第621页。
③ 梁章钜《试律丛话》，《制义丛话　试律丛话》，上海书店出版社，2001年，第569页。

于墟矣。”[①]“反乎今”“及于古”，补偏救弊，使试律重现乾嘉时代的荣光。然而，特殊的历史背景，决定了他的观点既乏理论回应，又少创作实践的机缘，也就无从谈及补救的实际效果。

梁章钜的诗学理论有继承，有开拓，有批判，自成体系。但同时，他的观点又不可避免地带有局限性和矛盾性。首先，试律从其产生就与一定的社会背景和文化语境相关联，依附于科举制度的存在与运行。生逢盛世，可以在试律中粉饰太平，吟唱治世之音。而当乱世，士子们的精神信仰和价值取向都发生了深刻的变化，再去强调法度，无视个性，宣扬题情是多么不合时宜。其次，梁章钜意识到步趋于唐，清试律无法走出模仿因袭的阴霾，因而树立宋试律作为新的创作范式。但这无非从一个怪圈到另一个怪圈，其因袭的本质仍然存在。试律依旧要重复他人的创作思维，依旧要面对随人作计的命运。最后，虽然清试律的创作水平有所进步，但其进身之阶的工具属性和曲意逢迎的创作要求并没有改变。士子对试律的轻视根深蒂固，即便梁章钜自己也如出一辙，又遑论他人。“余自十五岁即知专攻试律，学之将三十年，无年不作，殆盈千首，而随手散失，今有稿者不过百余篇，儿辈欲为编梓，余未允之。惟念半生心力所存、庭训所系、以及师友之绪论、考试之丛谈，历历如在目前，不忍弃同废纸。”[②]梁章钜对试律价值的认知矛盾转化为其诗学的理论矛盾。例如，其引纪昀言：“谷人古近体诗不失浙派，而试帖则不可以训人。此集极好，但必须删却试帖为善耳”，还强调曰“先生以老辈自居，故直言不少假”[③]，对吴谷人的试律并不认同。可随后又言曰：“会中人以吴谷人先生锡麒年辈为最先，故以有正味斋居第一，惕甫最推重先生之试律。”[④]推翻前言，称许吴谷人的试律

① 吴廷琛《试律丛话序》，梁章钜《制义丛话　试律丛话》，上海书店出版社，2001年，第439页。

② 梁章钜《试律丛话》，《制义丛话　试律丛话》，上海书店出版社，2001年，第653页。

③ 梁章钜《试律丛话》，《制义丛话　试律丛话》，上海书店出版社，2001年，第549页。

④ 梁章钜《试律丛话》，《制义丛话　试律丛话》，上海书店出版社，2001年，第571页。

创作。是信耶？是不信耶？总之，思想上的矛盾性限制了其理论的传播。毋庸置疑，梁章钜的诗学思想有其理论价值，但却无法对试律发展产生实际效果。

（宁夏大学文学院）

日课：《湘绮楼日记》的姿态与理想*

魏珞宁

内容摘要：日课是研究《湘绮楼日记》性质的重要线索。在王闿运践履日课的五十多年中，日课从原本单纯的读书活动分化出阅读、抄写、校对、教学等多种形式。随着日常活动与周身遭际的转变，王闿运的日课从以修养自身为主的抄写转变为教学指向的批改课卷等内容，并逐渐在日记中淡去踪迹。对王闿运而言，日课兼具道德和学术两个层面的约束作用。在王闿运的设计中，日课也寄寓着个人修道和公共教学的二元理想。

关键词：日课；《湘绮楼日记》；王闿运

* 本文系国家社会科学基金重大项目“中国近代日记文献叙录、整理与研究”(18ZDA259)阶段性成果。

The Attitudes and Ideals of Daily Practice in *Xiangqilou Diary*

Wei Luoning

Abstract: The daily practice is an important clue to study the property of *Xiangqilou Diary*. In more than fifty years, daily practiceave been divided from reading activities into reading, copying, proofreading, teaching and other forms. With the change of daily activities and personal experience, Wang Kaiyun's daily practice changed from self-cultivation based on transcription to teaching oriented correction of course papers, and gradually disappeared in his diary. For Wang Kaiyun, the daily practice has both moral and academic constraints. In Wang Kaiyun's design, the daily class also embodies the dual ideal of personal cultivation and public teaching.

Keywords: daily practice; *Xiangqilou Diary*; Wang Kaiyun

在近代的湘学史建构中，王闿运是“湘中称名士无双，海内号胜流第一”的“儒宗”[①]。他一生著述甚富，横通四部，所撰《湘绮楼日记》名列晚清四大日记，记录时间前后跨越近五十年，内容丰赡，允为近代文史研究宝库。不过，正因《湘绮楼日记》地负海涵，反而更易“乱花渐欲迷人眼”。使用《湘绮楼日记》，有“读其日记，乃知王氏于经学，所造不深也”[②]这样以日记为笔记撰著来探究经学的路径，也有注目于其中气象史料这样另辟蹊径的开掘方法[③]。诸如此类的种种研究视角，呈现的都是《湘绮楼日记》某个特定剖面。这固然也是日记

① 李肖聃《湘绮学略·附旧作〈湘绮遗书跋〉》，《李肖聃集》，岳麓书社，2008 年，第 91、94 页。

② 张舜徽《清人笔记条辨》卷九，华中师范大学出版社，2004 年，第 332 页。

③ 萧凌波、方修琦、张学珍《〈湘绮楼日记〉记录的湖南长沙 1877—1878 年寒冬》，《古地理学报》2006 年第 2 期。

使用的题中应有之义，但并未真正指向《湘绮楼日记》本身。换言之，“日记”的性质在一定程度上被遮蔽，显现的仅是某种史料聚合物，即“将日记做为单纯的、零碎的史料来印证”[①]。在这种意义上，《湘绮楼日记》的本体研究仍有尚可发明之处。

王闿运“不喜制举之业”[②]，因此无意仕进，“以贫就食四方”[③]，一生奔波馆幕，独特观念和颠沛经历在《湘绮楼日记》中展现为复杂琐碎的日常记录。但在曼衍的私人书写背后，王闿运漫长的日记写作又不无始终执守的标准。张舜徽概括这一特点甚为详明：“所记人事往还酬应之事为多，亦逐日录其日课。如钞书、倍书，几无间断，数十年如一日。”[④]王闿运每日忠实记录的读、钞等活动，确实是《湘绮楼日记》撰述中的一条明线，这条伏脉千里的线索究竟如何生长，又在王闿运的生命历程中起到何种作用，尚有待深究。

一、日课的定型与分化

宋明理学传统下用于修养自身道德的日谱、功过格等文献，其思想史意义已经颇受关注[⑤]，但在更广泛材料中的类似程式却仍欠发覆。即便如曾国藩日记这样“近代文史研究中早已被反复利用的‘过熟’材料”，“其作为一种‘读书功程’的特殊属性尚有待揭示”[⑥]，《湘绮楼日记》同样如此。尤其当原本不无刻意的功利主义形式被打散化入更加杂错的私人书写中，相近形态的背后却未必意味着类等的文献性质。这种日谱、日课与“读书功程”文献的起源《程氏家塾读书分年日程》，本身旨在“以制度与规划减缓读书的速度，在慢读书中方能

---

① 张剑《中国近代日记文献研究的现状与未来》，《国学学刊》2018 年第 4 期。

② 王代功《湘绮府君年谱》，《湖南人物年谱》第四册，岳麓书社，2013 年，第 483 页。

③ 沃丘仲子《近代名人小传》，中国书店，1988 年，第 3 页。

④ 张舜徽《清人笔记条辨》卷九，华中师范大学出版社，2004 年，第 332 页。

⑤ 参见王汎森《日谱与明末清初思想家——以颜李学派为主的讨论》，《晚明清初思想十论》，复旦大学出版社，2004 年，第 117—186 页。

⑥ 陆胤《从“自讼”到“自适”——曾国藩的读书功程与诗文声调之学的内化》，《北京大学学报（哲学社会科学版）》2021 年第 6 期。

涵泳”，从而对抗“科举的‘速化’之弊”[①]，王闿运的日课却不能直接套用这一理论框架。

《湘绮楼日记》最初数年的记录中，王闿运尚未具备明确的“日课”意识，只是单纯记录每日读书活动。同治八年(1869)正月他开始阅读《汉书》等正典，正月十八日“点《汉书》二卷，凡廿六卷皆点毕”[②]，二十一日开始“读《后汉书》二卷”[③]。此后基本每日都有记载，二十八日“阅《汉书》三卷……不及《前书》精密”[④]，可知所述也是《后汉书》，夜又“翻《后汉书》四卷”，次日就改为“阅《三国志·魏本纪》二本”[⑤]。在《三国志》的阅读中，王闿运使用的记述单位随时变换，正月三十日就是“读《三国志》一卷”[⑥]。同时，王闿运记录读书活动的用词较为多变，除“点”“读”“阅”“翻”之外，还有“览《汉书》三卷”[⑦]的表述。尽管用词的别异未必代表读书方法分化，可能仅是“日读一卷，加以评点，有可论者复别记之”[⑧]的体现。《湘绮楼日记》出现确定的“日课”概念之前，这种记述现象更具生气，一旦使用规定形式去记述每日功程，呈现在日记中的读书活动就转为固化，被分门别类嵌套入“课”的框架中。同时，王闿运还有诸如“钞《庄子》一叶”，“重阅《晋书·帝纪》两卷，作五赞”，“钞《谷梁》三叶”，“背《离骚》，论屈原述游仙”等多种读书活动[⑨]，本身已经预示着固定的“日课”框架势必将继续分化。

同治十一年(1872)左右，王闿运居衡“专事撰述，无出游之意”[⑩]，不再汲汲奔走，日记中读书相关内容尤多，《湘绮楼日记》的日课形式

---

① 徐雁平《〈读书分年日程〉与救“科举时文之弊”》，《南京大学学报(哲学社会科学版)》2012年第3期。

② 王闿运《湘绮楼日记》，岳麓书社，1997年，第6页。

③ 王闿运《湘绮楼日记》，岳麓书社，1997年，第7页。

④ 王闿运《湘绮楼日记》，岳麓书社，1997年，第11页。

⑤⑥ 王闿运《湘绮楼日记》，岳麓书社，1997年，第12页。

⑦ 王闿运《湘绮楼日记》，岳麓书社，1997年，第1页。

⑧ 王代功《湘绮府君年谱》，《湖南人物年谱》第四册，岳麓书社，2013年，第498页

⑨ 王闿运《湘绮楼日记》，岳麓书社，1997年，第8、16、21、29页。

⑩ 王代功《湘绮府君年谱》，《湖南人物年谱》第四册，岳麓书社，2013年，第500页。

也在此时正式确立。同治十一年正月十七日记载：

早起定日课：辰课读，午修志，酉读史、讲经，亥钞书、课女、教妾读书以为常。[①]

自此《湘绮楼日记》出现“斋中读书，皆能如课”“书课如额”[②]的说法，在此王闿运自己的读书、钞书、修志以及教授妾女等一系列活动被统称为“书课”。这段时间内，由于王闿运闲居在家，投注大量精力在撰述著作之上，“日课”也成为一种他时刻留意和调适的活动，其具体内容和要求得到不断补改：

笺《诗》四叶、检《春秋》四年(至僖十八年)、作《志·传》一篇，此后定日课如此，不如程当补之，有过无不及也。两儿夜倍经各二本、赋三叶，三女亦皆有程。[③]

日课的“功程”被进一步明确，具体内容和完成要求都被纳入规定，甚至从“课读稍晚，至申未毕”[④]这类记载可见，时间和课业也被精确对应。

综观贯穿王闿运一生的日课，在他早期闲居生涯里就已形成基本框架。在王闿运受邀执掌书院后，日课的具体更动仍然在这些线索的延长线上。光绪六年(1880)的日记中，已经实际成为日课形式的“校”被正式以文字记录确定下来：

篆《尔雅》一叶、钞《唐书》一叶、改《军志》、校《南史》，均初起手，未限多少，明当以一卷为率。[⑤]

从“校课如额”“讲校如程”[⑥]这些记述看，校勘工作和讲课教学一样都成为王闿运后期日课的主要内容，尽管相比钞撰工作，他本人更不喜

---

① 王闿运《湘绮楼日记》，岳麓书社，1997年，第288页。

② 王闿运《湘绮楼日记》，岳麓书社，1997年，第289、290页。

③ 王闿运《湘绮楼日记》，岳麓书社，1997年，第405页。标点有更动，类似情况后不出注。

④ 王闿运《湘绮楼日记》，岳麓书社，1997年，第1158页。

⑤ 王闿运《湘绮楼日记》，岳麓书社，1997年，第917页。

⑥ 王闿运《湘绮楼日记》，岳麓书社，1997年，第2769、2773页。

欢这些所谓的“课业”，“无一可取，令人闷闷，终日不抬头，为此无益”[①]这样的抱怨并不罕见。日课的另一种转型与此类似，随着儿女成长，王闿运投入家庭教育的精力逐渐增加。在这一层面上，日课的有限公共性在《湘绮楼日记》中愈发显露。他以“钞写”为“撰著”的写作特点又延长到“教授”这一目的，日课的线索得以不断丰富，如光绪六年记载：

> 钞《尔雅》二叶，补钞数叶，粗成一本，以授茙女。计廿年来两钞《尔雅》，皆为他人竟其业，未尝自钞一过也。[②]

正面点出钞课“为人作嫁”的一面。同年六月，他还“为滋女钞律诗一叶”[③]，此后又增添“钞唐律”的日课，但实际上王闿运“夜选李（白）律诗，殊无一篇入格者”[④]。这种实际钞写与个人喜好之间的龃龉，无疑更突显日课的有限公共性，每日的功程不仅为了修养自身学问道德，更出于教育他人的考虑。

尽管“校”和“教”开始只是日课的延展形式，但很快它们就喧宾夺主，在《湘绮楼日记》的记录中占据不可忽视的地位。光绪十七年三月六日王闿运“看《士相见礼》，乃悟《论语》‘大人’之训”，读《礼》有悟，于是十三日“借《论语》，复钞三叶”[⑤]，此后则日以“钞《论语》，校《管子》”并“课诵如额”[⑥]为日课。校对和教学成为“正课”，而钞撰则退隐幕后，具体表现在抄撰更具随意性，例如“偶听懿读至‘庶子不禫杖’，因考丧服”[⑦]这样兴之所至的举动。《论语》的钞写也是如此，五月十九日“钞《论语》”[⑧]后便失载，直至六月五日“久不钞书，复写一叶”，从“《论语》特书接舆，盖其名重”[⑨]来看应是复钞《论语》。此后断

---

① 王闿运《湘绮楼日记》，岳麓书社，1997年，第2561页。

②③ 王闿运《湘绮楼日记》，岳麓书社，1997年，第921页。

④ 王闿运《湘绮楼日记》，岳麓书社，1997年，第922页。

⑤ 王闿运《湘绮楼日记》，岳麓书社，1997年，第1701、1702页。

⑥ 王闿运《湘绮楼日记》，岳麓书社，1997年，第1712—1713页。

⑦ 王闿运《湘绮楼日记》，岳麓书社，1997年，第1711页。

⑧ 王闿运《湘绮楼日记》，岳麓书社，1997年，第1715页。

⑨ 王闿运《湘绮楼日记》，岳麓书社，1997年，第1718页。

续钞写，至六月十六日“钞《论语》一暴十寒，居然欲毕，计功本不过三月可成，今以六月成之，犹为得计，较胜不作者也”[①]。“较胜不作”可谓后期王闿运对待钞撰日课的常规心态。王闿运原本投注到抄撰日课上的精力和时间，大部分转移到“课诵”：“改朝课，但写字，讲诵皆于正午后卧听之。”[②]钞撰在此后多被称为“字课”，主要在上午完成，一天中剩下的绝大部分时间被用于“听讲诵”。非但如此，王闿运在此后更长期旷课，每日多以批改课卷和读书为事，直至十月廿二日“忆文小坡《广韵》未毕，取‘五质’，日写一叶，将以廿日了之，自今夜始”，重新开始“钞《韵》一叶”[③]的日课。不过这已是强弩之末，之后《湘绮楼日记》还出现“始理丛残书籍，日理一箧，以为日课”[④]这样以整理书籍为日课的说法，可知随着日课分化，旧的形式逐渐退位，而新的形式凭借外界因素占据王闿运的主要精力，此即下节将要论述的王闿运日课调适机制的运行。

二、调适机制的活跃和隐没

日课的具体内容不会在确定后固定不变，《湘绮楼日记》可见多次调整：

嫌课太少，改定钞《志》、作《志》各四百余字，钞《记》一叶，看《方略》二十卷。

课如额，改停看《方略》，增钞二叶。

以明日当还城，加钞六叶，《祭统篇》及《援贵州篇》，钞《江西后篇》，皆成。

加课至七叶，钞四撰三，俱如额。

比日试钞《考工记》，殊不成课，今始仍复旧程。[⑤]

---

① 王闿运《湘绮楼日记》，岳麓书社，1997 年，第 1720 页。

② 王闿运《湘绮楼日记》，岳麓书社，1997 年，第 1721 页。

③ 王闿运《湘绮楼日记》，岳麓书社，1997 年，第 1748 页。

④ 王闿运《湘绮楼日记》，岳麓书社，1997 年，第 1984 页。

⑤ 王闿运《湘绮楼日记》，岳麓书社，1997 年，第 694—695，1182 页。

这其中既有因为临时行程导致的加课，以达成“不如程当补之”的目标。还包括对自己高要求而“加课”，以及尝试某种课业发现不适合后的调整。这种积极的自我调适机制在王闿运壮年之时非常活跃，他此时未耽俗事，能时刻检视是否胜任日课额度。

但当王闿运再次走出衡阳山城，重新投身馆课，日课调整就更受身外事务影响。如光绪七年八月十八日以前，他每日“钞《周官》一叶”，十八日得知其子王仲章（丰儿）死讯而中断日课，至廿五日“欲讲中一以上祔礼，一握笔则思仲章，心忡忡而辍。钞《周官》半叶”，廿六日“诸女始稍点读，已亦欲解《春秋》表”[①]，之后日校《春秋》诸表，原先的《周官》钞课被搁置。直到十一月廿二日在归湘途中始“钞《丧服》一叶”[②]，则已从《周礼》转向《仪礼》，显然意在纪念“自其十七岁后即能启予，尽传我学”[③]的亡子，可知日课随身事而变的特点。这一转变随后被沿袭，光绪八年正月十六日后有“钞《礼经》一叶”[④]的日课。这种转向并非孤立，光绪十六年二月王闿运点《元史》并作《史赞》，但自自二月十一日“补《史赞》”后再无相关记录，似已完成，因此二月十二日有“清书，看小说，休息一日”语，二月十三日“竟日闲游。随手看书”，十七、十八日均“检《元史》”[⑤]，应为收尾工作。至廿六日则已转为“还写《韵》”，此后每日“检《韵》一日”“钞《韵》”“写《韵》竟日”“闲居写《韵》”，至闰月八日“写《韵》毕，尚无部分，论音琐碎，殊不易简，姑置之”[⑥]，这部分工作此前未提及，参考《湘绮府君年谱》此年“闰月检《广韵》”[⑦]的记载，应为光绪十五年九月廿日“小坡所集吴陵云、段玉裁注及自注者，欲余加笺古韵，余无韵书，当先作，乃可定部分”[⑧]工作的后继。

---

① 王闿运《湘绮楼日记》，岳麓书社，1997年，第1044页。
② 王闿运《湘绮楼日记》，岳麓书社，1997年，第1058页。
③ 王闿运《湘绮楼日记》，岳麓书社，1997年，第1043页。
④ 王闿运《湘绮楼日记》，岳麓书社，1997年，第1072页。
⑤ 王闿运《湘绮楼日记》，岳麓书社，1997年，第1621—1623页。
⑥ 王闿运《湘绮楼日记》，岳麓书社，1997年，第1624—1627页。
⑦ 王代功《湘绮府君年谱》，《湖南人物年谱》第四册，岳麓书社，2013年，第532页。
⑧ 王闿运《湘绮楼日记》，岳麓书社，1997年，第1587页。

前文曾述及《湘绮楼日记》中原本规整的日课记录逐渐发生结构性转变，修养自身的钞读日课渐少，教育及相关的撰述课业渐增，如光绪十三年“注《尔雅·释草》廿余条”，“注《尔雅》”，旨在“为滋校《尔雅》《说文》所无字”[①]，实质是提供女儿教学的读本。其他时间则专注于“课读”“还家课读”“为滋女讲《说文序》”[②]等教学活动，或者有一些非计划性的日课活动，如九月二日“午坐无事，自钞七律诗”，至九日“钞历年律诗毕，得五十余首”[③]。这种转变既是因为王闿运忙于督课，所谓“写字数幅，久废弛不事，但督课未暇耳，殊非惜分阴之义”[④]，也有内在因素影响，与王闿运觉知老境将至密切相关。这年十一月后他受托作《湘潭县志》，感慨“回思日试万言时，才欲钝矣，文虽渐老，不若昔之涌泉也”，更慨叹“岁尽无事，人客寂寥，今年似异常年，欲还文债，亦无心想”[⑤]。从中可见身体衰弱和家事缠烦是王闿运叹老的两大动因。王闿运对此亦有自觉：

> 自入伏来，日课遂停，常时酷热犹伏案，今年凉健，乃更游谈，负此时光，稍欲振之。味秋画《忆别图》来，开幅题诗一行辄错谬，废然自叹，甚矣吾衰，更裂去，怏怏不乐。[⑥]

酷暑令他常年受苦，“老不恬澹，尤弊烦暑”之外“加以蚊蚋”，乃有“殆平生之最苦矣”[⑦]的悲慨，难得的凉爽天气却倍感老去衰疲。当他不得不以这种老态承担教育事业、批改课卷时，发出“改课文六篇，仞字三百，腰驼背涨矣”，“看官课卷卅本，已觉竭蹶。两孙课读甚劳，非娱老事也”[⑧]的哀叹也在情理之中。

身边的繁冗杂事同样让王闿运极为疲惫。例如光绪七年六月廿

---

① 王闿运《湘绮楼日记》，岳麓书社，1997年，第1396、1383页。
② 王闿运《湘绮楼日记》，岳麓书社，1997年，第1396—1397页。
③ 王闿运《湘绮楼日记》，岳麓书社，1997年，第1405、1407页。
④ 王闿运《湘绮楼日记》，岳麓书社，1997年，第2230页。
⑤ 王闿运《湘绮楼日记》，岳麓书社，1997年，第1429、1431页。
⑥ 王闿运《湘绮楼日记》，岳麓书社，1997年，第1567页。
⑦ 王闿运《湘绮楼日记》，岳麓书社，1997年，第2222页。
⑧ 王闿运《湘绮楼日记》，岳麓书社，1997年，第1833、2209页。

四日房屋装修中"匠人皆不识其制,累说不明,习惯难悟如此"。廿六日"杜生恐空馆,且谋代者",令他感叹于"一小馆动有议论",紧接的一段读书心得不无指桑骂槐之嫌:"《元史·本纪》竟无一事,虽赏金一两亦记之。宋濂等真盗臣也,然犹不免死。知盗固难媚耳。"廿九日在"讲《鉴》"后突然对"儿妇性强很"大倒苦水近两百字。七月四日,王闿运终于下定决心"焚荡分居"①,即便分居,他仍不免遭遇"家人俱不暇给""待仆从无至者""房妪嘈杂闲言""厨中无执爨者"②等窘况。这种处境下,王闿运即便自思振作,诸如"废事已一月矣,重定工课","而钞书课废,始补三叶","钞《经》三叶,渐复壮课"③的记录不时可见,但频繁的自思振作也从反面证明荒旷的频率不低,因此终究是"日课甚勤,犹未能奋迅"④。日课从计划严整转变为断续振作,造成随意性增强,如"《尔雅》未注者已毕,草草未遑收拾,且重注《草木》","偶翻廿年日记,有感碑志之作,取严辑校张集蔡文,将勒一书"⑤这样兴之所至的读书活动更可寻见。撰作如此,校课和读课也不例外,如光绪三十二年八月廿三日"检类书,试校一本,亦有可乐",因此"校《类聚》",至十二月廿八日,"《类聚》校讫"⑥。即便对子女教课,他也抱持一种"日受一卷,殊不能解,贤于摸牌耳"⑦的态度。

明白这一点,王闿运在光绪二十八年十月开始更理《墨子》注本的工作断续延伸至次年六月才完成,就不难理解。光绪二十八年十月廿九日他"看《墨子》,程孙钞有注本,嫌其未晰,欲更理之",于是每日"钞《墨子》"⑧数叶,至次年正月十八日始"钞《墨子》上篇成"⑨,但

---

① 王闿运《湘绮楼日记》,岳麓书社,1997年,第1463—1465页。
② 王闿运《湘绮楼日记》,岳麓书社,1997年,第1467、2219页。
③ 王闿运《湘绮楼日记》,岳麓书社,1997年,第1459、1858、1928页。
④ 王闿运《湘绮楼日记》,岳麓书社,1997年,第2031页。
⑤ 王闿运《湘绮楼日记》,岳麓书社,1997年,第2083、2135页。
⑥ 王闿运《湘绮楼日记》,岳麓书社,1997年,第2769、2771、2791页。
⑦ 王闿运《湘绮楼日记》,岳麓书社,1997年,第2118页。
⑧ 王闿运《湘绮楼日记》,岳麓书社,1997年,第2502—2503页。
⑨ 王闿运《湘绮楼日记》,岳麓书社,1997年,第2517页。

此后仍然时断时续，廿七日“钞《墨子》一叶”[①]后就长期旷课，态度确实如其自言“颇不踊跃”[②]。直到光绪二十九年四月十六日才拾起旧课，“重钞《墨子》经说”[③]，虽然之后日钞数叶，但在《日记》中王闿运却表示《墨子》“皆论语，无意义，特少其程，乃不生厌”[④]，可谓是为完成任务而完成任务，这一项艰苦工作到六月廿二日才完成，“《墨子》钞成，小改就序”[⑤]。

总的来看，晚年王闿运在身体尚健和世务平淡之时，还有修养自身的活动，如民国二年正月九日“颇欲食，食而不健啖，勉写条幅数纸”，十四日“今日写字题图，竟日无招寻，最为闲静”[⑥]，均为显例。不过这些是否还可称“日课”，恐怕值得怀疑。原本拥有自我调适机制的王闿运日课，在俗务尘事和年老体衰双重侵犯下，逐渐在文字记录中扭曲和湮没。失去日课的董督，晚年王闿运的形象成为一位“摸牌不问事，每至亥时啜粥乃罢”[⑦]的衰翁，也就在意料之中。

三、学术与道德的双重检视

当日课的调适机制隐没，不再通过日课实现自我约束的王闿运益发颓唐，这本身就体现出日课的修养之用。在《湘绮楼日记》呈露的王闿运生平中，日课被非日常打断并非罕见之事，在此之后王闿运的反省和责思，最能证成日课在学术和道德上的双重检视作用。即使在王闿运的盛年，日课的积极调整和被动中断仍是并存的现象，如光绪四年八月十三日记载：“考两儿功课多荒，因自计亦废日殊甚，仍定日钞三纸。未半叶，客来又罢。”[⑧]对儿女功课荒忽、未能如他期望

① 王闿运《湘绮楼日记》，岳麓书社，1997年，第2519页。
② 王闿运《湘绮楼日记》，岳麓书社，1997年，第2505页。
③ 王闿运《湘绮楼日记》，岳麓书社，1997年，第2544页。
④ 王闿运《湘绮楼日记》，岳麓书社，1997年，第2549页。
⑤ 王闿运《湘绮楼日记》，岳麓书社，1997年，第2559页。
⑥ 王闿运《湘绮楼日记》，岳麓书社，1997年，第3223、3225页。
⑦ 王闿运《湘绮楼日记》，岳麓书社，1997年，第3277页。
⑧ 王闿运《湘绮楼日记》，岳麓书社，1997年，第680页。

那般成才的感喟在王闿运晚年中俯拾皆是，即使如他这样颇具毅力恒心的人，人际交往和日常事务同样会使他被迫暂时放松日课。早在同治十一年他因受托修撰《衡阳志》时就已有类似觉悟：

> 子泌来，言王、夏二生未为发愤读书。余因言课当有常，无常课者，虽忘寝食无益也。今年余为《志》书所牵，而精神散漫，欲读经史，似乎旷功，欲力钞撰，又颇厌怠，孟氏所谓舍田芸人之病，诚有味乎其言之欤。[①]

王闿运极为重视"课当有常"的必要性，事实上他是以读书抄撰为日常，而当日常为琐事打破，才会发出这样的抱怨。《湘绮楼日记》还有一段时间不见日课文字后"始理常课"[②]的表述，"常"的退隐与再现无疑是一种道德化的表述。在"常"与"非常"的二元对立下，经世俗务和个人修养在此因为精神有限处于冲突境地。对王闿运而言，交游广阔的现实和学求淹通的期许当然会产生矛盾。但这里引述《孟子·尽心下》"人病舍其田而芸人之田，所求于人者重，而所以自任者轻"之语，再结合"欲力钞撰，又颇厌怠"的表述，他对"无常课"的思考就不仅限于日常被打断的抱怨，而具有道德检视的意味，指向自我修身不足的弊端。

类似自省在《湘绮楼日记》中不乏其例。有反思荒废原因的，如"以酬对稍繁，四日未看唐文矣"[③]。也有感喟荒废时间之久的，如"余前已实过矣，再翻之，似是前数月所见，乃知废课之久"[④]，这是读刘禹锡文章后，在归纳内容时惊觉曾经读过，道德自省从学术清点行为中自然生发。当然常见的还是直接表述，如"早起蚊散，乃得稍作书，废事半月矣"[⑤]。这种表述尤其明显的一种做法，是通过检点一段时间内完成的钞写叶数，直观地展现日课被耽误的程度：

---

① 王闿运《湘绮楼日记》，岳麓书社，1997 年，第 366 页。
② 王闿运《湘绮楼日记》，岳麓书社，1997 年，第 579 页。
③ 王闿运《湘绮楼日记》，岳麓书社，1997 年，第 775 页。
④ 王闿运《湘绮楼日记》，岳麓书社，1997 年，第 782 页。
⑤ 王闿运《湘绮楼日记》，岳麓书社，1997 年，第 1383 页。

钞《诗·风》毕，计八卷二百卌六叶，自二月七日起凡百廿四日，以每日二叶通计之，当二百四十八叶，少十二叶。

钞诗三叶，《周颂》甫毕。计一月得十五叶，常课犹不及半。

钞《唐书》半叶，唐律一叶，校《南史》三卷，连日唯此功多。今年似不及往岁精果，以烦杂故也。[①]

由于日课的数量被事先规定，应钞和实钞的数量自然很容易得到对比，“常”的意味在此重新出现。如果说日课调适机制对于盛年王闿运来说有助于督促学问精进，那么随着他精力衰减，这种建立在“常”与“非常”上的调适机制就让他的荒忽岁月显得尤为难看。当然，王闿运也会在检理日课中试图自我辩解，引文中的“以烦杂故”就是极为方便的借口。但这种指向世俗的辩解同时会更加具有道德省察的意味：“正十日未钞经矣，非但暑闷，亦以来日方长，不欲速了笺注之事，与尼父加年学《易》，圣凡之异也。”[②]虽然“来日方长”，使得与撰著挂钩的日课不急于一时完成。但对比孔子的老而弥坚，这位生时父亲曾梦“天开文运”神榜、又自喻为改制素王的学者，无疑显得更为窘迫，以至于这些原本颇具玄奇色彩的传说都带上几分讽刺。不过必须指出，这种反思凸显的仍是纯粹的道德感，当日渐老态的王闿运处境益艰，原本颇具神圣意味的学术与道德双重反思就逐步被世俗记录遮蔽。

王闿运并非没有这种身在尘俗的自觉。早在光绪十五年他就喟叹：

晦若借诗稿去。忘携行卷，大为荒忽。春寒恻恻，课读多暇，复有似于石门，乃知十余年匆匆非心之累。[③]

此时他北游天津，受李鸿章招待，宾于吴楚公馆，反倒难得有闲暇之趣。两相对比之下，能让他更直白地感知“十余年匆匆非心之累”。

---

① 王闿运《湘绮楼日记》，岳麓书社，1997年，第795、876、925页。

② 王闿运《湘绮楼日记》，岳麓书社，1997年，第1124页。

③ 王闿运《湘绮楼日记》，岳麓书社，1997年，第1538页。

不过，即便他保持“闭户即无关”的态度，也不意味着真的能从世事缠裹中脱离出来。有时虽然日记中并未明确写出有何事务，但也不代表王闿运能像壮年一样每日“如额”完成日课，例如光绪十八年闰月三日记载：“看日记，数日不书，似于荒怠，实则日理字书，无暇他及也。”[①]纯粹的道德和学术检视也无法应对无孔不入的琐细日常，平静无奇的生活事态也会在不声不响间消磨日课的董督和省思作用。

因此，日课的学术与道德双重检视实际指向的是同一个目标，即维护日常生活的重复性[②]。只不过在王闿运的实际践履中，他的遭际和期许被割裂为两种迥别的重复性。他试图通过日课的检视功能建立起一种稳定的生活结构，每日的钞撰、课读和著述这种疏落的重复活动下，可以理想地承载其他必要的生活事务。只不过日常中无数琐屑事项已经将这种理想结构冲刷得不堪一击，遑论更为繁冗实际的事务降临之时。前文不惜笔墨地梳理《湘绮楼日记》看似抽象而乏味的日课记录，正因为它们实际在不断地经历延续、中断和重组。在漫长的五十年中，日课发挥学术和道德的双重检视这一表层功用，实质是日常生活中丰富的行为、态度和环境在时刻试图侵入和吞噬王闿运塑造自我的过程。尤其是这种对抗事实上并不总是拥有面目清晰的对手，像针对“督课未暇”而“久废弛不事”发出的“殊非惜分阴之义”的感叹，以及因为“看课卷，无一可取”而觉得“为此无益，可笑也”[③]这种能对症下药的有的放矢并不多见，更频繁的是“积压事多，始看课文”[④]这样含混的认知和表达。换言之，社会生活和理想期许

---

① 王闿运《湘绮楼日记》，岳麓书社，1997 年，第 1797 页。

② 物质文明的重复性构成日常生活的基本特征和结构，以及背后主体的互动和对抗，以刘永华梳理布罗代尔《15 至 18 世纪的物质文明、经济和资本主义》的《物：多重面向、日常性与生命史》（收入氏著《时间与主义》，北京师范大学出版社，2018 年）一文最有见地，这一思考路径显然对认识“日课”与“日常生活”之间的关系很具启发性。

③ 王闿运《湘绮楼日记》，岳麓书社，1997 年，第 2230、2561 页。

④ 王闿运《湘绮楼日记》，岳麓书社，1997 年，第 2031 页。

这两种并轨日常的区别，王闿运实际并未自觉清醒地感知到[①]。对于他而言，日课的目的还在于使得学有恒常，“又不可疲其神智”，达到“每日必有用心之处”的“惜寸阴”[②]效果。所以虽然他在晚年重检日记时会有“看早年日记，尽征逐游宴事也，虽有日课，荒旷时多”[③]的反省，但此时他的日课已经完全陷入不规律乃至绝迹的境地，基本失去学术和道德检视的作用。在这种意义上，无论是调适机制还是双重检视，本身就构成一种悖论，原义旨在自身修养的两种目的，实际却有赖于作者对自身处境的省觉。当这种觉悟并不足以支撑起与生活的对抗时，仅剩的“日课”形式也就自然随着调适机制和检视功能逐渐湮灭。

四、修道与公学的二元理想

前文已及《湘绮楼日记》中日课的调适机制与双重检视作用，日课的实际运行固然重要，不过王闿运规定这样一种修身形式究竟有何用意，是否与宋明理学传统下的“日谱”“功过格”可以等同，还需进一步追问。《湘绮楼日记》中日课指向的目标，在壮年时清晰呈现为“学道”。

王闿运曾标榜“盖余学道而好作绮语”，自称“已能去怒惧恶欲矣，而未忘哀乐，亦缘文词为障”[④]，此时他甚至未届不惑，这恐怕还是他“高自标置”[⑤]之语。同治十年他入京适逢会试之期，由于“不欲示

---

① 在结构社会学理论中，这种自觉可以对应为“行动者表现出的对行动的反思性监控”（安东尼·吉登斯著，李康、李猛译《社会的构成：结构化理论大纲》，生活·读书·新知三联书店，1998年，第43页），“惯例”作为日常社会活动的基本要素，正是通过将其与“有待引发的无意识成分”分隔开来而体现。王闿运的生活日常与《湘绮楼日记》固然也可以视为一种二元对立的结构，但并不能简单类等，不过吉登斯结构化理论中的这些思考无疑有助于深入理解王闿运焦虑的由来。

② 王闿运《王志》卷一，《湘绮楼诗文集》第二册，岳麓书社，1996年，第31页。

③ 王闿运《湘绮楼日记》，岳麓书社，1997年，第2077页。

④ 王闿运《湘绮楼日记》，岳麓书社，1997年，第176页。

⑤ 钱基博《现代中国文学史（外一种：明代文学）》，商务印书馆，2011年，第77页。

异”[①]而参加，结果自然不第。尽管他自谓“余来本不为试事，而勉赴试期”，似乎得第与否都不应萦怀，却依然因为“今银钱在南，浮寄京师，必当坐困，徇人之害如此”，而“一经小试，辄已怫然”。这也难怪他自嘲“余前自谓能无怒欲，未涉世之谈耳”，但王闿运在日记中还要尽力挽回一些颜面：“除情根，信非易易，况又沉酣于哀乐乎。”[②]似乎还是因为学道有所欠缺，“未忘哀乐”以至于连“已能去怒惧恶欲”的结果都持守不住。除了这种消极情绪，积极情绪影响之下的王闿运也会意识到“学道”的不足，这一年冬十月他舟行归湘途中曾如此感怀：

> 余水行七十五日，饱于烟波，留此佳境，为他日卧游之图画，且以见尘虑之未消矣。爱缘所牵，如蚕自缚，则何贵于学道哉。[③]

饱览佳景，转思这种情绪实际是“尘虑之未消”，不无矫情自饰之嫌，但“爱缘所牵”，又使他不能不有“何贵于学道”的感叹。这种自我缘饰产生的前后矛盾不只“学道”，也多次出现在《湘绮楼日记》其他地方。例如同治十一年王闿运因为“石门山居凉雨令人心神俱爽”而“作三律题壁上，以志终隐之愿”[④]，实际在之后生涯中这一隐居的美好愿望基本没有得到实现。还如他曾因湘潭童生闹事，虽然“不怒近十年矣，颇有攘臂下车之意”[⑤]，实则日记中怒箠爱妾莫六云，试图“严乃可治家”“振厉以庄莅之”[⑥]这样冲动的记载并不少见。

这种口不应心的“学道”随着《湘绮楼日记》文字的推移变得更成熟，光绪九年他记载：

> 房妪晨诟，告半山令遣之，大有难色，且出怨言，禁之不

---

① 王代功《湘绮府君年谱》，《湖南人物年谱》第四册，岳麓书社，2013 年，第 500 页。

② 王闿运《湘绮楼日记》，岳麓书社，1997 年，第 200 页。

③ 王闿运《湘绮楼日记》，岳麓书社，1997 年，第 266 页。

④ 王闿运《湘绮楼日记》，岳麓书社，1997 年，第 339 页。

⑤ 王闿运《湘绮楼日记》，岳麓书社，1997 年，第 568 页。

⑥ 王闿运《湘绮楼日记》，岳麓书社，1997 年，第 97 页。

止，携纨避楼上，不觉盛怒，既而自笑，何轻发于鼷鼠。看船山悼亡诗又不觉大笑，彼何其不打自招也。故知颦笑从容，未易合法，况云道乎。[①]

面对颇不合意的生活现实，王闿运不再只是自我标榜，转而能宽慰和解，“学道”之事和人之常情的“颦笑从容”都有龃龉。情性与学道的矛盾，不仅在王闿运清醒的日常生活中存在，也同样盘踞在他的梦境里。光绪九年四月入蜀水路中，王闿运曾梦及与修养身心相关的内容：

晨梦从新梯登一小楼，初以为无人，既升，见烛跋犹然，柱香始烬。一仙女携小儿寐帐中，薄被微遮，色肤红瘦，退立未敢惊之。俄而女觉似言：“君溺于情媚，当退转矣，妾来与君调坎兑，正情性耳，无他事也。”悚然而寤。五十之年，见笑跐离。智灯岂能烧障耶？[②]

梦中也有跐离之神提点他“溺于情媚”，王闿运显然困惑于他这一“学道”之人为何碍于情障。两天后他又记录道：

薄暮雨大作，潇潇至子夜。明灯钞书八叶，字甚草率。又闻同舟人言，昨宵有呓语者，意似斥我，而不敢明言。余生平警寐，今反昏浊如此，可惧也。每日修心，不知何以至此，岂为学无验，抑道真有魔耶？唯学易笏山自责而已，明当发愤。[③]

王闿运自警昏浊，试图加强自我修养的功夫，这与他认为“学道”贵乎“由其空言，知其实用”[④]显然是一致的。从王闿运反复检阅日记得出的感悟来看：

看前三年日记，今日所与接谈者皆已半死，唯钞书如恒

---

① 王闿运《湘绮楼日记》，岳麓书社，1997年，第1188页。

② 王闿运《湘绮楼日记》，岳麓书社，1997年，第1206—1207页。

③ 王闿运《湘绮楼日记》，岳麓书社，1997年，第1208页。

④ 王闿运《庄子注序》，《湘绮楼诗文集》第一册文集卷第三，岳麓书社，1996年，第65页。

时，所谓读书延年与？光景常新，非文词无寄。西域浮屠真不求行乐者，乃欲不立文字，何也？[1]

时移世易，光景常新，唯有钞书的日课恒久如常，王闿运将“延年”的希望寄托在“立文字”之上。而连接似为空言的“文字”和“实用”的，自然就是每日规定功程的“日课”。

王闿运在重读过去日记时对既往生活常有反思，如“今观比日日记，信多思耶，宜省之”[2]，很能佐证上文所论。与其“空言”“多思”，不如躬身践履，所谓“家不必精论，但以身率，在起居饮食之间”[3]，这无疑是他与宋儒针锋相对的一种表现[4]。强调“身率”而非“精论”，是观察日课与王闿运自身学术联结的重要出发点。即便是在谈论较为玄虚的“读书之要”时，王闿运在指出“学贵有本”“是以务研一经，以穷其奥”后，接着就强调“限年卒业，立之程课”。他将古今学术分为“儒林”“文苑”“道学”三途，“文苑”之中又有“工词赋者谓之才人”，这一寻常被认为不过是挥洒雕虫之技的群体，也被王闿运定义为掌握“山川形势，家国盛衰，政俗污隆，物产丰匮”等信息，“无空疏之作”[5]的一种学术。因此，当王闿运主持书院，躬行教育事业时，就将自己“日有记，月有课，暇则习礼”的读书方式推广开来，“教诸生以读《十三经注疏》《二十四史》及《文选》之法”[6]，“日课”就从日记的一种程式延伸出来，成为正式的治学主张。在他初次主持尊经书院后，相当郑重地在光绪五年的日记中记录给自己所定的日课：

定日课。于辰初朝食，申初夕食，戌初点心，子初即寝。日看唐文三本，钞《诗》经二叶。俟十九起学后行之，先行饭课。[7]

---

① 王闿运《湘绮楼日记》，岳麓书社，1997年，第1203页。

② 王闿运《湘绮楼日记》，岳麓书社，1997年，第898页。

③ 王闿运《湘绮楼日记》，岳麓书社，1997年，第1039页。

④ 参见舒习龙《日记视域下王闿运的宋学观与宋史评论》，《求索》2022年第1期。

⑤ 王闿运《湘绮楼日记》，岳麓书社，1997年，第221—222页。

⑥ 钱基博《现代中国文学史（外一种：明代文学）》，商务印书馆，2011年，第59页。

⑦ 王闿运《湘绮楼日记》，岳麓书社，1997年，第739页。

这里日课的精确程度，显然是前文曾述及的诸多其他时期日课都无法比拟的。当然，日课这种形式并非王闿运首创，在清代早已成为常见的教育形式[①]，但王闿运的教育实践中，日课制度下学堂的运行却与官课发生冲突，这就足以证成其独特性。这次冲突的表因在于王闿运"今年议不作经文"，而官课限经文五道，因此他"牌示禁院生应课"[②]，以致众人议论纷纷，这一风波最后以王闿运让步为终结。从这一点看，王闿运的教育理想与他本人治学特点紧密相关，他在之后受邀讲学思贤讲舍之时，也曾纵论他心目中创立学堂的举措：

> 入坐言校经堂事，以余欲招老辈学成者为可骇，云李生元度、杨生彝珍必不肯来。余言此传者之陋也。见一书院则以为入院者必学生，吾何取乎李、杨而生之？李、杨自可直呼名，又何畏乎李、杨而生之？世俗之见不化，学问之事不成。[③]

显然他的主张让他人觉得并不现实，其后他甚至主张邀请郭嵩焘、张之洞等人"至讲舍游愒"，他也知道这么做"非财不能聚人，经费必岁二万金乃可"，现在只能"姑小试可耳"。除了这种兼综他本人广阔交游与狂放性格的主张之外，他主持书院还受到幕僚生涯的影响：

> 余前年颇能令院中清寂，自丰儿来，诸生情益亲，而时哗笑，声闻于外，此湖南院派也，念禁之伤苛，回步而还。昔曾涤公治军，愀然如秋，有愁苦之容。胡文忠军熙熙如春，上下欢欣而少礼纪。两军皆兴盛有功，诸军则不能然。愁则溃，欢则慢，余庶几其胡群耳。

曾国藩和胡林翼治军的不同风格也被他用于比拟治理书院的方式。

---

① 参见李成晴《日课一文：中国传统教育中的日程写作》，《现代大学教育》2021年第1期。

② 王闿运《湘绮楼日记》，岳麓书社，1997年，第763页。

③ 王闿运《湘绮楼日记》，岳麓书社，1997年，第882页。

上述公学理想与王闿运本人学术的共通之处尚且停留在“主张”的层面，真正同构的还是日课钞撰与教学需求的紧密结合。前文已经论及王闿运会通过日课钞撰应付儿女教育需求，主持书院期间也是如此，可略举数例：

> 书局南北史写毕，始写《辽史》，夜校四页。
>
> 始钞《春秋》经，将刻之，写《隐公》一篇。
>
> 院中又议刻八代诗及唐诗选本，检七律一种自钞之，得三叶。[①]

钞、校、选都被王闿运用于满足教育需求，这几乎成为他晚年的一种常态。在这种层面上，私人日课不仅被作为一种实现公学理想的举措，自身的学术践履也延展并参与教育活动的运行。“日课”不只停留于《湘绮楼日记》的字里行间，仅作为一种修身方式在王闿运生涯的角落里断续出现，而是从幕后来到台前，不断进入他生平的主要活动中，乃至成为一种具有普适性的理想。还可以作为参考的是前文曾述及的检理书籍的日课，这一形式在《湘绮楼日记》中较少作为王闿运自己实践的日课被正式记录，但却在他主持书院期间屡有提及。“惜书”本就是尊经书院的章程，书院对“所储之书”的借阅有严格规定[②]，王闿运也经常“与监院诸生上阁理书”“清理院阁所藏杂书，寻检竟日”[③]。从这点看，王闿运晚年将检理书籍作为日课形式，反倒应该说是主持书院的生活经历造成的影响。

五、结语

“日课”作为王闿运一生中断续坚持的一种读书学习活动，在《湘绮楼日记》近五十年的记录中堪称一条串联前后的明线。这一显眼

---

① 王闿运《湘绮楼日记》，岳麓书社，1997 年，第 909、949、995 页。

② 参见张之洞《四川省城尊经书院记》，《中国书院学规集成・四川篇》第三卷，中西书局，2011 年，第 1490 页。

③ 王闿运《湘绮楼日记》，岳麓书社，1997 年，第 753、981 页。

的书写程式，对于《湘绮楼日记》这种实际具备有限公共性的文本[①]来说，在督促自我的同时也兼具向他人展示的意义。因此，将“日课”视为《湘绮楼日记》的一种重要姿态，并不为过。这种姿态生发于王闿运的具体读书活动，并从最初的含混言之，发展到后期分化出明确的“钞课”“校课”“课读”“字课”等名目。历时来看，王闿运的日课从一开始就处于变动不居的状态。他不是通过日课这种外物试图固定化自己的修养活动，而是根据自身需求不断调适日课的具体要求。在这种意义上，王闿运的日课和宋明理学传统下的修身日课就处于鸿沟两侧，根本性质就是悖反的，这种悖反在更深层面上当然也有他本人反宋学的因素。

而王闿运日课的这种调适机制，看似始终积极促进日课形式的进学功能，但同时其内质的脆弱又无法掩盖。纷杂的社会事务和纯粹的课业期许对于王闿运有限的时间来说是一对难以调和的矛盾，那么为何必然是日课让步于日常而非倒转？恐怕不能简单以物质生活压倒精神生活来解释。前文将日课视为王闿运《湘绮楼日记》的一种姿态，正是希望揭明其所具有的表演性，这种表演的正常进行需要人性化自我和社会化自我的表达一致[②]。这种一致实际可能被任何细微的失误所摧毁，而在重复的日常生活中，这种摧毁又是如此平易而绵延。正如前文所论因重复而实现结构化的日常生活中，王闿运期望的作为“常”的日课实际总被“非常”的事务打断，以至于在实际生活中，“常”与“非常”的地位不得不与他期望的完全相反。老境的颓唐与不顺，不过是这种日常生活最清晰的样态。

因此，尽管王闿运在断续的记录中赋予日课以道德和学术的双

① 刘雅萌《〈杨度日记〉与〈湘绮楼日记〉对读研究》（收入《清代文学研究集刊》第6辑，人民文学出版社，2013年）一文有论及杨度阅读、抄写《湘绮楼日记》。实际上，王闿运的日记还对家人开放，如“夜作家书，寄日记”（王闿运《湘绮楼日记》，岳麓书社，1997年，第729页）等记载。

② 欧文·戈夫曼著，冯钢译《日常生活中的自我呈现》，北京大学出版社，2008年，第45页。

重检视功能，也难抵抗日常生活无孔不入的权力作用。在此，并非某种明确的政治力量在试图施加“日常统治”①，本文借用这一概念，是希望阐明《湘绮楼日记》中日课究竟为何逐渐汩没。相比某个明确目标，面貌模糊的日常生活对个体的压迫和控制显得远为细致和纠缠。从这个角度审视王闿运日课形式被庸常生活慢慢吞噬的过程，会让《湘绮楼日记》这一庞杂的史料群呈现出一些有机性。

但是，不管日课的检视功能是如何名不符实，它在被赋予意义的同时就指向特定的目标，这同样是研究王闿运的日课所不能忽视的。在这一层面，《湘绮楼日记》中的日课就显示出二元成分：一方面是生发自读书活动，天然具有学术意义；另一方面又和宋明理学的修身日课貌合神离，但难免沾染一些共性。因此，《湘绮楼日记》中的日课一方面服务于王闿运的“学道”理想，在他高自标置的文字表述中多少发挥着一点功用。随着他从石门山居走向更广阔的书院教学，日课转而服务于更费精力的公学理想。王闿运不但将自身日课的内容和形式投射到书院教育的措施中，更使得自己的日课服务于教学需求，并在一定程度上又让教育经历反哺日课的形式。虽说日课简而言之只是某种每日重复的作业，似乎脱离思想史的背景，阐释起来有些乏善可陈，但得益于《湘绮楼日记》丰富细致的个人书写，日课这种简单的知识活动就拥有深度开掘和综合论述的可能，梳理和论析《湘绮楼日记》中日课的兴起与隐没，实际也是清理王闿运的生命细部。

（北京大学中文系）

① 参见侯旭东《什么是日常统治史》，生活・读书・新知三联书店，2020 年，第 216—223 页。

易学、文学中的“白贲”

李晓倩

内容摘要：贲卦上九爻辞“白贲无咎”，王弼注为“饰终反素”“任其质素”。这种义理阐发使得“白贲”在儒学语境中的地位有别于“无咎”对应的吉凶位次，一定程度上溢出其象数内涵。延续王弼的阐发，《杂卦》中“《贲》，无色也”的“无色”常被归因于“白贲”，但相比之下，将“无色”理解为不具备纯正清晰的色彩更显合理。根植于卦象和义理，“白贲”在文学中指本色和隐逸，即不事雕琢的文学风貌、源于本心的高洁品性以及遵从本心的隐居避世。梳理“白贲”的内涵及其渊源，有助于理解其中寄托的审美意识和人格理想。

关键词：白贲；饰终反素；无色；本色；隐逸

The Connotation of Baibi in the Perspective of Changes Scholarship and Literature

Li Xiaoqian

Abstract：Baibi(plain decoration) being blameless, which is the upmost line statement of hexagram Bi, is owing to Shizhongfansu (ultimate decoration returns to simplicity) and Renqizhisu (let the essence be simple) in Wang Bi's interpretation. It makes the evaluation of Baibi from the Confucian context not only be blameless but also lay beyond the iconic meaning of the line statement to some extent. Along this interpretation, what the *Zagua* (Hexagrams in Irregular Order) narrates that hexagram Bi has neutral color is attributed to Baibi conveniently, although it is relatively more reasonable to interpret neutral color as impure and blurring rather than colorless. Rooted in the image and argumentation of hexagram Bi, Baibi is considered to symbolize true qualities and reclusion in the traditional Chinese literature, which implies undecorated style, genuine character and reclusive aspiration. Sorting out the connotation of Baibi is instructive to understand the aesthetic consciousness and personality ideal implied in it.

Keywords: Baibi; Shizhongfansu; neutral color; true qualities; reclusion

《周易》贲卦，上九爻辞“白贲无咎”。一般认为“贲”指文饰、装饰，《序卦》云“贲者，饰也”[①]，但《杂卦》又有“《贲》，无色也”[②]的说法。前人注意到两处传文似有龃龉：有认为两说互不相斥的，如宋代杨时的解释是“惟有质为能受，惟无色为能贲”，“白贲，受色者也”[③]，“白贲”作为“无色”之“质”，显然能接受彩饰，因此贲卦的“无色”与“饰”不相矛盾；有认为两说存在矛盾的，如清代焦循《易通释》点明“无色”即“素”，与“饰”恰好相反，否定“以白为无色”的说法[④]。双方观点的展开常围绕“无色”与“白贲”的联系，关键在于如何理解《杂卦》所言“《贲》，无色也”，而“白贲”的内涵同样是疏通传文、理解贲卦时难以

① 《周易序卦》：“物不可以苟合而已，故受之以《贲》。贲者，饰也。”《周易》，中华书局，2018年，第671页。

② 《周易》，中华书局，2018年，第681页。

③ 杨时《龟山先生集》第2册，凤凰出版社，2019年，第190页。

④ 焦循《易通释》：“《序卦传》云‘贲者，饰也’。《杂卦传》云‘《贲》，无色也’。无色与饰适相反，无色谓素也。”焦循《易学三书》，九州出版社，2003年，第262页。

回避的话题。

在文学批评领域，诸如刘熙载《艺概》云："白贲占于《贲》之上爻，乃知品居极上之文，只是本色。"[1]又以"白贲""本色"指代质朴自然、不加矫饰，反映出"白贲"与"本色"的相互关联。从易学到文学，贲卦中的"白贲"作何解释，"白贲"与"无色""本色"之间有怎样的联系呢？

一、"白贲"的象数渊源和义理阐发

山火贲卦，离下艮上，每一爻的爻辞均含"贲"字。"白贲"在贲卦中的含义，或可结合爻辞"白贲无咎"的"白"和"无咎"这两点来理解其中的象数渊源和义理阐发。

象数的角度，"白贲"之"白"有其卦象依据。虞翻认为贲卦六五爻虽是阴爻，却在阳位，变为阳爻才能保证爻体阴阳属性与所居位置对应，即"得位"。爻变之后，上卦由艮之巽。"白贲"之"白"不仅因为"巽为白"，而且与巽上的阳爻有关[2]，对应贲卦上九。"巽为白"的说法见于《说卦》。虞翻之后，无论是朱震《汉上易传》、惠栋《周易述》、焦循《易通释》延续"巽为白"的思路，还是陈抟、邵雍《河洛真数》认为贲卦是泰卦九二、上六互换位置而成，依据"阳为白"来解释贲卦上九爻辞中的"白贲"，都是从爻变论述"白贲"之"白"的由来。

象数上，"白贲"之"白"源于爻变后的卦象内涵。然而，八卦中不仅巽上有阳爻，单从最上的阳爻说明"巽为白"，本就稍显牵强。同时，以"得位"的标准来看，即卦中各爻是否依阴阳而居于相应位置，只有既济卦看似合乎要求，从"得位"与否来推导爻变、进而解释爻辞，容易陷于附会。何况舍弃本卦、注重之卦难免舍近求远的嫌疑，前人也关注到贲卦的象数解读中存在这一问题。

---

① 刘熙载撰，薛正兴校点《刘熙载文集》，凤凰出版社，2017 年，第 90 页。

② 虞翻注解《说卦》"巽为白"："乾阳在上，故'白'。"参见李鼎祚撰，王丰先点校《周易集解》，中华书局，2016 年，第 524 页。

义理的角度，“白贲”见于贲卦上九，装饰、文饰尽归于白，蕴含“饰终反素”的意味。“饰终反素”见于王弼对“白贲无咎”的注解：“处饰之终，饰终反素，故任其质素，不劳文饰，而无咎也。”[①]虽然语出王弼，但在荀爽注《易》时已有端倪。荀爽把《易》贲卦、剥卦次序相邻解释为“极饰反素，文章败，故为‘剥’也”[②]，其中“极饰反素”的“饰”“素”各自对应贲卦所指文饰、剥卦意含剥落。王弼则进一步将“反素”的意味与贲卦上九爻辞中的“白贲”相互绑定，分别用“饰”“素”指代贲卦之“贲”和“白贲”之“白”，视野转向贲卦本身。

王弼这一注解涉及两组观念，一是“饰”与“素”，二是“文”与“质”。虽然其易学因废黜象数、改用老庄之学而闻名，但王弼注解“白贲”时所用对举观念，牵涉儒学较为关注的话题。

一方面，“饰终反素”似在附和《论语》“素以为绚”和“绘事后素”的相关论说。《论语·八佾》：“子夏问曰：‘巧笑倩兮，美目盼兮，素以为绚兮’，何谓也？子曰：‘绘事后素。’曰：‘礼后乎？’子曰：‘起予者商也！始可与言《诗》已矣。’”[③]如何理解“礼后乎”这一发问中的“绘事后素”和“素以为绚”，一说绘画时先用素粉、再铺五彩，以素色类比践行礼制之前应具备的忠良诚实的德行，即先“素”后绘、以“素”为“质”，此说以朱熹为代表[④]；在朱熹之前，较主流的解释是，绘画时先用多种色彩、再由素色分布其间，素色隐喻“礼”，即先绘后“素”、以“素”为“文”，此解以郑玄为代表[⑤]。虽各有说

---

① 王弼撰，楼宇烈校释《周易注（附周易略例）》，中华书局，2011年，第123页。

② 李鼎祚撰，王丰先点校《周易集解》，中华书局，2016年，第539页。

③ 程树德撰，程俊英、蒋见元点校《论语集释》，中华书局，1990年，第157—159页。

④ 朱熹：“素，粉地，画之质也。绚，采色，画之饰也。言人有此倩盼之美质，而又加以华采之饰，如有素地而加采色也……绘事，绘画之事也。后素，后于素也。《考工记》曰：‘绘画之事后素功。’谓先以粉地为质，而后施五采，犹人有美质，然后可加文饰。”朱熹《四书章句集注》，中华书局，2012年，第63页。

⑤ 郑玄：“绘，画文也。凡绘画先布众色，然后以素分布其间，以成其文，喻美女虽有倩盼美质，亦须礼以成之也。”程树德撰，程俊英、蒋见元点校《论语集释》，中华书局，1990年，第159页。

辞，但无论郑玄、还是朱熹，都从文饰、质地的角度自圆其说，即从“文”“质”论述多彩纹饰须由素色衬托。王弼用“饰终反素”解释“白贲”，从通观贲卦的角度说明彩饰终究归于素色，既贴合郑玄一脉对《论语》“绘事后素”的具体认知，又串连“素以为绚”的相关内涵。“饰终反素”的说法看似渊源有自，因而容易得到回应乃至附和。

另一方面，“任其质素，不劳文饰”的观点与儒家“文”“质”对举并以“质”为重的倾向有所契合。《论语·雍也》“文质彬彬”的说法表达了儒家“文”“质”并重的观点，“文”“质”分指外在礼仪、内在品性；但结合“野”“史”的意义及《论语·先进》所述，孔子在“文”“质”对举中有意将“质”放在优先位置，看重纯真朴实的内在品性[①]。在王弼之前，《吕氏春秋》记载孔子占得贲卦并有微辞，《说苑》将孔子的评论扩充为：“贲非正色也，是以叹之。吾思夫质素，白当正白，黑当正黑，夫质又何也。吾亦闻之：丹漆不文，白玉不雕，宝珠不饰，何也？质有余者，不受饰也。”[②]已涉及“文”“质”与“饰”“素”的讨论，尤其“质有余者，不受饰也”的说法，发王弼“任其质素，不劳文饰”的先声。在“饰”“素”和“文”“质”这两组对举中，刘向《说苑》和王弼“饰终反素”的说法都表达了重“素”重“质”的主张。《说苑》记载孔子所推崇的“质素”“质有余者”，在王弼注《易》时被归结于贲卦上九爻辞中的“白贲”，这使他的注解更显言之成理。

王弼用“饰终反素”解释“白贲”看似顺理成章，也已利弊分明。正面影响在于借用儒学观念，表述又一定程度上呼应了儒家观点，容易引来后世经学家的关注和接受；潜在问题同样在于运用“文”“质”和“饰”“素”这两组观念注解“白贲无咎”，意味着将“白贲”纳入儒家文质之辨、素绚之论的语境，默认“白贲”属于“质”和“素”的阵营。然

---

① 李春青《“文质模式”与中国古代经典阐释学》，《山西大学学报（哲学社会科学版）》2021 年第 1 期。

② 刘向著，向宗鲁校证《说苑校证》，中华书局，1987 年，第 511 页。

而，先秦时期“素”指服饰织物本来的颜色，“白”指染白的色彩，两者表意并非对等①；再从刘向《说苑》“思夫质素”云云和郑玄对“绘事后素”的解释“凡绘画，先布众色，然后以素分布其间”来看，“素”指单一色彩，不限于白色，是相对于多种色彩而言，足见王弼对“白贲”的阐发在学理上也非无懈可击。

自王弼用“饰终反素”注“白贲无咎”以来，经学家常沿着这一脉络解释贲卦上爻为何是“白贲”，与象数解读相比，一定程度上拔高了“白贲”在贲卦中的意义。用“饰终反素”解释贲卦上九爻辞“白贲无咎” 的依据有三点：一是贲卦之“贲”一般指装饰、文饰，二是认定“白”即为“素”，三是上九爻位于贲卦最上。王弼之后的易学家，早如程颐、李光②，近如高亨、金景芳、吕绍刚③，多就此表达对

---

① 李沁锴引用肖世孟《先秦色彩研究》，论证了“以白为饰”和“饰极反素”存有区别，认为“白贲无咎”本义是“以白为饰”。参见李沁锴《“白贲无咎”本义考——“以白为饰”与“饰极反素”之辨》，《文学与文化》2018 年第 2 期，第 71—72 页。

② 程颐：“上九，贲之极也。贲饰之极，则失于华伪，唯能质白其贲，则无过饰之咎。白，素也，尚质素则不失其本真。所谓尚质素者，非无饰也，不使华没实耳。”从“质”“素”上论“白贲”之“白”，但言明“白贲”之“素”并非毫无装饰，而是修饰得宜。参见程颐撰，王鹤鸣、殷子和整理《周易程氏传》，九州出版社，2010 年，第 91 页。李光：“上九，贤人处尊位而众所视效者，故以质素为饰，则其所自奉者，无华侈之过、奢靡之失也，故曰‘白贲无咎’。”参见李光《读易详说》，王立文等编《中国古代易学丛书》第 4 册，中国书店，1992 年，第 454 页。同样从“饰终反素”上解释“白贲”。两家注解均突显了上九爻位，默认“白”与“素”的相互关联，认为“白贲”因在文饰的极致而呈现出“质素”的特性，“救文”“尚质”等说法表明了对“白贲”的赞许。

③ 高亨：“白贲，白色之素质加以诸色之花文。此喻人有洁白之德，加以文章之美，故无咎。”高亨《周易大传今注》，齐鲁书社，1979 年，第 231 页。金景芳、吕绍刚：“上九‘白贲’，则白即贲，白与贲变为一回事了。贲至于极点，有饰变为无饰了。说无饰，其实不是无饰，是以无色为饰，以质素为贲。《杂卦》说的‘贲无色’，对贲卦的特点一语概括无遗。贲是五采艳丽以文饰，白无色是素朴无文，二者截然对立，竟合而曰‘白贲’，曰‘贲无色’。相反而相成，两个对立之物连在一起，表明《周易》作者具有对立统一的清醒的辩证法观念。”金景芳、吕绍刚《周易全解》，吉林大学出版社，1989 年，第 187—188 页。从“素”“绚”和“文”“质”的视角来看，高亨认为“白贲”是素色质地加上彩饰，观点与朱熹一脉对“绘事后素”“素以为绚”的解释相合；金景芳、吕绍刚认为“白贲”既有艳丽文饰、又以朴素无饰，视为对立统一的整体，但同样结合爻位、“贲”的表意以及“白”与“素”的关联，表达了对“白贲”内涵的认可。

"白贲"的推崇。在这类观点中,"白贲"之所以为"白",是因为"饰终"应当"反素",之所以"无咎",是因为"任其质素,不劳文饰而无咎",而"饰终反素""任其质素,不劳文饰而无咎"本就是对爻辞的认可和阐发。这类注解和贲卦爻辞在一定程度上互为因果,其本质往往在于借由"白贲"表达对儒家"素以为绚""绘事后素"等主张的推崇。

然而,儒学语境所彰显出"白贲"的至高地位,实际上与贲卦爻辞"白贲无咎"对应的吉凶程度不太相符。"无咎"在《易》占断的吉凶次序中,大体上仅为中游。《系辞》:"悔吝者,言乎其小疵也。无咎者,善补过也。"[①]"无咎"指善于补救过失。高亨指出《易》中"咎"的危险程度比"悔"重、比"凶"轻:"悔乃较小之困厄,凶乃巨大之祸殃,咎则较轻之灾患也。"[②]"白贲无咎"说明在上九爻之前贲卦已有过失,至"白贲"已然救回。"无咎"的祥瑞程度也比不上贲卦九三爻辞的"永贞吉"和六五爻辞的"终吉",可见"白贲"在卦中本不是上佳的吉兆。

"白贲"为何"无咎"?象数派多从爻变分析,义理派常借儒学立论,都承认了贲卦存在过失并已补过。象数上,以虞翻的观点为例,贲卦的过失在于六五是上卦中心,作为阴爻却居于阳位,补过的办法是六五变成九五,使得爻体的阴阳属性与所在位置对应[③]。即使不从爻变看,上九与九三无应,即没有阴阳应和,而贲卦二、三、四爻成坎,坎为陷,上九未陷于坎中,也可看出有过而补过。自王弼后,义理上一般认为贲卦的过失在于华彩虚伪[④],并且因"白贲"的"饰终反素"弥补了这一过失。杨万里延续了宋代《河洛真数》"救文之穷,其惟质

① 《系辞上》,《周易》,中华书局,2018 年,第 567 页。

② 高亨《周易古经今注》,中华书局,1984 年,第 133 页。

③ 李鼎祚撰,王丰先点校《周易集解》,中华书局,2016 年,第 149—153 页。

④ 程颐撰,王鹤鸣、殷子和整理《周易程氏传》,九州出版社,2010 年,第 91 页。李光《读易详说》,王立文等编《中国古代易学丛书》第 4 册,中国书店,1992 年,第 454 页。

乎"的说法[1]，认为通过"质素""无色"形成的装饰能避免文饰过重的弊端。可见从王弼以来，"白贲"所象征的"质素"已在义理阐发中得到后来诸多经学家的重视和赞赏。

"白贲"的典范意义之所以在义理阐发中得以突显，是因为王弼的注解既暗含"绘事后素"的意味，又承接了《说苑》中孔子所说的"质有余者不受饰"，贴近儒家"素""绚"论和"文""质"论中的典范。具备这样含义的"白贲"，毋庸置疑没有祸殃和罪过。与此相应，义理上所突显的"白贲"在经学领域的典范意义，明显高于"白贲无咎"本身对应的吉凶占断，溢出了"白贲"在贲卦象数层面的内涵。

虽然易学史上象数、义理两派彼此常有碰撞、消长，但象数义理本是相生互补，并非互斥。张惠言在解读"白贲无咎"时，《周易虞氏易》中遵从虞翻爻变的说法，《虞氏易言》又借"绘事后素"说明贲卦成于"白贲"因而"无咎"，也表明易学中具体意象的内涵、外延离不开象数义理的相互观照。在王弼一脉的义理阐发中，"白贲"因儒家对"素以为绚""绘事后素"的尊崇，逐渐被赋予"质素"乃至"无色"的含义。

二、从"白贲"到"无色"："《贲》，无色也"的一种解读

关于《杂卦》中"《贲》，无色也"的"无色"作何解释，常见说法大致分两类。一说"贲"表明色彩混杂，"无色"指没有纯正清晰的色彩，尚秉和、高亨的见解与之相近[2]；一说贲卦上九爻辞是"白贲无咎"，代表

---

① 《河洛真数》虽然被四库馆臣评价为"词皆鄙倍，殆术士不学者所为"，但也认可了陈抟、邵雍在象数派脉络中的地位。《河洛真数》论"白贲无咎"："此贲饰之极，文之穷也。救文之穷，其惟质乎，故曰白贲。白者，素而无华也。"也是结合"文""质"而论，与王弼"饰终反素"之说相合。参见陈抟、邵雍《河洛真数》，《四库全书存目丛书》子部第65册，齐鲁书社，1997年，第588页。杨万里《诚斋易传》："易穷则变，文穷则质。上九居贲饰之极，文之穷也。救文之穷，其惟质乎？故曰'白贲'。白者，质素而无色也。上九居贲之世，自下卦之二分而文上六之柔，志在成贲也，不成贲以吝，而成贲以白，然后贲之治成，而贲之敝不作。不敝，故无咎。"杨万里《诚斋易传》，王立文等编《中国古代易学丛书》第8册，中国书店，1992年，第574页。

② 尚秉和《周易尚氏学》，中华书局，1980年，第115页。高亨《周易大传今注》，齐鲁书社，1979年，第656页。

贲卦以朴素自然为美，所以“无色”，黄寿祺、张善文即持此论[①]。这两类说法，后者与王弼对贲卦上九的注解“饰终反素”相关；前者，即以“无色”指没有纯正清晰色彩的说法，相对贴近贲卦的早期解读和《杂卦》本意。

贲卦寓示着混杂不明的颜色，《吕氏春秋》中便有印证：“孔子卜，得《贲》。孔子曰：‘不吉。’子贡曰：‘夫《贲》亦好矣，何谓不吉乎？’孔子曰：‘夫白而白，黑而黑，夫《贲》又何好乎？’”[②]由孔子的反问可知，“贲”呈现出色彩相混，并非黑白分明。高诱注：“贲，色不纯也。”[③]这说明“贲”指颜色混杂，侧重于色彩的不纯正。《经典释文》论贲卦之“贲”包含三种含义：一是通古“斑”字，二是变，三是文饰为黄白色[④]。“贲”通古“斑”字表文饰，即指向色彩斑斓驳杂。《杂卦》中“《贲》，无色也”或许正源于贲卦之“贲”喻指颜色混杂不正，“无色”并非没有色彩，而是指没有纯正清晰的色彩。

关于“《贲》，无色也”的“无色”指没有纯正清晰的色彩，汉代已有类似论述。西汉以术数见长的京房易学，对贲卦的解释是“贲者，饰也，五色不成谓之贲，文彩杂也”[⑤]，明确指出贲卦之“贲”表示颜色混杂不纯的装饰，没能呈现正色之正，可见“无色”宜理解为无纯色、无正色。又如韩康伯注“《贲》，无色也”曰：“饰贵合众，无定色也。”[⑥]同样倾向以“无色”反映色彩混杂多样。韩康伯治《易》摒弃郑玄的象数之学，延续王弼的易学传统，但郑、韩两家均认同贲卦之“贲”表示颜色相杂。郑玄对“《贲》，无色也”的直接解释已难知晓，然而《诗·白驹》“皎皎白驹，贲然来思”处，郑笺“易卦曰：山下有火，贲。贲，黄白

① 黄寿祺、张善文《周易译注》，上海古籍出版社，2001 年，第 659 页。

②③ 许维遹《吕氏春秋集释》，中华书局，2017 年，第 612 页。

④ 陆德明撰，张一弓点校《经典释文》，上海古籍出版社，2012 年，第 32 页。

⑤ 京房《京氏易传》，王立文等编《中国古代易学丛书》第 50 册，中国书店，1998 年，第 182 页。

⑥ 王弼撰，楼宇烈校释《周易注(附周易略例)》，中华书局，2011 年，第 392 页。

色也”[1]的说法，证明他将贲卦之“贲”理解为黄、白相混。韩、郑的分歧在于贲卦之“贲”所混色彩是无法确定、还是已然知晓，后来学者对贲卦之“贲”所混色彩是否固定也存分歧：如钱澄之《田间易学》采纳的是韩康伯的说法[2]，毛奇龄《仲氏易》则延续了京房、郑玄等人的论断，并将“贲”具体释为以白为底色交杂黑、黄[3]。虽然观点及表述有差异，却几乎默认了贲卦之“贲”代表混杂不纯的颜色，“无色”意指无纯色、无正色，可见对“《贲》，无色也”的这种解读，汉代以来曾在一定范围内达成了共识。后如清代汉学家惠栋主张“《贲》，无色也”指色彩非黑非白、混杂不纯[4]，既是对汉代易学的持守，也相应程度上反映了“《贲》，无色也”具体内涵的常见理解。

将“《贲》，无色也”释为贲卦呈现了不纯正清晰的色彩，这是对贲卦整体的判读。对比另一种解读，即贲卦终结于“白贲”是以朴素自然为上，因而此卦“无色”，强调了贲卦上九爻辞“白贲无咎”，着眼于上九爻的最上位置和爻辞中的“白”，借“饰终反素”突显“白贲”的意义。

自王弼用“饰终反素”解释“白贲”在贲卦中的意义以来，后世经学家常从“文”“质”和“饰”“素”的角度看待“白贲”以及《杂卦》“《贲》，无色也”的论断，由“白贲无咎”和“饰终反素”来解释“无色”。“饰终反素”的注解专注于“白贲”在贲卦中的地位，也悄然模糊了“白”与“素”之间原本存在的界线，影响了后世经学家对“白贲”和“《贲》，无

---

① 毛亨传，郑玄笺，孔颖达等正义《毛诗正义》，上海古籍出版社，1990 年，第 378 页。

② 钱澄之撰，吴怀祺校点《钱澄之全集》第 1 册《田间易学》，黄山书社，1998 年，第 735—736 页。

③ 毛奇龄：“第贲固以饰为义，而贲之为色，则其质本白，而或间以黑，或间以黄。”其后自注：“京房云：五色不成谓之贲。郑玄、王肃皆云：贲者，黄白色也。”毛奇龄《仲氏易》，王立文等编《中国古代易学丛书》第 36 册，中国书店，1998 年，第 277—278 页。

④ 惠栋：“朱子谓白贲复于无色，似误解《杂卦传》。传言‘贲无色’，非谓白无色也。贲色不纯，非白非黑，故云无色。无色则闇，焉得白乎？‘贲无色’者，犹《序卦传》所谓致饰然后亨则尽也。”惠栋《周易本义辨证》，《续修四库全书》第 21 册，上海古籍出版社，2002 年，第 314 页。

色也”的解读。诸如胡瑗认为“《贲》,无色也”即重视“文”“质”相适、“饰”“素”相适,明确表达儒家“中节”的要求[①];又如张栻、易祓对“《贲》,无色也”的解读,通过“终于白贲”“饰终反素”的逻辑将“无色”合理化[②]。几家观点虽有细节的不同,但对“《贲》,无色也”的解读都不同程度上沿用了王弼“饰终反素”的逻辑,突出“白贲”与“无色”的关联。引言提到宋代杨时以白为无色、以白能受色来解释“《贲》,无色也”的说法,把“白贲”当成受色的对象,摆在“文”“质”对举中“质”的天平一侧,朱熹《周易本义》也有相似表达。

从王弼注《易》到唐代孔颖达编修《周易正义》选用王弼、韩康伯注本,后来诸家延续“饰终反素”之说时,一定程度上传承了这一注解的正面影响和潜在问题。为“白贲”这一意象赋予儒家文质论、饰素论的内涵确属创见,但由此认定“白贲无咎”因为处于贲卦上爻且“白”等于“无色”、所以贲卦“无色”,这种推论是否合理可想而知。清代焦循驳斥了这种通过“以白为无色”解读“《贲》,无色也”的思路:“《序卦传》云‘贲者,饰也’。《杂卦传》云‘《贲》,无色也’,无色与饰适相反,无色谓素也……白正是饰,白亦色也。虞仲翔以白为无色,失之。”[③]他留意到《序卦》《杂卦》彼此矛盾,虽然对因“白贲”而贲卦“无

---

① 胡瑗《周易口义》:“夫山火之贲,贵其文饰,但合于中而已,不在烦多之色,是无所定也。”看似承接了韩康伯“无定色”之说,但不认为“无定色”重在混杂多色,又与韩注“饰贵合众”的观点相反。胡瑗延续了王弼对象数的摒弃,却重在阐明儒学,“合于中”的说法与儒家所主张的“中和”不乏相合。参见胡瑗《周易口义》,王立文等编《中国古代易学丛书》第2册,中国书店,1992年,第839页。

② 张栻:“贲者,设饰,然终于白贲,故无色也。”张栻《南轩易说》,王立文等编《中国古代易学丛书》第7册,中国书店,1992年,第667页。易祓:“上九分刚而上,以离明居止之极,盖饰终反素,谓之白贲,《杂卦》言‘贲,无色’者是也。盖下三爻言贲,四与五则言贲与白,至上九则先言白而后言贲,则反文而归之于无色,淡泊在上,自得其志而超出乎忧患之外,是以无咎。”易祓《周易总义》,王立文等编《中国古代易学丛书》第11册,中国书店,1992年,第544页。易祓所言“淡泊在上”,原作“淡汨”,疑为字误。

③ 焦循《易通释》,焦循《易学三书》,九州出版社,2003年,第262页。焦循点明“无色”即“素”,他所说的“虞仲翔以白为无色”,或是指虞翻对《杂卦》中“《贲》,无色也”的注解:“贲离日在下,五动巽白,故‘无色’也。”参见李鼎祚撰,王丰先点校《周易集解》,中华书局,2016年,第550页。

色”的说法表示了疑虑，但在由“饰终反素”而贯串起“白贲”“素”“无色”的表意链条上，即便有意切断“白贲”与其后二者的连接，仍然强调“素”与“无色”的关系，尚未摆脱由王弼注解的潜移默化，也没能触及《杂卦》所言“无色”的原意。由此可见，由“白贲”导向“无色”的观点，实际上存在似是而非的地方。

除了以上两种关于“《贲》，无色也”的常见说法，还有两家解读可备参照。其一是朱震《汉上易传》认为贲卦源自泰卦，泰卦无关色彩，所以贲卦原本无色。其二是俞樾《群经平议》认为“《贲》，无色也”的“无”原作“亓”，古“其”字，《杂卦》“《噬嗑》食也，《贲》其色也”是添一字使得两句相称、“食”“色”相对。朱震依据爻变关系解释卦象，俞樾则从小学层面疏通传文，两家均就贲卦的整体解析《杂卦》的论断。仅由“白贲”来理解“《贲》，无色也”，细究之下实难令人信服，如俞樾所言：“《贲》安得云无色？惟‘上九：白贲，无咎。’王《注》曰：‘处饰之终，饰终反素，’是无色之义。但可以言上九一爻，岂可以言全卦乎？”[①]他虽也认为“白”即“无色”，但不赞同仅由上九爻辞中的“白贲”支撑《杂卦》对贲卦的整体判定。即便对“白贲”与“《贲》，无色也”的关联保持怀疑，无论焦循、还是俞樾，都不同程度上接受了王弼对“白贲”的注解。然而，因王弼注解默认了“白”与“素”、乃至“白贲”与“质素”分别对等，这一预设本非无懈可击，相应影响了后来经学家对“白贲”内涵的阐发，加之用“饰终反素”和“白贲”解释“《贲》，无色也”，因而《序卦》《杂卦》对贲卦的评说更显争议。

综览前人解读，《杂卦》论贲卦“无色”原不针对上九爻辞中的“白贲”，而是就贲卦而言。相对合理的解读是，“《贲》，无色也”指贲卦未呈现纯正清晰的色彩。反观由“白贲”解释贲卦“无色”，虽然不是直接出自王弼，但“饰终反素”“任其质素”的说法所赋予的“质素”意味，突显出“白贲”在贲卦中的重要性。自王弼“饰终反素”“任其质素”的

---

① 俞樾《群经平议》，俞樾撰，赵一生主编《俞樾全集》第1册，浙江古籍出版社，2017年，第58—50页。

注解以后，“白贲”与“质素”乃至“无色”的关联在儒学语境中被构建起来，并在经学家的义理阐发中获得更为广泛的认可和推崇，“白贲”与“质素”的关联也在文学领域中显现出来。

三、本色和隐逸：文学中的“白贲”

“白贲”的文学内涵与贲卦的经学阐发相关。作为具体形象，或者说，作为语典时，文学创作和批评中的“白贲”主要有两种含义，其一是质朴无华的本色，其二是隐居、隐逸，其间审美风格、人格理想的阐发常根植于《易》的象数义理。

“白贲”在文学中指代本色，与王弼、刘勰有关。王弼“饰终反素”“任其质素”的注解为“白贲”赋予了“质素”的意味，后来经学家沿着这一说法将“白贲”释为复归本性[①]。文学领域，刘勰将“白贲”这一典故引向质朴无华的“本色”。《文心雕龙·情采》：“是以衣锦褧衣，恶文太章；贲象穷白，贵乎反本。”[②]“衣锦褧衣”语出《诗经》，本意是女子出嫁时在华丽衣服的外面穿上纱麻罩衣，用来掩盖华丽，意喻不炫耀；“贲象穷白”指贲卦上九爻辞中的“白贲”，认为“白”是文饰的终极，结合“贵乎反本”，说明文章的文饰辞采贵在贴合情性、呈现本真。刘勰用“衣锦褧衣”和“贲象穷白”说明文章应当辞采和内容相互依附、华美和质朴配合得当。他延伸了王弼“饰终反素”“任其质素”的说法，将“质素”明确为“本色”，注重质朴无华的自然状态。

刘勰之后，“白贲”在文学中既可指文学风貌，又涉及人物品性。一方面指质朴无华、不事雕琢的文学风貌，融合了笔法、风格的整体状态。除《艺概》“白贲占于《贲》之上爻，乃知品居极上之文，只是本色”由“白贲”引出“本色”，刘熙载遗稿《游艺约言》“文之不饰者，乃饰

① 史征：“上九白贲无咎者，处饰之终，终乃反素矣。他人以色为饰，而我以素为饰，守志任真，得其本性，何咎之有哉？”史征《周易口诀义》，王立文等编《中国古代易学丛书》第2册，中国书店，1992年，第321页。

② 刘勰著，范文澜注《文心雕龙注》，人民文学出版社，1958年，第538页。

之极。盖人饰不如天饰也,是故《易》言'白贲'"[①],认为文章以质朴自然、不加矫饰为上佳,接近王弼注解,同样承接了刘勰《文心雕龙》的故实和观点。章太炎写给友人的书信中谈到文学与史志的关系:"夫《论》称文胜为史,尽饰之至,素以为绚,宜莫如史志。然则本六艺以述典法,其绪言为文辞,竺学而不文,白贲也;尚辞而若质,翰音也。"[②]其中"白贲"既指辞采上质朴无华、不事雕琢,又与"翰音"对举,喻指篇章虽然外在少有辞采、尽显本色,但内容、思想上确有真才实学。在文学批评中,质朴无华、不事雕琢的风貌彰显了以"质"取胜,与《说苑》中"质有余者,不受饰也"异曲同工。另一方面,"白贲"也指代出于本心的高洁品性,例如祝允明《丁未年生日序》和《雪堂记》,一处用于自明心志,一处用于夸赞友人[③]。无论评价他人,还是自励自警,都指向源于本心的高风亮节。

"白贲"与"本色"的联系在文学中突显,一定程度上得益于魏晋南北朝时期文学批评的推衍和审美意识的觉察。玄学盛行,道家的"自然"观念被引入文学批评,与"自然"观念紧密联系的无为、本真、质朴也得到相应引申[④]。钟嵘《诗品》记载了汤惠休对谢灵运、颜延之诗歌的评价:"谢诗如芙蓉出水,颜诗如错采镂金。"[⑤]区分出两种并峙相对的审美风格,一者清新自然、出于兴会,一者精密华美、长于工丽。两种风格本无优劣,但"芙蓉出水""错采镂金"在佛教中分别隐

---

① 刘熙载撰,薛正兴校点《刘熙载文集》,凤凰出版社,2017年,第757页。

② 马勇整理《章太炎全集·书信集》,上海人民出版社,2017年,第238—239页。

③ 祝允明《丁未年生日序》:"茫茫下土,谁则同心?汤汤巨波,独也遐逝。盖白贲非众目之悦,而清角乃旷代之响。亦可谓天閟国宝,神淹世骏者乎?"其中"清角"指清亮的号角,"角"是古代五音之一,因音色清而称"清角"。祝允明以"白贲""清角"喻指高风亮节、不随世沉浮,可见自勉之意。祝允明《雪堂记》:"郑氏之称'雪堂',君子取之,取其君子徒也。郑氏,名佑,字惟恩,吴之沙头人。美质好修,白贲素节,是故君子取之。"记叙友人郑祐有堂名"雪"及其内涵,文末用"美质好修,白贲素节"夸赞友人品性纯然素节。参见祝允明撰,薛维源点校《祝允明集》,上海古籍出版社,2016年,第361、469页。

④ 吴承学《中国古典文学风格学》,北京大学出版社,2011年,第228—229页。

⑤ 钟嵘撰,陈延杰注《诗品注》,人民文学出版社,1961年,第43页。

喻超凡出尘和耽于世俗，延伸向品格雅俗的评判[1]，不限于风格的呈现，却充分反映出审美意识的一种觉醒，也因艺术品格上的雅俗之分，影响到此后审美理念的高下论断。在“芙蓉出水”“错采镂金”指代的“自然”“雕琢”之中，奠定了重“素”轻“绚”、重“自然”轻“雕琢”的整体好尚。风格并峙相对，既反映于具体创作，也表现在批评范畴的形成和范式的标举。

魏晋南北朝以来，“白贲”恰得其时地承载了新的内涵。从“饰终反素”的义理阐发，到“贵乎反本”的审美认同，无不意在赋予“质素”“自然”等内涵，在审美风格中融入艺术品格、人物品性上的要求。后来，宗白华用汤惠休所言“芙蓉出水”“错采镂金”概括中国美学中两种不同的风格，认为贲、离两卦也展现了这两种审美理念，尤其贲卦兼有绚烂之美和平淡之美[2]。便是就贲卦、“白贲”及其审美意义而言。在中古文学批评、审美意识流变的背景下，“白贲”的内涵阐发既是这一流变的侧影，作为一个逐渐成形的语典，又在此番更迭中被塑造成一种审美范式。

“白贲”在文学中也指代隐逸，可追溯到谢灵运《山居赋》：“若夫巢穴以风露贻患，则《大壮》以栋宇袪弊；宫室以瑶璇致美，则‘白贲’以丘园殊世。”[3]其中“《大壮》以栋宇袪弊”和“‘白贲’以丘园殊世”均出自《易》。“《大壮》”“栋宇”源于《系辞》：“上古穴居而野处，后世圣人易之以宫室，上栋下宇，以待风雨，盖取诸《大壮》。”[4]谢灵运提炼《系辞》原说，论述“栋宇”“宫室”能一改穴居的不便。“白贲”和“丘园”分别见于贲卦上九、六五爻辞，《山居赋》借此大致表达了宫室因美玉而过于光彩夺目所以应返朴归真、建在林野，隐含了“自然”观念，表达效果上突显了“白贲”与“丘园”的关联。

---

① 许云和《“芙蓉出水”与“错彩镂金”——关于汤惠休与颜延之的一段公案》，《文学遗产》2016年第3期。

② 宗白华《美学散步》，上海人民出版社，2005年，第59—81页。

③ 谢灵运撰，顾绍柏校注《谢灵运集校注》，中州古籍出版社，1987年，第319页。

④ 《周易·系辞下》，中华书局，2018年，第610页。

《山居赋》重在铺陈隐居生活，其中"'白贲'以丘园殊世"化用贲卦爻辞，一定程度上模糊了"白贲"与"丘园"的语意界线，强化了"白贲"对"丘园"喻义的兼涉，即隐逸、隐居。从谢灵运此处自注"琁堂自是素，故曰'白贲'最是上爻也"可以看出[①]，《山居赋》中"白贲"取意与王弼"饰终反素"相似，因为用美玉装饰的华丽厅堂显现出"白"或"素"，所以应建于人烟稀少、树木丛生的山野。这种逻辑似已超出贲卦上九爻"白贲"和六五爻"贲于丘园，束帛戋戋"的关联，渊源在易学中仍有痕迹。贲卦六五爻辞中"丘园"指隐逸、隐居，见于荀爽对六五爻象传的注解："艮山震林，失其正位，在山林之间，贲饰丘陵，以为园圃，隐士之象也。"[②]"白贲"与隐士的联系则在干宝注解贲卦上九象传时有所贯穿："白，素也。延山林之人，采素士之言，以饰其政，故'上得志也'。"[③]将"白贲"之"白"引向白衣素士。《山居赋》序文开篇为"古巢居穴处曰岩栖，栋宇居山曰山居，在林野曰丘园，在郊郭曰城傍，四者不同，可以理推"[④]，可见"丘园"是指居住在树木丛生、人烟稀少的野外，地点与"城傍"相对，即便并非直接使用《易》中"丘园"的引伸义，但在后世看来，《山居赋》及其具体表达也使"丘园"与"白贲"关系匪浅，"白贲"于是被赋予了隐逸、隐居的内涵。

上承谢灵运《山居赋》的化用，"白贲"往往与指代隐逸的相关典故共同出现在诗文中。骆宾王写于任职道王府属时的《自叙状》，有"进不能谈社稷之务，立事寰中；退不能扫丞相之门，买名天下。徒以黄离元吉，白贲幽贞，沐少海之波澜，照重光之丽景"[⑤]。"幽贞"源于履卦九二爻辞"履道坦坦，幽人贞吉"，后用来代指隐士；"白贲幽贞"旨在说明隐居的想法发自本心。又如王鸣盛《闲居偶咏》末尾"白贲

---

① 谢灵运撰，顾绍柏校注《谢灵运集校注》，中州古籍出版社，1987年，第319页。

② 李鼎祚撰，王丰先点校《周易集解》，中华书局，2016年，第153页。

③ 李鼎祚撰，王丰先点校《周易集解》，中华书局，2016年，第154页。

④ 谢灵运撰，顾绍柏校注《谢灵运集校注》，中州古籍出版社，1987年，第318页。

⑤ 骆宾王撰，陈熙晋笺，王群栗标点《骆宾王集》下册，浙江古籍出版社，2015年，第436页。

如可希，肥遁庶堪托”，“肥遁”源于遁卦上九爻辞“肥遁，无不利”[①]，虽然也指退隐，但偏向于心无牵挂的隐居避世。“白贲”在诗文中指代隐逸、隐居时，包含了素质高洁、发乎本心的意味，与指代本色并不矛盾。

除了与其他《易》典一同出现，“白贲”也单独作为意象或咏物对象。清代李调元《直如朱丝绳赋》中“当白贲自贞，已肖精莹于素练。及丹心自耿，适符璀璨于朱绳。摆俗缠而定早，脱名网以偏能”[②]，“白贲”与“丹心”对偶，突显本心与真诚，而“摆俗缠而定早，脱名网以偏能”落足于摆脱世俗，仍是取隐居避世的含义。宋末元初隐逸诗人牟巘有律诗《白贲》：“致饰虽云贲则亨。含章内照乃为真。离明外附天光发，艮止中存道体纯。玉质未雕虹贯日，素功后绘物生春。也应笑我元犹白，不比羔羊正直人。”[③]首联统概贲卦卦辞，以“真”字点明诗眼。颔联分写贲卦下卦离、上卦艮，离为火为日，艮为山为止。颈联转入“白贲”的特性，“长虹贯日”在古代被视为预示灾祸的天象，此联呼应“真”字，描写“白贲”在乱世之中不改本色、独守真心，下句源于儒家“绘事后素”和王弼所言“饰终反素”。尾联嘲讽身在官场自许操行高尚、进退有节的士大夫，反衬隐居避世的超然持正、抱守真心。在宋末元初的易代中，牟巘通过吟咏“白贲”表明心志，遵从本心、退世隐居，“白贲”的这层寓意不仅在一定范围内形成共识，而且被推为典范。

“白贲”在文学中被赋予的人格理想，也通过与“黄中”“黄离”“黄裳”等词的对仗流露出来。“黄中”源于《易·文言》，古代以五方配五色，土居中，对应黄色，又认为心居五脏之中，因而以“黄中”代指内心、内德，寓意本性。明代沈周《梅花二首》中“道体不彰存白贲，心仁

---

① 王弼撰，楼宇烈校释《周易注(附周易略例)》，中华书局，2011年，第182页。

② 李调元《童山文集》，《清代诗文集汇编》第384册，上海古籍出版社，2010年，第490页。

③ 牟巘《牟氏陵阳集》，《景印文渊阁四库全书》第1188册，台湾商务印书馆，1986年，第42页。

有造属黄中”[1],“黄中”“白贲”对仗,喻指高洁品性源自本心。“黄离”见于离卦六二爻辞,“黄裳”见于坤卦六五爻辞,两者的占断均为“元吉”,与“白贲无咎”对偶,不仅取字面对仗,也包含人格理想,即对圣贤、君主的追随、辅佐。离卦六二阴爻居阴位,且位于下卦的中心;坤卦通体阴爻,六五虽在上卦中位,尊奉坤卦的恭顺之德[2],“黄离”“黄裳”由此被视为谦卑恭顺、辅佐君王的为臣之道。与“黄离”“黄裳”的对仗中,“白贲”浸润于这层人格理想,既忠于本性,亦不违背圣贤、明君的意志,这种谦和顺从无关入仕、出世,只在本心。明代张以宁所言“终焉不自炫,衣褧衣尚之。白贲遵圣训,含章示臣规。岂乏美中在,讵求众人知”[3],“含章”见于坤卦,被视为内美、内德,此处“白贲”仍承接王弼、刘勰之论,贵在回复原本的自然状态,无夸饰,不炫耀,更寄托了追随圣贤明君、奉受为臣之德的内在理想,重在内美、内德。

贲卦上九爻辞中的“白贲”经过多番阐释,在文学中被赋予了相对正向的精神内涵,既蕴藏了审美意识,一定程度上,又承载着人格理想。由鲜妍明丽返守朴素无华,从文饰纷杂复归本色初心;既有源自内在的高洁品性,又甘于归隐山林、不求名利,无论仕隐,都心向圣贤、明主,一力追随,虽有内德,不求人知。从爻辞到语典,“白贲”在历代解读中被赋予诸多内涵,影射出文人对审美意识、人格理想的觉知和塑造,为理解经学和文学的阐发提供了观察视角。

(中山大学中文系)

---

① 沈周著,张修龄、韩星婴点校《沈周集》,上海古籍出版社,2013年,第596页。

② 张锡坤、姜勇、窦可阳《周易经传美学通论》,生活·读书·新知三联书店,2011年,第74—76页。

③ 张以宁《絅斋为张景思总管赋》,张以宁著,游友基编《翠屏集》,鹭江出版社,2012年,第4页。

文学批评史家视野中的《文心雕龙》性质论析*

陈晓红

内容摘要：本文通过考察各种著作形态的《中国文学批评史》，探讨文学批评史家对于《文心雕龙》一书的看法，同时，参酌其他论析此书性质的论著，梳理对《文心雕龙》一书定位的相关研究，指出《中国文学批评史》类著作对《文心雕龙》一书性质研究的贡献，以及对当下《文心雕龙》研究的建议。

关键词：《文心雕龙》；性质；文学批评史家

On the Nature of *Wenxin Diaolong* from the Perspective of Modern Literary Criticism Historians

Chen Xiaohong

Abstract: By studying the history of Chinese literary criticism in the form of works, this paper discusses the views of historians of literary criticism

---

* 本文为江苏省教育厅哲学社会科学项目（2016SJB750006）阶段性成果。

on the book *Wenxin Diaolong*. At the same time, considering other works on the nature of the book, this paper combs the relevant research on the positioning of *Wenxin Diaolong*, and points out the contribution of works like the history of Chinese literary criticism to the study of *Wenxin Diaolong*, as well as the suggestions on the current research of *Wenxin Diaolong*.
Keywords: *Wenxin Diaolong*; nature; modern literary criticism historians

近代以来，在“西学东渐”的背景下，20 世纪二三十年代，陆续有多部名为《中国文学批评史》的著作产生，此后不绝如缕。这个研究领域不断拓展、深入，至今已走过近百年历程。刘勰的《文心雕龙》一般被认为是中国古代文学理论[①]的经典之作，自然成为中国文学批评史领域的重要研究对象。然而，随着学界研究的逐步深入，“刘勰是个什么家”的身份定位，这部作品究竟是一部什么性质的著作，一直都有相关的研究和讨论。[②]

本文中的“文学批评史家”指的是自中国文学批评史学科产生以来，名为《中国文学批评史》类似著作产生的代表性文学批评史家，到目前为止有数十种中国文学批评史类著作产生。那么，什么是中国文学批评史？[③] 中国古代文论作为一门学科，按照教育部的认定，正式名称为“中国文学批评史”，但是，实际的情形是还有“中国文学理

---

① 刘勰著，范文澜注《文心雕龙注・出版说明》：“《文心雕龙》，梁刘勰撰，在中国现存的古典文学理论著作当中，是时代很早而体系最完整、结构最严密的一部名著。”（人民文学出版社，1958 年，第 1 页）杨明照《增订文心雕龙校注・前言》：“我国古代的文学理论批评专著，内容最丰富、体系最完整的，当推刘勰的《文心雕龙》了。”（中华书局，2000 年，第 1 页）

② 代表性的有王更生《刘勰是个什么家？》，《北京大学学报（哲学社会科学版）》1996 年第 2 期；黄霖《〈文心雕龙〉：中国第一部写作心理学论著》，《河北学刊》2009 年第 1 期；邬国平《〈文心雕龙〉是一部子书》，《上海大学学报（社会科学版）》2013 年第 5 期；王万洪《论〈文心雕龙〉的写作理论体系》，《语文学刊》2018 年第 5 期等。

③ 张海明《关于古代文论研究学科性质的思考》，《文学遗产》1997 年第 5 期。彭玉平、杨金文《“中国文学批评史”称谓的多重指涉及相互关系》，《中山大学学报（社会科学版）》2001 年第 5 期。

论批评史”“中国文学理论史”“中国文学思想史”等名目。本文采用宽泛意义上的中国文学批评史概念，试图从“著作形态”[①]的《中国文学批评史》角度切入，探讨文学批评史家视野中的《文心雕龙》的性质，梳理此类著作对《文心雕龙》的定位及其发展、深化的情况。

一、从《文心雕龙》的目录学归属“诗文评”谈起

（一）“诗文评”的演变及其意义

“诗文评”，即“评诗论文”，换用现代的说法，大致相当于“中国古代文学批评”。“诗文评”属于我国传统目录学中集部的一个文献类别，最早的时候此类文献收在《隋书·经籍志》中，因数量较少，和总集类文献“汇聚”的特征相似，故而被归入集部的“总集”类。

清代的《四库全书总目》“集部总叙”说：“诗文评之作，著于齐、梁。”[②]不过“评诗论文”类著作引起目录学家特别关注，并不是齐、梁，而是在隋唐以后。《新唐书·艺文志》继承了《隋书·经籍志》的经史子集四部分类法，将《文心雕龙》《诗品》等“解释评论”类的著作归入集部新的分类“文史类”。之后宋代的目录学著作，如《崇文总目》《遂初堂书目》《直斋书录解题》等皆归入集部“文史类”，这说明人们对于“诗文评”类文献有了新的认识，意识到它们和创作性的作品不同，因而此类文献的归属发生了重要变化。

集部新的“文史类”依然附属于总集的最后，然而分类还是不够科学、准确，“文论”与“史论”性质不同，归为一类显得宽泛而笼统，随着学术的发展，面对相当数量“文学批评”性质的文献，一些目录学著作有了进一步的区分，如宋郑樵《通志》分列“文史”与“诗评”二类，且

---

① 彭玉平、杨金文《“中国文学批评史”称谓的多重指涉及相互关系》指出“中国文学批评史”的具体指称对象有三个层面，即：它既可以指一个学科，也可以指一个研究门类或方向，还可以指一种研究对象。本论文笔者采用第二个层面的意义，狭义的中国文学批评史含义，即以著作形态存在的中国文学批评史的研究成果为考察对象，探讨该类著作对刘勰《文心雕龙》性质的认识、定位。

② 《钦定四库全书总目(整理本)》，中华书局，1997年，第1970页。

"诗评"类文献名目的出现在目录学领域属于首次。到了明代，焦竑《国史经籍志》等书目面对齐、梁以来大量"评诗论文"著作，开始将"诗文评"专门独立出来，对古代文学批评研究来说是一个重大突破。"'文史类'是后来诗文评的先驱，它第一次把文学批评著作从文学作品中分离出来，一定程度上反映出对于文学批评独立性的自觉意义。"①

《四库全书总目》(以下简称《四库总目》)"集部总叙"云："集部之目，楚辞最古，别集次之，总集次之，诗文评又晚出，词曲则其闰余也。""诗文评"类在《四库全书总目》集部中是晚出的分类，位列集部"总集"之后，集部最末之"词曲"类之前。至此，"评诗论文"类文献，在古代目录学著作中经历了"总集"——"文史"——"诗文评"这样发展、演变的三个阶段。随着时间的推移，人们对于文学批评、文学创作、历史评论等文献的性质的认识更加清晰，标志着人们对于古代文学批评这门学科逐步的认识和深化，"诗文评"的历史进入了一个真正独立的阶段，对文学批评进行全面研究的时代即将到来，中国文学批评史学科呼之欲出。

(二) 作为《四库全书总目》"诗文评"第一的《文心雕龙》

《四库总目》是清代编纂的集大成的目录学著作，有"辨章学术，考镜源流"(章学诚《校雠通义叙》)的重要意义。《四库总目》书首凡例云："四部之首，各冠以总序，撮述其源流正变，以挈纲领。四十三类之首，亦各冠以小序，详述其分并改隶，以析条目。"②诗文评小序总结了诗文评类著作兴起的原因、类别及其变迁，大致梳理了中国古代文学批评的发展脉络和主要特点。小序认为汉魏之际，各类文体体裁逐渐完备，"评诗论文"类著作也随之出现："其勒为一书，传于今者，则断自刘勰、钟嵘。勰究文体之源流，而评其工拙；嵘第作者之甲

---

① 彭玉平、吴承学《中国文学批评史研究的回顾与展望》，《中国社会科学》1997年第5期。

② 《钦定四库全书总目(整理本)·凡例》，中华书局，1997年，第32页。

乙，而溯厥师承。”[1]《四库总目》诗文评类有正选著作64部，存目著作85部，共149部，可以说，中国古代诗文评方面重要的著作基本包含在内了。

诗文评类正选第一部即为《文心雕龙》，其提要主要介绍了作者刘勰的籍贯生平，该书的性质和主要内容，对一些具体问题也进行了纠正订误。涉及《文心雕龙》“评诗论文”的文字不多，主要是考辨错讹。在介绍了作者刘勰的籍贯生平之后，云其书“《原道》以下二十五篇，论文章体制；《神思》以下二十四篇，论文章工拙；合《序志》一篇，为五十篇”，正好解释并呼应了“诗文评”总序所说的“勰究文体之源流，而评其工拙”[2]。那么，这里所说的“文章体制”是什么意思？特别是所谓“体制”二字的含义是什么？刘勰《文心雕龙·附会》：“夫才童学文，宜正体制，必以情志为神明，事义为骨髓，辞采为肌肤，宫商为声气。”詹锳《文心雕龙义证》解释“体制”一词，曰：“包括体裁及其在情志、事义、辞采、宫商等方面的规格要求，也包括风格。”[3]可知《四库总目》诗文评类认为《文心雕龙》全书探讨的是文章的体制、源流及写作文章的标准等问题。

杨明照《增订文心雕龙校注·附录》详细罗列历代目录学著作对《文心雕龙》的著录情况，按出现先后有十三种类别：总集类、别集类、集部类、文集类、古文类、诗文名选类、杂文类、子类、子杂类、文史类、文说类、诗文格评类、诗文评类等。[4] 可知，对于《文心雕龙》在目录学领域的归属，唐宋以后有一些变化，正如对于诗文评类文献的归属认识类似，《文心雕龙》也经历了附在“总集”末尾——“别集”——“文史”三个阶段，皆归属于集部。从这里可以看出，从隋朝开始历代目录学著作对于《文心雕龙》的定位，对其著作性质的认识有一个发展变化的过程，逐渐趋于准确和恰当。

---

① 《钦定四库全书总目(整理本)》，中华书局，1997年，第2736页。

② 《钦定四库全书总目(整理本)》，中华书局，1997年，第2737页。

③ 詹锳《文心雕龙义证》，上海古籍出版社，1989年，第1593页。

④ 杨明照《增订文心雕龙校注·附录》，中华书局，2000年，第625—642页。

二、《文心雕龙》归属的“文学批评”之源流及争议

我国传统习惯认为诗文属于雅文学，地位较高，但诗文评地位较低。近代受西学影响，输入了新的文学观念，诗文评才引起了足够的重视。朱自清在其《诗言志辨・序》中说：“西方文化的输入改变了我们‘史’的意念，也改变了我们的‘文学’的意念，我们有了文学史。”朱自清又特别论道：“中国的文学批评称为‘诗文评’的，也升了格成为文学的一类。”又说“诗文评虽然极少完整的著作，但从本质上看，自然是文学批评”，“现在一般似乎都承认了诗文评即文学批评的独立的平等的地位”。[①] 朱自清这段文字论述了我国传统的“诗文评”如何在近代演变为“文学批评”，并且获得了独立地位的过程。然而，中国文学批评史前身的“诗文评”与西方的文学批评毕竟不是一回事，难以融洽地融合在一起。我国传统学问分类主要是经、史、子、集，与现代学科分类不太相合，近代以来已经基本放弃了这种分类方法。

（一）学术史视域中的“文学史”与“文学批评史”

20 世纪初期，中国早期的文学史写作者借鉴日本学者写作文学史的经验，在大学讲授“文学史”课程，并着手写作“中国文学史”。之后，文学批评史的写作也提上日程。对中国文学批评素有研究的朱自清先生说：“‘文学批评’一语不用说是舶来的。现在学术界的趋势，往往以西方观念（如‘文学批评’）为范围去选择中国的问题；姑无论将来是好是坏，这已经是不可避免的事实。”[②]“文学”一词中国历史上虽有，其意或为文章博学，或为文字学术，都不是近代以来所言之“文学”概念。因此，早期的中国文学史和中国文学批评史著作，对于“文学”，乃至“文学批评”等相关概念都进行了界定和考辨，如谢无量的《中国大文学史》、陈钟凡《中国文学批评史》等。

虽然朱自清先生认为“文学批评”并非中国原本所有，但也肯定

---

① 朱自清《诗言志辨・序》，华东师范大学出版社，1996 年，第 2—3 页。

② 朱自清《评郭绍虞〈中国文学批评史〉上卷》，《朱自清古典文学论文集》，上海古籍出版社，1981 年，第 541 页。

了中国文学批评有其自身的特点和发展历史，如其《诗文评的发展》一文认为《诗品》《文心雕龙》与《四库总目》集部各条，是较为系统的文学批评，“制艺选家的眉批总评”、选本与总集的笺注和序跋、别集中的书札和序跋、诗话、文话、摘句、史传文苑传或文学传中的墓志铭等都与文学批评相关，西方文学批评的“所谓文学裁判，在中国虽然没有得到充分的发展，却也有着古久的渊源和广远的分布。这似乎是不容忽视的”[①]。在梳理这种批评文体的基础上，朱自清还对“文学批评”与“诗文评”之间的关系谈了他的看法，他说：“‘文学批评’是一个译名。我们称为‘诗文评’的，与文学批评可以相当，虽然未必完全一致。我们的诗文评有它自己的发展；现在通称为‘文学批评’，因为这个名词清楚些，确切些，尤其郑重些。但论到发展，还不能抹杀那个老名字。”[②]

中国文学批评史著作的写作距今已经有九十多年（从陈钟凡 1927 年首次写作算起），作为一个学科，已经有很长的历史了。可以说，现在的中国文学批评史学科，是中西古今结合的产物。就古今结合的角度讲，中国文学批评史的前身是“诗文评”；就西学东渐的角度讲，中国文学批评史是在外来文化的影响下建立起来的。19 世纪末 20 世纪初，古典形态的“诗文评”走向了终结，并在外力的冲击下向现代形态的文艺学转化，最终形成了我们现在看到的中国文学批评史学科。

（二）从“以西衡中”到“视界融合”：关于《文心雕龙》的“文学批评”性质

对于《文心雕龙》一类著作的性质，朱自清先生说：“系统的自觉的文学批评著作，中国只有钟嵘的《诗品》；刘勰的《文心雕龙》，现在虽也认为重要的批评典籍，可是他当时的用意还是在论述各体的源流利病与属文的方法，批评不过附及罢了。这两部书以外，所有的都是零星的，片段的材料。”[③]朱自清的意见在早期文学批评史著作产生先后非常有代表意

① 朱自清《诗文评的发展》，《朱自清古典文学论集》，上海古籍出版社，1981 年，第 548—549 页。

② 朱自清《诗文评的发展》，《朱自清古典文学论集》，上海古籍出版社，1981 年，第 543 页。

③ 朱自清《评郭绍虞〈中国文学批评史〉上卷》，《朱自清古典文学论文集》，上海古籍出版社，1981 年，第 539 页。

义。茅盾先生也说:“中国自来只有文学作品而没有文学批评;文学的定义,文学的技术,在中国都不曾有过系统的说明。收在子部杂家里的一些论文的书,如《文心雕龙》之类,其实不是论文学,或者文学技术的东西。”[①]这些都是“以西衡中”探讨中国的文学批评类著作的意见。

首部国人《中国文学批评史》著者陈钟凡著作第一章对文学概念进行了界说,提出了研究中国文学批评的思路和办法,就是“以远西学说,持较诸夏”[②],即用西方的理论和方法研究中国文学。陈著引述了德国批评家维尼、英国批评家安诺德、美国批评家亨德等人的关于文学的定义,又比较了中西文论的异同及特点。可见,20 世纪初期中国文学批评史著述的建构,明显受到西方文学批评观念的影响。西方文学批评着力于体系建构,早期的文学批评史家以此为准,发现刘勰的《文心雕龙》比较符合这个“体系”标准:“《文心雕龙》上卷注重比较分析,下卷言原理、原则,视近世归纳的,及推理的批评,颇有同符。”[③]

之后的《中国文学批评史》著作也多有类似“以西衡中”论中国文学的情况,罗根泽先生就进行了这样的实践:“‘文学批评’是英文 Literary Criticism 的译语。Criticism 的原来意思是裁判,后来冠以 Literary 为文学裁判,又由文学裁判引申到文学裁判的理论及文学的理论。文学裁判的理论就是批判原理,或者说是批评理论。所以狭义的文学批评就是文学裁判;广义的文学批评,则文学裁判以外,还有批评理论及文学理论。”[④]具体到《文心雕龙》,罗著指出:“《文心雕龙》全书五十篇,都是文学理论,只有《指瑕》《才略》《程器》《知音》四篇是文学批评;《指瑕》批评作品,《才略》《程器》批评作家,《知音》阐明批评原理。”[⑤]他认为:“研究‘中国文学批评’,必需采取广义,否

① 雁冰《文学作品有主义与无主义的讨论》,《小说月报》第 13 卷第 2 号(1922 年 2 月)。

② 陈钟凡《中国文学批评史》,中华书局,1927 年,第 5—6 页。

③ 陈钟凡《中国文学批评史》,中华书局,1927 年,第 40 页。

④ 罗根泽《中国文学批评史》,上海书店出版社,2003 年,第 5 页。

⑤ 罗根泽《中国文学批评史》,上海书店出版社,2003 年,第 242 页。

则就不是真的'中国文学批评'。"[1]在罗先生看来,中国文学批评本来就是广义的,侧重文学理论,不侧重文学裁判。因为在中国"从来不把批评视为一种专门事业。刘勰的《文心雕龙》是一部体大思精的文学批评书,但其目的不在裁判他人的作品,而是'论文叙笔'、讲明'文之枢纽'"[2]。罗著认为中国的文学批评,大都是作家的反串,并没有多少文学批评专家,以西方重视文学裁判来衡量,中国的文学批评其目的在于理论建设。虽然,早期的文学批评史家陈、罗诸人"以西衡中"指出了《文心雕龙》的性质亦是文学批评,但是毕竟和西方的不是一回事,其论断明显是折衷之后的结论。

然而,随着更多的学者进入该领域,对于文学及文学批评概念只是略作辨析,之后的更多的文学批评史著者结合中国文学批评的实际情况,直接展开论述,这种发展轨迹实际上是本土化的一个过程,"视界融合"[3]的一个过程。"视界融合"是德国哲学家伽达默尔提出的阐释学概念之一。"视界",又称视野、视域,本意是地平线的意思。视野融合,本意是指两条地平线相交融的一种状态。伽达默尔认为,对于所有的历史流传物的"阐释",都是现在与过去的"对话"。阐释学认为,人对世界的解释总是依据主体在时间和历史中形成的认识模式去解释。从学术史角度看,中国史学较为发达,但并未发展出系统的文学专门史。早期的文学史著作探讨了中国古代"文学"一词的定义,但所论较庞杂、宽泛。作为阐释主体的文学批评史家如郭绍虞、罗根泽等人,通过比较,借鉴了欧美相关著作中"文学"一词的界定方法,参照西方的学说,对中国文学和中国文学批评等相关概念进行了科学系统的分析论证,最终建构起中国文学批评史的体系。因此,现在我们所探讨的中国文学批评,既不是西方理论体系规范下所谓"文学批评",也不是古典形态的"诗文评"所能涵盖。现在所言的

---

① 罗根泽《中国文学批评史》,上海书店出版社,2003年,第8页。

② 罗根泽《中国文学批评史》,上海书店出版社,2003年,第13页。

③ 汉斯—格奥尔格·加达默尔著,洪汉鼎译《真理与方法——哲学诠释学的基本特征》,上海译文出版社,1999年,393页。

文学批评里，既包含了目录学范围里正选著作和存目著作的“诗文评”，也涵盖了经、史、子、集里所有的“评诗论文”类文学文献材料，我们现在讨论的是一个更大范围、涵盖面更广的中国文学批评。这些从中国文学批评史学科产生以来，层出不穷的批评史著作及其所使用的材料可知。而这个进程，是历史视域与当下视域相融合的过程，是中西、古今视界融合的结果。对于《文心雕龙》“文学批评”性质的认定，亦是中国文学批评史研究者们吸收多方积极因素，既参考、借鉴西方，又考虑中国文学批评实际得出的结论。

三、文学批评史家视野中的《文心雕龙》之性质

为便于论述，本论文将中国文学批评史这门学科大致分两个阶段进行讨论，将有著述形态《中国文学批评史》的《文心雕龙》研究学者，即代表性文学批评史家，分别安置于不同时期，同时参酌对《文心雕龙》一书性质亦有研究之论著，以时间前后依次展开论述。

（一）中国文学批评史类著作写作草创开拓时期

《文心雕龙》成书至今已有一千五百余年，进入中国文学批评史学科领域的时间，却比较晚，直到20世纪的1927年，陈钟凡撰写的我国第一部《中国文学批评史》（简称陈著）出版，才真正进入现代意义上的文学批评史家视野。之后的1934年，陆续有郭绍虞《中国文学批评史》（简称郭著）、方孝岳《中国文学批评》（简称方著）、罗根泽《中国文学批评史》（简称罗著）出版。1944年又有朱东润《中国文学批评史大纲》（简称朱著）出版，形成了中国文学批评史编纂的第一个高潮。对于《文心雕龙》这样一部巨著，这些批评史著作皆有较深入的研究和探讨，不可避免要探讨《文心雕龙》的历史定位及其性质。

陈著第三章“中国文学批评史总述”，通过比较，指出刘勰的《文心雕龙》和钟嵘《诗品》属于“论文之专著”。[①] 朱著第十二章“刘勰”中认为：“吾国文学批评，以齐梁间为最盛，刘勰之《文心雕龙》，钟嵘之

---

① 陈钟凡《中国文学批评史》，中华书局，1927年，第9页。

《诗品》，皆成于此期中，并为文学批评之杰作。”[1]罗著第八章“论文专家刘勰”专列“刘勰以前之一般的文学批评家”，认为“文学批评的专书始于晋而盛于梁”，“其中纯粹的、成功的、伟大的批判者只有刘勰与钟嵘”。[2] 郭著说：“迨刘勰《文心雕龙》出，体大思精，于是文学批评才有一部空前的伟著，文学批评的基础也自是成立。”[3]第二章论南朝文学批评，认为《文心雕龙》“是当时文论之集大成者”和“条理绵密的文学批评之伟著”。[4] 郭著未列专章讨论刘勰及其《文心雕龙》，但是非常明确地肯定了其著作的文学批评性质，以及刘勰文学批评家的身份。

方著卷中十七虽然独标刘勰的“文德”说，但也首先肯定《文心雕龙》“是文学批评界惟一的大法典”，并指出“他的规模，真是大不可言”，还说“彦和的学问十分博大，他这书可以说是总括全体经史子集的一部通论”。[5] 方著虽未以文学批评的发展演进写作文学批评史，但对于《文心雕龙》的一书的认识很有见地，点出《文心雕龙》具“通论”的综合性质。

早期著作形态的《中国文学批评史》皆认为刘勰《文心雕龙》的性质是文学批评著作，重视程度虽有所不同，但是将《文心雕龙》置于文学批评史之视野，加快了《文心雕龙》研究由传统注疏之学向现代理论阐释转型。

（二）中国文学批评史类著作写作深入发展时期

1978年新时期以来，文学批评史类著作写作也迎来了新的发展，一直有中国文学批评史类著作产生。关于《文心雕龙》性质的研究自然不会局限于中国文学批评类著作，据《文心雕龙研究史》介绍学界主要是两种观点，一种认为《文心雕龙》是一部文章学著作，另一

① 朱东润《中国文学批评史大纲》，上海古籍出版社，2001年，第51页。

② 罗根泽《中国文学批评史》，上海书店出版社，2003年，第214页。

③ 郭绍虞《中国文学批评史》，百花文艺出版社，1999年，第12页。

④ 郭绍虞《中国文学批评史》，百花文艺出版社，1999年，第96、107页。

⑤ 方孝岳《中国文学批评・中国散文概论》，生活・读书・新知三联书店，2007年，第102、106页。

种认为是一部文学理论批评著作。此外，还有介于此两种观点之间，认为是一部杂文学理论著作的观点。[①] 这个时期的文学批评史家们虽然以写作中国文学批评史著作为事业，但是并不认为《文心雕龙》仅仅是一部文学理论批评著作，反而对这部经典之作的认识有所发展、变化。认为《文心雕龙》是文章学或文章作法论性质的，以王运熙、罗宗强等为代表。

王运熙、顾易生主编的七卷本《中国文学批评通史》[②]，全书约三百八十万字，堪称20世纪中国文学批评史的集大成之作[③]。其中的第二卷是魏晋南北朝卷[④]，该书第二编第三章论刘勰《文心雕龙》[⑤]，为王运熙先生所撰。王先生在其《中国文学批评通史：魏晋南北朝卷》第三章论刘勰《文心雕龙》的开头总述云："在中国文学批评史上，刘勰的《文心雕龙》占有非常突出的地位。它总结了先秦以至南朝宋齐时代文学创作和文学批评的丰富经验，论述广泛，体系完整，成为一部空前的文学批评巨著。"[⑥]王先生另有专著《文心雕龙探索》也多次谈到《文心雕龙》的性质："刘勰写作此书，原意是谈作文之原则和方法。……如用现代汉语，大致可以译成《文章作法精义》。"[⑦]关于《文心雕龙》的性质，他同意范文澜在《中国通史简编》中所说："《文心雕龙》的根本宗旨，在于讲明作文的法则。"又说："《文心雕龙》原来宗旨是指导写作，是一部文章作法，但由于它广泛评论了作家作品，系统研讨了不少文学理论问题，总结其经验以指导写作，因此具有很强

---

① 张少康等《文心雕龙研究史》，北京大学出版社，2001年，第455—456页。

② 王运熙、顾易生主编《中国文学批评通史》，上海古籍出版社，1996年。

③ 吴承学、彭玉平《20世纪中国文学批评史研究的集大成之作——评七卷本〈中国文学批评通史〉》，《复旦学报(社会科学版)》1996年第6期。

④ 王运熙、杨明《中国文学批评通史——魏晋南北朝卷》，上海古籍出版社，1996年。

⑤ 此部分全文收入了单行的王运熙《文心雕龙探索》，上海古籍出版社，2014年。又收入《王运熙文集3》，上海古籍出版社，2012年。

⑥ 王运熙、杨明《中国文学批评通史——魏晋南北朝卷》，上海古籍出版社，1996年，第322页。

⑦ 王运熙《文心雕龙是怎样一部书》，《文心雕龙探索》，上海古籍出版社，2014年，第1页。

的理论性，成为我国古代文论中的空前巨著。”[1]王先生晚年出版《王运熙文集》也依然不改其原来意见：“不妨把它当作一部文学理论专著来研究；但从刘勰写作此书的宗旨来看，从全书的结构安排和重点所在来看，则应当说它是一部写作指导或者文章作法，而不是文学概论一类的书籍。”[2]

罗宗强《魏晋南北朝文学思想史》说：“在齐末梁初，出现了一部文章学的理论巨著《文心雕龙》。”“《文心》是一部文章论，既论文学，亦论及非文学。”“把《文心》当作一部文学理论著作，是不确的。”因为当时纯文学并未出现，“《文心》所反映的，是杂文学的观念。但是这部文章论确实包含了大量十分深刻的文学理论问题，有极丰富的文学思想内涵”。该著对《文心雕龙》文学理论体系进行了分析，不过又非常慎重地指出自己对《文心雕龙》文学体系的描述，“当然带着今人对文学理论问题的理解在内，不一定完全符合刘勰原来的理论建构”。[3] 罗先生对于《文心雕龙》一书性质的看法比较谨慎、客观，他明确承认《文心雕龙》有严密体系，属于文章学范畴，但是以今天的文学理论标准衡量，显然又不是一回事。鉴于其著作书名为《魏晋南北朝文学思想史》，侧重点在于了解、掌握一个时期文学思潮的变化过程，因此罗先生认为《文心雕龙》的部分内容和现代文学理论问题有交集、重合之处，而不是全部，故而他说该著“包含了大量十分深刻的文学理论问题，有极丰富的文学思想内涵”，“刘勰实际上是接触到这样一些文学理论问题”。罗先生后来的研究直接说：“《文心雕龙》是我国一部非常重要的文章写作理论经典，要读懂它实在非常不容易。”[4]可见对于《文心雕龙》这部经典著作的性质要准确定位并不是

---

① 王运熙《文心雕龙是怎样一部书》，《文心雕龙探索》，上海古籍出版社，2014 年，第 7 页。

② 王运熙《〈文心雕龙〉的宗旨、结构和基本思想》，《文心雕龙探索》，上海古籍出版社，2014 年，第 8 页。

③ 罗宗强《魏晋南北朝文学思想史》，中华书局，1996 年，第 309 页、315 页。

④ 罗宗强《读文心雕龙手记・小引》，生活・读书・新知三联书店，2007 年，第 3 页。

一件容易的事。

王运熙等人的观点影响到后来文学批评史著作的写作，如张少康先生的观点较有代表性，其所著《中国文学理论批评史教程》说："刘勰的《文心雕龙》是中国古代文学理论批评史上的一部最杰出的重要著作。它既是一部文学理论著作，也是一部文章学著作，又是一部文学史、各类文体的发展史，而且还是一部古典美学著作。"[①]此外张先生早年著有《文心雕龙新探——刘勰文学理论体系及其渊源》，对《文心雕龙》有很高评价，认为此书是一部"伟大的文学理论巨著"[②]，"《文心雕龙》所论之文，是广义的文，它几乎包含了一切用语言文字写作的文章，而其重点则是论述以诗赋为中心的狭义的文学"[③]。基于这种认识，作者认为《文心雕龙》是一部有完整的科学体系和严密组织结构的文学理论巨著。

认为《文心雕龙》是杂文学理论著作的文学批评史家，可以蔡钟翔为代表。蔡钟翔有《刘勰的杂文学观念和泛文论思想》[④]一文，观点如其论文题目所示。作者的这种观点在其《中国文学理论史》中已经有所论述，他说："《文心雕龙》作为齐代以前杂文学理论的系统总结，对后世产生了宏观深远的影响。"[⑤]但同为当代文学批评史家的张少康有不同意见，他认为刘勰和六朝时许多文学批评家一样，看到宽泛的"文"的观念是不科学的，他们一直在寻找纯文学的特征，说杂文学是中国古代文学的民族特点，是不正确的。[⑥] 他进一步表示："《文心

① 张少康《中国文学理论批评史教程(修订本)》，北京大学出版社，2011 年，第 82 页。

② 张少康《文心雕龙新探——刘勰文学理论体系及其渊源》，1987 年，齐鲁书社，第 269 页。

③ 张少康《文心雕龙新探——刘勰文学理论体系及其渊源》，1987 年，齐鲁书社，第 21 页。

④ 《文心雕龙研究(第一辑)》，北京大学出版社，1995 年，第 141 页。

⑤ 蔡钟翔等著《中国文学理论史》(一)，北京出版社，1991 年。

⑥ 张少康《刘勰的文学观念——兼论所谓杂文学观念》，《北京大学学报(哲学社会科学版)》2000 年第 4 期。

雕龙》论述的范围虽然和所谓的杂文学范围大致相同，但不能说杂文学就是他的文学观念。”“在他的文学观念里，审美的艺术文学是‘文’的核心，所以《文心雕龙》的性质也主要是文学理论，不能归结为只是文章学著作。”张先生虽然认为刘勰的文学观念存在不科学的地方，但是肯定了刘勰做过这方面的努力。

同为七卷本文学批评通史的著者黄霖认为：“《文心雕龙》的书名，清楚的表明了全书的性质与主旨。‘文心’，即‘为文之用心’，就是写作时的整个的心理活动。‘文心雕龙’的本意是将写作的心理活动用精美的文辞予以细密地论述。可以说《文心雕龙》是一部以写作心理学为核心的文章学。”[①]李建中《中国文学批评史》在讨论到《文心雕龙》的理论体系时也说：“刘勰创作《文心雕龙》的目的，是为了指导文章的写作。”[②]此外一些发表的单篇论文也有类似观点，或又有发展，如万奇《〈文心雕龙〉之书名、框架和性质今辨》[③]，等等。

文学批评史家除了有中国文学批评史类著作及专门研究《文心雕龙》的专著外，还有单篇论文产生，如邬国平，也是七卷本文学批评通史的著者，其《〈文心雕龙〉是一部子书》[④]，认为《文心雕龙》与集部著作有明显的区别，刘勰著作体系意识的重要来源正是子书的传统，刘勰本人是将《文心雕龙》当作子书来写的。该论文发表前后亦有不少相似观点的论文产生[⑤]，但也有不同意见。高宏洲认为《文心雕龙》非子书[⑥]，逐一批驳了子书说的依据，其结论有较强的说服力。对于

---

① 黄霖《〈文心雕龙〉：中国第一部写作心理学论著》，《河北学刊》2009 年第 1 期。

② 李建中主编《中国文学批评史》，北京大学出版社，2009 年，第 120 页。

③ 万奇《〈文心雕龙〉之书名、框架和性质今辨》，《内蒙古师范大学学报（哲学社会科学版）》2009 年第 2 期。

④ 邬国平《〈文心雕龙〉是一部子书》，《上海大学学报（社会科学版）》2013 年第 5 期。

⑤ 梁穗雅、彭国平《明清目录中〈文心雕龙〉子书说考论》，《文献》2003 年第 3 期；王娉娴《〈文心雕龙〉的子书性质及其公文论新探》，山东大学硕士学位论文 2014 年；范春玲、吴中胜《子学与〈文心雕龙·诸子篇〉解读——也谈〈文心雕龙〉是子书》，《赣南师范学院学报》2015 年第 1 期；魏伯河《论〈文心雕龙〉为刘勰“树德建言”的子书》，《福建江夏学院学报》2018 年第 2 期。

⑥ 高宏洲《〈文心雕龙〉书名、性质辨》，《晋阳学刊》2019 年第 5 期。

此问题，杨思贤另有折衷论，认为《文心雕龙》不适合归入“诸子”，虽然刘勰主观上很想创立一部子书。[①]

综前所述，文学批评史家除了认为《文心雕龙》是一部文学理论批评著作，多数学者认为《文心雕龙》具有文章学或者写作学性质，但学界也有不同意见，目前还有争议。

四、结语

经过几代文学批评史家写作中国文学批评史类著作，有的成为教材，有的比较经典的著作不断再版，这些论著阅读面广，影响深远，推动、促进了对《文心雕龙》及其性质等多方面的研究。关于《文心雕龙》的性质问题，诸多学者发表过不同的意见。到今天为止，今人对《文心雕龙》的性质定位，不免带着审慎与犹豫。一般都认为其为文学批评或者文学理论著作，但又不仅仅如此，还兼有其他多种说法。这当然因为《文心雕龙》本身的丰富性和复杂性，高度的综合性，论述的范围涉及经、史、子、集，用杂文学或者文章学来定性似乎都不是太准确，其内容并不能完全对应今天的学科体系中的文、史、哲学科中的任何一大类。当下我们可以把它置于“大文学”视野下，视其为“通论”性质的传统文化著作，根据现实情况为我所用，继续发挥其作用和价值，将传统文化的精髓继续传承下去。

（江苏大学文学院）

① 杨思贤《〈文心雕龙〉与中古子书的变迁》，《南京大学学报（哲学·人文科学·社会科学）》2018年第5期。

“文学批评”如何成史：中国文学批评史观念的形成及其早期实践*

余来明　高慧霞

内容摘要：中国文学批评史作为一种著述形态和知识类型的确立，在20世纪中国的学术发展历程中经历了观念发生到批评史书写实践的演进过程。其中范祎、朱光潜、陈钟凡等三人有着不容忽视的作用：范祎《中国的文学批评家》汲取传统文苑传的精义，以人为纲勾勒中国文学批评史的雏形；朱光潜《中国文学之未开辟的领土》提出“成一种中国文学批评史”的主张；陈钟凡《中国文学批评史》则是公开出版的第一部中国文学批评史著作。考察20世纪早期中国文学批评史观念的形成及其早期实践，还原现代学术研究范式与中国传统文论资源碰撞、对接、揉合的复杂历史状况，以此探究用西方“文学批评”观念统摄中国传统文论的意义及其局限，可为当下探讨建构基于中国文学批评实践的批评史理论和话语提供

* 基金项目：教育部人文社会科学重点研究基地重大项目“中国学术话语古今演变研究”（22JJD750042）、国家社科基金项目“中国现代学术话语的生成与建构”（22VRC181）阶段性成果；2021年度武汉大学中国传统文化研究中心研究生自主科研项目“中国古代文学形式批评的当代建构”（2021RICYJS-07）。

参照。

关键词：文学批评；中国文学批评史；范祎；朱光潜；陈钟凡

How Literary Criticism Becomes History: The Formation of the Concept of History of Chinese Literary Criticism and Its Early Practice

Yu Laiming　Gao Huixia

Abstract: The history of Chinese literary criticism, as a form of writing and the establishment of a type of knowledge, has undergone the evolution of conceptual occurrence to the writing practice of the history of criticism in the academic development of China in the 20th century. Among them, Fan Yi, Zhu Guangqian and Chen Zhongfan have a role that cannot be ignored. Fan Yi's *Literary Critics of China* draws on the essence of the traditional literary biography, and outlines the embryonic form of the history of Chinese literary criticism with people as the key link. Zhu Guangqian's *The Unopened Territory of Chinese Literature* put forward the proposition of becoming a kind of history of Chinese literary criticism. Chen Zhongfan's *History of Chinese Literary Criticism* is the first published work on the history of Chinese literary criticism. This paper investigates the formation of the concept of history of Chinese literary criticism and its early practice in the early 20th century, and restores the complicated historical situation of the collision, docking and blending of modern academic research paradigm and traditional Chinese literary resources, so as to explore the significance and limitations of using the western concept of literary criticism to unify traditional Chinese literary theory, and provide a reference for the current discussion and construction of the theory and discourse of the history of criticism based on the practice of Chinese literary criticism.

Keywords: literary criticism; history of Chinese literary criticism; Fan Yi; Zhu Guangqian; Chen Zhongfan;

今天我们所称的“文学批评”或者“文学理论”“文艺学”，并非中国所固有，而是近代以降中西学术交汇的产物。在此背景下，中国传统文学评论（包括评点）如何转化为现代形式的文学批评/文学理论叙述，便成为研究者关心的重要议题之一。尤其在20世纪九十年代以降的百年学术史总结和反思中，中国传统文论的现代转型问题开始进入学术界讨论的中心，相关研究成果十分丰富。[1] 总体来说，已有研究理论色彩鲜明，多关注与现代文学理论直接相关的内容。在研究中频繁出现的是带有现代意味的概念，如“方法”“范式”“范畴”“当代性”“科学意识”等。这一状况，一定程度上表明研究者更关注现代视域中古代文论如何被表述，而较少聚焦于现代学术观念与中国传统文论资源遇合过程中出现的复杂状况，以及现代场域中古代文论叙述被规训的过程。究其原因，主要在于研究者除了面对“原生态”的古代文论之外，“还面对着‘被重新建构的’古代文论，也即还面对古代文论近一个世纪的现代研究史”[2]。由此造成的结果，现代学术体系中对中国古代文学批评的叙述，从一开始就会带有某种建构

---

① 已有成果如陆海明《古代文论的现代思考》（北岳文艺出版社，1988年），杨玉华《文化转型与中国古代文论的嬗变》（巴蜀书社，2000年），代迅《断裂与延续：中国古代文论现代转换的历史回顾》（西南师范大学出版社，2002年），邓新华《中国传统文论的现代观照》（巴蜀书社，2004年），顾祖钊《中西文艺理论融合的尝试——兼及中国古代文论的现代转换研究》（人民文学出版社，2005年），庄桂成《中国文学批评现代转型发生论：1897—1917年间的中国文学批评生态研究》（中国社会科学出版社，2007年），党圣元《在传统与现代之间——古代文论的现代遭际》（山东教育出版社，2009年），黄霖、付建舟、黄念然、刘再华《近现代中国文论的转型》（上海古籍出版社，2015年），王一川《中国现代文论传统》（北京师范大学出版社，2019年），陈雪虎《由过渡而树立：中国现代文论的发生》（北京师范大学出版社，2019年）等。

② 党圣元《在传统与现代之间——古代文论的现代遭际》，山东教育出版社，2009年，第8页。

性的特征。这样的情形，伴随着现代学术形成、发展的始终。本文以20世纪二十年代中国文学批评史观念兴起及早期批评史书写实践为考察对象，探讨在中国文学批评史作为一种知识系统形成过程中，现代“文学批评”观念如何建构中国文学批评历史形态的真实图景，目的是为当下建构基于中国文学实践和批评的文学批评史知识体系提供历史借鉴。

一、20世纪早期作为外来观念的“文学批评”

中国文学批评史作为一种现代知识体系，是中国传统文论对接西方“文学批评”观念的产物。朱自清在《评郭绍虞〈中国文学史〉上卷》一文中曾以批评的姿态指出：“‘文学批评’一语不用说是舶来的。现在学术界的趋势，往往以西方观念（如‘文学批评’）为范围去选择中国的问题。”[①]以文学批评之“名”框定中国传统文论之“实”的学术研究理路，在中国现代学术研究中已成常识，后世诸种以“中国文学批评史/理论史”为名的著述不断问世，都在说明这一著述方式所形成的话语权力。追索其生成过程，背后蕴含着一个知识史研究的重要问题，即西方“文学批评”术语在何种背景下被纳入中国文学的研究视野，又是如何成为中国传统文论的对应词？对这一生成过程进行厘析，可以更深入地理解西方“文学批评”观念本土化过程及其与中国文论的遇合与疏离。

“文学批评”在西方作为一种知识类型的形成，至晚在1894年克罗齐撰写《文学批评》时即已成为通则。[②] 而在中国，“文学批评”作为著述形式则要到“五四”前后才开始被关注。当时，中国文学正处于现代转型的关键期，在摈弃旧文学的基础上建设新文学，以符合现代国家建构，成为学界的主要动向。一些深受西方学术思潮影响的学者，敏锐地体察到文学批评能够给予新文学建设以指导，故而呼吁

---

① 朱自清《朱自清古典文学论文集》下册，上海古籍出版社，1981年，第541页。

② 参见雷纳·韦勒克著，杨自伍译《近代文学批评史：1750—1950（修订版）》第5册《英国批评·五六卷导论》，上海译文出版社，2020年，第4页。

"文学批评"的到来。胡愈之指出:"近年新文学运动一日胜似一日,文艺创作也一日多似一日,但同时要是没有批评文学来做向导,那便像船没有了舵,恐怕进行很困难罢。"[1]张友仁也表示:"若欲使我们文学不歇地向前发展、进步,臻于精善,非有文学批评与之相辅而行不可。"[2]对文学批评之于文学研究的重要性已有充分认识,只是在研究方面存在欠缺则是不争的事实。王受命说:"近几年来,国人对于文学的兴趣,已逐渐增高,但文学批评一事,却无人去努力,这实在是一件抱憾的事。"[3]冰夏也颇有针对性地指出:"在中国现在的文学界内,批评创作真是万分要紧的事。"[4]郭绍虞直截了当地强调批评家的重要性:"只有批评家能别有创见,脱去旧式的批评,以从事于新运动,才可使艺术一换新面目。所以批评家应得站在艺术思潮的前面作适当的指导,切不可使其思想为旧形式所束缚,使艺术永陷于蹈袭的境地。"[5]对于身处现代知识转型场域中的20世纪早期学人来说,无论是出于对接西学知识的需要,还是建设新中国学科发展、大学教育开展的要求,都呼唤一种作为知识类型的"文学批评"研究及历史书写。

"文学批评"作为现代知识和观念最初进入中国学者视野,主要源于介绍和翻译西方文学批评文献浪潮的兴起。华林一《安诺德文学批评原理》、沈雁冰《海外文坛消息(四十三):梅莱(Murry)的文学批评》、梁实秋《西塞罗的文学批评》、冠生《法国人之法国现代文学批评》等文章,都对西方文学批评观念予以介绍。与此同时,大量的译文和译著也开始涌现,如圣麟《文学批评史上的七大谬见》、贺自昭《文学批评》、黄仲苏《法兰西文学批评与文学史之概略》、方光焘《近代英国文学批评的精神》等译文,张资平《文艺新论》、章锡琛《文学批评论》、傅东华《社会的文学批评论》等译著。从某个方面来说,这些

---

① 愈之《文学批评:其意义及方法》,《东方杂志》1921年第1期,第70页。

② 张友仁《杂谈:文学批评》,《文学旬刊》1921年10月11日,第4版。

③ 王受命《文学批评论》,《群大旬刊》1926年第1期,第2页。

④ 冰夏《文学批评的效力》,《民国日报》1921年7月11日第1版。

⑤ 郭绍虞《照隅室杂著》,上海古籍出版社,1986年,第80页。

介绍和翻译只是让学界知道中国之外所存在的西方文学批评观念，并非开展真正意义的研究。然而从它们被连载于传播特性较强的报纸，且多被刊登在显要位置，显示出作为一种域外知识，中国学界对“文学批评”的重视程度，一定程度上也为“文学批评”这一知识类型成为中国文学研究重要一脉提供了理论准备。

此外值得特别关注的是，与介绍和翻译西方文学批评文献并行的另一条研究路径——以西方术语“文学批评”观照中国传统文论，也逐渐引起学界注意。文学批评不仅关涉中国新文学建设，还与中国传统文论资源产生了联系。姚志鸿专门撰写《〈中国文学批评〉之批评》一文，指出：“我国文学批评之专书，始自刘氏之《文心雕龙》，降级后代，如诗评、诗话、词评、词话、曲评、曲话等。其他笔记中亦有关于诗——词——曲之评语者，汗牛充栋，几不胜举。虽穷年累月，亦不能窥其堂奥，而为之深论焉。”[①]段熙仲也表示：“中国文学批评之作，源起盖晚，专著如《文心》《诗品》者殊少；藉有所述，亦东鳞西爪的文学批评之意见而已。”[②]由此可以看出，他们已经认识到中国也有自己的文学批评传统，其中尤以《文心雕龙》《诗品》为代表，只是除了《文心雕龙》《诗品》等专书之外，能够“窥其堂奥，而为之深论”的不多，多为“东鳞西爪”的意见，无足轻重。即便如此，他们将西方“文学批评”观念与中国传统文论相连接的认识，成了该时期中国文学批评史书写兴起的思想开端。

当然，彼时的学术界同样不乏与姚志鸿和段熙仲观点相反的学者。王统照就认为，中国传统文论资源中几乎没有所谓的“文学批评”意识：“中国以前的文章，偶尔有几片沙砾中的珠矶，说到批评，也多是些微末无足轻重的话，如同‘四始彪炳，六义深环’（《文心雕龙·明诗篇》）这一类的话，只是批评比自己去堆砌词藻，于批评二字实难说到。”[③]茅盾也说：“中国一向没有正式的什么文学批评论，有的几部

---

① 姚志鸿《〈中国文学批评〉之批评》，《孟晋》1924 年第 1 期，第 48 页。

② 段熙仲《杜诗中之文学批评》，《金陵光》1926 年第 1 期，第 55 页。

③ 王统照《文学批评的我见》，《晨报副刊·文学旬刊》1923 年 6 月 11 日，第 1 版。

古书如《诗品》《文心雕龙》之类，其实不是文学批评论，只是诗、赋、词、赞……等等文体的主观的定义罢了。”①这种声音的存在，也从另一个侧面提醒读者，西方术语“文学批评”与中国传统文论之间的对接，并不如后世“中国文学批评史”写作所显示的那样，具有毋庸置疑的合法性与合理性。中国古代文学评论历史的建构，在现代学术早期展开过程中，实际上也存在着多种可能的途径，只是由于后来以“文学批评”观念作为建构的主流意识，其他书写路径才逐渐退出研究者关注的视野。

二、范祎《中国的文学批评家》：以人为纲勾勒中国文学批评史雏形

如果说姚志鸿和段熙仲在西方“文学批评”术语与中国传统文论资源的对接问题上迈出了重要一步；那么范祎则是更进一步，以人物为纲，以历史叙述为经线，将零散、无序、破碎的中国文学批评勾连成篇。谈到中国文学批评的历史叙述，研究者最容易想到陈钟凡 1927 年编撰的第一部《中国文学批评史》。比如黄卓越就认为，陈钟凡的《中国文学批评史》是“学界使用西方‘批评’概念梳理中国相应对象的最初设想”②。事实上，早于陈钟凡《中国文学批评史》的《中国的文学批评家》一文，已经大致地勾勒出中国文学批评史的雏形。范祎的这篇八千字长文，在以往对中国文学批评史生成的研究中较少被注意到，目前相关研究只有发表于《古典文学知识》2022 年第 4 期上的《中国文学批评史的发轫之作——范祎的〈中国的文学批评家〉》一文。本文的考察主要着眼范祎叙述中国传统文论的方法策略，揭示范祎批评史观的形成原因，以及他在中国文学批评史知识建构中如何容纳中西观念的具体做法。

《中国的文学批评家》于 1922 年 5 月发表在《进步青年》第 23 期

---

① 郎损(茅盾)《“文学批评”管见一》,《小说月报》1922 年第 8 期,第 3 页。

② 黄卓越《批评史、文论史及其他》,《文化与诗学》2011 年第 1 期,第 87 页。

上，作者署名“韬诲”。“韬诲”是范祎的号。范祎1865年出生于江苏苏州，字子美，又号古欢，清末举人，曾担任《苏报》《实学报》《中外日报》记者，被基督教美国监理会传教士林乐知（Young J. Allen）聘为《万国公报》编辑。《万国公报》以宣传西方文化为主要宗旨，是维新派西学知识的重要来源之一。范祎的《万国公报》编辑身份，为他及时了解西学提供了便利，加之范祎具有深厚的国学功底，故而晚清以来中西思想文化的碰撞与交汇成为他关注的重点。1911年，范祎加入青年会，同年担任《进步》月刊的主编。1917年，《进步》与《青年》合并为《青年进步》，范祎仍为主编。在此期间，范祎发表了多篇与中西文化、新旧思想、国学国故相关的文章，《中国的文学批评家》便是其中之一。

《中国的文学批评家》完成于“五四”时期西方文学批评观念传入中国之时，是范祎试图融贯、沟通中西、新旧思想的尝试。纵向地看，此文以“人”而论；横向地看，此文以“史”为纲。范祎首先把孔子奉为中国文学批评之祖，指出“中国文学的批评，从孔子以来，已经有了”[①]，随后罗列从先秦孔子到近代姚永概等重要文论家，爬梳历代的文学批评现象和批评话语，以此勾勒中国文学批评历史的基本面貌。范文并非简单将零散的中国文学批评文献串联在一起，而是在“史”的叙述脉络中穿插“论”，史论结合的叙述策略十分明显。比如，他断定曹丕的《典论·论文》为纯粹的文学批评的开始，挚虞的《文章流别论》为第一本文学批评专书，又总体评价说：“六朝时人的文学批评，不过较量古作，没有创造新体的力量。到了唐朝陈子昂元结辈，始有改进的意思。韩愈出来大提倡文学革命，要推翻魏晋以来日趋繁缛的骈偶文字，而建设所谓古文的‘新文学’。这推翻和建设的功夫，不能不从文学批评上宣传出来。”[②]与现在多种趋近成熟的批评史著作相比，《中国的文学批评家》史料不够全面，内容简单粗略，然而却是

① 韬诲《中国的文学批评家》，《青年进步》1922年第53期，第51页。
② 韬诲《中国的文学批评家》，《青年进步》1922年第53期，第55页。

目前所能见到的最早勾勒历代中国文学批评文献的材料。所以,《中国的文学批评家》即使称不上是完整意义上的中国文学批评史著作,我们也可从中窥见“中国文学批评史”的雏形。

范祎批评史观的形成,深受西方现代学术理念尤其是“纯文学”观念的影响。他从《孔子》《孟子》《左传》《史记》等先秦两汉文献中摘录出与批评相关的论说后,特别强调说:“到了魏文帝曹丕作《典论》,里面《论文》一篇,始为纯粹的文学批评了。”[①]这表明,在范祎的文论思想中,批评有“纯粹”与“非纯粹”之分。而他笔下的“纯粹的文学批评”与“纯文学”相对应,这一点可以通过他对文学类别的划分看出:“编文学史,似当分为七类,(一)散文,(二)骈文,(三)韵文,(四)诗,(五)词曲,(六)小说,(七)白话。”[②]他将词曲和小说纳入“文学”的范畴,显然是受到了现代文学观念的支配,由此而展开的“文学批评”历史的叙述,自然也是针对这一具有现代意义的“文学”。以小说批评为例,范祎指出:“小说的有批评,自然始于张采(即金圣叹)。他把小说列于文学之内是很伟大的见解。……自从金圣叹以后,小说有批评的,日多一日。”[③]范祎进一步指出,喜欢读小说的人多于喜欢读圣经贤传及其他书的人,小说批评因附属于小说,尤其容易资人以谈助,所以批评家金圣叹和他的批评论著也就广为人知了。这样的认识,与他得之于西方的文学批评观念互为呼应:“西方的文学批评,也大半是对于小说和戏剧就不足为异了。”[④]这表明,他在叙述中国文学批评的过程中,不仅以西方“纯文学”观念为指导,同时也因此而反观西方文学批评。这种“互参”,正如黄霖所言:“有一点‘接轨’的意识。”[⑤]

在对中国传统的文学批评进行巡览时,范祎尤其赞赏龚自珍和

---

① 皕诲《中国的文学批评家》,《青年进步》1922年第53期,第52页。

② 皕诲《论文学史》,《进步青年》1924年第70期,第72页。

③④ 皕诲《中国的文学批评家》,《青年进步》1922年第53期,第59页。

⑤ 黄霖《中国文学批评史的发轫之作——范祎的〈中国的文学批评家〉》,《古典文学知识》2022年第4期,第62页。

章学诚的文学批评，认为他们“廓清三四千年以来的脑污，可以迎受西洋文学化的根基了”[1]，以他们与西方文学批评思想的接轨作为判断标准。与此同时，范祎也看到“中国文学批评”历史的叙述，必然要以中国的文学批评作为叙述对象：“民族的特性，及文化之遗传，皆为文学的根本。”[2]由此也可以看到20世纪早期中国学人在面对西学思想时既迎且拒的矛盾态度：他们不得不以开放、包容的姿态接纳外来思潮，同时又时时担忧民族文化根基因西方思想文化的“入侵”而动摇。这样的情形，往往是后发现代性国家在面对现代化世界思潮所处的真实状态，也是以范祎为代表的那代人共同的学术心曲。在此背景下，西方现代学术思维与中国传统文论资源的对接与融合，在西学化知识建构中如何保持自身文化的地位，以及由此所产生的历史认识、时代价值的变化，都在这一时期以及今后很长一段时间内成为中国士人探讨的重心。有识于此，范祎在一次演讲中指出：“西方欧战后的新思潮到了我国，我国人把他重新审定评判一下！于是又有思潮出来！这思潮，就是‘复古’！……‘复古’——不是叫现在人去穿古人的衣服，现在人去模仿古人样子，不过是拿古人的精神，并放进现在的思想，去融洽，调和，贯彻，这实在是进化，是螺旋式的进化。”[3]简言之，“复古”并非固守传统，而是另一种意义上的“进化”，“进化”的目的是“古为今用”。范祎的中国文学批评研究便是如此，他将中国传统文论框定在西方“文学批评”术语之下，明确指出：“文学批评是批评过去的文学。批评过去的文学，就是要创造未来的文学。”[4]对中国“文学批评”的历史梳理及其建构，指向的仍是当下形态的“文学”面貌的呈现。

范祎对中国古代文学批评面貌的一般性描述，体现了以西方“文

---

① 皕诲《中国的文学批评家》，《青年进步》1922年第53期，第59页。

② 皕诲《中国的文学批评家》，《青年进步》1922年第53期，第52页。

③ 皕诲《基督教与中国化：传道人应研究中国文化——范皕诲先生在松江东吴大学圣经学校同学会演词》，《兴华》1925年第44期，第8—9页。

④ 皕诲《中国的文学批评家》，《青年进步》1922年第53期，第60页。

学批评”术语对接中国传统文论的尝试。其间自然也存在难以回避的问题：其一，他在历史叙述中没有对“文学批评”一语的内涵做出界定或说明，由此也造成概念使用时内涵缺少稳定性，往往会因人、因书而设论；其二，作为西方源头的“文学批评”术语，在被用于描述中国传统文论发展历史时，是否会如这一概念在西方语境一样具有合法性和正当性，这一概念与中国古代文论的结合，必然会出现为了迁就彼此而产生的折中意见。缘于此，自“中国文学批评”作为现代知识类型形成以来，历来就不乏反对和批评之声，比如茅盾就曾指出：“我们现在讲文学批评，无非是把西洋的学说搬过来，向民众宣传。”[①]这样的状况，直到陈钟凡《中国文学批评史》著作的出版也未能得到很好的解释。其间中西知识、观念对接及其本土化过程中所存在的问题及其复杂状态，始终没能得到很好的呈现，留给研究者的仍是遮挡他们拨云见日的层层迷雾。

三、中国文学批评史意识的自觉：朱光潜提出“成一种中国文学批评史”

范祎《中国的文学批评家》虽然大体勾勒出了中国文学批评史的雏形，然而其文章却以“批评家”而非“批评史”为题，说明范祎在叙述中国文学批评的过程中虽具有一定的历史意识，但仍然缺乏单独著史的自觉。朱光潜则在范祎的基础上更进一步，提出批评不仅是“学”，批评更有“史”，应该将其看作一门专门的学问。朱光潜以中国现代美学的开拓者和奠基者著称，其美学成就为人注目，而其他方面的成就有时则被美学成就的熠熠光辉所掩盖。就笔者有限的了解，在近百年的中国文学批评史研究史上，朱光潜所提出的建构中国文学批评史的主张，就很少引起人们的关注。在中国第一部中国文学批评史问世之前，朱光潜就曾提出了“成一种中国文学批评史”[②]的主张。

---

① 郎损(茅盾)《“文学批评”管见一》，《小说月报》1922年第8期，第3页。

② 朱光潜《中国文学之未开辟的领土》，《东方杂志》1926年第11期，第88页。

朱光潜“成一种中国文学批评史”主张的提出，与他两次系统钻研西学的经历密切相关。1918年，朱光潜由北洋政府教育部选送到香港大学读书。香港大学实行全英式教育，这不仅使朱光潜直接接触到西方的科学理念和人文传统，而且还接受了基本的学科规训和思维训练。1925年，朱光潜考取安徽教育厅公费留学名额，赴英国爱丁堡大学留学，主修英国文学、哲学、心理学、欧洲艺术史和欧洲古代史等课程。毕业后，朱光潜选择到伦敦大学、巴黎大学、斯特拉斯堡大学继续学习。长达八年的欧洲留学经历，使朱光潜对西方学术理念、研究范式和治学方法有了更充分的掌握，同时也为他所期待的“在中国文学上开辟新境”[①]提供了新视角和新路径。《中国文学之未开辟的领土》一文，是朱光潜学习西方文学批评后，以西方文学研究为参照系对中国文学研究现状做出的总体性反思。

朱光潜在《中国文学之未开辟的领土》“题记”中写道：“我对于中国文学，兴味虽很浓厚，但是没有下过研究的功夫。近几年稍涉猎西方文学，常时返观到中国文学，两相比较，觉得中国文学在创作与批评两方面，都有许多待开辟的领土。”[②]朱光潜自称对中国文学没有下过研究的功夫，当然只是谦虚之词。事实上，正是因为他有深厚的国学功底，才能在学习西方文学后反观中国文学。朱光潜出生于读书风盛行的安徽桐城，祖父是私塾老师，父亲承袭祖父衣钵，在家里开办私塾。在浓厚学术氛围的熏陶下，朱光潜两三岁识字，四五岁背《论语》《诗经》，八九岁写记叙短文，十岁读《史记》《战国策》《国语》《水浒传》《红楼梦》《饮冰室文集》，十五岁离开私塾到桐城中学学习古文。这些学习经历为朱光潜打下了牢固的国学根基，使他在钻研西方文学、美学、心理学时，常常想到中国文学，进而将两者对照比较。《中国文学之未开辟的领土》是朱光潜运用“比较方法”对比中西文学研究后，对中国文学研究产生的新认识，由此而认为中国文学在

---

① 朱光潜《中国文学之未开辟的领土》，《东方杂志》1926年第11期，第88页。

② 朱光潜《中国文学之未开辟的领土》，《东方杂志》1926年第11期，第81页。

创作与批评两个领域都有待开辟。创作如何开辟，此处不予讨论，以下关注朱光潜开辟"中国文学"领土在文学批评方面的论说。

朱光潜通过学习英国文学课程，发现"中国文学最难以与英国文学比肩的是文学批评研究"[①]。朱光潜通过中西对比，认为中国文学批评研究滞后、薄弱、贫乏，而西方文学批评研究深入、细密、系统，西方文学批评研究的这些特点，最值得国人了解和学习。于是，他在留学爱丁堡大学的第二年，便将研究兴趣转移至法国、英国、意大利颇负盛名的批评家身上，并写了系列论文——《欧洲近代三大批评学者(一)(二)(三)》。对西方文论的深入学习，使朱光潜认识到西方文论已经如此发达，而中国传统文论不但没有成为一种专门学问，而且"一失之于笼统，二失之于零乱，对于研究文学的人实没有大帮助"[②]。基于此，他提出："受西方文学洗礼以后，我国文学变化之最重要的方向当为批评研究(literary criticism)。"[③]正是出于这样的认识，朱光潜回国任教第一年就开设了文学批评课程。据听过朱光潜课的学生蒋炳贤回忆说："1933年我在北京大学西洋语言文学系念书时，朱先生教授名著……后来，朱先生又为我们开设了一门欧洲文学批评课程，讲授西方文学批评发展史及重要文论的评价，从古代到中世纪、文艺复兴、启蒙运动时期以至于浪漫主义时期的主要文艺批评家、美学家，都有所涉猎。"[④]讲述西方的文学批评，其目的是要以他山之思想来叙述本国文学批评的历史。在任教同时，朱光潜还讲授中国文学批评。据朱自清日记记载："15日星期二，雨……访孟实，告以'文艺心理学'拟停止事，因谈及渠或在北大国文系任中文批评史事，余言果尔，当仍请其来此……"[⑤]由此可以看出，朱光潜当年确曾在北大国文系开设"中文批评史"课。总体上看，他不管是介绍欧洲文

---

① 王攸欣《朱光潜传》，人民出版社，2011年，第79页。

② 朱光潜《中国文学之未开辟的领土》，《东方杂志》1926年第11期，第87页。

③ 朱光潜《中国文学之未开辟的领土》，《东方杂志》1926年第11期，第85页。

④ 转引自商金林《朱光潜与中国现代文学》，安徽教育出版社，1955年，第90页。

⑤ 朱自清《朱自清全集》第9卷，江苏教育出版社，1998年，第292页。

学批评理念，还是讲授中国文学批评课程，目的之一就是要对中国文学在批评方面研究不足的现状予以回应，以造就二者共同发展的局面。

在朱光潜看来，想要改变中国文学批评研究薄弱的实际，最为重要的是将批评从文学中独立出来，使之成为一门专门、系统的学问，形成具有较为明确学科边界和内涵的现代知识体系。在他看来，“文学应独立，而独立之后，应分门别类，作有系统的研究，例如王国维先生的《宋元戏曲史》……诗、词、散文等等应该有人照样分类研究。尤其重要的是把批评看作一种专门学问”[①]。这样的认识，在当时可谓是曲高和寡，在时风追崇“新文学”的背景下，鲜少引人关注。然而在朱光潜的理解中，提倡将文学批评作为专门学问，并非是自我作古，而是与中国传统文学批评发展的历史实际相符。中国古代即有重批评的传统，“刘彦和的《文心雕龙》，刘知几的《史通》，章学诚的《文史通义》，在批评学方面都是体大思精的杰作，不过大部分批评学说，七零八乱的散见群集”[②]。在今人对其进行系统整理之前，文学批评虽然存在分散、零碎的状况，但在思想和见解上却有诸多可取之处。如何将这些散见于各种文献中的思想辑录出来，朱光潜提出应当以现代“文学批评”的观念来建立一种知识门类的意识：“我们第一步工作应该是把诸家批评学说从书牍札记、诗话及其他著作中摘出——如《论语》中孔子论诗，荀子《赋篇》，《礼记・乐记》，子夏《诗序》之类——搜集起来成一种批评论文丛著。”[③]这样的认识，事实上已经为“中国文学批评史”的写作指定了一条必由之路：以历史的线索将各不同时期有关文学的批评意见加以呈现。这一形态，也是后世涌现的中国文学批评史著作的常见面貌。

朱光潜“成一种批评论文丛著”的设想，在当时并不缺少应和者，王伯祥《历史的“中国文学批评论著”》就与他的观点不谋而合。王文发表于1926年《文学周报》第224期，前半部分简要概述中国文学批

---

①②③ 朱光潜《中国文学之未开辟的领土》，《东方杂志》1926年第11期，第88页。

评的发生与发展，即从单篇零什到成为专书，后半部分按照朝代先后顺序列举大量官私书目，并在书目下面注明有无著录文学批评论著。其学术方法虽不脱中国传统目录学、文献学痕迹，但试图通过书目考索以梳理中国古代文学批评知识的目的仍十分明显："中国文学批评论著的地位，在历来的书目著录上确渐渐地由无至有，由茫昧而即于清晰。"[1]由此可以看出，朱光潜提出的"成一种批评论文丛著"和王伯祥叙述的"历史的'中国文学批评论著'"，都提示了早期中国文学批评历史书写的一般方式：即将中国文学批评材料从浩瀚如烟的古典文献中摘出，并以时间为序加以汇编。这样的方式看似简单，却体现了在"中国文学批评史"知识类型形成早期，中国知识分子对其知识谱系建构的最初思考。

在朱光潜的设想中，"成一种批评论文丛著"只是一项基础性工作，在此基础上还应该"研究各时代各作者对于文学见解之重要倾向如何，其影响创作如何，成一种中国文学批评史"[2]。由此看来，朱光潜所谓的"中国文学批评史"，既包含了各不同时期作者对文学的批评意见，也包括这种批评观念对文学创作的影响。两方面的内容相互结合，体现出朱光潜认识中的文学批评史，不仅具有"史"的性质，还应具有"学"的特征，除了对于文学批评观念历史的叙述之外，还要关注其作为一种理论形态与文学创作之间的关联。类似朱光潜所说"中国文学批评史"的部分特征，在中国古代某些带有汇编性质的批评史著作中也有体现，如明代的《诗源辩体》，晚清具有汇编性质的词话。这类著述虽然带有某些历史叙述的性质，然而与现代意义的文学批评史仍有较大差别。后者不仅更具系统性、完整性，同时也更加注重在不同时期的各批评观念之间建立联系，以此显示批评史观念的演进和发展。从这一点来说，朱光潜由"成一种批评论文丛著"到"成一种中国文学批评史"观念上的演变，正是体现了他

① 王伯祥《历史的"中国文学批评论著"》，《文学周报》1926年第224期，第446页。

② 朱光潜《中国文学之未开辟的领土》，《东方杂志》1926年第11期，第88页。

由传统的文学批评资料汇编之存史意识，发展为现代的文学批评历史书写的历史建构观念的变化过程，同时也体现了他对“中国文学批评史”作为一种知识类型、著述方式所应包含内容的初步理解。

朱光潜所提出的“成一种中国文学批评史”的看法，体现了在中国现代学术建立早期中国学人以西学观念表述中国知识的思考。在彼时中国文学史著述已有较多展开的背景下，以现代历史叙述方式讲述中国古代文学批评，建立中国文学批评知识谱系，也成为中国文学研究不断推进的内在要求。20 世纪二十代的中国文学研究，已经逐步从传统的点评式和考据式研究轨道挣脱出来，初步建立了以文学史著述为基本形态的研究方式。作为与之并行的中国文学批评，其历史演进过程应当如何被叙述，其理论形态和思想观念呈现为怎样的状貌，彼此之间存在怎样的联系，都需要在新的学术理论体系和话语体系中得到更清晰的描述。朱光潜虽然长期致力于西方美学、文学思想的译介与研究，但其关注点始终不离中国自身美学、文学思想的发展与研究。他对“中国文学批评史”知识形态建立的呼唤，与他置身中国现代学术场域同时又作为现代学术体系建立参与者有密切关系。

四、文学批评可以成史：陈钟凡以现代意识书写中国文学批评史

朱光潜 1926 年留学英国期间提出“成一种中国文学批评史”主张，1932 年留学法国期间完成《诗论》初稿，一定程度上与他对西方现代学术的观察和理解有直接关系。事实上，在他公开发表这一见解之前，中国学界已有学者开始大规模整理中国传统文论资源，着手以现代观念撰写《中国文学批评史》。据《广东大学周刊》第 28 号(1925 年 10 月 26 日)《文科朝会记》记载“陈中凡学长报告”言：“丛书预计将出版：吴敬轩《经学大纲》《诸子哲学》、徐信符《文学史》、任中敏《词曲研究法》……拙著《中国文学批评史》等编，年内

皆可成书。”[①]陈钟凡预计1925年完成《中国文学批评史》，说明他在此前已有建构中国文学批评史的想法，并已将这一想法付诸实践。由于各种原因，他所预告的这部《中国文学批评史》直到1927年才得以出版。

相对朱光潜“成一种中国文学批评史”的主张主要孕育于他的欧洲留学经历，陈钟凡《中国文学批评史》的出炉则多少是受“整理国故”运动的影响，以及民国初年以来兴盛的中国文学史著述的启发。1919年，在新旧文化发生激烈碰撞之际，北大保守派以传统文化的捍卫者姿态提出“昌明中国固有之学术”。新文化阵营作为北大保守派的对立面，主张以科学的态度“整理国故”。胡适强调：“‘国故’是‘过去的’文物，是历史，是文化史；‘整理’是用无成见的态度、精密的科学方法，去寻那已往的文化变迁沿革的条理线索，去组织局部的或全部的中国文化史。”[②]其用意是将一切过去的东西都作为历史，而以“科学方法”重新估定其价值。这种态度，影响了向来对盲目复古行为有所不满的陈钟凡。陈氏在《中国文学批评史·自序》中明确指出：“1921年8月至1924年11月，任东南大学国文系主任兼教授，对当时的学衡派盲目复古表示不满，乃编国文丛刊，主张用科学方法整理国故。”[③]时隔几年，陈氏在为蔡尚思《中国思想史研究法》一书作序时，对这一主张再次予以声明：“吾人值此危机存亡之会，犹得从容将过去思想加以结账式的整理，其目的：一则应用科学方法，将前人遗留旧说，一一加以检讨，为之重新估价；一则将过去最有价值的思想及其精神重为建立，使与社会现阶段相互适应，期实现最后的目的。”[④]具体到陈钟凡自己的学术研究，他对中国文学批评历史的建构，即按照朱光潜所提示的两种路径展开：不仅系统地整理古文论资料，同时将西方科学方法和学理思维诉诸于文学批评史书写当中。

① 陈中凡著，姚柯夫编《陈中凡论文集》，上海古籍出版社，1993年，第1317页。
② 胡适《恳亲会纪事》，《北京大学研究所国学月刊》1926年第1期，第143—144页。
③ 陈钟凡《中国文学批评史·自序》，中华书局，1927年，第6页。
④ 陈中凡著，姚柯夫编《陈中凡论文集》，上海古籍出版社，1993年，第24页。

以"整理国故"思想为指引，陈钟凡对古代文论资料予以系统爬梳、整理和钩沉，并以现代"文学批评"观念作为衡量标准和叙述话语。在他看来，虽然中国文学批评的发展自刘勰、钟嵘起，有关诗文的评论逐渐增多，但是"批评"一词的意义却并未因此确立。简而言之就是，中国文学批评实践早已有之，然而对文学批评的认识却并未形成一种学理逻辑，也就意味着并未建立起有关"文学批评"的知识学观念。有鉴于此，陈钟凡借助自20世纪初输入的现代"文学批评"观念，以之为基础确立和规范中国传统文论的形态，并将其置于历史叙述的逻辑框架当中，最终写出了中国第一部具有现代学术意义的《中国文学批评史》。

陈钟凡以现代"文学批评"观念作为建构中国古代文学批评的基础，并不只是对西方术语的简单移用，更包含了对术语背后学理思维的思考。陈钟凡指出："考远西学者言'批评'之涵义有五：指正，一也。赞美，二也。判断，三也。比较及分类，四也。鉴赏，五也。"[①]在陈钟凡看来，以专门讨论作品好坏为归宿，或从主观立场出发评论作品，都不能称其为真正意义上的"批评"；对"批评"而言，最为重要的是"比较""分类"和"判断"，其次才是"鉴赏""赞美"和"指正"。具体到"批评"的派别，陈钟凡列出近世十二种，尤为赞赏"归纳""推理""批判""历史"的批评，"拟再用此四种方式，对于古今各派文艺，略事衡量。自揆寡陋，智等挈瓶，敢标独见以示人，聊竭微明，以待正已耳"[②]。在这四种批评当中，值得关注的是"推理的批评"。陈钟凡具体解释说："借归纳所得之结论，建立文学上之原则及其原理也。"[③]就内容而言，其中已关涉文学批评原理建设，同时也在一定程度上表明，"批评"所反映的乃是科学思维的具体体现。陈钟凡对"批评"之涵义的援引和"批评"之派别的标举，既彰显了他借镜西方现代学术研究思维建构中国文学批评史的方法论视野，也从一个侧面表明，

① 陈钟凡《中国文学批评史》，中华书局，1928年，第6页。

② 陈钟凡《中国文学批评史》，中华书局，1928年，第8页。

③ 陈钟凡《中国文学批评史》，中华书局，1928年，第7页。

《中国文学批评史》无论是从理论基点，还是历史叙述的方式，抑或是作为知识类型的学术名称，都具有明显的“西式”色彩。虽然在具体内容上有着中国文学批评的独特类型，如注疏、评点等，都包含有文学批评史关注的内容，但就总体的构建逻辑、叙述范围和话语来说，其源头都与西方观念、学术有着不可分割的联系。

“文学批评”观念是中国文学批评史作为一种知识类型建立的基础，其概念在中国现代学术场域中的生成、演变，对于建构什么样的中国文学批评史形态有重要影响。就像有学者所指出的：“对一种现象或一些事物的认识，与概念的产生和发展并不是同步的，或者说，事物存在并不完全取决于概念；然而，概念可以状写和归纳事物一般的、本质的特征。”[①]从中国文学批评史作为知识类型的确立及其演变来看，以“文学批评”为叙述对象的中国文学批评史著作，将原本散布于中国传统典籍中的文学理论叙述，按照“批评”概念所规定的范围组织起来，本身就包含了对这一知识类型所做的规训，甚至还会存在一定的切割、遮蔽、扭曲等情形。由此而言，陈钟凡以“西式”的“中国文学批评史”称谓冠名其著，用以统摄庞杂、零散、无序的中国传统文论资源，其合法性与有效性何在？蔡钟翔曾指出：“自陈钟凡先生的著作开始，‘中国文学批评史’的名称一直沿用至今。但‘文学批评’一语来自西方，与中国传统文论的实际并不吻合。”[②]杜书瀛也曾质疑：“以‘文学批评’称谓中国古代诗学文论是否得当？”[③]这样的疑问，在陈钟凡最初撰写《中国文学批评史》时就已经存在，他在自己的著作中从不同侧面给出了答案，对其中存在的不谐也有比较充分的认识。

陈钟凡以现代“文学批评”框架叙述中国古代文学批评的历史，其根本点在于，在他看来，中西方文学批评之间具有相通性。这种相

① 方维规《概念的历史分量》，北京大学出版社，2018 年，第 69 页。

② 蔡钟翔、黄保真、成复旺《中国文学理论史》(一)，北京出版社，1991 年，第 36 页。

③ 杜书瀛《努力说新话——在中国社会科学院研究生院讲〈从“诗文评”到“文艺学”〉》，《文艺争鸣》2020 年第 3 期，第 115 页。

通性，意味着中国文学研究领域存在接受和实践西方“文学批评”观念的土壤。陈钟凡表示：“中国历代虽无此类专门学者，然古人对于文艺，欣赏之余，未尝不各标所见，加以量裁。”[1]曹丕《典论·论文》、陆机《文赋》、挚虞《文章流别论》、李充《翰林论》、刘勰《文心雕龙》、钟嵘《诗品》等，都具有文学批评的性质。在此认识之下，中国历代虽然没有像西方那样专门以“文学批评家”自称的学者，但不乏“各标所见，加以量裁”的论文之说。由此出发，以现代“文学批评”观念叙述中国古代文学批评的历史，不仅存在理论上的可能性，同时在书写实践中也是可行的。

陈氏选择以著史的方式叙述中国古代文学批评的演进历程，从另一个方面来说也是基于对中国传统批评缺乏系统性、完整性的不满。在新文学建设迅速推进并成为现代社会发展新趋势的背景下，新的文学批评应当如何展开，需要在反顾中国文学批评历史的前提下建构起与之相适应的理论体系和话语体系。在此义下，以西方“文学批评”观念叙述中国的文学批评，有助于拓宽中国传统文论的研究视野，更新中国传统文论的研究方法。陈钟凡表示，中国传统文论中除了《文心雕龙》《诗品》等专书之外，其他或为短篇，或已散佚；至于历代诗话、词话、曲话，更是“零星破碎，概无系统可寻”[2]。这样的情形，很难让研究者从中发掘出有关中国文学的一般性规律以及理论性阐释和总结。对于这一点，是现代接受西方系统性理论训练所具备的共识，如叶嘉莹也曾说：“反映在著述形态中，便是多从经验、印象出发，以诗话、序跋、评点、笔记、札记等相对零碎的形式呈现，带有笼统性和随意性，缺乏实证性和系统性。”[3]正是在此认识基础上，陈钟凡提出“兹捃摭宏纲，觇其辜较，著之于篇，并考其评论之准的”[4]的研究旨归。

正是由于所要建构的“中国文学批评”历史，建立在与传统“文

①②④　陈钟凡《中国文学批评史》，中华书局，1928年，第9页。

③　叶嘉莹、陈斐《总序》，载傅庚生编《中国文学批评通论》，文化艺术出版社，2017年，第5页。

学”或者“批评”存在极大不同的概念基础之上，陈钟凡在《中国文学批评史》中对今天看来已没有讨论必要的“文学”“文学批评”概念做出界义和说明，即他所说的“必先陈其义界，方能识其旨归”[①]。一方面显示了面向世界讲述中国古代“文学批评”发展历程的意识，因为无论“文学”或者“文学批评”，都是在现代西方学术体系下有较为清晰内涵和所指对象的概念；同时又可以看到他在以现代概念处理中国古代命题时所带有的选择性，他所要叙述的“中国文学批评”的历史，是以概念特定指涉范围为出发点的对象选择的结果，其中包含了凸显和遮蔽等历史叙述无法回避的问题。这样的情形，在此后百余年的中国文学史、中国文学批评史书写中始终存在，而这也是直到今天仍不断展开文学史、文学批评史书写的意义所在。

陈钟凡的《中国文学批评史》是中国学人所著的第一本中国文学批评史著作，由他所建立的“必先陈其义界，方能识其旨归”叙述方式，深刻影响了郭绍虞、罗根泽、傅庚生等文学批评史家。明显的一点是，他们在编撰批评史著时，仍十分注重对学科本身定义的讨论，并以此为基础界定中国文学批评史的范围和对象，赋予“中国文学批评史”这一知识类型的叙述以正当性和合理性，使之成为一种为研究者所共同接受的知识系统，并通过一代代中国文学批评史家的书写实践而成为中国文学历史建构的重要一支。

五、余论

20 世纪初，缘于西方学术思潮的涌入，新文学建设的需要，以及“整理国故”运动的兴起，中西知识、观念的对接多表现为以西方观念解释中国实践，现代知识体系的建构也多带有西学色彩。经过百余年的研究，同时也缘于对中国现代化进程的反思，研究者对中国现代知识体系建构的深层次问题有了更深入的思考，对中国文学批评现代转型、民族文学批评理论体系建构等问题的认识也更为多元，反对

① 陈钟凡《中国文学批评史》，中华书局，1928 年，第 1 页。

者坚持“历史还原”，支持者坚持“现代阐释”，调和折中者则主张将“历史还原”与“现代阐释”相结合。从总体上看，当下提倡建构民族文学批评话语体系和知识体系，用西方文学批评理论阐释中国传统文论，或者以西方文学批评理念建构中国文学批评体系，这一学术运作本身不应该成为讨论的重点，重点应该是我们研究中国传统文论时把西方文学批评视为了一种目的，还是一种工具？前者意味着将中国传统文论当作证明西方文学批评理论的注脚，以致中国文论的“失语”；后者则意味着析取为西方的批评方法，把它当作阐释并发掘中国传统文论当代价值的利器。然而从某种程度上又很难做到严格的区分，这也在一定程度上造成了近百年来中国文学批评史叙述的困境。

（武汉大学中国传统文化研究中心）

"意格"论：龙榆生《近三百年名家词选》的词史建构与词学批评史意义*

傅宇斌

内容摘要：龙榆生《近三百年名家词选》提出清词"以意格为主"，此"意格"不仅是龙榆生的选词宗旨，也是龙榆生衡论宋以后词史的重要标准，同样是龙榆生的论词宗旨。梳理龙榆生"意格"论的语意与语境运用的进程，推溯"意格"论与晚清词学的渊源关系，可以确定所谓"意格"，即指意境和体格，具体则指词人在创作中用含蓄、委婉或比兴、寄寓的艺术手法表现他沉郁、深厚、幽微的士大夫情怀与情感。《近三百年名家词选》是龙榆生"意格"论的选本实践，词选通过选词的题材与内容、词人小传、词作集评等方式多方面、多层次地彰显了"意格"的内涵。"意格"同样是龙榆生通过词选建构清词史的理论根基，《近三百年名家词选》对清词发展的脉络、清词发展的特征、清代词学演变的规律、清代词人的词史价值与地位都有比较客观公正的展现，是现代词学视野下的优秀

* 本文为国家社科基金西部项目"民国词学传统文献与学术史研究"（批准号：17XZW031）、江苏省社科基金重点项目（批准号：20ZWA001）阶段性成果。

并具有个性的选本。“意格”论也是现代词学批评学史上以传统形态呈现的典型范畴，它与龙榆生等所开创的现代词学的理念与方法是融为一体的，同时比较胡适、胡云翼、俞平伯等人的词选后，可以发现现代词学吸纳了传统词学的优良因素后，反而更具包容性与合理性，也有更广阔的生长空间。

关键词：龙榆生；《近三百年名家词选》；“意格”论；清词史；现代词学批评学

The Theory of “Yige”: The Construction of Ci History and the Significance of Ci Criticism History in *Selected Poems of Famous Writers in the Last Three Hundred Years* by Long Yusheng

Fu Yubin

Abstract: Long Yusheng's *Selected Poems of Famous Poets in the Last Three Hundred Years* proposed that the Qing Dynasty's Ci should be “based on the Yige”. This “Yige” is not only Long Yusheng's purpose of selecting, but also the important standard for Long Yusheng to discuss the history of Ci after the Song Dynasty. It is also Long Yusheng's purpose of commenting on Ci. By combing the process of meaning and context application of Long Yusheng's theory of “Yige” and tracing the origin relationship between the theory of “Yige” and the Qing Ci poems, we can determine that the so-called “Yige” refers to the artistic conception and style, and specifically refers to the artist's implicit, euphemistic or metaphorical artistic techniques used in his creation to express his deep, profound and subtle feelings and feelings of scholar-

bureaucrats. *Selected Poems of Famous Poets in the Last Three Hundred Years* is the practice of Long Yusheng's theory of "Yige". The anthology of Ci reveals the meaning of "Yige" in many ways and levels through the theme and content of the selected Ci, the biographies of the poets, and the collection and evaluation of Ci. "Yige" is also the theoretical foundation of Long Yusheng's construction of the history of Qing Ci through the selection of Ci poems. *Selected Poems of Famous Poets in the Last Three Hundred Years* has a relatively objective and fair display of the context of the development of Qing Ci poems, the characteristics of the development of Qing Ci poems, the law of the evolution of Qing Ci poems, and the value and status of Qing Ci poets in the history of Ci poems. It is an excellent and personalized selection from the view of modern Ci criticism history. The theory of "Yige" is also a typical category presented in traditional form in the history of modern Ci criticism. It is integrated with the ideas and methods of modern Ci created by Long Yusheng and others. At the same time, after comparing the Ci selections of Hu Shi, Hu Yunyi, Yu Pingbo and others, we can find that modern Ci is more inclusive and reasonable after absorbing the excellent factors of traditional Ci, and also has a broader space for growth.

Keywords: Long Yusheng; *Selected Poems of Famous Poets in the Last Three Hundred Years*; The theory of "Yige"; history of Qing Ci poems; modern Ci criticism

《近三百年名家词选》是当代最为盛行的清词选本，据统计，自1956年首次出版以来，至少已有18种版本面世。[①] 相对于此书的流行，学界的研究却寥寥。目前，仅有沙先一、童雯霞分别从"清词经典

① 查中国大陆地区与港台地区主要图书馆，共发现18个版本，分别是上海古典文学出版社1956年版，中华书局1962、2018年版，上海古籍出版社1979、2012、2014、2015、2017年版，人民文学出版社2018年版，广陵书社2018年版，北京联合出版公司2018年版，团结出版社2020年版，台北世界书局1962、1970、2005年版，台北长歌出版社1976年版，台北宏业书局1979年版，香港中华书局1979年版。

化"与此选前后版增删陈曾寿词的角度，讨论了此书的词史价值与"为我"的选词立场。[①] 沙作将此选编选开始时间定于 1936 年，根据龙榆生《读词随笔》与张晖《龙榆生先生年谱》，龙榆生从事清词选之事，实可溯至 1929 年。是年冬，叶恭绰召集上海词流，向全国征集清词别集，并有《清词钞》编纂之事。[②] 龙榆生云："是时番禺叶遐庵先生……广约词坛名宿，分操选政，而请朱先生总其成，将汇刻为《清词钞》。予亦参预其事。……未几而朱先生下世，叶君物色继总其事者，而难其选，乃自任之。……迨沪滨战起，叶君避居香港，稿存沪寓，曾函托予为总校理之役，予以迫于生事，不敢承也。偶过其居，时加翻检，见有名家经朱先生精选者，辄记其目，得陈维崧、朱彝尊、纳兰性德、张惠言、周之琦、庄棫、谭献七家，因命女弟子蔡楚缃汇钞为《清代七家词选》，藏诸行箧。"[③]龙榆生辑《近三百年名家词选》以前，既参与《清词钞》编纂之事，得见清词别集与《清词钞》稿本，复钞录朱祖谋选录清七家词，这几件事对龙榆生《近三百年名家词选》的成书是很有影响的。以《读词随笔》中钞录朱祖谋选陈维崧、朱彝尊、纳兰性德三家词与《近三百年名家词选》所选这三家词比较，龙选与朱选重合者竟达 80%以上。这说明龙榆生选词不仅受《箧中词》《广箧中词》等常见清词选本影响，也受到《清词钞》《清代七家词选》的影响。

《近三百年名家词选》1948 年选定初稿，1956 年初版，1962 年又修订印行，自 1929 年至 1962 年，历时 33 年，此选的成书应该说凝聚了龙榆生一生的心血。其选词观念是否如其《选词标准论》中所云，"抱定历史家态度，以衡量各名家之作，显示其本来面目，而不容强古人以就我范围，抉取精华，而无所歧视；务使此千年来之词学，与其渊

---

① 参见沙先一《论〈近三百年名家词选〉选词学价值》，《徐州师范大学学报(哲学社会科学版)》2009 年第 3 期；童雯霞《论龙榆生对晚近词人的批评立场及其现实意义——以〈近三百年名家词选〉增删陈曾寿词为中心》，载《词学(第 48 辑)》，华东师范大学出版社，2022 年。

② 张晖《龙榆生先生年谱》，学林出版社，2001 年，第 26 页。

③ 龙榆生《读词随笔》，张晖主编《龙榆生全集》第三卷，上海古籍出版社，2015 年，第 446 页。

源流变之所由，乃至各作家之特殊风格，皆可于此觇之；纯取客观，以明真相，宗派之说，既无所容心；尊体之言，亦已成过去，一时有一时之风尚，一家有一家之特质，不牵人以就我，不是古以非今”?[①] 从龙榆生所写此选后记来看，实不尽然。龙榆生云：“论近三百年词者，固当以意格为主，不得以其不复能被管弦而有所轩轾也。”[②]此“意格”何指？与龙榆生现代词学观念与方法关系如何？兹论列如下。

一、“意格”论的提出及其内涵

龙榆生对“意格”论的较为详细的表述出现在《近三百年名家词选》1956年初版后记中，但龙榆生对“意格”观念的运用更早。1933年龙榆生撰《选词标准论》一文，论及清代词选“尊体”一类云：“《词综》之独标姜、张，为后世诟病，既如上述；而一时风气因以大开，词在文坛复占重要地位。然词既不复有重被管弦之望，则树立壁垒，仍在意格与技术之争。浙派过重修辞，壹意‘开宗’，而未能确切‘尊体’；乃有常州派起而与之抗衡。……惠言本《易》学大师，以说经之目光论词，故其要在于‘尊体’。惟其独标意格，而又虑世之言词者，惑于‘词为小道’及‘托体卑’之说，不敢专精探讨也；乃不得不别辟途径，拨弃声曲关系，而特立一新系统。”[③]在龙榆生看来，张惠言词学“尊体”的途径即崇“意格”。何谓“意格”，此文中并未明白阐述。

1934年龙榆生著《中国韵文史》，论及清词之盛时云：“词自宋末不复重被管弦，历元、明而就衰敝。清代诸家出，始崇意格，以自为其‘长短不葺之诗’，性情抱负，藉是表现。中经常、浙二派之递衍，以迄晚近诸家之振发，舍音乐关系外，直当接迹宋贤，或且有宋贤未辟之

---

① 龙榆生《选词标准论》，张晖主编《龙榆生全集》第三卷，上海古籍出版社，2015年，第208页。

② 龙榆生《近三百年名家词选》(全本)，中华书局，2018年，第250页。按：为避繁冗，后文引此书仅随文标注页码，不另注。

③ 龙榆生《选词标准论》，张晖主编《龙榆生全集》第三卷，上海古籍出版社，2015年，第200—201页。

境；孰谓宋以后无词哉？”[①]龙榆生认为清词之盛的主要原因即在于清代优秀的词人都崇“意格”，因而开辟了“清词中兴”的局面，比之一年前对“意格”的重视程度又进一层，而且认为有“意格”之词重点在于表现词人的“性情抱负”。

龙榆生把“意格”作为论词的核心观念当始于1937年。此年，龙榆生为其弟子词集作序云：“自歌词之法不传，而号称倚声家，咸争托兴常州词派。本此以上附于《风》《骚》，其体日尊，而离乐益远。向日红牙檀板，所资以遣兴娱宾者，至是遂全变为长短不葺之诗，专供学士才人抒写情性。所谓逸怀浩气，浮游乎尘垢之外，指出向上一路，新天下耳目，此意实自东坡发之。后有作者虽趋舍万殊，门户各异，而究其旨趣，必以意格为归。”[②]龙榆生认为苏轼以后的词人之所以卓越，实在于继承苏轼的创作精神，主以“意格”。龙榆生“意格”论的适应范围较之以前进一步扩大，其基本认识是词乐分离后，词的主要功能是抒写情性，而好词的标准即在于崇“意格”。

1940年以后，龙榆生对“意格”的运用更为频繁，并且对“意格”的认识也更为细致。1941年2月龙榆生撰《晚近词风之转变》，三次提到“意格”。一者云“彼明人及清初人之词，大抵非音节未谐，即意格不高，二者交病，故识者无取焉”；二者云“（况周颐）尝谓‘填词第一要襟抱’，……又称‘作词有三要，曰：重、拙、大，重者轻之反，拙者巧之反，大者纤之反。’三者皆关乎意格”；三者云“且今日填词，要为‘长短不葺之诗’，意格若高，何须因难见巧？”[③]在龙榆生看来，“意格”不仅是救弊词坛的良药，而且“意格”有高低之分。1941年9月，龙榆生撰《论常州词派》，两次提到“意格”，论张惠言、张琦云：“二张开风气

---

① 龙榆生《中国韵文史》，张晖主编《龙榆生全集》第一卷，上海古籍出版社，2015年，第186页。

② 龙榆生《朱轓瘦石词序》，张晖主编《龙榆生全集》第九卷，上海古籍出版社，2015年，第39页。

③ 龙榆生《晚近词风之转变》，张晖主编《龙榆生全集》第三卷，上海古籍出版社，2015年，第468—473页。

之先，崇比兴，争意格，而不甚措意于声律技巧。”论二张与周济之异云：“二张家法，未尝不参酌于婉约、豪放二派之间，以‘醇雅’为归，而特措意于‘文有其质’。与后来周止庵氏之专崇技巧，退姜、张而进辛、吴，微异其趣。文道希……于止庵乃不赞一辞，则专崇技巧，虽足以广辟门户，而接迹《风》《骚》，固惟意格是尚也。”[①]龙榆生认为的“意格”与“技巧”之争，在1930年代他主要认为是常州词派与浙西词派之争，而到了1940年代，龙榆生认为在常州词派内部，也有重“意格”与重“技巧”之别，认识自然是更为深入了。直到龙榆生晚年，龙氏依然用“意格”评骘具体词人，他在1963年撰《读王船山词记》中提到王夫之《鹧鸪天》诸词时说：“对读一遍，也都显示着作者的‘志洁行芳’和‘茹蘖居然啖蔗’的节操，而一出以兀傲凄壮的奇音，意格与山谷、遗山为近，而郁勃沉执过之。”[②]

龙榆生自1933年提出“意格”的范畴，到1963年仍然在兹念兹，其使用这一观念长达30年，可见“意格”论的确是龙榆生词学的核心要旨之一。1956年龙榆生写作《近三百年名家词选》后记，对“意格”及其特征有较多的论述，其云：

> 宋南渡后，大晟遗谱，荡为飞灰，名妓才人，流离转徙，北曲兴而南词渐为士大夫家所独赏，一时豪俊如范成大、张镃之属，并家畜声伎，或别创新声，若姜夔之自度曲，其尤著者也。嗣是歌词日趋于典雅，乃渐与民间流行之乐曲背道而驰，骎衍为长短不葺之诗，而益相高于辞采意格。
>
> ……元、明词学中衰，文人弄笔，既相率入于新兴南北曲之小令、散套，以蕲能被管弦，其自写性灵，则仍以五七言古近体诗相尚，于是词之音节，既无所究心，意格卑靡，亦至明而极矣。夫所谓意格，恒视作者之性情襟抱，与其身世之

---

① 龙榆生《论常州词派》，张晖主编《龙榆生全集》第三卷，上海古籍出版社，2015年，第495—496页。

② 龙榆生《读王船山词记》，张晖主编《龙榆生全集》第三卷，上海古籍出版社，2015年，第681页。

感，以为转移。三百年来，屡经剧变，文坛豪杰之士，所有幽忧愤悱缠绵芳洁之情，不能无所寄托，乃复取沉晦已久之词体而相习用之……明、清易代之际，江山文藻，不无故国之思，虽音节间有未谐，而意境特胜。……然则词学中兴之业，实肇端于明季陈子龙、王夫之、屈大均诸氏，而极其致于晚清诸老，余波至于今日，犹未全绝。论近三百年词者，固当以意格为主，不得以其不复能被管弦而有所轩轾也。（第249—250页）

从所引来看，龙榆生描述了词史“意格”一脉的发展史，其中“意格”的含义并不清晰，细绎之，其含义方面的特点有三个方面：（一）“意格”与“辞采”“技巧”相对；（二）“意格”可拆分为“意”与“格”来理解，“意”指意境，文中云明清之际词人“虽音节间有未谐，而意境特胜”，相应地，“格”部分地包含“音节和谐”之意；（三）“意格”有高低之别，元明词“意格”卑靡，清词则“意格”崇高。

在龙榆生的这篇后记中，虽可以看出“意格”可以包含“意境”的方面，但这里的“意境”与王国维所说的“意境”或者“境界”是否等同或者有相似之处？“格”何指？要把握“意格”的具体含义还是要回到龙榆生所有著述中“意格”运用的语境。

龙榆生在《选词标准论》中云张惠言《词选》“独标意格”，张惠言的词学宗旨具见于他的《词选》序中：

《传》曰：“意内而言外谓之词。”其缘情造端，兴于微言，以相感动，极命风谣，里巷男女哀乐，以道贤人君子幽约怨悱不能自言之情，低徊要眇以喻其致。盖《诗》之比兴，变风之义，骚人之歌则近之矣。然以其文小，其声哀，放者为之，或跌荡靡丽，杂以昌狂俳优，然要其至者，莫不恻隐盱愉，感物而发，触类条鬯，各有所归，非苟为雕琢曼辞而已。[①]

① 张惠言《词选序》，张惠言录，刘崇德、徐文武点校《词选》，河北大学出版社，2010年，第109页。

张惠言以说经之法而论词，因而词体大尊。词之内即“意”，词之外即“言”。张惠言“意”有专指，即“贤人君子幽约怨悱不能自言之情”，“言”的表现方式也有专指，即“低徊要眇”“恻隐盱愉，感物而发，触类条鬯”。而“意”与“言”的完美表现文体“《诗》之比兴，变风之义，骚人之歌则近之。”因而，逆推之龙榆生所认为的张惠言独标之“意格”即指用婉约要眇之形式表现士大夫幽微深婉的情意。当然，龙榆生对“意格”的认识不止于此，他引朱祖谋评《词选》之语并析之云：“疏凿词源，别开疆宇，使此体上接《风》《骚》，作者襟抱学问，喷薄而出，且以沉著醇厚为宗旨，洗荡淫哇；体格既高，而庸滥鄙俚及无病呻吟之作，无由自附于风雅，百年来词学界之得重放光明，又不得不归功于张氏矣。”[①]在这里龙榆生提到“体格”一词，从龙榆生对张惠言的总体认识来看，“体格”即“意格”之“格”。

在《选词标准论》中龙榆生其实较为明确地认为“意格”即指意境和体格。论述了张惠言《词选》的尊体之旨后，龙榆生又论述了周济《宋四家词选》的选词宗旨，并云：“彼于意境体格，二者兼重。”[②]然则何谓“意境”？何谓“体格”？这两个词学范畴均非龙榆生所创，龙榆生是袭用它们的传统义还是有所发挥、改造呢？

先说“体格”。在龙榆生之前，以“体格”论词较多的是况周颐。况周颐在《蕙风词话》中9次用到“体格”一语论词，可分成四类：一是指文体的体式、风格，如云“曲与词体格迥殊”[③]，“词与诗体格不同处，其消息即此可参”（况，第4432页）等；二是指词人的写作风格，如云“山谷、无咎皆工倚声，体格于长公为近”（况，第4426页），“龙洲词变易体格，迎合稼轩”（况，第4438页），“此词连情发藻，妥帖易施，体

① 龙榆生《选词标准论》，张晖主编《龙榆生全集》第三卷，上海古籍出版社，2015年，第203页。

② 龙榆生《选词标准论》，张晖主编《龙榆生全集》第三卷，上海古籍出版社，2015年，第204页。

③ 况周颐《蕙风词话》卷一，唐圭璋编《词话丛编》第五册，中华书局，1986年，第4419页。按：本文引《词话丛编》较多，后文出自此书者仅随文标注词学家姓氏、页码，不另注。

格于乐章为近”(况,第4460页)等;三是指词作的格调高低,如云:“其实赵词近沉着,俞第流美而已。以体格论,俞殊不逮赵。”(况,第4437页)四是指词作的时代风格,如云“体格雅近北宋”(况,第4578页)。况周颐在《餐樱词》自序与《宋词三百首序》中也着重提到了“体格”。自序云:“己丑,薄游京师,与半塘共晨夕,多所规诫。所谓‘重’‘拙’‘大’,所谓‘自然从追琢中出’;积心领神会之,而体格为之一变。”[①]《宋词三百首序》云:“词学极盛于两宋,读宋人词当于体格、神致间求之,而体格尤重于神致。以浑成之一境为学人必赴之程境,更有进于浑成者,要非可躐而至,此关系学力者也。神致由性灵出,即体格之至美,积发而为清晖芳气而不可掩者也。……彊村先生尝选《宋词三百首》,为小阮逸馨诵习之资。大要求之体格、神致,以浑成为主旨。夫浑成未遽诣极也,能循涂守辙于三百首之中,必能取精用闳于三百首之外,益神明变化于词外求之,则夫体格、神致间尤有无形之欣合,自然之妙造,即更进于浑成,要亦未为止境。”[②]其自序中“体格”兼得前三类之义,而《宋词三百首序》中“体格”兼合四义。值得注意的是,在两序中关于“体格”的内涵略有表现。“重”“拙”“大”之旨亦兼“体格”四义,或言之,“体格”之高者要求词风与词境的沉著、自然、浑厚,这本身就是“重”“拙”“大”的风格呈现。龙榆生在《清季四大词人》一文中论述了况周颐词风变化的三个阶段:少年时期词风“尖新小巧,却极宛转玲珑”,入都以后,“稍尚体格;而凄艳在骨,终不可掩”,此为一变;壬子以后(1912—1916),“身世断蓬之感,辄托于倡优草木,聊以抒哀。……念乱忧生,极掩抑零乱之致”,此为二变;晚岁“严于守律,又多选僻调,一以清真、梦窗为归。……宜能得‘梦窗厚处’”,此为三变。[③] 龙榆生紧紧围绕着况周颐词“体格”的演

---

① 况周颐《餐樱词自序》,况周颐《餐樱词》卷首,民国刻本。

② 况周颐《宋词三百首序》,上彊村民编,唐圭璋笺注《宋词三百首笺注》,上海古籍出版社,1979年。

③ 龙榆生《清季四大词人》,张晖主编《龙榆生全集》第三卷,上海古籍出版社,2015年,第92—94页。

进立论，可以看出，“体格”不等于风格，而是包含体式、风格与格调。

再说“意境”。“意境”是中国诗学传统中古老的审美范畴，而用之于词学批评者主要有陈廷焯、况周颐、王国维三家。陈廷焯《白雨斋词话》以“意境”评词凡21处，其使用语境有四种情况：第一，“意境”有高低浅深，如云：“耆卿词，善于铺叙，羁旅行役，尤属擅长。然意境不高，思路微左，全失温、韦忠厚之意。”（陈，第3783页）“王碧山词，品最高，味最厚，意境最深，力量最重。”（陈，第3808页）“渔洋词含蓄有味，但不能沉厚。盖含蓄之意境浅，沉厚之根柢深也。”（陈，第3827页）第二，词中有沉郁、深厚之“意境”方是好词，反之则次之。如云：“辛稼轩，词中之龙也，气魄极雄大，意境却极沉郁。”（陈，第3791页）“容若饮水词，在国初亦推作手，较东白堂词似更闲雅。然意境不深厚，措词亦浅显。”（陈，第3828页）“其年、竹垞，才力雄矣，而意境未厚。”（陈，第3859页）第三，“意境”有时代之别，如云：“惟毗陵二张，溯厥本源，独求风骚门径，不必学南宋，而意境自合。”（陈，第3863页）第四，“意境”是词人卓绝千古的三大特质之一，如云：“周、秦词以理法胜。姜、张词以骨韵胜。碧山词以意境胜。要皆负绝世才，而又以沉郁出之，所以卓绝千古也。”（陈，第3909页）况周颐《蕙风词话》中以“意境”评词共24次，较之陈廷焯，况周颐“意境”的运用范围更为丰富，其内涵至少有三个方面的扩展：一是“意境”并不限于词作全篇，而是句段均有“意境”，如云：“读词之法，取前人名句意境绝佳者，将此意境，缔构于吾想望中。”（况，第4411页）“《花间》至不易学。……或取前人句中意境，而纡折变化之，而雕琢、勾勒等弊出焉。”（况，第4423页）二是诗词“意境”有相通者，如云：“隋炀帝《望江南》八阕，或云柯古所托，亦无确据。余喜其《折杨柳》诗‘公子骅骝往何处。绿阴堪系紫游缰。’此等意境，入词绝佳。”（况，第4424页）三是“意境”的呈现十分多元，已经表现出意象与情感结合而形成的风格特征了，如云：“竹斋词句：‘桂树深村狭巷通。’颇能模写村居幽邃之趣。若换用它树，意境便逊。”（况，第4431页）此是云幽邃意境。又如：“宋洪文惠《盘洲词》，……《渔家傲引》后段云：‘半夜系船桥北岸。三杯睡着无人唤。睡觉只疑桥不见。风已变。缆绳吹断船头转。'意境亦空灵可喜。"(况,第 4434 页)此云空灵意境。再如:"刘无党《乌夜啼》……其过拍云:'宿醒人困屏山梦,烟树小江村。'庶几运实入虚,巧不伤格。曩半塘老人《南乡子》云:'画里屏山多少路。青青。一片烟芜是去程。'意境与刘词略同。刘清劲,王绵邈。"(况,第 4458 页)此云意境的清劲与绵邈。"意境"说是王国维词学的核心理论范畴,他在《人间词话》与《宋元戏曲史》中频繁提到,并且有 2 处是比较明确地界定"意境"的内涵。[①] 其一云:"文学之事,其内足以抒己,而外足以感人者,意与境二者而已。上焉者意与境浑,其次或以境胜,或以意胜。苟缺其一,不足以言文学。原夫文学之所以有意境者,以其能观也。出于观我者,意余于境。而出于观物者,境多于意。然非物无以见我,而观我之时,又自有我在。故二者常互相错综,能有所偏重,而不能有所偏废也。文学之工不工,亦视其意境之有无,与其深浅而已。"(王,第 4276 页)其二云:"何以谓之有意境? 曰:写情则沁人心脾,写景则在人耳目,述事则如其口出是也。"[②]王国维把"意境"析之为"意"与"境","意"即我之意,我之情;"境"则是物之境,事之境。如"物象"或"意象"或"事象"与作者之意与情融合无间,"意与境浑",则可以说意境绝胜。

龙榆生对陈廷焯、况周颐、王国维三家词论皆极为熟悉,从龙榆生对"意格"与"意境"关联的总体运用来看,其所谓"意境"更接近陈廷焯的观点。在阐说周济的词学宗旨"意境体格并重"时他并没有解释何为"意境",仅云周济受词法于董士锡,渊源自张惠言、张琦而来,并以宋四家门径扩大常州词派之门庭,可见,龙榆生所谓"体格"即以宋四家门径充实扩展之,所谓"意境"即沉郁、深厚之意,与张惠言"比兴"之说正可衔接。所以,龙榆生言"意境"更多是承袭陈廷焯,他在

① 关于王国维的意境理论,可参看古风《意境探微》,百花洲文艺出版社,2001 年,第 121—143 页。

② 王国维《宋元戏曲史》,王国维著,胡逢祥主编《王国维全集》第三卷,浙江教育出版社,2010 年,第 114 页。

《朱幡瘦石词序》有进一步的阐发："所谓词外求词，必其人之性情抱负，有以异乎流俗，动于中而形于言，可泣可歌，乃为难能可贵。……吾语诸子，坚苦卓绝之精神，吾将以此觇之，词特寄吾意耳。"[1]此中并无"意境"一词，实质上所言亦仅"意"，但我们可以认为，其言"意境"或"意"可同等对待，即词所寄之"意"或"意境"即表现词人异乎流俗的"性情抱负"。值得注意的是，这段文字虽然主要表现的是龙榆生对"意格"与"寄意"的倡导，但他说"意格"之所求乃在于"词外求词"。在其他论述中，龙榆生也多次表达了"词外求词"的重要性，如《答张孟劬先生》云：

> 勋之持论，时人毁誉参半，而皆不中肯綮之言。能指斥其非，而匡益吾不逮者，惟公耳。苏辛之不易学，由其性情、襟抱、学问，蕴蓄之久，自然流露，此境诚非才弱如勋者所能梦见。然常读二家之作，觉逸怀浩气，恒缭绕于心胸，熏染既深，益以砥砺节操，培植根柢，虽不能至，心向往之。词外求词，亦望世之治斯学者，勿徒以粉泽雕饰为工，敦品积学，以振雅音于风靡波颓之际，非叫嚣伧俗者所可与言也。[2]

龙榆生为救词坛之弊，曾提出："欲于浙、常二派之外，别建一宗，以东坡为开山，稼轩为冢嗣，……以清雄洗繁缛，以沉挚去雕琢，以壮音变凄调，以浅语达深情，举权奇磊落之怀，纳诸镗鞳铿鍧之调。"[3]其欲建"苏辛派"，与词坛之"梦窗派"有所不合，故有诋毁之言。龙榆生与张尔田往来论词，此即云苏辛之境当于"词外求词"得之，即须积久蕴蓄"性情、襟抱、学问"三者。前云龙榆生认为词史自苏轼以后，始崇"意格"，故龙榆生建苏辛派，也正是对"意格"宗旨的尊崇。"词外求词"

---

① 龙榆生《朱幡瘦石词序》，张晖主编《龙榆生全集》第九卷，上海古籍出版社，2015年，第39页。

② 龙榆生《答张孟劬先生》，张晖主编《龙榆生全集》第九卷，上海古籍出版社，2015年，第225页。

③ 龙榆生《今日学词应取之径》，张晖主编《龙榆生全集》第三卷，上海古籍出版社，2015年，第300页。

及"性情、襟抱、学问"等，正是王鹏运、况周颐等崇尚"意格"的体现。况周颐云："词中求词，不如词外求词。词外求词之道，一曰多读书，二曰谨避俗。"（况，第 4406 页）又云："词学程序，先求妥帖、停匀，再求和雅、深秀，乃至精稳、沉着。……沉着尤难于精稳。平昔求词词外，于性情得所养，于书卷观其通。优而游之，餍而饫之，积而流焉。"（况，第 4409 页）又云："填词第一要襟抱。唯此事不可强，并非学力所能到。"（况，第 4431 页）复云："填词智者之事，而顾认筌执象若是乎。吾有吾之性情，吾有吾之襟抱，与夫聪明才力。欲得人之似，先失己之真。得其似矣，即已落斯人后，吾词格不稍降乎。"（况，第 4417 页）可见，龙榆生之崇"意格"，讲求"意格"生成之"词外求词"，渊源有自。

综合上文，龙榆生的"意格"论可定义为：词人在创作中用含蓄、委婉或比兴、寄寓的艺术手法表现他沉郁、深厚、幽微的士大夫情怀与情感。其内涵则有如下特征：首先，词人对"意格"的表现是随着词乐的消亡自然而然地产生的，并逐渐成为词人写作追求的中心；其次，"意格"的高卑受时代环境的变化与个人的身世遭遇及个人的性情抱负的影响，时运浇漓，"意格"易于卑靡；易代之际，士大夫寓身世家国之痛，"意格"则显崇高；再次，清人尊崇"意格"较前人更为自觉，这跟尊体的不断深化与密切相关的，尤其是常州词派倡"意内言外"之旨，"意格"的体现更趋宏大；又次，龙榆生"意格"论的形成受陈廷焯、况周颐的影响极大，在"意"上陈廷焯以"沉郁"解释"意境"对龙榆生影响很大。在"格"上况周颐倡导"体格"是龙榆生理论的直接渊源。在"意格"的生成上，龙榆生强调"词外求词"，亦深受况周颐的影响。

二、《近三百年名家词选》的"意格"体现

"意格"论既是龙榆生选词宗旨，则"意格"之内涵自会在选本中呈现，这在选词的题材与内容、词人小传、词作评点中尤其鲜明地体现出来了。

在题材与内容方面，《近三百年名家词选》选录词人67家，词作508首[1]，涉及题材有时序、咏物、咏史、咏怀、怀人、唱和、酬赠、恋情、题画、纪传、边塞、悼亡、挽词、俳谐、词论十五类，兹综合508首词的题材、时代、词人流派归属、词人词作数量等分布情况略作分析。

从题材来看，咏物、唱和、酬赠、题画、俳谐五类词不容易表现词人的个性情怀，也是词史上易于被讥评的题材。这五类题材词作合计141首，占比当然不算少，但对这些题材所表现的内容略作考察，更可以看出龙选尊崇"意格"的意图。以咏物词来说，所选词作主要集中在顺康和光宣时期，并非咏物词大盛的雍乾和嘉道时期。顺康时期龙榆生所选咏物词写作最多的词人是王夫之7首，其次屈大均、陈维崧各3首，开创浙西词派咏物传统的朱彝尊选咏物词仅2首。王夫之咏物词首首均有寄托，故龙榆生引叶恭绰语云："故国之思，体兼骚、辨。船山词言皆有物，与并时批风抹露者迥殊。"（第23页）以所选朱彝尊2首咏物词来看，《东风袅娜·游丝》一词重在表现朱彝尊摹形体物之能，但另一首《长亭怨慢·雁》的入选则是因为这首词的寄寓身世，故龙榆生引陈廷焯评语云："以凄切之情，发哀婉之调，既悲凉，又忠厚。"（第58页）这样的选词与龙榆生推崇沉郁的"意格"是完全合拍的。再如俳谐词，常州词派认为它是"鄙词"[2]，而在龙选中，也选录了3首，分别是王鹏运的《沁园春》祭词词2首与文廷式《南乡子·病中戏笔》1首。王鹏运词表现了"君子固穷"的词人士大夫品格，也表现了王鹏运词人身份的自觉与自许[3]，文廷式词则以戏谑之笔写激愤之情，龙榆生认为其词"固在豪放一派，而注重于内容

① 按：中华书局2018年版《近三百年名家词选》（全本）目录下统计为518首，经核，实为508首。

② 金应珪《词选后序》："猛起奋末，分言析字，诙嘲则俳优之末流，叫啸则市侩之盛气，此犹巴人振喉以和阳春，黾蜮怒嗌以调疏越，是谓鄙词。"见张惠言选，刘崇德、徐文武点校《词选》，河北大学出版社，2010年，第111页。

③ 参傅宇斌《祭词词：清代词人的身份认同与词学演进》，《中山大学学报（社会科学版）》2023年第2期。

之充实，藉以充分发展其个性”[1]。王鹏运、文廷式二人的性情、襟抱都是龙榆生所赞许，选录他们的俳谐词同样是推崇其间体现的“意格”。

从选录时代范围来看，顺康和光宣一头一尾选词402首，占词选的80%，颇符合我们对清词“两头大，中间小”的格局，这同样是龙榆生“意格”论的体现。龙榆生云明清之际词坛“意境特胜”，云晚清词坛“如王、朱、况、陈之辈，固皆沿张、周之途辙，而发挥光大，以自抒其身世之悲者也。然则词学中兴之业，实肇端于明季陈子龙、王夫之、屈大均诸氏，而极其致于晚清诸老”（第250页）。故首尾词学之盛，正缘于它们“意格”兼胜，选词多良有以也。而在选词较少的中间三段，雍乾仅选厉鹗、蒋士铨、吴翌凤三人，选厉鹗词12首，咏怀词8首、时序词1首、咏物词3首，其咏怀与咏物词皆“窈曲幽深”（第89页），颇见厉鹗怀抱，而咏物词亦非“巧构形似”，如《齐天乐·秋声馆赋秋声》，谭献评云“词禅”，当然有其韵味，但上阕云：“簟凄灯暗眠还起，清商几处催发？碎竹虚廊，枯莲浅渚，不辨声来何叶？”下阕云：“漏断高城，钟疏野寺，遥送凉潮呜咽。……独自开门，满庭皆是月。”（第86页）均不乏其清幽疏隽之个性。龙榆生选词虽受谭献等人影响，然个人意趣始终是其选词的中心。

从选录词人流派来看，虽然选录了云间词派、阳羡词派、浙西词派、常州词派各家词，但自张惠言之后，所选录词人几乎全属于常州词派，浙西词派中、后期词人几乎无一入选，如王昶、吴锡麒、郭麐等浙西词派领袖无一入选，另外严守格律的吴中词派戈载、孙麟趾等词人也无一入选。这既反映了龙榆生在“意格”和“技巧”之争时力崇“意格”的一面，也回应了龙榆生在多篇论文中提到的晚近词坛，“悉为常州所笼罩”[2]，以及张惠言以后，“以诗人比兴之义，变风楚骚之

① 龙榆生《清季四大词人》，张晖主编《龙榆生全集》第三卷，上海古籍出版社，2015年，第74页。

② 龙榆生《晚近词风之转变》，张晖主编《龙榆生全集》第三卷，上海古籍出版社，2015年，第471页。

旨，转而论词，……盖欲提高词格，以振颓风，亦舍此道末由也”[1]。正由于此，龙榆生选录词人词作尤重视尊崇常州词派论词之旨者，这也是其“意格”论的突出体现。

然则，词选推崇“意格”，其选录词人词作是否有“意格”之层次高低呢？从龙榆生所撰词人小传与所辑词评来看，也还是体现了龙榆生对词人词作的不同品置，这跟作品多少并非绝对关联。如选录王夫之词 11 首，在词选中排第 14 位，比陈子龙、周之琦等著名词人选词还多，龙榆生在小传中云：“其词虽音律多疏，而芳悱缠绵，怆怀故国，风格遒上。”（第 25 页）王夫之本非以词名家，龙榆生选其作品之多，可见他对王夫之词“意格”的极大尊崇。选录张惠言词 10 首，虽然在词选中仅排第 18 位，但龙榆生对于张惠言的品第是极其靠前的，因为张惠言《茗柯词》不过存词 47 首，这种入选比例远高于其他词人。更重要的原因还是龙榆生“意格”论不仅主要来源于张惠言提倡的“意内言外”的尊体之说，而且张惠言的词更好地体现了“意格”论的精髓。如张惠言《水调歌头》五首，龙榆生引谭献评语云：“胸襟学问，酝酿喷薄而出，赋手文心，开倚声家未有之境。”（第 97 页）又引陈廷焯语云：“皋文《水调歌头》五章，既沉郁，又疏快，最是高境。陈、朱虽工词，究曾到此地步否？”（第 97 页）应该说，龙榆生对谭、陈二人评语是比较等同的，这两则评语的内容恰也是龙榆生“意格”论的重要内涵。

由此看来，龙榆生所表彰的“意格”有层次的高低。“意”侧重指词人的抱负、胸襟（偏个人情志），“格”侧重指词作的体式、格调及风格（偏艺术手法与风格），虽然二者关系紧密，但还是有所区别。根据词选实际，龙榆生选录的近三百年名家词可以分成三个层次：

（一）“意格”兼胜。此类词既表达词人“幽忧愤悱缠绵芳洁之情”，又以比兴寄托的手法含蓄委婉地出之。如陈子龙词，集评引王

---

① 龙榆生《论常州词派》，张晖主编《龙榆生全集》第三卷，上海古籍出版社，2015 年，第 494 页。

士祯语云“寄意更绵邈凄恻”(第4页),具体到某首词,则多有“缥缈濬宕”“大樽觉无句可摘”“朦胧宕折”等评语(第2—3页),可见陈子龙词能“意格”兼胜。龙榆生选词首重“意格”,故词选中此类词人最多,据评语和小传,这类词人尚有李雯、宋征舆、屈大均、王夫之、徐灿、朱彝尊、曹贞吉、顾贞观、纳兰性德、张惠言、邓廷桢、董士锡、周济、周之琦、项廷纪、陈澧、蒋春霖、张景祁、庄棫、谭献、王鹏运、文廷式、郑文焯、朱孝臧、况周颐、张尔田、陈曾寿、邵瑞彭、吕碧城等。

(二)“意”在“格”先。此类词以表达词人性情、襟抱为主,而艺术手法或豪宕或清越,乏婉曲幽微之态。如陈维崧词,集评引陈廷焯语云:“迦陵词气魄绝大,骨力绝遒,填词之富,古今无两。只是一发无余,不及稼轩之浑厚沉郁。”(第48页)故选陈维崧词重在其气魄的开张。其他如今释澹归词,情意丰沛痛切,龚自珍词,引谭献语云:“定公能为飞仙、剑客之语,填词家长爪梵志也。昔人评山谷诗‘如食蝤蛑,恐发风动气’,予于定公词亦云。”(第123页)皆重在其词人的个性表达。

(三)“意”弱于“格”。此类词主要突出词人格调的迥出时流,而情意不够沉郁深厚。如毛奇龄词,小传云:“奇龄小令学《花间》,兼有南朝乐府风味,在清初诸作者,又为生面独开也。”(第33—34页)此重在毛奇龄词风格的清新、活泼,情性则其次也。又如王士祯词,引陈廷焯语云:“渔洋小令,能以风韵胜,仍是做七绝惯技耳。”(第62页)厉鹗词,引陈廷焯语评云:“樊榭词拔帜于陈、朱之外,窈曲幽深,自是高境。然其幽深处在貌而不在骨,绝非从楚骚来,故色泽虽饶,而沉厚之味终不足也。”(第89页)易孺词,引叶恭绰语云:“大厂词审音琢句,取径艰涩。兹录其较疏快之作,解人当不难索也。”(第223页)选录这类词人皆重在其体式、风格的独特,词人个性其次。

三、现代词学视野下的清词史建构

龙榆生作为“中国词学学”的奠基人[①],其治词学尤“长于推

① 施议对《中国词学学的奠基人——民国四大词人之三:龙榆生》,《文史知识》2010年第5至第10期。

论”[①]，因而自然会更自觉地以现代词学的眼光与视野研讨词学。一部好的词选，龙榆生认为应该能够反映词史发展演变的过程与原因，反映词人创作的利病得失以及词人的特殊风格，简言之，即以科学的、客观的、历史的现代眼光与方法编纂词选。《近三百年名家词选》是一部标榜“意格”的词选，龙榆生云：“宗派之说，既无所容心；尊体之言，亦已成过去，一时有一时之风尚，一家有一家之特质，不牵人以就我，不是古以非今，一言以蔽之：‘还他一个本来面目’。”[②]这前后是否矛盾呢？从龙榆生对清词发展的大判断来看，《近三百年名家词选》仍然是一部符合其选词标准的善本。

《近三百年名家词选》自陈子龙选至吕碧城，时间跨度从明清之际至晚清民国，故云“三百年”。在龙榆生的词学论著中，对清词各个阶段的特征均有论述，与龙氏词选恰可印证。如明清之际词，龙榆生云：“明季屈大均、陈子龙出，始崇风骨，而斯道为之一振。”[③]故明清之际，龙榆生所选词家有陈子龙、屈大均、李雯、宋征舆、今释澹归、王夫之、吴伟业诸家。至清初，龙榆生论云：“清初人词，大抵不出二派。一派沿明人遗习，以《花间》《草堂》为宗，而工力特胜；其至者乃欲上追五代；如王士祯、纳兰性德、彭孙遹诸人是。一派宗苏、辛，发扬蹈厉，以自写其胸中磊砢不平之气，其境界乃前无古人；如曹贞吉、陈维崧诸人是。”[④]从龙榆生选词人来看，清初词主要有四类：一类是陈子龙所代表的云间词派；一类是以小令见长的王士祯、纳兰性德、彭孙遹等人；再一类是宗苏、辛的以陈维崧为代表的阳羡词派及曹贞吉、顾贞观等人；又一类是朱彝尊为领袖的浙西词派诸家。浙西词派人

---

① 夏承焘《天风阁学词日记》，夏承焘《夏承焘集》第五册，浙江古籍出版社、浙江教育出版社，1997年，第331页。

② 龙榆生《选词标准论》，张晖主编《龙榆生全集》第三卷，上海古籍出版社，2015年，第208页。

③ 龙榆生《中国韵文史》，张晖主编《龙榆生全集》第一卷，上海古籍出版社，2015年，第153页。

④ 龙榆生《中国韵文史》，张晖主编《龙榆生全集》第一卷，上海古籍出版社，2015年，第170页。

数虽众，“大盛于康熙、乾隆之际；而朱彝尊、李良年、李符、厉鹗四家，其卓卓者也”[①]。龙榆生词选中，以浙西词名家者不过前述四人加一吴翌凤而已。其论嘉道以后词云：“迨张氏《词选》刊行之后，户诵家弦，由常而歙，由江南而北被燕郊，更由京朝士大夫之闻风景从，南传岭表，波靡两浙，前后百数十年间，海内倚声家，莫不沾溉余馥，以飞声于当世，其不为常州所笼罩者盖鲜矣！”[②]因而龙选自张惠言之后39家几全为常州词派，虽也有不为宗派所囿之词人，但作词宗旨仍近常派，如蒋春霖词，龙榆生云：“虽自辟畦町，不为张、周所囿，且词人之词，与宛邻、止庵一派学人之词殊科。然鹿潭……又称：‘欲以骚经为骨，类情指事，意内言外，造词人之极致。’由斯以谈，则亦与皋文尊体之说，本无二致。”[③]晚清王鹏运以后迄民国数十年间，选录词人多达22家，占词选三分之一，龙榆生也有清楚的认识，他在较早出版的《中国韵文史》中即云：“同治、光绪以来，国家多故，内忧外患，更迭相乘。士大夫怵于国势之危微，相率以幽隐之词，借抒忠愤。……以是数十年间，词风特盛；非特为清词之光荣结局，亦千年来词学之总结束时期也。”[④]故龙榆生选近三百年词与龙榆生的清词史观是统一的。而且值得注意的是，今人研治清词，在对清词发展的脉络认识上，与龙榆生的观点也是基本一致的。

对词人的风格特征与词史意义及地位的展现，也是优秀选本的标志。《近三百年名家词选》通过选录词人词作人数、篇数确立词人在词史上的地位，通过词人小传、名家评点揭示词人的风格特征与利弊得失，在实践龙榆生“批评之学”的主张上也是很好的示范。选本

---

① 龙榆生《中国韵文史》，张晖主编《龙榆生全集》第一卷，上海古籍出版社，2015年，第172页。

② 龙榆生《论常州词派》，张晖主编《龙榆生全集》第三卷，上海古籍出版社，2015年，第489页。

③ 龙榆生《论常州词派》，张晖主编《龙榆生全集》第三卷，上海古籍出版社，2015年，第503—504页。

④ 龙榆生《中国韵文史》，张晖主编《龙榆生全集》第一卷，上海古籍出版社，2015年，第183页。

是一种重要的批评方式，龙榆生认为的“批评之学”：“必须抱定客观态度，详考作家之身世关系，与一时风尚之所趋，以推求其作风转变之由，与其利病得失之所在。不容偏执‘我见’，以掩前人之真面目，而迷误来者。”龙榆生首先在小传与辑评部分极其用心，小传部分多突出词人之际遇与性情，如吴伟业小传：“弱冠，举崇祯辛未(1631)科会试第一，廷试第二，官至少詹事。与马士英、阮大铖不合，假归。清世祖闻其名，力迫入都，累官国子监祭酒。以病乞归，康熙十年(1671)卒。伟业尤长于诗，少时才华艳发，后经丧乱，遂多悲凉之作，论者方之庾信。”(第10页)吴梅村年少即高中进士，其才华自然不俗；为官与奸臣马士英、阮大铖不合，其人品亦属高洁；清兵入关后被迫入都，其心境悲郁自然可知，而云其长于诗并诗风之变化，则其词风之变化也可参证。在集评中引陈廷焯语云：“吴梅村词，虽非专长，然其高处，有令人不可捉摸者，此亦身世之感使然。”“梅村高者，有与老坡神仙处。”(第10页)既印证了小传，又点明了吴梅村的词风与选词之由。

通过选词来看词人词史地位可分别从外部和内部来观察。从外部来看，《近三百年名家词选》选录词人67人，与清代数千词人相比，自是优中选优，另外与谭献辑《箧中词》、叶恭绰辑《广箧中词》、陈乃乾辑《清名家词》及朱祖谋《清词点将录》相比，可以看得出龙榆生充分汲取了前人的观点，所选录词人代表了词坛的一种共识。

对比之后，我们发现，龙选词人见于谭献《箧中词》者40家，见于叶恭绰《广箧中词》者29家，见于陈乃乾《清名家词》者35家，见于朱祖谋《清词点将录》者43家。从词作相同情况来看，同于谭献者36家，同于叶恭绰者28家，两者相合则有64家，词人不见于两选者仅3家，可见龙选受谭、叶二人选本影响最深，从词人地位体现来看，则受朱祖谋影响最大，龙选67人有43人入选《清词点将录》，可见龙榆生对朱祖谋的观点十分认同，而且《清词点将录》天罡词人36位，龙选收录30人。当然，龙榆生斟酌变易之处体现了其选词的别趣，如涉及的30名天罡词人，在龙选中进入前30的仅22人，22人中既有天罡词人选词数低于地煞词人者，如龚自珍和张景祁均为地煞词人，龙榆生各选录10首，高于董士锡、周之琦、屈大均、顾贞观等天罡词人；也有未入选《清词点将录》者居于前列，如邵瑞彭选词数列第10位，张尔田第11位，王夫之第14位，皆高于不少天罡词人。又如龙选虽受谭献、叶恭绰选本很大影响，但在相同词作入选数方面，区别仍然比较明显，如陈维崧选词34首，同于谭献者仅3首，朱孝臧选词33首，同于叶恭绰者仅8首，这都说明龙榆生选词权衡诸家的用心。

从内部来看，龙榆生通过词人选词数量的呈现，辅以小传、评点，对词人的词史地位与价值、意义也有明晰的体现。词选收录词人67家，词作508首，平均数7.5首，那么我们可以基本认为选词数8首以上的即清词发展史上的佼佼者。经统计，词选中录词8首以上共24人：陈维崧(34)、朱孝臧(33)、朱彝尊(26)、纳兰性德(25)、郑文焯(21)、陈曾寿(20)、王鹏运(17)、文廷式(16)、蒋春霖(14)、邵瑞彭(13)、厉鹗(12)、项廷纪(12)、张尔田(12)、王夫之(11)、庄棫(11)、况周颐(11)、陈洵(11)、张惠言(10)、周之琦(10)、龚自珍(10)、张景祁(10)、谭献(10)、陈子龙(9)、董士锡(8)。

从这24人来看，他们要么是承前启后的大词人，如陈子龙与朱祖谋(孝臧)；要么是开宗立派的词坛领袖，如陈维崧、朱彝尊、张惠言等人；要么是词风颖异、具有专诣的词人，如王夫之、纳兰性德、郑文焯、文廷式、龚自珍等人；要么是推进词派大成的大家，如厉鹗、谭献、王鹏运、陈洵等人，足见龙榆生选录这些词人是有深细的考量。从24人的选录篇数来看，龙榆生选词既注意各时段的代表词人，又综合考虑他们在清词史的实际影响力，并兼及这些词人的创新能力与气魄胆识、“意格”高低。如选陈维崧词最多，其原因一是其有“创作天才”(第47页)，二是其为“国初巨擘”(第48页)，三是其气魄“古今无敌手”(第48页)，比朱祖谋选词多一首可能在于陈维崧以“创”为主，而朱祖谋继多于创；朱彝尊居第三则在于其创浙西词派之功与词格的崇雅及“疏中有密”，技艺上臻于完美，不足在于“微少沉厚之意”(第59页)；纳兰性德以自然真切之令词独冠一朝，郑文焯“格调独高”

(第181页),王鹏运固守周济家法,文廷式"风骨遒上"(第174页),况周颐"沉思独往"(第201页),王夫之"《离骚》之嗣响"(第25页),庄棫"常州派之后劲"(第152页),陈子龙"开三百年来词学中兴之盛"(第4页),蒋春霖嘉道间巨擘,"其才仅足为词"(第141页),如此等等,龙榆生撰清代词人小传与所引评语,措辞且极精微,臧否之间,位置有别。不少生活至民国时期的词人也有较高的词史地位,龙榆生并非厚今薄古,而是站在词史发展的高度,并立足于推崇"意格"的选词宗旨,而各有判断。如陈曾寿高居第六位,"门庑甚大,文外独绝"(第235页),突出其开创能力;邵瑞彭词高居第十位,"正可沾溉千人"(第240页),突出其典范影响;张尔田高居第十一位,"心癯而文茂,旨隐而义正"(第215页),突出其风格与情感的幽隐芳洁;陈洵高居第十四位,"真能火传梦窗者"(第220页),突出其专诣精深。这些人的词对于清词甚至整个词史都有别开生面的特点,也符合龙榆生所说此期词系"千年来词学之总结束时期也。"总而言之,龙榆生的小传和引用的评语都能注意到词人的词风差异、词史地位及利弊得失,因而《近三百年名家词选》对于67个词人及其作品的甄选别裁是有其客观性与公正性的。

此外,对于每个时期词风变化与词学演变的原因,在词人小传与评点中也多有体现。如清初朱彝尊与陈维崧之后词坛的风气变化之由,引谭献语云:"锡鬯、其年出,而本朝词派始成。顾朱伤于碎,陈厌其率,流弊亦百年而渐变。锡鬯情深,其年笔重,固后人所难到。嘉庆以前,为二家牢笼者十居七八。"(第48页)再如浙西词派形成的原因,引朱彝尊语云:"余壮日从先生(谓曹溶)南游岭表,西北至云中,酒阑灯灺,往往以小令、慢词,更迭唱和。有井水处,辄为银筝、檀板所歌。念倚声虽小道,当其为之,必崇尔雅,斥淫哇,极其能事,则亦足以宣昭六义,鼓吹元音。往者明三百祺,词学失传,先生搜辑遗集,余曾表而出之。数十年来,浙西填词者,家白石而户玉田,春容大雅,风气之变,实由于此。"(第58页)可以看出,曹溶表之于先,朱彝尊倡之于后,继辑《词综》推而广之,群起效尤,词派始成。再如常州词派对晚清词坛的影响源于张惠言《词选》与周济《宋四家词选》的编选，小传云："要之清词至常州派出而体格一变，实受此选之影响，余波至晚近，犹未尽绝，真所谓'词源疏凿手'也。惠言甥董士锡，字晋卿，能传其学。至周济《宋四家词选》出，加以扩充，而词派以成，此清词之一大关键也。"(第 100 页)再如晚清词坛之辉煌与王鹏运、朱祖谋、文廷式、况周颐等词人群体的形成有重要关系，引叶恭绰语云："幼遐先生于词学独探本原，兼穷蕴奥，转移风会，领袖时流，吾常戏称为桂派先河，非过论也。彊村翁学词，实受先生引导。文道希丈之词，受先生攻错处，亦正不少。"(第 164 页)至于清代词学的结局与民国词学的发展趋势，亦引叶恭绰语云："余意词之境界，前此已开拓殆尽，今兹欲求于声家特开领域，非别寻途径不可。故彊村翁或且为词学之一大结穴，开来启后，应有继起而负其责者，此今日论文学者所宜知也。"(第 196 页)民国词学应呈现何种新境界、新领域，其实一直是叶恭绰、龙榆生等人心心念念的词学事业。龙榆生早在 1935 年就提出在浙、常二派外，别建一宗，即前文所云"苏辛派"，到 1962 年，叶恭绰仍与龙榆生讨论作词应"求新求变"及打破"诗词曲歌之界限"。[①] 因此，龙榆生在选词时已经有贯通古今的视野，民国词史不仅是放置在清词史的结束期来看待，也是放在整个"千年词史"的结束期来看待。

通过以上内外纵横的比较，我们可以发现龙榆生的《近三百年名家词选》是现代词学视野下的典型词选，对清词发展的脉络、清词发展的特征、清代词学演变的规律、清代词人的词史价值与地位都有比较客观公正的展现，基本达到了"还历史一个本来面目"的意图。

四、"意格"论与现代词学批评学的传统形态

龙榆生通过选词标榜"意格"论以达到建构清代词史的努力，试图勾连词学的传统与现代，激发传统词学中极富生命力的一方面，在

① 参见张寿平辑释《近代词人手札墨迹》，台北"中研院"中国文哲研究所，2005 年。

现代词学发展史上并非孤例，但龙榆生的这种尝试比起现代词学批评学“前发生期”与“发生期”的词学观念的运用，显得更具有体系性和逻辑性。

彭玉平先生指出，词学批评学的核心就是“努力建构一种词学观念与词史发展的融通之学”①。“前发生期”的江顺诒等人虽有词史意识，但并无一以贯之的论词宗旨以统构词史；“发生期”的陈廷焯、谭献、王国维、况周颐等人以“沉郁”说、“正变”说、“境界”说、“清疏而沉著”说统合词史，但他们的论述或者缺少词史的连续性，或者意旨模糊，或者过于疏阔，或者层次简单，分辨性不强，因而还不能真正地成为现代词学批评学的成熟形态。与民国时期较具规模与较为成熟的词史类著作相比（如刘毓盘、吴梅、王易、胡云翼等人的著作），“发生期”的词话类著作正是从“比较散漫的‘词话’过渡到具备现代学科体系和著述方式的词史类著作”的中间环节。龙榆生本就是现代词学史的代表人物，而他的《近三百年名家词选》却是词学批评的传统形态，那他的这种传统形态的词选是否表现了他的现代词学理念与方法呢？或者这推动我们进一步去思考，现代词学发展史上，传统的词学批评形态与方法是如何与现代词学合流的？

关于前一个问题我们其实已经进行了繁琐的讨论，龙榆生的“意格”论不仅是其选编清词的宗旨，而且是他基于历史与现实的情况下对词史发展趋势与规律的比较理性的认识。词乐自南宋即呈渐亡之势，南宋以后，词乐不可复，故再断断于声律已无必要，因而词人追求的就是辞采与“意格”，但重辞采或者重技巧易致词风淫靡或无聊枯寂，故好的词作应有胸襟、学问、性情的呈现，也即“意格”的呈现，而且“意格”论并非是对辞采的抛弃，而是立足于词体“要眇宜修”的性质，以幽婉比兴等手法表现幽微沉郁的士大夫之情，也重视体式、格

① 彭玉平《况周颐与词学批评学的现代发生》，《况周颐与晚清民国词学》第三章，中华书局，2021年，第103页。

调、风格的个性。从现实来看，龙榆生一方面认为晚近以来词学受周济影响过大，崇尚周（邦彦）、吴（文英）之学，“于是倚声填词者，往往避熟就生，竞拈僻调，而对宋贤习用之调，排摈不遗余力，……而周、吴独创之调，则于四声配合，有辙可循，遂以为由是以求协律，虽不中，亦不远，于是填词家有专选僻调，悉依其四声清浊，一字不敢移易者，虽以声害辞，以辞害意，有所不恤也”[①]。另一方面，20世纪三四十年代，“国势之削弱，士气之消沉，敌国外患之侵凌，风俗人心之堕落，覆亡可待，怵目惊心，岂容吾人雍容揖让于坛坫之间，雕镂风云，怡情花草，竞胜于咬文嚼字之末，溺志于选声斗韵之微哉？”[②]因而，由于世风、士风与词风的不振，也应该鼓吹“意格”以救弊。综合前文所论，龙榆生选近三百年词很大程度上是体现了他的现代词学的理念与方法的。

关于后面一个问题，现代词学发展史上，现代词学家使用传统词学批评形式与方法进行词学批评与研究的尚有其人。以词选而言，几种著名的选本都在用自己的理念与方法建构词史。除龙榆生选词有鲜明的词史意识外，胡适、胡云翼、俞平伯等所编词选也有明显的词史意识，而且，他们的词史观念与他们的论词宗旨也是一脉相承的。从现代词学家对词史的构建理念来看，他们的词选主要是通过三种途径来营建词史。

（一）从文学演进的大背景下反观词史。胡适是新文化运动与文学革命的领袖，其研究文学以“进化论”的眼光与方法展开，他说：“一部中国文学史只是一部文学形式（工具）新陈代谢的历史，只是‘活文学’随时起来替代了‘死文学’的历史。”[③]所谓“活文学”即是指

---

① 龙榆生《晚近词风之转变》，张晖主编《龙榆生全集》第三卷，上海古籍出版社，2015年，第473页。

② 龙榆生《今日学词应取之径》，张晖主编《龙榆生全集》第三卷，上海古籍出版社，2015年，第299页。

③ 胡适《逼上梁山》，《胡适古典文学研究论集》，上海古籍出版社，1988年，第207页。

白话文学，胡适在《文学改良刍议》中说："然以今世历史进化的眼光观之，则白话文学之为中国文学的正宗，又为将来文学必用之利器。"[①]基于这样的认识，他把词的历史分成三个时期：第一个时期是词的"本身"的历史，从晚唐至元初；第二个时期是词的"替身"的历史，从元到明清之际；第三个时期是词的"鬼"的历史，从清初到民国。[②] 所以其《词选》仅选唐宋词，反映的是词的"本身"的历史，而词的"本身"的历史也经历了从"活文学"到"死文学"的发展历程。胡适在《词选序》中说："但文学史上有一个逃不了的公式，文学的新方式都是出于民间的。久而久之，文人学士受了民间文学的影响，采用这种新体裁来做他们的文艺作品。文人的参加自有他的好处：浅薄的内容变丰富了，幼稚的技术变高明了，平凡的意境变高超了。但文人把这种新体裁学到手之后，劣等的文人便来模仿；模仿的结果，往往学得了形式上的技术，而丢掉了创作的精神。天才堕落而为匠手，创作堕落而为机械。生气剥丧完了，只剩下一点小技巧，一堆烂书袋，一套烂调子！于是这种文学方式的命运便完结了，文学的生命又须另向民间去寻新方向发展了。"[③]因此，胡适把唐宋词的历史分成三个阶段：第一个阶段是"歌者的词"，从晚唐至北宋中期，是"教坊乐工与娼家妓女歌唱的词"；第二个阶段是"诗人的词"，从 11 世纪晚期到南宋初年，这个时期的词，"词人的个性出来了；东坡自是东坡，稼轩自是稼轩，希真自是希真"[④]；第三个阶段是"词匠的词"，从姜夔一直到元初的张炎，这个时期的词，"词匠的风气已成，音律与古典压死了天才与情感，词的末运已不可挽救了"[⑤]。从其自序与实际选词来看，胡适是极其推崇"诗人的词"的[⑥]，《词选》分成六编，录词 351 首，前两

---

① 胡适《文学改良刍议》，胡适著，姜义华编《胡适学术文集》，中华书局，1993 年，第 147 页。

② 参见胡适《词选序》，胡适选注《词选》，河北人民出版社，1999 年，第 2—3 页。

③④ 胡适《词选序》，胡适选注《词选》，河北人民出版社，1999 年，第 6 页。

⑤ 胡适《词选序》，胡适选注《词选》，河北人民出版社，1999 年，第 7 页。

⑥ 可参看聂安福《胡适的词学研究与新诗运动》，《长江学术》2007 年第 2 期。

编为“歌者的词”,共 105 首,三、四、五编为“诗人的词”,共 180 首,第六编部分为“诗人的词”,录 33 首,其他为“词匠的词”,也是 33 首。即使他选姜夔、吴文英、王沂孙等人的词,他也并不选最能代表“词匠的词”风格的作品,而是选意境和情感比较鲜明的词作,胡适说:“这部《词选》里的词,大都是不用注解的。”如选姜夔词,认为姜夔词不如词小序有诗意,因而选录姜词 9 首,就有 5 首词是有长序的;选吴文英仅 2 首,胡适认为吴文英词“几乎无一首不是靠古典与套语堆砌起来的”[①],所选 2 首取了“最本色”的,选王沂孙咏物词,则去其用典之作,而选托意明白的《无闷·雪意》。

胡云翼的文学观主要从胡适而来,如他提出“时代文学”的观念,实际上也是从进化论的角度认识文学:“所谓时代文学,就是变迁的文学,只要在当代是一种新文体,由这种新文体创造出来的文学,便是时代的文学。反之只死板板地去用那已经用旧变尽了的文体的文学,便不是时代的文艺。”[②]这种文体代兴的观点显然是受胡适与王国维的影响,他对词的历史看法也基本上与胡适一致,他说:“词在宋代是一种新兴的文体,这种文体虽发生在宋以前,但到宋代才大发达,……所以我们说宋词是时代的文学。宋以后因词体已经给宋人用旧了,由宋词而变为元曲,所以元词,明词便不是时代的文学了。”[③]所以胡云翼在选词宗旨上大体同于胡适,他在 1932 年出版《词选》,在序言中批评朱祖谋和胡适选词都偏于主观,“囿于宗派”[④],但在书后附《词的意义及其特质》一文,云词所表现的美的特质主要有意境情感之美、字面的美、音律的美,意境情感之美为内美,字面、音律之美为外美。论意境情感之美,认为晚唐五代的词,“大都是写来给伎女伶工们歌唱的,词的文字自然不能不从流俗,使之易懂;词的内容也往往只是表现些浅近的意境和通俗的情

---

① 胡适选注《词选》,河北人民出版社,1999 年,第 296 页。

② 胡云翼《宋词研究》,上海中华书局,1929 年,第 4 页。

③ 胡云翼《宋词研究》,上海中华书局,1929 年,第 5 页。

④ 胡云翼《词选序》,胡云翼辑选《词选》,上海亚细亚书局,1932 年。

感”[①]。北宋的词，“他们的作品不一定要给歌伎唱的，不为文字音律所限，便只顾表现意境情感之美，提高了词的文学方面的价值”[②]。辛弃疾以后的词，“虽也间有注重表现意境情感的词，但时代的风气已经变了。新起的词人，他们不再向词的发展的路走去，而回过头来向古典主义的路跑。他们不再注重词的内容，而特别研求词的形式”[③]。这种对词的认识显然是同于胡适所云“歌者的词”“诗人的词”“词匠的词”三个阶段的。字面和音律上的美是南宋词人特别追求的，因而也是胡云翼特别批判的，他说南宋人作词“宁可让词没有意境，没有情感，决不肯用一个不雅的字和通俗的句子”[④]。再看其《词选》选目，唐五代词选 101 首，北宋词 260 首，南宋词 272 首（其中辛弃疾以前词 92 首），也是特别重视中间一段。所以胡云翼不管是在选词宗旨上的重“意境情感之美”，还是唐宋词史的三个阶段划分，都是深深地打上了胡适的烙印。

（二）从词的起源阶段的风貌重建词史。俞平伯《唐宋词选释》根本目的并非构建词史，但从其选词宗旨与具体选目来看，也相当程度地呈现了词史的面貌。[⑤] 俞平伯认为最初的词，是“接近口语的”，也是“相当反映现实的”，而且“题材又较广泛”。因而词的发展方向“应当向着深处前进，这是它的主要方向；却不仅仅如此，另一方面是广。‘深’不必深奥，而是思想性或艺术性高。‘广’不必数量多，而是反映面大”[⑥]。正是基于这种认识，俞平伯构建的词史是尽可能反映作家风格的多种面貌，既注意唐宋词题材的丰富性，又注意唐宋词人

① 胡云翼《词的意义及其特质》，胡云翼辑选《词选》，上海亚细亚书局，1932 年，第 329 页。

② 胡云翼《词的意义及其特质》，胡云翼辑选《词选》，上海亚细亚书局，1932 年，第 329—330 页。

③④ 胡云翼《词的意义及其特质》，胡云翼辑选《词选》，上海亚细亚书局，1932 年，第 332 页。

⑤ 可参看傅宇斌《选本与注释学视野下的〈唐宋词选释〉及其词学史意义》，载《诗道、诗情与诗教（古代文学理论研究第四十八辑）》，华东师范大学出版社，2019 年。

⑥ 俞平伯选释《唐宋词选释》，人民文学出版社，1979 年，第 6 页。

整体与个体风格的多样性。俞平伯特别注意到“词的可能的、应有的发展和历史上已然存在的情况,本是两回事”[①],也注意到词史的发展虽然有“广深”和“狭深”两条路线,而且“在当时的封建社会里,受着历史的局限,很不容易走广而且深的道路,它到文士们手中便转入狭深这一条路上去”[②],但在实际选词的时候,还是侧重于选录更多“广深”风格的词人。即便选录“狭深”风格的代表词人,也注意词人风格与题材的细微区别,如俞平伯认为吴文英的词为“狭深的典型”,但选录吴文英词 7 首,风格和题材均有不同。可见,俞平伯构建的唐宋词史是尽量反映词人创作风貌的多样性,而并非只是抓住词人最主要的特征,也并非必须展现词人的词史地位,而是有较为鲜明的宗旨,推崇“广深”的词风。我们可以说,俞平伯追求的是历史应该有的样子,虽具有一定主观性和理想性,但词人和词坛的更具生机的一面表现出来了。

(三) 从词体演进的规律构建词史。龙榆生建构词史的出发点大体是立足于词乐分离的事实,认为对“意格”的逐渐尊崇是词史发展的规律,因而他大力提倡和鼓吹有“意格”之旨的词人与词作,并根据“意格”之高低深浅与词史之实际影响确立词人之词史地位。由于龙榆生的“意格”内涵本身就暗指思想内容与艺术形式的高度结合,因此龙榆生所构建的清词史是具有其合理性与客观性的。

以上三种建构词史的路径都是缘于现代词学家对词史发展的客观认识,并非像古代词学批评一样随意式的、感发式的。胡适、胡云翼从进化论的方法着手,同时考虑到中国文学发展的普遍性规律,即文体代胜与雅俗转变的规律,因而崇尚的是“诗人的词”;俞平伯从词的源头出发,注意发掘词“应该”的样子,着力彰显词人与词史的多面性与多样性,既注意词人创新的一面,也注意词人精深的一面;龙榆生从词体演进的客观规律出发,推崇词乐分离后词人与词作的高境,

---

① 俞平伯选释《唐宋词选释》,人民文学出版社,1979 年,第 1 页。
② 俞平伯选释《唐宋词选释》,人民文学出版社,1979 年,第 7 页。

品第词人，确立词人的词史地位。他们都是现代词学史上的代表学者，都力图表现词史真实的一面，胡适说："我是一个有历史癖的人，所以我的《词选》就代表我对于词的历史的见解。"①俞平伯说："（本书）想努力体现出词家的风格特色和词的发展路径。"②龙榆生说："（批评之学）不容偏执'我见'，以掩前人之真面目，而迷误来者。"③几种词选均属于传统的词学批评形态，但在现代词学史上均具有广泛的影响，他们通过不同的方式进入现代词学史，不仅表现了词学传统批评形态的生机与活力，也充分说明了现代词学吸纳了传统词学的优良因素后，反而更具包容性与合理性，也有更广阔的生长空间。

五、余论

"意格"论的理论建立除了源自龙榆生对词体发展的判断外，也来源于常州词派张惠言、周济、谭献、陈廷焯、况周颐、朱祖谋等人的词学理念。施议对先生把龙榆生当作20世纪词学传人第三代的代表人物，正是注意到龙榆生与常州词派晚期词人的学缘关系。④ 结合以上我们的分析，可以进一步认为，龙榆生"意格"论的提出是继承与发扬了常州词派张惠言以来"意内言外"论词的一贯宗旨，龙榆生作为现代词学家，注重历史的、客观的评判，但面临世运迁移时，也自觉地接受传统词学中极具生命力的理论，吸收传统词学，创造出新时代的词学观念。其"意格"论同样表现得既有个性，又有相当的包容性，以"意格"论建构词史，体现出传统词学批评形态与现代词学的融合。

"意格"论是现代词学批评学成熟之后出现的理论范畴，它的内涵与体系均较为鲜明，有明显的现代学术特征。胡适、俞平伯对"诗人的词"与"狭深"风格词的推崇，也一定程度上是现代词学批评学在

① 胡适选注《词选》，河北人民出版社，1999年，第2页。

② 俞平伯选释《唐宋词选释》，人民文学出版社，1979年，第14页。

③ 龙榆生《研究词学之商榷》，张晖主编《龙榆生全集》第三卷，上海古籍出版社，2015年，第250页。

④ 施议对、金春媛《20世纪词学传人漫谈》，《文史知识》2006年第5期。

词史建构方面的呈现。有学者把胡适、胡云翼二人与俞平伯、龙榆生二人区分，分别是体制外与体制内的词学家，从研究是否注重词体本位二分，固然有失偏颇，从词学传承来看，也难以截然二分。我们当然可以将胡适、胡云翼为代表的词学家作为一类，但他们为何还是不约而同地选择“选本”这种传统的词学批评形式来实施他们的现代词学理念呢？而俞平伯、龙榆生等人虽然各有传统词学的渊源与师承，但他们在现代词学史的实际贡献上可能更高，我们如何理解传统词学的理念与方法在现代的生命力呢？这或者是本文最终的目的。除此以外，夏敬观诠评《蕙风词话》，赵尊岳提出“风度”说，唐圭璋对“雅、婉、厚、亮”的推崇等，他们的目的并不在于以批评建构词史，那这些理论的现代意义在哪里？应该可以引起我们更深入的思考。

（安徽师范大学中国诗学研究中心）

论熊谷立闲对《三体诗》的传播与接受*

林雅馨

内容摘要：宋人周弼所编《三体诗》，是日本五山至江户时期最为流行的唐诗选本之一，对日本诗坛产生过重大影响。熊谷立闲作为江户前期著名汉学家兼诗人，其传播和接受《三体诗》的主要方式有四：一是创办私塾，传授《三体诗》；二是广搜典籍，笺注《三体诗》；三是以《三体诗》为范式，进行仿作；四是效《三体诗》体例，编纂诗集。其所为成就颇著，在日本唐诗传播和接受史上具有一定典型性。

关键词：熊谷立闲；《三体诗》；接受

A Study on the Dissemination and Acceptance of *San Ti Shi* by Kumagai Reisai

Lin Yaxin

Abstract: *San Ti Shi*, compiled by Zhou Bi of Song Dynasty, is one of

* 本文系国家社科基金项目“日本唐诗学研究”(18BZW045)阶段性成果。

the most popular anthologies of Tang poems from the Wushan period to the Edo period in Japan, which had a great influence on Japanese poetry. As a famous Sinologist and poet in the early Edo period, there were four main ways for Kumagai Reisai to spread and accept *San Ti Shi*. First, he founded a private school to teach *San Ti Shi*. Second, he annotated *San Ti Shi* after an extensive search of the classics. The third way is to compose poems based on the imitation of *San Ti Shi*. Fourth, he compiled his own poetry anthology which followed the same stylistic rules as *San Ti Shi*. His remarkable achievements are quite typical in the dissemination and acceptance of Tang poetry in Japan.
Keywords: Kumagai Reisai; *San Ti Shi*; acceptance

《三体唐诗》又名《三体诗》,为南宋周弼(1194—1255)所编之唐诗选集,含七绝、五律、七律三种体裁,故号为“三体唐诗”,主要选取中晚唐诗进行诗法解析,自创一套剖析近体诗结构的完整体系,旨在为初学提供写诗的入门捷径。在元朝曾风靡一时,明代尚在流传,入清后渐趋没落。此书原单行本早已不见,先后有元释圆至《笺注唐贤绝句三体诗法》二十卷和元裴庾《增注三体诗》三卷行世。圆至注本和裴庾增注本于元代东传后[1],在日本五山时期影响甚大,此后一直流传不绝,受到主流社会普遍重视,成为日本学习唐诗的重要范本。为方便学习,众多日本学者在此书旧注上纷纷增添新注,遂又产生多种注本,如明历三年(1657)刊《增注唐贤绝句三体诗贤愚抄》十卷本、明历三年(1657)刊松永昌易《首书三体诗》三卷本、延宝三年(1675)刊熊谷立闲《三体诗备考大成》二十卷本、元禄十三年(1700)刊宇都宫由的《三体诗详解》二十卷本、安政三年(1856)刊后藤松阴《新增笺

① 日本学者久保尾俊郎说:“《三体诗》被认为自正中二年(1325)中岩圆月入元以来便流行于日本。”见久保尾俊郎《阿佐井野版〈三体诗〉について》,《早稻田大学图书馆纪要》2006年3月总第53卷。按原文为日文,为笔者自译。又刘玲认为,约1332年前后,入元求法僧中岩圆月从中国归国时带回了《三体诗》。参见刘玲《注释中国古典文献的日本汉籍抄物——以日本内阁文库藏天文五年写本〈三体诗幻云抄〉为例》,《北京师范大学学报(社会科学版)》2009年第4期。

注三体诗》二十卷本、万延元年(1860)刊大槻清崇《三体诗绝句解》三卷本等。但诸本中最详尽者，当属江户前期熊谷立闲所撰之《三体诗备考大成》。熊谷立闲终身致力于学习与创作近体诗，数十年如一日地吟诵揣摩《三体诗》，并创办私塾，为诸弟子传授《三体诗》；尤其穷搜典籍，为之详注，实有功于后世；他仿《三体诗》进行诗歌创作，颇有成就；效《三体诗》体例编纂诗集亦颇具特色。这是日本唐诗接受史上的典型个案，值得深入研究。

一

熊谷立闲(？—1695)，号荔斋，别号了庵，京都人，熊谷活水之子，为日本江户前期著名儒者和诗人。汉学著述颇富，有《新增首书四书大全》《评注太极图说》《首书性理字义》《鼎镌注释解意悬镜千家诗》《头书增补聚分韵略》和《三体诗备考大成》诸书传世。尤工诗，有《荔斋吟余》一卷存世。熊谷立闲创办私塾，授徒讲学，“遍聚四来之士，讲习传颂，日以继夜”[①]，“常谈经史，遍导书生”[②]，以至于“户外之履常满，舌端之耕不辍，虽至僻壤遐陬，犹闻邹鲁之风”[③]。此主要是说其传授儒学及史学之盛况。又松雪道人序《三体诗备考大成》称：“熊谷荔斋先生乃儒林之秀者，与予称方外交，年来侨居洛下，日与学子讲习是艺。”[④]熊谷立闲亦自跋云：“士人学于诗者，每指《三体》之集为入门捷径。其言多培根于经史，拔萃于子集，事实繁琐，旨趣幽深。予以讲课之暇，取征文献，辑而解之。”[⑤]均叙及熊谷立闲创办私塾、为诸弟子传授《三体诗》之事。

---

①③ 熊谷立闲《荔斋吟余》，王焱编《日本汉文学百家集》第81册，北京燕山出版社，2019年，第297页。

② 熊谷立闲《荔斋吟余》，王焱编《日本汉文学百家集》第81册，北京燕山出版社，2019年，第339页。

④ 熊谷立闲《增注唐贤绝句三体诗法备考大成》卷首《三体诗备考序》，御茶水女子大学藏日本延宝乙卯年(1675)刻本，第2b—3a页。

⑤ 熊谷立闲《增注唐贤绝句三体诗法备考大成》卷末《三体诗备考跋》，御茶水女子大学藏日本延宝乙卯年(1675)刻本，第3a页。

熊谷立闲一生爱好诗歌，故其教授弟子亦格外重视培养诗艺修养。他在私塾中用以教诗的课本，正是其平日爱不释手的《三体诗》。在日本当时流行的唐诗选本中，《三体诗》特别之处或者说相较于其他选本之优势，大致有三：其一，该书所选有明确的诗体限定，只专注于近体诗中的七绝、七律和五律三种体式，皆属有法度可依，不同于古体之无可依傍，也没有排律那么繁复艰难，更易于初学诵习；其二，所选之诗主要为中晚唐诗作，其风格类型和美学趣味迎合了其时社会文化思潮，却亦涉及初盛唐诗作，既有鲜明的时代和诗风取向，也有一定的包容意识；其三，分门别类、剖析章句结构，具体指示了作诗的门径。

因此，熊谷立闲选择《三体诗》作为教诗教材。据其弟子山田三柳所记，熊谷立闲除讲授经、史之外，便"赋诗述志，乐心之所寓，而不知其几千万言"①。足见其人于诗之痴迷。

熊谷立闲晚年为学生讲授《三体诗》之余，付出极大心力，为《三体诗》增注，最后编成《三体诗备考大成》一书。关于熊谷立闲编纂此书的动机及过程，从该书序跋略可得知。松雪道人序言："熊谷荔斋先生，乃儒林之秀者……日与学子讲习是艺，复虑其人物事迹靡所指归，重加训释，仍名其篇曰《三体诗备考》。"②释如实跋曰："今熊谷隐士，杰出儒门，遍猎坟典，驰思骚雅，常浴唐人余韵，每叹其才华繁茂，典实不明，会归诸说，训解是书，以《三体诗备考大成》名之，凡二十卷。"③熊谷立闲自跋云："本邦雅风日振于时。士人学于诗者，每指《三体》之集为入门捷径。其言多培根于经史，拔萃于子集，事实繁琐，旨趣幽深。予以讲课之暇，取征文献，辑而解之，复名其集曰《三

---

① 熊谷立闲《荔斋吟余》，王焱编《日本汉文学百家集》第81册，北京燕山出版社，2019年，第339页。

② 熊谷立闲《增注唐贤绝句三体诗法备考大成》卷首《三体诗备考序》，御茶水女子大学藏日本延宝乙卯年(1675)刻本，第2b—3a页。

③ 熊谷立闲《增注唐贤绝句三体诗法备考大成》卷末《三体诗备考跋》，御茶水女子大学藏日本延宝乙卯年(1675)刻本，第2a页。

体诗备考》，凡二十卷。”[①]从中可知，熊谷立闲勤力旁征博引、汇集诸家注释以训解此书之初衷，乃是为解释《三体诗》中隐晦之旨趣、不明之典故，以方便读者理解。

《三体诗备考大成》共二十卷，今所见本每卷一册。首册为“序目”，有宽文十二年(1672)福唐松雪道人序及《唐三体诗注纲目》《唐分十道之图》《唐高祖开基图》《唐太宗混一图》《唐地理图》《唐藩镇图》《求名公校正咨目》《诸家集注唐诗三体家法诸例》《唐世系纪年》《三体诗备考》，后有至大二年(1309)裴庾季昌序和紫阳山虚叟方回序。后十九册为正文，包括《三体诗》原诗、释圆至原注、裴庾增注及熊谷立闲之备考和按语。第二十册末则有延宝乙卯年(1675)鸭水释如实跋和熊谷立闲自撰跋语。此书初刊于日本延宝乙卯即延宝三年(1675)，后未见翻刻，日本各大图书馆所藏均为同一版本，版刻信息小异。据御茶水女子大学藏本，书高 27.4 厘米，宽 19.5 厘米。大字半叶 7 行，行 12 字。小字半叶 20 行，行 18—24 字不等。无界栏，白口，双花鱼尾，四周双边。保存较好，有轻微虫蛀，少量字因虫蛀残缺。[②]

熊谷立闲此书，是在释圆至《笺注唐贤绝句三体诗法》和裴庾《增注三体诗》的基础上，参考大量典籍后增注而成。与当时流行的其他《三体诗》注本相比，该书最突出之处就是注释周详。以杜常《华清宫》一诗为例，《三体诗备考大成》征引文献多达 50 余种，涉及经书、史书、诗文集、诗文评、笔记、小说、字书、医书等多种门类，凡纳入备考，皆为有关或可备一说者，致使此诗注文过万字，为《笺注唐贤绝句三体诗法》字数的 22 倍、《增注三体诗》的 10 倍，后来的《三体诗》注本均无超越。除征引广博、注释详备外，熊谷立闲还特别重视考证。其考辨人之生平、事之原委、物之来历，似必欲穷尽能见之文献，并在

① 熊谷立闲《增注唐贤绝句三体诗法备考大成》卷末《三体诗备考跋》，御茶水女子大学藏日本延宝乙卯年(1675)刻本，第 3 页。

② 按《三体诗备考大成》二十卷为笔者与杨焄老师校勘整理，2023 年即将由大象出版社出版。

此基础上加以判断，若无法裁断，则留诸阙如。

关于《三体诗备考大成》一书的价值，松雪道人云："其指事之精详，造诣之稳实，抑叹先生学业之博，措意之妙也。俾方来士子阐而明之，绰有补于政化治道。"①而释如实亦曰："其事实详当，奥旨彰明，足以便于行世。"②今观其书，则知二人所评皆非溢美虚言。

《三体诗备考大成》一书约45万字，征引和、汉古籍达数百种，读者一书在手，如众书在目。其名"大成"，正是取其兼收并蓄、涵盖甚广、为诸本中集大成者之意，是目前所见体量最大、注解最详尽的《三体诗》注本。惜因部头太大，出版耗资不小，当时未能大量印行，此后亦未见覆板重刊者。而该书所引古籍，不少为国内已佚或罕见，颇具文献价值。

《三体诗备考大成》是日本《三体诗》接受史上的一座丰碑，不仅为后来注解他书者树立了典范，也成为后来注解《三体诗》者难以逾越的高峰。宇都宫由的作为江户前期最负盛名的注释家之一，面对《三体诗备考大成》，在笺注中也显得有些局促。他的《三体诗详解》，是在《三体诗备考大成》的基础上编成，虽然增加了日文解说部分，但在整体水平上却未能超过《三体诗备考大成》。而在明治时期，《三体诗备考大成》也以其"简册浩瀚，材料富赡"被公认为日本笺释《三体诗》者之最③。野口宁斋曾作《三体诗释义》，但自觉在释义层面不能超越《三体诗备考大成》，只好中道而止，另辟蹊径，为《三体诗》作评释。从这个意义上看，《三体诗备考大成》实际上激发了后来注释者的创新意识，对推进《三体诗》的研究起了重要作用。

---

① 熊谷立闲《增注唐贤绝句三体诗法备考大成》卷首《三体诗备考序》，御茶水女子大学藏日本延宝乙卯年(1675)刻本，第3页。

② 熊谷立闲《增注唐贤绝句三体诗法备考大成》卷末《三体诗备考跋》，御茶水女子大学藏日本延宝乙卯年(1675)刻本，第2b页。

③ 野口宁斋《三体诗评释》卷首《绪言》，日本国立国会图书馆藏日本明治二十六年(1893)刊本，第12页。

二

熊谷立闲是学者也是诗人，他对《三体诗》的接受不仅在于吟咏讽诵、授课教学，也不只是对其做周详细密之注解，还体现在师摹《三体诗》进行创作。且这种仿作并非亦步亦趋机械模拟，而是师而能化。

熊谷立闲诗集《荔斋吟余》仅选其少数代表作。其中所收《会如实上人兰若次韵杜牧之〈开元寺水阁〉诗》《清水寺即兴依李涉〈题鹤林寺〉韵》分别是次韵《三体诗》所选杜牧和李涉之作；《清水寺即兴》和《秋日对雨忆月洲上人》，则均化用了王维的《辋川积雨》；《除夜有感》学戴叔伦《除夜宿石头驿》而出以新意。

《会如实上人兰若次韵杜牧之〈开元寺水阁〉诗》是一首七律，杜牧为晚唐近体诗之圣手，《三体诗》中选其诗多达十七首，高居选诗数量榜首。在《三体诗备考大成》中，熊谷立闲虽未对《题宣州开元寺水阁》加以按语和品评，但为之作注八百字便足以说明对此诗之重视。而其次韵此诗，既体现了对此诗之喜爱，亦显露了对杜牧之推崇。杜牧《题宣州开元寺水阁》云：

> 六朝文物草连空，天淡云闲今古同。鸟去鸟来山色里，人歌人哭水声中。深秋帘幕千家雨，落日楼台一笛风。惆怅无因见范蠡，参差烟树五湖东。[①]

《会如实上人兰若次韵杜牧之〈开元寺水阁〉诗》云：

> 道人藻品万缘空，境与凡间尤不同。高卧梦过三岛外，栖迟与熟二桥中。轩开宿雨晴林岫，日落孤云乱竹风。一醉共将裁半偈，惊看寒月上山东。[②]

而另一首《清水寺即兴依李涉〈题鹤林寺〉韵》则是七绝，押十五删韵

---

① 熊谷立闲《增注唐贤绝句三体诗法备考大成》七律卷五杜牧《题宣州开元寺水阁》，御茶水女子大学藏日本延宝乙卯年(1675)刻本，第1页。

② 熊谷立闲《荔斋吟余》，王焱编《日本汉文学百家集》第81册，北京燕山出版社，2019年，第308—309页。

且首句入韵，是熊谷立闲游清水寺时依李涉《题鹤林寺》韵之作。此诗题中"即兴"二字透露出熊谷立闲对李涉此诗烂熟于心。《三体诗》选李涉诗七首，在一众诗人中选诗数较多，说明周弼对李涉诗亦较为欣赏。李涉《题鹤林寺》云：

终日昏昏醉梦间，忽闻春尽强登山。因过竹院逢僧话，又得浮生半日闲。[1]

《清水寺即兴依李涉〈题鹤林寺〉韵》云：

烟雨潇潇暗树间，诸天有路自青山。云埋悬水藤萝外，流洗吟怀一味闲。[2]

全诗四句，句意一转再转，诚如周弼"虚接"条所言："于承接之间，略加转换，反与正相依，顺与逆相应，一呼一唤，宫商自谐。如用千钧之力，而不见形迹，绎而寻之，有余味矣。"[3]此诗气格虽不高，但确为佳作。熊谷立闲之作也是循所谓"虚接"之格法来创作的。李涉之诗于平易中层层转深，读来朗朗上口，韵味不减。而熊谷立闲之作，虽首句给人以一种暗沉的气氛，但自第二句始，便有柳暗花明之感，透露出一种自得的情怀，在气格上略胜一筹。

《清水寺即兴》和《秋日对雨忆月洲上人》二诗则化用了王维《辋川积雨》诗句。王维此诗收在《三体诗》七律卷六中。周弼《三体诗》收入十六首王维诗，数量第二，仅次于杜牧的十七首。而熊谷立闲在《三体诗备考大成》中为此诗增注两千五百余字，且一再化用此诗之句，亦足见其对此诗之钟情。王维《辋川积雨》云：

积雨空林烟火迟，蒸藜炊黍饷东菑。漠漠水田飞白鹭，阴阴夏木啭黄鹂。山中习静观朝槿，松下清斋折露葵。野

---

① 熊谷立闲《增注唐贤绝句三体诗法备考大成》七绝卷六李涉《题鹤林寺》，御茶水女子大学藏日本延宝乙卯年(1675)刻本，第17a页。

② 熊谷立闲《荔斋吟余》，王焱编《日本汉文学百家集》第81册，北京燕山出版社，2019年，第329页。

③ 熊谷立闲《增注唐贤绝句三体诗法备考大成》七绝卷五"虚接"条，御茶水女子大学藏日本延宝乙卯年(1675)刻本，第16页。

老与人争席罢，海鸥何事更相疑。[1]

《清水寺即兴》云：

行蹈翠岚无暑侵，佛楼间出白云深。好山晴列郭漶画，瀑水飞弹叔夜琴。夏木百廛阴已冷，杜鹃一叫日初沉。周旋饱有天游豁，满面清风取不禁。[2]

《秋日对雨忆月洲上人》云：

积雨寒烟火，一秋见半阴。忆君恐泥泞，闭户息机心。云路身常隔，林关世岂侵。何时山月朗，醒耳闻松青。[3]

《清水寺即兴》一诗与王维《辋川积雨》同为七律，然用韵不同，押十二侵韵且首句入韵，为夏日游寺之作。诗之颈联"夏木百廛阴已冷，杜鹃一叫日初沉"，明显化自王维诗第四句"阴阴夏木啭黄鹂"，但一改王维诗中宁静之欢愉，而出以低沉冷暗之色调。

相较于《清水寺即兴》，《秋日对雨忆月洲上人》对王维《辋川积雨》诗的化用要更明显一些。此诗是一首五律，与前诗同押侵韵，但首句不入韵，是一首秋日忆友之作。首句"积雨寒烟火"即化用王维诗首句"积雨空林烟火迟"，颔联"忆君恐泥泞，闭户息机心"意近"野老与人争席罢，海鸥何事更相疑"，而其末联"何时山月朗，醒耳闻松青"则脱自王维诗颈联"山中习静观朝槿，松下清斋折露葵"。整体来说，其诗虽不及王诗，但也写出了自家特色，尤见其妙。

《三体诗》中所收戴叔伦《除夜宿石头驿》一诗，历来为诗家所重。为《三体诗》做注释的日本诗家中，有不少人仿写或化用了此诗。在一众仿作和化用之作中，熊谷立闲和宇都宫由的之诗较为出众。戴

① 熊谷立闲《增注唐贤绝句三体诗法备考大成》七律卷六王维《辋川积雨》，御茶水女子大学藏日本延宝乙卯年(1675)刻本，第2b页。

② 熊谷立闲《荔斋吟余》，王焱编《日本汉文学百家集》第81册，北京燕山出版社，2019年，第312页。

③ 熊谷立闲《荔斋吟余》，王焱编《日本汉文学百家集》第81册，北京燕山出版社，2019年，第321页。

叔伦《除夜宿石头驿》云：

旅馆谁相问，寒灯独可亲。一年将尽夜，万里未归人。寥落悲前事，支离笑此身。愁颜与衰鬓，明日又逢春。[①]

熊谷立闲《除夜有感》云：

岁暮长安悲往事，家无儋石傲清贫。颜瓢岂浥贪泉水，陶舍淡煎顾渚春。苍鬓十霜成脱略，青灯一夜独相亲。平生文字未融意，明日东风愧此身。[②]

宇都宫由的《除夜》云：

穷次居诸多感伤，灯前守岁愿更长。祭诗呼塞吾何敢？只恐近春添鬓霜。[③]

戴叔伦诗为五律，押真韵，为感怀除夜独宿旅舍之作。其中，颔联是名句，历来为人称道，熊谷立闲也认为写得好，称此诗“三、四句专言情，且对而如不对也”[④]。但他又指出此二句实是蹈袭梁武帝诗“一年漏将尽，万里人未归”[⑤]。可见，他虽赞赏戴诗，但在学术上严肃认真，在诗歌上也强调原创性。因此，即便是在学习和化用前人之诗时，熊谷立闲也是力避蹈袭，意求出新。

熊谷立闲《除夜有感》虽为七律，但韵部与戴诗相同。仔细揣摩字句，能见其对戴诗的巧学化用与别出新意。“岁暮”呼应诗题“除夜”，“长安”代指京都。首句“悲往事”即仿自戴诗第五句“悲前事”。“颜瓢”，典出《论语·雍也篇第六》：“贤哉，回也！一箪食，一瓢饮，

① 熊谷立闲《增注唐贤绝句三体诗法备考大成》五律卷三戴叔伦《除夜宿石头驿》，御茶水女子大学藏日本延宝乙卯年(1675)刻本，第7a页。

② 熊谷立闲《荔斋吟余》，王焱编《日本汉文学百家集》第81册，北京燕山出版社，2019年，第307页。

③ 宇都宫由的《遯庵诗集》卷一《除夜》，日本国文学研究资料馆藏日本正德三年(1713)刻本，第19a页。

④ 熊谷立闲《增注唐贤绝句三体诗法备考大成》五律卷三，御茶水女子大学藏日本延宝乙卯年(1675)刻本，第13b页。

⑤ 熊谷立闲《增注唐贤绝句三体诗法备考大成》五律卷三戴叔伦《除夜宿石头驿》，御茶水女子大学藏日本延宝乙卯年(1675)刻本，第7a页。

在陋巷，人不堪其忧，回也不改其乐。”[①]“陶舍”，与“颜瓢”相对。颜渊为仁人志士之代表，陶潜乃隐逸高士之典范，此为诗人之自况。第五句“苍鬓十霜成脱略”与戴诗第七句“愁颜与衰鬓”意近，但描述的侧重点不同。第六句“青灯一夜独相亲”化自戴诗第二句“寒灯独可亲”，末句“明日东风愧此身”即戴诗末句“明日又逢春”所变也。常人于除夕之夜往往倍思亲友，熊谷立闲虽也有孤独感，但最遗憾的还是自己的文学造诣未至融通之境。此时虽与人同，但此情终与人异。熊谷立闲虽学戴叔伦之诗，但出以新意。

宇都宫由的《除夜》为七绝，押阳韵且首句入韵，亦为感伤除夜之作。诗之首句，为糅合戴诗首句和第五句之语词、句意而成。第二句句首，与戴诗第二句一样，出现 “灯”这一物象。但戴诗的“灯”是“寒灯”，配上“独”字，孤寒之意全出；而该诗之“灯”则少了几分寒意，结合“愿更长”之语，倒添几分希冀。第三句似有所指，然不详其本事。末句显是化自戴诗最后一联，但词、义均较戴诗直白而少余味。宇都宫由的此诗在其诗集中水平较高，但仍逊于戴叔伦和熊谷立闲之诗。

戴叔伦《除夜宿石头驿》是《三体诗》中“四虚”格法的典范。周弼“四虚”条言：“中四句皆情思而虚也。不以虚为虚，以实为虚，自首至尾，如行云流水，此其难也。”[②]在周弼眼中，“四虚”是仅次于“四实”的高妙之法，因为其“虚”不空，乃“以实为虚”，且前后衔接若“行云流水”，了无痕迹。正因如此，为《三体诗》作笺注的诗家如熊谷立闲、宇都宫由的对此诗皆青睐有加且自觉化用。但二家在学习与创作时并未受限于周弼归纳的格法，而是进行了相应变通。宇都宫由的之诗是七绝，和戴诗五律的体式差异较大，本不适用于五律的“四虚”格法，但其四句皆述情，把握住了周弼“情思而虚”之意，可谓学得灵活。熊谷立闲之诗是七律，与戴诗五律的体式差异较小，但在《三体诗》

---

① 何晏集解，邢昺疏《论语注疏》卷六《雍也第六》，阮元校刻《十三经注疏》(十)，中华书局，2009 年，第 5383 页。

② 熊谷立闲《增注唐贤绝句三体诗法备考大成》五律卷三“四虚”条，御茶水女子大学藏日本延宝乙卯年(1675)刻本，第 1a 页。

中，七律和五律的格法也有不同。七律“四虚”条云：“其说在五言，然比于五言，终是稍近于实而不全虚。盖句长而全虚则恐流于柔弱，要须于景物之中而情思通贯，斯为得矣。”[1]周弼认为，如果七律要采用“四虚”格法，则要注意不能如五律中一样“全虚”，须稍切于实且保证情思贯通。熊谷立闲之诗并未完全按照七律“四虚”格法创作，而是以实入虚，颔联以古代贤人典故自况，颈联写自己现状，做到了不“流于柔弱”而“情思通贯”。

熊谷立闲在创作中频繁化用《三体诗》中所选唐诗，并巧用“三体诗法”进行创作。他对《三体诗》的熟稔程度，足以令他对其中的佳句信手拈来。熊谷立闲所处的时代，学术仍由宋学主导，宋诗与唐诗一样十分流行。受时代风气影响，熊谷立闲也学习借鉴了大量宋人佳作。但他写诗的方法以及诗歌的整体风格却和宋人有所不同。他用前人诗句入诗，与宋人的“以文字为诗，以才学为诗”不同[2]，不是为了逞才炫学，而是出于抒发性情的需要。正因此，其化用唐诗往往能亲切自然、恰到好处。他学习宋人归纳的唐人诗法，能灵活变通，师而化之，颇有唐人风调。而这一切，又都源于其对《三体诗》的深入学习。

三

熊谷立闲不仅对《三体诗》中选诗有深入的学习和模仿，对《三体诗》的编纂体例也有重要的借鉴。其诗集《荔斋吟余》正是仿效《三体诗》体例编纂而成。

《荔斋吟余》之名有其来历。熊谷立闲工于诗文，创作甚多，然藏于家中，不外示人。其无宣扬己意，故诗文人所罕见。门人山田三柳固请不已，方得其诗百首以刊行。以此百诗为荔斋诗之遗篇，故名之曰《荔斋吟余》。此外之诗皆无抄写刊传。故此集对研究荔斋之诗与

---

① 熊谷立闲《增注唐贤绝句三体诗法备考大成》七律卷二“四虚”条，御茶水女子大学藏日本延宝乙卯年(1675)刻本，第19a页。

② 严羽著，郭绍虞校释《沧浪诗话校释・诗辨》，人民文学出版社，1983年，第26页。

生平尤为重要。

此集仅有延宝六年(1678)堀川住今井善兵卫初刊本传世,后无再版。书仅一卷,除收诗百首外,卷首有延宝六年(1678)鸭水释如实序,卷末有延宝六年(1678)碧玉轩主人昌堂上人跋和丈斋山田三柳跋。该本大字半叶10行,行18字,小字半叶20行,行18字。无界栏,白口,单鱼尾,四周双边。整体保存较好,仅个别字刻印不清。

《荔斋吟余》虽非熊谷立闲授意刊行,诗之编次却出于其手。门人山田三柳云:"余生乎愿得先生所题之高诗,乞之不已。终手誊写一百首,被授之韫匮自珍。"[①]熊谷立闲正是在弟子固请之下,亲自誊写一百首诗赠予弟子,令其珍藏。后因出版商屡请刻印,山田三柳亦想此集流传于世,方有《荔斋吟余》之梓行。《荔斋吟余》于熊谷立闲在世时刊行,故从选诗到最终成书皆合其意。集中所选皆诗人生平得意之作,能反映其诗风与意趣。其中多为诗人与佛教僧侣及隐逸之士交游唱和之诗,"句俊而逸,调高而清,诚诗中之铿铿者"[②]。

值得注意的是,《荔斋吟余》仅收七律、五律和七绝三种体裁之诗,证明熊谷立闲在诗歌上主要用力于近体诗。而其专攻近体和诗集只收三体的做法,当受周弼《三体诗》的启发。纵览日本现存历代汉诗人诗集,在其之前及与之同时的日本汉诗人诗集,罕有仅收七律、五律和七绝三种体裁之诗者。

《荔斋吟余》虽是仿效《三体诗》分三体编纂诗集,但三体之次序却与之不同。关于《三体诗》三体的排列先后问题,中、日学者皆有讨论[③]。熊谷立闲《三体诗备考大成》所据底本为日本室町至江户时期

---

① 熊谷立闲《荔斋吟余》,王焱编《日本汉文学百家集》第81册,北京燕山出版社,2019年,第339页。

② 熊谷立闲《荔斋吟余》,王焱编《日本汉文学百家集》第81册,北京燕山出版社,2019年,第298—299页。

③ 村上哲见《三体诗解说》云:"据《素隐抄》所说,季昌本的顺序(五律、七律、七绝)是周弼所编的原型,将七绝作为第一卷,是天隐以意而改。"参见村上哲见《三体诗·解说》,《(新订)中国古典选》,朝日新闻社,1978年,第17页。按"季昌"为裴庾之字,"天隐"为圆至之号。原文为日文,此为笔者自译。

最为流行的《增注唐贤三体诗法》。因《增注唐贤三体诗法》以圆至注为主、裴庾注为辅，故诗体排序也依圆至注本，即按七绝、七律、五律之序编次。但据《三体诗》中诗法内容可知，周弼《三体诗》原本之编次当是五律在前、七律居中、七绝在后。周弼诗集《端平诗隽》四卷，古体诗后依次为五律、七律和绝句，也与其《三体诗》之编次相合[①]。然而，仿效《三体诗》体例编集的《荔斋吟余》，在编次上依次为七律、五律、七绝，不同于周弼原本和圆至注本。而且，《荔斋吟余》各体内部之诗，也并未如《三体诗》一般依格法细分。从各体的收诗情况来看，《荔斋吟余》七律、五律各二十五首(七律共二十三题，五律共十九题)，七绝五十首(共二十七题)，总一百首。七绝数量最多，相当于七律和五律的总和。

通览其集，可知"《荔斋吟余》一百首者……始于《早春》，终于《岁暮》。其中或绝或律，五言七言，伦而成章"[②]。其中，"始于《早春》，终于《岁暮》"，容易让人误以为诗题的编次与时令季节次序相应，但实际并非如此。不仅全集的编次不是按时序编排，各体内部的排序也非依季节排次。《早春》指《荔斋吟余》卷首之七律《早春作》，《岁暮》指卷末之七绝《岁暮寄昌堂上人》。所谓"始于《早春》，终于《岁暮》"，仅是指出卷首和卷尾之作，并无他意。但这两首诗分别置于全集之首、尾，则别有深意。

熊谷立闲所处的江户前期，禅林氛围依旧浓郁，许多日本文人都与僧人有往来，熊谷立闲也不例外。《荔斋吟余》中与佛教有关之诗多达 78 首，约占全集五分之四，其中 44 首是游览寺庙而发，34 首是酬赠僧人而作，可见佛教对熊谷立闲诗歌创作的巨大影响。虽然熊

---

① 按《端平诗隽》为其挚友李龏(1194—?)精选其诗而成。周弼生前曾自刊《端平集》十二卷行世。又李龏序云："吾伯弜平生心不下人，今隔九原，阅予此选，必不以予为谬。"周弼《端平诗隽》卷首《端平诗隽序》，影印文渊阁《四库全书》第 1185 册，上海古籍出版社，1987 年，第 526 页。

② 熊谷立闲《荔斋吟余》，王焱编《日本汉文学百家集》第 81 册，北京燕山出版社，2019 年，第 337 页。

谷立闲与僧人交从甚密，习染禅风，但立身行道仍是儒家本色。

熊谷立闲有多部著作传世，除诗集外，另有三部理学著作、三部诗类著作、一部游记和一部杂著。其中，《三体诗备考大成》在后世的影响最大。但在当时，真正奠定熊谷立闲学者地位的却是其理学著作。因为无论在佛门还是世俗，在当时，程朱理学都是显学，和诗歌一样，是作为一位学者必须学习和掌握的学问。熊谷立闲之父熊谷活水也是当时有名的儒者。熊谷立闲继承其父衣钵，以理学为正宗。父子二人皆有关于儒家经典的研究和著作，并以此享誉当时。在诗僧释如实眼中，熊谷立闲乃“儒门之英杰”，“素蕴孔孟之学，遍聚四来之士，讲习传颂，日以继夜，户外之履常满，舌端之耕不辍，虽至僻壤遐陬，犹闻邹鲁之风”。[①] 松雪道人也认为熊谷立闲为“儒林之秀者”[②]，并言其《三体诗备考大成》或可“有补于政化治道”[③]。松雪道人虽为方外之士，但他是熊谷立闲的知音。“诗者，心之声也。发士人之情性，关风教之盛衰，与王化治道相为表里”[④]，松雪道人认为，诗关乎教化，熊谷立闲为《三体诗》作笺注，除为传授诗艺外，也有意于以诗传道，所以他“乐为之序”[⑤]。

熊谷立闲在诗中曾以儒家先贤颜回和隐士陶渊明的典故自况。其诗多寄兴山水，抒发隐逸之情。诗集中不见怨气，多是恬淡自然和怡然自乐。他虽然生活清贫，但仍能安贫乐道。他学殖深厚，有诗才，却不愿寄人篱下，不行干谒之事，始终保持儒者的气节和隐者的

---

① 熊谷立闲《荔斋吟余》，王焱编《日本汉文学百家集》第 81 册，北京燕山出版社，2019 年，第 297 页。

② 熊谷立闲《增注唐贤绝句三体诗法备考大成》卷首《三体诗备考序》，御茶水女子大学藏日本延宝乙卯年(1675)刻本，第 2b 页。

③ 熊谷立闲《增注唐贤绝句三体诗法备考大成》卷首《三体诗备考序》，御茶水女子大学藏日本延宝乙卯年(1675)刻本，第 3 页。

④ 熊谷立闲《增注唐贤绝句三体诗法备考大成》卷首《三体诗备考序》，御茶水女子大学藏日本延宝乙卯年(1675)刻本，第 1a 页。

⑤ 熊谷立闲《增注唐贤绝句三体诗法备考大成》卷首《三体诗备考序》，御茶水女子大学藏日本延宝乙卯年(1675)刻本，第 3b 页。

风范。他虽未出仕，但依旧对国家和民生十分关注。

熊谷立闲将《早春作》作为最重要的一首置于卷首，是因为这首诗集中表达了他对家国的关怀、对民生的重视、对太平的颂赞和对盛世的期许。《早春作》云："尧历初颁传凤城，迎春化雨施升平。烟霞夺眼千峰晓，天地游心太古情。炉上试茶谙道味，窗前读易薄功名。东风入律逢嘉运，万象欣欣尽向荣。"[①]"尧历"一词，古代文书中常见，常与"新"字搭配，如李商隐《为京兆公陕州贺南郊赦表》云："臣伏奉正月九日制书，郊禋礼毕，改元为某，大赦天下者。既事虞郊，复新尧历。"[②]其中的"复新尧历"即指改元。熊谷立闲生年不详，此诗本事亦不知，"尧历初颁"，意或同"复新尧历"，也可能只是泛指新一年的正月。"凤城"，古人多用以指代京城，此指京都，即日本天皇所在地，也是诗人所居地。"迎春化雨施升平"，以"春""雨"喻帝王恩泽无边，能福泽万民。正因新年有此希望，诗人才有"天地游心""炉上试茶"和"窗前读易"的心情。"天地游心"，与颈联之"薄功名"暗合，意为驰心天地间，不为尘俗和名缰利锁所绊。"试茶""读易"看似平常事，但"谙道味"一语表明诗人于其中体悟的是"道"的精神。在古文经学者眼中，《易经》乃《五经》之首，蕴藏着天地间的至理，代表着洁净精微。精微，指的是道理之精妙幽微；洁净，指的是精神之纯粹澄净。"读易薄功名"，说明熊谷立闲在读《易》悟"道"的过程中，也在不断砥砺人格。熊谷立闲怀有儒家之抱负，志在悟道传教，虽不为功名，但祈愿万象欣荣、万家太平。末联呼应首联，显露的正是他的儒者关怀、盛世愿景。

《荔斋吟余》是基于分体的大原则编排的。《早春作》一诗因其特殊意义被安排在卷首，诗为七律，故七律部分的其他诗也随之置于诗集前部，以符合诗体分类的编排原则。这就是七律居于全集之首的

---

① 熊谷立闲《荔斋吟余》，王焱编《日本汉文学百家集》第81册，北京燕山出版社，2019年，第301页。

② 李商隐《为京兆公陕州贺南郊赦表》，刘学锴、余恕诚校注《李商隐文编年校注》，中华书局，2002年，第550页。

原因。

而五律居次和七绝殿后的缘由，可从《三体诗》中找到线索。周弼"三体诗法"虽分"三体"论述，但实则可归为两类：一是对绝句的探讨，一是对律诗的剖析。周弼原本顺序为五律、七律、七绝，圆至注本次序为七绝、七律、五律。二者的相同点，在于五、七律始终相随，七律、七绝也始终相邻。五、七律相邻，是因为二者间在体式上的差异要远小于与绝句的差异。七律、七绝相邻，是因为均为七言。周弼和圆至的编排正是基于这样一个归类原则。熊谷立闲遵循的也正是这一原则，所以七律后紧接的就是五律，而七绝因与二者的体式差异较大，被安排在了最后。

三体中，熊谷立闲的律诗较七绝更为出色，但其七绝也不容忽视。其律诗在前文中已有多处展示，故此处专论其七绝。日本汉诗家大多较擅长七绝，因七绝短小较律诗更易驾驭，又较五绝更便于抒情，故主攻七绝者众多。熊谷立闲也很重视自己的七绝创作，从选诗中一半是七绝便能看出。七绝适于写景抒情，故熊谷立闲的七绝也多是描写景色和抒发情怀之作。和七律、五律相比，他的七绝述景并不突出，反而是抒情色彩更为浓烈，令人印象深刻。如卷末的《岁暮寄昌堂上人》："世态奈难任懒生，索居岁晚独堪惊。多年幸结白莲社，咫尺何如千里情。"[①]"咫尺"与"千里"，意正相反。然反意用之，谓咫尺之近不如千里之情，写得极好。熊谷立闲晚年多有孤独之感，幸有诸僧友为精神伴侣，才能聊慰平生。昌堂上人正是其至交。二人不仅交流佛学，也切磋诗艺，彼此唱和。在昌堂上人眼中，熊谷立闲之诗"有格有致，内含天然之妙趣，外尽物化之性理……可谓诗禅同一也"[②]。而此诗作为诗集压轴之作，亦可谓饱含深情、留有深意。

---

① 熊谷立闲《荔斋吟余》，王焱编《日本汉文学百家集》第81册，北京燕山出版社，2019年，第335页。

② 熊谷立闲《荔斋吟余》，王焱编《日本汉文学百家集》第81册，北京燕山出版社，2019年，第337—338页。

如果说卷首的《早春作》侧重于言志，那么卷末的《岁暮寄昌堂上人》则偏重于抒情。熊谷立闲以《早春作》表明自己的志向和怀抱，以《岁暮寄昌堂上人》阐述自己的幽情。他将述志之作居于前，将言情之作置于后，并非不看重情。他对友情十分珍视，所以压卷之作是送给挚友的诗。但在他心里，国家重于个人，所以对民生的关怀放在首位。这种编排，正是儒家的意识在起作用。“志”与“情”在理学家眼中有着明确的不同，熊谷立闲也深明此理。他曾为南宋理学家陈淳的《北溪字义》作注，也在《三体诗备考大成》中引用此书解释何为“志”，其云：“志者，心之所之……谓心之正面全向那里去。如志于道，是心全向于道；志于学，是心全向于学。”[①]而所谓“情”，即“性之动也”，“在心里面未发动底是性，事物触着便发动出来是情。寂然不动是性，感而遂通是情”，“情者心之用，人之所不能无”，然须“中节”。[②] 集中虽偶有悲伤惆怅之诗，但均发而中节。全集的整体基调便如卷首的《早春作》所奠定的情绪一般，带着淡淡的愉悦与欢欣。从家国情怀通往个人幽情，从理想志向走向内心隐秘。正因为诗集的编次在诗体分类的大原则下，兼顾了诗篇的内容和性质，所以才未完全按周弼《三体诗》或圆至注本的分体次序排列。换言之，熊谷立闲对诗集的编纂，是在认可《三体诗》分体编纂原则的基础上，结合自己的诗学理念而做出的适应性改变与接受。这样的接受方是真正的会得深意而为我所用。

熊谷立闲对《三体诗》的传播与接受不仅是全方位、多角度的，其传播与接受本身也是一个长期且动态变化的过程。如果说早年的讽诵与吟咏，是其深入了解《三体诗》的基础；后来的授徒教学与撰写注本，是其进一步研究《三体诗》的心得成果与传播《三体诗》的重要方式；那么中晚年的诗歌创作和有意的编集效仿，就是其对《三体诗》诗

---

① 熊谷立闲《增注唐贤绝句三体诗法备考大成》七绝卷一张继《枫桥夜泊》，御茶水女子大学藏日本延宝乙卯年(1675)刻本，第 39b 页。

② 陈淳著，熊国祯、高流水点校《北溪字义》卷上“情”条，中华书局，1983 年，第 14 页。

法和编纂体例的最好实践。熊谷立闲通过对《三体诗》的数十年学习，从中吸取养分，最终化成了自己笔下之诗，成为当时有所成就的诗家，在后世也获得了公认。

（上海师范大学唐诗学研究中心）

跨文化交流下唐诗的图像阐释

——以《唐诗选画本》为中心*

郁婷婷

内容摘要：在中日跨文化交流的背景下，日本江户时代嵩山房出版的《唐诗选画本》七编共三十五册在图像阐释上别具特色，体现了唐诗接受的不同层次与阶段。《唐诗选画本》中的日本唐诗诗意图，融合了中国画谱经验，拓展了唐诗的阅读主体和形式，即从知识阶层的纯文本阅读拓展到庶民大众的图文欣赏。《唐诗选画本》的成书促进了明代李攀龙《唐诗选》在日本的传播方式走向通俗化和产业化，其间体现了日本书商、画家、读者和文本四者之间的互动关系。基于对唐诗的理解，日本《唐诗选画本》前五编不同程度地仿借中国画谱中的图式，描绘画家想象中的中国风情与美学理想，体现了中日文化的交流与融合；后二编呈现出与前五编不同的"庶民跃动感"式画风，这种新变与日本美术的发展以及画家对唐诗意象的新体认、对艺术的别致追求有关。从江户时代到明治

* 本文系国家社科基金重大项目"东亚唐诗学文献整理与研究"（18ZDA248）阶段性成果、国家社科基金社科学术社团主题学术活动"中国特色文论体系研究"（编号20STA027）成果之一。

时代，日本画家对唐诗的图像阐释逐渐融入日本文化的审美趣味，这也促进了唐诗在东亚的进一步流传。

关键词：中日跨文化交流；《唐诗选画本》；图像阐释；唐诗接受

Image Interpretation of Tang Poems in Intercultural Communication — Centered on *Selected Paintings of Tang Poetry*

Yu Tingting

Abstract: In the context of cross-cultural communication between China and Japan, *Selected Paintings of Tang Poetry* published by Songshanfang in the Edo era in Japan, with a total of 35 volumes, has unique characteristics in image interpretation, reflecting the different levels and stages of acceptance of Tang poetry. The poetic imagery of Japanese Tang poetry in *Selected Paintings of Tang Poetry* integrates the experience of Chinese painting, expanding the subject and form of reading Tang poetry, from pure text reading by the intellectual class to the appreciation of images and texts by the general public. The publication of *Selected Paintings of Tang Poems* promoted the popularization and industrialization of the dissemination of Li Panlong's *Selected Tang Poems* in Japan during Ming Dynasty, reflecting the interactive relationship between Japanese booksellers, painters, readers, and texts. Based on the understanding of Tang poetry, the first five volumes of Japanese *Selected Paintings of Tang Poetry* imitate the patterns in Chinese painting to varying degrees, depicting the Chinese customs and aesthetic ideals imagined by the painter, reflecting the exchange and integration of Chinese and Japanese culture. The latter two

volumes present a different style of painting from the first five volumes, which is related to the development of Japanese art, the painters' new recognition of the imagery of Tang poetry, and their unique pursuit of art. From the Edo era to the Meiji era, the pictorial interpretation of Tang poetry by Japanese painters gradually integrated into the aesthetic taste of Japanese culture, which also promoted the further spread of Tang poetry in East Asia.
Keywords: Sino-Japanese cross-cultural communication; *Selected Paintings of Tang Poetry*; image interpretation; reception of Tang poetry

明代李攀龙所编《唐诗选》是日本江户至明治时代最为风行的唐诗选本,既往研究多以唐诗文本为中心,选本中的相关图像材料尚未受到充分关注。事实上,不少日本著名画家参与了唐诗选本的重构,他们以绘画的方式对唐诗进行阐释,形成日本唐诗诗意图。这些图像凸显或补足诗歌内容的某些要素,往往让唐诗的意味更加丰富,也促进了唐诗在东亚文化圈的进一步传播与接受。其中日本江户时代嵩山房出版的《唐诗选画本》在图像阐释上别具特色,体现出其时唐诗接受的层次与阶段,值得关注。本文拟将之置于中日跨文化交流语境下,考察日本不同身份读者接受唐诗的演进过程,探讨唐诗及中国画谱在日本的传播及接受效果。

一、《唐诗选画本》的成书及影响

江户中期,以唐诗为主题的画本已渐成风潮。[①] 由于天明时期对画谱类书籍的尊重和盛行之风[②],在书商小林高英的推动下,《唐诗选画本》(下简称《画本》)初编于天明八年(1788)雕刻初版,通过整版雕

① 据《木版绘本年表》记载,宝历三年(1753)刊有西川佑尹所画《绘本唐诗仙》一册;宽延四年(1751),大冈春卜编《画史会要》,其中绘有"王元章(王冕)笔"的唐诗诗意图;安永三年(1774),又有以汉画配唐诗的《百人一诗画谱》初刊本等。

② 大庭卓也《补说·〈唐诗选画本〉成立の背景》,《久留米大学文学部纪要》2016年第32·33合并号,第51页。案,本文所引日本文献均译成中文。

印复制技术将唐诗画本作为知识商品推向市场。《画本》初编借鉴明代《唐诗画谱》诗、书、画"三绝"要素，并加入假名诗解。初编画师橘石峰序曰："画以肖诗，傍书其诗，解以国字，而为三迹。"[①]这体现了他对中国诗、书、画"三绝"传统的体认。菅忠俊对此赞曰："画以夺乎鹞竹斋，解以识诗心字仪，发蒙之道莫捷焉。可谓入室升堂之户门也。"[②]有插图搭配，读不懂文字的人也有可能理解诗意。《唐诗选》作为一部中国唐诗选本，加入假名诗解后，在图像的形式外多了一种理解唐诗的途径，更能适应日本普通读者的阅读需求。诗、书、画、解四要素相结合，有助于拓展《画本》的读者群。正如橘石峰《画本唐诗选自序》所言，"此举一为童蒙耳"[③]，此所谓"童蒙"不唯幼稚少儿，更指于唐诗所知甚少的普通人，可见这是一本普及性唐诗读物。

《画本》共七编，每编各五册，各编正价金贰拾三钱[④]，共三十五册，用楷、行、草、篆书等任一形式书写。其成书过程大致分为两个阶段：第一阶段是天明八年(1788)至宽政五年(1793)的五年间(江户中期)，由橘石峰、铃木芙蓉、高田圆乘、北尾重政分别执画，完成《画本》初编至四篇，所录唐诗选自《唐诗选》中五言绝句、七言绝句、五言律诗、五言排律、七言律诗。初编诗解未说明来源，续编至四编则直接"旁书国字解"[⑤]。第二阶段是天保三年(1832)至天保七年(1836)的四年间(江户后期)，由小松原翠溪执画完成《画本》五编；葛饰北斋执画完成《画本》六至七编。均选自《唐诗选》中五言古、七言古、五言律、五言排律、七言律，诗解则由读本作家高井兰山所撰。相关情况见下表。

---

① 橘石峰《画本唐诗选自序》，《唐诗选画本(初编)》，嵩山房1805年刊本，序页2a。
② 《唐诗选画本(初编)》，嵩山房1805年刊本，尾页1a。
③ 橘石峰《画本唐诗选自序》，《唐诗选画本(初编)》，嵩山房1805年刊本，序页2b。
④ 嵩山房编《改正嵩山房发兑书目》，嵩山房1891年印本，第59页。
⑤ 铃木芙蓉《自序》，《唐诗选画本(初编)》，嵩山房1790年刊本，序页1b。

编次	出版时间	唐诗体裁	画师	假名诗解	雕师
初编	天明八年(1788)初版	五言绝句	石峰先生(橘石峰)		杉田金助
	文化二年(1805)再版				
续编	宽政二年(1790)初版	七言绝句	芙蓉先生(铃木芙蓉)	服部南郭《唐诗选国字解》	杉田金助
	文化十一年(1814)再版				
三编	宽政三年(1791)	五言律诗、五言排律、七言律诗	高田圆乘	服部南郭《唐诗选国字解》	杉田金助
四编	宽政五年(1793)	七言绝句	红翠斋主人(北尾重政)	服部南郭《唐诗选国字解》	未知
五编	天保三年(1832)	五言古诗、七言古诗	翠溪先生(小松原翠溪)	高井兰山撰	杉田金助
六编	天保四年(1833)	五言律诗、五言排律	前北斋为一(葛饰北斋)	高井兰山撰	杉田金助
七编	天保七年(1836)	七言律诗	画狂老人卍翁(葛饰北斋)	高井兰山撰	杉田金助 江川留吉

由上表可知,全套《画本》的成书经历了较为漫长的过程。《画本》初编、二编收录《唐诗选》中五言绝句、七言绝句,这两编《画本》继初版后皆再版重刻,证明市场行情不错。这缘于开拓了广大的庶民读者市场,《唐诗选》通过画本这一形式得到更广泛的传播。

收录《唐诗选》部分律诗以及接续《画本》二编七言绝句的《画本》三、四编，亦分别于宽政三年(1791)、宽政五年(1793)有序刊行。而《画本》四、五编之间相隔 39 年之久，这或许与诗歌的体裁与内容有关。《画本》前四编多为绝句体裁，简洁而凝练，易诵易记，最易表现视觉的意象。即便是《画本》三编的律诗体裁，画家高田圆乘在为《唐诗选》配图时亦有其“选”的自觉。《画本》三编中画家更倾向于唐诗中“雅致”的兴象，多为描绘如《野望》《秋思》《临洞庭》《苏氏别业》等山居、园林、闺怨及文人日常生活的唐诗，至于《唐诗选》五律、五言排律、七律卷中所选的应制诗则未尽绘。应制诗与普通人的日常生活没有关系，长篇不易记诵，故事情节复杂，也不易选制图像。《画本》五编至七编的诗歌多为较难成像的长篇应制诗，故或被搁置出版。关于《画本》五编至七编得以续刊的主要原因，笔者认为与唐诗画本的市场行情、社会热度以及葛饰北斋的影响力有关。江户时代日本出版文化进一步发展，画本类书籍热销；《唐诗选》也持续畅销，成为“形成日本人中国文学方面的修养和兴趣之重要部分”[①]。葛饰北斋是读本插图领域的金字招牌[②]，《画本》五编至七编出版的时间(天保三年至天保七年)，正是他执画《新编水浒画传》系列二编至四编前帙的热销期间(文政十一年至天保六年)。《画本》在五编刊记页预告《画本》六、七编由葛饰北斋创作，亦显示出嵩山房以人气画家为卖点的经营策略。

《画本》的成书既与嵩山房以市场为中心的经营策略有关，更与中日间跨文化交流的加深密不可分。众所周知，汉籍东传推动了日本对汉文化的接受。江户初期，临济宗高僧隐元及其徒众东渡日本传法，在德川幕府的支持下成立黄檗宗，并将大量中国明清典籍、书画等介绍到日本。随着清朝“展海令”的颁布，从中国开往日本长崎的“唐船”急剧增多，形成海上“书籍之路”。在传往

---

① 日野龙夫《唐诗选国字解・解说》，平凡社，1982 年，第 1 页。

② 高色调文化编《葛饰北斋》，金城出版社，2022 年，第 98 页。

日本的汉籍中,《唐诗选》是日本最被广为阅读的唐诗选本。即使江户后期萱园诗派势力消退,《唐诗选》依然是日本人学习汉诗创作的重要范本。据大庭卓也统计：到幕末为止,《唐诗选》共有75种和刻本,其中拥有出版权的江户(今东京)书肆嵩山房版就有42种[①]。对此盛况,时人新井白蛾称:"江户书铺嵩山房刻服部南郭校《唐诗选》,其发兑初鬻了一千部,自其比年所贩不下二三千部。"[②]

江户中期,日本以商业和消费为基础的大众社会结构已逐渐成熟。与日本当时流行的小说体裁"草双纸"一样,《唐诗画谱》《芥子园画传》等源自中国的图解书也成为日本通俗读物,逐渐受到庶民阶层的喜爱,因而多次刊行。画谱类书籍的多产性和普及性推动了日本画本产业的肇兴,江户的书商纷纷选择"开创一条新的销售路线：在庶民中积极培养新读者"[③]。出版产业的转型,促进了知识接受方式的转变,扩大了普通大众的读者群。比如延宝八年(1680),浮世绘先驱菱川师宣为日本和歌《百人一首》作画,"于是,妇女之辈爱玩不怠诵习"[④]。《唐诗选》与《百人一首》并行多年[⑤],在萱园诗派大力导倡下,形成举世崇唐的风潮。《唐诗选》更与日本本土文化相融合,出现了《异素六帖》《唐诗笑》《俗谈唐诗选》《荡子筌枉解》《通诗选》等大众通俗读物。其中购买力较强的町人更是崇尚汉学的主体,混杂了商人、作坊主、旅馆老板、小店主和城市手艺人等各色人物。[⑥] 在出版了

---

① 大庭卓也《和刻〈唐诗选〉出版の盛況》,堀川贵司、浅见洋二编《苍海に交わされる诗文》(东アジア海域丛书：13),汲古书院,2012年,第171—206页。

② 东条琴台《先哲丛谈后编》卷八,东学堂,1892年,第189页。

③ 今田洋三《江戸の本屋さん：近世文化史の側面(平凡社ライブラリー：685)》,平凡社,2009年,第43页。

④ 橘石峰《画本唐诗选自序》,《唐诗选画本(初编)》,嵩山房1805年刊本,序页1b。

⑤ 橘石峰《画本唐诗选自序》,《唐诗选画本(初编)》,嵩山房1805年刊本,序页2a。

⑥ 高居翰《诗之旅——中国与日本的诗意绘画》,生活·读书·新知三联书店,2012年,第129页。

多种《唐诗选》关系书并取得商业上的成功后[1]，嵩山房亦开始考虑走大众化销售路线。嵩山房第四代店主小林高英在《书〈唐诗选画本〉后》称："高英四世之祖岁仲者，以春台、南郭二先生撰著，皆藏于铺里，故其为嵩山房著矣。赐顾诸君子，月日进哩，其后祖君先人相继刻《唐诗选》者，凡十余种，特欠画而已。盖祖文由尝欲尽备，以承岁仲之意，乃谋石峰先生，而性多病，未果而逝矣。父祐之亦不果而逝矣。"[2]可见出版雅俗共赏的《唐诗选》画本已在嵩山房几代店主的企划中，这与江户时代《唐诗选》的风行息息相关。庶民的阅读需求推进了日本出版业的发展，促使汉文化接受层面不断扩大。《画本》是嵩山房版《唐诗选》的衍生读物，更是向包括庶民在内的日本广大唐诗爱好者传播唐诗的媒介。

与此同时，中国画论、画谱的传入为日本画家、雕师、摺师传来绘画的新知识、新理论与雕印新技术，推动了日本美术的发展。为了满足日本画家和艺术爱好者的阅读需求，日本书商开始制作新的雕版来重印明清画谱。比如明黄凤池所编《唐诗画谱》等八种画谱传到日本后，成为新的粉本被翻刻为和刻本[3]。这些中国画谱对18世纪至19世纪上半叶的日本画坛产生了极大影响。日本美术史专家武田光一认为彭城百川的山水画活用两种方法：一是木板画谱，一是中国画。其中以《唐诗画谱》为代表的《八种画谱》便是典型代表。[4] 彭城百川、池大雅等日本文人画家极其借重《唐诗画谱》等木

---

① 江户中期以后，《唐诗选》及其关系书的出版几被嵩山房独揽。随着嵩山房在与文林轩争夺宇野东山《唐诗选》国字译书的版权案中获胜，传服部南郭讲述的《唐诗选国字解》初版于天明二年(1782)发行。此后，嵩山房刊行了诸多《唐诗选》注释书，如天明四年(1784)刊宇野东山所述《唐诗选解》、天明四年(1784)刊户崎淡园笺注《笺注唐诗选》、天明六年(1786)刊宇野东山所述《唐诗选弁蒙》(《唐诗选解》修订本)等。

② 小林高英《书画本唐诗选后》，《唐诗选画本(初编)》，嵩山房1805年刊本，尾页1b—2a。

③ 关于《唐诗画谱》和刻本，参见西川宁、长沢规矩也编《和刻本书画集成》，汲古书院，1976年。

④ 武田光一《彭城百川の山水画について——中国画谱との关系を中心に》，《Museum》No. 469，东京国立博物馆美术志4月号，1990年，第37页。

刻版画一类的图像来源，这些画谱印刷品推动了日本南画的兴起与发展。[①]

《画本》显然受到明人黄凤池所编《唐诗画谱》的影响[②]，在图文转译方面借鉴颇多，并形成套语化惯用图式。以边塞诗为例，《画本》二编《从军行》（王昌龄）、四编《军城早秋》（严武）、四编《听晓角》（李益）诗歌配图中的“城楼”“军旗”等意象，均借用了《唐诗画谱》中《军中登城楼》（骆宾王）的图式。又如送别诗，《画本》四编《古别离》（韦庄）及《九日送别》（王之涣）诗歌配图中的对饮喝酒的两位人物，采用了《唐诗画谱》中《三台》（王维）中松下喝酒的图式。再如同写“马”的诗篇，《画本》初编《长安道》（储光羲）完全移借了《唐诗画谱》中《少年行》（王维）“系马高楼垂柳边”的图式，画分左右两部分，画面左侧为拴马于柳树之上，画面右侧的楼阁及二楼的人物亦完全仿借了《唐诗画谱》中的图式。《画本》二编《凉州词》（王翰）的配图亦借用同样图式，只是将画面左侧改为骑马样式以呼应“欲饮琵琶马上催”。中日两国有共同的汉字、美术为基础，因诗歌主题或诗中语象相近，《画本》学习、利用、拼接中国画谱的图式，描绘了日本画家想象中的唐诗意境。这种跨文化图像转译与中日间的跨文化交流密不可分。

正如日本流行的中国谚语“百闻不如一见”，当唐诗被转译成图像，想象世界里的虚境被切换为可以眼见的实景，唐诗也因此吸引更多读者。在双纸书盛行的江户时代，《画本》以语图互文的跨媒介形式受到日本大众的欢迎。在《画本》初编推出的同期，嵩山房还出售了歌牌《唐诗选歌留多》（以《唐诗选》中五、七言绝句为主题）。《唐诗选歌留多》与《画本》几乎同步销售，据《享保以后江户出版书目》载：

---

① 参见徐小虎《南画的形成》，广西师范大学出版社，2018 年；高居翰《诗之旅——中国与日本的诗意绘画》，生活 · 读书 · 新知三联书店，2012 年。

② 参见大庭卓也《补说 · 〈唐诗选画本〉成立の背景》，《久留米大学文学部纪要》2016 年第 32 · 33 合并号，第 41—60 页。需要注意的是，《唐诗画谱》对《唐诗选画本》的影响主要基于和刻本。

嵩山房于天明七年十二月申请出版《唐诗选歌留多》全百张[①]。将《唐诗选》中的绝句做成歌牌来玩，这在中国是没有的，是日本独特的民俗，以唐诗为主题的歌牌游戏融入日本大众的生活。幕末以后，《唐诗选》依然广泛流行。在日本庶民阶层中还流行唐诗“都都逸”的娱乐形式[②]，歌谣中间两句多取自《唐诗选》。这些“都都逸”配以浮世绘画作将唐诗诗意移植到日本审美趣味中，有《唐诗作加那》《五色染诗入纹句》《唐诗作假名》等作品集。此外，以《唐诗选》为主题的画本还有《头书图汇讲解唐诗选》(下村训贺训解)、《画入译解唐诗选》(大馆利一训解)、《鳌头和解画入唐诗选》(大久保常吉训解)等，这些诗歌选本中的插图则多渊自《画本》。明治十三年(1880)嵩山房又瞄准市场需要，刊行了《绘本唐诗选五言绝句》。此书以北斋画作为主体，以诗配图，共52首。据《改正嵩山房发兑书目》载：“这本书是北斋先生经过多年潜心画《唐诗选》五言绝句的真迹，如人物禽兽，栩栩如生，目前远销国外，已售出数千本。”[③]可见诗意图像化的唐诗读物市场价值可观，唐诗的传播方式走向产业化。

《画本》是由日本画师、文人、雕师合力完成之诗意图像化的普及性唐诗读物。《画本》的出版不仅与嵩山房的经营策略有关，更与中日跨文化交流相关。以图解诗、语图互文的形式有助于拓宽以庶民为代表的新兴读者群，体现了江户时期书籍史的转变。在传播与接受唐诗的文化空间中，《画本》兼具了启蒙性、艺术性、娱乐性、商品化的大众化文本形式。随着以《唐诗选》为代表的唐诗融入日本文化的审美趣味，江户、明治时代还出现了《唐诗选歌留多》、唐诗都都逸以及多种《唐诗选》画本，体现了以《唐诗选》刊行为代表的唐诗传播方式进一步走向通俗化和产业化。

---

① 歌留多是日本的一种纸牌游戏，游戏者用的牌上只写有下句，听读牌的人读上句，找对应的纸牌。详参大庭卓也《嵩山房小林新兵卫の〈唐诗选かるた〉について》，久留米大学大学院比较文化研究科编《比较文化年报》2021年，第1—53页。

② 都都逸，一种七、七、七、五共二十六个音的歌谣形式。

③ 嵩山房编《改正嵩山房发兑书目》，嵩山房1891年印本，第82—83页。

二、《唐诗选画本》诗意图的特点与唐诗接受

《画本》以唐诗作为绘画转喻的意象底本，当唐诗经由日本画家的图像阐释呈现于读者，便是日本唐诗诗意图[①]。诗意图是将诗意图像化的跨媒介艺术，《画本》中的诗意图创作历经 48 年，由六位不同流派的画家完成。他们的画法各有所长，如初编画家橘石峰（1679—1748）为狩野派画家，“入狩野探山门下后，以一家画法闻名于世，不失狩野流骨法，于木板画中获妙，精密奇巧”[②]。二编画家铃木芙蓉（1752—1816）从日本南画旗手谷文晁学画并探索南苹画派的写生画；四编画家北尾重政（1739—1820）注重对世俗生活的真实描绘；六、七编的画家葛饰北斋（1760—1849）开创了葛饰派，画风写实自然且富有想象力。这六位不同流派画家的文化背景与审美旨趣各有不同，对唐诗的理解与接受各有差异，其创作的诗意图亦各具特点。但无论是画面呈现还是艺术风格，《画本》中的诗意图都不同程度地吸收、融合中国绘画的因子，体现了中日美术交流的加深，具有绘画史意义。

自明清典籍东传，日本对中国文学、艺术的模仿成为潮流[③]。以《唐诗画谱》为代表，中国画谱中的图式受到日本画坛的关注。如前文所述，《画本》对《唐诗画谱》的图式借鉴颇多。在诗意图中，图式作为另类修辞可以填补诗语空白、再现诗歌场景。这些有关中国古典诗词语境下的图式，为日本画家提供了一套关于中国文化的绘画范本。这是由画谱的程式性决定的，而艺术家跟作家一样，需要一套语汇才能动手从事现实的一个“摹本”[④]。《唐诗画谱》为唐诗绝句选本，以下以收录绝句的《画本》初编、二编、四编与《唐诗画谱》展开对比分

---

① 此处指广义的诗意图，即旨在展现诗意的图像。

② 池田义信《无名翁随笔·橘守国》，《燕石十种. 3 辑》，1886—1888 年写本。

③ 仲田胜之助《絵本の研究》，八潮书店，1977 年，第 143 页。

④ E. H. 贡布里希《艺术与错觉——图画再现的心理学研究》，广西美术出版社，2012 年，第 75 页。

析。《画本》与《唐诗画谱》共有十首同题诗，分别是《左掖梨花》（丘为）、《竹里馆》（王维）、《春晓》（孟浩然）、《登柳州蛾山》（柳宗元）、《峨眉山月歌》（李白）、《三日寻李九庄》（常建）、《春行寄兴》（李华）、《西宫秋怨》（王昌龄）、《郡中即事》（羊士谔）、《十五夜望月》（王建）。通过对比，笔者发现一个有趣的现象：《画本》中的诗意图仅《左掖梨花》对《唐诗画谱》的同题诗作全盘摹仿，另有九首同题诗在学习、借鉴中国绘画的基础上呈现新貌。画家根据读者需要与自身的诗意解读，将唐诗的图像阐释与日本经验形成本土化融合。

首先，是全景式画面的呈现。明人黄凤池所编《唐诗画谱》以画意选诗，所选画作在画面呈现上以展现画意为旨趣。既有全景式诗意图（通过再现诗中的意象与诗意相呼应），又有"截句入图"式的画面呈现（选某句诗中意象烘托全诗意境）。以《春晓》（孟浩然）一诗为例。原诗语言平易浅近，在明代耳熟能详，《唐诗品汇》《唐诗选》《唐诗归》《唐音癸签》《唐诗镜》等在明清时期流通的唐诗选本皆有收录此诗。观者对《春晓》原诗已有了先行阅读体验和初步想象。因而这首诗明代画家并未采用意象全备的全景式，而是"截句入图"，重点抓住"处处闻啼鸟"一句，仿林良画风笔意，将诉诸听觉感官的春声通过春花、啼鸟的特写呈现出来，表现爱春、惜春之意（图 2）。《画本》初编画师橘石峰却未仿借《唐诗画谱》的《春晓》图式，而是全面贯彻了全景式的创作理念。画分左右两部分，画面左侧，以远景呈现了两只小鸟盘旋于花树之间，屋外落花满地。画面右侧，轩窗四面洞开，一人趴在卧榻听室外鸟声啁啾。又有一鸟站立屋顶，似是招引同伴（图 1）。橘石峰将诗中"春眠""闻啼鸟""花落知多少"的语象逐一呈现于画面中，通过语图符号的对应实现诗意转译。全景式画面的呈现在与《唐诗画谱》同图式的对比中也较为明显。如《画本》二编《从军行》（王昌龄）诗意图，画作采用"一水两岸"的经典构图，画面左前方的城楼、军旗、兵器以及树木借用了《军中登城楼》（骆宾王）的图式，画面右后方则增加了长云、雪山的描绘，将"青海长云暗雪山，孤城遥望玉门关"的场景于图中展现；又如《画本》四编《江南行》（张潮）诗意图，

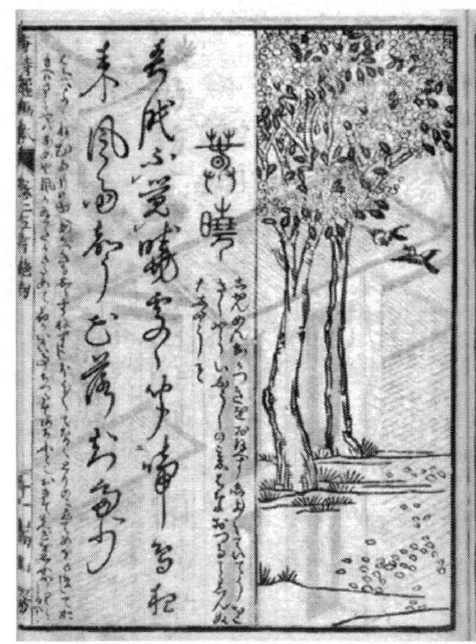
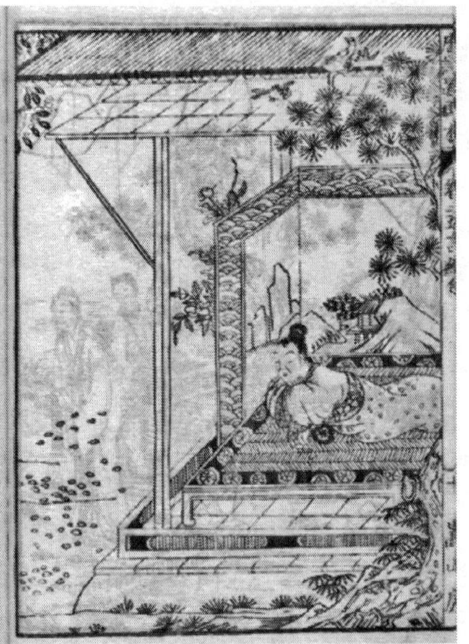

图 1 《春晓》,《唐诗选画本》初编第二册,第 10b—11a 页

借用《唐诗画谱》中《静夜相思》(李群玉)“临亭相思”的构图,并将主人公改为思妇临水执扇沉思貌,以贴合《江南行》“妾梦不离江上水”的诗意。

全景式诗意图更趋向于图解功能,“以象解象”的表现方式直观易解,适合《画本》以“童蒙”为取向的读者群的阅读需求。受明清诗学思潮的影响,江户中期的诗论由崇宋转而尊唐,以《唐诗选》为代表的唐诗广泛传播,江户诗坛迎来了唐诗接受的高潮。但作为普通大众的庶民阶层,只能借助训读、训解勉强读懂唐诗的部

图 2 《春晓》,《五言唐诗画谱》

分字面意思，还无法跨越思维与语言的障碍去领会唐诗的内蕴。萱园诗派大儒荻生徂徕对此有清醒的认识，他曾言："此方学者以方言读书，号曰和训，取诸训诂之义，其实译也，而人不知其为译矣。……是以和训回环之读，虽若可通，实为牵强。"①可见就启蒙对象而言，对于唐诗的接受还在初步层次。随着江户中后期市民文化的兴起，《画本》成为面向唐诗爱好者的启蒙读物。将诗中语象与图像呈现逐一按覆，通过直观形象培养读者的审美的想象，这是画家基于"童蒙"读者群作出的选择。

其次，是画家对唐诗的独特阐释角度。《画本》中的诗意图是日本画家对唐诗意象的模仿和再现，在图文转译中，语图符号之间的互相指涉体现画家对唐诗的理解与接受。比如《静夜思》(李白)一诗在《画本》中的构图：一轮圆月从远山升起，画中人物于床前盘腿而坐，并作低头状(图 3)。在中国文化的语境里，"月"的形象往往寄寓思

图 3 《静夜思》,《唐诗选画本》初编第一册，第 10b—11a 页

---

① 荻生徂徕《译文筌蹄》初编卷首，日本正德五年(1715)沢田吉左卫门刊本，第 2a—2b 页。

念之情。《李太白诗醇》载徐增曰:“因‘疑’则‘望’,因‘望’则‘思’,并无他念,真‘静夜思’也。”[①]《画本》中“低头”的模态描绘十分显眼,呼应了结句“低头思故乡”,则舍弃了“举头望山月”。这般“再选择”,体现了画家对此诗的接受重点,与意旨相合,这又与唐诗选本的日本注释书形成对话与互动。从字面意思来看,由低头方才思故乡。稍早于《画本》刊行的《唐诗儿训》(新井白蛾解)在分析《静夜思》一诗时亦云:“‘低头’之字可见怀思真情”[②]。值得关注的是,嵩山房曾于明治初期发行葛饰北斋晚年(江户后期)所作《绘本唐诗选五言绝句》。在这套绘本中,葛饰北斋重点展现了“望山月”的动作模态(图4),由

图4 《静夜思》,《绘本唐诗选五言绝句》第一册,第12b—13a页

① 陈伯海主编《唐诗汇评(增订本)》,上海古籍出版社2015年版,第936页。

② 新井白蛾《唐诗儿训·五绝》,日本宝历八年(1758)刊本,第8b页。

低头到举头的选择变化，亦可窥见唐诗接受的演进过程。

此外，画家对诗歌的“误读”导致图像对诗歌内容的错构。如钱起《逢侠者》：“燕赵悲歌士，相逢剧孟家。寸心言不尽，前路日将斜。”诗歌“描写游侠忽遽相逢，行径如画”，“抱难吐之情，而值萧飒之景，真有易水悲歌气象”①。日本古注派学者皆川淇园《唐诗通解》对此诗解释道：“燕赵悲歌慷慨之士，其侠节可依赖，而吾适与相逢于剧孟之家。因欲语平日寸心所蕴，其言不得尽，匆匆别去，盖以吾前路有程而日景将斜，岂非可恨哉！”②《画本》初编配画却将《唐诗画谱》中《春郊醉中》（熊孺登）的“踏青宴饮醉春图”挪借于此。原诗表达了悲、恨之情，画家却借用了友人相逢醉饮之乐的图景。这种悲与乐的反差，造成了图文偏离。画家对唐诗的图像阐释基于对唐诗的理解与接受，《画本》中画家对名句的“再选择”与对诗歌的“误读”，体现了对唐诗的理解与接受尚在初步阶段。

再者，是中日画本图式的调和。比如《画本》初编中《春晓》的春景图并非首现，而是源自橘石峰更早创作的《扶桑画谱》之《春怨诗图》（朱氏）（图5）。《画本》之《春晓》配图中的卧榻、轩窗亦颇具扶桑之风。《扶桑画谱》为橘石峰仿明人蔡冲寰（《唐诗画谱》的主画者之一）所绘的画谱，橘石峰通过移植、嫁接部分日本文化元素，“将诗歌之意画在纸上”③。《春怨诗图》本为闺怨诗，将其图式转嫁于《春晓》一诗倒也贴合诗意。春景、卧榻等文化意象在中日两国兼有闲适、闺怨之意。正是这类不受时空所限的东亚文化意象，承接了东亚交流的契机。④ 又如《画本》二编之《赴北庭度陇思家》（岑参），此配图以江户南苹派画家宋紫石《古今画薮后八种·四体画谱》之“白鹦鹉”图式

① 陈伯海主编《唐诗汇评（增订本）》，上海古籍出版社，2015年，第1994页。

② 皆川淇园《唐诗通解·五言绝》，日本宽政五年（1793）丹阳藩源府藏版刊本，第12b页。

③ 内藤道有《扶桑画谱序》，《扶桑画谱》，玉枝轩刊本，序第1b—2a页。

④ 板仓圣哲《作为东亚图象的潇湘八景图——十五世纪朝鲜前期文人所见到的东亚潇湘八景图》，石守谦、廖肇亨编《东亚文化意象之形塑》，台北允晨文化实业股份有限公司，2011年，第167—190页。

为参考。清朝渡日使节黄遵宪《日本杂事诗》曾赋诗曰:“南苹师法南田笔,南北禅宗合一家。偏是蛾眉工淡扫,青螺烟墨写秋花。”[1]这首诗写中国绘画对日本绘画的影响及日本画风之变,诗中“南苹师法”即指宋紫石所属南苹派的写实主义画风。《画本》在参考中国画谱外,借鉴日本画本的图式,这也正体现了日本画师力求革新的精神。需要说明的是,《画本》所借鉴的日本画本多受中国画谱影响,因而画面素材调和了中日两国文化元素,体现了中日美术的交流。

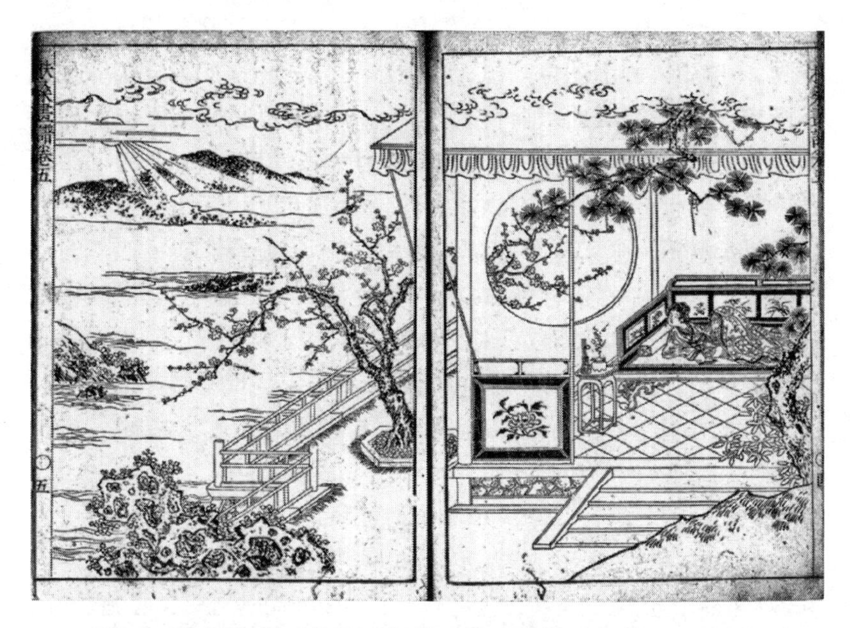

图5 《春怨诗图》,《扶桑画谱》第五册,玉枝轩刊本,第4b—5a页

日本唐诗诗意图受《唐诗画谱》等中国绘画的影响,在借鉴中国画谱图式的基础上,画家融合了日本经验,在日本再现唐诗诗意的场景。从摹仿中国画本的图式,到将源自中国的图式融入日本趣味,《画本》中的诗意图具有绘画史意义。《画本》第一阶段(江户中期)的

① 曹旭选注《黄遵宪诗选》,华东师范大学出版社,1990年,第67页。

唐诗诗意图在图像阐释上呈现本土化倾向，主要表现为三个特点：对全景式画面的贯彻，对唐诗句意的"再选择"与"误读"，以及部分中日画本图式的调和。总体而言，《画本》第一阶段的图像阐释体现了日本大众社会对唐诗的接受的层次尚属初步，而这也与日本诗坛对唐诗的文本阐释形成对话与互动。

三、葛饰北斋的唐诗诠解与画艺风格之新变

日本美术界对唐诗的图像阐释是一个从融合到新变的过程。在吸收、借鉴中国画谱图像来源、绘画技法的基础上，日本画家将中国风格与日本经验相融合进行本土化调和，并形成了日本南画。以池大雅、彭城百川、与谢芜村等文人画家为代表，促进了诗意图在江户中后期的兴起。此外，日本画家在同化中国审美和诗学的过程中产生了新变意识。画家葛饰北斋(下简称"北斋")是日本美术改革的重要人物，他以"为一"画号为《画本》六编作画，以"画狂老人卍"画号为《画本》七编作画。北斋以其对唐诗的个性化诠解呈现了颇具特色的唐诗诗意图。与《画本》前五编中式风格的图像呈现不同，《画本》六、七编中的画作，无论是诗意图的表现方式还是艺术风格都有新的变化。

诗意图的表现方式取决于画家对原诗的选择和诠解，或图绘诗歌主要内容，彰明大意；或选录诗句，以总揽全诗；或专于诗歌语词生发，而又别出新意。虽以表达诗歌意味为指归，但画家匠心独运，往往更添意趣，超越原诗。[①] 北斋笔下的唐诗诗意图，有些初看与唐诗似乎并无关系，实则妙趣横生。北斋所绘《画本》六、七编的唐诗图解，多为对诗歌语词关联语象的生动呈现。譬如《画本》六编《塞下曲》(李白)："塞虏乘秋下，天兵出汉家。将军分虎竹，战士卧龙沙。边月随弓影，胡霜拂剑花。玉关殊未入，少妇莫长嗟。"诗中"虎竹"为

---

① 衣若芬《观看·叙述·审美：唐宋题画文学论集》，台北"中研院"中国文哲研究所，2004年，第266—271页。

虎符之意，此诗为咏关塞之诗。《画本》六编译解由高井兰山完成，他在解释此诗时亦多次提及“军场”“边塞”“玉门关”“虎符”等字眼。但在北斋的画下，却仅呈现一只逼真的老虎，初看似与诗意不符（图6）。实际上，是诗中表示兵符的“虎”字，让北斋生发这幅图像；更关键的是北斋从诗中读出唐朝将士的威猛无比，于是借虎类比，以象尽意。在北斋创作《画本》六、七编前，他曾为《水浒传》《西游记》等多部中国通俗文学作品绘图，具有丰富的中国题材创作经验。在《画本》六、七编中，亦呈现与《水浒传》等中国文化相关的绘画母题和素材。比如《画本》六编《宿温城望军营》（骆宾王）：“虏地寒胶折，边城夜柝闻。兵符关帝阙，天策动将军。塞静胡笳彻，沙明楚练分。风旗翻翼影，霜剑转龙文。白羽摇如月，青山断若云。烟疏疑卷幔，尘灭似销氛。投笔怀班业，临戎想顾勋。还应雪汉耻，持此报明君。”北斋抓住诗中“白羽摇如月”一句刻画了《三国演义》中的诸葛孔明，更附加扛着青龙刀的关羽以及夹着蛇矛的张飞（图7）。表面看亦似与原诗无关，但精神意态和此诗相符；且因孔明、关羽、张飞的形象家喻户晓，因而更能打动读者，启发联想。

图6 《塞下曲》，《唐诗选画本》六编第二册，第2a页

北斋一生钟情于画龙并以龙自比，《画本》七编有《龙池篇》（沈佺期）：“龙池跃龙龙已飞，龙德先天天不违。池开天汉分黄道，龙向天门入紫微。邸第楼台多气色，君王凫雁有光辉。为报寰中百川水，来朝此地莫东归。”北斋画了一条想象中的东方之龙，盘曲环绕，怒目朝上，爪牙锋利。诗意图不仅取材于诗中的“龙”，且与原诗之雄浑格调

图 7 《宿温城望军营》,《唐诗选画本》六编第五册,第 6b—7a 页

相符(图 8)。又如《画本》七编《登金陵凤凰台》(李白):“凤凰台上凤凰游,风去台空江自流。吴宫花草埋幽径,晋代衣冠成古丘。三山半落青天外,二水中分白鹭洲。总为浮云能蔽日,长安不见使人愁。”作为李白题写名胜的名作,北斋的画作重点描绘“古丘”和“白鹭洲”两个景象(图 9),一古一今形成对照,视觉冲击力强烈。古丘仿佛穿越到千年之前,物是人非的场景变换,瞬间在同一平面得以凸显。在《画本》六、七编中,北斋从画意出发,选取最富画面感、最具想象的物象、事象形诸画笔,形成别具个性的唐诗诗意图。正如莱辛所说:“绘画在它的同时并列的构图里,只能运用动作中的某一顷刻,所以就要选择最富于孕育性的那一顷刻。”①

---

① 莱辛《拉奥孔》,商务印书馆,2017 年,第 91 页。

《画本》中北斋的图像阐释并未局限于诗中名物之象的对应，而是选取诗中最具生发情思的语象进行艺术创作——通过结合观者的诗性生命体验将画中语象重新激活并转化为诗歌意象[①]，进而传达诗中的情思。这些诗意图与《画本》前五编以图解为中心的诗意图不同，北斋创作的诗意图往往能让观者在对物质世界的情绪和感受方面获得焕然一新而不落俗套的反馈。《登金陵凤凰台》历来被认为是李白与崔颢《黄鹤楼》题写名胜的竞技之作，北斋所绘《登金陵凤凰台》与高田圆乘所绘《黄鹤楼》亦可视为诗意图表现方式的一种“竞技”。《画本》三编《黄鹤楼》(崔颢)的配图，画家根据诗中实指的“黄鹤楼”，绘制了一副黄鹤楼远景图。烟波袅袅，芳草萋萋，整幅画作给人一种萧散静美之感。但语图叙事中人物的“不在场”却似乎与诗人所要传达的愁情有点远，更趋向于图解。北斋则不同，《画本》七编《登金陵凤凰台》(李白)的配图，在重点描绘“古丘”和“白鹭洲”两个景象外，引入虚指的人物主体，有助于观者感受李白作为放臣逐客的愁绪。江户后期汉学家葛西因是对此诗有详细的解说：“‘埋幽径’、‘成古丘’，乃‘台空’二字也。”“而‘白鹭洲’三字则影写‘浮云’。”“‘一水中分白鹭洲’者，如云君臣一体而小人间之。”[②]两幅诗意图前后相隔 45 年。从江户中期到后期，唐诗在日本大众社会的理解接受

图 8 《龙池篇》，《唐诗选画本》七编第一册，第 4b 页

① 关于意象艺术的探讨，可参见陈伯海《意象艺术与唐诗》，上海古籍出版社，2015 年。

② 葛西因是《通俗唐诗解・上篇》，日本享和二年(1802)跋刊本，第 11b 页。

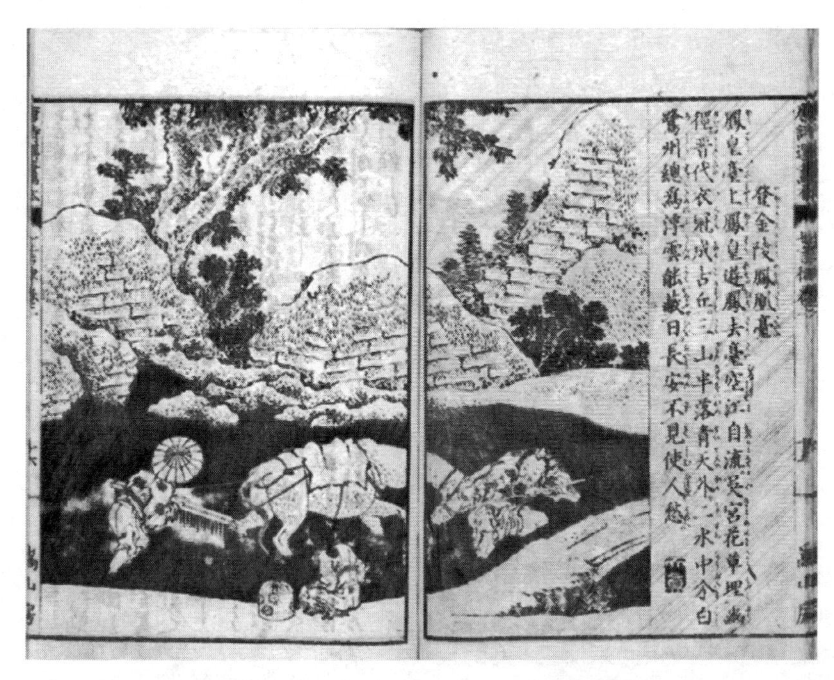

图 9 《登金陵凤凰台》,《唐诗选画本》七编第二册,第 15b—16a 页

程度逐渐深入。北斋以其对唐诗的个性化诠解,不再局限于应文直绘的表现方式,转而旁见侧出,将诗歌的语意旁逸,与原诗形成互文效果。[①] 他选用日式风景人物、采用创新的构图手法和绘画视角,诗意图呈现明显的和风。

以风景“入诗”是唐人的普遍看法。诗人将自己置身于山水风景说成像画一样,或者说它们就是一幅画。[②] 当唐诗传至日本,诗中之风景画家无法真实目见,因而常借由中国绘画元素描绘想象中的中国风景。中国元素在江户时代的绘画中十分普遍,比如北斋曾创作

① 关于诗意图的类型,参见赵宪章《诗歌的图像修辞及其符号表征》,《中国社会科学》2016 年第 1 期。

② 浅见洋二著,金程宇、冈田千惠译《距离与想象——中国诗学的唐宋转型》,上海古籍出版社,2015 年,第 25、76 页。

《中国胜景图》(1840),描绘了他想象中的中国图景。《画本》五编的画家小松原翠溪在创作唐诗诗意图时,亦完全选用了中国式的元素。譬如对长安城的描绘,《画本》五编之《长安古意》(卢照邻)的第一幅配图中,画家采用平远法构图,将长安城的繁华景象毕现于画作之中;又如《画本》五编之《子夜吴歌》(李白)的配图,月夜下的长安城,思妇纷纷在家门中捣衣为丈夫准备御寒的衣物。画中的街景、人物,甚至是“捣衣”的想象,都是源自中国式的想象。北斋的诗意图创作则不然,他在绘制《画本》六、七编时将日本的风景、人物移借至唐诗诗意图中,形成了独特风格的唐诗诗意图。北斋唐诗诗意图选用的图像素材多源自日本的生活经验,画中人物造型、动作模态、山川河流多采用日本人生活的素材。这些画作在图像元素、构图线条方面,与北斋同期完成的《富岳百景》系列有诸多一脉相承之处。比如《画本》六编《白帝城怀古》(陈子昂)配图(图10),采用与《富岳百景》中的

图10 《白帝城怀古》,《唐诗选画本》六编第五册,第12b—13a页

类似图式(图 11)。《白帝城怀古》是陈子昂初次出蜀入京时创作的即景诗,诗人看着白帝城周围的景色,抚今追昔,抒发感慨。《唐诗选脉会通评林》:“周珽曰:模写的是实境,虽画亦不能尽其妙。”[①]对于这样一首难入画之诗,北斋抓住诗中“归帆出雾中”一句,以帆为画作中心,用灵活的线条构成波浪之势,并将视距拉近,对船中日本人物作细致的刻画,引发观者对物态变迁于今的感触。北斋将日本的人物、风景嫁接于唐诗诗意图中,画作生动有趣,贴合日本大众的审美趣味。

图 11 《富岳百景》第二册,天保六年(1835)刊本,第 1b—2a 页

北斋的唐诗诗意图给人一种立体的动感和故事性。他综合运用中国山水画“三远法”、西方透视法、日本大和绘等不同绘画技法,使得画作呈现一定程度的纵深感,生动且具有视觉冲击力。画中的人物服饰、动作模态、建筑风景更贴近日本观众体验,形成一种“庶民跃动感”。天保七年(1836),北斋在写给嵩山房和杉田金助的信中亦坦

① 陈伯海主编《唐诗汇评(增订本)》,上海古籍出版社,2015 年,第 288 页。

言，他的画风着重表现“庶民跃动感”[①]。杉田金助是北斋所绘《画本》的雕师，但北斋对其雕刻的部分初作似乎不太满意，他曾要求嵩山房修改杉田金助雕刻的几幅画作[②]。关于雕刻的要求，北斋在其书简中亦有提及，他认为：“漫画唐诗选等虽然均为上雕，但也有胴雕、头雕等参差不齐的情况存在。”[③]北斋对雕印的要求显然十分严格，正是这种精益求精的艺术追求使得北斋创作的唐诗诗意图更为细腻生动。北斋所绘唐诗诗意图之所以具有“庶民跃动感”，缘于江户中后期的城市生活促进了北斋自由意识的觉醒，使得他乐于充分展现其个性化的艺术风格。这些气韵生动、变化自在的唐诗诗意图不仅具有现代漫画、动画的雏形，更因画作内容和形式选择贴合“童蒙”读者群，从而促进了唐诗在日本江户中后期市民大众社会的传播与接受。

江户后期，随着《唐诗选》进一步融入日本文化趣味，《画本》第二阶段（江户后期）北斋的唐诗诗意图呈现新的变化。与《画本》五编的中国式画风不同，《画本》六、七编的唐诗诗意图呈现和风化趋向。画家北斋以其对唐诗的个性化诠解、独特的空间表现和夸张写实的构图手法，呈现了具有“庶民跃动感”的唐诗诗意图。这些画作趣味生动，贴近庶民的审美趣味，引发观者进一步想象的空间，拓展了唐诗在日本传播与接受的深度和广度。

结语

在当今跨文化阐释与中国文学走出去的时代背景下，《画本》的域外图像阐释是值得关注的典型案例。《画本》中的唐诗诗意图体现了日本画家、读者接受唐诗的不同层次与阶段。《画本》七编的唐诗诗意图不仅体现了日本画家对中国绘画技法的接受，更展现了中日跨文化交流背景下画家对唐诗接受的层次。此外，在日本江户中后

---

① 有木大辅《唐诗选版本研究》，好文出版，2013 年，第 124 页。

② エリス・テイニオス著，赤间亮译《北斎とその雕师》，《Art Research》Vol. 16。

③ 有木大辅《唐诗选版本研究》，好文出版，2013 年，第 125 页。

期庶民文化、町人文化影响下，日本画家基于“童蒙”读者群作出的绘画技法选择也体现了日本大众读者群对唐诗接受的层次。这些与唐诗在日本江户中后期的传播与明清诗学思潮的理论密切相关。从对中国画谱的摹仿与借鉴，到注重日本大众体验的“庶民悦动感”，从融合到新变，日本唐诗诗意图艺术风格的转变体现了日本画家、读者对唐诗接受层次的加深。《画本》中的唐诗诗意图通过“图以载文”的形式促进了唐诗在日本各个阶层的进一步流传。同时，《画本》中的诗、书、解是对唐诗诗意图意蕴的补充，这些元素使唐诗的内容和意味更加丰富。唐诗、书法、假名诗解和诗意图共同构成了审美创造力的衍生，促进了诗情与画意的不断递进更新。日本书商、画家、读者和文本四者之间的互动，使唐诗的阅读形式从知识阶层的纯文本阅读，转变为庶民大众也能接受的图文结合欣赏，拓宽了唐诗接受的读者群，推动了唐诗在东亚汉文化圈的进一步传播。

（上海师范大学人文学院）

稀见清梁章钜《退庵诗话》辑录*

李清华 辑录

内容摘要:《退庵诗话》是梁章钜所撰众多诗话中新发现的一种,其条目散见于国家图书馆藏梁氏所编《乾嘉全闽诗传》稿本十二卷中,附载于诗人小传或诗作之后,罕为人知,今人诗话目录亦皆未著录。诗话总计六十六则,以梁氏见闻呈现乾嘉时期福建诗坛的繁盛面貌,较多涉及与梁氏家族相关的诗人群体,亦不乏对前人诗歌风格、艺文著述的独特评价,于福建乾嘉诗学研究颇具参考价值。

关键词:梁章钜;《退庵诗话》;《乾嘉全闽诗传》;稿本

* 本文为全国高校古籍整理重点研究项目“清代总集寄生诗话丛编”(教古字[2019]039号)、国家社科基金重大项目“清诗话全编”(项目号:12&ZD160)阶段性成果。

The Collection of *The Notes on Poetry of TuiAn* by Liang Zhangju in Qing Dynasty

Edited by Li Qinghua

Abstract: As one of the notes on poetry newly discovered that writed by Liang Zhangju(梁章钜), *The Notes on Poetry of TuiAn*(《退庵诗话》) was attached after biographies of poets or poems in *The Poetry Anthology of Fujian in the Period of Qianlong and Jiaqing*(《乾嘉全闽诗传》). It hasn't been well known and recorded by the academic circle. Including sixty-six notes, it mainly involved poets related to the Liang family, and contained the Liang Zhangju's unique views on the poets and books in the period of Qianlong and Jiaqing, which presented prosperous scene of Fujian poetry circle.

Keywords: Liang Zhangju; *The Notes on Poetry of TuiAn*; *The Poetry Anthology of Fujian in the Period of Qianlong and Jiaqing*; manuscript

梁章钜(1775—1849),字闳中,一字茝林,或作茝邻、芷林,号退庵,福建长乐人。嘉庆七年(1802)进士,历任广西、江苏巡抚。生平著述宏富,著有《退庵诗存》《文存》各二十四卷、《藤花吟馆诗钞》十二卷。致力于整理乡邦文献,编选《东南峤外诗钞》《文钞》三十卷、《闽诗钞》五十卷等。

梁章钜又是诗话著作种数最多的作家,尤以地域类诗话居多。所撰诗话今有传本者,如《闽川诗话》《长乐诗话》《南浦诗话》《三管诗话》《东南峤外诗话》《雁荡诗话》《闽川闺秀诗话》等,未见传本者如《补萝山馆诗话》《吴航诗话》,其他尚有《退庵随笔》《读渔洋诗随笔》《试律丛话》等。而《退庵诗话》则是新见之一种。吴宏一《清代诗话考述》、蔡镇楚《清代诗话考略》、蒋寅《清诗话考》以及张寅彭《新订清人诗学书目》等各家书目皆未著录。

谢章铤《全闽明诗钞第二次稿本书后》云："芷邻中丞《东南峤外诗钞》，予所见至宋而止。近又见其《明诗钞》五十卷，体例与前书同，胪列一切，殿以《退庵诗话》，钩稽旧籍，编摩不苟，犹是考据家实事求是之遗则。然《诗话》未见专书，拟辑录各卷为一篇。"[①]由此可知，梁章钜尚有《退庵诗话》之作。然《退庵诗话》非仅附载于谢氏所见《明诗钞》，还附载于《乾嘉全闽诗传》，名虽同而内容固异，实是两种。

国家图书馆藏稿本《乾嘉全闽诗传》十二卷，卷首一卷，采录乾隆、嘉庆福建诗人 215 家，别撰《退庵诗话》计 66 则，附于诗人小传或所录诗作之后，所述多梁氏家族及与其有交游渊源者，梁氏家族诗人如上泰、上图、际昌、运昌、云镶等；称师者如孟超然、祖之望、陈士炜、郑光策等；入梁章钜所倡藤花吟社者，如陈登龙、萨玉衡、游光绎、余瑛、陈寿祺、叶申蔚、林轩开等。内容以纪事为主，多梁氏回忆旧游、见闻传说，述诗人家世生平、仕宦履历、文字著述，偶有摘句、诗评，又或略述编集经历、文献存佚、录诗出处等。非徒表彰，不乏指摘，如林白云《闽诗选》网罗未广，郑杰《国朝全闽诗录》去取未精，亦颇公允。《退庵诗话》因附《乾嘉全闽诗传》稿本中，为总集所掩，罕见流传，今仿朱彝尊《静志居诗话》之例，以人为目，将传略、诗话辑而录之，以广其传，惜谢章铤所云《明诗钞》未之见也。

一　郑际唐

际唐字耘门，候官人。乾隆己丑进士，官内阁学士，兼礼部侍郎。

耘门学士以名翰林入直三天，出视晋学。工楷隶，精鉴别，风流文采，辉映一时。而叹老嗟贫，急为菟裘之计，年逾耳顺，始循资跻九列，遽赋归来，不数年遂卒。吾师孟瓶庵先生挽诗云："为官只怕过三

① 谢章铤著，陈庆元主编《谢章铤集》，吉林文史出版社，2009 年，第 154 页。

品，食禄何须至万金。富贵早知皆梦幻，不如穷老作翰林。”盖有慨乎其言之也。

二　谢春晖

春晖字莲湖，又字霁塘，长乐人。乾隆戊子举人，官建宁教谕。有《莲湖诗钞》二卷。

谢莲湖广文与先通奉公暨先叔太常公，同登乾隆戊子乡荐。莲湖世居江田，诞生之月，里中父老忽梦土神告之曰：“此村中将有谢状元降世。”翼日言人人，同时里中惟谢氏妇有身。谢本盛族，而莲湖家最微贱，众易视之。及诞夕，复梦如前，乃合议周恤之。稍长，以贫不能就傅，众往察之，始知有重瞳之异，复厚资之学。颖异过于他童，乃共器重，群呼为“谢状元”。近陈莲石先生序其诗，有“咸以大用相期”云云，知非漫为是语也。莲湖本诗人在杭先生之后，故所存诗尚不失风矩。《咏明妃》云：“红颜命薄寻常事，寄语君王恕画工。”用意忠厚，前人罕及此者。

三　林开琼

开琼字长川，一字晓楼，又字西痴，闽县人。乾隆庚寅举人，官南安教谕，左迁大田训导。有《晓田诗钞》十卷。

晓楼先生面如古佛而深于情，身抱通才而阨于遇。尝由教谕左迁训导，以长年榜谒选当得县尹，吏持文状责纳赀始复秩，遂拂衣归。陈恭甫编修赠诗云：“昨日卖田作贡禹，朅来投牒谒东府。安知败谷有飞蛊，罡风吹堕青冥羽。一斛蒲萄少芳醑，杜陵男子身肯俯。”即其事也。所为诗汪洋恣肆，不主故常，抉十子之藩篱，通三教之津筏，而于家庭师友之际尤缠绵恺恻，情深于文，其宗旨于《小兰陔集》如骖之靳，而才力横溢则自当绝尘而奔矣。

四　林澍蕃

澍蕃字于宣，又字香海，侯官人。乔荫弟。乾隆辛卯进士，官翰林院编修。有《南陔诗集》。

编修于余为父执，熟闻先大夫及伯叔父述编修少孤，母郑氏，石幢先生女，有女宗之目，课之经史。颖异如成人，九岁即工为诗，十七与兄乔荫同举于乡，二十三成进士，入词馆。貌如冠玉，权贵艳其才，欲罗致门下。时编修与余世父九山公及曲阜孔㧑约先生有岁寒之盟，相戒弗就。尝主浙江乡试，有以关节相干者，即其座师也。师誉其人甚至，编修曰："果尔，则暗中摸索而得之，不更美乎？"其师语塞而去。年二十八卒，无子，㧑约为之诔，传于时。尝为㧑约撰《武成颂》，甚瑰丽，㧑约复加删润，今刻入《仪郑堂集》中。余尝就编修嗣子永健处得阅手稿，故知其为编修原制也。所为诗根柢深厚，而时有灵气往来，惟工于言愁，识者知其不永云。

（以上《乾嘉全闽诗传》卷一）

五　林枝春

枝春字继仁，又字青圃，闽县人。乾隆丁巳榜眼，历官至通政使司副使，河南、江西学政。

通政五十四岁归田，主讲鳌峰者七载，居乡以方正自持，教人以严惮为主。行状所称"寓激厉于裁抑，引高明于沉潜，区区之诚，实默有益于人心风俗者"，非虚语矣。八龄即解吟，封翁偶成"桐阴侵槛绿"五字，令对，即应声曰："草色入帘青。"封翁笑曰："昨授尔《陋室铭》，盖有本也。今易为'树密庭将绿'，尔将云何？"应曰："兰生室有馨。"生平不好为名，故所作诗文都未付梓。工楷法，逼肖山阴，余曾于枢垣档册中屡觇遗笔。吾乡京宦之入枢廷者，亦自通政始也。

六　林从直

从直字白云，又字古鱼，侯官人。衡子。乾隆甲子举人。有《白云外集》及《闽诗选》。

林白云《闽诗选》自顺治至乾隆之初，凡七卷，所收四百余人，计诗一千一百六十余首。自序谓纂辑苦心阅历十二寒暑，其用力可谓勤至，惜网罗未广，不免陋略之讥。至卷末已附己诗，又附《白云外集》于后，则更嫌其蛇足矣。

七　李光云

光云字咸瞻，又字剑溪，闽县人。开叶孙，时宪子。乾隆辛卯进士，官至太仆寺卿。

冏卿仪观伟丽，胸次洒然，京宦二十余年，家徒壁立，不少介意。和珅柄用，时闻其名，延主西席，力不能却，强与周旋，历数载无所干谒。值和诞辰，不往祝，询知以无貂褂故，立赠之褂。旋遇岁正，又不往贺，再询之，则褂已入质库矣。性嗜樗蒲，藉以韬晦。和败，乃以老病放回，囊橐萧然，行至延津而卒，竟应剑溪之号，奇哉。

八　龚景瀚

景瀚字维广，又字海峰，闽县人。一发子。乾隆辛卯进士，官兰州知府。有《澹静斋诗钞》。

海峰先生政事文章并堪不朽，他年青史当合儒林、循吏为一编。诗特其余事，而性真激发，根柢槃深，冲口成章，浑涵万有，骚坛一帜亦不能不让其先登。尝闻先生诲人之言曰："读书所以开拓器识，陶淑性情，器识宏，性情正，则文章自真，不以雕琢剽窃为能，诗与文无二道也。"呜呼！味先生之语，可以读先生之诗矣。

（以上卷二）

九　祖之望

之望字载璜，又字舫斋，浦城人。乾隆戊戌进士，由庶吉士改刑部主事，荐擢侍郎，历陕西、广东、山东、湖南巡抚，晋刑部尚书。有《皆山草堂诗钞》。

章钜于嘉庆丁卯、戊辰间主浦城书院讲席，适吾师祖舫斋公养亲在籍。余夙以文字受知，至是诗酒侍游，殆无虚日。公色养余闲，仍手不释卷。尝辑祖氏遗编，自始迁祖以下三十世，各为诗歌，系以小传。重刊祖无择《龙学文集》，订梓乡贤遗书，自杨文公以下十余种，最后增修《浦城县志》，辑《柘浦文钞》《诗钞》，皆与章钜商定其事，因得遍读公所撰著。有《节制纪闻》《洞神录》《乳训》《逸名录》《迩言录》《舫斋小言》《青凤子》《皆山草堂诗钞》《文钞》各书，皆未刻，惟《诗钞》十二卷属章钜编校付梓云。

十　郑大谟

大谟字孝显，又字青墅，侯官人。乾隆庚戌进士。有《青墅诗钞》十卷、《读史杂感》四卷。

青墅为少谷山人后裔，颇自负，能诗才，本不羁，故粗率，口亦时有真气。为泌阳令时，值楚省教匪迫境，远近戒严，君独单骑出郭门，部署兵民，不烦一矢。又奉调赴军营，羽檄交飞，笔舌互用，为大帅所倚重。大兴朱文正公师题其诗云："巾扇登陴久练兵，五年辛苦活苍生。论诗不废琴三叠，折屐遥闻鹤几声。"纪实之言，足以传青墅矣。

一一　吴观乐

观乐字嗣衡，又字和庭，闽县人。乾隆壬子举人，官天门知县。

和庭端明温慤，吐属不凡，以承明著作之才，屈居县令，未尝有不足之色。初观政越中，历摄秀水、嘉善、金华、江山、黄巖诸剧邑，皆能尽心民事，卓著循声。浙民倚之，如慈父母。以居忧去，再起楚北，旋引疾归，遽卒。宦槖萧然，廉吏无后，仅存遗诗数纸，不能不搔首问天矣。

一二　黄琼

琼字洪冈，又字韫山，侯官人。乾隆甲寅举人。有《第一山房新编》十二卷。

洪冈为人有至性奇情，诗文如其人，好学深思，夜读不至鸡再号不止。中年学诗，亦以全力赴之，几于"语不惊人死不休"矣。甫登乡荐，即咯血死。烈士殉名，识者伤之。无子，余从郑孝绶同年处访得其遗稿，恐久复湮失，故兹编所登独多。

一三　陈士炜

士炜字大晋，又字茂真，长乐人。乾隆甲寅举人。

吾师器识不凡，慨然有用世之志，而体羸善病，遂甘终老蓬门。为时文托体甚高，故屡踬而仅售。诗尤不轻作，尝谓章钜曰："诗不动人，便可不作。"又曰："作古诗专看音节，今人动谓古诗不论平仄，何殊梦呓？"非深于诗者，不能为此言也。

（以上卷三）

一四　郑际熙

际熙字大纯，又字浩波，侯官人。乾隆丙子举人。有《浩波遗集》三卷，著录《四库》。

浩波笃于行谊，值岁饥，持衣易米奉父，而偕妻子以薯蓣充肠，诫幼子勿泄。邻舍吴生死，浩波高其行，倾所有殡之。又捐衣衣生母，时天寒剥肤，母知浩波贫，恸哭不忍受，竟置衣门内而去。公车至，吴闻同年生林芳春忽得狂疾，诋諆诸大吏，为有司所逮，祸且不测。浩波力护之，事得解，病亦寻愈，遂后期不得与试。都中人闻而高之。其弟云门阁学寄诗云："谁牵金柅系王程，啮尽艰辛为友生。翻手作云覆手雨，今人几见此交情。"指其事也。

一五　郑九叙

九叙字畴成，又字西塍，闽县人。乾隆丙子举人，官泸溪知县，以老乞归。

西塍居官廉谨，宰泸邑，廉俸之外，无所取资。将挂冠去矣，泸民德之，再三吁留，并请每年常赋之外，合输数千金，以助办公之费。历十余载，以老疾乞归。继任者循旧责取，民曰："郑太爷视我等如子，我等不忍父母之去，故乐输焉。今官德政未施，安得强索？"因讼诸大府。闻曾移牒吾闽，查取西塍供状以去。因录西塍诗，附纪所闻遗事如此。

一六　林芳春

芳春字崇兰，又字敬庐，闽县人。乾隆丙子举人，官海丰知县，引疾归，卒年八十四。有《介石堂文钞》。

敬庐先生，出为吏表，处为儒宗，巨人长德，耄学不倦。日以友朋人才为性命，尝言"余虽退处于家，每欲知朝廷之上孰能肩天下之事，孰能立天下之节。有一少异于众而为世所属望者，则视其进退以为忧喜；于吾闽之第进士而为京朝官者，则欲觇其器识以卜他日之能有立于世与否；其学行俱高、年过五十而犹伏处者，则与之交好，私尽其爱敬之心"云云。所著有《介石堂文钞》四卷、《山左宦游录》一卷、《半塘山人自订年谱》一卷、《语录》四卷。生平口不称诗，余官山左，偶从《海丰县志》中翻得一首，因亟登之。

一七　孟超然

超然字朝举，又字瓶庵，闽县人。乾隆己卯乡试第一，庚辰进士，由庶吉士改兵部,调吏部,历文选司郎中、四川学政。嘉庆二十三年,题祀乡贤。有《亦园亭全集》二十四卷。

余髫龄即蒙陆耳山学使考送鳌峰书院肄业。瓶庵师本父执,晋谒之日,就池栏设几面试小诗,有"诗心同水澈,书味与花和"之句。师亟赏之,告人曰:"此子必践清华,但吾不及见耳。"嘉庆二十三年,闽中大吏以师题请崇祀乡贤。下部议覆时,余已官仪曹,故事于年终汇列各直省所题名宦、乡贤,核其事实,分别准驳。是岁外题独多,同人有从严去留之意,余以吾师名实相副语力陈于各长贰及兰省诸同官,得手定疏稿上之,邀旨准行。回意三十年前期许之言,幸逭后死之责,每翻遗集,辄为泫然。

一八　谢生晋

生晋字若先,一字日三,又字康侯,侯官人。道承从孙。乾隆己卯举人,由彭县知县内陞都察院经历,迁兵部主事。

日三宰彭县,又摄芦川、万县,均有惠政,芦民立德政碑纪之。性孤介,京中乡宦多不与洽。时余以公车留京,独承器重,如坐春风中也。

一九　林乔荫

乔荫字育万,又字樾亭,侯官人。其茂子。乾隆乙酉举人,官江津知县。

樾亭先生早登乡荐,以文词雄,博洽多闻,通晓吏事,屡佐大寮幕府,笔舌互用,倾动一时。晚始作令蜀中,檄赴西藏管粮务,受代归,遽卒于官。先生姿禀颖异,读书能观其会通。尝著《三礼陈数求义》三十卷,自谓生平精力尽于是书,以多掊击马、郑之说,为时流所不喜。其实贯通经传,纲举目张,能使读之者涣然冰释,怡然理顺,视陈用之有过之无不及也。此外,杂著尚有《汲古绠》《藏征录》《瓶城居士诗集》各若干卷,皆未付梓。诗境老到,称心而谈,无一依傍门户之见,非雕章绘句者所能望其堂厅。

二〇　梁上泰

上泰字斯明,又字翠岩,长乐人。天池公第三子。乾隆乙酉举人,官余庆知县,署平越同知,改就瓯宁教谕。有《湛持室诗钞》。

翠岩公髫龄颖异，十岁应童子试，作《载华岳而不重》制义，据《尔雅》《周礼》分华岳为二山，为朱文正公所激赏，擢冠其军，令与时髦二十余辈联为读书社。时林樾亭、龚海峰二先生皆兄弟竞爽，而公与先通奉公及叔父太常公亦有三珠之誉，众艳称之。性喜逃禅，读内典，辄有悟，每作翛然出尘想。作宰未终任，即以病辞，改就广文，复弃官归，栖迟古寺，遂以终老，不可谓前身非僧矣。

（以上卷四）

二一　陈登龙

登龙字寿朋，又字秋坪，闽县人。乾隆甲午举人，官建昌同知。丁母忧归，遂杜门不出，授徒以老，卒年七十四。有《出塞录》一卷、《里塘志略》二卷、《蜀水考》二卷、《天全州闻见记》二卷、《读礼余编》二卷、《诗集》十四卷、《杂录》四卷。

《重阳前二日莒林招集藤花吟馆》　嘉庆壬申，余迁居夹道坊。新宅之东有藤花一架甚古，因集陈秋坪登龙、萨檀河玉衡、游彤卣光绎、余片玉瑛、万虞臣世美、陈恭甫寿祺、叶文石申蔚、林蓼怀轩开、郑松谷鹏程、冯恪甫光祚、裴古憝显忠、许荫坪德树，联吟其下。秋坪先生齿最尊，为祭酒，即署斋额曰“藤花吟馆”，各以诗纪之。□是旬日一聚，迭为宾主，竞出新篇，榕城诗事，于斯为盛。后余编梓拙诗，因以《藤花吟馆》名集，其源实托始于此也。

二二　魏瑛

瑛字述臻，又字耕蓝，侯官人。乾隆甲午举人，官安吉知县，署衢州通判。

先大父年甫踰冠，即主耕蓝先生家讲席。时先生方髫稚，已知向学近里，著已端悫如成人，嗣家日落，学益进。尝一入鳌峰，受古文法于朱梅厓先生，而朝夕仍侍先大父杖履，前后垂三十年，不忍舍去。迨先大父捐馆之明年，始挈家赴官。以余所逮见诸父执辈，气谊之笃，学行之粹，无有过于先生者。先生没于官，无子，生平手稿无一存者。兹所录前二诗尚是先大父遗箧中物，后一诗从郭莒庵《北游吟稿》中检出，真凤一毛、龙片甲矣。

二三　卢遂

遂字易良，又字霁渔，侯官人。乾隆乙未进士，官翰林院编修，早卒。有《四留堂诗集》。

编修十岁即能诗，甫冠登馆选，兴登高烈，一年成一集，未三十已有诗三万余篇，美恶杂陈，固其所矣。

二四　梁上国

公讳上国，字斯仪，又字九山，长乐人。天池公四子。乾隆乙未进士，历官至太常寺卿。有《驳阎氏尚书古文疏证》五卷、《驳毛氏大学证文》一卷、《国朝闽海人文》五卷、《芝音阁诗文集》若干卷，《山左》《山右》《辽沈》《粤西》游记各一卷。

先叔父太常公质直廉约，通古知今，京宦四十年，遍历翰詹科道，所至有巨人长德之目。吾乡先后辈及辇下贤士大夫，每从公博咨国家故实及当世利病。方三省用兵累年，公疏陈平贼六事，以设统帅、一兵权为首务。上是之，卒以此奏功巡视南城。以郭外地辽阔岐错，易于藏奸，请分村落、定坊户，参用保甲之法，以杜芽蘖。格吏议，不果行。后逆贼林清搆煽窟穴，适在近郊，众始服公之前识。巡视东漕，则濬引河，搜泉脉，诸废并举，而夙弊一清。漕帅铁冶亭先生以为数十年所未见，据实奏闻，公以此益被知遇。他如奏发福宁会匪抄掠巨案，请收抚台湾蛤玛兰番地，又皆有裨梓桑大计。其纂官书独勤，尝请续修《大清会典》，疏稿今载《会典》简端；分修《八旗通志》，以精通国书，所载笔者居全书十之七八，同时馆阁诸公咸自叹弗逮也。公殚精朴学，于经史皆有考证，自入词馆后，遂留意朝廷掌故及经世有用之学。诗律特其绪余，而称心而谈，不尚雕琢，司空表圣所谓“精力弥满，万象在旁”者，庶几近之。毕生好学不倦，尤喜奖掖后进，子姪中于章钜属望尤深。因录公诗，谨就所目击者略叙梗概，以寄哀慕。其详具陈恭甫编修所撰墓系铭中。

（以上卷五）

二五　林一桂

一桂字则枝，又字钝村，侯官人。乾隆己亥举人，官永安教谕，卒年八十余。有《读周礼私记》。

钝村居贫力学，老而不衰，入殖社时，须发皓然，犹丹铅不少辍。善议论，言满堂室。笃好《周礼》，自王与之《订义》外，博采汉、唐以来诸家所论著涉《周礼》者，条比件系，纂成长编百册，复删撮要旨，为《读周礼私记》数十卷，甫卒业而没。生平口不言诗，其后人钞七律一首示余，姑录之。

二六　郑光策

光策字宪光，一字琼河，又字苏年，闽县人。乾隆庚子进士。有《西霞丛稿》。

吾师苏年先生少孤力学，家贫不能就外傅，与同怀弟天衢自相师友，姿禀岸异，髫龄老成，博综群书，规模宏远。登乾隆己亥乡荐第二，遂为故太傅朱文正师入室弟子。既联捷成进士，以不获馆选为歉，退就吏铨，仍下帷攻苦，古心自鞭。甲辰，恭遇南巡盛典，趋赴杭州行在献赋，得旨与江浙绅士合试于敷文书院。监试者为和珅，独于御座下脚几坐收试卷，纳卷者必屈膝。先生侧目之愤形于色，乃约闽士林樾亭、王兰江等六七人，以长揖退。和珅衔之，遂束闽卷不阅。时江浙士皆窃笑之，先生洒然返里，不以为意，益肆力于学。尤喜读经世有用之书，自《通鉴》《通考》外，若陆宣公、李忠定、真文忠，以及前明之邱琼山、王阳明、吕新吾、冯犹龙、茅元仪，本朝之顾亭林、魏叔子、陆桴亭诸公著作，靡不贯串，如数家珍。值林爽文滋扰台阳，诣军门条上十二议，为福文襄节相所采用。及红旗既报，徐两松中丞往办善后事宜，又条上八议。福、徐二公并欲邀同渡海，以母老固辞。中年病足几殆，因自号苏年，绝意仕途，日以授徒养母为事。主讲鳌峰，勤于训迪，严惮有法，人才奋兴。桐城汪稼门、高阳李石渠二中丞并钦慕之，谓不减蔡文勤风矩也。章钜以子婿为受业弟子，熟闻先生诲人宗旨以立志为主，谓志定而后教有所施。又不欲人急于著述，谓古圣贤之学大抵先求诸身，既修诸身，即推以济于世，随其大小浅深，要必由己以及人，至万不得已始独善其身，思有所传于后，故孔、孟著书皆属晚年道不行后事。呜呼！先生之持论如此。故虽穷年矻矻，迄无成书，仅存诗古文十余帙，亦未编定，但自题为《西霞丛稿》而已。嘉庆乙丑，章钜曾辑《西霞文钞》上、下卷，付友人梓行。其诗钞及俪体文钞则已编未梓。兹钞先择录五七言若干首，皆滔滔自运，美兼诸家。合《文钞》读之，先生之本末已见。近陈恭甫编修撰次《东越儒林文苑传》，择精而语详，然近人如林钝村、官志斋、郑西瀍、陈贤开辈皆厕名其间，而先生独不与。因详为论列，质之编修，或可为捃逸搜沉之助乎！

二七　陈从潮

从潮字瀛士，福安人。乾隆庚子乡试第一。有《韩川集》。

韩川能为古文，以昌黎为师，故自号韩川。聊城窦东皋先生颇称之。诗亦不作凡近语。

二八　邱如衡

如衡字宾上，又字鸿南，晚自号苏林，侯官人。振芳从子。乾隆庚子举人。有《分碧斋诗钞》。

苏林为素堂犹子，受诗法于素堂，然素堂诗多悲壮，而苏林则出以和平。陈韩川称其似王、孟，陈东村又以陶靖节相提并论，虽似太过，而体格实近之。古体如《晚步》云："暮色入深林，空山自啼鸟。"《杂诗》云："万物欣有托，恩爱常自若。"《夜坐》云："君看群动息，有如天地初。"近体如《天宁寺》云："一塔留残劫，双江自古今。"《怀人》云："落日鸟归树，暮云人掩扉。"《苦笋》云："心期寒士解，风味老僧参。"《望月》云："离心寄流水，春梦滞高楼。"《元祐党人碑》云："千秋党祸同文再，三百清流涑水先。"《鲁连村》云："好客空多门下士，大功竟出布衣人。"《春草》云："春风南浦萦离绪，夜雨西囗系梦思。"《桃花》云："万叠青山仙客梦，半湾流水放人居。"《宿西湖贻香亭》云："虚窗半夜百虫作，春树一山孤鸟鸣。"尤爱其《寄友》云："观书不觉便成睡，到枕有时还未眠。"渐近自然，尤妙在淡而有味。

二九　齐弼

弼字辅五，又字兰皋，侯官人。璋子。乾隆辛丑进士，官醴陵知县。

兰皋先生以儒术饰吏治，所至无赫赫名，而常有去后思。摄倅辰州时，值苗人不靖，调赴镇筸军营，抚小凤凰营难夷，深入险阻，收其兵器一千余件。尝会鞫被掠者，他吏率欲见功，诬为奸民骈戮之。先生多攘臂与争，所全活无算。以丁父忧归，遂杜门奉母终其身。所为诗文皆清真雅正，而不自收拾，没后仅存自写诗稿一卷，亦闽人之不善为名者矣。

（以上卷六）

三〇　郑天衢

天衢字宪文，又字云轩，闽县人。光策弟。乾隆甲寅举人。

云轩与苏年师有二难之目，居贫奉母，自相师友。洞精文艺，旁及诗词，靡不研溯源流，力求矩矱。尤工为书记，州府多倚重之。余最爱其行草，酷似东坡，而不以书名。乡荐后，因病足不获一上公车，侘傺以卒。

三一　王大经

大经字嘉端，又字陆亭，侯官人。乾隆甲寅举人，以大挑官南靖教谕。

陆亭食贫嗜学，于古文家源流正变，能择精而语详，所为文亦清简有法。尝搜辑吾闽国朝人古文稿如束笋，未及成编而卒。亦喜谈诗，而非所长，录登一篇，聊当吉光之羽。

三二　仲杭

杭字之人，侯官人。乾隆甲寅举人。

仲之人本浙产，其尊甫游学三山，遂家焉，故之人以名字寓其旧籍。负才自肆，跌宕风流，诗文亦肖其为人。又精篆隶，能为金石刻画，尝以拔萃科试京师，孙渊如、伊墨卿诸名流皆引为同调。乡荐后，以贫不能计偕，客死台湾。无子，手稿悉归乌有，亦可伤矣。

三三　江元清

元清字兰村，侯官人。乾隆甲寅举人，以大挑官大田教谕。有《兰村稿》。

兰村憔悴苦吟，颇以诗人自命，而僻居小箬溪，无师友观摩之资，故虽极意经营,而略少超诣语。集中如《钓台怀古》云:“东汉高风凭激发,春滩流水托光荣。”《读项羽本纪》云:“扛鼎有才非汉敌,拔山无计奈虞何。”《读留侯世家》云:“焚书有卷传黄石,烹狗无愁到赤松。”《遣怀》云:“地出秫粳供酒榼,天垂星月入诗瓢。”《桃花》云:“春风带笑看今日,红雨含愁忆去年。”《秋柳和渔洋韵》云:“腰老舞衫应叠笥,眉愁画笔合藏箱。”“风萧古驿马西去,月冷荒营乌夜飞。”皆其得意之笔。

三四　陈羲

羲字大易,又字双芦,闽县人。乾隆甲寅举人,大挑江西知县,署南康,缘事镌级,遽卒。

双芦家琅崎,为海滨僻壤,夙耽吟咏,风雅性成。尝与余同留京,夏课作《投醪同味试帖限三江韵》,落句云:“苏台方夜宴,锦瑟对银釭。”为游彤卣、辛筠谷二太史所激赏,为之延誉,诗名顿起。作宰江右,仍不废吟,为异己者所嫉,罢官后流落不得归,竟至客死。郑松谷太守梓其遗草以传。诗能穷人,于双芦信之矣。

三五　梁际昌

际昌初名功,字用中,又字虚白,长乐人。上宝长子。乾隆甲寅举人。有《敏求堂诗文钞》。

虚白伯兄十三岁游庠,即隽黉声,为丹阳吉渭厓师及大兴朱文正师所赏识。时中丞丹徒徐两松、学使者上海陆耳山二先生主鳌峰书院,拔为都讲,受孟瓶庵师指授,学愈进,诗文名倾时辈。楷法尤精,每学使者试古学,伯兄必冠其曹。性坦易,无城府,人皆敬爱之,余与群从则皆从受业焉。中年始与余及曼云兄同榜举于乡,三上春闱,至老而不获一官。文章憎命达,信有之欤!

三六　吴贤湘

贤湘字清夫,宁化人。乾隆乙卯进士,嘉庆元年举孝廉方正,加六品衔,官邵武教授,内陞翰林院典簿。有《甚德堂文集》四卷。

清夫力古文之学,笔意峻洁,足以自张其军。诗则过于奥折,人所应无尽无,人所应有不能尽有也。

三七　郑汝霖

汝霖字昆甫，一字米袖，自号铁侯。乾隆乙卯举人。有《抱阆山庄稿余》。

吾闽方言，省垣人呼外属县人为猴。米袖喜石墨，每出入必抱帖盈怀袖，故同人戏号为“帖猴”。面似削铁，又能刻印，工铁笔，复有“铁猴”之目。呼之辄应，因亦自号为“铁侯”。性甘淡泊，复善经营，馆谷所积，浸以致富。尤好搜求古书籍及金石文字甚夥，构万鉴堂贮之，不戒于火，片纸不留，遂愤懑以卒。其同年生赵谷士编修拾得遗稿数十叶，亦灰烬之余也。

（以上卷七）

三八　萨玉衡

玉衡字葱如，又字檀河，闽县人。乾隆丙午举人，官洵阳知县。有《白华楼诗钞》四卷。

檀河先世本色目人答失蛮氏，其远祖由雁门徙闽中，最著者为南台侍御史萨都剌。自后以萨为氏，遂为福州望族。檀河博闻强记，以诗文雄于时，又自命酒狂，有推倒一世之概。用大挑为洵阳令，值贼薄城火攻，无一矢之援，竭力守御，相持七昼夜，城竟完。应叙功，旋以贼渡河，总督坐失机论死，县当并坐。时吾乡龚海峰先生在戎幕，力为雪辨，得减等论戍，援赎免归。然读檀河入秦以后诗，乃无一涉身世怨尤语，则又深于诗教者，而非徒以骋才使事为长矣。平生著录甚富，有《四部录订正》八卷、《小檀弓》十二卷、《傅子补遗》一卷，续郑荔乡《五代诗话》《全闽诗话》各二卷。先是游溧阳撰《金渊客话》，宰洵阳撰《秦中记》《曲江杂录》，晚乃自定《白华楼诗钞》六卷，将次第付梓，一旦俱厄于火，独诗钞前四卷为友人携去得存。自余招入藤花吟社，新作日增，则皆在前钞之外云。

三九　曾奋春

奋春字为雷，又字禹门，侯官人。乾隆丙午举人，官孝丰知县。

禹门幼有神童之誉，早得乡荐，为诗文风发泉涌，下笔不能自休。四上春官，佹得而终不遇，以大挑知县观政浙中，非其志也。尝摄临安令，有循声，以勤官遂卒，年方及壮耳。遗诗多里居所作，录其可存者如左。

四〇　王锡龄

锡龄字乔松，又字虚谷，福鼎人。乾隆丙午举人。

虚谷家嵘屿，地滨大海，尝团结乡夫以御海寇。旁通堪舆壬遁之学，又喜练习吏事，而久困公车，不获一试其才，则又殚力于诗文，赍志以没。余有《怀虚谷》句云："虚谷苦嗜学，深思如有神。施设备文武，理绪参天人。"知虚谷者，以为足当小传云。

四一　陈若霖

若霖字望坡，闽县人。乾隆丁未进士，由庶吉士改刑部郎，历浙江、云南、河南巡抚，湖广、四川总督，内迁刑部尚书。卒年七十有四。

望坡尚书以皋、苏之明允，兼韩、范之经猷，翊亮三朝，勤施四国。毕生口不言诗，亦绝无以诗事属公者。余每晋谒，但亹亹谈政事不倦。道光丙戌，以入觐相见都中，乃强乞赠言。公独徇余意为之，意兼规颂，居然钟吕之音。大贤之不可测如此。

四二　刘永标

永标字良瑞，又字次北，长乐人。乾隆丁未进士，官江浦知县。有《盥白斋诗钞》四卷。

盥白斋诗以古体为胜，五古尤工，郁律苍深，有目共识。律诗不多见，然五言如《发渔梁》云："云冻不成雨，雪明何处山。"《夜雨》云："街鼓连云重，灯光隐雾青。"《前轩》云："云画山重叠，风传竹静娟。"《晚晴》云："坠叶湿逾响，栖禽时一闻。"《衢州》云："江空人语迴，风定橹声柔。"《枫岭》云："岩泉晴更落，山雪远逾明。"七言如《雪球花》云："垂帘不碍烟痕重，隔座犹惊朔气寒。"《修禊》云："中酒远寻山峡寺，午钟初送海门潮。"《观剧》云："消得艳歌惟有酒，翻他旧事亦多情。"皆清健可诵。先生有《偶成》诗云："吟册由来缺律诗，纪程纵墨勿淋漓。出于人籁非关学，动我天机不自知。"即以为先生律体定评可矣。

四三　谢金銮

金銮字巨廷，又字退谷，侯官人。乾隆戊申举人，以大挑官广文，历邵武、南靖、南平、嘉义、安溪教谕，与修《台湾县志》。晚著《教谕语》四卷。

退谷虽儒官，而心殷康济。台湾□后有蛤仔难番地，退谷考其始末，条其利害，作为纪略，因余以达于余叔父九山公。时公为京卿，采以入告，请收其民土，设官定制，朝议准行。又痛□游敝于械斗，作为泉漳治法论，武陵赵文恪公为之锓布，下其书州县。晚在安溪，所著《教谕语》尤恳切，适于用，为世所称。独于吟咏非所注意，陈恭甫编修撰志铭亦不言其能诗。余曾习与退谷游，蒙以手稿相示，则郁律孤清，直抒胸臆，绝无纤艳淫哇之习。即以余事作诗人，亦孰曰不宜？

四四　余瑛

瑛字宏声，又字片玉，闽县人。乾隆戊申举人。

片玉甘贫嗜学，授徒养亲，碻然不随俗俯仰。善相宅相墓，于杨救贫、赖催官所论撰皆能背诵如流。诗学香山，多称心而谈，未免文不胜质。

四五　张经邦

经邦字佑贤，又字燮轩，闽县人。甄陶子。乾隆己亥乡荐第一，己酉进士，官溧阳知县。

燮轩名父之子，早掇巍科，恃才傲物，既一官不得志，竟以妇人醇酒戕其生。注韩居《全闽诗录》称其诗才宏富，古体尤擅场。集未刻，卒于官。曾驿人往搜其稿弗获，姑就其题册试草中录出数首。兹余所钞，又皆注韩居所未录者，亦窥管之一斑云尔。

四六　游光绎

光绎字彤卣，又字磳田，霞浦人。光缵弟。乾隆己酉进士，由翰林院编修改陕西道御史。有《炳烛斋诗集》三卷。

彤卣先生居台省有鲠直声，以争铨政被议左迁，洒然归里，主鳌峰讲席者十年。承苏年先生峻肃之后，独解弃束缚，饮人以和。性嗜樗蒲，每不择人，穷日夜为之不倦。然有乘间干以私者，则色立变，于是又有方严之目，自大寮以至州府，无不敬惮焉。继其后者，藩篱自毁，物议哗然矣。生平论诗亦甚严，余尝招入藤花吟社，辄矜贵不轻下笔。兹从其次子大廉茂才处借读遗稿，茂才并索弁言，因略为订讹补逸，□而归之。

四七　许作屏

作屏字子锦，一字画山，侯官人。王臣子。乾隆庚戌进士，历官曲阜、承德、广宁、宁海知县，权岫岩通判。有《青阳堂文集》□卷、《拜云楼诗集》六卷。

《书鄂王墨迹后用东坡石鼓韵》(余家藏有鄂王墨迹一册，盖答李忠定书也，忠肝义胆，溢于行楮，不徒墨迹遒劲，为足宝贵。比滞都门，不见此册，每以未挟自随为憾，因追赋焉。)余于嘉庆癸酉获此册于福州书摊，初不知为画山物。逾年，携至京师，质之翁覃溪师，诧为至宝，题诗其后，有"须勒汤阴庙庑壁"之句。后十年，在江南有汪敬者借去，钩摹上石，送杭州岳庙中，自是吴门摹本四出。有石同福者亦以摹本勒石岳庙，今庙中遂有两石。且有以重价购赝本索余跋尾者，时真册中题咏已多，行将录此诗于册末，附纪如此。

(以上卷八)

四八　吴增元

增元字一亭，又字翠园，建宁人。乾隆间诸生。有《北游草》。

一亭皓首饥驱，不废吟咏。伊墨卿比部赠句云："把卷方惊老大身，垂髫即向诗中过。"一亭喜曰："此足当吾小传也。"所著《北游草》，颇为名流所重。陆耳山先生题句云："闽中吟社数睢川，诗话楼高有正传。一滴偶教尝海味，皈心知在大乘禅。"可以想其风旨矣。

四九　郭周藩

周藩字永侯，又字屏西，侯官人。可敬子。乾隆间诸生。有《艺巾亭文集》。

屏西年方舞象，即受知于学使吉渭厓先生，补弟子员。中丞徐两松先生选入鳌峰，并延至节署掌书记。继督学者为陆耳山先生，益加赏异。将拔贡成均，甫试而遽卒，年仅三十。先生悼之甚至，题诗卷尾云："空怜玉树埋黄壤，收拾遗篇付衮师。雨暗灯昏忍重读，风檐犹见呕肝时。""黄鸡唱晓苦匆匆，麟角牛毛感未穷。纵使虞翻无骨相，青衫多少白头翁。”可以想见屏西之才，亦可以稍慰屏西之志矣。

（以上卷九）

五〇 陈寿祺

寿祺字介祥，又字恭甫，闽县人。嘉庆己未进士，官翰林院编修。有《绛跗草堂诗钞》。

恭甫姿敏而嗜学，髫龄即能为骈俪文，体格于唐四杰为近。壮年乃更出入两京八代，沉浸秾郁，足与胡稚威、孔㧑约诸先辈方驾齐驱。尤喜说经，龂龂持汉学，殚精极博，而不屑为反约之功。所著《五经异义疏证》各书，识者颇有颜延君之拟。散体文汪洋恣肆，足以自张其军，间亦有达而求多之失。诗则思深力厚，无体不佳，切响坚光，得未曾有。萨檀河称其秀逸沉雄处合虞、刘两文靖为一手，沈梦塘以为有高青丘之雅炼而雄健过之，得王阮亭之神韵而典重过之，非虚誉也。生平仗才负气，是己凌物，好为议论，口若悬河。虽家居而喜持时局，处乡党间尤多所设施，皆不能悉协舆论。故外自大府以逮庶僚，近自士夫以迄佣贩，无不貌为敬惮而退相鄙夷。自主鳌峰讲席以来，益高掌远蹠，弗恤人言，晚节支离，论者惜之。

五一 梁运昌

运昌初名雷，字奋中，一字曼云，又字江田，长乐人。上宝第三子。嘉庆己未进士，官翰林院编修。有《葵外山房賸稿》。

江田兄颖悟过人，七岁学书，即能摹怀仁《圣教序》。禀叶所公庭训，于九流之书靡不搜览。工篆隶，兼精绘事，而于诗用力尤深。尝追和元微之《生春》诗五十首，自谓细腻切题处颇不失刘、白风矩。惜手稿散失，余归田后始为搜辑，并馆课诗赋合成两卷，编入安定家集中。

（以上卷十）

五二 陈庚焕

庚焕字道由，又字惕园，长乐人。嘉庆间岁贡生。道光五年题祀乡贤。有《惕园初稿》十七卷。

惕园暗修不倦，道气盎然，尤汲汲于吾乡文献。读所自订文稿，足觇其概。诗不多作，录存十余首，皆切实有味，异于以风云月露为工者。

五三　廖英

英字允仪，又字佩香，侯官人。嘉庆间诸生。

佩香尊人香粟先生本诗人，佩香擩染庭训，苦耽吟咏，清词丽句，窅然情深。尤工骈俪文，置之迦陵、思绮之间，殆无多让。生平敦气谊，安贫窭，与余家昆季以诗酒联欢，过从最密。惜年未四十，憔悴偃蹇以没。其配陈若苏，名家女，亦能诗，苦节抚孤，玉树双折。余别录其诗入《闺秀集》，辄为泫然。

五四　郑杰

杰字人杰，又字昌英，侯官人。廷莅子。嘉庆间诸生。有《注韩居诗钞》二卷、《国朝全闽诗录》二十一卷、《续录》十一卷。

昌英好读韩诗，欲合吾闽方崧卿、魏仲举、廖莹中诸家广为辑注，题其斋为注韩居，自号注韩居士，颇闻于时，实未注也。所梓行《闽中逸碑考》皆出林樾亭、龚海峰、黄时扬、郑有美诸先生手。其录闽诗，则万济其舍人实主其事。舍人于诗本非深诣，故去取未惬人心，其以意分初、续二集，尤觉无谓。间附诗话，仅足肩随郑王臣《莆风清籁集》之后，差胜林白云《闽诗选》而已。

五五　林光天

光天字水如，侯官人。嘉庆间副贡生。

吾乡有所谓白字诗者，纯以里谚方言编为韵语，但可宣之于口，而不能笔之于书。前辈之诙谐者间亦有作，至水如乃穷极工巧，名噪一时。刘心香邑侯有赠诗云："谈谐怒骂尽歌讴，稍叶方音韵便收。听唱榕腔新乐府，座中大白一齐浮。"余亦笑谓之曰："此岂亦严沧浪所谓别才者乎？"然余闻李许斋方伯之狱，吾乡士庶凡数百人顶香遮道，讼方伯仁贤，愿建遗爱祠。星使据以入告，狱遂伸，祠亦竟工。其事实水如为之倡，论者以为有鲍司隶举幡太学之风，群以此重水如，而水如之白字诗亦即于是岁诎然绝响矣。

五六　叶申蔚

申蔚字维文，又字文石，闽县人。观国第三子。嘉庆中优贡生。

文石群从，英英竞爽，十余年来，内直承明、外膺民社者踵相接。文石独潦倒场屋，仅以优行贡成均，而处之泊如，毫无愤激。为诗益力，寝馈于苏集尤深，惜不假以年，故所就止此。

五七　廖蟾波

蟾波字怀谷，又字孝源，侯官人。嘉庆间诸生。有《玉尺草庐诗稿》。

怀谷以孝闻，人皆诵其《乌夜啼》曲，然不如《忆母》诗之真挚，此之谓心声也。

五八　梁云镶

云镶字颖中，又字桂岩，长乐人。嘉庆间附贡生。九山公次子。

桂岩八弟好为诗，以治举子业弗克，专精吟咏。尝手录苏诗全部读之，背诵如流者几十之六七。随宦南北，所历山川古迹，间以五七言纪之，亦复壮浪可观。

五九　谢生翘

生翘字若楚，又字错山，侯官人。生晋弟。嘉庆间官横州知州，候补知府。有《克复堂诗集》《水草山房续编》。

错山起家簿尉，所至皆有循声。宰崇明时，有《瀛洲竹枝词》五十首、《崇邑口号》二十首。钱竹汀先生最赏异之，谓殷勤劝戒，字字从肝鬲中来，想卓、鲁诸公用心亦不过尔尔也。

（以上卷十一）

六〇　齐鲲

鲲字腾霄，又字北瀛，闽县人。嘉庆辛酉进士，官河南知府，以河工议叙加道衔。

北瀛以编修赐一品服，充册封琉球正使。时重亲在堂，给假省视，以莱衣之艳，兼昼锦之荣，吾乡尤传为旷事。生平不甚措意于诗，适躬持龙节，远涉鲸涛，诗胆骤雄，吟情遂盛。所刻《东瀛百咏》乃斐然可观，兹录其尤健者，以存梗概。

六一　刘士棻

士棻字周有，又字心香，侯官人。嘉庆辛酉进士，由庶吉士改镇平知县，历调归善、香山，罢归。

心香衣帽闲雅，笔研精良，由词垣出为邑宰，颇非所愿，然居多宝玉之乡，而不改清贫之素。伊墨卿太守赠以楹帖云："玉堂才子贵，珠浦长官清。"亦足觇其所守矣。诗工近体，极选声配色之巧。行楷亦精丽绵密，皆恰肖其为人。

六二　杨惠元

惠元字心淮，又字蓉峰，闽县人。乾隆甲寅乡试第一，嘉庆辛酉进士，官泰安知府。

蓉峰簪笔承明，班姿荐晋，忽缘大考，改官比部，一麾出外，遂以老守终其身。生平无疾言遽色，风规雅令，性度坦夷。闻病中能豫定行期，若真赴蓉城之约者，可以想其根器矣。诗不多作，就箧中所有录之，吐属已自不凡。

六三　林轩开

轩开字文翰，又字蓼怀，闽县人。嘉庆壬戌进士，官泰顺知县。有《拾穗山房诗存》十卷。

蓼怀天情俊朗，绮思雄深，浪饮狂吟，所到有诗龙酒虎之目。吏才非其所裕，聊欲弦歌而已。小试鸣琴，果遭白眼，则益纵情诗酒，以终其身。犹忆余倡开藤花吟社，蓼怀兴最豪，诗出亦最多，社中人推为职志。抟沙放手，此欢遂渺不可追。揽其遗诗，曷胜黄垆之痛？

六四　孙德榕

德榕字长辉，又字蔚隅，侯官人。嘉庆甲子举人，以大挑官德化教谕。

《次谢八克和梦中句》："旧游春梦隔云泥，吟罢更阑思转迷。一自新编归乐府，可堪长忆夜乌啼。"谢克和名淞，字杏根，有《杏梦楼诗钞》。尝编梓《兰社诗略》，以梦中得"杏花香里鹁鸪啼"句，故有"杏根""杏梦"之名。此诗即其事也。

六五　叶申万

申万字维千，又字莒汀，闽县人。观国第六子。嘉庆乙丑进士，由检讨改御史，出为庆远府知府，擢高廉道。有《餐英轩诗钞》八卷。

三山叶氏盛群从，皆与余为文字交，而莒汀气谊尤笃，同居黄巷几二十载，日以问学相切劘。同官京师，诗酒过从犹密。嗣两人各一麾出守，天涯海角，不相见者遂十余年。迨余归田，而莒汀逝矣。莒汀居台谏有直声，历粤东、西皆有遗爱。所为诗出入韩、白之间，语必己出，虽时露率易，而风骨自遒。辑其遗篇，如照屋梁见颜色，曷胜呜咽！

六六　曾元海

元海字少坡，侯官人。奋春嗣子。道光壬午进士，官翰林院编修，督学广西。卒年三十有七。有《不能诗斋遗草》。

少坡弱冠登词垣，屡司文柄，不数年视学粤西，文誉日起。吾乡人比之前辈林香海先生，而不料其年寿亦相若也。集中有题邯郸吕祖庙二绝，殆即诗谶。《邯郸吕祖庙》诗云："大千世界梦中看，利锁名缰摆脱难。我亦痴人呼不醒，一鞭残照过邯郸。""蓬莱方丈总荒唐，海外桑田亦渺茫。便到成仙须历劫，不如高枕梦羲皇。"

（以上卷十二）

（洛阳师范学院文学院）

新见任中敏友朋往来信札十通考释*

程　希

内容摘要：新见扬州大学档案馆及南京、扬州等地藏家收藏之著名学者、教育家任中敏与友人宋谋瑒、钱南扬、胡邦彦、胡蘋秋、薛锋等往来信札十通，为《任中敏文集》所失收，亦为此前未见刊布者，极具文献、文学、史学、书法、收藏等多重价值。其写作时间集中于20世纪七十年代至八十年代，主题基本围绕词曲学展开，对考察任中敏生平行迹、学术交往、著述出版，近现代学术史之建构及任中敏全面综合之研究均不无裨益，亦可助他日任中敏年谱与全集之编纂。

关键词：任中敏；友朋；词曲学；信札

* 基金项目：江苏省社科基金青年项目“任中敏学术年谱编纂与研究”(22ZWC008)。

Check and Interpretations of Newly Discovered Ten Correspondences Between Ren Zhongmin and His Friends

Cheng Xi

Abstract: The newly discovered correspondences between Ren Zhongmin, a famous scholar and educator, and his friends Song Mouyang, Qian Nanyang, Hu Bangyan, Hu Pingqiu, Xue Feng and others from the Archives of Yangzhou University and collectors in Nanjing and Yangzhou are 10 pieces of correspondence which is not involved in *Ren Zhongmin's Collected Works* and has not been published before. The 10 pieces of correspondence maintain great value in literature, history, calligraphy, collection and so on. The writing time of 10 pieces of correspondence are among the 1970s and 1980s. And the theme is basically centered on Ci-theory. It is not only helpful to the investigation of Ren Zhongmin's life and activities, academic exchanges, writings and publications, the construction of modern academic history and the comprehensive study of Ren Zhongmin, but also to the compilation of Ren Zhongmin's complete works in the future.

Keywords: Ren Zhongmin; friends; Ci-theory; correspondences

著名学者、教育家任中敏先生(1897—1991,号二北、半塘)一生著述宏富,成就多方,是享有国际盛誉的学术大家,在词曲学、敦煌学、古典戏剧理论学、声诗学等领域贡献卓著,多有创辟之功。其学术著作结集为《任中敏文集》,煌煌十九册,五百多万言,2014 年由凤凰出版社出版。其部分诗词、书法、日记、信札等文字亦经整理,于《任中敏与汉民中学》(漓江出版社 1995 年版)、《任中敏先生诗词集》(香港浩德出版社 2006 年版)两书得窥大略。然而,任先生尚有大量集外文字或藏诸公私之手,或见诸各大拍卖会，或零星见载于其友人著述，极易散落，给相关研究带来了诸多不便。

作为半塘后学，笔者读先生书而想见先生为人，近年来对任先生集外诗文、剧本、信札、日记、书法、篆刻等文字多所留心，片言只语亦不放过，所积渐夥，已先后撰发《任中敏致唐圭璋遗札十通考释》①《词曲学大家任中敏集外诗词62篇考释》②《任中敏致波多野太郎遗札三通辑释》③《新见任中敏致唐圭璋信札六通考释》④《任半塘致程千帆、钟敬文等音乐文学论札17通考释》⑤《任中敏致唐圭璋词学书札十通考释》⑥等多篇。现将新近发现的任中敏致友朋后学宋谋瑒1通、致胡邦彦1通、致胡蘋秋1通、致薛锋1通及友人钱南扬致任先生1通、胡邦彦致任先生5通，计10通信札加以整理点校，考订年月，注释疑难，公诸于此，以飨同好。于此不仅可见任先生之人品学问、性情襟抱，对加深任中敏生平、交游、著述及现当代学术史之研究亦不无裨益。信札编次大致以写作时间先后为序，天头、地脚、边栏、纸背、信封等处有文字及符号者亦忠实照录，以尽量保持原貌。原札人名、地名、书名等明显疏误者，以“[ ]”随文径改。限于眼界及学力，加之信札多为行草书，辨识不易，或有疏误之处，敬祈方家有以教我。

---

① 程希《任中敏致唐圭璋遗札十通考释》，载《词学(第41辑)》，华东师范大学出版社，2019年，第443—461页。

② 程希《词曲学大家任中敏集外诗词62篇考释》，载《中国文化研究》2020年春之卷，第111—117页。

③ 程希《任中敏致波多野太郎遗札三通辑释》，载《敦煌研究》2020年第2期，第114—119页。

④ 程希《任中敏致唐圭璋遗札十通考释》，载《词学(第44辑)》，华东师范大学出版社，2020年，第370—385页。

⑤ 程希《任半塘致程千帆、钟敬文等音乐文学论札17通考释》，载《乐府学(第25辑)》，社会科学文献出版社，2022年，第3—20页。

⑥ 程希《任中敏致唐圭璋词学书札十通考释》，载《词学(第47辑)》，华东师范大学出版社，2022年，第406—423页。

一、任中敏致宋谋瑒1通(1976年3月13日)

谋瑒先生大鉴:

年来代友人胡君求上党戏本,承不弃蒙昧,多方支援,感德无已。最近又获手教,附戏腔谱录一册,珍贵之至。弟因冗杂纠缠,无暇兼顾,恐多延误,有负高情,特将来教并谱录挂号邮交胡君,嘱其阅后,即尽快誊副,早将原件挂号邮还,以后如尚有所求,并直接奉商,较之转折过多,难免失时者为善耳。胡君通讯处为"辽宁省喀左县文化馆"。春节前,地方再有地震之警,幸而所报不中,已恢复工作,不知目前已有函达尊处否?即候

春祺!

弟中敏拜

七六、三、十三

程按:此札复印件现藏扬州大学档案馆,无编号,无封。原札1页,页12行,行17字左右。毛笔行书,用普通方格稿纸。

宋谋瑒(1928—2000),原籍湖南双峰,出生于上海。著名诗人、学者,曾任全国人大代表,《中华诗词》顾问。1946年考入北平民国大学中文系,后毕业于中南军政大学。1949年参加中国人民解放军,曾任文化教员和《战斗训练》杂志社编辑。1958年转业到山西大学中文系任教,1979年调晋东南师范专科学校中文系任教。

胡君,应指胡忌(1931—2005),浙江奉化人,江苏省昆剧院一级编剧,戏剧史家,著有《宋金杂剧考》《昆剧发展史》等,1973年8月胡先生曾调往辽宁省喀左县文化馆从事考古工作,1978年11月调至南京江苏省昆剧院艺术研究室工作,1980年代中后期曾应任先生之邀参与指导扬州师范学院古代文学博士生。

二、任中敏致胡蘋秋1通(约1978年12月3日)

蘋秋吾兄:

两接手教,欣悉上党梆子音谱,已可见面,甚喜。兹汇

上十元，乞兄主持，拙意有三：

（一）音谱要确是上党梆子所有，而非他种戏曲之声所滥竽，要禁得起内行考验。（二）诚如尊意，进一步追求戏文。（三）有关记载，言之可信者，亦宜收罗，乞兄就近鉴裁决定，毋任感盼。兄前示，弟已转胡君阅，尚未得伊回信。兄足伤已痊否？为念。弟近忙于考订《长安词》之前之文字，批驳欧洲汉学家之谬识及新家[加]坡大学中文系主任饶宗颐之鼓[蛊]惑。此事说来话长，略就《长安词》言之。初盛唐间，玄奘译成大般若经，质与量，均震动当世。远及天竺佛徒，不辞跋涉，来长安献经求学兼求礼五台山。有一梵僧来后，竟为唐室所阻，仅许暂留，便促其返（此点原因及当时制度，未能查出）。此僧哀怨，愿死于长安，孤魂不返，投生中土，长大后以中国人瞻礼五台，料可如愿。愿者，等世梵僧之愿也，其志之笃、识之愚，均所罕见。据传其人有歌四章，经鸿胪典客，或大寺高僧为译成四首七绝写藏敦煌，适为拙稿所当收。因订其文字，煞费力气，为辟讹故，稿内全文竟达万言。兄之友好中，有洞晓佛教史者否？愿访求指示，以明唐律，及梵僧先后入唐者，究有若干人具史迹也。迩来对知识分子之政策，日渐其宽，贵宗耀邦，在科学院有大改革，以弟久蛰不鸣者，亦检点旧稿，期有以问世，得毋可笑。即候著绥。

敏拜

十二、三

程按：此札原件现藏扬州大学档案馆，无编号，无封。原札2页，页16行，行16字左右。毛笔行书，用普通白色笺纸。作年不详，据正文提及“科学院”云云，可能作于1978—1980年任先生在中国社会科学院作兼职研究员之时。又，据“贵宗耀邦”等推知，收信人当为胡蘋秋。

胡蘋秋（1907—1983），原籍安徽合肥，出生于保定。曾任段祺瑞之北京执政府文员，19 岁由吴佩孚举荐为河南遂平县县长（未就），20 岁入张学良东北军，24 岁入国民党，官至骑兵军少将秘书处长。1939 年随员密访延安，受到毛泽东接见。1945 年任陕西省陕北行署及民政厅秘书，1949 年加入中国人民解放军，1954 年转业至成都京剧团任导演，胡先生与任先生订交当在此一时期。1960 年调山西实验剧院任编导。胡蘋秋少习京剧，17 岁登台票演，20 岁演花旦，为民国军界名票之首，兼擅诗词，存世诗作约 3000 首，词 2000 余首，诗坛交往中常托身女性诗家，称为奇闻。有京剧剧本《祝英台》传世。胡君，指胡忌（1931—2005），前文已有绍介，兹不赘。欧洲汉学家，指保罗·戴密微（1894—1979），法国汉学家、敦煌学家，编著有《敦煌曲》（与饶宗颐先生合著，1971 年以中法两国文字于法国国家科学研究中心在巴黎出版）。

三、钱南扬致任中敏 1 通（1978 年 5 月 22 日）

中敏学长兄：

手教敬悉。承惠宝卷研究，谢谢！知将出蜀，故未即复；顷当抵达北京矣。

赠送波多野氏普及本《白兔记》，弟极想参加一份。不知书价多少，希见示，以便奉璧。

近来较忙：南京昆剧院邀请江浙湖南上海三省一市艺人开大会，半月余，应邀出席，上午开会，下午看演出。指导毕业生二人写毕业论文，一人研究关汉卿，一人研究汤显祖作品。拙编戏文三种校注，已交北京中华，出版之后，当奉上就正。顷方修改旧作《戏文概论》，预计暑假前完成，交上海古籍出版社。下学期拟开始写成化本《白兔记》校注。

匆复，即请

著安！

弟南扬敬上

五月廿二

程按：此札原件现藏扬州大学档案馆，无编号。无封，原札1页，页11行，行30字左右，毛笔行楷书，用普通白色笺纸。信末落款有任先生红笔补注："七八""廿六到"等字样，据此可知此札当写于1978年5月22日。钱南扬（1899—1987），原名绍箕，别署钱箕，字南扬，以字行。浙江平湖人。1919年入北京大学国文系，曾从吴梅先生习词曲。与任中敏、卢前、王玉章、蔡莹并称"吴门五学士"。著名南戏专家，著有《戏文概论》《谜史》《宋元南戏百一录》《汉上宧文存》《永乐大典戏文三种校注》《元本琵琶记校注·南柯梦记校注》《梁祝戏剧辑存》《宋元戏文辑佚》《汤显祖戏曲集》等。曾先后于浙江大学、武汉大学、杭州大学、南京大学任教。1979年，任先生曾为其《戏文概论》题写书名[1]。《白兔记》，又称《刘知远白兔记》，元代南戏作品，永嘉书会才人编，写刘知远与李三娘悲欢离合故事。与《荆钗记》《杀狗记》《拜月亭记》并称"四大南戏"。成化本《白兔记》收于《明成化说唱词话丛刊》中，最为接近原貌，钱先生晚年曾致力于此书的校注，惜未竟其业。波多野氏，当指波多野太郎（1912—2003），日本神奈川人，自称湘南老人，曾任日本中国语学会会长，著名汉学家、中国古代戏曲史专家，著有《老子王注校正》《中国地方志所录方言汇编》《中国小说戏曲词汇研究辞典》《游仙窟新考》《关汉卿现存杂剧研究》《宋词评释》《粤剧管窥》《中国文学史研究——小说戏曲论考》《近三十年代京剧研究文献精要书目》等，与任中敏先生交谊甚笃，曾亲赴北京、镇江等地拜访任先生，并时有信札往还，就敦煌曲辞相关问题进行深入探讨，传为中日学术、文化交流史上之佳话。

四、任中敏致胡邦彦1通（1978年9月18日）

邦彦学弟道席：

十六日损书，敬诵。佛典致款，乃谊所当然，屡烦觅书，以不惜假为言，倘书既到矣，款终不付，以后将何以更烦相

---

① 赵韡《钱南扬日记（1977—1982）》，《澳门文献信息学刊》2022年第1期，第64页。

助。款到，主人倘以为不足，则不妨将书璧还。因最近得杭友介，买了一部丁氏所编（卅二元），内容远胜何辑，能不夺人所好，将何辑归还原主，亦谊所当然。拙编虽粗就，仍须覆审，有关佛典者，有维摩托疾折服佛弟子近十人之公案歌辞，与变文多篇相表里，极有意义。更有佛前坐为须大拏太子时，度男女、舍嫔妃之戏曲，亦新发现，惜知音者无人，印行出版，更说不到。全稿内辟佛言论甚烈，赶上范文澜简史内辟佛水平，而范史于儒罪尚未及评，今其书已过时代矣，可慨！包君何时短见，是否在运动中？心叔作古，久已得信。宛春大病，是去年事，所谓中风差好，是否近况？顷接夏瞿禅信，谓“宛春重病三个月，近仍在医院未归，仍未脱险”，诚不幸矣！殆与足下所述是一事。孙仲文君所命，于年内缴卷，工拙所不敢言。笑笑。

即颂

潭福。

敏拜

九、十八

照“仲文”落款无误否？来书幸详。文蔚事，亦愿悉首尾。敏近影一片附上，希察。

程按：此札为南京吴小铁先生追不及斋所藏。原札2页，页10行，行17字左右。毛笔行书，用普通白色笺纸。无封。据信末落款可知，写于9月18日，作年不详。据“宛春重病三个月”推测，当作于1979年3月8日胡士莹先生逝世之前，则此札或作于1978年9月18日。胡邦彦（1915—2004），字文伯，一字彦龢，号蹇翁，江苏镇江人。曾在江苏省立镇江中学实验小学、省立镇江中学学习，师从任中敏先生，后在无锡国学专修学校肄业，师从唐文治先生。1949年前曾任银行文书、公司职员、复旦大学文书主任兼中文系助教、重庆内迁妇女辅导院国文教授、中央银行文书主任等。1949年后曾任银行职员、高中语文教师，1960年参加《辞海》重编，任语词分册编辑；

1963年调任上海教育出版社文科编辑。1975年退休，1977—1983年在华东师范大学古籍整理研究所与上海师范学院古籍整理研究所为硕士研究生讲授文字学，任研究生导师并参与古籍校勘工作；1981年秋季应云南民族学院之邀为师资培训班讲授文字学；1985年再次参加《辞海》修订工作；1987年应邀为美国普林斯顿大学和纽约大学访问学者。著有《字学鼎脔》，整理研究丁蘧卿先生《所堂字问》和刘体智先生《小校经阁金文拓本释文斠补》，遗著《胡邦彦文存》于2007年由岳麓书社出版。任先生曾在1978年1月8日致唐圭璋先生的信札（原件藏扬州大学档案馆）中称胡邦彦先生为好友，并谓其为"长镇江中学时的好学生！文字极佳，词翰翩翩。来信对老师，恭而有礼。弟业不能竟者，惟有于病危时重托之"。足见任先生对胡先生之信任与赞赏。任中敏先生九十大寿时，胡邦彦先生曾作长庆体贺诗一首[①]，颇得先生赞许。

"佛典"，当指《佛学大辞典》。"丁氏所编"，当指丁福保（1874—1952）。丁福保编《佛学大辞典》，自1912年起着手，至1919年始成，1922年由上海医学书局初版，收辞目3万余条，计16册，煌煌360多万字。"拙编"，当指任先生编著的《敦煌歌辞总编》一书。"范文澜简史"，当指范文澜先生（1893—1969）《中国通史简编》一书。是书乃首部运用马克思主义理论系统论述中国历史的通史著作，1941、1942年由延安新华出版社初版上下册。"包君"者何人，待考。"心叔"，指任铭善（1912—1967），江苏如东人。曾任杭州大学教授，长于语言学、文献学，著有《礼记目录后案》《汉语语音史概要》等。兼擅诗词及书画篆刻，与夏承焘、王季思、蒋礼鸿、郦承铨、陆维钊、胡士莹、沙孟海常相往还。"宛春"，指胡士莹（1901—1979），宛春其字。浙江平湖人，著名文史学家，曾任杭州大学中文系教授。著有《话本小说概论》等。夏瞿禅，即夏承焘（1900—1986），浙江温州人，瞿禅其字，著名词学家。孙仲文，其人不详，生平待考。

---

① 胡邦彦《胡邦彦文存》，岳麓书社，2006年，第141—142页。

五、胡邦彦致任中敏5通

（一）其一（1978年5月5日）

夫子大人函丈：

奉一日手谕，敬悉《云谣》摹件。前奉挂号附呈（不必寄还），计已收到。波多野之书顷已挂号迳寄龙先生，彦处暂不需此，龙先生不妨从容采录也。彦到沪三十余年未游杭州，兹订明早赴杭约，住三五日。适有江苏出版局在无锡开会友人相招与会，拟由杭迳往，约两星期后返沪。吾师抵京后赐谕仍寄沪无碍也。旅程劳瘁，伏望千万珍重。不尽依驰，恭请

道安

师母大人安

受业邦彦谨上

五月五日

程按：此札原件现由美国洛杉矶西来大学龙达瑞教授收藏，1页11行，行5—18字不等，毛笔行草书。航空邮件，带封，上款为“成都水井街七十三号任中敏老先生”，下款为“上海胡寄”，据邮戳显示为1978年，则此札撰于是年5月5日。是年5月15日，任先生由四川大学借调至北京中国社会科学院为兼职研究员，居北京锣鼓巷福祥胡同3号，继续搜集整理研究敦煌歌辞[①]，一度欲赴日本搜集有关研究资料，因故未成行。波多野，指日本汉学家波多野太郎，见前，而“波多野之书”应指上文钱南扬先生致任先生信札中所云之“普及本《白兔记》”。龙先生，指蜀中著名学者龙晦（1924—2011），原名龙显明，笔名龙晦，四川岳池人。先后就读于广安中学、重庆市立一中，1948年毕业于四川大学，1950年入西南革大学习，1951年任西南音

① 黄绮静、解玉峰编《赵景深、胡忌先生往来书信》，湖州轩骏图文自印本，2013年，第156页。

乐专科学校图书馆工作人员、四川音乐学院附中教员，1975 年起借调四川师范大学《汉语大字典》编纂处，1982 年起任四川四川教育学院教授、中文系主任。兼任中国敦煌吐鲁番文学语言研究会理事、四川省中华文化学会副会长、四川省语言学会学术委员等，主要从事古汉语、宗教与考古研究。曾任任中敏先生私人学术助手，1985 年曾受聘扬州师范学院客座教授，参加任先生首届博士生王小盾学位论文答辩，晚年有《龙晦文集》(巴蜀书社 2009 年版)等传世。

(二) 其二(1979 年 8 月 9 日)

夫子大人函丈：

邦彦南旋后连上两奉，计已入鉴。比日报载北京气温常在三十度左右，炎威似已少杀，然中午由图书馆驱车回寓，得无太劳累否？极为驰系。旭师来信，云师院恢复历史系，将忙历史文选及工具书使用法两门功课，度亦必甚忙。邦彦得师大聘约，下学期接讲半年，明春起或改就上海师院事，因距寓所较近也。吾师述作太忙，千万保重为是。

恭请

道安！

受业邦彦谨奉

八月九日

师母大人安。

程按：此札原件现藏扬州大学档案馆，无编号。无封，原札 1 页，页 10 行，行 16 字左右，毛笔行书，用白色笺纸。右边栏外有任先生批注“七九、八、一一到”，据信末落款及任先生批注可知此札写于 1979 年 8 月 9 日。

旭师，当指张旭光(1904—1987)，字旭光，原名大东，笔名�旭、凌霄、东言，江苏阜宁人。清华大学 1930 年历史系毕业，在校时为清华文学社成员，曾任《清华周刊》总编辑，发起并参加清华大学边疆问题研究会。早年著有《中华民族发展史纲》(文化供应社 1942 年版)，有多首诗词发表于《清华周刊》，20 世纪三十年代开始，先后任江苏省立镇江师范、桂林私立汉民中学教师，1946 年任私立江苏祝同中学（后改名同仁中学，扬州新华中学前身），解放后曾任苏北师专、扬州师范学院副教授，参与《汉语大辞典》的编纂，著有《文史工具书评介》（齐鲁书社 1986 年版，获江苏省哲学社会科学优秀成果奖）。1987 年因病去世，享年 84 岁。与任中敏先生私交甚笃，以师事之。20 世纪八十年代中期，任先生曾因张旭光先生参编《汉语大词典》之稿酬被拖欠事致信负责人夏云璧，大声疾呼："编纂大字典酬金五百元，分发没有？请告知。我想劝上面（书记、人事处）早发此款，让某些人（如张旭光老师在重病之中，须钱救命！）得款救急，别无他意。"[1]足见任先生之古道热肠。

（三）其三（1980 年 2 月 2 日）

夫子大人函丈：

奉十七日手谕，敬悉，初为惊愕，继而泰然。邦彦狂瞽，尝语人云：若得从宿学大师游，则自揆不中为助教，若下与欺世盗名之辈论一日之短长，或羞与一二级教授为伍。学校乃讲诵之所，不宜与政事混为一谈，况无与于射钩斩祛者耶！昔年钱子泉先生基博撰《现代中国文学史》，述瞿安先生之于曲，列及门诸子卢公、江都任某为最。邦彦每读至此，窃恨予生也晚，不获及事大师，一闻师友传薪之盛。又旧《辞海》每引《散曲概论》为释文之依据，窃谓自今日言之，谓之权威性定论。不图五十年后，党锢犹未解也，学海则塞其流，学山则终为丘阜耳，可胜浩叹。昨闻川大教授有须毛拔尽致死者，武侯云"苟全性命于乱世"，洵至言也。今之当路恒言朝前看，果能如此，何必更审阅著作耶？使李、杜生于今世，求为文科教授，以诗集呈教育部，将令如元、白者审之，如姚、宋者审之耶？细思其理，为之失笑。四十年前有部聘教授，不闻资格审查之说，谓宜都定一级。扬师礼聘，

① 陈益《一封乞要稿酬的信》，《北京青年报》2018 年 7 月 20 日 B3 版。

安车蒲轮迎致，于湖山胜处设帐，为乡饮大宾，庶几多士腾欢，斯文不坠。然此汉唐极盛之事，合于华胥之国，求之比日，感触颇多，不自觉其言之激切也。昨霎霁祁寒，伏望加意珍摄。九九中宜进补，不妨试用人参扶持元气，则诸病自消，可向中医求调理营养之方，刀圭云者所不敢信。非久趋侍，欣幸何如。

恭请

道安！

受业邦彦谨禀

二月二日

师母大人安。

潭寓鸿禧！

程按：此札原件现藏扬州大学档案馆，无编号。无封，原札2页，页16行，行20字，毛笔行书，用“识小斋”笺纸。据正文“扬师礼聘”云云及落款等可推知此札或写于1980年2月2日。

钱基博（1887—1957）《现代中国文学史》上编“古文学四”专辟一章谈近代曲学，将王国维与吴梅并举，并云吴梅先生“弟子传其学者，有江都任讷仲敏，从梅游，就奢摩他室居，尽发藏曲读之，纂《读曲概录》五册”[①]，对任先生之曲学传承赞誉有加。《散曲概论》，上海中华书局1931年印行之任先生编著《散曲丛刊》15种之一，被誉为近代散曲学开山之作。[②]

（四）其四（1987年岁末）

恭贺：

夫子大人、师母大人年禧，并祝康强逢吉。

镇江中学学生胡邦彦偕妇丁永祥同叩

程按：此札原件现藏扬州大学档案馆，无编号。无封，原札1

① 钱基博《现代中国文学史》，商务印书馆，2011年，第386页。

② 杨栋《中国散曲学史研究（续篇）》，山东大学出版社，1998年，第162—174页。

页，页 6 行，毛笔行书，用赤色贺年笺纸。据此下一札正文“岁暮又寄赤柬”推知，此笺当撰于 1987 年岁末。

（五）其五（1988 年 12 月 2 日）

夫子大人侍史：

邦彦去春自美回沪，曾上一奉，旋奉颁赐《敦煌歌词[辞]总编》，随即奉谢，后又复印邦彦在美国报刊发表师门嘉话短文寄呈，岁暮又寄赤柬。至今未奉谕帖，不得已，惟有于象天兄处探悉起居安吉，聊为庆慰而已。邦彦近年患白内障，幸有木板大字书，故吟诵不废。入冬渐寒，伏望加意珍摄。附上回信信封一枚及附笺，请先生略批数字赐寄，以当侍谈，不胜祷幸。

祗叩颐安！

师母大人安

受业胡邦彦谨奉

十二月二日

程按：此札原件见诸 2007 年 4 月 3 日孔夫子拍卖网珍本拍卖区，原札 1 页，页 11 行，行 5—18 字不等，毛笔行书。据正文“邦彦去春自美回沪”“旋奉颁赐《敦煌歌词总编》”等语考证，胡先生曾于 1987 年应邀为美国普林斯顿大学和纽约大学访问学者，任先生《敦煌歌辞总编》亦于是年 12 月由上海古籍出版社出版，则此札当撰于 1988 年 12 月 2 日。象天兄，生平不详，待考。

六、任中敏致薛锋一通（1982 年 8 月 14 日）

薛锋同志：

上海出版社表示不印《诗经积释》，请即日前来，取回原稿六册，以免遗失。特此奉闻，并颂

近祺！

任中敏

一九八二、八、十四

程按：此札见诸 2021 年 3 月 13 日于扬州市史可法纪念馆开幕的“运河文化杯·墨耕信札收藏精品展”，原札藏扬州收藏家倪刚先生处。1 页，页 5 行，行 3—13 字不等。毛笔行书，用普通红色方格稿纸。薛锋（1928—2016），江苏扬州人，中国美术家协会会员、高级美术师，擅长美术史论、中国画。曾任扬州市文化馆副馆长，扬州市美协副主席、扬州国画院画师，清代扬州画派研究会名誉会长、中央美术学院陈列馆顾问、江苏美术馆鉴定顾问等。曾主编《扬州文艺》《扬州八怪研究资料丛书》，与王学林合作编撰《简明美术辞典》，与薛永年合著《扬州八怪与扬州商业》，与薛翔合撰《髡残》等专著，与周积寅主编《中国画派研究丛书》及《中国美术史（清代卷）》。上海出版社，疑为上海古籍出版社，该社于 1985 年出版程俊英《诗经译注》一书，后多次再版，流通颇广，而薛锋先生《诗经积释》一书则未见公开出版。

（盐城师范学院文学院）

“中国文论的古今贯通、中西互鉴与理论创新”
——第二十三届中国古代文学理论学会年会会议综述

闫月珍

2023 年 3 月 25 日至 26 日，由中国古代文学理论学会、暨南大学中华文化港澳台及海外传承传播协同创新中心、暨南大学文学院主办，暨南大学文艺学国家重点学科、上海市古典文学学会、国家社科基金重大项目“华人学者中国文艺理论及思想的文献整理与研究”项目组承办的“中国文论的古今贯通、中西互鉴与理论创新——中国古代文学理论学会第二十三届年会暨学术研讨会”在广州顺利举办。本次会议共收到参会论文 150 余篇，来自全国各高校和学术研究机构的 150 多位专家学者齐聚一堂，共同探讨中国古代文学理论的相关议题。开幕式上，暨南大学党委副书记夏泉教授、中国古代文学理论学会会长华东师范大学胡晓明教授、暨南大学文学院院长程国赋教授、暨南大学文艺学学科带头人蒋述卓教授先后致辞。南开大学叶嘉莹教授、云南大学张文勋教授、复旦大学蒋凡教授为本次大会发来贺辞，贺辞由学会秘书长赵厚均教授代为宣读。扬州大学古风教授、中国社会科学院党圣元教授、中国传媒大学张晶教授等也致贺信，预祝会议取得圆满成功。开幕式由暨南大学闫月珍教授主持。

会议主旨发言环节，华东师范大学胡晓明教授、暨南大学蒋述卓教授、中山大学吴承学教授、武汉大学李建中教授、香港岭南大学汪春泓教授、华南师范大学蒋寅教授，分别围绕大会主题，从各自关注的学术议题发表演讲。**胡晓明**教授紧扣时下热点，分析了ChatGPT对中国文论的挑战与启示，以及中国文论自身应该如何回应的策略。他认为从“文心”到“机器心”，尽管许多知识生产正在被替代，但“机器心”意味着心灵性与具身性的消减，“文心”之无可替代的层面或许在于一种解释力和高感性。**蒋述卓**教授认为用现代的文学观念，尤其是西方的文艺理论来对古代文论做现代阐释，这已是不可改变的趋势和事实。所谓古代文论的现代阐释，即是用现代的科学文艺理论去发掘、发现和阐发古代文论所具有的现代意义，从当代的立足点去认识它的理论价值，为当代文艺理论的构建提供文化资源，并能够与现代文艺理论相对接。在方法和途径及目的上，要以西方为参照而不是以西方为框子和框架，在当代意识和价值的关照下，以阐释中国古代文论的精髓与精神为中心，寻找古今中西可以相互沟通、相互理解、相互对话的话语方式，树立中国文论在世界文论中的独特性。**吴承学**教授关注中国文学中的集体认同问题，他希望在传统文学批评史之外寻找另一种阐释路径，以寻找和解释古代文学和文论中的中国问题。他认为中国文学的集体认同存在显性和隐性两种形态，前者表现为一系列的范畴、观念和关键词，后者则散落于零碎的文献记载中，隐藏于人们的普遍思想框架和公众知识中。**李建中**教授以经史子集为依托，构建文论关键词研究的古典范式。他从知识学依据、范式几何与释词路径三方面以具体案例开展说明。这一文论关键词的研究范式区别了西方的关键词研究，是具有中国特色的研究范式。**汪春泓**教授对《兰亭集序》进行重新解读，通过对王羲之创作此名篇背后的时风众势的分析，揭示文本当中所包蕴的丰富意涵。**蒋寅**教授关注意境的本质及其理论定位，认为一个亟须回答的问题是：意境作为体现古典诗歌审美本质的属性，究竟是属于文本层面的东西还是属于超文本的意识内容？他认为将意境归为文本形态的存在既有据可循也十分合理，难处在于处理想象经验的问题，但古典诗学中“言有尽而意无穷”的信念为安置此超文本的意识内容提供了借鉴。

本次大会共设置四个分会场，各会场论文以专题分类，主要涉及**中国文论的现代阐释**、**龙学**、**诗词曲论**、**文体学**、**佛学与文论**、**学术史**、**海外汉学**等领域。

一、学术史及现代阐释

中国文学批评史著作的撰写，自1927年陈钟凡《中国文学批评史》以来，已诞生诸多典范之作。前辈学者的努力探索有目共睹，对于他们治学的方法、路径及特色的研究仍具有重要意义。本次会议不乏一些细致的个案分析及相关的学术史讨论。在文论史撰写中，尽管著作丰富，但回过头来反思，仍旧存在许多问题，如以西释中、团队写作、局限于古代等。**杨志君**博士认为在这种情形下，周兴陆教授凭一人之力，撰写出一部体量不大，却具有独特体例、中国风格与民族特色，及打通传统与现代等优长的《中国文论通史》，具有十分重要的意义。其独特之处具体表现为三点：一是尊重中国文论的实际，重新设计批评史的体例；二是关注近现代文论的转型、揭示传统到现代的通变；三是以当代视野观照文献，用中国的话语重构理论。这些特点为思考"中国文论史撰写如何返本开新"这一问题提供了借鉴。**史伟**教授探讨郭绍虞的语言文字之学与其文学研究的相互影响与生成，着重厘清郭绍虞不同时期的学术发展和生成的逻辑结构。其中语言文字研究指早期的修辞、后期的语法研究，文学研究包括文学史、批评史研究。二者相互影响和生成，也即语言文字之学包含文学史、文学批评史研究，文学研究中也包含语言文字之学的研究。他系统梳理了郭绍虞的学术脉络，这一脉络表现为"从语言文字方面来讲文学上的问题"和通过文学史、文学批评史"来说明语言方面的问题"这两个阶段。**江飞**教授着重梳理概括了童庆炳的古代文论研究特点。他认为，为了充分发掘"中国古代文论的现代意义"，建构具有民族文化特性的中国现代文论，童庆炳在宏观上提出了"古今对话、中西对话"的总体观念，在中观上提出了历史优先原则、"互为主体"的对话原则和逻辑自洽原则的学术策略，在微观上提出“获取真义、焕发新义”的方法和“重建历史文化语境”的路径，并付诸古代文论经典解读、“文心雕龙”范畴研究等具体实践。历经三十余年的探索，最终形成了以“现代视野”为视域、以“现代阐释”为中心、以“现代转化”目的、以“中西互证、古今沟通”为特色的中国古代文论系统研究思想，为中国传统文论的传承和创新做出了自己的独特贡献。

曹顺庆教授及**刘诗诗**博士以中西文论互鉴的视域观照中国文论，认为在历来中西文论及文论史的研究中，往往注重纵向视角，而缺乏对文论横向影响交流与变异的关注。西方现当代文论的形成对于中国元素多有吸取，这一来自中国文论的影响事实，以及“文论互鉴”的方法是针对中国古代文论“失语症”的有效疗方，是中西文论研究的重要新视域，更是重建中国文论话语的新途径。**李健**教授认为中国古代文艺理论现代阐释的一种重要途径就是，对一些核心范畴和基本原理进行现代阐释，赋予其既不违背古代的主旨意义而又适应现代观念的理论意涵。**杨庆杰**教授从“文以载道”这一命题的古今阐释切入，在厘清百年现代文论的阐释特点及误区之后，重新回归原始语境，并以现代思维和话语进行阐释。**王守雪**教授认为中国文论建设既要借鉴域外文论，又不能离开自己的文化根性。他将生态批评与以礼乐文化为基本义理系统的中国文论进行比较，进而彰显了中国文论的生态思想之特点。**王汝虎**副教授认为以诗文评点和诗文格法著作为核心的中国古典文学教学传统，正是一种以文本细读为中心的形式批评实践传统，形式主义美学和新批评派的审美论立场和文本细读的研究方法对其具有重要的借鉴意义。

二、龙学与文体学

《文心雕龙》研究向来是中国古代文论研究的重点之一，本次大会亦有许多这方面的研究成果。**吴中胜**教授分析了《文心雕龙》这部理论著作所具有的文章艺术。这种文章艺术体现在字法、句法、篇法和用事等方面。这些共同表明，《文心雕龙》是义理与辞章兼备的文章学佳作。**黄诚祯**博士从“数”的视角切入，认为《文心雕龙》的理论体系构建中，“以数为纪”是一个重要特点。在他看来，这一特点并非如一些学者所言源于佛教典籍，而是自先秦以来传统典籍中就有的常见写作手法。刘勰对这些写作经验既有吸收，亦有自己的创新。**杨园**副教授对《文心雕龙》中的“心”义有所考述，认为刘勰论“心”与佛典关联甚密。借助《阿毗昙心论》与《原道》对观，或可以佛理释《原道》篇“文何以与天地并生”的难题。**赵厚均**教授立足《原道》《物色》两篇，集中关注刘勰与山水美学之间的关系。他认为刘勰通过对历代山水描写的审视和评论，从多个层面构建起较为完整的山水美学。这使得刘勰成为山水美学理论生成中的关键人物。

谈及明代的文章辨体，除吴讷《文章辨体》和徐师曾《文体明辩》这两部名著外，明末文人贺复征编选的《文章辨体汇选》也十分重要。**肖锋**教授着重分析概括了贺复征《文章辨体汇选》的文体学价值，认为主要体现为三方面：一为网罗放佚，即广收博纳的文章学胸襟；二为擘肌分理，即精细入微的辨体能力；三为纵横捭阖，即崇古尚今的历史意识。清代是骈文的复兴期，骈文从宋元明以应用性为主转变为此时以审美性为主。**吕双伟**教授以此为背景，探讨邵齐焘与清代中叶骈文的审美性转向问题。邵齐焘作为清代中叶骈文八大家之一，他的骈文理论、骈文创作和骈文地位在清代中叶的骈文审美性转向中发挥了重要作用。这一作用一方面表现为邵齐焘自身理论和实践的成就，另一方面则是他与培养的学生洪亮吉一起促进了审美性的转向。同样以骈文为研究对象，**李金松**教授关注骈文的文本形态问题。他认为骈文的文本是通过偶对、用典、声律、藻饰这四大修辞手段建构起来的，如果说对偶、声律、藻饰构建了骈文文本外在的形式特征，那么用典则营构了骈文文本内在的形式特征及其文本形态。骈文文本的典故是对“前文学”的回忆和表达，它的拼接、组合参与了文本意义的生产，不同文本片段的交汇，构成了意义对话的空间和文本的张力。关于《四库全书总目》的研究，学界最早关注的是其目录学的价值，但《总目》还含有批评的理论和方法。**刘长悦**老师认为《总目》中公文文体的分类、归属、体例呈现出公文文体的功能与价值定位。乾隆帝对公文文体的理想化君臣关系建构,使得融合文学风格、史学价值和政治功用的古代公文批评体系走向转捩。

三、佛教与文学及文论

佛教与文学和文论之间的关系,历来便是热点。本次会议亦不乏此类研究。“意境”问题,自20世纪初至今,不断被探讨,已形成一条明确的学术史脉络。在对“意境”的语义考释中,往往更多关注“境”。**刘顺**教授则以前人研究为基础,着重关注“意”之诠解及儒学对禅宗之影响的回应上。相较于中晚唐儒学对现实经验和传统的依赖,宋代理学以生生之理的阐明,为新意境说提供了认识论条件。意境说的“唐—宋”之变,本身也提醒“意”视角的必要。**李华伟**副教授关注中唐“诗境说”的理论倾向与其选择进程。他认为“境”理论生成的外部因素很重要,这表现为“道”与“境”的双重耦合。一方面,前古文运动时期对“道”的阐释,向外以天台之“境”为表征,道之胜与境之静、深相从而耦合。另一方面,“道”所体认的自然“性情”向内与天台境观所体认的“性情”相耦合,共同支持了“情”与“辞”的发生,并由诗歌这一文体来承担。二者也成为“诗境说”的理论来源。中国诗学传统中,“诗言志”与“诗缘情”是极为关键的传统。**高文强**教授认为佛教文化对宫体诗的写作风格提供了某种理论资源,其“异相巧方便”观为这种轻靡书写建立了合法性,而《玉台新咏》和《法宝联璧》的编纂,又进一步推动了这种书写的潮流。**王婧**博士认为“诗言志”是与儒家有密切关系的核心诗论,“诗缘情”则与道家相关。佛教亦有一种诗学,广义的佛教诗学是指用佛教的智慧去观诗所形成的诗学。与佛教密切关联的诗论可归纳为“诗言智”,僧诗即是中国古代诗歌中的重要组成部分,**刘慧宽**副研究员以欧阳修和苏轼的僧诗批评为着眼点,探究诸如“蔬笋气”“酸馅气”“菜气”“肝脏馒头”等批评语汇的阐释问题。**侯本塔**副研究员主要探讨了禅宗公案与唐代诗歌之间的互动关系。这种关系表现为诗人公案、借诗“颂古”、唐诗公案三种形态。对这一问题的探讨不仅对公案的解读十分重要，也影响对唐代诗歌含义和诗人形象的理解。**田淑晶**教授从汉译释典的视角切入，探讨了公元一世纪至四世纪汉译释典中的语言文学思想。这些外来的语言文学思想和话语，与同时期本土的语言文学思想和话语之间既有殊异也有关联。关于寒山在日本的流传，学界研究主要集中于寒山诗在日本的传播与刊刻、日本寒山图及寒山诗日本古注本的研究上。**宋雨婷**则聚焦于日本汉文学中的"寒山"意象，认为这一意象与佛教的圣山关联密切，圣山、圣境对"寒山"意象在中日文化中的传播有很大影响，探讨日本不同时代的汉文学中圣山与寒山拾得形象的关联与嬗变，将有助思考"寒山"在中日互动中的重要作用。

四、诗词曲论及其他

诗词曲论及其相关内容是中国古代文论研究的基础及基本维度，本次会议这方面的研究成果颇多。**刘磊**教授以图像的视角切入，考察晚唐至宋代"苦吟"图像与诗学之关系。"苦吟"图像突出生活处境寒苦和清高脱俗的价值指向，这样的价值指向在时代与诗人群体的接受中呈现不同的面貌，进而影响了宋以后的古典诗学观念。**杨赛**教授关注诗乐的德性问题，歌诗者的德性与德心、德容密切相关，并能过德音显现出来。只有自身德性达到很高的标准，才能贴切地表现诗乐中的情感与精神，进而取得良好的艺术、教化效果。**项念东**教授系统回顾了中国诗学中的"采诗"记忆。这一文化记忆一方面关联着德政的理想，另一方面也点明诗人应当扮演的角色和承担的责任。**侯艳**教授关注宋代诗歌的"斗茶"审美书写，认为通过这一书写可窥见宋人的人生理想与精神境界。"斗茶"作为宋人清净高洁、闲雅淡泊、自足而乐的生命通透精神的体现，也承载了他们"清""平淡"等的美学理想和追求。**李有光**教授认为中国诗话批评中存在着两种现象，一是"破""立"相继、互根互生这样完整的批判性阐释链条，二是历代诗话中蕴含的对恰当、合理批评的坚持与追求。这些对今天建构具有民族特色的中国阐释学方法论具有重要价值。**王宏林**教授以翁心存道光十五年的诗歌为个案研究，通过对比翁心存个体创作中“诗教”的缺失与官方“诗教”话语的高扬，得以一窥诗学之变与时代风貌。**孙学堂**教授认为李梦阳、何景明二人的文学论争，在明代复古思潮发展演变的过程中具有重要意义。这一论争不是弘正复古思潮的理论总结，而是提出了新的文学问题，标志着人们论诗、辨体转向诗文自身规律的探讨，复古思潮的目标也由“古学复兴”逐渐转向“文学复古”。**张煜**教授通过对王渔阳诗作的细致考察，认为无论是其本人之喜好还是其具体创作及审美风格，皆与宋诗关联。尽管宋诗在渔阳诗集中只是时有呈现，但单以学唐来概括其诗学与创作，显然不够全面。

传统曲学自身的发展和变化实际上一直关联着以经学为核心、以经史子集为分类法的学术体系。**李舜华**教授将曲学置于这一视角之下进行考察。她认为传统曲学研究的一个新路径是重返经（乐）学，视曲学与词学、诗学为一体，并将曲学的嬗变，放入元明以来整个学术格局之中，以此来发明曲学兴起的根本原因及其意义所在，兼释曲论之真义与曲史之真相。**郑学**副教授以明代曲学为着眼点，考察曲学中的“本色”之论。他认为“本色”之论源自词学，“借词论曲”是明代曲学范式建构的重要特点。宋代诗论和词论中的雅俗观是一个重要议题，**祝云珠**副教授将诗论和词论中的雅俗观进行比对，探究二者在发展趋势、内在结构、情感倾向以及审美理想等方面的特征和差异。声音与声音理论一直是词学研究的基本维度，**赵惠俊**博士以宋词的听觉色彩为探讨对象，考察宋代词学的声音批评。他认为宋词的听觉色彩以幽咽哀怨与清婉低柔为主流，这与其乐器和歌法关联密切。也是在乐器和歌法的变化中，听觉色彩具有了多样化的可能，并带来诸多词学理论的新变。**郭文仪**博士对清初词家提出的词有“烟水迷离”一境这一批评术语进行考察，根据语境和所指文本进而勾勒了“迷离”之境的理论层次、指涉的情境特征和术语背后的情感动因，这一论述后来成为部分晚清词家论词境之“第一义”。

殷学国教授认为《周易》不仅提供了“言—象—意”的言说命题，

还隐含有“物—象—器”的话语系统，以“物—事”范畴描述和解释工匠话语，发掘其意涵，进而可以构筑中国典籍与文化传统中的工匠话语和技术观念。**张金梅**教授关注汉代经学与文论之间的关系，以宏大的框架和视野探讨二者背后的文化场域与话语规则，并且涉及文论空间中的经学书写以及经学视野下的经典文论议题。作为汉代经学与文论的意义生成方式和话语规则，“依经立义”随着汉代经学的产生与兴盛而出现，并与两千余年的经学发展相始终。她认为这一意义生成方式并未随着经学在现当代的消失而消失，它仍然有着生命与活力，完全可以进行现代转换，并发扬光大。**管宗昌**教授聚焦先唐时期的枯槁意象。他认为在枯槁意象的发展过程中，存在三条线索：一是神话传说中的“死中望生”，透露出对新生的向往以及生命一体化的理念；二是《庄子》中的虚寂之喻，象征着对天性和本真的保守；三是政治话语中的灾异，表现反常的生命状态。**刘炜**教授以唐寅、袁宏道和袁枚三人为坐标，勾勒中国文人具有的“适世”这一人生范式。认为“适世”是中国文人的一种人生态度，即在世俗生活中追求闲适和快乐，这种人生态度贯通传统与现代，对于当下不无借鉴意义。**余祖坤**教授从方东树与姚鼐之关系谈起，进而梳理他对桐城派古文理论的承继与突破。他对方东树的个案研究不同于以外部评价来研究，而是通过内部成员的同中之异来深化对桐城派的认知。**杨焄**教授详细考察了王士性《五岳游草》结集、刊印、流传的整个过程，对这一过程的细致梳理既有助于勘订文本中的讹谬，又勾勒出作品在后世传播及接受过程中的复杂情况。**周小艳**教授以吴汝纶在莲池书院的活动为考察内容，探究其与近代文化转型之关联。**曾肖**副教授关注明末清初情礼冲突思潮之下文士的心态及其选择。源于情礼的冲突与调适，也自然体现于文学观念及创作之中。**汪群红**教授尝试将古代文论中作为批评视角的“工夫”论，构建成作为本体的文学创作工夫论。这一体系之内涵表现为养气、良知道德、学识、文体、造境诸工夫，关系上则涉及性情性灵与工夫、悟入与才学工夫、真意天然与工夫等方面。她认为以工夫为本体，以本体论工夫来建构中国诗学体系，既是可能的，也是必要的。

五、海外汉学

作为国内研究的一种对照，海外汉学研究往往可以提供不同的观照视角。**周飞**副教授以抒情传统之外的中国叙述传统为着眼点，梳理、勾勒出海外华人学者对中国叙事传统的建构脉络及其特点。他认为海外华人学者的研究既是对中国抒情传统的纠正和补充，也是对中国本土叙述传统及世界叙事理论的促进和发展。**周建增**副教授对中国书画批评在西方近二百年的译介历史作了细致的梳理，揭示了中国艺术理论在异域被发现、认识和再生产的总体过程，彰显了中国传统知识的现代性和世界性意义。**戴登云**教授以当代法国哲学家、汉学家弗朗索瓦·朱利安《间距与之间：论中国与欧洲之间的哲学策略》一书为探讨对象。他认为朱利安此书有两点值得注意：一是探索了一种绕道中国而思的方法论策略；二是提出了一种居间哲学。某种程度而言，居间哲学是对西方传统形而上学的超越，但其若要获得彻底的"本源性"价值，则要朝着关系本体论的方向演变，这或许才能为中西比较诗学和中西跨文明对话提供真正的合法性理据。**许建业**副教授以日本江户时期的唐诗注解为着眼点，探讨诗之"可解不可解"。"可解不可解"为明代诗学讨论中的一个现象，其核心是讨论为诗歌作简注还是详解的问题。《唐诗选》在日本江户时期的盛行，使得这个问题也引起日本汉诗学家的关注。他们的讨论和实践，既有对中国诗论和唐诗注解本的吸收与取舍，也有自身学术脉络的思考，为理解中国古代诗论提供了另一种视角。

大会闭幕主题报告会上，上海艺术研究中心周锡山研究员、安徽师范大学李平教授、四川大学刘文勇教授、香港城市大学张万民副教授、中国社会科学院杨子彦研究员、华东师范大学彭国忠教授六位专家学者，结合自身学术背景和视野各陈己见，对文论研究中的经典命题展开新释，观点极具启发性。**周锡山**研究员结合丰富资料，论述了作为天才的王国维与其天才说、灵感论之间的关联，王国维艺术和学术双重天才的身份，在阐释中具有重要意义。**李平**教授对范文澜在《文心雕龙注》中不提《文心雕龙讲疏》和梁启超序这一现象进行分析，回答了前人对此问题“似觉可怪”的评价。他认为这是一个误解，范文澜其实一开始就将新注作为另一部著作来撰写，因而在一部全新著作中，其既无须重录梁序和自序，也不会涉及新注是在《讲疏》的基础上扩展而成的这一问题。**刘文勇**教授聚焦民国时期巴蜀学人群体，探究他们的中国古典文论研究。他认为过去学界遗漏了不少巴蜀学者对中国古典文论研究的贡献，在今天更需要梳理这些贡献并呈现给学界。**张万民**副教授借由一些学者关于“比兴”问题之争论，进一步辨析“比兴”中所隐含的理论问题。在他看来，“比兴”研究无法绕开与政治的关联，并且“比兴”是一个在语言形式层、政治功能层、情感形态层等多层面展开并动态纠缠的复杂概念。围绕“比兴”与“讽寓”的可比性问题又导向中西比较的理论难题，回答难题是困难的，但中西融汇的尝试未尝不是一种借鉴和对传统的激活。20世纪八十年代中期以来，范畴和体系成为古代文论研究中成果最多、最富生命力的领域之一。**杨子彦**研究员对近四十年古代文论范畴与体系研究进行评析和总结，回顾与梳理其中的得与失，有助于促进古代文论整体的创新和发展。**彭国忠**教授则以经学视域来观照清代的女性文学批评，认为女性文学实际上一直蕴含在经学传统之中，女性文学批评的许多标准同样不逾诗教的范围。

（暨南大学文学院）

Contents

《古代文学理论研究》稿约

一、本刊欢迎中国古代文学理论、批评及相关问题的稿件。希望来稿具有一定理论水平、学术水平和问题意识，观点新颖，重点突出，言之有物。

二、请寄电子文本一份。电子文本投稿地址：gudaiwenlun1979@126.com。

三、本刊采取匿名评审制度。稿件务必注明全部作者的姓名、工作单位、通讯地址、邮编。在篇首页地脚处作者简介中，注明作者的出生年月，性别，工作单位，职称，学历，研究方向，代表性著作（论文）。寄稿时，请附上手机号码、电子邮箱地址，以便通知结果。

四、来稿请附内容摘要、关键词，摘要用第三人称撰写，不要进行自我评价。字数在 300 字左右。并附题目、作者姓名、内容摘要、关键词的英译。

五、引用文献请用脚注，其格式为：(1) 作者，书名，出版社，出版时间，页码；(2) 作者，篇名，期刊名与期号。

六、对采用的稿件，本刊可作技术处理和编辑加工。如不同意，请在投稿时声明。

七、请勿抄袭，文责自负。请勿一稿多投，对因其造成的不良后果，本刊概不负责。

八、来稿一经采用，略付薄酬，请作者提供银行卡相关信息。